O ENCONTRO ENTRE DOIS MUNDOS

O ENCONTRO ENTRE DOIS MUNDOS

ALDIVAN TORRES

aldivan teixeira torres

CONTENTS

1 "O Encontro Entre Dois Mundos"   1

CHAPTER 1

"O Encontro Entre Dois Mundos"

Aldivan Torres

O ENCONTRO ENTRE DOIS MUNDOS

Autor: Aldivan Torres
©2018- Aldivan Torres
Todos os direitos reservados

Este livro, incluindo todas as suas partes, é protegido por Copyright e não pode ser reproduzido sem a permissão do autor, revendido ou transferido.

Aldivan Torres é um escritor consolidado em vários gêneros. Até o momento tem títulos publicados em nove línguas. Desde cedo, sempre foi um amante da arte da escrita tendo consolidado uma carreira profissional a partir do segundo semestre de 2013. Espera com seus escritos contribuir para a cultura Pernambucana e Brasileira, despertando o prazer de ler naqueles que ainda não tenham o hábito. Sua missão é conquistar o coração de cada um dos seus leitores. Além da literatura, seus gostos principais são a música, as viagens, os amigos, a família e o próprio prazer de viver. "Pela literatura, igualdade, fraternidade, justiça, dignidade e honra do ser humano sempre" é o seu lema.

Sinopse

"O encontro entre dois mundos" é uma grande jornada dos aventureiros vidente e Renato. Está dividido em duas partes que se situam no passado e no presente respectivamente que buscam mostrar a importância da luta para concretização dos nossos ideais sejam eles quais forem. Na parte um, viagem a Sítio Fundão-Cimbres-Pesqueira-PE ao encontro dum dos responsáveis por uma revolução no passado.Ajudados por ele,a dupla em questão é treinada até desenvolver a co-visão,chave para a visão da história.Quando estão preparados,são submetidos a ela e viajam ao início do século XX no nordeste,tempo de opressão,injustiças e preconceitos e de fome.Durante todo o tempo, observam o exemplo da população lutadora da época,especialmente um grupo que toma parte ativa na trama.Contudo,Será que tiveram sucesso absoluto em seus objetivos?Desmascaram as elites?Ou fracassaram?E ainda será que conseguiram o tão esperado encontro de mundos tão dispares em relação á classes sociais,opiniões,estereótipos e amor?Vale a pena conferir.

Na parte dois,a dupla realiza nova viagem com o objetivo de concluir seus trabalhos e alcançar o milagre tão procurado.Desta feita,vão a Carabais procurar um segundo personagem do passado e ao encontrá-lo são submetidos a novo treinamento.Quando prontos,a parte dois da história se mostra.Nela,o leitor se deparará com os seguintes questionamentos:Até que ponto a questão social atrapalha no sucesso?É viável persistir mesmo depois de vários fracassos?Vale a pena privar-se do amor por conta de preconceitos sem ao menos tentar?Alguém que tem um dom pode considerar-se especial ou isto pode ser loucura?Tudo isto e muito mais você vai conferir na história de Divinha,alguém em busca do destino e do sucesso que todos nós merecemos.

Dedicatória

Dedico este terceiro livro a minha família, aos meus mestres da vida que tanto me ensinaram, aos amigos e pessoas maravilhosas que passaram na minha vida e que deixaram tantas saudades, aos colegas do trabalho atual do Inss-Aps Arcoverde que me receberam de braços abertos, enfim, a todos que torcem por mim, que me incentivam e não deixar de acreditar que é possível um mundo melhor e mais justo. Espero contribuir um pouco para a popularização da literatura neste país tão rico culturalmente.

Agradecimentos

Meus agradecimentos especiais a todos que acompanharam a minha trajetória e do projeto o vidente. Em especial a minha professora primária Dona Socorro que acompanhou as primeiras letras; A professora de Literatura Jose que um dia ao corrigir uma redação profetizou que eu seria um grande homem; A todos os meus outros mestres do primário, ginasial, ensino médio, graduação e especialização dos Colégios Luiz Tenório de Albuquerque, Educandário Jesus de Nazaré, EREMJAM, IFPE e UPE AESA-CESA; A todos meus ex-colegas dos colégios citados anteriormente; aos parentes, conhecidos, amigos, simpatizantes, leitores e especialmente para os que torcem para a literatura brasileira se desenvolver. Um abraço carinhoso a todos e vamos mostrar que este país não é só carnaval e futebol. É cultura também.

"Ninguém acende uma lâmpada para cobri-la com uma vasilha ou colocá-la debaixo da cama. Ele a coloca no candeeiro, a fim de que todos os que entram, vejam a luz. De fato, tudo o que está escondido, deverá tornar-se manifesto; e tudo que está em segredo, deverá tornar-se conhecido e claramente manifesto. Portanto, prestem atenção como vocês ouvem: para quem tem alguma coisa será dado ainda mais; para aquele que não tem, será tirado até mesmo o que ele pensa ter". (LC 8,16-18)

SUMÁRIO

"O Encontro Entre Dois Mundos"
O Encontro Entre Dois Mundos
Sinopse
Dedicatória
Agradecimentos
Introdução
Parte I
Visita
A viagem até o sítio
A descoberta do encontro de dois mundos
Conhecendo o sítio
O primeiro desafio:Sabedoria
O aprendizado assimilado da "sabedoria"
Entendimento
Reencontro
O jantar e a noite no Sítio Fundão
O terceiro dom
Continuando a preparação
Descobrindo o dom da fortaleza
Pós-desafio
O dom de ciência
A última etapa no sítio
Sítio Fundão, Cimbres-Pernambuco,03 de novembro de 1900
1-Infância
1.1-Sitio Fundão,01 de agosto de 1900-Nascimento
1.2-Comemoração
1.3-Festa de Batizado
1.4- Os primeiros brinquedos
1.5-A doença e a primeira palavra
1.6-Finalmente,em pé
1.7-Visita de parentes
1.8-O período de dois anos

1.9-O primeiro dia na escola
1.10-A primeira surra
1.11-O nascimento do segundo filho
1.12-Mais três anos se passam
1.13-Algumas experiências interessantes na vida dos dois irmãos
1.14-A descoberta do amor
1.15- A nova rotina
1.16-As histórias de Dona Filomena
1.17-O código de conduta de Dona Filomena
1.18-Estórias de caçador
1.19-Despedida
1.20-Fim da infância
2.Adolescência e fase adulta
2.1-Os dons avançam
2.2-O primeiro encontro com Angel
2.3-Decisão importante
2.4-A primeira experiência
2.5-Passeio na cidade
2.6-Forrozinho
2.7-A segunda etapa do tratamento
2.8-O circo
2.9-O acidente
2.10-A terceira etapa do tratamento
2.11-Primeiros sintomas
2.12-As novidades da família Magalhães
2.13-Quarta etapa
2.14-A volta ás aulas
2.15-No hospital
2.16-Quinta etapa
2.17-O encantamento
2.18-Um novo dia
2.19-Fim de semana
2.20-Apresentação
2.21-Sexta etapa de tratamento

2.22-Uma boa notícia
2.23-Anúncio
2.24-Visita planejada
2.25-Sétima etapa
2.26-Resultados
2.27-Reunião
2.28-Oitava etapa
2.29-Dor
2.30-Velório e enterro
2.31-Recomeço
2.32-Manipulando energias
2.33-Conhecendo-se melhor
2.34-Contato pós-morte
2.35-Cultivando o fogo da amizade
2.36-Proposta
2.37-Recesso escolar
2.38-Retorno às aulas e uma surpresa
2.39-Revelação inesperada
2.40-Um novo encontro
2.41-Início de atuação
2.42-Reencontro
2.43-Repercussão e reação
2.44-A ideia
2.45-O dia
2.46-O ritual
2.47-A segunda rodada
2.48-O nascimento de mais um filho
2.49-O período de dois anos e meio
2.50-Noivado
2.51-A última tentativa
2.52-Casamento
2.53-Mudança
2.54-Inauguração
2.55-Justiceiros em atuação

2.56-Uma semana depois
2.57-Encontro em família
2.58-Novos amigos
2.59-Nova ação dos justiceiros
2.60-Telepatia física
2.61-A Rezadeira
2.62-Decisão importante
2.63-Passeio
2.64-Reação
2.65-Hipnose
2.66-O roubo
2.67-Na delegacia
2.68-Casamento
2.69-Choque
2.70-Nova reunião
2.71-Abstração
2.72-Resultado da investigação
2.73-Pós-comunicado
2.74-Reabertura
2.75-A ação do grupo de amigos
2.76-Justiceiros novamente em ação
2.77-Os segredos da levitação
2.78-Visita e posterior experiência
2.79-A visita de Sara
2.80-Emboscada
2.81-Aprendizado duplo
2.82-A ideia
2.83-Os cangaceiros
2.84-O outro dia e a batalha
2.85-Revolta
Parte II
1-Despertar
2-Temor de Deus
3-O valor da amizade

4-Cumplicidade
5-Reflexões
6-Mediunidade
7-O segredo das sete portas
8-Pré-vida
9-Nascimento
10-Os cinco primeiros anos
11-O vampiro
12-Outros fatos deste ano (1989)
12.1-Acidentes
12.2-Fatos espirituais
12.3-Fatos sociais
13-O ano da mudança
14-O período de 1991-1997
15-A despedida (1998)
16-processo de transição
17-O período de (1999-2000)
18-Novo rumo(2001-2002)
19-viagem de despedida
19.1-Primeiro dia
19.2-O segundo dia
20-A nova realidade
21-Seis meses depois
22-Experiências
22.1-Possessão
22.2-Pós-morte:Disputa por almas
22.3-Pós-morte:O preço amargo de uma alma
22.4-Encontro com Deus
22.5-A autoridade de Deus
22.6-A importância do homem no plano de Deus
22.7-Experiência extracorpórea
22.8-Experiência Além-do-tempo
22.9-Cura espiritual
22.10-O ataque dos demônios

22.11-O anjo e o mensageiro
22.12-O pesador
23-Segredos
23.1-A pressão da terra
23.2-A proposta de Deus
23.3-A vinda de Gabriel
23.4-Uma nova chance
23.5-O encontro com o Diabo
23.6- "A cidade dos homens"
23.7- "O pescador"
24-O período de três anos (2004-2006)
25-Novo ciclo
26-Início do trabalho e das aulas
27-Fatos importantes em quatro anos(2007-2010)
27.1-O livro estigmatizado
27.2-O sonho da literatura
27.3-Novos desafios
27.4-2009
27.5-O último ano de faculdade
28-Tempo atual
29-Volta ao quarto
30-Em casa
Conclusão

Introdução

"O Encontro entre dois mundos" é uma grande jornada dos aventureiros vidente e Renato. Está dividido em duas partes que se situam no passado e no presente respectivamente que buscam mostrar a importância da luta para concretização dos nossos ideais sejam eles quais forem.

Na parte um, viagem a Sítio Fundão-Cimbres-Pesqueira-PE ao encontro dum dos responsáveis por uma revolução no passado. Ajudados por ele, a dupla em questão é treinada até desenvolver a co-visão, chave para a visão da história. Quando estão preparados, são submetidos a ela e viajam ao início do século XX no Nordeste o qual é um tempo de opressão, injustiças, preconceitos e de fome. Durante todo o tempo, observam o exemplo da população lutadora da época. Especificamente, um grupo que toma parte ativa na trama. Contudo, será que tiveram sucesso absoluto em seus objetivos? Desmascaram as elites? Ou fracassaram? E ainda será que conseguiram o tão esperado encontro de mundos tão dispares em relação á classes sociais, opiniões, estereótipos e amor? Vale a pena conferir.

Na parte dois, a dupla realiza nova viagem com o objetivo de concluir seus trabalhos e alcançar o milagre tão procurado. Desta feita, vão a Carabais procurar um segundo personagem do passado e ao encontrá-lo são submetidos a novo treinamento. Quando prontos, a parte dois da história se mostra. Nela, o leitor se deparará com os seguintes questionamentos: Até que ponto a questão social atrapalha no sucesso? É viável persistir mesmo depois de vários fracassos? Vale a pena privar-se do amor por conta de preconceitos sem ao menos tentar? Alguém que tem um dom pode considerar-se especial ou isto pode ser loucura? Tudo isto e muito mais você vai conferir na história de Divinha, alguém em busca do destino e do sucesso que todos nós merecemos.

Boa leitura, o autor.

PARTE I

Visita

Após a resolução da segunda aventura do vidente, voltei a rotina normal do trabalho, do contato social e das relações inter-humanas. Fiquei um bom tempo sem contato com Renato, a guardiã ou até mesmo o hindu e a sacerdotisa, companheiros de caminhada. Até que num belo dia de sol quando eu aproveitava um momento de lazer com meus familiares, escutei uma voz fininha me chamando de longe. Ao direcionar minha visão para voz, meus olhos encheram-se de lágrimas pois reconheci minha benfeitora que tinha me ajudado a superar meus desafios e entrado na gruta mais perigosa do mundo, na minha primeira viagem à montanha.

Ao se aproximar mais, levantei-me para cumprimentá-la, dei-lhe um beijo e um grande abraço e aproveitei para apresentá-la a minha mãe e meus irmãos. O contato foi breve mas intenso. Discretamente, ela me pediu uma conversa particular, eu aceitei o convite e juntos nos dirigimos ao meu quarto a fim de termos mais privacidade. No caminho, nossos olhares cruzaram-se e os dela me transmitiam confiança e até certo ponto uma dose de mistério. Com mais alguns passos, entramos no recinto, ela elogia a decoração, eu agradeço e ofereço uma cadeira disponível enquanto eu me sento na cama. Ficamos frente a frente e a mesma inicia o diálogo.

—É um prazer revê-lo, filho de Deus, como tem passado? Estou aqui porque sinto uma nuvem de dúvidas e de incertezas pairando na sua vida, dificultando sua evolução como vidente e como homem. Acredito que posso ajudá-lo servindo para indicar o caminho, como no nosso primeiro encontro. Está preparado para arriscar mais uma vez?

—Também é um prazer revê-la. Sua ajuda foi fundamental para que eu começasse meu projeto na literatura e já estou no terceiro livro. Agradeço por tudo. Sim, é verdade, estou cheio de dúvidas em relação ao meu passado, presente e o meu futuro incerto apesar de todas as promessas que recebi dos espíritos superiores. Preciso de um caminho. Preciso evoluir mais. O que devo fazer?

—Olhando para você me lembro de um jovem com as mesmas dificuldades e com os mesmos anseios. Trata-se dum antepassado seu chamado Vitor, o vidente. Ele superou suas dificuldades, estudou a magia e desenvolveu seus dons fazendo com que o mesmo fosse vencedor em tudo. A sua família é de uma linhagem espiritual desenvolvida capaz mesmo até de realizar milagres.

—Eu já ouvi falar do Vitor. Alguns dos seus feitos chegaram até minha geração. Só não sei tenho tanto potencial ou coragem como ele. Diga-me guardiã, tenho possibilidades?

—E você me pergunta uma coisa dessas? Você de apenas um simples sonhador, já venceu desafios, enfrentou a gruta mais perigosa do mundo, entendeu e encontrou as respostas para sua noite escura da alma e ainda tem dúvidas? Confie mais em si e continue seu caminho. O que posso te dizer que seu potencial é muito bom e como vidente pode realizar milagres no tempo e no espaço.

—Obrigado pelo elogio. O que devo fazer então?

—Você deve ser treinado por uma pessoa especial que domina os seis primeiros dons do espírito santo. Esta pessoa se chama Angel e tem cento e treze anos. Ele conviveu quando jovem com Vítor e foi muito especial em sua vida. A fim de encontrá-lo você deve se dirigir ao sítio fundão, zona rural de Pesqueira, neste mesmo município. Ele mora numa casinha simples de sapê, neste referido sítio. Chegando lá, você começará a entender melhor seu caso e no fim de tudo poderá se desenvolver e desenrolar o véu do tempo solucionando seus problemas.

—Entendi. Já ouvi falar do sítio fundão e sei onde fica. É próximo daqui. Quando devo ir?

—Imediatamente. Vá fazer suas malas e quando estiver pronto, despeça-se de sua família. Mas antes disso, tenho uma surpresa.

A guardiã assobiou e numa questão de segundos ouvi um barulho de passos, uma batida na porta do meu quarto e ao abrir, deparei-me com meu companheiro de duas aventuras atrás, O Renato, segurando uma mala. O observei de cima a baixo e notei como estava crescido, másculo e bonito o até então pequeno garoto quando o conheci em 2010. Sem pensar, dei-lhe também um grande abraço. Lágrimas insistentes escorreram em nossos rostos pela emoção do momento. Quando nos separamos, perguntei-lhe o que significava tudo aquilo e ele me respondeu simplesmente que iria me ajudar mais uma vez. Agradeci a guardiã e a Renato pelo apoio. Pouco depois, ela se despediu e fui arranjar minha mala conforme recomendado. Nesta tarefa, obtenho ajuda do meu fiel escudeiro. Quando terminamos, me despedi dos meus familiares, saí da casa junto com Renato e caminhamos um tempo em direção ao ponto de lotação. Ao chegarmos lá, nos apresentamos e contratamos um motorista para nos levar até o sítio fundão. Ele se chama Geronimo e acertamos com o mesmo a ida. Começaria aí uma nova aventura em busca do conhecimento e do destino ainda incerto. Vamos junto, leitores!

A viagem até o sítio

Subimos no automóvel, fechamos a porta e em questão de segundos ele parte. Como a viagem era até certo ponto longa começamos a conversar entre si a fim de nos distrairmos. Falamos um pouco de tudo transcrito em alguns trechos abaixo:

—E como você passou, garoto, este período em que estávamos separados? Estudou muito? (O vidente)

—Levei a vida na minha rotina normal: O trabalho com a guardiã e seus ensinamentos no intuito de te ajudar nas aventuras, o estudo diário na escola de Mimoso, as saídas com os amigos e as namoradas. Mas em todo tempo pensei em ti. Eu já estava com saudades das nossas peripécias. E você? (Indagou ele)

—Eu também cumpri minha rotina que inclui trabalho no setor público, os contatos sociais, a evolução espiritual, novos aprendizados da vida, conhecer novas pessoas, mas também já estava com saudades da minha vida de escritor, de vidente. Obrigado pelo interesse e sua ajuda. Sem você não teria conseguido muita coisa. Já em relação ás namoradas, você não é muito jovem para pensar nisso? Não concorda, Geronimo? (Divinha)

—Tem toda razão, seu vidente. Meninos devem brincar de bola em vez de ficarem se esfregando nas meninas. É muita responsabilidade para quem não tem a mente bem formada. Pode acontecer algum acidente. (Observou Geronimo)

—Deixem de ser caretas, não sou tão menino assim e posso provar. Já tenho barba, pelos nas axilas e em alguns outros lugares que o pudor não me permite mencionar. Além do mais, não é nada sério, só são alguns esfregões. (Protestou Renato)

—Está bem. Vou fingir que acredito. Como se eu não te conhecesse,menino. Mas, mudando de assunto, vocês viram no noticiário em que precariedade está nossa saúde? Filas e mais filas nos hospitais públicos e pessoas precisando de atendimento urgente na UTI (Unidade de Tratamento Intensivo) dos hospitais e não tem vaga? O que vocês me dizem? (O filho de Deus)

—Eu vi sim, seu vidente, e é uma vergonha para nosso país e nossos governantes. Todos os atendimentos estão devendo, mas parece que o povo está mais consciente e protesta a todo o momento. Precisamos valer nossos direitos porque pagamos impostos, trabalhamos quatro meses para ter serviços públicos de qualidade e não temos. Esta realidade não é só da saúde, temos problemas latentes na educação, transportes, saneamento, indústria, etc. Acredito que só a sociedade pode mudar esta realidade e uma saída para isto é protestando pacificamente, elegendo dirigentes mais justos e dignos e fazendo sua parte ajudando o próximo sem pensar em receber alguma coisa em troca. (Geronimo)

—Mas muita coisa já melhorou. Sou jovem, mas me disseram que o Brasil tinha uma inflação galopante e que na década de noventa criaram um plano econômico que freou este processo. Tudo a partir daí melhorou. Com a estabilidade nos preços, a economia cresceu, houve geração de emprego e renda e já estamos entre os países emergentes. Mas concordo que temos muito a melhorar na qualidade de vida de nossa população que merece muito pois é um povo muito esforçado e cheio de sonhos. Ser um brasileiro para mim é um orgulho. Ainda seremos o número um do mundo em todos os sentidos. (Renato)

—Tomara, Renato e que nosso futebol ganhe a copa e tenha uma boa participação nas olimpíadas para alegrar nossa população sofrida. (O vidente)

—E que meu time ganhe o campeonato brasileiro. (Completou Geronimo)

—Qual o seu time? (Indagou Renato)

—Segredinho. Não quero desagradar meus mais novos amigos. (Geronimo)

—Eu torço por Pernambuco. É meu estado e por ele batalharei. Em especial farei isso através da literatura. Quero que todos tenham orgulho de mim. (O vidente)

—Você escreve? Interessante. Sobre o que você escreve? Como surgiu este dom? (Indaga Geronimo)

—Sim, escrevo. Minha história começou em 2010 quando num impulso viajei a uma montanha que prometia ser sagrada em busca de encontrar meu destino. Escalei sua íngreme trilha e, ao chegar no seu topo, tive um encontro que mudou a minha vida. Conheci a guardiã, um ser ancestral detentor de muitos mistérios que me orientou e me ajudou a realizar desafios dificílimos culminando em minha aprovação nas etapas. Então tive a permissão de chegar ao meu objetivo: Enfrentar a gruta do desespero, um local em que me poderia tornar um escritor ou qualquer outro sonho que tivesse. Mesmo tomado pelo medo pois o fracasso me custaria a vida, entrei, driblei armadilhas, avancei cenários e em dado momento cheguei à câmara secreta. Ao entrar na mesma, desenvolvi parcialmente meus dons e me transformei no vidente, um ser superdotado. Com meus novos poderes, pude realizar minha primeira viagem no tempo e em trinta dias vivi em Mimoso junto com meu fiel parceiro Renato aventuras incríveis. No final, reuni as forças opostas, resolvi conflitos e injustiças e ajudei alguém a se encontrar. Tudo o que vivi foi documentado no meu primeiro livro que publiquei em 2011 nomeado "Forças opostas". Depois desta primeira vitória, passei um tempo me dedicando a terminar a faculdade e resolvendo problemas pessoais. Ao sentir-me preparado, voltei a montanha em busca duma nova aventura. Encontrei novamente a guardiã, conheci o hindu e fui preparado para começar a compreender um período difícil da minha vida que denominei de "Noite escura da alma", onde me esqueci de Deus e dos meus princípios. Fiz uma viagem pelos pecados capitais, os dominei e no momento certo, fiz uma nova viagem a uma ilha perdida em busca da sacerdotisa, uma mestra da noite, do reino dos anjos e do Eldorado, um lugar de encontro do mundo espiritual e carnal. Também fui aprovado nesta etapa e com a minha experiência escrevi meu segundo romance intitulado sugestivamente de "A noite escura da alma". Por enquanto é isto. Quero aprender mais e descobrir um pouco mais do meu destino.

—Sem esquecer que em todos os momentos eu estava presente ajudando-lhe. (Completou Renato)

—Que história interessante. Cara, devo te confessar que sou seu fã só pelo seu esforço em batalhar por um sonho. Muitas pessoas desistem na primeira dificuldade. Muita sorte e sucesso em seu caminho. (Elogiou Geronimo)

—Obrigado. Aumente a velocidade que estou ansioso por chegar ao sítio fundão e viver novas experiências. (O vidente)

—Eu também. (Renato)

—Tudo bem. Segurem nos cintos. (Geronimo)

O automóvel acelerou e ultrapassamos rapidamente, através da Rodovia BR 232,O sítio Rosário, o povoado Novo Cajueiro,O sítio Riacho fundo,o Povoado Ipanema,entre outros. Neste ponto, já estávamos bem próximos da sede do município, Pesqueira.Até que repentinamente ouvimos um estrondo e o carro desgovernou-se um pouco. Gritamos com muito medo, mas Geronimo era um motorista bem experiente e soube controlar a situação. Conseguiu parar em segurança no acostamento. Descemos do carro a fim de verificar o ocorrido e Geronimo nos acalmou, se abaixou, tirou a camisa e trocou o pneu que tinha furado. Esta manobra durou cerca de trinta minutos e aproveitamos para nos hidratar. Quando tudo estava resolvido, entramos no carro novamente, partimos mais lentamente, chegamos a Pesqueira e pegamos um desvio numa estrada de terra. Esta estrada nos levaria ao destino. Esta parte da viagem durou cerca de trinta minutos entre conversas, descobertas e muita ansiedade da nossa parte. Ao chegar ao sítio, nos movimentamos um pouco em círculos até encontrar alguém que nos orientasse e depois de muito vaivém chegamos a casinha de sapê onde Angel morava. Pagamos a passagem, descemos do carro com as malas, nos despedimos de Geronimo, ele vai embora e nós nos aproximamos da casa. Um pouco sem graça, avançamos ainda mais e batemos na porta que estava entreaberta. Cinco minutos depois, uma figura dum ancião magro e esquelético se apresentou com um semblante sorridente, mas um pouco fechado. A que devo a honra da visita de dois jovens tão bonitos? Pergunta ele depois de abrir a porta.

—Meu nome é Aldivan, mas pode me chamar também de filho de Deus ou de vidente, meus outros nomes. Este que me acompanha se chama Renato e é meu companheiro de aventura. Juntos viemos aprender com o senhor se assim nos permitir. (Declarei)

—Ahan! Eu já ouvi falar de vocês dois. A fama de vocês ultrapassou fronteiras. É uma honra tê-los comigo. Ajudarei em que for preciso. Em qual tema querem se aprofundar? (Respondeu o ancião)

—A guardiã nos informou que você domina os seis primeiros dons do espírito santo e precisamos entendê-los para evoluir mais. (Informou Renato)

—Precisamos criar uma linha de conexão dos dons com a minha mediunidade e clarividência pouco desenvolvida para entender presente, passado e futuro que nos cerca e não entendemos. (Complementei)

—Tem certeza do que estão falando? Desenvolver os dons do espírito santo é uma atitude sadia, mas se relacionados com a mediunidade podem criar um desequilíbrio cósmico entre os dois mundos e fazê-los encontrar-se ocasionando até a loucura. É muito perigoso o que estão me pedindo e uma pessoa no passado sofreu muito com suas escolhas. E se voltar a se repetir? (O velho)

—Não sabíamos que o risco era tão grande, mas não suporto mais meus estigmas e a linha de contato espiritual. É um martírio muito grande. Preciso de ajuda urgente. (Supliquei)

—Calma. Abaixe a cabeça. (ordenou Angel)

Obedeci prontamente. Fiquei imóvel e mãos suaves deslizaram na minha cabeça. Senti raios de energia penetrarem na minha mente atormentada e que me deram um pouco de alívio. Fechei os olhos, fiz uma oração e me senti ainda melhor. Em dado momento, Angel retirou as mãos e se afastou um pouco e ficou a refletir, de costas para nós. Quando se virou, o seu olhar traduzia um pouco de mistério misturado com tristeza.

—Sabe, filho de Deus, você me fez lembrar alguém que amei muito no passado. Se chamava Vitor e era um homem espiritualmente muito desenvolvido. Comparando vocês dois, ele era mais experiente e mais decidido, rude, o típico homem sertanejo enquanto você é inocente, puro, sensível, uma pessoa bem legal. Neste caso, isto é desvantagem para você neste mundo porque a vida é bonita, mas cruel e desafiadora. Isto torna o que você quer fazer mais complicado ainda. Mas há uma chance se quiser correr os riscos, sofrer e ir até o fim. Está preparado? (Indagou o mestre)

—Sim. Não viajei até aqui só para conversar. Eu costumo enfrentar os desafios mesmo que gigantescos. Farei tudo o que mandares. Só a cargo de informação, Vitor era da minha família. (Divinha)

—Confie nele, Angel e em mim. Seguiremos seus conselhos e não decepcionaremos. (Complementou Renato)

—Muito bem. Gostei Renato do seu tom decidido e Aldivan você é também da família Torres? Entendo porque você é assim. É de família. Mas sabe mesmo um pouco da história de Vitor? (Angel)

—Sim, um pouco. Todos o chamavam de sábio. Ouvi falar que conhecia vários segredos espirituais e dominava um pouco a magia. Será que tenho potencial como ele? (O filho de Deus)

—Sim, seu potencial é imenso pois você possui uma mente muito poderosa. Mas não se engane. Seu caminho não é o mesmo de Vitor. Você é outra pessoa, livre de vícios, pura, cheio de luz, com uma aura linda e não permitiria a você manchar isto. Deus quer que permaneça assim pois o trata como filho. Vou ajudá-lo a desenvolver seus dons, a controlar seus desejos e entender melhor o plano espiritual. Você precisa apenas de orientação para não cair em armadilhas ou na "Noite escura da alma "novamente. No entanto, tudo tem o seu preço e você está disposto a pagar? (Angel)

—Claro. Qual é o preço? (o vidente)

—No momento certo, saberás. Por enquanto, siga-me e seu companheiro também. (o mestre)

Angel entrou na casa, o acompanhamos e acomodamos as nossas coisas perto da parede direita do vão único da casa. Ele nos mandou deitar. Eu numa cama de capim e Renato na rede. Mandou nos acalmar e descansar da viagem. O que aconteceria daí por diante? Continue acompanhando, leitor.

A descoberta do encontro de dois mundos

Obedecemos ao nosso atual mestre, Angel.Deitamos e tentamos esquecer nossas preocupações. Com muito custo, conseguimos relaxar pouco a pouco e em dado momento fui perdendo os sentidos. No momento em que adormeci, meu espírito desprendeu-se da minha carne e comecei a realizar uma viagem astral inusitada. Transportei-me do plano material e passei rapidamente por trevas, luz e um plano intermediário chamada cidade dos homens. Fiquei encantado com a experiência, mas não tive permissão de permanecer por muito tempo nestes lugares.

Detalhadamente, explicarei minha experiência. Nas trevas, andei pelo abismo e posso descrever que era um lugar tenebroso, repleto de larvas de vulcões espalhados por toda a superfície e pessoas e anjos maus sendo castigados nele, traduzindo-se em criaturas horríveis e muito sofredoras. Meu objetivo de visita era avisar que aquele reino estava chegando ao fim e bradei isso aos quatro ventos. No entanto, não intimidei e como resposta fui agarrado por uma criatura que me encarou e disse:-Saia daqui, você não pertence a este lugar. Não nos atormente antes do tempo.Repliquei,com outra resposta: Você sabe com quem está falando? A Criatura não se impressionou e disse:-Eu sei muito bem quem você é. Mas aqui é meu reino e eu nasci para governar. Depois dessa resposta, uma força nos afastou e desta feita me aproximei da luz. Entrei rapidamente no paraíso, conheci irmãos bem aventurados, repletos de luz fazendo parte duma sociedade bem organizada trabalhando para o sucesso da nossa além da proteção espiritual.À medida que ia avançando nesta realidade espiritual e me aproximando do palácio real,me sentia cada vez melhor e mais feliz. Foi me dado permissão para entrar na morada de Deus e contemplar sua glória. Ao entrar, é difícil descrever em palavras a grandeza do mesmo. Posso dizer apenas que vim uma grande claridade e dela saíam raios de luz que envolviam meu ser numa completa comunhão, como se fôssemos um só, interligados completamente. Senti um misto de paz,libertação,amor e felicidades juntas nunca antes experimentada por um mortal. Depois da experiência com Deus e meu pai, meu espírito novamente se afastou e aproximou-se do plano espiritual mais próximo da terra, a cidade dos homens.

Fui bem recebido, e eles moram em cidades espirituais semelhantes a nossas. Nesta ocasião, pude ver muitos irmãos mas não pude me aproximar deles por conta do meu desenvolvimento. Mas, pelo pouco que vi , eles são como nós, espíritos intermediários, muito amados por Deus e que tem as mesmas necessidades de que quando estavam vivos seja em relação ao alimento, ao amor ,ao sexo ,com sentimentos e que devem sempre ser respeitados. Foi permitido que algum deles me acompanhassem a fim de me proteger dos meus inimigos e me dar conselhos quando fosse mais necessário.Depois dum breve momento, saí do plano espiritual, viajei velozmente no caminho e ,quando cheguei ao plano terra , me concentrei em mim mesmo. Repentinamente, fui envolvido por uma fumaça branca e que fez meu corpo espiritual ganhar velocidade, entrar num túnel que me faz passar pelo passado, presente e futuro, mas sem visualizá-lo. Quando ia chegando ao final do túnel, senti um toque muito forte. No mesmo instante, despertei com um cansaço enorme depois de viver tantas experiências espirituais intensas. Ao meu lado, estava Angel, com um sorriso no rosto.

—E aí? Sonhou com os anjos? (Angel)

—Acabo de ter um sonho estranho, uma viagem astral sem limites. Fui ao inferno, ao céu, à cidade dos homens e passei por toda a minha história. Mas ainda não entendi o porquê de tudo isso. (Divinha)

—É normal. Você testou alguns de seus limites e quando se desenvolver completamente terá acesso total a estes lugares. O conhecimento o fará único na terra. Mas não se precipite nem tire conclusões agora. Deixe o destino se mostrar por completo. (Aconselhou Angel)

—Entendi. Qual o primeiro passo? (Aldivan)

—Levante-se e vamos passear no sítio. Quero mostrar um pouco do meu mundo e do seu antepassado, Vítor.Talvez isto desperte um pouco sua sensibilidade. (O ancião)

—Tudo bem. (O vidente)

Levantei-me da cama, nos aproximamos de Renato, o despertamos e ele saiu da rede.Juntos,nós três nos encaminhamos a saída, com Angel servindo de guia. O que nos esperava? Conseguiríamos nos desenvolver completamente? Continue acompanhando, leitor.

Conhecendo o sítio

Ao sairmos da casinha de sapê, Angel escolheu uma trilha em direção ao norte e o acompanhamos sem replicar. Caminhamos lentamente o que nos faz ter a oportunidade dum contato com a natureza e clima sertanejos. Achamos tudo maravilhoso, diferente e desconhecido. Enquanto caminhamos, Angel quebra o silencio e começa a contar um pouco da sua história:

—Renato e Aldivan, há cento e treze anos exatamente vivo. Boa parte deste período aqui neste sítio e para mim este é o melhor local do mundo. Foi aqui que obtive conhecimento sobre a natureza, Deus e as pessoas. Amei, sofri, chorei como qualquer pessoa normal e o conselho que dou é que se entregue as experiências sem medo. É melhor arrepender-se do que fez do que nunca ter feito. Em suma, fui feliz e quando eu morrer estarei satisfeito.

—Que interessante. Também vivi muitas experiências apesar de ter menos de um terço de sua idade. Estou em busca do meu caminho e quero cumprir mais esta aventura. Já reuni as" forças opostas", entendi a complexa "Noite escura da alma" e agora estou em busca de desenvolver meus dons. Mas tenho que confessar que ainda não aproveitei a vida como deveria por causa dos meus próprios preconceitos. (Eu,o vidente)

—Tenho catorze anos e minha experiência resume-se a convivência numa família complicada onde meu pai me obrigava a trabalhar continuamente e não podia nem sequer estudar. Depois de tanto sofrer, resolvi fugir e a guardiã me adotou. Pude então estudar e brincar como qualquer criança normal e fui escolhido para ajudar um jovem sonhador em seu objetivo de conquistar o mundo. Agora, aqui estou junto dele em uma nova aventura. (Renato)

—Muito bem. Vocês fazem uma dupla perfeita. Eu também tinha um companheiro quando jovem e desbravamos os sertões em busca de justiça, paz, desenvolvimento espiritual em uma sociedade cheia de preconceitos. Não conseguimos conquistar tudo porque aqueles tempos eram difíceis. Mas confesso que fui feliz mesmo assim.(Angel)

—Que bom. Espero também ser feliz e me realizar profissionalmente. Renato, obrigado pelo apoio. (Eu, o vidente)

—De nada. Faço apenas minha obrigação. (Renato)

A conversa instantaneamente para, o silêncio reina e continuamos a caminhar. Dobramos a direita, a esquerda em vários lugares e em dado momento chegamos a uma árvore frondosa e gigantesca. Angel para e pede que façamos o mesmo. Ele se abraça na mesma mas não consegue abarcá-la. Fica emocionado, chora, ri, enfim vive uma explosão de sentimentos em questão de segundos. Depois, senta e nós o acompanhamos.

—Sabe o que isto significa para mim? Representa um símbolo de amor, amizade e companheirismo. Por favor, abracem esta árvore de olhos fechados e sintam.

Obedecemos ao mestre e no mesmo instante, sinto uma tonteira muito forte, o sangue ferve, o mundo gira, e parece que estou de frente com a pessoa amada. É muito forte o que sinto e esqueço todos os entraves, as culpas, os problemas e sinto que vale a pena mesmo amar mesmo que a outra pessoa não reconheça. Encho-me de coragem, grito o nome da pessoa e digo:Amo-te. Não preciso me preocupar com nada pois do meu lado estão pessoas da minha inteira confiança. Depois do êxtase, sento e choro um pouco. Renato, também senta e chora, mas ele nos conta sua experiência mais pura que guardamos em segredo a fim de preservá-lo.

Conversamos mais um pouco, refletimos e combinamos de continuar o passeio. Seguimos agora em outra trilha rumo ao sul.O começo da nova caminhada é um pouco desgastante pois tínhamos vividos emoções intensas anteriormente mas não deixava de ser desafiadora e instigante. A cada passo dado, encontrávamos um novo mundo onde viveram nossos antepassados e criaram história e agora cabia a nós transformar o mundo. Pensando nisso, avançamos velozmente e paramos algumas vezes a fim de nos hidratar. Em dado instante, a trilha se abre e nos mostra uma extensa planície rochosa. Então, Angel nos convida a nos aproximar mais. Ele pede que sentemos, nós obedecemos e nos conta um pouco da história daquele lugar.

—Este foi o local combinado de encontro entre o nosso grupo de justiceiros do sertão e os famosos cangaceiros do bando de Virgulino. Aqui nos reunimos e tratamos de nossa ação contra as elites daquela época. Bons tempos aqueles. Éramos considerados heróis pelo povo em geral. Contudo, na verdade, buscávamos apenas um pouco de igualdade e justiça.

—Que lindo. Se tivéssemos ações parecidas com essa nos tempos atuais não teríamos tantos problemas e preconceitos em nossa sociedade. (Afirmei, o vidente)

—Concordo, vidente. Mas nos últimos tempos vimos algumas ações exigindo mudança louváveis. (Complementou Renato)

—Sim, é verdade. Os jovens de hoje não são diferentes dos de outrora. As situações é que mudaram. Muita coisa melhorou do meu tempo para cá, mas ainda há o que avançar. Está nas mãos de vocês: Querem agir ou serem apenas expectadores da vida? (Pergunta Angel)

—Agir. Meu propósito em ser escritor é viver aventuras, evoluir espiritualmente, mostrar o caminho de Deus, desmistificar e ajudar a destruir preconceitos, ensinar e aprender. Já conquistei duas etapas e pretendo permanecer neste mesmo caminho. (Declarei, o vidente)

—Meu objetivo é acompanhar e auxiliar o vidente, este ser batalhador, que lutou por mim um dia e que mostrou que os sonhos são possíveis. Quero ter momentos bons ao seu lado e curtir sua companhia por muito tempo. São poucos que tem este privilégio. (Renato)

—Obrigado, Renato. Qual é o próximo passo, Mestre? (Aldivan)

—Calma. Ainda estamos nos conhecendo. Continuemos o passeio. (Ponderou Angel)

Dito isto, voltamos a mudar de direção e desta feita caminhamos rumo ao oeste. Agora, o caminho se mostra pedregoso e isto dificulta um pouco. Porém, o esforço se mostra compensador pois aprendíamos a cada momento com o ambiente, com o mestre Angel e com as lembranças. Enfim, tudo estava correndo bem até aquele instante. Continuamos a caminhar entre conversas, entre barulhos de animais, respirando o ar puro da mata, enfrentando o calor escaldante do fim de ano, entre dúvidas e anseios gritantes de nosso subconsciente. Mas tudo valia a pena e continuamos a descoberta. Depois de cerca de quarenta minutos neste caminho, chegamos em frente ás ruínas de uma casa de taipa. Paramos e Angel pede que o acompanhe. Entramos no que era a casa e ao tocar o resto duma parede, tenho visões gritantes de experiência vividas ali: Vejo Incompreensão, choque de sentimentos, luxúria, luz e trevas, sabedoria e conhecimento desperdiçados no "Encontro entre dois mundos". Fico estático com toda a informação recebida e, ao perceber minha dificuldade, Angel me presta socorro ao me tirar do eixo. Caio no chão, esmorecido. Renato e ele me fazem um carinho para que eu me restabeleça.

—Calma, filho de Deus. Eu deveria ter dito para você ter mais cuidado por sua sensibilidade. Aqui foi a residência do seu antepassado Vitor Torres e foi onde ele desenvolveu seus dons. O que foi que você viu? (Indagou o ancião)

—Um pouco dos sentidos dele. Mas foi tudo muito rápido. Fiquei um pouco com medo e sofri ainda mais por isso. (Revelou o vidente)

—Já passou. Estamos aqui com você. (Disse Renato)

—Na verdade, não tem que ter medo. Você é outra pessoa, estamos em outra época e as situações são distintas. Basta ter um pouco de cuidado e controlar seu dom que está ainda em desenvolvimento. Mas não se preocupe. Eu o ensinarei quando começar o nosso treinamento. Por enquanto, devem saber que aqui é um dos locais apropriados para vencer barreiras do tempo, espaço e abrir as portas para o outro mundo. Quem souber dominar o seu poder, pode conquistar tudo na vida e vencer seus inimigos. Não há limites— Explicou Angel.

—Entendo. Estou disposto a conhecer meus limites e a descobrir totalmente meu destino mesmo que isto envolva riscos altos. É necessário para minha carreira e para minha evolução espiritual e humana. (Declarei, o vidente)

—Estamos acostumados a correr riscos. (Complementou Renato)

—Você vai até onde puder. Não é irreversível este processo. Podes desistir a qualquer momento, fechar as suas portas espirituais e renunciar a esta dádiva. É tudo uma questão de escolha. Podemos continuar o passeio? (O mestre)

Confirmamos que sim. Saímos das ruínas da casa e pegamos outra trilha em direção ao leste. O novo começo de caminhada abre mais minhas perspectivas o que me faz ter mais esperanças de sucesso. Alheios a tudo, Renato e Angel continuam me acompanhando e dando a força necessária nos momentos certos. O que seria de mim daqui por diante? Eu não tinha ideia mas continuaria a minha jornada não importando os obstáculos ou os perigos que corresse.

Continuamos caminhando. Quando o cansaço bate, paramos e procuramos uma sombra de uma árvore a fim de descansar. Com este objetivo, nos desviamos um pouco da trilha e ao achar a árvore nos abrigamos e desabamos no chão. Angel ri e retoma o diálogo.

—Também está cansado, Filho de Deus? Pensei que os super-heróis fossem feitos de ferro. (Brinca Angel)

—Nem fala. Apesar de todos os meus predicados, eu sou uma pessoa comum em relação ás fraquezas, aspirações, medos e inquietações. Mas sei ser forte quando é necessário. (Comentei, o vidente)

—Concordo. Já o acompanhei em duas aventuras e posso dizer que ele soube corresponder às expectativas de seus mestres. Fez uma viagem no tempo, solucionou injustiças, voltou a montanha, aprendeu sobre os pecados capitais, em viagem a uma ilha embarcou num navio de piratas e se saiu muito bem. (Renato)

—Interessante. Mas saibam que desenvolver os dons vai exigir uma audácia maior da parte de vocês do que das vezes anteriores. Desta vez, escolhas importantes terão que ser feitas. (Angel)

—Quais, por exemplo? (Pergunto, o vidente)

—Calma. Ainda não é chegada a hora. Controle sua ansiedade pois ela pode lhe atrapalhar. (O ancião)

—Desculpa. Já descansei. Vamos continuar? (Vidente)

—Está de acordo, Renato? (Angel)

—Sim. Vamos. (Renato)

Saímos rapidamente, retomamos a trilha em silêncio e a cada passo ultrapassamos obstáculos. O clima é agradável, estamos tranquilos e nada neste momento parece impossível apesar do desafio gigantesco de se aventurar naquelas terras. Dobramos a esquerda, a direita, encontramos pessoas, as cumprimentamos e neste vaivém chegamos depois duma hora de caminhada a uma planície extensa, sem vegetação, rodeada por rochas vermelhas. No centro, uma pedra grande. Angel pede para Renato ficar e avança um pouco mais comigo até o centro. Subimos em cima da pedra, ele me convida a sentar e depois, deitar. Pede que eu feche os olhos, eu obedeço e sinto mãos experientes pousarem em minha cabeça. Como se fosse uma chuva, sinto raios de energia penetrarem em minha mente como da última vez. Mas desta feita, eles em vez de me acalmar me deixam mais inquieto por causa das visões que se revelam pouco a pouco na tela da minha mente. Vejo dor, opressão, perseguição, calúnias, maus entendidos, problemas de relacionamento amoroso e de amizade, solidão, lutas internas, fracassos nem sempre assimilados, mas no fim de tudo uma luz bem vibrante. Tento me aproximar da luz e ao chegar bem perto, desperto. Ao meu lado está Angel, um pouco sério.

—Viu filho de Deus, o que te espera? Nem sempre temos tudo nesta vida, entende? (Angel)

—Sim. Entendi. Mas eu escolho tentar. É meu sonho, desde criança e nem todas as dificuldades do mundo irão me impedir. No fim de tudo, há uma luz. Como alcançá-la? (Indagou o pequeno sonhador)

—Esta resposta só você pode descobrir dentro de você. Eu sou apenas mais uma seta que o destino colocou a sua frente assim como os seus outros mestres. Se estiver disposto a me ouvir sempre, mesmo que seja inconscientemente, provavelmente obterás sucesso. Digo isso não com orgulho, mas com a humildade de quem já viveu muito, cento e treze anos, e que já experimentou de tudo nesta vida. Falta apenas você dizer que sim. (Angel)

—Sim. Ouvir-te-ei e aprenderei o segredo dos sete dons. Esforçar-me-ei para isso. (Divinha)

—Muito bem. Gosto de jovens determinados. Voltemos agora, Renato nos espera. (O mestre)

—Tudo bem. Vamos. (O vidente)

Deixamos a pedra, retornamos pelo mesmo caminho, reencontramos Renato e juntos começamos a fazer o caminho de volta a casinha de sapê. Pegamos um atalho pois o dia já avançava. Passamos por lugares diferentes, vivemos novas experiências, encontramos mais pessoas, conversamos um pouco a fim de nos conhecer melhor e assim o tempo vai passando. Quando menos esperamos, chegamos ao destino. Entramos na casinha, nos dirigimos a cozinha e preparamos um alimento rápido. Ao comer, recuperamos um pouco as forças e, como já estava tarde, resolvemos tirar um cochilo. Eu, na cama de capim, Renato, na rede, e Angel, no chão. O que nos esperava? Continue acompanhando, leitor.

Acordamos juntos por coincidência.Ao conferir a hora, verificamos que já era seis da noite.angel,amigavelmente,nos convida a sair e ajudá-lo a fazer a fogueira a fim de nos aquecer e nos iluminar em substituição á luz elétrica que o mesmo se negava a instalar. Aceitamos o convite, pegamos as toras e os gravetos de madeira atrás da casa e levamos até a frente. Quando arrumamos uma boa pilha, Angel nos ensina a fazer fogo com as pedras. Depois de algumas tentativas, conseguimos e ficamos a nos aquecer, a observar as estrelas, a curtir a brisa da noite e a papear. Um pouco de nossas conversas está transcrito abaixo:

—Vejam que maravilha de mundo Deus nos deu. Cada astro do céu é um filho dele, assim como nós. Não devemos desperdiçar nosso tempo com preconceitos, brigas, intrigas e violência. Pois o tempo passa rápido e devemos aproveitar cada segundo dele como se fosse o último. (Angel)

—Tem razão. Eu ainda não aproveitei a minha vida ainda como deveria e me arrependo disso. Fui um jovem criado na rigidez da fé católica e a noção de pecado que me ensinaram é totalmente diversa da que acredito hoje. Tudo para mim era pecado e por isso deixei de viver interessantes experiências. Um dia, despertei para realidade e só considero pecado a atitude que faz sofrer o próximo ou a ti mesmo. Hoje, sou mais feliz do que antes apesar de nunca ter perdido a minha fé. (Eu, o vidente)

—Que pena. Ainda bem que a guardiã me orientou direitinho e em tempo sobre a luz e as trevas. Hoje, sou um adolescente feliz, cheio de amizades e aventuras. (Renato)

—Que bom,Renato.Foi uma pena,Aldivan.Mas vocês são jovens ainda. Vão ter tempo suficiente para tudo. Eu também vivi, na minha época, uma espécie de repressão pelo fato da minha opção sexual distinta. Mesmo assim, lutei pelo aquilo que acreditava. Confesso não ter sido completamente feliz mas tive momentos felizes. Amei, chorei, sofri, vivendo intensamente muitos sentimentos. E vocês? Já tiveram algum tipo de experiência? (O mestre)

—Sim, durante meus trinta anos de vida, já conheci muita gente.Eu me apaixonei umas três vezes sentindo o fogo do amor gritar dentro de mim e posso dizer que é maravilhoso. Apesar de não ser correspondido, valeu pela experiência e estou disposto a novos desafios nessa área. Quero investir também na literatura, na matemática, nas relações pessoais.Enfim,busco a felicidade e acredito que a mereço. Aliás, todos merecem. (Comentei, o vidente)

—Eu nunca experimentei o amor porque não tenho idade para isso nem é meu foco. Quero estudar e fazer novas amizades, por enquanto. (Renato)

—Claro. É normal. Mas tenha cuidado com o amor. Ás vezes ele machuca muito. (Angel)

—Angel, mudando de assunto, poderia nos explicar melhor como se dará o nosso treinamento? (Vidente)

—Vão ser seis etapas. Cada uma representando um dom do espírito santo. Cada um envolvendo um desafio complicado. Se forem aprovados, vão passando de fase. Quando chegar a última, estarão prontos para desvendar a primeira história que desafia o tempo. (Explicou ele)

—Entendi. Quando começamos? (Renato)

—Amanhã mesmo, pela manhã. Mas pensemos nisso depois pois disse Jesus: A cada dia, a sua preocupação. Observem o céu e agradeçam pela vida. (O ancião)

Obedecemos ao mestre e ficamos um largo tempo a observar o céu. Quando ficamos totalmente exaustos, nos despedimos do mesmo e fomos dormir. O próximo dia escondia aventuras intrigantes num fim de mundo inóspito.

O primeiro desafio:Sabedoria

Amanhece no sítio fundão, Município de Pesqueira, agreste de Pernambuco-Brasil. Acordamos um pouco tontos com os raios de sol batendo nos nossos rostos e o canto melodioso dos pássaros. Mesmo lutando contra a preguiça e o cansaço, conseguimos levantar na segunda tentativa e nos encaminhamos para trás da casa, a fim de tomar o banho matinal. De comum acordo,eu vou primeiro. Pego um balde de água, encho na cisterna e vou me banhar não tão tranquilo pois tenho medo de ser flagrado em minha nudez por pessoas desconhecidas .Com alguns passos, chego no destino, tiro a minha roupa, e jogo um pouco de água fria no corpo. Esfrego-me, ensaboou-me e jogo um pouco mais de água e na medida em que vou me lavando aproveito também para pensar um pouco na minha própria trajetória. Aonde tudo aquilo me levaria? Já enfrentara a gruta,desafios,a montanha, o Eldorado e ainda tinha sede de conhecimento. De um simples sonhador passara a vidente poderoso, capaz de realizar milagres mas ainda não me realizara. Faltava galgar os degraus da evolução um por um e descortinar os véus das histórias realmente importantes. Era isto que eu me propunha e esperava obter o sucesso. O objetivo maior era ser feliz.

Continuo o banho, toco nas minhas partes sensíveis e imagino o quanto era importante manter o foco, a integridades, meus valores em quaisquer circunstâncias. Além de tudo, trabalhar com dedicação e persistência era o segredo da vitória. Foi com estes ingredientes que me descobri e me abri para o mundo e continuaria agindo dessa forma sempre.

Jogo um pouco mais de água no corpo, uso sabão, xampu e sabonete e tento retirar todas as impurezas. Quando me sinto pronto,enxáguo-me,pego a minha toalha, enxugo-me e entro na casa aliviado. Aviso a Renato e o mesmo vai tomar banho. Pouco depois, Angel finalmente acorda. Cumprimento-o e vou vestir minha roupa. Quando estou em condições, aproximo-me do mesmo e para minha surpresa o café está pronto. Ele me convida a comer e eu aceito pois estava esfomeado.

O desjejum é composto de frutas típicas da mata como caju,abacaxi,melancia,Fruta-de- palma além do tradicional beiju e macaxeira. Um verdadeiro banquete dos deuses. Comemos em silêncio, deixamos um pouco para Renato que volta do banho. Quando todos ficam satisfeitos, a conversa é iniciada.

—Estão prontos, sonhadores? O desafio está lançado. (Pergunta Angel)

—Sim. O que devemos fazer e do que se trata? (Pergunto)

—Queremos todos os detalhes. (Renato)

—O primeiro desafio envolve o dom da sabedoria. Procurado desde os tempos remotos, este dom ajudou na evolução da humanidade e fez os homens um pouco mais humanos. O desafio consiste em dirigir-se ao nordeste do sítio e decifrar um enigma antigo que se apresentará espontaneamente para vocês. Se errarem, despertarão a fúria dos deuses o que pode provocar graves conseqüências. Mas não se preocupem: Confio totalmente em vocês. (O mestre)

—Como devemos agir? (Perguntamos em coro)

—A questão é óbvia. Ajam com bom senso e a sabedoria dos humildes. Ela é alcançada através da contínua oração e meditação. Mas lembrem-se: Não vale trapacear— Respondeu ele.

—Quando devemos ir? (Pergunto)

—Agora mesmo pois o tempo urge. Boa sorte e mantenham contato com o interior de vocês. (O ancião)

Angel se aproxima, nos abraça e se despede finalmente. Pegamos uma mochila com alimentos e uma garrafa d'água e finalmente saímos da casinha de sapê. Procuramos a trilha mais próxima que dá acesso ao nordeste do sítio e quando a encontramos começamos a caminhada. Apesar de todas as dificuldades que se apresentam no caminho, avançamos num bom ritmo e conversamos entre si preparando a melhor estratégia. O que nos esperava? A vaga indicação de Angel nos deixava cheios de dúvidas, mas não tínhamos escolha a não ser arriscar e descobrir.

No caminho, encontramos pedras, pássaros, espinhos, vozes interiores que nos guiam e a instigante força que move o universo a que muitos chamam de Deus ou de destino. A cada passo dado, parece que já podemos decifrá-lo apesar de nossa inexperiência. O que aconteceria? Não importava. O importante era o nosso empenho, era o momento que talvez não se repetisse mais. Não podíamos desperdiçar esta chance como eu já tinha desperdiçado boa parte da minha vida em lamentar minha condição. Em certo momento, acordei e estava disposto a viver, junto com Renato, aventuras incríveis e que talvez nos consagrassem não pelos feitos em si, mas pela coragem. Esta era a palavra-chave: Coragem.

Animado por esta força, continuamos avançando embrenhados na mata virgem procurando algo que não se via ou que ninguém jamais tinha encontrado. Com isso, o tempo passa. Depois de cerca de duas horas, chegamos exatamente no centro do nordeste do sítio Fundão e nada (exatamente nada) tinha acontecido. Exaustos pelo esforço da procura, resolvemos sentar numa clareira próxima, comemos e nos hidratamos um pouco. Fechamos os olhos, descansamos um pouco e ao abrir temos uma grande surpresa: os céus tinham desaparecido, nuvens coloridas nos envolviam, nossos corpos flutuavam no ar com facilidade. Mesmo que antes perguntássemos o que estava acontecendo, três belos anjos se aproximam de nós em glória o que nos provoca bastante medo. Ao chegar bem perto, eles mantêm contato telepático e nos tranqüilizam, dizendo que não vão fazer mal, que apenas são mensageiros da sabedoria. Eles perguntam se queremos descobrir mesmo o dom da sabedoria? Respondemos que sim e eles nos propõem um enigma: O que dois amigos fazem que três não podem fazer? E dão um tempo de cinco minutos para que pensemos. Eles nos alertam que caso errássemos cairíamos num abismo sem fundo.

Eu e Renato começamos a discutir as possibilidades. Falamos um pouco de tudo, discutimos, trocamos experiências. No final do tempo, usando a minha experiência, tenho uma resposta apesar de não ter a certeza de que está correta. Entro em contato com os anjos, repasso a resposta mentalmente: Compartilhar um segredo a dois. Eles se reúnem em círculos, proferem orações misteriosas, a terra treme, o céu escurece e no final do ritual uma bola de fogo abrasadora é lançada de encontro aos nossos corpos. Temos medo, tentamos correr, mas estamos bem presos ao chão. Contra nossa vontade, somos envolvidos pelo fogo, mas, para nossa surpresa, ele não nos queima e sim nos completa, é límpido, perfeito e através dele absorvemos a sabedoria, o primeiro dom do espírito santo.

No instante seguinte, a emoção do momento me faz entrar em transe e ter uma visão rápida:Matheus,era um jovem ingênuo,educado,inteligente,com bons dotes pois era filho de comerciantes da cidade do Recife. A época em que vive é o século XVIII,época rica mas cheia de mistérios e incompreensões. O mesmo tem vários amigos, arranja várias namoradas indicadas pelo pai, mas não tem afinidade com nenhuma e resolve inicialmente não se casar apesar da insistência da família pois acredita no amor verdadeiro. Sua decisão é respeitada apesar dos critérios rígidos da época. Mas um belo dia encontra Margareth, uma jovem estrangeira, na escola .Os dois saem,conversam,se apaixonam e depois dum tempo de convivência comunicam aos seus pais. O casamento é aceito e no dia é uma grande festa. Depois da cerimônia de casamento, e com uns trinta dias de casados Margareth revela um segredo ao esposo: Era feiticeira e tinha contrato com as "trevas", mas mesmo assim o amava. Entre surpreso e decepcionado, Matheus reflete um pouco e decide não deixá-la pois a amava como a si mesmo. Só pediu discrição para que a mesma não fosse pega pelo tribunal da inquisição. Margareth prometeu que tomaria as devidas precauções. Passaram-se três anos em levantar suspeitas. Porém, um belo dia foi descoberta, presa, julgada, e dias depois esquartejada em praça pública e finalmente morta. Matheus só acompanhou de longe, com medo de ser acusado de cúmplice. Depois disso, o mesmo entrou em depressão grave, se afastou da sociedade e chegou até a loucura sendo internado num hospício. Quando recuperou a sanidade, decidiu esquecer tudo, e terminou por encontrar outra mulher chamada Clara, pertencente a sua religião e com ela teve três filhos. Margareth era apenas uma lembrança que deixaria em seu coração gravada, como qualquer outro momento de sua vida. Agora viveria em paz com felicidade com sua esposa atual e seus três filhos. "Todos temos direitos de fazer escolhas na vida, podemos até errar, mas tudo o que vivemos serve de aprendizado para que possamos viver novas experiências e enfim alcançar a tão almejada felicidade".

A visão se esvai. Num abrir e fechar de olhos, voltamos a clareira, no nordeste do sítio fundão. De comum acordo, decidimos voltar à casinha de sapê e sem demoras partimos. Pegamos a mesma trilha e começamos a fazer o caminho de volta. No caminho, fazemos planos para as próximas etapas no sítio e prometemos sempre trabalhar em equipe e com muita dedicação. Aonde chegaríamos? No momento atual, ficava impossível de prever, mas se dependesse de nós o céu seria o limite.

O tempo passa, nós continuamos caminhando em passos firmes e rápidos, e quando menos esperamos chegamos ao destino. Entramos na casinha de sapê e procuramos o mestre a fim de partilhar as experiências. O que aconteceria daqui por diante? Continue acompanhando, leitor.

O aprendizado assimilado da "sabedoria"

Reencontramos Angel na parte referente à sala descansado sobre uma cadeira. Abraçamo-nos, e ele nos convida a sentar também. Quando ficamos frente a frente, o mesmo inicia um diálogo.

—E aí? Poderiam me contar sobre as experiências vividas nesta primeira etapa?

—Seguimos seu conselho e pegamos uma trilha rumo ao nordeste. Depois de muito esforço, chegamos ao local indicado mas por um bom tempo nada aconteceu. Depois de fecharmos os olhos, um milagre acontece ,o cenário muda, e três estranhos nos propõem um enigma.Com apenas cinco minutos de prazo para pensar, conversamos entre si e no final chegamos a um denominador comum. Mesmo sem ter certeza,respondi,entramos em contato com o primeiro dom do espírito e confesso que foi maravilhoso. Tive então uma visão que complementou meus conhecimentos. (Eu, o vidente)

—Eu o acompanhei durante todo o processo e confesso que foi realmente difícil chegar a uma solução em tão pouco tempo. Mas tínhamos um pouco de experiência, usamos o bom senso e encontramos uma resposta entre várias possíveis. Tudo valeu a pena pois reciclamos os velhos conhecimentos e criamos novos. (Complementou Renato)

—Muito bem. Estão de parabéns os dois. Agora que estão transformados, poderiam me dizer o que é sabedoria? (Indagou o anfitrião)

—É o dom do espírito responsável em nós pela criação,reflexão,capacidade de aprendizado e que interliga os sentimentos e funções do cérebro. É um dom necessário para evolução humana,social,moral,espiritual que nos faz aproximar de Deus. Sempre procurada e desejada pelos mortais desde os inícios dos tempos ela se mostra aos mais simples, humildes e excluídos de nossa sociedade. (Eu, o vidente)

—A sabedoria me guia nas escolhas, nos meus sonhos e projetos de vida. Nos momentos decisivos, a consulto interiormente e ela com a função de seta me mostra como posso ajudar. Em suma, ela é o mapa que devemos seguir a fim de alcançar o sucesso. (Renato)

—ótimo. Agora que descobriram este dom, já podem ter uma visão mais ampla de tudo que acontece ao redor de vocês e antes não percebiam. Já podemos iniciar o treinamento. Querem continuar descobrindo os dons? (Pergunta Angel)

—Com certeza. Não estamos aqui por acaso. O que devemos fazer? (Pergunto)

—Estamos preparados. (Concorda Renato)

—Primeiramente, enquanto preparo o almoço, limpem a casa. Este exercício fortalece os músculos e ocupa a mente. Depois de nos alimentarmos, é que explicarei o que devemos fazer. Está bem? (O mestre)

—Tudo bem. Aceitamos. (Respondemos em coro)

Angel se encaminha a pequena cozinha, junto ao fogão de lenha cuidando dos alimentos enquanto eu e Renato pegamos a vassoura, a pá e um pano úmido para auxiliar-nos na limpeza. Ao começar os trabalhos, nos distraímos um pouco e lembramos da aventura anterior. Quantas vezes não tivemos que ajudar os piratas nos trabalhos domésticos? Tínhamos limpado o navio, lavamos louça e tudo tinha sido um grande aprendizado apesar do medo do desconhecido e da fama que os piratas tinham. Com o tempo, descobrimos que eram pessoas maravilhosas e comuns.

Agora, estávamos convivendo com Angel, um homem quase centenário, homossexual assumido, detentor dos dons do espírito santo, que criara história numa época cheia de preconceitos e de autoritarismos das elites. Desde o início, admirávamos sua coragem ,simpatia e conhecimento. Certamente ele poderia nos ajudar em nosso caminho.

Continuamos a limpar e seguimos atento a todos os detalhes. Organizamos a bagunça, espanamos os poucos móveis e varremos todos as partes da pequena casa. Por último, retiramos o excesso de barro do piso. Ao terminar, Angel dá um pequeno grito e nos chama à cozinha. Com alguns passos, chegamos no destino, sentamos à mesa e o anfitrião gentilmente começa a nos servir. Almoçamos um pouco de arroz, feijão verde, farinha de mandioca, tomates e galinha de capoeira. Estávamos cansados e com muita fome. Por isto, terminamos de comer em menos de quinze minutos. Adoramos a comida. Angel tinha realmente um talento especial para culinária. Depois dum breve silêncio, puxamos conversa.

—Em que consiste este treinamento? É muito difícil? (Pergunto)

—A partir do segundo dom, os desafios serão maiores e antes de enfrentá-los quero repassar um pouco do que aprendi com a vida para vocês. Mas não se preocupem, não é eliminatório. O objetivo é aumentar o leque de conhecimento de vocês para que tomem as decisões certas nos momentos certos. (Angel)

—Entendi. Quando iremos começar então? (Renato)

—Agora mesmo. Peguem um pouco de alimento e água e iremos para o sudoeste do sítio. (ordenou o chefe)

Obedecemos Angel . Quando estamos com tudo pronto, saímos da casinha de sapê procurando a trilha mais próxima que nos leva a direção. Ao encontrá-la, aumentamos o nosso ritmo. O que aconteceria daqui por diante? Continuem acompanhando, leitores.

O começo da caminhada nos desperta a curiosidade. Apesar de continuarmos andando num ritmo rápido, temos tempo para apreciar a natureza, o clima, e a presença do nosso mestre. A cada passo e a cada nova paisagem, não cansamos de perguntar a nosso guia e ele nos explica tudo, numa grande viagem no tempo.Com as informações, imaginamos as situações como se fossem atuais e isto nos proporciona um pouco de prazer e angústia também. Onde estaria este povo sofrido do nordeste do início do século XX? O que estivessem vivos, como Angel, se deparavam com um mundo tecnológico, cheio de invenções, mas ainda atrasado moralmente. Os que estivessem mortos, estariam distribuídos entre as três esferas espirituais existentes de acordo com a conduta de cada um durante a vida:Inferno, céu e cidade dos homens. Mas a vida continuava de uma forma ou de outra.

Continuamos a caminhar.Avançamos na trilha e ,em dado momento ,Angel pede para pararmos. Ele pede a mochila emprestada, tira a garrafa d'água e bebe um pouco. Pede que façamos o mesmo. Aproveitamos o intervalo para conversar um pouco sobre assuntos gerais. Quando nos recuperamos totalmente, retomamos a trilha. Caminhamos mais um bom tempo sem perguntas ou questionamentos. Apenas seguindo os passos do mestre atual assim como fizemos das outras vezes. Depois de mais de uma hora de caminhada, temos acesso a uma pequena fileira de casas, cerca de cinquenta, separadas umas das outras. Continuamos seguindo nosso mestre e ele nos leva a uma casa simples, de alvenaria, estilo casa, e de no máximo cinquenta metros quadrados. Ele bate à porta, esperamos um pouco, e de dentro sai uma senhora bem idosa, baixa, cabelos pretos e olhos castanhos claros. Ela se mostra surpresa, se aproxima com dificuldade, e ao chegar mais perto dá um grande abraço em Angel. Ela nos convida a entrar, nós aceitamos e ficamos um tempo sem entender até que são feitas as apresentações.

—Marcela, estes são meus discípulos:Aldivan, o vidente, (neto do nosso companheiro Vitor) e Renato. Trouxe-os aqui para que pudesse conhecê-los e conversar um pouco com eles. Marcela era uma das integrantes do nosso grupo de justiceiros— Explicou Angel.

—Muito prazer, Marcela. (Respondemos em coro)

—O prazer é todo meu, queridos. Quer dizer então que estão se submetendo a um treinamento com Angel? Estão de parabéns pela coragem. Certamente o que aprenderem serão de grande valia para o resto de suas vidas. Hoje, está tudo mais fácil. Antigamente, não, tivemos que batalhar muito para conseguir alguns avanços. (Constata Marcela)

—Poderia nos contar um pouco sobre sua época? (Pergunto)

—Um pouco. Prefiro lembrar apenas das coisas boas e das conquistas. Eu, Angel, Vitor, Rafael, Penelope, Cardoso e outros formávamos um grupo de justiceiros contra a demanda das elites da nossa época. Lutávamos contra as injustiças em geral, em defesa dos pobres, dos excluídos e dos marginalizados. Atuamos um bom tempo, conscientizamos a população em geral e alcançamos vitórias e derrotas. Mas era um tempo cruel, de repressão e só depois de muito tempo tivemos resultados concretos. O mais importante é que fomos felizes ou quase todos.

Após dizer isso, uma leve expressão de tristeza no rosto já enrugado de Marcela apareceu. Sentimos o clima um pouco pesado.

—Desculpe-me por fazê-la sofrer. Não sabia das suas mágoas. (O vidente)

—Tudo bem. Faz parte. E você meu jovem, está gostando do passeio ao sítio? (Referindo-se a Renato)

—Estou. Apesar de que não considero um passeio e sim um trabalho junto ao meu companheiro de aventuras—Respondeu ele.

—Marcela, poderia lhes falar da sua experiência do "Entendimento" e auxiliá-los em sua busca? (Solicitou Angel)

—Claro. No entendimento, cada experiência é única e faz brotar no nosso íntimo uma verdadeira contrição, uma vontade de se abrir completamente a luz. Ele nos faz ter uma visão ampla de nossa vida pessoal, do próximo e a melhor maneira de agir. Quando conquistamos o entendimento, temos um poder amplo para direcionar nossas vidas da forma mais adequada. O conselho que eu dou é que não tenham medo de arriscar ou das consequências pois é melhor se arrepender do que fez do que nunca tentar. Boa sorte para os dois. (Respondeu a mesma)

—Obrigado. A admiramos por fazer parte do grupo dos justiceiros, seres lendários do nordeste e meditaremos nas suas orientações. Muito obrigado por tudo. (Eu, o vidente)

—Faço das minhas palavras as suas. (Renato)

—Tudo bem. Podem ir. Continuem andando na direção sudoeste. O desafio se apresentará para vocês. Eu vou ficar um pouco mais conversando com minha amiga Marcela. Encontramo-nos em casa, mais tarde. (Angel)

Obedecemos ao mestre, nos despedimos da nossa nova amiga e saímos da sua casa. Já fora, pegamos a mesma trilha novamente. O que aconteceria? Continue acompanhando, leitor.

Entendimento

O retorno à trilha fez aflorar novamente em mim a ansiedade, a inquietação e as preocupações de sempre, referente a minha vida pessoal e profissional. Além disso, a todo instante me pergunto sobre o futuro. Em certa ocasião, a pressão é demais e peço para Renato que paremos um pouco. Ele concorda, nos hidratamos, comemos um lanche e traçamos os nossos planos. Quando nos recuperamos, retomamos a caminhada. Nossos passos nos levam a paisagens desconhecidas e maravilhosas e aproveitamos para tirar algumas fotos. O ambiente era tranquilo e aconchegante e nada nos levava a crer que há cerca de oitenta anos atrás aquele mundo era um mundo de violência e autoritarismo, mas era o que a história registrara. Cabia a nós como aventureiros que éramos descobrir pouco a pouco os detalhes.

Continuamos caminhando, relaxamos um pouco e concentramos apenas no objetivo atual. Acerto os últimos detalhes com Renato, apertamos o passo avançando cada vez mais. No caminho, passamos por um jardim frutífero e aproveitamos para sentir um pouco o gosto da liberdade alcançada até o momento. Subimos nas árvores como crianças, nos balançamos, derrubamos frutas deliciosas, descemos e nos alimentamos. Enfim, nos sentimos felizes. Um tempo depois, observamos o horário e resolvemos voltar a caminhar na mesma direção de sempre.

Depois de uma longa caminhada de duas horas, finalmente chegamos ao centro do sudoeste do sítio. Sentamos no chão e esperamos um sinal. Porém, passam mais de quinze minutos e nada acontece. O que estava acontecendo? Que peça o destino estava nos pregando? Não seria possível que tínhamos tido tanto trabalho para nada.

Sem resposta, conversamos um pouco e Renato me propõe uma oração que aprendera com a guardiã, direcionado a um santo anônimo, desatador dos nós. Aceito por me parecer a única alternativa viável. A oração é a seguinte: "Queridíssimo santo desatador dos nós, eu vos peço que nos sirva de intercessor junto ao senhor dos exércitos para que ele nos mostre um caminho seguro a fim de nos mostrar o nosso destino. Prometo que serei teu ardoroso fiel hoje e sempre. Com atenção, um aventureiro. Amém."

Depois de proferir a oração com fé, ficamos na expectativa. Cinco minutos depois, escuto uma voz interior a dizer-me: Dobres a direita e encontrarás o que precisa. Mesmo sem querer acreditar, peço para Renato esperar enquanto vou fazer xixi. Dobro a direita. Imediatamente, o mundo escurece, trevas e luz se aproximam, e meus estigmas são despertados. Sofro bastante, choro, grito, perco totalmente o controle. Enquanto isso, ocorre uma batalha rápida diante de mim entre um anjo e um demônio. Caio em terra e a única opção que tenho é torcer para que tudo terminasse bem.

Depois de um período de espera, o bem finalmente vence e o anjo se aproxima de mim. Ao chegar bem perto, fico ofuscado com sua luz e tenho que fechar os olhos. Ele encosta em mim e diz: —Toque-me. Obedeço e o contato me faz ter uma visão bem rápida: "Vejo um homem idealista e corajoso chamado Romão, habitante da Ásia menor, proprietário de terras num momento crucial de sua vida. O mesmo tinha oitenta anos, viúvo, fora casado com uma mulher maravilhosa chamada Cris durante cinquenta anos em plena comunhão e amor. Do relacionamento, tiveram cinco filhos que por ironia do destino também já eram falecidos. Há dez anos vivia sozinho, apenas acompanhados por empregados e por colonos que trabalhavam em suas terras. Mesmo com todas as perdas de sua vida, vivia feliz em sua propriedade, e não negava ajuda a ninguém. Em certo dia, realizando exames de rotina, ocorreu que descobriu que era portador de uma doença grave. Mesmo com a má notícia, não se revoltou. Começou a preparar-se para a despedida. Reuniu seus amigos mais próximos e empregados, deu uma grande festa e no final entregou a cópia de seu testamento juntamente com seu advogado. No texto, repassava todos os seus bens a cada um deles, em partes iguais. Emocionados, todos o abraçaram e ficaram muito contentes pois eram pobres e tristes pela iminente perda do amigo pois o que era dinheiro diante de anos de compreensão, apoio e cumplicidade? Aproveitaram o momento e declaram o seu amor por ele. Quando acabou a festa, todos se despediram. No outro dia, Romão foi encontrado morto, foi enterrado e hoje vive em paz, com espíritos evoluídos do céu. Fica a lição: "É necessário entendimento e discernimento para agir de forma generosa em todos os momentos da vida. Tudo é passageiro e o que realmente fica são as boas obras, pensamentos e os valores. O homem é isso."

A visão termina. Ao abrir os olhos, observo que estou sozinho e então decido voltar .Dobro a direita, dou alguns passos e reencontro Renato. Ele me dá um grande abraço e me pergunta: —Por que a demora, estava ficando preocupado. Só foi fazer o número um mesmo? Confirmo que sim e me justifico dizendo que me distrai. O convido a voltar para casa, ele aceita e continuamos a caminhar. No caminho de volta, tento assimilar da melhor maneira o segundo dom do espírito santo e sinto uma energia boa correndo em todo o meu corpo. O que aconteceria daqui por diante? Eu estava a ponto de descobrir. Apertamos o passo, avançamos na trilha e exatamente depois do mesmo tempo chegamos ao destino, a casinha de sapê, de propriedade de nosso mestre. Sem esperar muito, adentramos nela e procuramos o mesmo. Particularmente, estava ansioso para revê-lo e contar as novidades. Continue acompanhando, leitor.

Reencontro

Já dentro da casa, avistamos Angel na parte referente ao quarto e sem cerimônias e sem demoras nos aproximamos dele. Ao chegarmos bem perto, ele nos cumprimenta, nos abraça e inicia o diálogo.

—E aí? Obtiveram sucesso novamente?

—Sim. Desenvolvemos um pouco mais o nosso potencial ao desvendar o segundo dom do espírito santo mas queremos mais. Qual o próximo passo? (Respondo)

—Queremos todos os detalhes e a forma mais adequada de agir. (Complementa Renato)

—Calma. Vocês são muito ansiosos. O próximo passo ainda está distante. Falemos do atual. O que aprenderam com a nova experiência? (O mestre)

—Eu descobri através da visão da história que é necessário muito entendimento, paciência, e coragem para se fazer as escolhas certas e que o primeiro é alcançado de diversas formas, dependendo do grau de evolução do indivíduo. Como diz o ditado, a vida ensina, de uma forma de outra e o sucesso depende muito mais da experiência, da persistência e dedicação de cada um do que qualquer outra coisa. (Eu)

—Não participei diretamente da experiência do vidente, mas convivo com a guardiã da montanha há muito tempo e ele sempre me mostrou que a reflexão e a análise são sempre importantes ferramentas a serem usadas em quaisquer momentos da vida. Há duas possibilidades: Ou erramos ou acertamos. Com os erros, aprendemos e os acertos nos mostram que estamos próximos do objetivo a alcançar ou do sucesso propriamente dito. (Renato)

—Muito bem. Brilhantes conclusões. Não esperava menos de vocês que se apresentam como uma dupla dinâmica. Só não esqueçam deste velho aqui quando estiverem no sucesso. (Angel)

Lágrimas insistentes correram do rosto de Angel e a emoção também toma conta de nós. Aproximamo-nos, nos abraçamos mais uma vez e criamos um círculo de amizade, de energia ao nosso redor. Passamos um bom tempo nesta posição até nos recuperarmos. Separamo-nos e Angel se comunica novamente:

—Bem, aproveitem o restante da tarde para refletir e descansar. Eu vou cuidar do jantar. Pensem no próximo desafio, o terceiro dom que é "o conselho".

Dito isto, Angel saiu do quarto e foi a cozinha. Eu e Renato combinamos alguns detalhes da próxima etapa e, por fim, deitamos e tiramos uma soneca. Neste momento de descanso, nada podia nos atrapalhar nem mesmo os problemas pessoais e profissionais. Até o próximo capítulo, leitores.

O jantar e a noite no Sítio Fundão

Ao acordar, verificamos o horário e já estava próximo das sete da noite. Imediatamente nos levantamos e nos dirigimos à cozinha. São apenas alguns passos a dar e ao chegar no destino encontramos Angel sentado na mesa. Ele nos cumprimenta, respira aliviado e começa a nos servir. O cardápio é sopa de galinha e aproveitamos a iguaria comendo bastante. Durante o jantar, conversamos sobre tudo e trocamos experiências.

Quando terminamos, Angel nos convida a sair, nós aceitamos e o acompanhamos. Cinco minutos depois, já fora, contemplamos o universo representado através das estrelas. Angel nos ensina sobre elas, fala sobre o nome e a sua importância. Depois, acende uma fogueira para nos esquentar no frio típico daquela região na época de inverno. Ficamos ao redor dela e aproveitamos para nos conhecer melhor.

—Sabe, Angel, eu nunca iria imaginar que estivesse aqui algum dia pois a vida sempre se mostrara ingrata para mim. Desde pequeno, enfrentei tantos obstáculos que quase pensei em desistir. Dentre eles, os mais difíceis foram a falta de preparação e o lado financeiro. Demorei muito a me desenvolver e só a partir de 2010 é que minha esperança renasceu em todos os sentidos na minha vida. (Eu)

—Entendo. Eu na minha época também enfrentei muitos desafios. Alguns gigantes. Mas não desisti e tive pelo menos momentos felizes. Mas a época hoje é melhor. Você é talentoso, carismático e deve pensar apenas no presente. Construa seu futuro agora junto com seu companheiro de aventuras Renato. (Aconselhou o ancião)

—É o que digo sempre a ele, mestre. Tudo a seu tempo. O importante é que já estamos no terceiro passo duma se Deus quiser longa carreira literária. (Renato)

—Vocês estão certos. Mas independentemente de qualquer resultado não esquecerei minhas origens e dificuldades iniciais. Negar isso não seria ético da minha parte. (Eu)

—Filho de Deus, como está sendo para você experimentar o poder dos dons, é diferente das suas experiências anteriores? (Angel)

—Muito diferente. Já enfrentei a gruta, driblei armadilhas, transformei-me no vidente, viajei no tempo, solucionei conflitos e injustiças, reuni as "forças opostas", voltei a montanha, investiguei os pecados capitais, viajei a uma ilha, encontrei com piratas, experimentei a parte mais densa da "noite escura", entrei no Eldorado, tive contato com um preso perigoso, dentre outras coisas.Porém,nada parecido com o desenvolvimento dos dons que me leva a cada passo que eu dou a um destino inexplicável.(Confessei)

—Concordo com ele. Antes sabíamos o que procurávamos e até onde poderíamos chegar. No entanto, agora, não paramos de encontrar surpresas a todo o momento e desconhecemos quando a visão chegará ou o seu teor.(Renato)

—Muito bem. O importante é não desanimar. Estarei com vocês e ajudarei no que for preciso relativo aos seis primeiros dons. A partir do sétimo, será uma nova etapa. (Revelou Angel)

—Tudo bem.Agradecemos de todo coração. Cada pessoa que passa por nossas vidas e que acrescenta alguma coisa de bom, eu chamo de mestre. Você é um deles, te admiro muito, espero aprender cada vez mais e seguir minha carreira. (Eu)

—Obrigado. É uma troca mútua de conhecimentos. Não é porque sou velho que não posso aprender. A sabedoria não se mede pelos anos e sim pela abertura mental ás forças celestes. Vamos juntos. (Angel)

—É assim que se fala. Somos uma equipe. (Bradou Renato)

Nós três juntamos as mãos, Angel proferiu uma oração rápida e do nosso encontro brotou uma luz pequenina mas forte e incandescente. Ela alçou voo e alcançou o espaço em poucos segundos. Ao sumir completamente, ficamos assustados mas Angel nos tranqüiliza. Ele nos disse que a luz representava a força da nossa amizade e que enquanto ela permanecesse junto a Deus, duraria para sempre. Dependia apenas de nós.

Depois da aparição, continuamos a conversar por um bom período. O tempo passa e quando já é bem tarde, Angel sugere que deitemos para levantarmos cedo e com muita garra. Aceitamos o convite, entramos de novo na casa, cada um vai dormir no seu lugar e o outro dia certamente traria mais emoções em nossas vidas de aventureiros.

O terceiro dom

Amanhece. A brisa da manhã preenche todo o ambiente e acabamos por despertar auxiliados pela claridade provocada pelos raios de sol que acariciam nossos rostos.Inicialmente,cheio de cansaço, não consigo mover-me da cama de capim em que estou. Mas esforço-me e depois de três tentativas consigo levantar-me. Em pé, aproximo-me de Renato e o estimulo a fazer o mesmo.Com a minha ajuda, ele também se levanta.Com relação a Angel, ele ainda está dormindo e resolvemos não incomodar. No instante seguinte, tomamos um pouco de água e combinamos de irmos nos lavar atrás da casa, cada um por sua vez. Ele vai primeiro e eu fico esperando. Neste ínterim, penso um pouco sobre mim mesmo. O que me levava a arriscar tanto em aventuras cada vez mais inusitadas? Certamente o principal motivo era o prazer da profissão que escolhera, numa tentativa de derrubar padrões, estereótipos e preconceitos, ou seja, transmitir uma mensagem de conhecimento, esperança e fé para um mundo atrasado e conturbado. Além disso,eu tinha um compromisso comigo mesmo e com o vidente, aquele que surgiu a partir da entrada na "gruta do desespero". Por isto, eu estava decidido a continuar sem se importar com os riscos.

Continuo refletindo sobre isso e outros assuntos, o tempo passa um pouco e finalmente Renato retorna do banho.Cumprimentamo-nos,ele pede licença para trocar de roupa e aproveito a oportunidade para ir também lavar-me. Pego minha saboneteira e xampu, atravesso a casa em poucos passos e ao chegar na cozinha, pego um balde, saio da casa, fico na parte de trás e verifico se há ou não a presença de estranhos por perto. Por sorte, é muito cedo e por enquanto não há movimento. Encaminho-me para a cisterna, encho o balde e retorno rapidamente à parte de trás da casa. Mesmo um pouco com medo, tiro a roupa. Jogo um pouco de água no corpo, ensaboou-me,enxáguo-me e começo a me esfregar. Esforço-me para retirar as impurezas do meu corpo e o exercício me traz um relaxamento incrível apesar de algumas preocupações pessoais. Penso um pouco sobre isso. O que estava acontecendo na minha casa, com a minha família, amigos e conhecidos? Bem, seja o que fosse, acredito na torcida dos mesmos para eu evoluir e conseguir descortinar um pouco o véu do destino. Eu me esforçaria a fim de não os decepcionar.

Com esta certeza, esfrego-me mais, coloco sabonete líquido no corpo todo e enxaguo-me no corpo todo. Verifico cada detalhe e quando me convenço que estou limpo, pego a toalha, enrolo-me e retorno a casa, especificamente no quarto. Com alguns passos, chego no destino, reencontro Renato e Angel, que já está desperto. Gentilmente, os dois me cedem cinco minutos para que eu me troque e escolho uma roupa bonita: uma blusa listrada, uma calça Jeans e uma cueca vermelha representando o fogo que me consumia. Coloco também um boné, calço um par de sapatos e uns óculos escuro para dar um pouco de charme. Quando estou pronto, saio do quarto, procuro os dois e os encontro na sala vendo um álbum de fotos.

Ao chegar, também sou convidado a apreciar as fotos. Angel me mostra cada uma delas, são antigas e cada uma delas desperta um pouco a memória daquele velho sábio. Vemos fotos de sua família, conhecidos, amigos e participantes do grupo de justiceiros e até de cangaceiros, bandidos legendários do Nordeste que ficaram famosos naquela época. Cheios de curiosidade, perguntamos todos os detalhes e ele gentilmente nos explica. Ao chegar numa foto dum jovem musculoso, moreno claro, bonito e um pouco peludo, ele se emociona e diz: —Este é Vitor, meu único e verdadeiro amor. Pena que se foi tão cedo. Observo a foto do meu antepassado detalhadamente e eu tinha que concordar apesar de ser homem que o mesmo era atraente. Estava explicado a adoração de Angel por ele. Respeitamos os sentimentos de nosso mestre e não comentamos nada. Vemos algumas outras fotos e ele se recompõe. Depois de terminar de ver as fotos, Angel pede para que o ajudemos na cozinha e aproveitamos para preparar o café a fim de aliviar nossa fome.

Quando tudo está pronto, sentamos a mesa e começamos a nos alimentar. Durante a refeição, puxamos conversa com Angel a fim de obter mais informação sobre o próximo desafio.

—De que se trata exatamente o terceiro desafio, mestre e como enfrentá-lo? (Pergunto)

—Vocês deverão na direção norte ir até a árvore, símbolo do meu amor com Vítor. Enfrentarão o seu destino e tentem escutar o interior de vocês. Lembrem-se dos conselhos de seus mestres e aplique-os na situação desejada. (Angel)

—Entendi. Devemos relembrar as nossas experiências e decidir usando a sabedoria, qual conselho aplicar. Mas o senhor tem mais alguma dica para nos dar? (Renato)

—Tenho. Não se deixem levar pela ambição do poder ou pelas aparências. Elas seduzem, mas no final não trazem sucesso ou a tão almejada felicidade. Só decidam no momento certo. (Angel)

—Muito bem. E o que devemos fazer? (Eu)

—Renato irá te acompanhar, caso você precise de algum auxílio. Você entrará a fundo na história de Vitor, mas não claramente. Apenas quando completar a etapa dos seis dons é que será capaz de ter a primeira visão da história. (Explicou o anfitrião)

—Quando partiremos? (Renato)

—Depois do café. Agora, vamos aproveitar para comer tranquilos. (O mestre)

Obedecemos ao mestre e nos alimentamos em silêncio num período de dez minutos. Quando terminamos, nos despedimos do mesmo, pegamos as garrafas d'água e levamos a mochila com alguns alimentos e nos dirigimos a porta de saída da casa. Com alguns passos a mais, já estamos fora e pegamos a trilha mais próxima que nos levava a direção norte. A partir daí, começava um novo desafio que não sabíamos como terminaria ou que resultados produziria. Continuemos juntos, leitor.

O começo da nova caminhada produz uma grande ansiedade em nós, como se nunca tivéssemos participado de aventuras. Isto era algo que ocorria recorrentemente e nos fazia lembrar dos nossos primeiros passos, da aventura de forças opostas, a viagem no tempo para Mimoso, e mais recentemente todas as peripécias e buscas da noite escura da alma. A trajetória até agora era curta, mas muito rica e isso nos dava força para continuar.

Aliamo-nos a essa força e apertamos os nossos passos. Enfrentamos os obstáculos naturais do caminho incluindo espinhos, pedras e o medo de encontrar algum bicho selvagem. E avançamos cada vez mais. Em cerca de vinte minutos, ultrapassamos um terço da distância e a conquista nos faz mais feliz. Mas não por muito tempo. Logo em frente, nossa visão se perturba pois aparece dois monges vestidos com trajes pretos, cada um montado num leão e armados com espada.

Em alguns instantes eles se aproximam de nós e bradam:-Se quiserem continuar, terão que nos enfrentar e vencer. Se perderem, terão que ir embora e renunciar aos seus projetos. O que me dizem? Há ainda a opção de desistir.

Cheios de medo, eu e Renato conversamos e o convenci a deixar tudo em minhas mãos. Olhei fixamente para os monges e disse: —Tudo bem. Mas deixem meu amigo e companheiro, Renato, de fora. Ele ainda é muito jovem para se arriscar dessa maneira. Eu enfrentarei os dois.

Os monges conversaram entre si por alguns instantes e quando decidiram, voltaram-se para nós: —Aceitamos. Mas enfrentará um por vez para a luta desigual. Um de nós é o mestre Hiorishida, conhecedor das artes marciais mais perigosas. O outro, é um telepata poderoso. A batalha vai começar!

Dito isto, eles bateram com a espada no chão e um círculo de fogo nos envolveu. Renato ficou de fora, assistindo. O primeiro monge pulou dentro do círculo e ao fazer isso, pensei:-Estou frito. Como enfrentar alguém mestre em artes marciais? Por enquanto, não tenho nenhuma estratégia em mente. Iria esperar que o adversário tomasse a iniciativa. Sem querer, lembro do combate com o ninja na gruta e uma luz no fim do túnel se acende para mim.

O adversário se aproxima, me cumprimenta e se afasta um pouco. Fica em posição de ataque. No momento, apenas observo seus movimentos a fim de estudá-lo. Em alguns instantes, a luta começa. Usando suas artes marciais, ele começa a marcar golpes poderosos e a executá-los. Alguns eu defendo e outros eu sofro pois ele é muito rápido. Quando penso em contragolpear, ele não tem dificuldade na defesa. Sem saída, eu continuo senso maltratado pelo adversário. Num dado momento, caio de cansaço pela primeira vez. Gentilmente, o primeiro monge se afasta e espera me levantar para reiniciar a luta. Aproveito o intervalo, e mentalizo a transformação da gruta e deixo o vidente solto para agir. Agora, eu estava mais preparado. Ele enfrentaria agora um ser superdotado de dons, capaz de transcender o tempo, a distância e entender os corações mais confusos.

No instante seguinte, levanto e chamo o adversário para batalha. Ele aproxima-se furioso, deixo ele me atacar e já conhecendo seus pontos fracos contra golpeio com força. O meu golpe o balança apesar dele ser bastante forte e experiente. Ele fica impressionado. Mas não o faz desistir. Ele se afasta um pouco, fica em posição de batalha e ataca outra vez. Como ele estava usando outra técnica, consegue me ferir e me derrubar pela segunda vez. Gentilmente, ele se afasta novamente. Reflito um pouco e digo para mim mesmo: —Cara chato e muito forte. Eu sei como te pegar! Pego escondido um pouco de areia na minha mão, levanto-me e parto para um novo ataque.

Ao chegar bem perto do seu rosto, lanço meu veneno e o mesmo cai em terra. Aproveito seu momento de fraqueza e o atinjo em vários pontos vitais. Em questão de segundos, o mesmo pede clemência e a luta é dada por terminada. Ele se retira, descanso um pouco e a próxima luta com o telepata estava por iniciar. Teria sucesso novamente? Continue acompanhando, leitor.

O segundo monge entra no círculo de fogo e se coloca em posição de batalha. Em questão de segundos, o mesmo profere orações ininteligíveis e imediatamente sinto um baque muito grande que provoca em mim uma dormência. Aos poucos, vou perdendo os sentidos e quando estou quase dormindo sinto meu espírito desprender-se do corpo material de um solavanco só. Imediatamente, me vejo fora do corpo, sinto o gosto da liberdade que isto me provoca e ao observar também vejo meu adversário em espírito frente a mim.

Rapidamente, o monge se concentra e cria armas espirituais com o objetivo de me atacar. Com isto, sou obrigado a também me proteger usando meus poderes de vidente. Quando estamos prontos, finalmente a luta começa. Com muita rapidez e experiência, sou atacado de diversas formas e inicialmente só penso em me defender e me esquivar dos ataques. Na maioria das vezes, consigo alcançar o objetivo, mas meu adversário é tão hábil que vez ou outra me atinge. Numa dessas, ele me atinge em cheio o que provoca minha primeira queda. Aproveito este momento rápido para refletir e realinhar minha estratégia. Iria atacar também mesmo que isso fosse bastante arriscado.

Na minha primeira tentativa, não tenho êxito, sou ferido novamente mas não desisto. Continuo tentando até que o atinjo. Ele parece se assustar mas logo se recupera mas volta a atacar novamente, agora com mais força e rapidez. Tento responder à altura e o combate fica cada vez mais interessante. A cada embate de nossas espadas, o mundo parece tremer e querer se destruir como na guerra entre anjos. É aí que tenho uma ideia. Provoco um encontro frontal entre as armas, o que resulta em sua destruição. Pronto. Tudo estava salvo. O mundo não acabaria nem Deus teria que atear fogo ao universo para evitar uma catástrofe maior.

O meu adversário não gosta de minha atitude, se concentra novamente e me atinge em cheio com seus poderes mentais. Caio de joelhos, muito confuso e tonto. Na minha mente atormentada, passam canarinhos, ovelhas, cavalos, e visões distorcidas de luz, trevas provocando em mim novamente um encontro das "forças opostas" e o despertar da minha poderosa, perigosa e tenebrosa "Noite escura da alma". Fico um momento estático sem reação até que a luz se aproxima e escuto uma voz fininha me chamando de longe. Concentro-me na voz e em alguns instantes reconheço a guardiã, minha primeira mestra espiritual e sigo ao pé da letra suas orientações interiores. Isto me faz recobrar os sentidos, fico mais tranquilo e enfim consigo me levantar.

Encaro o meu adversário novamente, reconheço sua superioridade, mas uso todas as forças a minha disposição. Sirvo de ponte entre a luz e a realidade e o ataco de uma vez só. E a estratégia dá certo. O meu adversário cai, desacordado. O círculo de fogo se desfaz e corro para abraçar Renato. O primeiro obstáculo tinha sido superado e todos tinham uma participação na vitória, seja na torcida ou nos conselhos. Agora, cabia a nós continuar no caminho.

Esperamos o monge se recuperar, ele admite a derrota e permite a nossa passagem. Retomamos então a caminhada e como tínhamos atrasado um pouco apressamos os nossos passos ainda mais, avançando na natureza agreste. No caminho, passamos por novas experiências, novos e interessantes lugares e pessoas, ouvimos o som da mata, driblamos pedras, pedregulhos e espinhos, tudo diante de um sol escaldante de verão. Onde nos levaria nossas peripécias? Não sabíamos, apenas guardávamos promessas do destino que se revelava e se escondia a cada passo nosso. Mas continuaríamos tentando. Esta era uma decisão definitiva.

Continuamos avançando e em dado instante ultrapassamos a metade do percurso. O feito nos faz feliz novamente. Porém, sabíamos que novas dificuldades poderiam aparecer. E é o que não demora. Alguns passos adiante, somos cercados por caboclos, espíritos protetores da floresta. Ele nos encara e o chefe deles se aproxima mais e tenta estabelecer um diálogo.

—O que fazem aqui? Já faz muito tempo que andam na floresta, por acaso querem lhe fazer algum mal?

—De maneira nenhuma. Ao contrário, somos protetores. Estamos aqui numa missão de extrema importância, uma viagem de trabalho. Garanto que não machucaremos ninguém. (Eu)

—Somos os desbravadores do tempo, e buscamos a paz, o reconhecimento, o amor. Enfim, procuramos a evolução. (Complementa Renato)

—Acho bom. De qualquer maneira, saibam que serão vigiados continuamente. Não demorem muito. Pois há um limite de tempo por dia na mata. (O chefe dos espíritos caboclos)

Dito isto, desapareceram. Não tivemos tempo de perguntar mais detalhes sobre o limite e então por via das dúvidas nos apressamos ainda mais. Continuamos a caminhar, avançamos e ultrapassamos os três quartos do percurso em um período considerável. Neste momento, dúvidas nos assaltam, mas não temos tempo para pensar nelas. O importante era não fraquejar num momento tão importante.

Avançamos ainda mais e nos aproximamos do destino. Logo em seguida, chegamos em frente à arvore plantada por Angel e Victor, símbolos do seu amor. Concentro-me e estou prestes a tocá-la novamente, mas antes que eu faça o movimento, uma voz conhecida grita atrás de mim: —Não se mexa.

Volto para trás e deparo-me com Angel que rapidamente se aproxima. Espero ele chegar para me dar as explicações necessárias.

—Você estava prestes a se suicidar. Mas ainda bem que te encontrei a tempo. Queria te perguntar se você já explorou seus chacras.

—Não, mestre. Nem sei ao menos o que é Chacra nem explorá-lo. Como faço? (Indaguei)

—Os chacras individuais são os responsáveis pelo controle do fluxo energético carnal e espiritual. Eles utilizam a luz do sol para alimentar a nossa aura e se o desenvolvermos corretamente este poder podermos emitir nossa energia espiritual ao exterior facilitando a compreensão de muitas coisas. A fim de explorá-lo você tem que se concentrar no ambiente, sentir sua magia, seu poder e quando você se entregar completamente poderá entender o desafio atual com mais facilidade. (O mestre)

—Isto. Siga o que o mestre disse e lembre-se de esquecer tudo a seu redor. Lembre dos aprendizados anteriores. (Lembrou Renato)

—Tudo bem. Pelo menos eu vou tentar. (Confirmei)

Dito isto, fico de costas para os meus companheiros, fecho os olhos, esqueço todas a preocupações,anseios,inquietações,as companhias e começo a me concentrar na luz que aquece e dá vida ao planeta. Usando o meu tato espiritual, imagino as estrelas, os astros,planetas,cometas,sóis,galáxias,os seres, tudo isto fazendo parte da roda da vida, inventada por um grande Deus,onisciente,onipotente,onipresente mas invisível ás suas criaturas. Tento ligar-me a este poder grandioso, único ser capaz de me entender naquele momento e nesta busca viajo pelas inúmeras dimensões existentes. Em tudo reconheço o nome dele mas percebo ainda muitas tribulações e a natureza grita constantemente ao meu redor. E é aí que paro e grito também: —Deus meu, vem me socorrer! Estou tão triste, estou sozinho, não conheci o amor nem descobri o potencial dos meus chacras.

Espero a resposta por um tempo, ninguém me responde, eu me decepciono e quando já estava desistindo do meu objetivo, escuto uma voz interior me dizer: —Você não está sozinho e não precisa me procurar em espaços distantes porque eu estou dentro de você, eu sou parte de você. Também me senti muito triste e sozinho há aproximadamente dois milênios atrás porque fui traído e injustiçado pelo meu próprio povo. Mas venci. Se você acreditar em mim e segurar com confiança em minha mão poderei realizar milagres em sua vida. Você quer minha ajuda?

Ainda confuso com toda esta revelação, não titubiei e disse mentalmente a voz: —Sim, eu entrego inteiramente meu destino em tuas mãos. Farei minha parte para te ajudar.

Depois da resposta, senti uma explosão mental, tudo gira ao redor, várias visões se sucedem rapidamente mas não me concentro em nenhuma delas. É aí que sinto algo diferente em mim, uma corrente de energia que percorre todo o meu corpo e me faz ver ao longe. Num estalo, tenho controle sobre mim mesmo e quando me sinto seguro abro novamente os olhos. Volto a posição inicial e reencontro meus companheiros de aventura.

Sem perguntas, dirijo-me a arvore e ao tocá-la eu tenho mais uma visão reveladora: "Herbert era um pobre camponês da região norte do Egito. Suas características principais são:Ambicioso,inteligente,perspicaz,maduro e reflexivo. Desde pequeno, procurava de diversas formas ganhar fama, ostentação e dinheiro mas por mais que se esforçasse não conseguia alcançar seu objetivo. Mas era um batalhador. E um dia encontrou um senhor de terras que admirado com sua inteligência lhe deu uma chance de ajudá-lo a comandar seus negócios. E não decepcionou. Auxiliado por sua inteligência, fez bons investimentos o que trouxe bons resultados para seu chefe e como ganhava por comissão também melhoraram sua vida. De um momento para outro, tinha dinheiro suficiente para realizar todos os seus sonhos e refletindo, decidiu aproveitar sua vida em:Festas,viagens,mulheres e atividades que envolviam lazer, mas sempre era aconselhado a poupar mas como tinha um emprego fixo não se importou muito com este conselho. E aí o tempo passou e no auge do poder e fama, certa vez, numa de suas viagens, encontrou um mendigo que lhe pediu esmola mas não lhe deu atenção alguma. Por que ele não trabalhava? Pensou. Disse para si mesmo: Eu sempre trabalhei, busquei e um dia tive a minha oportunidade. Que ele procure a sua, não tenho nada a ver com seu problema, concluiu. Depois deste fato, alguns meses depois, errou um cálculo, fez um mau investimento e sem esperar foi demitido. Foi aí que procurou suas economias, e verificou que gastara tudo. Procurou outro emprego, mas ninguém mais confiava nele. Por fim, terminou na rua e mendigo como aquele homem que se negara a ajudar. Moral da história: Sempre é bom ajudar. Não importa nossa posição ou classe, se te negas a ajudar, o universo retribui em dobro. Multiplique seu dinheiro, mas partilhe-o e poupe-o para que sempre sua mesa fique farta, e para manter a felicidade. Este é um conselho da vida e todos que seguirem vão se dar muito bem."

A visão termina. Afasto-me da árvore, me aproximo dos meus companheiros e juntos decidimos voltar imediatamente a casinha a fim de trocar ideias mais tranquilamente. Retomamos então a trilha e começamos a fazer o caminho de volta. No caminho, revivemos lugares fantásticos, encontramos pessoas e animais, os cumprimentamos e seguimos nosso caminho carregando as lembranças das aventuras anteriores e a atual. O que aconteceria daqui por diante? Não tínhamos a menor ideia e era isso que dava um sabor especial as nossas aventuras.

Continuamos avançado cheios de expectativa e ansiedade apesar de já ter cumprido três etapas.A cada passo dado,um novo aprendizado se mostrava a nossa frente.E tínhamos a obrigação de assimilar tudo para ter uma visão ampla sobre os temas.Foi assim que surgiu os dois livros anteriores e eu estava plenamente engajado no terceiro,um terceiro ainda confuso,distante e incógnito por mostrar um desafio gigantesco a ser superado,a questão do desenvolvimento dos sete dons, e a busca pela evolução contínua.Porém,apesar dos pesares eu continuaria na batalha.

Continuamos avançando.O tempo passa e em cerca de duas horas cumprimos todo o trajeto.Ao chegar no destino,nos reunimos na sala e começamos a deliberar sobre o que aprendemos anteriormente.Eu inicio a conversação.

—Mestre,eu tenho uma dúvida.Ainda terei dificuldades maiores do que neste desafio?Quais os riscos?(Pergunto)

—Com certeza,meu caro nobre,que se denomina filho de Deus.A cada novo desafio,novas dificuldades e escolha difíceis terão que ser feitas.Mas não se preocupe:Está fazendo um bom trabalho e tem chances de chegar ao fundo das histórias que prometem ser bastante reveladoras.Quanto aos riscos,são muitos.Maiores detalhes,darei nos próximos capítulos desta novela.(Angel)

—Se precisar de mim,estarei aqui,e no momento crítico serei essencial como sempre.(Renato)

—Obrigado,Renato,pela disponibilidade.Já sei que posso contar com você sempre ,meu amigo.E aí qual o próximo passo,Angel?(Indaguei)

—Calma,não seja ansioso mais uma vez.Primeiro me diga a que conclusões chegou ao entrar em contato com a minha árvore.(O ancião)

—Da primeira vez,senti a grande força dum sentimento profundo que se pode chamar verdadeiramente de amor.Da segunda,tive uma visão referente ao terceiro dom,o conselho,que me fez compreender ao mesmo tempo o amor conjuntamente com ele.Precisamos refletir, e para conseguir andar por um caminho seguro,temos que ouvir conselhos de pessoas experientes que nos mostram um pouco do que é a vida.Se nos negarmos a isso,não descobriremos por completo nosso potencial,nem teremos a oportunidade de sermos completamente felizes pois a felicidade se mostra na caridade,nas boas atitudes,no amor espiritual.Amor também é renúncia,entrega,compreensão,companheirismo,cumplicidade,etc.E você está de parabéns por ter amado tão profundamente um dia.(Afirmei)

—Esplêndido.Agora está preparado para continuar e quem sabe ser feliz completamente.Obrigado pelo elogio.Amor é assim,acontece de repente,seja para nos fazer felizes ou para nos fazer sofrer.Não escolhemos.Mas podemos decidir continuar ou desistir do mesmo.E esta é uma das escolhas difíceis a serem feitas e é aí que o conselho de alguém experiente se torna uma ferramenta essencial para alcançar o sucesso.(Angel)

—Amor também se traduz na amizade.Amo de coração o vidente.(Declara Renato)

A fala de Renato me emociona e nos abraçamos mutuamente.Por instantes,criamos uma atmosfera fantástica de acolhimento e paz espiritual.Neste momento,nossa luz brilha mais forte no céu e reafirma nosso compromisso.Seríamos amigos para sempre,independente de qualquer coisa.Depois de separarmos,Conversamos mais um pouco sobre tudo,planejamos os próximos passos e quando está tudo acertado vamos preparar nosso almoço.Fazemos esta tarefa rapidamente,nos alimentamos,fazemos outros trabalhos,descansamos e refletimos durante o restante do dia.O próximo dia nos revelaria surpresas e questões ainda mais fantásticas.Continue acompanhando,leitor.

Continuando a preparação

Amanhece no sítio fundão. Em dado momento, acordamos, nos esforçamos para levantar e, depois de algumas tentativas frustradas, finalmente conseguimos (Eu e Renato). Já Angel permanece dormindo e respeitamos sua idade e limitações físicas inerentes a ela. Passamos por ele e vamos começar a fazer a rotina normal da manhã (Tomar banho, preparar o café, nos alimentar e escovar os dentes).Na realização das tarefas, tentamos ser eficientes e ágeis da melhor maneira possível e humildemente nos damos muito bem. Em menos de uma hora, já estamos comendo o desjejum na mesa. Neste exato momento, o mestre aparece, nos cumprimenta e senta ao nosso lado.

Ele se serve e tentamos puxar conversa a fim de obter maiores informações sobre o desafio atual.

—Mestre, poderia nos explicar com mais detalhes o desafio proposto dos sete dons? Estamos indo bem até o momento? Como agir a partir de agora? (Perguntei)

—Muitas perguntas de uma vez, meu caro. Mas tudo bem.Tentarei te explicar. O desafio dos dons tem como objetivo prepará-lo para enfrentar uma dura realidade na visão que se apresentará e consiste em duas etapas: A primeira, composta dos seis primeiros dons, dos quais três estão cumpridos, realizar-se aqui no Sítio Fundão, com meu auxílio e de Renato.Depois,a segunda, composta pelo sétimo dom e mais cinco etapas que o desafiarão o seu poder interior e o fará visualizar os problemas atuais ,as soluções possíveis e juntos com a primeira visão poderão produzir "O encontro entre dois mundos", o dilema a ser resolvido. Quando finalizar a primeira etapa, você será orientado melhor sobre isso. Quanto ao desempenho de vocês, não estão deixando a desejar, a vossa experiência o ajudou muito. Mas é ainda cedo para comemorar pois os desafios ficarão cada vez maiores e exigirão muito desempenho e raciocínio da parte dos dois. Bom, agora, devo comunicá-los que passarão o dia comigo e juntos desenvolveremos a co-visão, no caso do vidente, com Renato tendo uma conversa particular e pessoal comigo para que eu possa orientá-lo sobre algumas coisas. (Explicou Angel)

—Entendi. Ficou bastante claro para mim. Quando partiremos? (Eu)

—Depois de terminarmos o café. Mas não nos preocupemos com trabalho agora. Vamos nos deliciar, pois está muito bom o rango que prepararam. Quem cozinhou? Está de parabéns. (O anfitrião)

—Fui eu. O vidente só sabe fazer ovo frito. Quanto a nossa conversa, vai ser muito séria? Pensei que a guardiã já tinha me preparado. (Renato)

—Calma. Você é muito sábio, mas precisa de orientação. Confie em mim e vai dar tudo certo. (Asseverou Angel)

—Este menino e suas gracinhas.Eu sei cozinhar sim. Eu te orientei o tempo todo. Olhando a receita, sei fazer sim. (Protestei, o vidente)

Todos riem com minha declaração e a conversa continua a girar sobre vários assuntos. Quando terminamos de comer, lavamos os pratos, limpamos a sujeira da cozinha, vamos nos vestir e arrumar algumas coisas para levar no caminho. Com tudo pronto, saímos de casa e já fora procuramos a trilha mais segura e próxima em direção ao grande centro da floresta do sítio. Que novas experiências e aventuras nos esperavam? Continuem acompanhando, leitores.

Rapidamente, conseguimos achar uma trilha.Com passos firmes e seguros, começamos a caminhar nela. O momento atual é de ansiedade e expectativa apesar de tantas emoções já vividas nesta e em aventuras anteriores. O que seria do nosso projeto, da nossa dupla que até agora se mostrava incrível? Poderíamos fracassar? Esta era uma possibilidade apesar de não trabalharmos com ela pois nosso pensamento era sempre de otimismo, de autoconfiança mas também de precaução. Estávamos dispostos a enfrentar qualquer obstáculo.

Com isto em mente, continuamos seguindo em frente por cerca de trinta minutos resolvendo parar um pouco. A pausa nos dá a oportunidade de nos hidratar e de comer um lanche. Angel senta no chão, pede que façamos o mesmo e começa a nos ensinar.

—Estão sentindo? A natureza grita constantemente pedindo ajuda, dando orientações,ensinando,aprendendo mas muitas vezes estamos tão imersos em nossas preocupações que nos negamos a escutá-la. Eu perdi muitas oportunidades da minha vida por causa disso. Até que certo dia, com a experiência, entendi o processo e ajudei alguém a se encontrar um pouco mais.

—Eu tive uma experiência parecida na Montanha do Ororubá.Foi através da meditação que descobri um pouco do meu potencial, mas sinto que ainda não me desenvolvi completamente. (Confessei)

—Eu nasci e me criei na mata. Conheço tudo na montanha do Ororubá.Mas como minha parte espiritual não é aguçada, não percebo nada além dos barulhos dos seres. (Renato)

—É compreensível. Vocês são ainda muito jovens. A fim de crescerem, peço a partir de agora um verdadeiro trabalho de equipe. Chega de individualismo e vaidades. O sucesso se vier será responsabilidade dos dois. (Orienta Angel)

—Tudo bem, mestre. (Respondemos em coro)

—Primeiramente, respeitem seus limites. Se tiverem em dúvida, não arrisquem. Lembrem-se que não super-heróis, que o caminho ainda não está traçado, e que é melhor um pássaro na mão do que dois voando. Agindo assim, estarão livres da influência das mentes negativas e das surpresas da vida. Tudo tem seu momento certo. (Angel)

—Como saberemos reconhecer este momento certo? (Eu quis saber)

—Eu participarei? (Renato)

—Não se preocupem com isso agora. A vida mostra. Foi assim comigo quando me assumi. O importante é não desperdiçar as oportunidades. Olha Renato, só sua presença soma. É claro que ocorrerá sua participação. Não será diferente das outras vezes. (Assegurou Angel)

—Tudo bem. De nossa parte, não faltará empenho, entrega, dedicação, fé no universo e no destino. Não é mesmo, Renato? (Eu)

—Sim, companheiro. Sempre juntos— Respondeu ele.

Depois desta breve observação, nós três nos abraçamos e reafirmamos nosso compromisso de entretenimento, de trabalho e evolução contínua. Quando tudo terminasse, lembraríamos destes momentos únicos e maravilhosos, especialmente importantes para minha carreira na literatura. Continuaríamos com a saga do vidente para o bem do mundo e nosso também.

O tempo passa um pouco. O momento do abraço termina, nos levantamos e decidimos continuar o trajeto que ainda estava no começo e prometia novidades. Seguimos em frente avançando na trilha. Nossos passos nos levam a conhecer novas e lindas paisagens, desfrutar o ar puro do campo completamente, encontrar animais e novas pessoas, viver momentos de ansiedade e expectativa, apesar de tudo estar caminhando bem. Com um pouco mais de tempo, avançamos mais e já atingimos um terço do trajeto percorrido. O feito nos faz feliz e agita mais nossas emoções. O que aconteceria? Dentro de algum tempo saberíamos e provavelmente teríamos que tomar decisões importantes e definitivas. Contudo, tudo valia a pena em prol do sonho maior.

Alguns passos depois, nos sentimos cansados e resolvemos fazer uma pausa rápida. Sentamos no chão duro, nos hidratamos, conversamos um pouco. No momento atual, nosso pensamento está voltado completamente para o objetivo e tentamos tirar algumas informações importantes de nosso mestre. Ele ri, desconversa e manda nós relaxarmos. Isto nos irrita um pouco. Será que ele não sabia o quanto era decisivo aqueles momentos para nós? Caso fracassássemos, jogaríamos todas as ilusões fora e viveríamos uma vida sem graça e cheia de sofrimentos. Seríamos punidos pelo universo que nos proporcionou o dom. Mas ele devia ter suas razões e cabia a nós acolher, respeitar e segui-lo sem mais perguntas.

Certo disso, quando estamos recuperados, nos levantamos e voltamos a caminhar. Seguimos pela mesma trilha, continuamos a enfrentar garranchos, espinhos, bichos venenosos embalados pelos sons da mata. Em dado momento, Angel puxa conversa.

—Que bom tê-los aqui comigo. Dois jovens cheios de sonhos que estão me fazendo reviver uma parte da minha juventude e me dando a oportunidade de repassar alguns conhecimentos que a vida me deu. Muito obrigado. (Angel)

—Nós é que agradecemos. Pela disponibilidade, paciência, pelas orientações. Sabe, tudo está sendo muito proveitoso. (Afirmei)

—Isto. Tudo está valendo a pena e o mais importante de conservarmos é a sua amizade. O admiramos muito. (Renato)

Dito isto, lágrimas rolam pelo rosto de Angel mostrando a sinceridade dos seus sentimentos. Diante de nós estava um homem que junto com meu avô transpassaram barreiras numa época atrasada e repleta de preconceitos. Era um herói de verdade que tivemos a sorte de conhecer. No momento seguinte, ele nos abraça, a emoção continua por mais um tempo e quando ele se recupera, retoma o diálogo.

—Muito bem. Esquecemos um pouco o passado e nos concentremos nos presente. Estão dispostos mesmo a continuar, a arriscar sem temer as consequências?

—Sim. (respondemos em coro)

—Pois bem. Este era o momento para desistir ou continuar. Como vocês escolheram a segunda opção, esta escolha é sem volta. Sigam-me então. Estarei com vocês sempre. (O mestre afirmou)

Obedecemos ao mestre, o seguimos, avançando na trilha agreste. Cada passo dado parecia nos revelar um novo mundo e só faltava chegar ao seu elo, "O encontro". Mas ainda tínhamos muito tempo para realizar desafios, evoluir e chegar a este ponto. Não tínhamos nenhuma pressa e sim sede de conhecimento. Uma sede que poderia nos levar a perdição, a loucura ou até mesmo uma desgraça caso não tivéssemos o cuidado adequado.

O tempo passa um pouco. Alguns passos adiante, ultrapassamos dois terços do trajeto, nos informa Angel. Ele nos dá algumas orientações básicas e anoto num bloquinho a fim de não esquecer. Nele, anoto também alguns pontos principais de nossa experiência que me ajudariam a escrever o terceiro livro da minha série. Depois de escrever, o guardo com carinho na minha mochila, localizada nas minhas costas. Em seguida, continuamos a caminhar sem trégua. Apesar da idade avançada, Angel aumenta um pouco o ritmo e nós o acompanhamos.

Em dado momento, confiro o horário por curiosidade. Verifico que já estávamos cerca de duas horas a caminhar. Mesmo com o sol escaldante, o suor escorrendo, as dores no joelho e os arranhões resolvemos não parar mais pois o destino nos esperava. Torcíamos que ele nos trouxesse surpresas boas.

Avançamos cada vez mais .Com mais quarenta minutos de caminhada, uma grande planície, cercada por montanhas belíssimas se apresenta aos nossos olhos. Ficamos estáticos por alguns momentos e Angel faz sinal de que chegamos. Aproximamo-nos mais do centro e ao chegar exatamente no meio, sinto uma pressão espiritual muito intensa. Caio de joelhos e peço socorro. Meus companheiros de aventura gentilmente me apoiam a fim de eu não cair de encontro ao chão. O mestre toca em minha cabeça, profere uma oração silenciosa e eu me acalmo. Ele inicia o diálogo.

—Seja mais resistente, filho de Deus. Não se deixar levar pelas forças negativas. O importante agora é manter o foco. Não pense mais em nada.

—Está bem. Mas não seja tão exigente. Lembre-se que estou apenas aprendendo. (Observei)

—Eu também. Estamos no mesmo barco. (Complementou Renato)

—Bem,deixe-me explicar um pouco o que seria a co-visão e como desenvolvê-la. Você,Aldivan,como "Vidente dos livros" recebe a maioria das revelações através de visões, que são imagens rápidas e fortes encaminhadas ao cérebro coordenadas pelo seu dom, sua sensibilidade provocada pelo meio externo. Pois bem, a co-visão seria uma visão mais clara, mais forte, o que o levaria a uma profunda reflexão e desenvolvimentos dos seus poderes. Porém, para chegar a este nível você precisará da ajuda duma segunda pessoa, que esteja na sua mesma sintonia, que te conheça bem e que inspire confiança, alguém como Renato—Disse Angel.

—Como poderia ajudá-lo? (Animou-se Renato)

—Como seria isso? (Eu)

—Calma, para os dois. A co-visão não se desenvolve duma hora para outra. Vão ser necessárias três etapas para que consigam ter a primeira experiência. O que deve ser feito agora e sempre é um treinamento de adaptação. Toda vez, que tocar algo, filho de Deus, terás a companhia prazerosa de Renato. (O mestre)

—Como assim? (Pergunto)

—Eu explico. A cada experiência de visão breve, chamarás Renato para participar e emitir sua energia espiritual, algo parecido com a liberação dos "Chacras". (Angel)

—Tudo bem. Somos uma equipe mesmo, não é? (Eu)

Eu e Renato nos abraçamos. Agradeço a Deus e a guardiã por tê-lo conhecido na montanha sagrada do Ororubá. Desde então, ele tinha tido uma importância enorme servindo como amigo, confidente e companheiro de aventuras. Batalharíamos juntos nesta nova busca e, com o estímulo adequado, poderíamos sair novamente vencedores. Continuem acompanhando, leitores.

Depois do abraço, nos afastamos um pouco e nos dirigimos ao mestre a fim de obter mais informações.

—Qual o próximo passo? (Perguntamos)

—Colocar em prática o que eu disse. Aproximem-se do centro novamente, fechem os olhos e pensem no futuro. (Angel)

Mesmo com um pouco de medo e dúvida, obedecemos ao mestre nos aproximando do centro do sítio. Com alguns passos, chegamos ao destino e nos colocamos lado a lado. Angel se aproxima, desenha um círculo ao nosso redor e seguimos suas instruções. No momento que iniciamos o ritual, a pressão espiritual vai aumentando pouco a pouco e parece querer nos explodir. Com muito esforço e luta conseguimos ficar ainda conscientes. É aí que limpamos nossa mente e escutamos claramente o mestre: Fechem os olhos, relaxem, liberem o espírito para voar.

Quando executamos os dois primeiros itens, a terra treme, os poderes do espaço são abalados, nosso subconsciente é forçado a adormecer, a escuridão nos envolve e dum instante para outro, caímos de encontro ao chão. Adormecermos e então os nossos espíritos são liberados. Já fora dos corpos, ficamos um em frente ao outro. Porém, durante pouco tempo. Fugindo do nosso controle, somos separados por uma linha divisória tipo campo de força, que se coloca entre nós irremediavelmente. Tentamos superar o obstáculo, mas nossos esforços revelam-se inúteis. Separados, somos atacados por forças ocultas e misteriosas do sítio Fundão.Eu, atormentado por visões sem sentido, e Renato, imóvel, é atacado por línguas de fogo que o fazem se comunicar em línguas até então desconhecidas da face da terra. Estávamos, no momento, num beco sem saída.

Da minha parte, as visões obstruem totalmente meu raciocínio e não deixam de forma alguma eu usar meus poderes de vidente. Vejo nelas raiva,ambição,inveja,crise,despeito e desentendimento. O choque entre as "forças opostas" é contínuo o que provoca também o surgimento da noite escura. Mesmo assim, luto contra estas forças tentando decifrar seus significados.Porém,como estava sozinho, logrei poucos avanços. Já Renato tenta em vão me aconselhar porque não entendo nada do que diz .Com isso, permanecemos durante um bom tempo sem grandes resultados. Mas não podíamos ficar o tempo todo desta forma. Quando estamos perto do limite, uma voz grita:

—Acabou!

Então a confusão se desfaz, o campo de força some e num estalo voltamos ao nosso corpo físico. Ao recobrar os sentidos, abrimos os olhos e encaramos o nosso mestre com o semblante transparecendo estar um pouco decepcionado. Mesmo assim, ele se aproxima e nos dá algumas palavras de apoio:

—Tudo bem. É apenas a primeira tentativa. Poderiam se sair melhor, mas está dentro do esperado. O importante é que tentaram e não desistiram. Aconselho a ter mais sintonia, aproximação, mais calma, usar o conhecimento dos dons já conquistados, reviver na memória experiências espirituais e carnais importantes, se espelhar nos mestres da vida e na vida em si. Acima de tudo, trabalhar em equipe. (O anfitrião)

—Fomos atacados por forças ocultas muito poderosas que não nos deixaram escolha. Confesso que nunca tinha sentido tanta pressão. É normal? (Indaguei)

—Eu também. Em dado momento, fiquei tão confuso que nem mesmo eu me entendia. (Renato)

—Claro, ainda não estão prontos. O que esperavam? Rapadura é doce mas não é mole. Tem muito que aprender ainda até dominar a técnica da co-visão. Mas não temam. Não estou aqui para atrapalhar ou julgar vocês e sim para dar um auxílio, ser como a seta que indica o caminho. (Explanou Angel)

—Então digo que estamos prontos para aprender. Seremos seus mais humildes discípulos mesmo já tendo conquistado a gruta, feito uma viagem no tempo, resolvido conflitos e injustiças, voltado a montanha, dominado os sete pecados capitais, convivido com piratas, com a rainha dos anjos e entrado no Eldorado, a porta que sela os mundos carnal e espiritual. Sempre há algo a conquistar. Evolução é a palavra-chave. O que fazemos agora? (Perguntei)

—E eu sempre o ajudando nos momentos cruciais. Sim, e agora? (Renato)

—Vocês estão de parabéns por tudo que conquistaram. O importante é manter os pés no chão pois isto é apenas "A ponta do iceberg". Vocês terão ainda muitas aventuras, experiências incríveis, inusitadas, transformadoras. Basta continuar com o foco bem definido. Por enquanto, não tenho nada a pedir. Continuarão o desafio à tarde. Peço que me sigam a fim de curtir um momento de lazer. (Angel)

Angel se afasta um pouco, dobra a direita e segue uma nova trilha. Nós o acompanhamos. Durante quinze minutos, andamos apertados por folhas, árvores, espinhos, formigas, barro, pedras e outros empecilhos. Porém, o desafio, as conquistas, a experiência, a companhia de Angel, a natureza e o ar puro fazia tudo valer a pena. Estávamos apenas no começo.

Os nossos passos vigorosos nos levam a avançar. Diante de nós surge, numa clareira, um pomar variadíssimo e, ao fundo, uma lagoa de água cristalina. Dirigimo-nos a primeira árvore, subimos, tentamos agarrar alguns frutos e quase caímos. Fazemos malabarismos e prestando atenção um pouco em Angel, ficamos impressionados com a agilidade do mesmo apesar de sua idade avançada. O momento é bom e nos traz lembranças do tempo de criança, rimos, conversamos, descansamos nos galhos grossos da árvore e curtimos um pouco o sol agreste.

Depois de aproveitar bastante, descemos, comemos os frutos colhidos, conversamos um pouco mais, aproveitamos a sombra. Um momento depois, Angel pede que o acompanhe e obedecemos prontamente. Andamos em frente, chegamos ao fundo e somos convidados a entrar na lagoa. Mesmo ressabiados, entramos, Renato mergulha e eu fico só no raso pois não sabia nadar. Angel também entra, se aproxima de mim e começa a dar algumas aulas de natação. Eu adoro. Ficamos um bom tempo na água.

Quando nos cansamos, saímos da lagoa, sentamos e conversamos um pouco mais de tempo. Em dado momento, Angel nos passa as respectivas orientações a fim de cumprirmos o desafio atual e se despede, voltando para sua casa. Agora, restavam eu, Renato e o desafio. O que aconteceria? Continuem acompanhando, leitores.

Descobrindo o dom da fortaleza

Depois da saída de Angel,procuramos iniciar imediatamente o caminho que nos levaria a enfrentar mais uma etapa relativa ao desenvolvimentos dos dons. Iríamos para o oeste do sítio afim de novas experiências ,conhecimentos e a visão respectiva. Assim fazemos. Começamos a caminhar na trilha respectiva, enfrentando tudo e a todos, e nada parecia nos desanimar. Onde buscávamos tanta garra,inspiração,determinação,coragem e fé? Eu explico. Na nossa própria história de vida.Eu,um pobre jovem sonhador, do interior do nordeste, esquecido pelas elites e pelas autoridades. Buscava um sonho desde 2010,que era realizar-se na literatura. Em busca do objetivo, escalara uma montanha, encontrara a guardiã, a jovem, o menino, realizara desafios e enfrentara a gruta mais perigosa do mundo. Driblando obstáculos, chegara a câmara secreta (parte final da gruta) e por um milagre me transformara num vidente poderoso. Mas isso não era tudo. A gruta era apenas o início duma interessante trajetória. Depois disso, viajei no tempo, resolvi conflitos, reuni as forças opostas e as controlei, no primeiro passo da minha evolução humana e espiritual. Este foi o primeiro passo duma se Deus quiser longa trajetória.Após,voltei a me dedicar á faculdade, ao trabalho e as questões pessoais da minha vida cotidiana. Quando tive um tempo livre, voltei a pensar no meu caminho, na literatura e me perguntei sobre um período difícil que enfrentei em minha vida, um período negro que me desliguei de Deus, do sagrado, enfrentei as pessoas, as magoei, e vivi um sem número de experiências. Chamei este período de "A noite escura da alma" e em busca de respostas procurei novamente a montanha, especificamente a guardiã a fim de que ela me orientasse.Com o auxílio dela, Comecei a investigar os pecados capitais, mas era um tema tão complexo que tive que ser repassado a outra pessoa, um hindu, e aprendi um pouco mais com ele. No entanto, as coisas ainda não tinham ficado bastante claras e então fui orientado a fazer nova viajem, rumo a uma ilha perdida, do outro lado do planeta, onde talvez encontrasse as respostas que tanto procurava. No caminho, embarquei junto com Renato, num navio de piratas, vivemos novas aventuras, até chegar ao destino improvável.Finalmente,tive então a oportunidade de conhecer a parte mais densa da "Noite escura" e ter a visão da história. Tinha cumprido uma nova etapa na minha carreira mas isso ainda não era tudo. Atuando como vidente dos livros, procuraria sempre ouvir a voz do meu subconsciente em busca do meu destino e da felicidade. Ao meu lado, todo este tempo, estava Renato. Ele que fora durante muito tempo, quando criança, forçado a trabalhar exaustivamente, maltratado, sem carinho, conseguiu o apoio da guardiã para se reerguer, e ter ainda esperanças na vida. Atuando como meu auxiliar, ele fora fundamental nas minhas aventuras e a cada dia sua presença me enchia de alegria. Juntos, éramos mais, uma equipe imbatível, conforme Angel nos ensinara e acreditávamos.

Continuamos caminhando sobre pedras, poeira, barro e o sol escaldante. A cada passo, nos sentimos mais ansiosos, expectantes, mas também tranquilos. Apesar da indefinição, continuamos seguindo em frente, seguindo as orientações do mestre, sem pestanejar. Era o que nos restava no momento.

Passa-se um pouco mais de tempo. Já estamos na parte da tarde, aproximadamente 14:00 Hs. Apertamos os passos, driblamos obstáculos, perigos e inquietações e já chegamos a aproximadamente um terço do trajeto percorrido. Desta vez, não nos impressionamos, isto só nos estimula a avançar ainda mais. E assim continuamos. Revemos as paisagens, a terra seca, alguns animais. O que muda é a situação. Antes, estávamos apenas de passeio, conhecendo o terreno. Agora, estávamos a ponto de encarar um novo desafio, que se mostrava gigantesco, que poucos ousaram arriscar. Além disso, as nossas responsabilidades aumentavam a cada momento.

Mas é bom destacar que isto era absolutamente normal. Desde quando entrei na gruta, assumi a responsabilidade da conquista contínua e evolução em prol do dom que recebera gratuitamente do universo.Com muita garra e coragem, continuaria arriscando sempre não importando as consequências nem os riscos. O importante é que contava com a torcida de amigos,familiares,conhecidos,admiradores e o apoio dos meus companheiros de aventura. Independentemente do resultado, a experiência e o aprendizado se mostravam muito importantes para minha carreira. Era em busca destes dois itens que continuamos avançando embrenhados numa mata quase virgem ao encontro do destino incerto, destino que nos leva a cumprir a metade do trajeto trinta minutos depois.

Em dado momento, nos sentimos cansados e resolvemos de comum acordo parar. Dobramos a direita, num desvio que se apresenta e achamos uma parte de terra limpa e sem garranchos. Sentamos.Pegamos a mochila, cada um pega um pouco de água e de alimento e satisfaz um pouco de suas necessidades. Quando terminamos, aproveito o momento para relaxar e descontrair puxando uma conversa com meu companheiro de aventura.

—E aí? Está tudo bem? Gostando do desafio, do passeio, da experiência e do trabalho?

—Muito. Quando terminarmos vitoriosos, teremos muito a contar. Aqui tudo é muito belo, tranquilo e prazeroso caminhar. No momento certo, te ajudarei ainda mais. (Renato)

—Eu também estou gostando. É diferente de tudo que vivi até agora. As conversas, as orientações, a companhia de alguém que foi um desbravador de preconceitos de sua época me ajudou a ter uma visão nova da vida. Pessoas assim devia se ter aos montes para que o mundo melhorasse de verdade. (Afirmei)

—Eu concordo. Às vezes, o que falta é a coragem. Muitos se escondem do mundo preferindo viver infelizes a ter que enfrentá-lo. É uma opção. Mas com certeza não é a mais adequada. (Renato)

—Bem, isto não se discute. Cada qual sabe o que é melhor para si. Todos nós, em algum momento, temos que fazer escolhas difíceis e está cada vez mais perto da nossa vez. Peço a Deus sabedoria e bom senso para não errar. (Eu)

—Eu também. Somos uma equipe e temos que ter o maior cuidado a partir de agora. Paciência também é importante. (Renato)

—Certo. Vamos continuar? Já está ficando tarde. (Solicitei)

Renato concorda comigo, nos levantamos, voltamos a trilha principal e retomamos a caminhada. No caminho, conversamos um pouco mais sobre o desafio e definimos a estratégia a ser adotada e algumas prioridades. Isto era necessário a fim de que não tivéssemos surpresas desagradáveis. Com tudo acertado, continuamos a caminhar mais tranquilos e convictos. Avançamos rapidamente, driblamos os obstáculos e incertezas e um instante depois ultrapassamos os três quartos do percurso. O desafio estava cada vez mais próximo.

Alguns passos adiante, surge, diante de nós, um grande obstáculo. Encontramos com índios Xucurus que nos cercam por todos os lados. Um deles que parece ser o chefe se aproxima, nos prende e nos pergunta em nossa língua o que fazíamos ali. Um pouco sem graça, explicamos que estamos a passeio, numa busca pelo conhecimento e ele meio sem entender nos diz que para continuarmos temos que vencer um desafio. Desconfiado, pergunto qual seria e ele me apresenta um arco e uma flecha. Manda colocar um alvo minúsculo a cerca de quinze metros e diz:

—Tem que acertar, se não morre. Tem três chances.

Nervoso e atormentado, fico alguns instantes sem reação. O que seria de nós agora e da nossa aventura? Não tinha nenhuma experiência com este tipo de coisa e se fracassasse, o nosso destino era a morte prematura. Neste momento, lembro dos desafios da gruta, especificamente das três portas que representavam felicidade, fracasso e medo. Tinha aprendido com meus erros, controlado meu medo e assim conseguido escolher e alcançar a porta certa, a felicidade. Tentaria agir da mesma forma agora.

Preparo-me, fico em posição e quando estou seguro, lanço a flecha. Fecho os olhos e quando os abro tenho uma decepção. Nem passara perto e agora só restava duas tentativas. O cerco se fechava a cada momento tendo nossa vida em jogo. O que aconteceria? Seja o que fosse, não perderíamos a esperança nem teríamos medo de tentar mais uma vez.

Preparo-me novamente. Aponto em direção ao alvo, e lanço. Fecho os olhos e ao abrir, nova decepção. Mas desta vez, passara mais perto. A uns dez centímetros de distância. Agora só restava uma tentativa e se errasse, nossa aventura estaria terminada e nossa vida também. O que diriam nosso mestre, nossos familiares, conhecidos, amigos? Sentiriam saudades de nós e de nossas peripécias? Bem, cabia a mim não os fazer sofrer ou deixá-los com saudades. Não estava em meus planos abortar o projeto do vidente.

Animado com uma força e coragem nunca dantes vistas, pego o arco e flecha pela última vez. Sem pretensão nenhuma, aponto na direção, transformo-me no vidente ao pensar nas três portas, concentro-me um pouco e quando estou pronto lanço a flecha, fecho os olhos e ao abrir, dou um grito e corro para abraçar Renato. A meta estava cumprida. O índio chefe me cumprimenta e se afasta com seus subordinados. O caminho agora estava livre para que pudéssemos continuar sonhando com a conquista dos dons.

Depois do abraço, resolvemos retomar a caminhada imediatamente. Avançamos cada vez mais rápido na mata agreste e continuamos superando obstáculos. A cada passo dado, nos sentimos mais confiantes na vitória e no sucesso de nossa empreitada. No entanto, teríamos que ter o maior cuidado porque a cada dom desenvolvido o círculo da passagem se estreitava e por isto tínhamos menos opções.

Algum tempo se passa e finalmente alcançamos o destino. Estamos no oeste do sítio, exatamente sobre as ruínas do que um dia fora a casa do bem aventurado, meu antepassado, Vítor. Observo cada cantinho e parecia que eu já estive naquele lugar, de alguma forma. Toco em vários antigos objetos que estavam espalhados mas não sinto absolutamente nada até que Renato se aproxima, pega no meu braço e me conduz até o quarto. Nós dois tocamos na ruína principal, o chão treme, meus chacras explodem, o mundo escurece e então tenho a compreensão e a visão respectiva do quarto dom: "Era uma vez um jovem chamado Marcelo, residente na zona rural do município de Sertânia-PE. Era integrante duma família simples, todos agricultores, mas foi criado com uma base de valores recheados de princípios éticos e de moral. A cada dia que passava, transmitia esses ensinamentos a seus semelhantes e orgulhava a todos com esta atitude. Além disso, engajava-se nos estudos ,no trabalho, nas causas sociais. Era um ser do bem em todas as instancias. Até que algo mudou. Um certo dia, numa fatalidade, seus familiares perdem a vida. Ele se revolta inicialmente, pois era muito apegado a seus entes. Passa a questionar seus hábitos e se pergunta de que valera seu esforço em ser um bom homem. É neste exato momento que conhece Fabrícia.Descobre com ela o sentido da amizade,cumplicidade,amor,fidelidade .Decide se casar e supera esta primeira perda com o passar do tempo apesar de não esquecê-la. Tem um casamento feliz,filhos,uma boa situação financeira,amigos,enfim tudo estava valendo muito a pena. Até que num certo dia perde a mulher em outra fatalidade.Inconformado,passa dias sofrendo e se perguntando por que a vida lhe aplicara mais um golpe. Entra em depressão.Com a ajuda dos filhos, procura tratamento psicológico, vai superando aos poucos seus traumas e com um certo tempo volta a sua rotina normal:Trabalho,atividades sociais e de lazer, convivência com amigos. Descobre dentro de si um potencial enorme em superar as perdas e adversidades da vida, chamada "Fortaleza". Era isso. Não se tratava de esquecer as desgraças e sim conseguir superá-las e viver uma vida normal valorizando o que tinha em mãos. E é isto. Marcelo se recuperou, viveria em paz e feliz com sua família o resto dos seus dias. Redescobre o amor com outra pessoa e vive outros momentos felizes. "Fortaleza é um dom essencial para que enfrentemos a vida sempre com esperança de dias melhores e com a força, coragem e garra necessárias para enfrentar as perdas que são inevitáveis, superando-as para que possamos viver a vida em paz. Pois a vida é bela, clara, e deve ser vivida com alegria e felicidade que todos merecemos."

Pós-desafio

A visão termina. Depois de tudo concluído, saímos das ruínas da casa que era do meu avô ,procuramos a trilha e começamos a fazer o caminho da volta rapidamente antes que a noite caísse. O momento atual requer concentração e calma a fim de assimilar todos os conhecimentos da visão. Focamos nisso durante o trajeto. Além disso, planejamos os próximos passos de nossa aventura inusitada no sítio, conversamos sobre nossos pontos falhos e sobre o treinamento da co-visão que ainda não se realizara. Porém, nossas opiniões entram em conflito em diversos pontos e deixamos para tratar disto com o nosso mestre mais tarde. Assim continuamos avançando na trilha agreste sem maiores preocupações.

No caminho, conhecemos algumas pessoas, e paramos um pouco para trocar ideias. Depois da apresentação, falamos um pouco de nossas vidas e eles da deles (São três jovens que se chamam Soraia, Claudionor e Cássio—Todos irmãos). Conversamos também sobre assuntos gerais, literatura, amizade, relacionamento, política durante aproximadamente meia hora. No final, antes de ir, nos convidam para continuar a prosa em sua casa (no período da noite), e nos explicam como chegar lá. Empolgados, aceitamos e finalmente nos despedimos. Continuamos então a nossa caminhada e com mais alguns passos ultrapassamos um terço do percurso. Neste momento, a ansiedade, o nervosismo e a expectativa aumentam por causa dos fatos anteriores. Então aumentamos o nosso ritmo.

Apesar do ritmo forte, dá tempo de apreciarmos e repassarmos cada centímetro daquele chão, e reconhecemos nele os frutos dos nossos esforços: Galhos retorcidos, nossas pegadas no chão, pedras deslocadas. Já tínhamos ultrapassados os obstáculos daquele trilha em prol dum dom, do universo e em busca dum destino ainda incerto. Nossa motivação era maior a cada momento apesar dos pesares.

Cheios de curiosidade, vez ou outra saímos do caminho principal e descobrimos um mundo inteiramente novo:vegetação, animais, textura da terra, paisagem. Era um descobrir muito valioso. Pena que estávamos com pressa e quase noite, senão aproveitaríamos mais. Quem sabe noutra oportunidade, penso. Então voltamos ao nosso foco principal e avançamos ainda mais. Ultrapassamos dois terços do percurso. Estávamos mais perto de nossa casa provisória.

No restante do percurso, com o cansaço, diminuímos o ritmo do corpo e da mente, ficando mais relaxados. Tínhamos cumprido a quarta etapa com sucesso e isto nos animava bastante. No entanto, sabíamos que havia muito a aprender não só nesta aventura como em outras a realizar. O caminho do vidente era difícil e espinhoso, exigia de nós uma aprimoração contínua. Mas ainda bem que estávamos no caminho certo. Com esta certeza, Caminhamos ainda mais e depois de um tempo, finalmente chegamos ao destino. Sem cerimônia, entramos na morada de Angel, o procuramos e o encontramos na parte correspondente a sala. Ele nos convida a sentar em frente ao mesmo e quando fazemos isso, estamos preparados para uma boa conversa, uma troca de conhecimentos entre amigos e companheiros de aventura.

—E aí? Como foi a experiência? Compreenderam o dom da fortaleza? (Angel)

—Acredito que sim. Através da visão apresentada, tivemos a ideia da importância desse dom. Ele é primordial para superarmos as perdas, enfrentar situações difíceis e angustiantes com a cabeça erguida, termos força para continuar o caminho. Mas também há momentos em que devemos extravasar, e pedir colo aos entes mais queridos. "Ser fraco no forte" é essencial. (Explanei)

—Eu também acho que sim. Trabalhamos em equipe e descobrimos um pouco mais do nosso potencial. Na verdade, desde a primeira aventura, cultivamos a fortaleza no sentido de não desistir dos nossos objetivos. A experiência atual só fez tudo ficar mais claro. (Completou Renato)

—Muito bem. Gostei das explanações. Houve uma evolução e por isto estão de parabéns. No entanto, ainda estamos distantes do objetivo final. A partir de agora, tentem prestar atenção em cada detalhe que se apresentar a fim de incorporar melhor os dons. Os dois próximos serão decisivos para o desenvolvimento da co-visão. (Alertou Angel)

—Entendi. Quando devemos realizar o próximo passo? (Perguntei)

—Como será minha participação desta vez? (Renato)

—Calma. O próximo passo será dado amanhã pela manhã, após o café. Renato continuará auxiliando o vidente nas visões até terem total entrosamento. Mais detalhes, só depois. Por enquanto, reflitam tudo que viveram até agora. (Orienta Angel)

—Tudo bem. Refletiremos. O jantar está pronto? Passamos a tarde toda fora e só nos alimentamos com besteiras. (Comentei)

—Sim. Podem ir à cozinha e servir-se. Preparei uma sopa maravilhosa. (Angel)

Dominados pela fome, obedecemos ao mestre e em poucos passos chegamos no destino. Sentamos a mesa, nos servimos, começamos a nos alimentar e a conversara fim de nos distrair, na brincadeira, puxamos encrenca um com outro. Isto termina em apenas alguns tapas carinhosos. Em dado momento, lembramos dos familiares, dos conhecidos, dos amigos e dos mestres anteriores e a saudade invade nosso peito. Mas uma saudade saudável que não nos atrapalhava em nada. Por fim, agradecemos interiormente a eles por ser o que somos e continuamos a devorar a comida. Depois de repetir o prato várias vezes e nos sentirmos satisfeitos, voltamos a sala, falamos com Angel, e ele nos libera para ir à casa dos nossos recém amigos. Ele nos dá uma lanterna, nos dirigimos a saída, e auxiliados por sua luz começamos a dar os primeiros passos fora da casa. Conforme as informações, era aproximadamente trinta minutos de caminhada, seguindo em frente na estrada principal de terra.

Pouco a pouco, vamos nos afastando de nossa residência provisória. No caminho, enfrentamos os obstáculos naturais, o medo, a ansiedade, a falta de experiência, e a pouca luminosidade. Porém, valeria a pena o esforço em fazer novas amizades sinceras e fiéis. É como diz o ditado: "Mais vale amigo na praça do que dinheiro na caixa". Movidos por essa frase, continuamos a avançar na noite escura agreste em certa parte do percurso, escutamos uivos estranhos. Sem pensar, marcamos carreira e mesmo sem ser atletas, mantemos um bom ritmo. Usando como combustível o medo, não paramos de correr e quando avistamos as primeiras casas à beira da estrada sentimos um alivio imediato. Estávamos salvos.

Aproximamo-nos mais, batemos na primeira porta, pedimos um gole de água com açúcar a fim de nos acalmar. A senhora que nos atende gentilmente nos dá. Quando terminamos de beber, agradecemos, desejamos boa noite e voltamos a caminhar mais tranquilos auxiliados pela luz dos primeiros postes. Avançamos um pouco mais, contamos as casas, dobramos a direita e na quarta casa batemos a porta. Tínhamos finalmente chegado.

De dentro da casa, sai uma senhora de meia-idade, pele bronzeada, cabelos longos e pretos, magra, um rosto bem definido e bonito. Ela se aproxima e pergunta o que desejamos. Explico que somos os dois jovens que Soraia, Claudionor e Cássio conheceram na mata. Dito isto, ela abre um largo sorriso e nos convida a entrar. Nós aceitamos, entramos na casa e ela se apresenta com o nome de Clara, a mãe deles. Em retribuição, nos apresentamos também. A mesma nos conduz até uma sala, onde quatro pessoas se encontram, os três que conhecíamos e mais um homem forte, robusto, moreno, simpático e gentil. Ele se apresenta como Eduardo. Retribuímos com um muito prazer, citamos os nossos nomes, nos acomodamos nas cadeiras disponíveis, e a roda da conversa começa a girar.

—E aí? Vidente e Renato, qual é o objetivo de vocês ao visitar nosso pequeno e distante sítio? (Pergunta Eduardo)

—Estamos numa aventura do conhecimento. Viemos para aprender, partilhar experiências, desenvolver nosso potencial e especificamente nosso projeto. (Eu)

—E eu sou seu braço direito. (Renato)

—Que tipo de projeto? (Interessou-se Clara)

—Eu explico. Venho há alguns anos, desenvolvendo um talento que recebi de graça do universo, especificamente na literatura. Em busca desse sonho, já escrevi dois livros da série "O vidente" e estou projetando o terceiro. (Eu)

—Nosso objetivo é repassar um pouco da nossa experiência para os leitores nos mais variados temas, a fim de levá-los a refletir e tornar-se ser humanos melhores. (Renato)

—Muito interessante. Vão em frente. Vocês parecem ser realmente especiais. (Clara).

—Eu também acho. Desde que o conhecemos, notamos sua generosidade, bondade, carisma e foi isso que nos atraiu. (Soraia)

—Os encontramos cansados e decididos no interior da mata. Isto nos impressionou bastante. (Comentou Claudionor)

—Além disso, foram muito prestativos conosco apesar de sermos apenas estranhos. (Elogiou Cássio)

—Obrigado. Estamos sempre à disposição. (Enfatizou Renato)

—Eu também quero agradecer a todos. O apoio de vocês, meus amigos, é muito importante para mim.continuaremos nosso caminho por vocês e todos os leitores que nos prestigiarem. Agora, mudando de assunto, tem algo místico a descobrir por estas bandas? (o vidente)

—Muitas. Temos caboclinhas, rezadeiras, mestres na magia, sábios. Mas muitas destas pessoas já morreram. Os novatos só fazem enrolar. (Informa Eduardo)

—Tem um ainda vivo. Chama-se Angel. Já ajudou a muitas pessoas a desenvolverem seus dons. (Clara)

—Ah, conheço. Estamos na casa dele. Mas mesmo assim obrigado. (O vidente)

—Não somos mestres do conhecimento, mas vivemos experiências também. Se quiser, poderemos falar sobre elas. (Claudionor)

—Claro. Estamos sempre dispostos a ouvir, desde que esteja interessante. (Renato)

—Isto mesmo. (Completei)

—Eu começo. Somos três irmãos simples, criados na roça, com uma boa base familiar, e pessoalmente acredito na vida e nas pessoas. Todo mundo tem potencial e é capaz de progredir, vencer os obstáculos, e se realizar. Claro que cada passo por vez. Se a pessoa se abre completamente para o destino e se esforça o caminho fica mais fácil. Por exemplo, no meu caso, já tenho cinco ovelhas conseguidas com meu próprio suor. (Claudionor)

—Concordo. Não só o sucesso profissional, mas também o amoroso depende dos nossos esforços próprios. Ajudamos o destino, criamos laços, vivemos experiências, erramos, acertamos, perdemos, ganhamos. O importante é sermos sempre honestos no que fazemos. (Cássio).

—Além disso, temos que ter fé, esperança, coragem e iniciativa para concretizar os projetos em realidade. Tudo é uma questão de escolha. (Soraia)

—Agora é a minha vez. Sou mais velho e acho que tenho um pouco a transmitir. Vou contar um pouco da minha história pessoal. Desde quando era menino, sonhava em ter independência, construir uma família feliz apesar de não ter bons exemplos disso. Nossa situação financeira era difícil, as brigas familiares eram intensas e corriqueiras, e eu e meus irmão éramos frequentemente espancados por coisas banais. Vivíamos uma grande pressão e por isso alguns resolveram fugir, perdemos o contato, mas eu fui covarde. Suportei até tudo até ficar adulto. Saí então de casa. Percorri o mundo e acreditem, foi muito pior. Apesar da liberdade conquistada, passei fome, sofri humilhações, fui chamado de cabeça chata, errei até encontrar Clara, um anjo em minha vida. Conhecemo-nos numa avenida, onde a ajudei a levantar depois de um tropeço. Imediatamente, simpatizei com ela, trocamos os contatos, saímos algumas vezes, namoramos, casamos, tivemos filhos e vivemos 10 anos enfrentado muitas dificuldades. Mas vencemos. Quando conseguimos dinheiro suficiente, em comum acordo decidimos viver aqui, compramos um sítio. Desde então, somos felizes. Depois de tudo o que vivi, posso afirmar com certeza que os sonhos são possíveis, quaisquer que sejam. (Eduardo)

—Fico feliz em fazer parte de sua vida, querido. Você também transformou minha vida. Quanto a minha experiência, quero dizer que apesar de ter decepcionado minha família ao escolher ser uma simples dona de casa, posso afirmar que acertei. O importante não é o que ganhamos, o status social, os prazeres, e sim estar feliz consigo mesmo com muito ou pouco. É isto. (Clara)

—Esplêndido. Obrigado. Ajudaram muito. Quero dizer que estou muito feliz com a amizade de todos e que desejo manter contato. (O vidente)

—Eu também. Amo fazer amizades. (Renato)

Levanto-me propondo um abraço coletivo e todos aceitam. Neste momento mágico, uma pequena luz surge entre nós e sobe até o céu.

Enquanto nós vivêssemos, ela brilharia sempre. Depois dum tempo, nos separamos e conversamos um pouco mais. Quando esgotamos todos os assuntos, nos despedimos e imediatamente procuramos retornar a nossa casinha provisória. Auxiliados pela luz da lanterna, enfrentamos os mesmos perigos da ida, corremos na mata, até que exaustos finalmente chegamos, entramos na residência no mestre, caímos na cama, e dormimos. O próximo dia teria novas aventuras.

O dom de ciência

Amanhece no sítio Fundão, zona Rural de Pesqueira, agreste de Pernambuco-Brasil. Em dado momento, eu e Renato despertamos auxiliados pela claridade intensa provocada pelos raios de sol. Alguns instantes depois, nos levantamos, nos cumprimentamos, nos espreguiçamos, e vamos tomar banho, um por vez. Terminado este processo, voltamos ao quarto, trocamos de roupa, acordamos Angel e por fim nos dirigimos a cozinha a fim de preparar o café. Auxiliados por Angel, finalizamos esta tarefa em pouco tempo e logo depois sentamos a mesa, a fim de comer o desjejum. É aí que se quebra o silêncio até então predominante através do nosso mestre atual.

—E aí? Dormiram com os anjos?) (Angel)

—Não muito bem. Meu espírito foi treinado intensamente e isto me causou muito cansaço. Isto é normal? (O vidente)

—Já eu dormi muito bem. Apesar da dor nas costas, he, he. (Renato)

—Renato, parabéns. Isto é raríssimo aqui no sítio. Aldivan, è absolutamente normal e isto demonstra mais necessidade de treinamento e desenvolvimento. Como foi o sonho? (Angel)

—Na parte principal do sonho, meu espírito voava, sobre um abismo muito profundo, e dentro dele havia uma espécie de monstro que me perseguia e me usava para escapar. Era como se, no passado, eu o tivesse prendido através de alguma magia e ele me usava agora. No final, nos enfrentávamos, mas ele era muito evoluído para mim. (O vidente)

—Entendo. Talvez isto represente um sinal do destino em relação ao futuro. Basicamente, mais ação, concentração e reflexão. Em suma, energia pura. (Angel)

—Eu o farei. Não faltará dedicação e persistência de nossa parte. Quanto ao próximo desafio, como agir e quando se realizará? (O vidente)

—Daqui a alguns instantes, depois de terminarmos o café. Iremos ao leste e trabalharemos com o dom da ciência e novamente com a co-visão pois faltam apenas dois passos para a primeira revelação. (Angel)

—Entendi. Estamos à disposição, mestre. (Renato)

—Obrigado Angel pelas informações. (O vidente)

A conversa esfria, continuamos a nos alimentar e quando terminamos, vamos nos preparar para a nova saída: Arranjamos alimento, água, e pego minha bíblia e crucifixo inseparáveis. Com tudo pronto, nos dirigimos a saída, e já fora, procuramos a trilha mais próxima que nos conduz ao nosso destino. Ao encontrarmos, iniciamos a verdadeira caminhada. O que aconteceria? Continue acompanhando, leitor.

O novo começo de caminhada produz em nós um encontro de sentimentos e expectativas opostos, como se fossem dois mundos completamente diferentes. Ao mesmo tempo em que comemoramos o cumprimento das metas atuais, nos enchemos de dúvidas e ansiedade com relação ao nosso futuro. Como conciliar estas questões? Penso um pouco e não encontro uma resposta plausível. Na dúvida, continuamos seguindo sem frente a fim de descobrir aonde chegaríamos. Nesta busca, avançamos rapidamente entre espinhos, garranchos, contestações e saudades. Mais adiante, cumprimos um quarto do percurso. No momento, este fato só representa um número.

Avançamos mais. Em dado momento, encontramos com um típico caçador sertanejo, muito simpático, chamado Roberto, conhecido de Angel. Paramos um pouco e puxamos um pouco de conversa. Ele nos fala das suas grandes aventuras e feitos naquela região, incluindo amores, grandes caças, contato com extraterrestres e espíritos. Sua história é mesmo interessante. Ficamos entusiasmados e contamos um pouco de nossa vida particular, de nós mesmos. Sendo um homem já experiente, ele aproveita para nos dar conselhos. Ouvimos tudo atentamente e prometemos pensar muito bem sobre o assunto. Angel aproveita sua presença para nos dar outras orientações. As informações dos dois se completam e nos dão uma boa base para nos guiar. Agradecemos. Quando o assunto esgota, Roberto nos abraça, deseja boa sorte e finalmente se despede. Eu, Angel e Renato retomamos a caminhada e um tempo depois ultrapassamos metade do percurso.

Um pouco mais adiante, Angel desvia da trilha principal, e dobra a direita. O acompanhamos. Ao dar o sexagésimo sexto passo, sinto um baque espiritual tão tamanho que fico de joelhos. No instante posterior, o mundo gira, o céu escurece diante de nós, e somos cercados por luz e trevas ao mesmo tempo. No centro, uma fogueira espiritual é acesa e somos empurrados de encontro a ela. Quando atingimos o fogo, somos cercados por uma legião de mutantes espirituais antigos que começam a usar seus poderes contra nós. Angel, cheio de experiência, domina completamente a situação e não é atingido pois é conhecedor da magia branca e a negra. Já eu e Renato sofremos por sermos ainda aprendizes. Somos alvo de reclamações e ataques por estes espíritos atormentados.Com a mente muito confusa, tento me concentrar e depois de muito esforço consigo liberar meu poder interior e me transformo no vidente. Já transformado, libero meu espírito ,uso minha paranormalidade e copio os poderes dos personagens mais importantes. Reajo. Uso o metal,raios,telepatia e afasto por um momento os espíritos. Aproveito a situação, dou um passo para trás e tudo finalmente muda: os espíritos se afastam, luz e trevas também, a fogueira se apaga. Retorno ao meu corpo e espero um pouco. Quando me sinto completamente bem, levanto-me e abraço meus companheiros. Angel explica:

—O tempo urge e o cerco está se fechando. Isto é um sinal de que os espíritos ancestrais dos mutantes estão inquietos e querem se manifestar o quanto antes. Temos que nos apressar.

—Quem são eles? Posso saber? (O vidente)

—Alguns são meus ex-companheiros de aventura. Infelizmente, por questões diversas, não encontraram a paz no mundo espiritual e exigem uma retratação, uma divulgação. Durante muito tempo procuraram alguém capaz mas não encontraram. Agora você foi eleito, filho de Deus. Está nas suas mãos dar paz aos mesmos. (Angel)

—Pode deixar. O que estiver ao nosso alcance, o faremos. (Afirma Renato)

—Entendi. É muita responsabilidade mas vou tentar. Vou precisar de sua ajuda,Renato. Temos que desenvolver a co-visão o quanto antes. (O vidente)

—Não só a co-visão como a sua sensibilidade tem que ser bastante aguçadas. O importante é que vocês estão bem dispostos. Continuemos a caminhada. (Recomendou o Mestre)

Retornamos a trilha principal. Continuamos a enfrentar os obstáculos naturais da mata além de feras selvagens. Apressamos o passo, analisamos cada detalhe, aprendemos com nós mesmos e com o universo que se apresenta a nossa frente. Neste exato momento, decido entregar-me completamente ao meu destino e "ser como o rio que flui". A nova atitude aliada com a minha garra,força,persistência e coragem aumentavam em muito as chances de sucesso de minha equipe. Era isto. Agora só restava esperar e avançar. Logo depois, ultrapassamos os três quartos do percurso. O desafio se aproximava.

Continuamos seguindo em frente firme e fortes. A cada passo, aumentamos a nossa concentração, dedicação e esforço pois era o mínimo exigido de nós a fim de que pudéssemos continuar nossa aventura. O que encontraríamos ou aonde chegaríamos? Não tínhamos a mínima ideia, a ansiedade e o nervosismo eram grandiosos, mas permanecíamos no controle devido as nossas experiências anteriores e a atual. Assim avançamos gradativamente. Com um pouco mais de tempo, finalmente chegamos ao destino. Estávamos na região leste, numa planície extensa, sem vegetação, rodeado por rochas vermelhas. Aproximamo-nos do centro, da grande pedra. Antes que pudéssemos alcançá-la, Angel para e pede que façamos o mesmo. E Explica:

—Vocês devem subir na pedra e tentar novamente a co-visão. Sigam os meus conselhos anteriores e tentem evoluir. Cuidado para não ultrapassarem a linha do futuro nem tentar entendê-la.

—Está bem. (Respondemos em coro)

Dito isto, caminhamos mais alguns passos, subimos na pedra sagrada, damos as mãos e nos concentramos. Relaxamos, meditamos e quando começamos a entrar em sintonia, nossos espíritos desprendem-se da parte corpórea. Ficamos um em frente ao outro. Como da outra vez, somos separados por uma força superior e atacados simultaneamente por homens encapuzados. Da minha parte, transformo-me no vidente, e uso um pouco os meus poderes a fim de me defender. Apesar dos meus esforços, meu adversário se mostra muito hábil e perigoso. Basicamente, só me defendo. Já Renato, profere oração silenciosas que aprendera com sua mestre e mãe, a guardiã da montanha, e leva um pouco de vantagem.

A luta continua. Às vezes, consigo contragolpear,ás vezes sou atingido. Percebo que o objetivo maior dos nossos inimigos era nos separar. Então tento fugir da luta, mas sou impedido. Do outro lado, Renato finalmente consegue prender o inimigo e lançá-lo de voltas ás trevas. Uso sua motivação e sabedoria, os conselhos do hindu, e finalmente consigo derrubar meu adversário no chão. Corro para junto de Renato, tento abraçá-lo mas antes que eu o alcance, algo me atinge por trás. Afastamo-nos novamente e ao voltar para trás e tocar no inimigo, tenho a seguinte visão: Era uma vez, num reino distante localizado no sudoeste da Ásia, um rei muito rígido e poderoso. Ele se chamava Arthur. Herdeiro único do antigo rei Otacílio, dominava uma larga região com mão de ferro. No entanto, no terceiro ano de seu reinado, seu império ficou ameaçado por uma seca que provocou uma crise econômica. Os nobres (A elite) Já não tinham dinheiro para pagar seus pesados impostos e em breve provavelmente iria a ruína e talvez até perdesse sua condição de monarca. Acuado, consultou seus conselheiros mais próximos, exigiu uma solução, mas nenhuma ideia sugerida lhe pareceu boa o bastante. Contrariado, mandou enforcá-los. Ao chegar a noite, foi dormir tentando achar uma solução. Porém, depois amanhecera e nada de resultados. Então resolveu sair um pouco e foi passear no jardim. Caminhando, triste e sozinho, encontrou um de seus serviçais no caminho que ao perceber sua situação catastrófica, resolveu perguntar como podia ajudar. O Rei, explicou a situação e que precisava de alguém que o aconselhasse e lhe desse uma solução plausível para a crise no reino. O empregado que se chamava Assis disse que conhecia alguém esperto o bastante, seu próprio filho. Mesmo sem acreditar, o rei permitiu que o trouxesse em sua presença a fim de conhecê-lo. Ao encontrá-lo, perguntou como sair da crise que se instalara no estado. O jovem pensou um pouco e deu uma solução: —Use o tesouro do reino, a metade para amenizar a fome do povo e as despesas públicas e quando passar a seca use a outra metade para fomentar a agricultura e a reforma agrária. O ano que vem promete ser muito bom. A fim de alcançar sucesso, nunca desampare os pobres pois são estes que sustentam as suas regalias. Impressionado com a resposta, Arthur refletiu um pouco, aprovou a sugestão, e resolveu tomar uma atitude drástica: Entregou seu cargo de Rei aquele jovem pois este sim era digno dele, pois sabia compreender as necessidades dos súditos e falou com sabedoria e ciência sobre uma questão relevante. "Ter ciência é conhecer, entender e compreender não só os sinais da natureza, como a tecnologia, mas também aplicá-los com sabedoria no momento certo."

A visão termina. O homem encapuzado se afasta, e de um solavanco eu e Renato voltamos aos nossos corpos físicos. Despertamos, levantamos, saímos de cima da pedra e reencontramos Angel. O mesmo retoma o diálogo.

—E aí? O que sentiram nesta experiência?

—Senti que estamos muito perto. Por pouco, não obtemos êxito na co-visão tendo apenas a visão sobre o dom de ciência. Tudo se encaminha para a revelação. (O vidente)

—É verdade. Conseguimos vencer nossos adversários internos. Agora, só falta um pouco mais de entrosamento. (Renato)

—Muito bem. Parabéns. Aproveitem o momento e tentem absorver a maior quantidade de informação possível referente a este dom. Será muito útil para vocês. Agora, retornemos a trilha. Conversaremos depois, em casa. (Angel)

Obedecemos o nosso mestre atual e começamos a fazer o percurso de volta. Agora, estávamos a um passo da primeira revelação e quando tivéssemos a segunda, poderíamos chegar ao objetivo final: "O encontro entre dois mundos". Porém, tínhamos consciência de que havia muita água a rolar por baixo desta ponte. Evolução era a palavra chave da vez.

No caminho, entramos em contato novamente com os animais, a vegetação, o ar puro e o clima agreste local. Desta vez, andamos sem pressa e sem maiores preocupações pois tínhamos cumprido mais uma etapa. Agora, nos restavam mais uma naquela região. Será que continuaríamos a ter sucesso? Se dependesse de nossa dedicação e empenho, esperávamos que sim. Além do mais, estava ao nosso lado um guerreiro secular que com sua experiência nos fizera evoluir muito e obter todas as conquistas até o presente momento. Tudo estava ao nosso favor.

Continuamos seguindo em frente, acompanhando Angel, que nos dá todas as explicações necessárias. Fala da vida, do nosso futuro, do projeto e como evitar o fracasso, o medo e o desespero. Mentalmente, anotamos tudo e usaríamos isto quando fosse necessário. Aproveitamos a ocasião e sanamos algumas dúvidas pertinentes. Quando tudo está esclarecido, o silêncio impera, avançamos ainda mais e logo ultrapassamos a metade do percurso.

Um pouco mais adiante, passamos perto do local onde os mutantes se manifestaram e isto me provoca arrepios. O que os tinha impulsionado a se manifestar tão claramente? Analisando a situação, concluo que o fato deles ainda não encontrarem a tão esperada paz devia estar os sufocando e eles, ante minha presença, aproveitaram para nos pressionar e vencer todos os obstáculos. Isto aumentava ainda mais a nossa responsabilidade perante o mundo e os leitores. Mas "se estávamos na chuva era para nos molhar" e faríamos o possível e o impossível a fim de satisfazer todas as expectativas.

Continuamos a caminhar com Angel ao nosso lado, aparentemente alheio a tudo que está ao seu redor. Aproveito para observá-lo um pouco e constato um homem misterioso,introspectivo,experiente,desbravador de preconceitos, que amou e foi amado, um homem além do seu tempo. Desde quando o conheci, aprendi a admirá-lo pelo seu exemplo e por um pouco de sua história de vida que chegara aos meus ouvidos.Com o seu auxílio, já compreendíamos cinco dons e aprendemos a valorizar as coisas boas da vida. Certamente, depois que tudo acabasse, não o esqueceríamos jamais. Continuamos na nossa saga.

Um tempo depois, finalmente nos aproximamos do nosso destino (a residência de Angel). Impulsionados pela fé, força e coragem completamos o trajeto restante, abrimos a porta, entramos, fechamos a porta, e nos dirigimos a pequena sala para conversarmos um pouco mais. Sentamos nas cadeiras disponíveis, ficamos de frente uns aos outros e Angel toma a palavra:

—Poderiam me falar um pouco da experiência anterior e sobre o que aprenderam com ela?

—Eu começo. Surpreendi-me muito com esta etapa no tocante ás revelações. Nunca poderia imaginar os perigos impostos, as lutas internas que tivemos que enfrentar e a nossa importância em tudo isso. Tudo o que aprendi me ajudou a entender com profundidade a ciência, dom fundamental que nos faz descobrir a natureza, a nossa condição, e nos proporciona até realizar milagres. Em conjunto com a sabedoria, podemos resolver problemas substanciais. (O vidente)

—Além disso, melhoramos o nosso entrosamento, vencemos nossos inimigos e com um pouco mais de esforço poderemos chegar a tão sonhada co-visão. (Complementou Renato)

—Muito bem. Mas não contem vitória antes do tempo. Muitos se perderam no sexto dom. Por isto, todo cuidado é pouco. Vocês têm mais alguma observação a fazer? (O mestre)

—Nenhuma. Obrigado por tudo. (O vidente)

—Eu tenho. Estou morrendo de fome. (Renato)

Todos riem com a declaração de Renato e resolvemos de comum acordo nos alimentar. Dirigimo-nos a cozinha, preparamos o alimento, nos servimos e comemos na santa paz de Deus. Planejamos o restante do dia, terminamos de comer, e descansamos um pouco nos nossos leitos. Quando acordamos, limpamos a casa, escutamos um pouco de música no rádio de pilha, saímos para tomar um pouco de sol. Assim a tarde avança, chega a noite e nos ocupamos em outras atividades. Quando nos sentimos exaustos, vamos dormir finalmente pensando no outro dia.

Que outras aventuras instigantes nos esperavam? Continue acompanhando, leitor.

A última etapa no sítio

A noite passa, a madrugada chega e um pouco de tempo depois finalmente amanhece mais uma vez. Auxiliados pela claridade natural da manhã e pela brisa aconchegante, despertamos, levantamos, nos espreguiçamos, nos dirigimos como de costume a parte de trás da casa a fim de nos banhar (Um por vez).Vamos ao quarto, trocamos de roupa, e nos dirigimos à cozinha a fim de preparar nosso café. Neste processo, aproveitamos os alimentos disponíveis e fazemos alguns pratos saborosos. Dentre eles, a tapioca, panquecas e cuscuz nordestino com charque. Um verdadeiro banquete por bem dizer. Sentamos a mesa, começamos a nos alimentar e em dado momento o mestre Angel puxa conversa.

—Hoje é um dia fundamental em sua busca.Com nossos esforços, dominaremos o sexto dom, terão a visão respectiva e a co-visão. É assim que espero. (Angel)

—O que nos aconselha neste momento crucial? (O vidente)

—Como posso ajudar? (Renato)

—Primeiramente, Cultivem a humildade, garra, coragem, força, fé, persistência e paciência.Com estes elementos, poderão conquistar qualquer objetivo na vida. Renato, sua ajuda é fundamental ,especialmente na co-visão. (Angel)

—Especificamente sobre o sexto dom, poderia nos dar detalhes? (o vidente)

—Precisamos saber direção, local, obstáculos, entre outras coisas importantes. (Renato)

—O sexto dom é o da piedade. Um grande desafio se mostra a frente mas tudo é possível. Desta vez, seguirão o caminho sozinhos e esta etapa realizar-se no sul, no local em que ,no passado, encontramos os cangaceiros. Lá, terão a oportunidade de terem a primeira parte da revelação.

No entanto, terão que superar os obstáculos que ocorrerem no caminho. (Explicou Angel)

—Entendi. Quando devemos partir? (O vidente)

—Depois do café. Aproveitemos o tempo restante para conversar um pouco mais e nos distrair um pouco. (Angel)

Aprovamos a sugestão de Angel. Relaxamos, continuamos a nos alimentar com calma e conversamos um pouco de tudo. Conhecemo-nos melhor, admiramos mais o trabalho de Angel como orientador e fortalecemos os laços de amizade. Em dado momento, nos damos as mãos, nossa luz desce do céu e brilha intensamente. Ficamos impressionados com o fenômeno. No instante posterior, ela sobe e volta ao cosmo. Angel nos explica que ela nunca se apagará, pois, nossos sentimentos são verdadeiros e, mesmo desencarnados, continuará nos acompanhando. Ficamos felizes e tranquilos ao saber disso.

Terminamos de nos alimentar, pegamos uma mochila , colocamos água e comida dentro dela, nos despedimos de Angel e ,antes de ir embora, ele nos abençoa e deseja boa sorte.Com tudo pronto, saímos da casa e já fora procuramos a trilha mais próxima que nos conduziria ao destino. Ao encontrarmos, iniciamos a caminhada. No momento, apesar da nossa experiência, o medo, a angústia, a incerteza, as dúvidas e todas as fraquezas predominavam. Aonde, desta vez, o destino nos levaria? O que aconteceria? Que revelação importante poderia aparecer? Estas eram algumas das dúvidas pertinentes que povoavam nosso cérebro. Contudo, isto servia de estímulo para nós porque instigava nosso instinto de escoteiro. Éramos os três mosqueteiros da história, contando com Angel que se reduzia a dois nesta parte do trajeto.

Continuamos a caminhar e a cada passo que damos temos a oportunidade de rever lugares, árvores, o céu, o sol, o chão, enfim, todos os aspectos. Algumas vezes, paramos por instantes .Precisávemos nos recuperar e hidratar. Num desses momentos, dou as costas pro universo e grito bem alto:Eu sou feliz, estou me reencontrando com minha história e dos lendários antepassados. Usa-me,Deus! Diga também, leitor, algo motivador e terás o mesmo sentimento que o meu neste instante. Depois do grito, sinto as mãos do destino agirem e uma voz do céu a nos guiar. Com isso, continuamos nossa busca. Um pouco mais adiante, chegamos a um terço do percurso.

Exatamente noventa e oito passos depois, o sol brilha mais forte, a terra treme, e um túnel se abre a nossa frente. De dentro dele, saem espíritos de cangaceiros os quais nos cercam irremediavelmente. Um deles, que parece ser o chefe, se aproxima mais, me chama, e se comunica com uma voz fanhosa e obscura:

—Cabra da peste, para avançar terás que me vencer num duelo. Se fracassares, levarás chumbo no couro e nos acompanhará até o submundo de onde não poderá escapar.

—E se eu me negar? (Pergunto)

—Leva chumbo no couro também. (Cangaceiro chefe)

Sem opção, concordo em participar, meu adversário me lança uma espada e fica com outra. Colocamo-nos em posição de combate e um pouco depois a luta se inicia. Inicialmente, fico na defensiva, apenas acompanhando e rebatendo os golpes rápidos do meu perigoso adversário. Em algumas vezes, ele me atinge e começo a sangrar um pouco em várias partes do corpo. Porém, não desisto. Mesmo fraco e reconhecendo a superioridade do meu adversário, continuo insistindo na batalha e estudando uma forma de reagir.

Continuamos batalhando e ,quando me sinto seguro, desfiro o primeiro golpe.Com um pouco de sorte, o atinjo em cheio. Ele cai e aproveito a situação para esmagá-lo com a ponta da espada. O atinjo imediatamente no coração, e no exato momento que isso ocorre, a terra treme, os espíritos dos cangaceiros se afastam, o sol brilha mais forte e as minhas esperanças renascem. Grito,cheio de felicidade:

—Eu consegui.

Por um lado, fico feliz pela superação do obstáculo e por outro sinto remorsos pelo despertar do meu "eu" animal que era capaz de ferir, agredir, destruir mesmo que não fosse uma pessoa viva. Seguindo este eu animal, na minha noite escura da alma, magoara diversas pessoas, tinha ido até o limite das "trevas", libertara "meu mensageiro" completamente. Apesar de tudo isto ser passado e eu já ter sido perdoado pelas forças benignas do universo ainda era uma lembrança dolorosa. Não era bom reviver num momento tão importante da minha carreira.

Um instante depois, sento, choro de tristeza e emoção, chamo por Renato, ele se aproxima e peço colo. Deito minha cabeça em seu peito e desafogo meus sentimentos. Ele me diz palavras de consolo e auxiliado pelo seu carinho, recobro totalmente minhas energias. Quando estou pronto, o abraço e me levanto enfim. Combinamos de continuar a caminhada enquanto ainda era cedo.

Imediatamente, voltamos andar sobre pedras, flores, o chão seco, o sol escaldante do agreste e contemplamos a pequena relva da caatinga remanescente. Aonde nossos passos nos levariam? Certamente viveríamos experiências interessantes que enriqueceriam nosso leque de conhecimentos e nos fariam evoluir ainda mais abrindo a possibilidade de descobrir mundos inóspitos, intrigantes e desconhecidos da maioria das pessoas modernas. Nisto residia nosso grande desafio: Auxiliados pela visão e co-visão, descortinar o véu do tempo, analisar os fatos imparcialmente e trazer entretenimento e diversão para os leitores. Não era uma tarefa fácil mas totalmente possível pois eu e Renato formávamos uma dupla vencedora e imbatível até o momento. Pelo menos, era assim que sentíamos e pensávamos. Desta forma, munidos de otimismo avançamos cada vez mais. Um pouco mais adiante, ultrapassamos os dois terços do percurso. O objetivo final se aproximava.

Neste exato momento, estávamos muito focados e concentrados no desafio. Por isso, não tínhamos tempo nem disposição para pensar em algo além disso. Claro que sentíamos um aperto no peito, saudades de nossos familiares, medo, culpa, ansiedade, mas nada disso podia nos atrapalhar pois andávamos naquela trilha estreita com a mesma força, garra e fé que demonstrei quatro anos atrás ao galgar completamente a montanha. O sentimento de luta era realmente o mesmo apesar de serem situações totalmente diferentes.

O tempo passa um pouco. A expectativa a cada minuto que passa aumenta e resolvemos então decidir tudo logo apressando nossos passos. Quando menos esperamos, já avistamos o local do destino e a visão nos sufoca um pouco. Resolvemos parar a fim de recompor forças: Fazemos um lanche, nos hidratamos, planejamos detalhadamente nossos próximos passos. Com tudo acertado, voltamos a caminhar, driblamos mais alguns obstáculos e uns quinze minutos depois finalmente chegamos ao destino.

Estávamos no centro duma planície extensa e rochosa, local que no passado serviu de encontro entre os remanescentes lendários "cangaceiros de Virgulino" e os justiceiros do sertão. Aproveitamos o momento, respiramos aquele ar sagrado e imaginamos mil estórias a desenrolar na vida de pessoas tão importantes naquela época. Mas o que tudo aquilo tinha a ver com o sexto dom, o de piedade? Era algo que estávamos prestes a descobrir.

Eu e Renato nos damos as mãos, nos concentramos a fim de tentar novamente o desenvolvimento da co-visão.Intuitivamente,seguimos todos os conselhos do mestre e nos inspiramos em aventuras passadas para despertar um pouco mais do nosso poder interior.Com o passar do tempo,relaxamos,esquecemos tudo à nossa volta, fechamos os olhos, gradativamente vamos perdendo a consciência e quando menos esperamos, nossos espíritos se desprendem de nossos respectivos corpos.

Fora do corpo, ficamos frente a frente, nos aproximamos mais. Porém, antes do nosso encontro somos separados por forças incompreensíveis e superiores.Aí se inicia uma pequena batalha particular e mental. Nossos medos mais internos se manifestam, nos atormentam e nos fazem cair por terra. O que faríamos agora? Eu me vejo, como no passado, com medo do escuro, medo dos familiares mais velhos, medo de fantasmas, medo da sociedade e das pessoas por algo que não tinha culpa. Nesta oportunidade, reflito sobre tudo, analiso a situação e tomo uma decisão nunca antes pensada (Resolvo gritar para o mundo inteiro):

—Eu não tenho medo!Meu nome é O Vidente,sou um jovem família apesar de incompreendido por ela,sou um cara bacana,sem frescuras,consciente do que sou e que quero,que aprendeu a conviver com um dom e usá-lo para o bem,que resolveu usar a literatura para ensinar um pouco das muitas experiências carnais e espirituais vividas apesar de ter apenas trinta anos.Eu sou uma pessoa do bem!.

Depois do grito,a pressão acalma e me liberto pouco a pouco dela.Quando me sinto completamente bem,me levanto e observo Renato.O mesmo ainda encontra dificuldades para superar os seus traumas familiares,especificamente o caso do pai que o batia freqüentemente.Com intuito de ajudá-lo,dou outro grito:

—Renato,eu ,Angel e a guardiã,estamos com você.Ninguém mais irá machucá-lo.Liberte-se!

Depois do que disse, ele me parece melhor e logo está de pé. Vencemos a primeira etapa.

No entanto, ainda tínhamos que superar outras. A fim disso, tentamos nos aproximar novamente, ficamos a uma distância considerável, mas por mais que nos esforçássemos não logramos êxito. É aí que surge ,vindo do céu, uma pequena tocha de luz, que ilumina completamente o ambiente em que estávamos. Ao se aproximar, nosso sentidos são despertados, eu me aventuro um pouco e toco no campo de força. Neste instante, usando meus poderes de vidente, tenho a visão respectiva referente ao sexto dom, o dom de piedade:

"Radamés era um jovem com vinte anos integrante duma família de classe média que residia na capital do agreste pernambucano,Caruaru.Por ser de classe média,tinha quase tudo que queria proporcionado por seus pais e como qualquer outro jovem de sua idade,adorava namorar,sair com amigos em baladas,fazer farra,e outras formas de lazer.Até aí tudo bem.Porém,até o momento,desconhecia os dissabores da vida.Mas como tudo tem seu momento,um certo dia,entrou em crise existencial ocasionado pela fase dolorosa de um de seus colegas de farra e de faculdade.Ele estava com câncer.Como eram muitos amigos,ele sentiu como se fosse com ele mesmo.Contudo,ele reagiu de forma inesperada:Trancou-se em seu quarto,negava-se a se alimentar e a fazer qualquer tipo de atividade.Os seus pais,inconformados,chamaram todos as pessoas que julgaram poder ajudá-lo:psiquiatras,psicanalistas,psicólogos,vizinhos,outros colegas,e até eles mesmos.No entanto,nada parecia surtir resultado.Sabendo do caso,o seu colega,aquele que estava com câncer,chamado Vagner,O visitou,entrou no seu quarto,conversou com o mesmo sobre sua atitude.Disse que não havia motivo para tristeza,que o seu destino estava

marcado, que a morte não era nada (Apenas o separaria por um tempo fisicamente) e que estaria sempre com ele, pois o sentimento mútuo de amizade era muito grande. Disse também que cada festa que fosse, que cada música que tocasse, pensasse nele e estariam juntos novamente. Completou falando que o momento não era de piedade, que deviam aproveitar o tempo restante vivendo a vida como deve ser vivida pois ela é bela, instigante, boa sempre. Depois disso, os dois se abraçaram, Radamés saiu do quarto, voltou a sua rotina, voltou a acompanhar seu amigo nos seus últimos seis meses de vida. Depois disso, o sentia em cada momento bom que vivia e nos momentos difíceis pedia sua ajuda, e sentia toda sua proteção e intercessão junto ao pai. È isto. "As pessoas que passam momentos conturbados e difíceis preferem o apoio, o consolo, o carinho, a amizade. A piedade manifesta-se dessa forma e não nos colocando frente ao destino ou a vida".

Terminada a visão, a tocha se aproxima, toca em minha mão, eu a movimento e chamo Renato. Desta vez, ele consegue, se estica um pouco e também alcança a luz. Ela fica entre nós dois, aproveitamos a situação, nos concentramos novamente e seguimos nossa intuição e experiência. Pensamos na nossa família, no projeto "vidente", na literatura, no dom, no destino, no universo, e na força poderosa que nos guia que costumamos chamar de Deus. Relaxamos e fechamos os olhos. Neste exato momento, algo explode, os poderes do espaço são abalados, a terra gira e treme, nossos espíritos desprendem-se de nossos corpos materiais e o fenômeno da co-visão finalmente se inicia.

Sítio Fundão, Cimbres-Pernambuco, 03 de novembro de 1900

Ultrapassamos os limites do tempo. O destino nos faz chegar ao início do século XX, no mesmo local. Depois de nos materializarmos completamente e nos recuperar da transição, observamos tudo ao derredor e constatamos algumas mudanças. Entre elas, o ar estava mais puro, a vegetação mais densa, o barulho era menor e uma maior quantidade de animais. Tudo era igual e ao mesmo tempo diferente. O que tinha nos levado ali? Não sabíamos, mas em comum acordo decidimos caminhar um pouco e procurar alguma alma viva que nos pudesse orientar.

Então começamos uma nova jornada só que agora mais difícil e excitante. Sem nenhuma trilha a vista, nos embrenhamos na mata fechada suportando pedras,espinhos,e com possibilidades de encontrar bichos venenosos ou até mesmo feras selvagens. Porém, não desistiríamos tão facilmente. Até porque já dominávamos os seis primeiros dons do espírito santo e agora só faltava o detalhe da primeira revelação. Intuitivamente nos deslocamos na direção oeste.

Passamos pelos mesmos lugares de antes só que não o reconhecemos. Estávamos como cegos em meio a um tiroteio, guiados apenas pelo instinto. Neste momento, avançamos lentamente e o tempo demora também a passar. Mas mantemos o essencial, como ensinado por Angel: a persistência, a garra, a coragem, a paciência, a sabedoria e a fé que sempre nos acompanhava nas aventuras. Embora não fosse suficiente, com um pouco de sorte chegaríamos ao ponto certo.

O tempo passa um pouco. Inconscientemente, percebemos que ultrapassamos uma das quatro partes em que o percurso estava dividido. Mas só ficaríamos felizes e tranquilos quando chegássemos ao final e tivéssemos a resposta positiva que esperávamos e afim disso permanecemos na labuta. Alguns passos adiante, encontramos um réptil, nos assustamos, e nos desviamos um pouco. O que faltava acontecer? Não podíamos morrer ou até mesmo decepcionar nossa família, amigos, conhecidos, mestres espirituais e da vida e os leitores. Precisávamos continuar, mesmo que não tivéssemos pista do que nos esperava ou mesmo dos dois tipos de destino que nos acompanhava. A sorte estava lançada.

Depois de estarmos a uma distância segura do animal asqueroso que encontramos no caminho, retornamos a caminhar na direção inicial. Desta feita, aumentamos a nossa precaução. Isto era extremamente necessário a fim de evitar um acidente que impossibilitasse definitivamente o nosso objetivo maior que era fazer o elo entre "dois mundos". Estas foram as palavras do mestre mas no momento eram totalmente obscuras e distantes de nós. Contudo, estávamos abertos, desde o primeiro momento, a encontrar o fio da meada desse começo intrigante de história.

Estimulados pela nossa força de vontade e pela decisão anterior, continuamos avançando superando os obstáculos naturais da mata. A cada passo dado, nos sentíamos mais seguros e realizados apesar de ainda não termos alcançado o primeiro objetivo. Bem,é uma questão de tempo,penso.Com esta certeza, aumentamos o ritmo na direção desejada e logo percebemos que já passamos da metade do trajeto percorrido em relação ao centro do oeste. Mais um feito. Porém, ainda havia muito a conseguir e não ficaríamos satisfeitos nunca.

Um pouco mais adiante, pela primeira vez, nos sentimos cansados. Resolvemos então parar um pouco. Sentamos no chão, comemos um lanche, bebemos um pouco de líquido e aproveitando o tempo livre refletimos sobre nossa situação atual e planejamos os nossos próximos passos. Depois de muito debater, decidimos permanecer na mesma orientação e esperar um sinal que pudesse nos guiar. Não tínhamos outra escolha a não ser essa. Já que estávamos nos sentindo exaustos, deitamos um pouco, fechamos os olhos, nos concentramos e fugimos um pouco do mormaço. Quando relaxamos o suficiente, um cochilo sobreveio.

Ao acordar, nos sentimos bem melhor, com energias recobradas. Levantamo-nos do chão duro, erguemos a cabeça, e voltamos a caminhar. O que aconteceria? Continuemos juntos, leitor, prestando atenção em detalhes na narrativa. Pouco a pouco, avançamos na caatinga agreste, fazendo malabarismos a fim de desviar dos obstáculos. Auxiliados por nossa experiência em aventuras anteriores, o que nos resta são apenas alguns arranhões provocados por alguns deslizes nossos. Mas, no geral, estávamos nos sentindo bem, prontos para enfrentar o que quer que fosse. Com esta disposição, um pouco além, já nos aproximávamos do objetivo.

Cada vez mais perto, a sensação provocada em nós era de ansiedade e de alívio. Ansiedade por não saber exatamente o que nos esperava e alívio por estarmos perto de descobrir. Mesmo que fracassássemos agora, nos sentíamos orgulhosos de nós mesmos por ter cumprido seis etapas e desenvolvido seis dons do espírito santo. Éramos mesmo vencedores, desde o início do projeto "o vidente" até o presente momento.

Com esta certeza, superamos tudo e vamos avançando. Logo à frente, a mata se abre, entramos num caminho e com mais alguns passos visualizamos o destino: Estávamos em frente a uma casinha de taipa, no centro do oeste do sítio. Neste exato momento, lembramos dos desafios e constatamos que se tratava da casa que pertencera a meu avô Vítor. Cheios de curiosidade e esperança, avançamos mais e batemos a porta da referida residência. Esperamos um pouco e surge de dentro, uma mulher, morena escura e robusta, com corpo bem definido e mal trajada vem nos atender.

—Pois não, jovens, em que posso ajudá-los? (Pergunta)

—Meu nome é Aldivan e este que me acompanha se chama Renato, poderia nos oferecer um gole de água? (O vidente)

—Sim, claro. Eu me chamo Filomena, ao seu dispor. Não temos muito, mas pelo menos água tem. Podem entrar— Respondeu ela.

Aceitamos o convite, acompanhamos a mulher, entramos na casa, chegamos a sala e a anfitriã nos oferece assentos. Sentamos, descansamos um pouco e a mesma vai a cozinha pegar a água. Passado uns cinco minutos, ela retorna, risonha carregada com dois copos de água. Nós tomamos rapidamente e Filomena puxa assunto mais uma vez.

—Os senhores são estrangeiros? Nunca os vi por aqui.

—Pode ser dizer que sim. Algo nos conduziu até aqui. (O vidente)

—Em resumo, somos turistas em busca de um pouco de paz e conhecimento. (Renato)

—Ah, entendi. São da capital? (Indaga ela)

—Não. Somos duma cidade próxima. (O vidente)

—Vive sozinha aqui? (Renato)

—Sou casada. Tenho também um filho recém-nascido. Apesar das dificuldades, somos felizes. (Filomena)

—Onde está seu marido? (O vidente)

—Está no trabalho, preparando um terreno para fazer a roça do ano que vem. Esperamos ter um bom lucro e assim não ter que passar fome em algum momento do ano. (Filomena)

—Entendi. Deve ser uma barra depender só da agricultura para sobreviver e ainda mais tendo filhos. (O vidente)
—Na minha família era assim. Trabalhávamos feito condenados com o intuito de sobreviver. Quando não havia lucro, o problema era grande. (Renato)
—É como diz o jovem. Mas não temos escolha. Na vida, só sabemos lidar com enxadas e foices. Somos burros quadrados. (Filomena)
—Que é isso, não fale assim. Todo trabalho é digno e todos somos iguais diante de Deus. O importante são os bons sentimentos que carregamos no peito. (O vidente)
—Nos conhecemos a pouco, mas já percebemos a sua grandeza. Isto é muito importante. Obrigado pela água. (Renato)
—De nada. (Filomena)
Um barulho atrapalha a conversa: Um choro de um bebê. Filomena fica triste e agitada e desabafa conosco:
—O bebê está com fome e não tenho nada a oferecer, a não ser chá. Vou ver se o engano.
Dito isto, a mesma foi a cozinha esquentar no fogão de lenha o chá já preparado. A acompanhamos e a ajudamos. Quando fica pronto, vamos ao quarto. Filomena pega o bebê, coloca no colo e dá o chá através da mamadeira. Apesar de beber o líquido, o mesmo não para de chorar. A mãe se desespera e o coloca de volta no berço improvisado. Aproximo-me do bebê, perguntamos seu nome e fico sabendo que se chama Vítor. Um choque. Estava diante do meu antepassado, um ser cheio de dons. O menino, de cabelos pretos, olhos castanhos claros e um pouco escuro, se remexia de um lado para outro. O toco mas nada de especial acontece. Apenas sinto um calafrio ocasionado pela barreira do tempo. Porém, sem que eu perceba, Renato se aproxima, pega a minha mão e juntos tocamos novamente no menino. Imediatamente, entramos em transe, ultrapassamos novamente o limite do tempo, visualizamos passado, presente e futuro simultaneamente. A história então se revela por completo.

1-Infância

1.1-Sitio Fundão, 01 de agosto de 1900-Nascimento

Era uma tarde ensolarada de quarta-feira. O casal Filomena e Jilmar estavam a descansar frente a sua pequena e simples e casa. Já tinham completado um ano de casamento e de mudança da sede do município Cimbres (Atual Pesqueira), e estavam muito felizes apesar das grandes dificuldades financeiras que se encontravam. Jilmar, ainda no tempo de namoro, trabalhara como condenado como ajudante de carga a fim de juntar dinheiro e comprar um pequeno pedaço de terra e fora ajudado pela então noiva Filomena que fazia rendas. Quando juntaram dinheiro suficiente, casaram, mudaram-se para o sítio, e começaram uma vida a dois. Com pouco tempo, Filomena se achara grávida.

Nesta mesma tarde, completara os longos nove meses de espera. Descansando e pensando no futuro, repentinamente, Filomena começou a sentir as dores, pediu ajuda ao marido que saiu em disparada, a cavalo, a procurar uma parteira. O jovem Vítor se apressava em estrear num mundo cheio de misérias, dificuldades, mas que também era belo e prazeroso. No tempo em que ficou sozinha, Filomena começou a recitar orações dirigidas a Nossa senhora do bom parto e elas aliviaram um pouco sua ansiedade e dores. Quando menos esperava, seu marido Jilmar voltou com a parteira graça, a levaram para o quarto e com a ajuda dos dois depois de duas horas angustiantes, o menino enfim nasceu.

Começava aí mais uma trajetória espetacular da linhagem Torres, uma raça de seres humanos especial, cheia de diversos dons. Com o passar do tempo, se revelaria sua inclinação para as artes ocultas e só mesmo Deus saberia aonde o mesmo poderia chegar. Por enquanto, ele seria criado por um casal cheio de amor que lhe ensinaria os conceitos básicos de sobrevivência, de valores, ética e como se portar numa sociedade ainda desigual do início do século XX.

1.2-Comemoração

Depois do nascimento, Jilmar e Filomena começaram a se preocupar com a alimentação e o vestuário do recém-nascido. Foi aí que tiveram uma ideia: chamar alguns conhecidos da região que tinham uma maior posse para participar duma pequena comemoração e a fim que os mesmos retribuíssem com presentes. Assim fizeram. Uma semana depois, abriram as portas de sua pequena e simples casa e receberam os amigos. Entre eles, os primos solteiros de Filomena, Angélica e Bartolomeu e outros parentes de Jilmar.

Todos que compareceram foram bem recebidos. Por curiosidade, olhavam o bebê, elogiaram seus atributos e retribuíram com presentes diversos de utilidade. O casal agradecia e prestava atenção a todos. No final, serviram um pequeno banquete, que apesar de simples, foi muito apreciado. Quando a comida acabou, a conversa continuou a girar durante um bom tempo sobre assuntos gerais incluindo política, fuxicos, novidades. Assim o tempo passou. Perto de anoitecer, os presentes foram se despedindo, e por fim, ficaram apenas jilmar, Filomena e Angélica. Esta última, antes de ir embora, aproximou-se do bebê, o tocou e num grito fez uma profecia: ——Este sim vai orgulhar a raça Torres, vai ser um desbravador de seu tempo!

Os pais não entenderam bem o desabafo, mas agradeceram mesmo assim. Quando Angélica se foi, os dois ficaram a sós, aproveitaram para comer, namorar e depois dormir, pois, nessa época, num sitio distante, não havia muitas opções de lazer.

1.3-Festa de Batizado

De família tradicionalmente católica, como a grande maioria das pessoas do interior do Brasil, foi organizado a primeira iniciação do recém-nascido Vítor na religião, ou seja, seu batizado. Para a ocasião foram convidados parentes e amigos, incluídos as madrinhas e um padrinho.

Era o dia 15 de agosto de 1900, outra quarta feira. Todos os convidados da ocasião e os pais do menino se dirigiram a sede Pesqueira, mais exatamente a catedral. No horário combinado, todos se achavam presentes, espalhados pelos bancos da Igreja. Mas o padre ainda não tinha chegado. Esperaram mais trinta minutos, o vigário Freitas chegou, e deu início à celebração. Durante tinta minutos, pregou sua ideologia e explicou as responsabilidades de todos os presentes. Quando tudo foi explicitado, continuou o ritual e no fim, Consagrou Vítor. No momento da entrega a Cristo, ouviu-se um ribombo no céu e todos ficaram admirados. O que seria da vida daquele intrigante menino?

A dúvida permaneceria na mente de todos até o mesmo crescer. Enquanto isso, ele aprenderia com os mais próximos e com a vida cada detalhe do mundo. Depois de adulto, decidiria seu próprio destino, através de suas respectivas escolhas. Porque o ser humano é isso, é livre para amar, odiar, construir ou destruir. Somos nós os principais responsáveis pelo nosso próprio destino. Continue acompanhando, leitor.

1.4- Os primeiros brinquedos

Dois meses se passaram desde o nascimento de Vítor e finalmente se aproxima o dia das crianças. Apesar da situação financeira delicada, jilmar combinou com sua esposa um passeio no parque infantil da cidade, nesta data tão importante. No dia e horário combinados, os dois se deslocaram, montados num cavalo e levando o bebê. Ultrapassando barreiras naturais como a poeira, a estrada deficitária e o sol escaldante eles chegam na sede após uma hora de muita luta.

Da entrada da cidade até o parque são mais vinte minutos de viagem. No caminho, encontram conhecidos e parentes, os cumprimentam e desejam feliz dia das crianças. Eles retribuem e desejam sorte e sucesso. Continuam a viagem, encontram um boteco e resolvem parar com o intuito de descansar. Tomada a decisão, desmontam, prendem a corda do animal num arbusto a fim de que o mesmo paste um pouco e se dirigem ao estabelecimento. Com mais alguns passos, eles chegam, sentam à mesa, são atendidos e pedem um suco e um lanche rápido. Enquanto esperam o alimento, namoram, e puxam conversa um com o outro.

—E aí, mulher, Vítor e você estão bem? Parecem um pouco rosados demais. (Jilmar)

—Estamos um pouco exaustos e acalorados. Não é fácil viajar com o sol batendo de frente, mas sobrevivemos. Tudo vale a pena quando estamos prestes a viver momentos felizes e intensos em família. (Filomena)

—Esta época não perdoa, mas concordo que vale a pena. Apesar de tudo estar contra, somos felizes e formamos uma família de verdade. Não vejo a hora de ver este moleque correndo pelo barro de nossa casa, nos abraçando e chamado de pais. (Jilmar)

—Calma,velho. Isto ainda demora um pouco de tempo. Por enquanto, devemos nos preparar para oferecer as mínimas condições para que ele se desenvolva. É a nossa missão a partir de agora. (Filomena)

—Sim, claro. Em breve prepararei o terreno do roçado do próximo ano. Espero que chova. Enquanto isso, continuarei trabalhando alugado, para alguns vizinhos de terra nossos. De uma forma ou de outra passaremos e com dignidade. (Jilmar)

—Que bom que está disposto. Não me arrependi de ter casado com você pois sempre se mostrou um guerreiro nesta vida sem oportunidades. Obrigada por também ter me escolhido como mulher. (Filomena)

—Eu também te amo. (Jilmar)

Neste momento, os dois se abraçam e se beijam docemente. Os presentes aplaudem o gesto e isto os faz corar. Eles ficam em silêncio um pouco, o lanche e o suco chegam, começam a se alimentar planejando discretamente o resto do dia. Quando terminam de se alimentar, chamam o atendente, pagam a conta, saem do local, sobem novamente no cavalo e continuam o trajeto. Agora só parariam ao chegar no destino certo.

Retornando ao trajeto, apressam o trote .Alguns minutos depois de intensos solavancos pelas ruas da pequena cidade de Pesqueira, passando pelo bairro da pitanga, centro e prado finalmente eles chegam. Na entrada do parque, desmontam do cavalo, o prendem a uma arvore próxima ,pagam os bilhetes de entrada, e entram. Começam a percorrer todos os locais, aproveitando ao máximo os brinquedos. Quando chegam em frente a uma barraquinha, se interessam, apreciam o artesanato local e ,num gesto de carinho, Com o restante do pouco dinheiro que tinha, Jilmar compra um presente para esposa, um vestido da época e para o filho, compra um chocalho (Maraca) para o mesmo se distrair. Em agradecimento, Filomena o abraça e o beija. Continuam a aproveitar os brinquedos, passeiam por vários lugares dentro do parque, o tempo passa e já tarde ,decidem voltar para a casa. Rapidamente, se dirigem a saída, montam no cavalo novamente e começa a fazer o caminho de volta. Demorariam aproximadamente o mesmo tempo da ida, no retorno, mas tinha valido mesmo a pena. Viveram momentos especiais, num dia tão importante, o dia das crianças e com seu primeiro bebê.

1.5-A doença e a primeira palavra

Depois do passeio no parque, a família formada por Filomena, Jilmar e Vítor voltaram a sua rotina normal. Jilmar, continuou preparando o terreno a fim de plantar esperando o tempo do inverno e consequentemente sol e chuva suficientes; Filomena, com seu trabalho de dona de casa, rendeira e de mãe; E Vítor, mesmo inconsciente, descobrindo um mundo novo, diverso, complicado, mas ao mesmo tempo belo. Assim o tempo foi se passando.

Exatos seis meses depois do seu nascimento, Vítor teve uma pequena virose, caiu em febre e os pais,preocupados,o levaram imediatamente ao hospital municipal da sede do seu município de Cimbres,Pesqueira.A viagem a cavalo demorou trinta minutos e ao chegarem no destino, entraram numa sala e ainda esperaram mais uma hora. Depois disso, o menino foi finalmente medicado sendo encaminhado a uma sala ,ficando em observação. Foi permitido a um dos pais ficar com ele .Escolheram Filomena por ser a mãe e ter mais intimidade com ele. Em dado momento, as enfermeiras entraram e sugeriram que Filomena saísse um pouco, descansasse e se alimentasse. A mesma aceitou a sugestão mas no momento que ia se retirar, Vítor se agitou muito,chorou,esperneou, e num esforço sobre humano para sua idade, gritou a sua primeira palavra:

—Mamãe!

A cena emocionou a todos, principalmente Filomena por ter a graça de escutar seu nome pronunciado por seu bebê que se achava doente. Num ímpeto, o beijou, o abraçou e prometeu ficar sempre ao seu lado, nos momentos bons e ruins.Com estas palavras, o menino se acalmou, relaxou e finalmente dormiu. Então Filomena aproveitou e saiu um pouco, se alimentou, falou com o marido e retornou a sala de observação antes que o mesmo acordasse. Passou o restante da noite com ele. No outro dia, quando amanheceu, foi dado alta médica e só assim foi possível voltar para a casa. Com isso, continuariam na sua vida simples de sempre mas felizes.

1.6-Finalmente, em pé

O tempo passou um pouco. Chegou o inverno, choveu bastante e a família Torres, na pessoa de Jilmar, colocou seu roçado, plantando os principais produtos da alimentação básica como feijão, milho, batata doce, mandioca, macaxeira, melancia, jerimum, xinxim, melão, entre outros. Com três meses depois, o milho e o feijão já estavam em condições de serem colhidos. Com o lucro, teriam suas necessidades básicas satisfeitas por pelo menos um ano. Em relação ao menino, crescia a olhos vistos, começou a engatinhar e diariamente o seu pai se ocupava em levá-lo de um lado para outro tentando o ensinar a andar. Já fizera duas tentativas, mas as duas resultaram em fracasso, o menino levara dois tombos e depois disso, o mesmo ficou com mais cuidado e só tentaria mais uma vez quando o menino estivesse pronto.

Exato um ano após seu nascimento, Vítor já andava segurando nas paredes, e quando ficou um pouco mais firme o pai ficou em sua frente e o chamou. Mesmo incrédulo, o menino arriscou: Deu um passo, dois, e quando menos esperava, andou com firmeza, se aproximou e abraçou o pai, chamou o seu nome. Era o primeiro feito de muitos daquele menino pobre, mas abençoado de Deus e repleto de dons. O futuro agora estava em suas mãos. Será que se realizaria mesmo num tempo tão cheio de misérias, injustiças, e tão atrasado culturalmente? Continue acompanhando, leitor.

1.7-Visita de parentes

O acontecimento que ocasionou os primeiros passos de Vítor em pé e sozinho ocorrera pela manhã. Depois de comemorado o fato, Jilmar foi cuidar de seus afazeres na roça e Filomena começou a cumprir suas obrigações também que era limpar a casa, preparar o almoço e ainda ficar de olho em Vítor. Com o esforço dos dois e com a sorte ajudando, tudo estava bem.

Algum tempo se passa, já se aproximava do meio-dia, Jilmar volta para casa e encontra tudo em ordem. Como estava esfomeado, vai direto a pequena cozinha, cumprimenta a mulher e o filho, senta à mesa, gentilmente é servido pela esposa e começa a saborear o tempero sempre atraente dela, composto por: feijão, farinha, carne de sol complementado por frutas típicas agrestes. Tudo muito simples, mas de muito bom gosto.

Em dado momento, Jilmar, puxa conversa com sua amada.

—E aí mulher, conte-me as novidades. Que mais peripécias nosso pupilo aprendeu hoje?

—O de sempre. Como qualquer menino de sua idade, mexeu em tudo que estava ao seu alcance e, eu, a fim de evitar um desastre maior lhe dei algumas palmadas. Por sorte, foi o suficiente para ele se acalmar. (Filomena)

—Tenha mais paciência mulher. Ele é ainda um bebê. Claro, que se for necessário, lhe aplicaremos um corretivo. Mas ainda é cedo. (Jilmar)

—Falar é fácil. Não é você que tem que ficar de um lado para outro correndo atrás dele evitando algo pior. Paciência tem limite e ainda tenho que cuidar das minhas obrigações. (Filomena)

—Entendo. Deixo em suas mãos a tarefa de educá-lo. Só não exagere. Ultimamente tenho estado muito ocupado mesmo, trabalhando em prol de todos. Ossos do ofício. (Jilmar)

—Eu sei e não te critico por isso. Alguém tem que colocar comida dentro de casa. Ao contrário, agradeço a dedicação despendida em prol dessa família, e por me fazer tão feliz. (Filomena)

Lágrimas escorrem pelo rosto de Filomena e a emoção domina o momento. Jilmar faz uma pausa na comida, se aproxima, a abraça e a beija. Num impulso, Vítor também se aproxima e o abraço se torna triplo. Ali estava uma família de batalhadores que estavam dispostos a enfrentar qualquer tipo de desafio e se realizar apesar de todas as dificuldades impostas pela época. Quando o abraço termina, eles se separam um pouco e Jilmar continua a fazer sua refeição. Ao término do almoço, Vítor sente sono, Filomena o coloca para dormir e o casal aproveitar para descansar e namorar um pouco. Pouco depois, a tarde se inicia.

Por volta das quinze horas, alguém bate à porta, eles se levantam da cama, e vão atender. Ao abrir a porta, têm uma grata surpresa: Tratava-se dos primos mais próximos de Filomena, Angélica e Bartolomeu que sem cerimônia se convidaram a entrar. Depois dos cumprimentos iniciais, eles sentam nos tamboretes disponíveis e começam uma boa conversa, explicam o motivo da visita (Aniversário de um ano de Vítor),e por fim entregam os presentes. O casal agradece, Vítor acorda com a movimentação, aparece na sala, e recebe o carinho dos presentes. Como boa anfitriã, Filomena vai preparar um lanche para os visitantes com o intuito de agradecer tanta amabilidade. Quinze minutos depois, volta com tudo pronto. As visitas se servem e a conversa continua sobre todas as novidades da região. Após o lanche, eles voltam a sala e a conversa continua, cada um falando um pouco de sua vida. Em dado momento, Jilmar se despede a fim de cuidar de alguns afazeres. Angélica e Bartolomeu continuam com Filomena. Quando entardece, os mesmos se despedem, dão um abraço no jovem Vítor e enfim vão embora. Prometem voltar noutro dia. Jilmar retorna a casa, espera o jantar fica pronto, se alimenta, o lampião é aceso, e duas horas depois vão todos dormir por falta de opção de entretenimento e lazer. Continuariam nos outros dias sua rotina de luta e de superação.

1.8-O período de dois anos

A cada dia que se passava, Vítor crescia em estatura e sabedoria acompanhado de perto por seus pais. Este período era crítico e fundamental na fixação de valores para qualquer indivíduo e por isto, Filomena e Jilmar,se esforçavam para dar uma boa base de educação para o mesmo. A cada deslize seu, o mesmo era corrigido e mesmo sem ainda ter consciência exata do que estava se passando o mesmo absorvia os conhecimentos. Passou-se dois anos, e o mesmo foi matriculado na escola.

O momento atual da família Torres era de estabilidade. Continuavam vivendo da agricultura no seu pequeno sítio e os lucros do roçado eram suficientes para sustentá-los do básico. Além do roçado,Jilmar ganhava alguns trocados trabalhando alugado para vizinhos de terra e Filomena, fazia artesanato de renda e criava alguns animais como galinhas, patos, perus e ovelhas que ajudavam no sustento. Não eram ricos mas também não passavam fome como outrora. Continuavam felizes, o que era o mais importante.

Num certo dia, uma boa notícia: Filomena se achava grávida do seu segundo filho. Apesar de isto significar uma maior despesa, o fato foi comemorado como nunca. Seria mesmo bom uma companhia para Vítor, o distrairia nas brincadeiras, nas peripécias e o ajudaria a crescer ainda mais. Fortaleceria ainda mais a identidade duma família tão batalhadora e sofrida. A família Torres.

1.9-O primeiro dia na escola

Fevereiro se inicia e com ele o período escolar. No dia marcado para o início, Filomena tratou de arrumar o filho Vítor da melhor maneira possível e quando o mesmo ficou pronto, os dois partem juntos para a casa de Genoveva, onde funcionava improvisadamente o grupo escolar. A residência localizava-se à margem da estrada de terra principal, a que ia em direção à sede do município. Da casa de Filomena para dela eram cerca de quarenta minutos de pé e os mesmos tinham que fazer este trajeto todos os dias. Porém, valeria a pena o conhecimento e a cultura assimilada.

Munidos do pensamento anterior, os dois caminham pela vereda batida e em determinado momento, alcançam a estrada principal. Sem obstáculos, os dois apressam os passos, encontram outras crianças e adultos que partiam também em direção a escola e resolvem caminhar juntos. A fim de se distrair, os adultos conversam um pouco e repassam instruções aos seus filhos que parecem entender apesar da pouca idade.

A caminhada continua. Logo adiante, as crianças pequenas se sentem cansadas e os pais são obrigados a carregá-las. Mas não por muito tempo. Dez minutos depois, já se aproximam da escola rural do sítio Fundão (de Dona Genoveva Garcia) e com mais alguns passos chegam de frente a ela. A mesma faz a chamada dos matriculados, todos respondem, e são encaminhados a uma pequena sala com algumas carteiras. No total, dezesseis (o número de alunos do estudo primário daquele ano). Os pais ficam de fora.

Como eram quatro séries com quatro alunos cada, ela tinha que preparar uma aula diferente para cada grupo destes e começou pela turma de Vítor que representava a primeira série, ainda não alfabetizada. Pegou quatro penas e quatro tinteiros e à medida que os ensinando a manusear estes instrumentos de escrita, mostrava as letras do alfabeto. Como era apenas o primeiro dia, nenhuma exigência foi feita aos discentes a não ser que prestassem atenção o que era bastante difícil por tratar-se de crianças pequenas e que nunca estiveram distantes dos pais. Mas tudo isto era levado em conta apesar da rigidez da professora. Os quarenta minutos previstos de aula passaram rapidamente sem maiores complicações. Em sequência, iniciou-se a aula de outra série, mas os da primeira tinham que assistir também. E assim sucessivamente.

Tudo ia muito bem na aula até que um aluno da quarta série errou uma pergunta básica e Genoveva, usando da autoridade que os professores tinham na época, o exemplou usando a palmatória. Isto foi o suficiente para assustar os pequenos, inclusive Vítor, que começaram a chamar pelos pais insistentemente. A fim de controlar a situação, Genoveva Garcia deu por terminada a aula expositiva e levou todos os alunos para a natureza, uma mata perto de sua casa, ensinou sobre a fauna e flora, os levou para o roçado que ficava bem próximo da sua casa e colocou os meninos na lida com os animais. Era assim que resolvia os problemas. Quando chegou a hora, voltaram à sala, os despediu, as crianças pequenas foram entregues aos pais que ainda esperavam fora e todos voltaram para a casa. Era assim que funcionava uma escola do sítio daquela época e Vítor teria que cursá-la todos os dias.

1.10-A primeira surra

O tempo adiantou-se um pouco. Na família torres, tudo transcorria na rotina normal de sempre: O trabalho de Jilmar na agricultura e de Filomena em casa, a ida de Vítor a escola, as brincadeiras, as travessuras, e o seu crescimento a olhos vistos. Tudo levava a crer que ficaria tudo bem sempre, mas nunca se sabe o que poderia acontecer.

Começa uma fase difícil na vida do pequeno Vítor, os seus dons especiais começam a aflorar, o que preocupa bastante os seus pais. O levam a uma recadeira e a um sábio. Na ocasião, são orientados a não se preocupar pois isso era absolutamente normal e que com um tempo ele aprenderia a controlar este poder e usá-lo a seu favor. Era um presente do destino e não uma maldição como eles pensavam.

A cada novo dia, Vítor aprendia um pouco mais sobre o outro mundo: Tinha amigos invisíveis, falava com anjos e mensageiros, recebia mensagens sobre o seu futuro e dum seu posterior descendente. Tudo era muito novo para ele e, seguindo os conselhos dos seus pais, não contava seus segredos a ninguém. Apesar disto ser absolutamente normal na linhagem espiritual de sua família, uma linhagem de videntes.

O problema era sua inexperiência e muitas vezes não sabia distinguir as boas companhias das más. Certo dia, orientado por uma voz interior, foi sugerido que o mesmo jogasse a comida fora pois ela estaria contaminada por más fluidos. Inocente, o mesmo deixou se levar e praticou o ato num descuido da sua mãe. Questionado pela mãe, o mesmo disse que foi para o bem de todos.

Instigada pela raiva e pelo desgosto pois aquela era a única comida disponível do dia, Filomena pegou a cinta e lhe deu algumas chibatadas, poucas mas firmes. Ele chorou, esperneou, blasfemou, mas reconheceu que merecia apesar de sua pouca idade. O ato foi suficiente para que o mesmo tivesse que tomar um banho com sal diluído na água a fim de aliviar suas dores. Ajudado por sua mãe, um pouco que arrependida, o mesmo foi levado para a cama para que descansasse. Isto tinha sido uma lição dolorosa e ele certamente não cometeria o mesmo erro duas vezes.

1.11-O nascimento do segundo filho

Nove meses se passaram .Como da outra vez, as dores do parto de Filomena começaram repentinamente e por sorte era hora do almoço e seu marido se encontrava em casa. Aflitamente,ele saiu da casa, montou no cavalo e foi procurar a parteira. Trinta minutos depois, ele volta com a mesma parteira que ajudou a dar à luz a Vítor que se chamava Graça, ainda em tempo. Filomena foi levada para seu quarto e a parteira auxiliada por Jilmar,trouxeram a vida o segundo filho do casal ainda sem nome. Colocaram o bebê no cesto, deixaram a mãe descansando, saíram do quarto, Jilmar pagou a parteira, agradeceu, ela se despediu e finalmente foi embora.

Uma hora depois, Jilmar chama Vítor que todo o tempo estava brincando do lado de fora e juntos entram no quarto onde se achavam o bebê e a matriarca da família. Ao entrarem, presenciam uma cena maravilhosa:Filomena, com o bebê no colo, o beijando e o abençoando. Eles se aproximam, se emocionam também, e juntos fazem um abraço quádruplo. Este momento dura o bastante para que eles sintam o grande amor que os une. A família Torres era mesmo especial.

Quando o abraço termina, eles sentam na cama, ao lado dela e iniciam uma conversação.

—E aí, mulher, já sabe como irá se chamar? (Jilmar)

—Decidi agora há pouco. Chamar-se-á Rafael, como o anjo que sempre nos protege. (Filomena)

—Rafael. Quem é esse? (Soletra Vítor)

—É seu irmão. (Filomena)

—E o que é irmão? (Vítor)

—Irmão é filho do mesmo pai e da mesma mãe. (Explica com paciência Jilmar)

—Ah, sim. (Vítor)

O serelepe Vítor dá um beijo em Rafael e sai do quarto a fim de brincar novamente lá fora com seu cavalo imaginário. Enquanto isto, Jilmar e Filomena continuam trocando ideias.

—Tenho medo que com a chegada de Rafael, Vítor sinta ciúme e tente fazer alguma besteira. Você sabe como ele é temperamental. (Filomena)

—Não se preocupe. Ele é apenas uma criança e de boa índole. Soubemos criá-lo. É só prestar atenção um pouco. (Garantiu Jilmar)

—Tem razão. Nosso filho é especial, tem um dom, e devemos estar sempre ao seu lado com o objetivo de orientar. Tomara que este siga seus passos. (Filomena)

—É só seguirmos a mesma fórmula de criação que não tem erro: Ensinar os preceitos, os valores do bem, corrigindo as falhas, dando exemplos, estimulá-lo a ajudar sempre o próximo. Falando em filhos, quando vamos ter o próximo? (Jilmar)

—Nem pensar. Apesar de adorar crianças, só quero ter dois. Dá muito trabalho e nem tente me convencer do contrário. (Afirmou Filomena)

—Está bem. Evitaremos ao máximo ter novos filhos. Não concordo, mas aceito sua decisão. (Jilmar)

—Obrigado pela compreensão, amor. (Filomena)

Filomena coloca o recém-nascido Rafael no cesto, dá um beijo e um abraço no marido. A partir de agora, a missão dos dois era dupla: Dois seres dependiam deles para crescer, se formarem homens e vencer na vida, apesar de todas as dificuldades da época. Além disso, teriam que alimentar sempre a relação de amor e carinho para que colhessem a completa felicidade.

Depois do beijo e do abraço, se estimulam, fecham a porta do quarto, e aproveitam o tempo livre para namorar e fazer sexo, algo que fazia tempo que não realizavam. Depois do ato consumado, cochilam e descansam mais um pouco. Após, jilmar se levanta e vai cuidar da casa, do jantar e do menino serelepe que tinha. Ficaria uns quinze dias neste ritmo (até a esposa se recuperar e ter condições), pois não tinha ninguém próximo que os ajudasse.

O tempo passa e a tarde se esvai. Vítor entra em casa, o jantar fica pronto, os homens da casa se alimentam, levam a comida para Filomena, apreciam novamente a beleza de Rafael, acendem o lampião, fazem planos para o futuro e quando se sentem cansados, resolvem dormir. Os próximos momentos seriam importantes na vida de todos que integravam a família.

1.12-Mais três anos se passam

O tempo avança. A família Torres se encontra no mesmo estágio financeiro de sempre: Vive apenas da agricultura familiar, o que lhe dá quando o ano é bom de chuvas apenas o suficiente para sobreviver. Era a única opção de sobrevivência para todos que viviam naquela região, exceto os fazendeiros que tinham mais opções de renda. Nos outros itens, algumas mudanças: Vítor e Rafael cresceram como nunca e diferentemente dos temores dos pais eram muito amigos, se davam muito bem.faziam tudo juntos:brincavam,iam para escola (Um estava na primeira e outro na quarta série),arranjavam amiguinhos, exceto algumas vezes quando ocorriam pequenos desentendimentos mas que logo se resolviam; os parentes se mostravam presentes algumas vezes, geralmente em acontecimentos importantes; os conhecidos e os poucos vizinhos só eram vistos em acontecimentos sociais ou passeios de fim de semana, mas nos momentos de apuro o casal só podia contar consigo mesmo; as elites continuavam ditando o rumo de todos, marca do coronelismo da época no nordeste; e os cangaceiros, conhecidos como bandidos, eram vistos por alguns como heróis pois representavam a luta dum povo sofrido e injustiçado.

Mesmo com tudo isto ocorrendo, a família continuava caminhando em paz. Jilmar,como chefe dela, faria de tudo para que seus filhos e a mulher tivessem a segurança necessária para progredir e vencer, algo que não possível em sua época, há alguns anos atrás.Até o momento, estava cumprindo o seu papel muito bem. Porém, só ficaria satisfeito quando estivessem homens e casados, para só então descansar. Será que conseguiria? Continue acompanhando, leitor.

1.13-Algumas experiências interessantes na vida dos dois irmãos

1.13.1-O caso da sereia

O tempo avança um pouco mais uma vez. No momento, Vítor tem oito anos e seu irmão Rafael, cinco. Eles continuam amigos como outrora e juntos realizam diversas atividades. Entre elas, ajudavam na roça apesar de pequenos; adoravam pescar, brincar com seus amigos e ir tomar banho no rio, etc.

Em certo dia, os dois estavam a brincar em frente à sua casa, quando Vítor teve uma ideia genial e resolveu repassar ao seu pequeno irmão.

—Rafael, meu irmãozinho, lembrei de algo impressionante agora e quero lhe mostrar.

—O que é? Se for igual aquela história do peixe falante, pode desistir. Eu não acredito mais em lorotas.

—Não, dessa vez eu garanto absolutamente que é verdade. Venha, você não vai se arrepender.

Dito isto, Vítor pega seu irmão Rafael pelo braço e juntos correm desesperadamente na direção centro-leste do sítio. Filomena, que estava próxima, os aconselha a ter cuidado, mas os mesmos já estavam longe e não ouvem suas advertências. No caminho, eles embrenham-se na mata, desviam-se da trilha dobrando a direita, e tem acesso a um pomar. Eles gritam, sacodem a poeira, sobem em diversas árvores, penduram-se nos galhos como se fossem macacos e saboreiam os seus diversos frutos. Ficam um bom tempo curtindo estes momentos felizes.

Ansioso e cansado de tanta euforia, Rafael pergunta quando iriam para o rio e Vítor responde que imediatamente pois poderiam encontrar figuras indesejáveis e lendárias da mata agreste como o Saci-Pererê, o lobisomem, a mula-sem-cabeça, as caboclinhas ou o curupira entre outros e que o mesmo com seus dons sensoriais não seria possível salvar-se. Incrédulo, Rafael pergunta se eles existem mesmo e como resposta ouve um tudo é possível. Sem mais perguntas e convictos do que queriam, descem pé ante pé, da grande goiabeira em que estavam pendurados e ao chegar no chão, voltam a direção inicial em busca do destino: O rio fundão.

Auxiliados pelas suas experiências e agilidades, os dois meninos avançam rapidamente na vereda apesar de todos os entraves naturais dela como pedras, espinhos e o chão duro e seco. Vez ou outra, descansam. O que era tão interessante a ponto de Vítor querer compartilhar com o seu amado e amigo irmãozinho? Talvez fosse algo que acrescentasse algo significativo em sua vida, que o distraísse ou até mesmo uma grande brincadeira. Afinal, eram apenas crianças e não tinham nada que se preocupar ou levar a sério, diferentemente dos adultos. Estamos perto de descobrir. Vamos juntos, leitores.

Ultrapassando todos os obstáculos, os irmãos Torres enfim chegam ao pequeno e misterioso rio da localidade depois de trinta minutos exaustivos de caminhada. Ao chegar, Rafael não se conteve e indagou:

—Onde está aquilo que você queria me mostrar?

—Daqui a pouco aparecerá. Trata-se duma história que nosso pai me contou e que é a seguinte: Neste rio, habita uma espécie de criatura mágica (Metade mulher e metade peixe) que usa seu canto com o intuito de atrair os homens, especialmente os pescadores. Quem ouve seu canto nunca mais retorna para casa.

—Mas a sereia só existe no mar, seu bobo.

—Evidente que sim. Porém, nosso pai disse que essa é um do tipo que só existe em rios.

—E se ela usar seu poder para nos atrair?

—Não há perigo. O canto dela só funciona com adultos. Além disso, os anjos que protegem as criancinhas sempre estão ao seu lado, os protegendo. Veja: O meu e o seu estão sorrindo neste momento e nos abençoando.

Rafael olha para todos os lados, mas como não tinha dons extra-sensoriais nada pode ver. Se assusta um pouco e depois se acalma. Retoma a conversação.

—Quando o bicho aparecer, o que você vai fazer?

—Eu vou observá-la rapidamente, gritar e correr.

—Eu também.

O tempo passa mais um pouco, Vítor e Rafael esperaram, esperaram.... No entanto, mesmo depois de duas horas nada aconteceu de anormal. Não ouviram nenhum movimento na água a não ser das piabas (Pequenos peixes), não se ouviu nenhum barulho e nenhuma figura foi visualizada pelos dois.

Cansado de esperar, Rafael indaga o irmão:

—Onde está sua famosa sereia?

—Vai ver ela viajou.

—Eu sei o que aconteceu: Nosso pai é o maior lorotista do mundo e eu o maior bobo por acreditar em histórias de sereias de rio. Já vou indo!

—Espere, eu também vou.

Este é o caso da sereia que não passara duma má interpretação de Vítor que era muito apegado a crendices. Ou talvez fosse verdade e que eles não tiveram a sorte de encontrá-la no dia. Vai saber. Por hora, eles desistem da ideia de encontrá-la e fazem o caminho de volta para casa. Demoram aproximadamente o mesmo tempo da ida, reencontram sua mãe e a mesma prepara um lanche a fim de que eles recuperem as energias gastas. O pai ainda não chegara da roça. Este foi um dia interessante de trocas de ideias entre os dois irmãos.

1.13.2-O tesouro escondido

Numa bela ensolarada tarde de quinta-feira do mês de agosto de 1909, Vítor e seu irmão Rafael brincavam como sempre, no quintal da casa. Em dado momento, enjoam duma brincadeira e começam a discutir sobre a próxima diversão.

—O que você sugere, Vítor, em relação a brincadeira? (Rafael)
—Deixe-me ver........Estou pensando.................(Vítor)
—Que tal aquela.............................? (Rafael)
—Não, pois é muita chata. (Vítor)
—Tem razão. Tem que ser algo interessante e diferente. Além de ser motivador. (Rafael)
—Ah, já sei! Acabo de me lembrar duma velha história que me contaram. Trata-se da história dum pirata e seu tesouro que se sabe está escondido aqui no sítio, em suas proximidades. No entanto, apesar de todos os esforços empreendidos nunca conseguiram localizá-lo. Que tal se brincássemos de caça ao tesouro? Mesmo que seja apenas uma estória, nos distraímos um pouco.
—Está bem, mas poderia me contar em detalhes essa história antes que começássemos?
—Sim. Lá vai: Conta a lenda, que no século XVII, um velho corsário francês naufragara no litoral pernambucano e fora resgatado por indígenas que lhe proporcionaram abrigo e alimentação.Com o passar do tempo, ele foi ganhando a confiança deles, aprendeu sua língua, fez amizades e terminou por se juntar com uma bela índia da tribo. Tam-

bém teve acesso a cerimoniais e certo dia descobriu que os enfeites que eram utilizados eram feitos de ouro puro. O fato fez crescer sua ambição e a partir daí começou a se esforçar em descobrir a origem das pedras preciosas. Depois que conseguisse, certamente fugiria para longe e viveria uma vida livre de privações.Com sua experiência, ludibriou a mulher, soube o local exato e então começou a planejar o roubo e a fuga. Como a festa de adoração dos espíritos da floresta estava marcada para três dias depois, decidiu que era o dia apropriado. E assim fez. À noite, quantos todos já dormiam exaustos, ele saiu de sua cabana com seu baú, entrou na mata fechada e como conhecia bem a região, trinta minutos depois chegou ao local exato, uma gruta. Entrou sem demora, e seguindo os dados que a esposa repassara, encontrou a mina. Juntou então a maior quantidade possível de ouro possível, encheu o seu baú, saiu da gruta e empreendeu uma viagem rumo ao interior da província, sem se importar com sua esposa, o carinho e a hospitalidade dos demais membros da tribo. Caminhando e descansando, atravessou os municípios da zona-da-mata e grande parte do agreste até chegar exatamente aqui, local em que nasci (Duzentos e oitenta e cinco anos depois).Neste momento, ele estava extremamente cansado e por isto em dado instante parou a sombra de um coqueiro no intuito de descansar.Relaxou,encostou-se no tronco e começou a cochilar. Do alto do coqueiro, algo estalou mas isto não foi o suficiente para acordá-lo. Pior para ele pois em poucos minutos, uma cobra coral desceu da árvore, começou a passear sobre seu corpo e com o movimento dela o mesmo finalmente acordou. Assustado, tentou agarrar a cobra, errou o bote e o ofídio defendeu-se na forma de uma mordida. Era o seu fim pois não tinha nada que o pudesse salvar do veneno. Irado, matou o animal e rapidamente pensou numa forma de esconder sua fortuna pois se não ia aproveitá-lo também ninguém o faria. Assim o fez. Reunindo suas últimas forças e já moribundo, encontrou o local apropriado, cavou um buraco e enterrou seu tesouro. Cumprida a missão,expirou. No entanto, sua alma ficou presa ali pois como diz a frase: "Ficarás onde fica seu tesouro".

—Muito interessante. Gostei. Vamos então abrir a caça ao tesouro!

—Boa! Vamos começar imediatamente.

—Por onde começamos?

—Vamos procurar alguns sinais em pontos estratégicos do sítio.

—Se você fosse um pirata, onde esconderia seu tesouro?

—Eu teria duas alternativas: Escondê-lo em um local praticamente inacessível e tenebroso ou guardá-lo num local de fácil acesso e localização, tão fácil que ninguém imaginaria que estivesse enterrado lá.

—Brilhante. O que você sugere?

—Acho que a primeira opção é mais provável. No sítio, há muitos esconderijos. Talvez num deles, é possível que encontremos alguma pista que nos leve a alcançar o nosso objetivo.

—Certo. Que tal se começássemos pelos arredores do sítio?

—Aprovado. Vamos!

Os dois, munidos de pá e enxadas, iniciaram as buscas, atravessando caminhos tortuosos, em todo as redondezas do sítio. Porém, apesar dos seus esforços e do passar do tempo, nada encontraram de importante. Em dado momento, estavam a ponto de desistir. Foi quando Vítor teve uma brilhante ideia:

—Eu já sei. Desvendei o enigma!

—Desvendou o quê? Do que está falando?

—Raciocine. Conforme os antigos, esta faixa foi aberta há séculos. Logo, foi por aqui que o corsário passou.

—Lógico. Que outras conclusões você tirou?

—Falam também que estava à beira da morte. Portanto, qual seria o local mais apropriado para um moribundo avarento esconder o que tinha de mais importante? Certamente, o primeiro local que tivesse condições de abrigar semelhante fortuna.

—Magnífico! Gênio! Pelo que entendi, agora é só seguirmos em frente, do início da vereda até o ponto certo.

—Obrigado. Minha intuição ajudou. Continuemos.

Superexcitados, Vítor e Rafael retomaram o caminho, observando atentamente ao derredor a fim de encontrar o lugar exato do tesouro e que jazia a alma atormentada do corsário. Terminaram por encontrar uma pequena gruta, e decidiram começar as buscas por ali.

Mesmo com medo do escuro, dos animais venenosos, e das almas, os dois entraram na mesma, avançaram nas galerias, e num dado instante, toparam em alguma coisa, o que os fez parar. Mesmo com a pouca luminosidade, descobriram uma caveira e com o susto, saíram imediatamente da caverna que localizava-se no centro-norte do sítio. Já fora, começaram a dialogar:

—Precisamos voltar e continuar procurando o baú. Acredito que estamos perto. (Vítor)

—Tem razão. Aquela caveira deve pertencer ao corsário. (Rafael)

—Brilhante dedução,Rafael. Se for mesmo verdade, então o baú deve estar enterrado logo abaixo de sua carcaça pois ele estava fraco e debilitado.

—Talvez.........Vamos reunir nossa coragem, voltar a galeria e escavar um buraco no local, o mais depressa possível.

—Desafio aceito. Vamos!

Tomada a decisão, rapidamente, os dois entram na galeria da gruta, e um tempo depois chegam ao mesmo ponto em que estavam.Com os instrumentos que carregavam e auxiliados pelos seus pequenos braços, começaram a retirar a terra do local. Após um certo período, bateram numa superfície dura o que provocou gritos de ambos:

—Nossa! É o ouro!

Avidamente, retiraram mais terra, e pouco depois retiraram um baú do buraco retumbantes de satisfação. Carregaram o mesmo para fora e ao abri-lo, visualizaram inúmeras pedras de ouro. No entanto, Vítor, com sua ingenuidade e pouca experiência, ficou triste e fechou o baú. Esclareceu ao pequeno irmão:

-—Isto não é ouro de verdade. É ouro dos tolos—Afirmou.

—Tem certeza? Tivemos tanto trabalho. (Rafael)

—Tenho. Acredito que o ouro verdadeiro brilha muito mais do que esse pois tive a oportunidade de ver uma peça no pescoço de uma fazendeira da cidade.

—Que pena! Tinha tanta esperança de mudar de vida.

—Não se preocupe. Valemos pelas nossas obras e ética e não pelo vil metal. Mesmo sem ele, seremos felizes.

—Tem razão.

Cabisbaixos e decepcionados, voltaram a enterrar o baú no mesmo local. Saíram da gruta, fizeram o caminho de volta e finalmente foram para casa. Continuariam sua vida normal, em meios a dificuldades e provações, mas junto com seus pais permaneceriam uma família unida especial. A família Torres.

1.13.3-Uma brincadeira diferente

Era o ano de 1909, mês de setembro e a família torres continuava com sua saga no agreste pernambucano, especificamente no sítio Fundão, zona rural do município de Cimbres (Atual Pesqueira). Jilmar como chefe, cuidava no trabalho na roça no tempo de colheita e na entressafra fazia bicos em outros terrenos. Agricultura era a única coisa que sabia fazer pois não tivera a oportunidade de ter nenhuma instrução. O mesmo caso de sua esposa Filomena que por ser mulher trabalhava como dona de casa e rendeira. Ambos eram muito pobres quando casaram e permaneciam humildes e felizes. Os filhos do casal, Vítor de nove anos e Rafael de seis continuavam sendo um exemplo de companheirismo e amizade apesar de ás vezes ocorrerem desentendimentos entre os dois. Mas isto era absolutamente normal em qualquer relacionamento.

Certo dia, em frente de casa, os dois brincaram de esconde-esconde, garoto-mascarado e marré descer. No entanto, depois das três brincadeiras, cansaram um pouco. Resolveram parar. Deitaram na grama (Um ao lado do outro) e cochilaram. Ao despertarem, Rafael voltou a ficar agitado e puxou conversa com seu irmão Vítor.

—Que tal se inventássemos uma brincadeira diferente?

—Legal. Tem alguma sugestão?

—Tenho. Que tal se pendurássemos numa árvore, de cabeça para baixo, a fim de verificar quem aguentava mais tempo?

—É uma boa ideia. Mas acho muito perigosa. Faremos quando você ficar um pouco maior. Eu pensei em algo: Não seria melhor brincarmos de roda, inventando personagens durante o trajeto?

—Eu não concordo. Sou pequeno e não tenho muita imaginação. Eu passaria por bobo e no final, você riria de mim.

—Está bem. Deixe eu pensar melhor então..................Já sei! Brincaremos de policial e bandido, algo que nunca fizemos.

—Como é essa brincadeira?

—Você é o bandido e eu o policial. Você corre, eu espero dez segundos e te persigo. Se eu te alcançar, lhe dou umas bofetadas. Aí depois, na segunda fase, nós invertemos os papéis e você pode dar o troco.

—Parece legal. Nunca fizemos mesmo. Podemos começar?

—Sim.

Rafael corre desesperado. Vítor conta mentalmente os segundos e quando chega ao de número dez também dispara. Pela sua maior idade e agilidade, alcança o irmão rapidamente, o agarra, o chama de bandido, derruba no chão e lhe dá uns tabefes. Sem querer, alguns atingem Rafael com violência e o fazem chorar. Inconformado, Rafael levanta, dá as costas e grita para o universo inteiro ouvir:

—Eu não sou bandido. Sou apenas uma criança!

A atitude do irmão comove Vítor. Lágrimas insistentes correm pelo seu rosto, se aproxima do mesmo, o abraça, pede desculpas pela brutalidade e diz que ele é muito importante na sua vida apesar de tudo. A estratégia dá certo. Ele se recupera e ambos decidem parar para evitar um constrangimento maior. Voltam para casa, se alimentam, fazem outras atividades de lazer e no final do dia dormem tranquilos já pensando nas peripécias do dia seguinte. O destino estava se construindo dia após dia.

1.13.4-O acidente

Era noite de São João do ano de 1910. Como manda a tradição, a família Torres preparou a fogueira e todas as comidas típicas desta época do ano. Reuniram então toda a família, ofereceram almoço e jantar, colocaram as conversas em dia e por fim foram acender a fogueira, em frente à casa.

Durante um bom período, prestaram homenagens ao santo, comeram petiscos, fizeram promessas, conversaram um pouco mais e quando a fogueira terminou de queimar, a maioria dos presentes foram dormir. Ficaram só Vítor e Rafael, brincando ao redor da fogueira. Em dado momento, Vítor para, e puxa conversa com seu irmãozinho.

—Já fez seu pedido?

—Não. E você?

—Também não. Que tal se fizéssemos agora?

—Está bem. Eu vou pedir ao santo que nunca falte comida para a população do interior do Nordeste.

—Que pedido difícil. Mas mostra seu grande coração. Da minha parte, pedirei um maior controle sobre o meu dom, coragem para enfrentar as adversidades, ser feliz no meu futuro e prosperidade e saúde para a minha família toda. Devemos ratificar nosso pedido com uma grande ação.

—De que tipo?

—Para demonstrar nossa fé e confiança no santo, devemos desafiar as leis físicas como, por exemplo, passar sobre as brasas da fogueira. Porém ,isto exige um pouco de concentração. Me acompanha?

—Se não tem perigo, vamos.

Rapidamente, Vítor passeou sobre a fogueira um pouco adormecida, em pulos, e conseguiu o êxito. Já Rafael, por inexperiência, foi um pouco mais demorado, e ao sair, ficou aos prantos. O fato chamou a atenção de todos. Filomena ralhou com Vítor, e ambos foram tentar amenizar a dor do seu irmão menor. Usaram um pouco de água e por sorte as queimaduras não foram tão graves. Quando o mesmo melhorou, foi deitar-se e dormir. Fica a lição, também contida na bíblia: "Não tentarás o Senhor seu Deus".

1.14-A descoberta do amor

1.14.1-Primeiras experiências

A rotina de Vítor, no momento, com dez anos de idade, incluía o trabalho na roça ajudando o pai pela manhã, à tarde as brincadeiras com seu irmão Rafael e ás vezes visita a vizinhos e a parentes, prioritariamente nos fins de semana. Numa dessas visitas, se aproximou mais de Sara (Menina de sua mesma idade que tinha como características olhos castanhos, feição definida e delicada, corpo magro e bem feito, cabelos negros feito em madeixas e era filha da professora Genoveva) e entre ambos começou a surgir um sentimento forte que pode ser chamado de amor infantil traduzido em mãos dadas, beijos no rosto, abraços e a vontade mútua de sempre ficar junto. Mas tudo era feito ás escondidas pois os mesmos tinham medo da reação dos pais e juntos iam descobrindo este sentimento maravilhoso.

Depois de descobrirem a afinidade que tinham um pelo outro, se aproximaram mais e começaram a sair juntos. Assim iam descobrindo um pouco do mundo e deste sentimento tão bonito embora a precaução viesse em primeiro lugar por causa dos preconceitos da época. Caso fossem descobertos, e a separação ocorresse, não se arrependeriam da experiência adquirida. A sorte dos dois estava lançada.

1.14.2-O encontro na Igreja

O começo da relação entre Sara e Vítor estava de vento em pompa apesar de alguns desentendimentos ocorrerem. Porém, estes momentos eram logos superados. Depois de algumas saídas, Vítor enviou um bilhete a ser entregue em mãos a sua amada, através de um de seus amigos chamado caio. O mesmo, rapidamente, se dirigiu a casa de Sara, e ao chegar no destino falou que iria falar com a mesma. Sem desconfiar, Genoveva chamou a filha que ao atender caio, Recebeu o bilhete, agradeceu e se despediu. Escondendo o papel, a mesma trancou-se no quarto e foi lê-lo. Eis o conteúdo:

Amada Sarinha

Queria convidá-la para um encontro comigo a fim de estar juntos e conversar um pouco mais. Que tal se você compareça na Igreja, hoje as quatro da tarde? Mesmo sem saber sua resposta, e espero ansiosamente neste local e horário. Atenciosamente, Vítor.

Depois de lê-lo, Sara pensou um pouco e concluiu que não faria mal algum sair um pouco de casa e encontrar novamente com o doce de menino que era o Vítor. Planejou a melhor desculpa a ser dada a mãe, e no horário combinado, partiu em direção a pequena capela do sítio, fundada pelos Franciscanos há dois anos.

Na hora exata, a mesma entrou no recinto, e quando os dois se viram, correram imediatamente para um longo e delicado abraço. Nesta ocasião, o frei chegara, flagrou os dois, mas não os repreendeu. Ao contrário, achou bonito e prometeu guardar segredo. Da Igreja, os dois partiram para a área externa a brincar como duas crianças que eram e a se conhecer melhor. De vez em quando, saía um beijinho. Neste clima, passaram o restante da tarde e no momento de se despedir, combinaram um novo encontro para a próxima semana. Será que esta bonança permaneceria? Continue acompanhando, leitor.

1.14.3-O breve período de separação

Após o encontro na Igreja, Vítor e Sara permaneceriam separados por aproximadamente uma semana a fim de cuidarem de suas vidas pessoais e de não despertar a atenção dos adultos envolvidos. Neste período, Vítor cuidou da roça, ajudou em algumas tarefas domésticas, brincou com seu irmão Rafael, saiu com amigos, passeou na casa de parentes. Já Sara ajudou sua mãe em casa, brincou com as amigas, foi à cidade e leu um livro. Mas nenhum dos dois deixou nem sequer um momento a lembrança dos momentos juntos, apesar de não ser nada sério. Era apenas um sentimento puro, de criança que não tinha maiores preocupações.

Os dois estavam dispostos a continuar vivendo esta experiência bonita, pela qual muitas pessoas passam, a primeira paquera, o primeiro olhar descompromissado, a convivência e tudo isto ocorrendo ainda na infância. Aonde isto no final os levaria? Eles nem desconfiavam e nem estavam preocupados com o futuro. O importante era viver cada momento do presente intensamente como únicos ou como se fosse o último.

1.14.4-Uma data importante

Passada uma semana do último encontro, Vítor e Sara finalmente se encontrariam num evento social importante para todos que viviam no sítio Fundão. Tratava-se da data de aniversário de dez anos de fundação da sua escola, a escola municipal rural Prazer de aprender. Presente desde a fundação, a professora Genoveva Garcia organizou tudo auxiliado por sua filha única Sara.

Na data e no horário combinados, Vítor, acompanhado de seus familiares, chegou à casa da sua ex-professora e de sua amada Sara. Como eram conhecidos de longa data, Vítor e sua família entraram sem cerimônia, cumprimentaram a todos os presentes e foram sentar numa das mesas postas. Esperaram um pouco até a banda de pífanos chegar e começar a alegrar a festa. Aí começaram a surgir casais para dança, mais convidados chegam, o movimento é intenso e quando todos se acham distraídos, Vítor e Sara se deslocam e se encontram do lado de fora. Ao se encontrarem, se abraçam, se beijam no rosto, ficam de mãos dadas e vão brincar. Inventam mil e uma brincadeiras, Rafael chega, se integra ao grupo e juntos vivem momentos emocionantes.

Depois que se cansam de brincar, conversam um pouco sobre sua vida, e um vai repassando experiências um para o outro apesar da pouca idade de ambos. Esgotada a conversa, voltam para dentro da casa, para curtir um pouco os festejos. Integram-se as suas respectivas famílias, comem um pouco, e se divertem da melhor forma possível. No final, se despedem e prometem rever-se em breve. Vítor retorna para casa junto com sua família e Sara vai dormir. Continue acompanhando, leitor.

1.14.5-O dia do índio

O tempo passa um pouco e chega especificamente no dia 19 de abril de 1911,dia do índio. Esta data é muito comemorada na Zona rural de Cimbres (Atual pesqueira),inclusive no sítio fundão que fica próximo a uma das aldeias Xucuru da região, primeiros habitantes locais. Por decisão unânime dos chefes da aldeia, foi mandado um convite aberto direcionado a todos os moradores próximos para que comparecessem a tribo a fim de comemorar junto com os indígenas nesta data simbólica. Muitas famílias do sítio fundão aceitaram a proposta, inclusive as famílias Garcia e Torres. Esta era mais uma oportunidade de convivência entre Vítor e Sara.

Duas horas antes do horário combinado, as famílias Torres e Garcia partiram em direção a aldeia, se encontraram no caminho, e permaneceram caminhando juntas durante todo o restante do trajeto. No caminho, trocaram experiências e expectativas sobre o encontro único e inusitado que os esperava. O que levariam de bom desses momentos tão especiais? Certamente teriam muito a aprender dum povo milenar que são os verdadeiros donos do Brasil. Além disso, tinham muito também a ensinar. Seria o intercâmbio perfeito entre as raças apesar de que no dia a dia já tinham muito contato. Logo, continuaram a viagem sem maiores preocupações.

Exatamente no horário previsto, chegaram a aldeia,entraram,foram recebidos pelos anfitriões e quando tudo ficou pronto, a festa iniciou-se. Teve de tudo: Danças típicas, rituais religiosos, música, comida abundante, discursos, brincadeiras.

Vítor, Rafael e Sara afastaram-se dos adultos aproveitando para fazer amizade com os indiozinhos. Vítor, um pouco deslumbrado, fez uma demonstração dos seus poderes ocultos que a cada dia cresciam. Todos o aplaudiram. Depois, brincaram como crianças normais. Em dado momento, Vítor e Sara ficaram a sós. Conversaram, fizeram planos, deram as mãos sem despertar maiores suspeitas. Um instante depois, reintegraram-se ao grupo e continuaram a se divertir.

Já perto de anoitecer, a festa encerrou-se, os visitantes agradeceram e despediram-se, e finalmente foram embora. Demoraram aproximadamente o mesmo tempo no trajeto de volta, parando ás vezes para o descanso dos animais. Chegando em casa, Genoveva e Sara despediram-se da família de Vítor e os mesmos caminharam mais um pouco. Mais tarde, chegam em casa também. Foram imediatamente dormir e Vítor não para de pensar em seus novos amigos e na companhia agradável de sara. Continuariam tendo contato? O mesmo se preocupa um pouco com isso, mas logo é vencido pelo cansaço da viagem. O destino estava lançado.

1.14.6- O dia da independência

1.14.6.1-contexto histórico

No dia 7 de setembro de 1822,ás margens do Ipiranga, finalizou-se um capítulo negro em nossa história: A dominação política portuguesa. Desde a sua chegada a nossa país os estrangeiros tiveram como foco principal os nossos recursos e não a colonização propriamente dita. Fizeram de tudo: Escravizaram os indígenas (Os verdadeiros brasileiros), destruíram parte de nossa fauna e flora, extraíram nossos minérios entre outros prejuízos. Isto só se findou neste dia.

Mas a independência não foi construída somente diante do rio Ipiranga. Foi um processo lento e complicado dos quais tiveram participação valorosos patriotas. Dentre eles, cabe destacar: Tomás Antônio Gonzaga, Claudio Manuel da Costa, Domingos Vidal da Costa, Joaquim José da Silva Xavier e Joaquim Silvério dos Reis (Inconfidência Mineira);João de Deus do Nascimento, Manuel Faustino dos Santos, Luiz Gonzaga das Virgens e Lucas Dantas (Revolta dos alfaiates);Antônio Carlos, José Bonifácio de Andrada e Silva, José da Silva Lisboa, Joaquim Gonçalves Ledo e Januário da Cunha Barbosa (Articuladores políticos, sendo que os dois últimos atuavam nos jornais e lojas maçônicas),culminando no ato de sete de setembro de 1822.

E você leitor, pode-se perguntar: Depois deste dia, tudo estava resolvido? A resposta é não. Estávamos independentes apenas em parte. No geral, tudo se mostrava absolutamente igual: Continuávamos dependendo da ajuda externa de outros países, mantínhamos uma estrutura econômica baseada no trabalho escravo e as elites aproveitaram o momento para assumir o poder em detrimento das camadas populares. Resultado: Revoltas que foram sufocadas graças ao poder ditatorial do imperador.

Mesmo com o passar das décadas e com o advento da república, ainda carregávamos dificuldades latentes em nosso desenvolvimento econômico-social porque não era apenas o regime político o problema e sim uma gama de fatores muito complexos incluídos a corrupção, a pouca ênfase na saúde e educação, a seca, a discriminação em suas variadas vertentes.

Podemos dizer que o grito do Ipiranga foi apenas o marco inicial de um longo processo de evolução de nossa sociedade e atualmente somos exemplo para o mundo pela nossa economia, nossos recursos naturais, pela nossa força e nossa índole, apesar das grandes desigualdades sociais existentes. Somos o país do presente e do futuro e depende de nós continuar orgulhando nossa terra.

1.14.6.2-Continuação da história

Era o dia 7 de setembro de 1911. Tradicionalmente, a data era comemorada na sede do município Pesqueira com um grande desfile. Todos os personagens conhecidos ou desconhecidos do sítio fundão se prepararam para a festa. Entre eles, as famílias-foco do momento: Torres e Garcia. Depois de se prepararem corporalmente, encontraram-se na estrada e partiram juntas (Com os integrantes montados a cavalo). No caminho, encontraram outras famílias, formando um grande cortejo aproveitando a viagem para trocar ideias e colocar as notícias mais recentes em dia. Permaneceram neste ritmo durante duas horas até chegar na praça central da cidade.

Ao chegar no destino, juntaram-se a uma multidão grandiosa a esperar pelo desfile e pela banda. Quando a mesma passou, todos acompanharam. Vítor e sara aproveitaram um momento de distração dos adultos e saíram para brincar e conversar. Passaram aproximadamente vinte minutos de convivência, trocaram carícias e no fim deste tempo resolveram voltar ao cortejo. Continuaram com seus pais até o fim.

Findo os festejos, fizeram um lanche rápido, montaram novamente nos cavalos e iniciaram o caminho de volta. Demoraram aproximadamente o mesmo tempo da ida, se dirigiram as suas casas e descansaram o restante do dia. Tinham cumprido o seu papel de cidadãos mais uma vez.

1.14.7-A excursão

O tempo avança um pouco. O final do ano chega (1911) trazendo com ele o recesso escolar. Neste momento, Genoveva tem uma ideia brilhante a fim de proporcionar diversão e manter ocupados os alunos, ex-alunos e o pessoal em geral do sítio Fundão: Fazer uma excursão para um local especial localizado no sítio vizinho, uma caverna que servira de moradia para o homem pré-histórico evidenciado através dos vestígios de sua passagem (Pinturas rupestres).

E assim fez. Mandou os convites e à medida que ia recebendo o aval ia contratando as charretes. Quando atingiu um número suficiente de pessoas, marcou a data e o horário. Chegado o dia e horário, todos compareceram em frente à casa da contratante (Genoveva). Os meios de locomoção iam aparecendo, lotando e partindo. O último, por coincidência, foi preenchido por membros da família Torres e Garcia. Como eram conhecidos, a viagem inteira certamente seria preenchida por conversas gostosas e enriquecedoras. O tempo avançou, as charretes e as pessoas enfrentavam o sol causticante, a poeira gigantesca, os desafios duma estrada deficitária, mas ninguém que estava fazendo a viagem reclamou porque o destino era atraente o bastante para compensar.

Duas horas depois da partida, uma a uma as charretes iam chegando ao destino, estacionando, e os passageiros descendo com suas respectivas mochilas. Quando todos chegaram, reuniram-se em grupos de cinco e iam entrando na caverna. Ao chegar a vez do grupo composto pelas famílias Garcia e Torres (O último), tiveram a oportunidade de ver mais calmamente todas as belezas do local composta por estalactites e estalagmites cintilantes, o escuro instigante, as pedras, as esculturas e formações rochosas, além das pinturas dos homens pré-históricos representando diversas situações entre elas, a caça, o sexo, a religião, a sociedade, ou seja, a cultura em geral. Passaram cerca de meia hora dentro da pequena caverna.

Ao sair, fizeram um piquenique com algumas delícias nordestinas e todos participaram. No momento que os adultos se distraíram um pouco, Sara e Vítor deram uma escapada e foram brincar, trocar carícias e conversar. O problema foi que desta vez demoraram muito. Foram procurados e descobertos pelas respectivas famílias. Genoveva não gostou nada, afastou os dois, não desgrudou mais da filha e deu por encerrada o passeio. Voltaram então ás charretes e iniciaram o caminho de volta. Demoraram aproximadamente o mesmo tempo de ida, enfrentando os mesmos obstáculos. Chegando no sítio, todos se despediram e voltaram as suas respectivas casas, descansaram um pouco, cuidaram de suas obrigações e quando anoiteceu, foram dormir. O que seria, a partir de agora, do relacionamento de Sara e Vítor? Continue acompanhando, leitor.

1.14.8-O desencontro

Um dia após a excursão, Vítor mostrava-se o tempo todo ansioso e angustiado com a possibilidade de afastamento da sua querida Sara. Depois de todas as experiências vividas ao lado dela, tornara-se um menino mais dócil e comportado, algo que não queria perder. Pensando no problema causado pela descoberta dos dois, acabou tendo uma ideia para reencontrar a sua amada: Enviar outro bilhete pelo seu amigo Caio, endereçado a ela. Tomada a decisão, sentou à beira de sua mesinha, pegou pena e tinta e escreveu umas breves linhas. Quando terminou, procurou o jovem já mencionado e ao encontrá-lo, entregou-lhe o bilhete e deu instruções precisas.

Imediatamente, Caio se dirigiu a casa de Sara, e com seus passos firmes e seguros não demorou muito a chegar. Aproximou-se então um pouco mais, bateu a porta da casa, esperou alguns instantes, a porta se abriu, e foi atendido por Genoveva. Perguntado sobre o motivo da visita, Caio lhe disse que queria falar com Sara.No mesmo instante, Genoveva desconfiou e disse que ela não estava mas que poderia resolver por ela. Por ingenuidade, Caio lhe entregou o bilhete e foi embora. Genoveva então aproveitou a oportunidade. Leu todo o conteúdo e não gostou principalmente porque vinha de Vítor.

Genoveva refletiu por alguns instantes a situação e tomou uma atitude drástica: Pegou o bilhete, e imitando as letras de Vítor, o substituiu por outro. Levou-o para o quarto da Sara e entregou a mesma. Ao lê-lo, a pequena teve um choque pois não reconhecia o menino que até pouco tempo se divertia. Mas não tinha dúvida: Era ele mesmo. O conteúdo era o seguinte:

Querida Sarinha

Eu pensei bem. Somos muito jovens e seria bom dá um basta em nossos encontros. Faço isso sinceramente porque não me divirto mais com sua presença apesar de você ser especial. Talvez continuemos só amigos.

Um abraço e espero que me esqueças de uma vez, lembranças a sua mãe. Com atenção, Vítor.

A reação de Sara não foi nada boa: Gritou, esperneou, chorou e ficou dando socos na parede. Atraída pelo grito, sua mãe entrou no quarto, a consolou e aproveitou o momento difícil da filha para lhe sugerir que mudassem para um município bem longe, onde já lhe tinham oferecido um bom trabalho. Sem pensar direito, Sara aceitou a proposta e Genoveva disse que ia acertar os detalhes. Com duas semanas depois, as duas foram embora sem se despedir, em busca do novo destino. O que aconteceria? Continuemos a narrativa.

1.15- A nova rotina

Depois da partida de Sara, Vítor passou uma temporada em depressão, perguntando-se o que tinha feito de errado. No entanto, pouco a pouco se convenceu de que não tinha culpa nenhuma. Ele e a amada tinham sido vítimas duma conspiração cruel do destino. Apesar do relacionamento ter sido extinto, tinha valido a pena as experiências vividas e quem sabe quando fossem adultos pudessem se reencontrar, descobrir o que sentem um pelo outro realmente e recomeçar. Embora isto fosse uma possibilidade remota no momento pois as duas sumiram no mundo.

Com o passar do tempo, Vítor ia sufocando as lembranças e ficando mais tranqüilo. Quando ficou totalmente recuperado, voltou a sua rotina normal: O trabalho no sítio do pai realizando várias atividades rurais (Pela manhã), o trabalho doméstico auxiliando em algumas oportunidades sua mãe (tarde), o descanso á noite, as brincadeiras e as atividades de lazer no fim de semana junto com seu irmão Rafael, amigos e vizinhos. Seria feliz em sua vida simples e rotineira, mas instigante e interessante.

Já os outros membros da sua família continuavam da mesma forma de sempre: Jilmar, com sua dedicação contínua ao trabalho rural, sua mãe cuidando da casa, do seu artesanato, da família em geral e seu irmão Rafael tinha terminado o grau de estudo primário e no próximo ano começaria a ajudar na lida da roça, além de ter um tempo para suas brincadeiras, é claro. Tudo estava correndo bem até o momento apesar das crescentes dificuldades que uma família pobre do interior tinha que enfrentar.

1.16-As histórias de Dona Filomena

Com onze e oito anos, sendo um deles quase um pré-adolescente, Vítor e Rafael tinham assimilado bastantes valores repassados pelos seus pais, especificamente através da figura da mãe, Dona Filomena, que era mais presente. Uma das formas de repassar estes conhecimentos era através de pequenas histórias ilustrativas, mas sábias. Transcreverei algumas que ouvi falar.

1.16.1-O garoto animal

Diego era o menino duma família de classe alta da cidade de Recife. Apesar da boa condição financeira e boa base de valores recebida o mesmo se mostrava inquieto, serelepe e desobediente aos pais que se esforçavam a todo momento em fazê-lo um menino do bem. Conquanto, o mesmo não se remediava nem se arrependia de suas travessuras.

Um belo dia, fez uma travessura pior e sua mãe,irada,fez uma última tentativa de corrigi-lo: Deu-lhe umas palmadas. Imediatamente, o menino reagiu, agarrou as pernas da mãe e as mordeu. Neste instante, a mesma, inspirada pela grande dor e mágoa causada pelo filho, disse: Agindo dessa forma, você nem parece uma criança e sim um animal. A praga rogada pegou na hora.

A partir deste dia, em toda noite de lua cheia, como castigo, Diego se transformava: Saia de casa irracionalmente uivando como um lobo. A maldição duraria enquanto ele vivesse para ele aprender a respeitar uma mãe.

1.16.2-O papa fígado

Há muito tempo atrás, existia num reino muito distante, um príncipe chamado Mimoso. Sua característica principal era a ambição desmedida e os pais, que o amavam muito, se esforçavam em cumprir todas as suas exigências: Já tinham comprado para ele mais de cem mil brinquedos importados e mais de mil peças de ouro. No entanto, nada que fizessem o satisfazia. Em certo dia, o príncipe chegou ao cúmulo de pedir dez estrelas prateadas do céu e levou seus pais à loucura: O que fariam para atender a um pedido tão absurdo?

Refletiram, refletiram....... e terminaram por decidir que em vez de dez estrelas prateadas do céu, daria a ele a mesma quantidade de estrelas.Porém,artesanais.Quando foram entregar o presente, o menino pegou as estrelas, jogou no chão, esbravejou e bufou de raiva, disse que não era aquele seu pedido. O rei então respondeu:

—Meu filho, eu e sua mãe nos esforçamos ao máximo para agradá-lo. No entanto, o que você pediu é humanamente impossível de conseguir. Qualquer criança desejaria estar no seu lugar e ganhar este tipo de presente.

O menino não se conformou e revoltado e indignado fugiu em direção a floresta vizinha. Ao entrar no meio da vegetação e avançar um pouco, sentou em baixo duma árvore, baixou a cabeça e chorou convulsivamente. Envolto em sua dor, nem percebeu a aproximação de um estranho.

A criatura era o velho lendário papa-fígado que se alimentava do órgão de mesmo nome das criancinhas. De supetão, o bicho pegou o príncipe bradando:

—Agora vou comer seu fígado!

Assustado e perdido,o príncipe começou a gritar por socorro mas ninguém lhe respondia. Foi quando uma voz interior lhe disse:

—Deverias estar em casa,com seus pais que tanto o amam e em vez de chorar deveria sorrir e agradecer pela vida que Deus te deu.

Neste momento, o mesmo se arrependeu de ser tão egoísta. Em meio ao aperto, desejou voltar para casa. Como se fosse por mágica, o papa-fígado sumiu e Mimoso voltou correndo para o palácio. Quando chegou, abraçou os pais, agradeceu o presente, mas não o aceitou. Decidiu doar tudo para as crianças pobres do reino e nunca mais ousou pedir nada extravagante aos seus pais. Ao contrário, contentava-se com o que recebia de bom grado deles.

1.16.3-O melhor prêmio

Era uma vez um menino chamado Ronaldo que morava na periferia de Salvador. Como a maioria da população da região, sua família era muito pobre e sobrevivia do lixão no qual o mesmo trabalhava oito horas por dia a fim de ajudar seus pais e ele mesmo em suas necessidades básicas. Nos poucos momentos de lazer, improvisava brinquedos com os resíduos do lixo como bolas, petecas e carrinhos. Mesmo com todas estas dificuldades, ainda sonhava com dias melhores.

As características especiais que este garoto reunia o tornavam um exemplo para todos que o conheciam. Alguns exemplos de belas atitudes suas eram: Participara da campanha do agasalho e do natal sem fome (Ele era o garoto propaganda e não cobrou nenhum cachê por isso), além de incentivar aos comerciantes da época que doassem uma parte de seu lucro aos pobres.

Sua história de vida ganhou tal conotação que chegou aos ouvidos de um certo papai Noel. Analisando o seu caso, ele resolveu ajudá-lo e exatamente no dia 25 de dezembro, data do natal, este bom velhinho chegou ao barraco em que Ronaldo morava. Ao chegar, observou em derredor e verificou que não havia nenhuma chaminé, pois, a morada era muito simples. Então como última alternativa resolveu colocar o presente que trouxera encostado a porta. Feito isto, foi embora.

No outro dia, pela manhã, a criança acordou. Do quarto deslocou-se até a sala. Ao tentar passar pela porta, esbarrou no embrulho. Cheio de curiosidade, rasgou o envelope e encontrou uma carta e um formulário. Porém, como não sabia ler, chamou a mãe e pediu para que a mesma traduzisse o conteúdo para o mesmo. Ela leu, não acreditou, releu para certificar-se e contou ao filho que ali estava escrito que o mesmo a partir do ano que estava por começar teria direito a uma bolsa escolar integral na melhor escola da cidade. Além disso, a família receberia mensalmente uma cesta básica e acompanhamento médico. Todas estas boas novas estavam descritas na carta.

Já no formulário, recebeu uma mensagem de congratulação, o elogiando pelos seus feitos (Assinado pelo papai Noel em questão). Depois da leitura, Ronaldo e sua mãe se abraçaram e agradeceram a Deus por ainda existir anjos na Terra. Foi o melhor presente de natal que Ronaldo e sua família poderiam receber.

1.16.4-O valor do trabalho

Era uma vez uma abelha operária que se chamava Zunzum. O trabalho da mesma era basicamente visitar diariamente milhares de flores em busca do néctar, ingrediente principal com que se produz o mel. Para alcançar uma quantidade significativa de mel é necessário muito trabalho das abelhas operárias: Um vaivém intenso da colmeia até a matéria prima (Às vezes elas percorrem vários quilômetros de distância de cada vez).

Certo dia, aproximou-se da colmeia um homem chamado Abílio, especialista em retirar mel. O mesmo vestia um traje todo especial para protegê-lo das picadas e trazia consigo também material para defumar o ambiente e confundir os inimigos. No momento certo, atacou as abelhas com sua fumaça no intuito de deixá-las tontas e desorientadas. Zunzum então exclamou:

—Por que está fazendo isso? Quer nos matar propositadamente?

—Não quero matá-las, meu objetivo é apenas retirar o mel.

—Não é justo: Foi eu e minhas irmãs que nos esforçamos para produzi-lo e acondicionar o conteúdo nos alvéolos.

—Não quero saber. Eu quero o seu mel, vou vender uma parte e consumir outra pois é muito nutritivo e apreciado.

—Se você se atrever a levá-lo, nós te picamos.

—Não pode me picar. Estou protegido.

—Monstro, não tem sentimentos ou remorsos? Se pegares nosso mel, eu e minhas irmãs morreremos de inanição.

—Isso é problema de vocês. Não tenho nada a ver com isso.

—Isto é um ultraje, uma burla a lei.

—A lei que conheço é esta: Se chama a lei do mais forte, da sobrevivência.

Ao dizer isto, não escutou mais a abelha. Retirou todo o mel da colmeia e partiu de volta para sua casa. Mais uma vez o bicho homem mostrou sua superioridade e primazia sobre todos os seres vivos.

1.16.5-Beleza e afinação não se põem na mesa

O proprietário de um circo estava à procura de um animal especial que soubesse truques e com isso se destacasse. Em busca deste objetivo, adentrou na floresta, percorreu uma certa distância, colou cartazes anunciando o que procurava, e esperou um pouco. O primeiro que apareceu foi o pavão:

—Soube que o senhor está a procura duma estrela, pois saiba que já encontrou. Não há outro animal que se iguale a mim: Minha beleza é exaltada por pintores e poetas, tenho elegância, estilo e muito charme.

O homem observou o animal de cima para baixo e respondeu:

—Desculpe-me, mas não é isto o que estou procurando.

O segundo a aparecer foi o peru:

—Não precisa procurar por mais ninguém. A partir de hoje, serei sua principal atração pois sou um ótimo cantor. Glu-glu-glu=entoando)

Mais uma vez o homem observou o candidato, pensou um pouco e respondeu:

—Desculpe-me, não estou procurando cantores. Já tenho uma sereia que tem um ótimo gogó no meu circo.

O (a) terceiro (a) candidato (a) que apareceu foi uma galinha:

—Está procurando uma estrela? Pois achou. Sou muito talentosa: Danço tango, funk, axé, forró, samba, dança de salão.

—Muito bem. Farei um teste com você. Caso não seja aprovada, dará pelo menos uma canja.

Dito isto, agarrou-a, saiu da floresta e dirigiu-se ao circo. Com este desfecho inusitado, o pavão e o peru exclamaram aliviados:

—Ainda bem que ele não nos escolheu.

1.17-O código de conduta de Dona Filomena

Auxiliada pelas sua experiência de vida e por sua sabedoria, Dona Filomena elaborou um código de conduta para os filhos de forma verbal a fim de que os orientasse nos caminhos da vida. Este código pouco foi sendo compreendido pelos dois e por iniciativa própria, eles redigiram as regras. Eis o código:

1. Ao levantar
    1.1-Preparar e organizar o quarto (Arrumar a cama, varrer o quarto, espanar os móveis);
    1.2-Tomar banho;

1.3-Auxiliar no preparo e tomar o café-da-manhã;
1.4-Escovar os dentes e pentear os cabelos (Não chupar bala nem levar poeira);
1.5-Ir para a escola (Tarefa em parte cumprida, já tinham concluído o primário);
2. Ao chegar da escola ou do trabalho
2.1-Guardar o material escolar em local apropriado;
2.2-Retirar o uniforme da escola (Não amassar nem dobrar);
2.3-Tomar banho novamente, trocar de roupa e almoçar, mastigando lentamente para melhor digerir os alimentos;
2.4-Nas refeições, saber comportar-se em uma mesa;
2.5-Hora de lazer: estudar, brincar com os colegas, passear, etc.;
2.6-Ajudar nos trabalhos domésticos.
3. À noite
3.1-Falar com os pais quando tiver qualquer problema (Dúvidas, encrencas, etc...)
3.2-Jantar (Seguindo as mesmas regras do almoço);
3.3-Tomar banho;
3.4-Rezar para Deus e o anjo da guarda, agradecendo por mais um dia de vida;
3.5-Ir dormir cedo.
4. Socialmente
4.1-Respeitar e ajudar os mais velhos;
4.2-Ficar calado enquanto os adultos conversam;
4.3-Mostrar educação e simpatia a todo momento;
4.4-Procurar sempre demonstrar seu amor e compreensão;
5. Geral

5.1-Cumprir as obrigações mais ou menos no mesmo horário.

1.18-Estórias de caçador

Era o dia 4 de maio de 1912, um sábado. Nesse dia, era comum a família Torres receber a visita dum velho conhecido chamado Francisco, ou melhor, Chico, um caçador famoso na região por seu talento em contar estórias. Assim aconteceu.

O velho Chico bateu a porta. Jilmar foi atender o convidando a entrar. Juntos, se dirigiram a pequena sala da casa onde já se encontravam Filomena, Vítor e Rafael. Ele cumprimentou a todos e sentou-se num tamborete disponível. Jilmar iniciou o diálogo.

—E aí,Chico,tudo bom? Faz tempo que nos conhecemos. Desde que mudamos para este sítio, mas apesar do nosso contato, você é ainda uma figura cheia de mistérios. Ouvir falar que você é do sertão, não é mesmo?

—Sim, nasci em Cabrobó, amava minha terra e nunca queria me afastar-me dela. Mas sofria muito com as surras do meu padrasto, e um dia reagi, o esfaqueei, ele caiu desacordado e fugi. Não sei o que aconteceu com ele ou minha mãe. Aí andei mundo afora. Cheguei por acaso neste sítio e resolvi fixar residência aqui—Respondeu ele.

—Entendo.Com que aprendeu a elaborar lorotas? (Jilmar)

—Com ninguém. Aprendi com minhas experiências. (O mesmo)

—Tem alguma para nos contar hoje? (Vítor)

—Sim,várias. Você gosta das minhas estórias?(Chico)

—Sim, muito. (Vítor)

—Eu também. (Rafael)

—Não impressione os meninos, Chico. (Filomena)

—Não tem problema. Terei cuidado. Vamos? (Francisco)

Todos aceitaram o convite. Pegaram seus lampiões e o seguiram. Atravessaram o casebre todo alcançando a área externa. Ao sair, contemplaram as estrelas, mas logo perderam a atenção nisso para só se concentrar na figura misteriosa do caçador. Então ele começou..............

1.18.1-O espírito da mata

Quando eu era jovem e morava lá para os lados de Cabrobó,costumava sair aos sábados.Geralmente eu me dirigia a zona rural a fim de caçar. Adoro fazer isso. Era e é meu lazer. Certo dia, embrenhado na floresta, espreitava a caça pronto para dar o bote (Silencioso e atento procurava a melhor forma para engalfinhar a minha presa).Neste momento, cheio de ansiedade e nervosismo me veio a vontade de olhar para trás. Ao fazer este movimento, eis que surge em minha frente a figura duma menina mulata, com cabelos escorridos e longos e olhos faiscantes. Analisou-me de cima a baixo e com uma voz grave e rude falou:

—Não atire. Não permitirei que você mate nenhum animal.

—Por quê? Deus nos entregou os animais para que nos ajudem e sirvam de alimento.

—Está certo. Mas Deus reservou este dia. Ele é sagrado. Portanto, pode desistir e ir embora.

—Entendi. Compreendo o seu ponto de vista e prometo que não vou transgredir esta lei. Pode deixar. Eu vou embora.

Dito isto, a mulata sumiu. Eu fui embora imediatamente. Da próxima vez, iria caçar num dia de semana para não correr o risco de perder a viagem.

1.18.2-A salvação da criança

Um belo dia, estava eu saindo da mata, vindo duma caçada proveitosa (Trazia comigo, em meu bisaco, três preás e alguns pássaros) e com este sucesso estava feliz da vida. Como eu dizia, estava caminhando tranquilamente pela mata, em sua porção final, quando repentinamente (Não muito longe dali) ouvi gritos de desespero e dor (Parecia uma voz de criança. Munido pela misericórdia, sem pensar, dirige-me imediatamente ao encontro da voz aflita com o objetivo de a socorrer. Mais adiante, dobrei a direita, encontrei uma fila de árvores, e avançando um pouco me deparei com a seguinte cena: Uma cobra Jiboia (Com aproximadamente três metros de comprimento) enrolara seu rabo no tronco duma planta e, na outra extremidade, sua boca sedenta se agarrara em uma perna frágil e fina que se debatia, em vão, para se soltar.

A dona da perna era uma criança negra (Com mais ou menos oito anos),provavelmente filho de descendentes africanos oriundos de um extinto quilombo próximo dali. Ao ver sua agonia, aproximei-me e tratei de ajudá-la da melhor forma possível: Retirei o facão da cintura e pus-me a ferir a cobra peçonhenta. Ela recuou um pouco. Depois, agarrei as extremidades de sua boca e a pressionei para que soltasse a criança. Lutei bravamente durante vinte minutos até que ela cedeu: Vencida e esgotada pelo cansaço, desistiu da presa. Joguei algumas pedras na mesma e finalmente ela entrou na mata fechada e se afastou definitivamente.

O menino (Livre e aliviado), suspirou agradecido:

—O senhor salvou a minha vida.

—Deus me ajudou. Agora acalme-se e lave esse ferimento para que não infeccione.

—Como poderei expressar minha gratidão?

—Apenas faça o seguinte: Nunca mais adentre na mata sozinho. Você podia ter morrido.

—Tudo bem. O senhor deve ser meu anjo da guarda.

—Anjo, não sou. Certamente, seu protetor guiou-me até aqui: O que acaba de acontecer é um verdadeiro milagre.

Nos despedimos e nunca mais voltei a vê-lo. Fica a lição.

1.18.3-A onça

No interior paraibano, há uma grande quantidade de onças. Quando se está na mata da região, fazendo qualquer atividade, corre-se o risco de encontrar com alguma delas. Foi o que aconteceu um certo dia. Ocorreu da seguinte forma: Eu estava caçando veados junto com meu cachorro fiel, na tocaia. Qual não foi a nossa surpresa (Em vez do veado apareceu uma onça).Pelo modo como agia, parecia estar esfomeada (Caminhava lenta e silenciosamente farejando a possível presa em todas as direções).Ao vê-la, meu coração quase que parou. Momentos depois, recobrei a calma e matutei a fim de decidir rápido o que fazer. Mas não deu tempo. Impulsivamente, meu cachorro ladrou e partiu em direção ao felino. Como resposta, ela aplicou-lhe uma patada de leve para o afastar.Com isso, saquei da espingarda e estava prestes a atirar no bicho. Pressentindo o perigo, ela falou:

—Não atire. Tenho filhotes para criar.

—Por que não deveria atirar? Você feriu o meu melhor amigo. Além disso, é uma concorrente na caça.

—Seu amigo me atacou primeiro. Eu só fiz me defender. Quanto à caça, preciso dela para alimentar a mim e meus filhotes.

—Entendi. Então vou deixá-la ir. Mas tenha cuidado com outros caçadores.

—Obrigado.

Resolvi dar por terminada a caça e voltei com meu cachorro para minha casa. A onça era mesmo brava ,mas se não fosse provocada ,não representava um grande perigo.Pelo menos esta que conheci.

1.19-Despedida

Depois de contar estas estórias, Chico mudou de assunto e conversou durante um tempo sobre política, economia, notícias populares e fofocas com os membros da família Torres. Esgotado os assuntos, o mesmo se despediu e se dirigiu a sua casa com o objetivo de dormir. No próximo sábado, provavelmente voltaria e contagiaria a todos com sua simpatia. Continuaria, pois, fazendo história.

Depois de sua saída, os integrantes da família Torres também foram dormir pois vinham de um dia longo e cansativo. Nos próximos dias, permaneceriam na sua vida simples, mas instigante e digna. Eram um exemplo de luta e perseverança na região contra todos os fenômenos de sua época, especialmente Vítor que a cada dia via seus poderes crescerem e se desenvolverem sem ninguém que o aconselhasse. O que seria do mesmo e de sua valorosa família? Continue acompanhando, leitor.

1.20-Fim da infância

Estávamos no dia 01 de agosto de 1912.Vítor completara doze anos, marco final de sua infância. Neste breve período, vivera muitas e intensas experiências. As mais importantes foram o nascimento do irmão, a descoberta dos dons espirituais, a rotina, os valores aprendidos com os pais, o amor infantil provocado por Sara. Tudo o que vivera acrescentara sabedoria, humildade e paciência ás suas virtudes, o que já era um bom começo de evolução. Agora, viveria uma nova fase, a adolescência, a segunda de sua vida.

Ainda na primeira, vivera o medo do escuro, dos fantasmas; ultrapassara seus limites sensoriais, tentando entender as forças ocultas; inovara e criara novas brincadeiras com seu irmão Rafael; descobrira a atração e o gostar ainda criança, o que não era comum ;terminara o primário e começara a trabalhar, enfrentando as adversidades do campo como o sol causticante, o chão seco, a falta de chuvas regulares, os escassos recursos mas se sentia feliz com a possibilidade de ajudar seu pai no sustento da família. Passemos agora a sua adolescência e fase adulta.

2. Adolescência e fase adulta

2.1-Os dons avançam

Após completar doze anos, a cada dia que se passava, mais avanços significativos em seus dons extra-sensoriais era constatado. Vítor já se comunicava claramente com seus antepassados, espíritos protetores, tinha acesso a segredos do céu, do infronda terra e do plano intermediário, chamado "Cidade dos homens", e sua paranormalidade o impressionava a cada dia. Em alguns momentos, se sentia confuso, inquieto e triste por não saber o porquê de tudo aquilo, mas o poder que desfrutava o fazia mais dono de si e com perspectivas de que nada seria impossível se soubesse usá-lo. Mas ainda necessitava dum aconselhamento. Pensando nisso, procurou seus pais, no momento em que os dois estavam em casa a fim de pedir dicas e orientações. Rafael estava brincando do lado de fora da casa. Aproximou-se deles e iniciou a conversa.

—Pai e mãe, estou muito inquieto e com uma pressão muito grande em cima de mim. Vocês poderiam me dizer a quem posso recorrer? Alguma rezadeira ou sábio experiente?

—O seu dom o incomoda e não sabe controlá-lo? É isto? (Jilmar)

—Sim. Preciso sanar algumas dúvidas e aprender usar o meu poder. (Vítor)

—Que tal se você ampliasse seu leque de amigos? Talvez o ajude mais que um especialista. (Sugeriu Filomena)

—Eu só conheço rezadeiras. Mas são as mesmas que disseram que você dominaria seus impulsos quando fosse maior. (Jilmar)

—Entendo, pai, não adianta recorrer a elas. Oh, mãe, tem alguma sugestão de amigos para me dar? (Vítor)

—Sim. Há uma semana, chegou um jovem oriundo da cidade juntamente com sua família. Vieram abrir uma pequena bodega aqui no sítio. Ele me pareceu muito especial. Se chama Angel. (Filomena)

—Angel? Interessante. Poderia apresentá-lo para mim? (Vítor)

—Sim. Vou fazer uma visita de cortesia amanhã. Posso levá-lo.(Filomena)

—Fechado. O senhor nos acompanha, pai? (Vítor)

—Não, obrigado. Tenho que trabalhar. Boa sorte aos dois. (Jilmar)

Agradecendo as palavras do pai, Vítor deu por encerrada a conversa. Foi fazer suas atividades diárias, mas em nenhum momento deixou de pensar com curiosidade no jovem que se chamava Angel. Quem seria? O que ele tinha realmente de especial? Será que podia mesmo ajudá-lo? Estas e outras questões não paravam de chegar em sua mente perturbada. Só o destino responderia e o mesmo estava lançado.

2.2-O primeiro encontro com Angel

No outro dia, logo cedinho, Filomena, Rafael e Vítor despertaram, tomaram banho, Comeram o desjejum, se arrumaram e com tudo pronto partiram juntos em direção a casa do misterioso Angel e sua família, recém chegados no sítio. Rapidamente, deixaram a sua residência, pegaram a estrada principal e começaram a seguir em frente. No caminho até o destino, além de enfrentar os obstáculos habituais eles tiveram oportunidade de encontrar pessoas, cumprimentá-las, conversar um pouco, se despedir, curtir a natureza, esbarrar nos mais variados bichos, mas com isso eles já estavam acostumados. O que fugia um pouco do controle dos mesmos era a ansiedade, o nervosismo, a inquietação e o medo gritantes.

Seguindo sempre firmes e convictos do que queriam, os três avançam rapidamente no caminho, cada passo com sua importância e história. O que o destino reservava? Particularmente para Vítor, que era o mais interessado. Logo saberiam. Enquanto não chegavam, aproveitavam o passeio para viver um momento família, livre de preocupações. Isto era algo raro de acontecer.

 O sol esquenta um pouco e de comum acordo, eles resolvem parar. Procuram uma árvore grande, e quando encontram, sentam no chão ao alcance de sua sombra. Relaxam um pouco, fazem um lanche, se hidratam. Planejam os próximos passos e as outras atividades do dia. Conversam um pouco sobre outros assuntos. Quando se sentem realmente descansados, combinam de continuar a pequena viagem. Levantam, começam a caminhar na mesma direção, e continuam a avançar. O destino se aproximava.

 O tempo passa um pouco e cerca de trinta minutos depois da saída, finalmente chegam ao destino, a casa da família Magalhães (Uma casa formidável para a época pois era de alvenaria, única naquela região). Como qualquer visitante, se aproximam da porta de entrada, batem nela, esperam um pouco e em alguns instantes a porta se abre. Alguém vem atender. Trata-se de Dona Maria da Conceição, uma morena robusta, de feições largas e definidas, um tanto avantajada. Demonstrando simpatia, ela puxa conversa.

—Dona Filomena, como vai? Veio nos fazer uma visita? E quem são estes que a acompanham?

—Oi, tudo bom e você? Estes são meus filhos amados. O mais velho se chama Vítor e o menor, Rafael.

—Tudo bom também. Prazer, Vítor e Rafael, me chamo Maria da Conceição. E aí? Não querem entrar e tomar um suco, comer um lanche?

—Prazer também. (Vítor e Rafael)

—Sim, queremos. (Filomena)

Os quatro entraram na residência e seguiram para a sala. Ao chegar, acomodam-se nos assentos disponíveis. Filomena retoma o diálogo.

—E aí? onde estão seu marido Geraldo e seu filho Angel?

—Geraldo está na bodega, despachando os clientes que chegam e Angel está no quarto, descansando. (Maria)

—Posso conhecê-lo? (Entusiasmou-se Vítor)

—Pode. Vou chamá-lo. (Maria)

Depois desta resposta, Maria se levanta, caminha alguns passos se aproximando do quarto. Bate na porta, chamando pelo nome do filho. Em alguns instantes, ele acorda, se levanta da cama, abre a porta e atende ao chamado. Se dirige junto com a mãe à sala, onde estão as visitas. Ao chegar, são feitas as apresentações e todos se cumprimentam. Com a desculpa de que vai fazer algo na Cozinha, Maria se afasta e chama também Filomena. Ficam a sós Rafael, Vítor e Angel.

Os três resolvem ir ao terraço e brincar um pouco. Brincam de esconde-esconde, polícia-ladrão, escorrega e ao se sentirem cansados, deitam um pouco no chão duro e seco, típico da região. Passam-se alguns instantes até Vítor tomar coragem, se levantar e pedir que Angel e seu irmão façam o mesmo. Ele inicia o diálogo.

—Quantos anos você tem mesmo, Angel?

—Tenho quase treze. Por quê? (Angel)

—Porque não sei se sabe, tenho um dom e não consigo controlá-lo. Poderia me ajudar? (Vítor)

—Claro, o que você pretende? (Angel)

—Quero me desenvolver e usar meu poder para conseguir o impossível. Quero trabalhar dos dois lados. (Explicou Vítor)

—Mas irmão, isto não é perigoso? (Rafael)

—Calma, eu sei o que estou fazendo. O que me responde, Angel? (Vítor)

—Tem certeza mesmo do que está dizendo? A pessoa que me ajudou disse que quem trabalha dos dois lados pode ter sérias complicações espirituais. (Angel)

—Não disse? (Rafael)

—Não me importo no momento. Quero descobrir todo o meu potencial para o bem ou para o mal.(Vítor)

—Bem, por enquanto, só posso te orientar daquilo que me foi ensinado. Se quiser conhecer as trevas, deve ser por meio de outra pessoa. (Angel)

—Está bem. Por curiosidade, qual o seu dom? (Vítor)

—Domino os segredos dos dons do espírito santo. Sou um dos seres abençoados na terra. (Angel)

—Que legal! Também quero aprender com você. (Rafael)
—Quando quiser, Rafael. Quando começamos? (Angel)
—Pode ser amanhã? (Vítor)
—Claro.Fechado.Declaro fundado a escola de mutantes do professor Angel, presidido por mim. Alguma objeção?(Angel)
—Não, nenhuma. (Vítor)
—Eu também aceito. (Rafael)

Depois desta breve conversa, os três entraram na casa, se dirigindo à cozinha. Neste ambiente, fazem um lanche. Depois, saíram novamente. Brincaram mais um pouco, e perto do almoço, juntaram-se a sua mãe, se despediram e foram embora. A partir daquele dia, a vida dos dois irmãos seria um pouco mais agitada.

2.3-Decisão importante

Naquele mesmo dia, depois da chegada em casa, os irmãos Rafael e Vítor depois do almoço e dum breve descanso, reuniram-se aos seus pais numa conversa amistosa, realizada na pequena sala. Parte da conversação está transcrita abaixo, para dar maior ênfase a questão.

—Como foi o passeio? (Jilmar)
—Foi ótimo. Tivemos a oportunidade de conhecer melhor a família Magalhães, e concluímos que são mesmos especiais. Pena que você não foi. (Filomena)
—Eu também gostei. Dona Maria é muito simpática e seu filho Angel, realmente especial. Espero evoluir com ele. (Vítor)
—O mesmo digo eu. Adorei fazer as novas amizades e vou acompanhar meu irmãozinho no tratamento a ser realizado. Posso, não é? (Rafael)
—Claro. (Vítor)
—Muito bem. Gostei. Quando aparecer a oportunidade certa, nos reuniremos com esta interessante família. Por hora, está bom. (Jilmar)
—O que comeremos no jantar? (Rafael)
—Macaxeira. Seu pai trouxe do campo. (Filomena)
—Boa! Eu adoro macaxeira! Mudando de assunto, tem algum evento a se realizar na cidade? Nunca mais viajamos para lá. (Rafael)

—Eu não estou sabendo de nada. (Informou Jilmar)

—Eu também não. A não ser que no ano que vem está previsto a implantação da escola ginasial em Pesqueira, estão interessados em continuar os estudos, meus amores? (Filomena)

—Esplêndido! Sim, eu estou. Quero aprender novas coisas, me formar um homem de bem e fazer amizades. (Vítor)

—Eu também. Já estava cansado da monotonia. Quando começamos? (Rafael)

—Bem, vou matriculá-los e provavelmente as aulas estejam começando no mês de fevereiro. De acordo, homem? (Filomena)

—Sim. Com uma condição. Trabalham comigo um horário na roça e no outro podem estudar. Podem usar o meu cavalo como meio de transporte. (Jilmar)

—E o que acham, filhos? (Filomena)

—Por mim, tudo bem. (Vítor)

—Eu estou de acordo. (Rafael)

—Feito, então! (Jilmar)

Depois desta decisão, os quatro se abraçaram em círculo e a emoção tomou conta do momento. Vítor e Rafael teriam a oportunidade de avançar nos estudos, algo que seus pais sequer imaginavam. Mesmo que as oportunidades de trabalho daquela região se resumissem a agricultura e ao comércio, os dois poderiam usar a educação como uma arma contra as injustiças, os desmandos, os preconceitos, seriam cidadãos plenos e felizes.

Terminado o abraço, os membros da família Torres se separaram, cada um foi cuidar dos seus afazeres ou de alguma atividade de lazer. No final do dia, reúnem-se novamente, jantam, a noite chega, acendem os lampiões, conversam um pouco mais e quando o assunto esgota, vão dormir. O próximo dia seria interessante. Especialmente para Vítor e seu irmão Rafael que iriam treinar com o presidente da associação de mutantes, o jovem e misterioso Angel.

2.4-A primeira experiência

O dia se inicia normalmente. Auxiliado pela claridade da manhã, os irmãos Rafael e Vítor despertam, se esforçam em levantar e quando conseguem, espreguiçam-se. Vão tomar banho detrás de casa, um por vez, e ao terminar o asseio corporal e a troca de roupa, se dirigem a cozinha simples da casa, onde já se encontram os pais, que gentilmente deixaram tudo preparado. Ao chegar no destino, sentam à mesa, e são imediatamente servidos pela mãe. Como o tempo é de verão e os produtos são escassos, a família aproveita as sobras de macaxeira do dia anterior, as que não tinham sido cozidas. Mesmo com as poucas opções, os meninos não parecem ligar e comem abundantemente o possível. Enquanto se alimentam, trocam experiências com os pais, fazem planos e tentar controlar a grande ansiedade. Mas fazia parte assim como o medo, a inquietação e o desespero. Este processo dura cerca de vinte minutos.

Ao terminar de se alimentarem, os mesmos despedem-se dos pais e dirigem-se a pequena porta de madeira, na saída da casa. O que aconteceria? Continuem acompanhando, leitores.

Depois de alguns passos firmes, os mesmos tem acesso ao lado de fora da casa.Rapidamente, pegam a estrada principal e começam a seguir em frente. O esforço desprendido no começo da caminhada ao superar os obstáculos naturais os deixam exaustos e logo adiante os mesmos resolvem parar. Alimentam-se, hidratam-se, aproveitam o momento para sentar e relaxar. Além disso, planejam o restante do dia e falam sobre suas expectativas, incluindo o esperado treinamento com Angel. O que os esperava?

Depois de refeitos, os dois levantam-se e retomam a caminhada. No momento atual, a responsabilidade e as preocupações tem um peso considerável. Contudo, os dois preferem levar tudo na esportiva, num movimento involuntário a favor do destino dos dois. Eu Explico. De um lado, em busca do desenvolvimento dos dons, Vítor se entregara a um tratamento cujo orientador era uma pessoa experiente, mutante, e estava disposto a arriscar, sem medir as consequências; do outro, Rafael, em busca da amizade e do aprendizado com a convivência com dois seres especiais. Tudo estava em jogo.

A caminhada continua. Mais adiante, já ultrapassam metade do percurso e este feito parece ser indiferente para os dois. O importante agora era ir até o fim e descobrir pouco a pouco os seus potenciais. E, se tudo desse certo, teriam as respostas necessárias ao contínuo processo de evolução a que todos se submetem durante a vida. O deles, como eram muito jovens, estava apenas no começo.

Vão seguindo no caminho íngreme da estrada de terra, e com um pouco mais de esforço, já chegam exatamente no ponto em que se cumpre os três quartos do percurso. Desta vez, o feito os anima um pouco, aumentam o ritmo dos passos a fim de matar de uma vez só a ansiedade e o nervosismo que os estava consumindo. Estes dois estados de espíritos eram predominantes desde o momento em que conheceram Angel, na volta para a casa, e a caminhada para o segundo encontro. Mas apesar de ser normal era algo a se superar com o tempo.

Andando um pouco mais se aproximando do objetivo.Com um pouco mais de persistência e dedicação, finalmente chegaram no destino (A residência de Angel e sua família).Encostaram na porta e bateram na mesma a fim de chamar atenção de alguém da casa. Esperaram um pouco. Cinco minutos depois, a porta se abre, e eis que surge, de dentro, a figura misteriosa e acolhedora do adolescente chamado Angel. Eles se cumprimentam, e os visitantes são convidados a entrar. Aceitam o convite e os três entram na casa.O ambiente é aconchegante e arrumado exalando um bom perfume.Dão uma volta pela casa até chegarem ao quarto de Angel. Lá, o anfitrião, mostra seus móveis, objetos pessoais, incluindo seus antigos brinquedos. Cada um fala um pouco de si mesmo, e o contato cria um clima ameno entre eles.

Depois da passagem em seu quarto, Angel os conduz ao lado exterior da casa.Diante dum clima ameno com boa ventilação o trio fica frente a frente.O mestre inicia a conversação tripla.

—Poderiam me falar um pouco do que pretendem com o meu tratamento? Quais dúvidas atormentam vocês?

—Bem, como eu te disse, tenho um dom que está se desenvolvendo aos poucos. Isso está instigando a minha curiosidade sobre a espiritualidade, o domínio das duas componentes do universo, as possibilidades de uso e limites. Quero aprender a lidar com isso. Além disso, a amizade e o grupo que acabamos de criar é algo que me atrai. (Vítor)

—Eu tenho muita curiosidade também sobre o lado espiritual, mesmo sem ter um dom latente. Será um prazer conviver um pouco com um mutante. (Rafael)

—Muito bem. Vítor, encare seu dom não como problema, mas um presente de Deus. Foi isto que o mestre Oshikawa me ensinou. Todas as pessoas nasceram com habilidades específicas, cinco sentidos e algumas, com um sexto ou mais sentidos. É o nosso caso. Devemos usar o dom para ajudar as pessoas e não para proveito próprio embora tenhamos o livre arbítrio. Caso contrário, podemos correr sérios riscos espirituais.Quanto ás duas forças, eu escolhi somente a luz e só posso ensinar sobre ela mas, se tiver curiosidade, você pode consultar outras pessoas e terás a oportunidade de caminhar sobre a outra componente. Porém, deve-se ter o maior cuidado pois isto pode levá-lo a loucura, ao fracasso ou até mesmo a perdição. Quanto a você, Rafael, é um prazer tê-lo conosco. Obrigado pelas palavras. Fique à vontade. (Angel)

—Quando começamos? Quantas etapas são e em que consistem?

—Agora mesmo. São sete as etapas de controle. Consistem no conhecimento dos poderes, e aos poucos algo se definirá melhor. Depois do controle, tem mais três etapas, referentes ao desenvolvimento.

—Boa. Vamos, então. (Rafael)

—Qual a primeira? (Vítor)

—Se chama "Regressão", mostrará um pouco da origem de vocês. Acompanhem-me.

Dito isto, Angel avançou alguns passos para frente. Vítor e Rafael o acompanharam, e se posicionaram embaixo duma árvore frondosa. Angel fez sinal para que todos sentassem. Os discípulos obedeceram. Depois, pediu para relaxarem e fecharem os olhos. Quando sentiu que era o momento, Angel se aproximou e com as duas mãos espalmadas sobre suas testas, Angel iniciou uma oração direcionada aos espíritos superiores. Ao término da oração, os dois perderam os sentidos, e seus espíritos angustiados desprenderam da carne, dum solavanco. Começava aí uma viagem maravilhosa.

Seus espíritos começaram a andar lado a lado na grande linha do tempo, um pegou a esquerda e outro a direita. Cada um avançou nos limites da imaginação, e foi se encontrar com a sua origem, seu passado, presente e futuro, dependendo do grau de evolução. Vamos analisar as duas situações.

No caso de Vítor, Visualizou a sua linhagem familiar, a série de videntes ao longo dos séculos na família, e também os futuros, e lhe foi revelado um mistério: Um deles seria conhecido como filho de Deus. Ficou muito orgulhoso. Depois da revelação do dom, entendeu melhor sua origem espiritual, o porquê do seu nascimento, relembrou sua infância em detalhes, e com as reflexões sobre o presente, iria lhe servir de guia, o orientando a melhor forma de agir. Após isso, visualizou um pouco do seu futuro e da sua família, mas nada muito claro, mensagens recebidas com enigmas. Cabia a ele interpretar, algo que não estava ao seu alcance no momento.

Já no caso de Rafael, por não possuir um sexto sentido aguçado só lhe foi revelado, na sua experiência, um pouco do passado e do presente. Mesmo assim, foi proveitoso pois teve a oportunidade de relembrar momentos bons, esquecer duma vez as angústias e os medos, e ter uma boa perspectiva, fundada nas ações atuais. Além disso, era sua primeira experiência extracorpórea, algo que levaria para vida inteira e contaria a filhos, netos, bisnetos e amigos. Tudo tinha valido mesmo a pena.

Quando chegaram no limite do tempo, Angel espalmou suas mãos sagradas sobre a testa de ambos, proferiu uma oração secreta, e dum solavanco, Vítor e Rafael voltaram aos respectivos corpos. Descansaram um pouco suas mentes, esperaram mais um pouco e quando se sentiram prontos, abriram os olhos, e levantaram-se. Aproximaram-se do seu mestre, o abraçaram e uma conversação foi iniciada.

—E aí? Poderiam me contar o que sentiram e aprenderam com a experiência? (Angel)

—Eu começo. Vivi algo incrível, um repasse de minha existência detalhada, que me inspirou muito. Quero avançar, chegar a controlar este dom incrível que possuo até desenvolvê-lo e desafiar os meus limites. Como se chama mesmo o que vivemos? (Vítor)

—Foi muito instigante para mim também. Tive a oportunidade de redescobrir um pouco do sentido da vida. Agora, quero continuar neste caminho, e descobrir mais coisas interessantes. (Rafael)

—Esplêndido. O que acabaram de experimentar um pouco, se chama regressão. Quando se tem experiência com a regressão, pode-se ultrapassar os limites do espaço-tempo, e chegar a vidas passadas.Com este conhecimento valoroso, é possível entender o melhor o presente e melhorar nos mais variados aspectos. Porém, não vamos nos precipitar. Estamos ainda no começo. (Angel)

—É verdade? Já teve a experiência de vidas passadas? (Vítor)

—Sim, apenas uma vez. Mas foi o suficiente para não tentar mais. Venho dum longo processo de evolução, e relembrar o passado só me traz prejuízos. Contudo, cada caso é um caso. (Angel)

—Legal. Qual o próximo passo? (Rafael)

—Ainda estou analisando. A primeira etapa foi cumprida com êxito. Enquanto não se decide, que tal se nos divertíssemos um pouco? (Angel)

—Feito. (Exclamaram Vítor e Rafael em coro)

Depois da decisão, brincaram das mais variadas formas no terraço da casa, e quando se cansaram, entraram na mesma.Passado os vários compartimentos,chegaram na copa onde fizeram um lanche, arrumaram a cozinha, dirigiram-se a sala e conversaram um pouco mais. Esgotados os assuntos, combinaram os próximos encontro (Um em cada mês). Despediram-se do mestre e anfitrião, saíram da casa, pegaram a estrada principal e iniciaram o caminho de volta. Sem muitos revezes, cumpriram o percurso aproximadamente no mesmo tempo da ida, chegaram em casa, reviram os pais, e contaram as novidades. Após, fizeram outras atividades pertinentes, alimentaram-se, a noite chega, e logo vão dormir. No dia seguinte, cumpririam a rotina de sempre, e pensando sempre no misterioso mestre.

2.5-Passeio na cidade

Depois do segundo encontro com Angel, Vítor e Rafael continuaram suas atividades diárias sem maiores preocupações, apesar de terem ainda inúmeras dúvidas. O importante é que tinham acertado em fazer o tratamento e se Deus quisesse e eles se esforçassem o suficiente certamente conseguiriam alcançar os resultados desejados. Já Filomena e Jilmar, os outros membros da família Torres, davam todo o apoio aos seus filhos em sua busca embora não pudessem estar sempre presentes pois tinham muitos afazeres por serem adultos. Mas, em caso de dúvida ou necessidade de um conselho, estariam disponíveis.

Passados seis dias do encontro, chega a notícia no Sítio Fundão de que visitantes ilustres se encontravam na sede principal do município de Cimbres, Pesqueira. Isto despertou a curiosidade de todos na comunidade, inclusive da família Torres e resolveram passear na cidade, conhecer as novas pessoas, e aproveitar para fazer compras pois era dia de feira, uma quarta.

Trajados a rigor, com o melhor que tinham, os quatro saíram da casa, montaram nos dois cavalos disponíveis, e quando se sentiram seguros, começaram a trotar num ritmo intenso mas regular, pegando a estrada principal em direção a cidade. O início de viagem demonstrou que não seria nada fácil enfrentar todo o tempo a íngreme estrada, o sol causticante, a poeira, além do cansaço. Mas estavam dispostos a continuar, redescobrir novos horizontes e sair um pouco da rotina chata que viviam. Por isso avançavam sem pressa.

Em dado momento, encontram conhecidos do sítio, também a cavalo, que acabam de entrar na estrada principal através de um desvio, pela mata. Como eram educados, se cumprimentam, conversam um pouco e verificam que tem um objetivo em comum. Resolvem seguir juntos na viagem. Com a distração, o clima fica mais animado e o tempo parece mais rápido. Logo à frente, concluem um quarto do trajeto, que no total representa vinte quilômetros.

O momento atual reflete um ambiente repleto de harmonia, cumplicidade, curiosidade e acima de tudo, expectativa entre os viajantes. Quem seriam estes nobres estrangeiros que chegaram na cidade? Qual era o seu objetivo? Seriam perigosos ou gente boa? Estas eram algumas perguntas sem resposta que pairavam na mente de todos e que em breve, se possível, seriam esclarecidas. Enquanto isso, cabia a eles esperar e especular, algo não muito saudável para sua mente e seus organismos debilitados pelo ambiente e pelas condições de vida em geral, provocadas, em sua maioria, pelas estruturas injustas e atrasadas da época envolvendo corrupção, explicitamente na política, além da seca, propriamente dita. Tudo era muito difícil neste início de século XX.

Alheios a tudo e com esperanças de uma vida melhor, o grupo avança e chega exatamente a cumprir metade do percurso. Agora, só restavam dez quilômetros para conclusão do trajeto. Neste momento, o cansaço se torna mais nítido, os animais diminuem o ritmo e então, por unanimidade, todos combinam de parar. Eles saem da estrada principal, adentram na mata, procuram uma fonte de água e quando encontram, dão água aos animais, e quando os mesmos se satisfazem, os amarram junto a relva. Resolvido este problema, as pessoas procuram uma sombra, chegam a uma árvore, sentam no chão, alimentam-se e se hidratam. Descansam um pouco, o silêncio domina e só é quebrado por um dos integrantes do grupo.

—O que estão achando da viagem? (Romeu)

—Tirando as dificuldades, está ótimo. Em breve, chegaremos a feira e quem sabe conversaremos com os estrangeiros. (Jilmar)

—Eu também acho e além de tudo, temos a oportunidade de nos rever e conhecer melhor. (Priscila, ex-colega de Vítor e filho de Romeu, da Família Toledo)

—Boa também. Aposto que teremos surpresas. (Filomena)

—Como sabe? (Paloma, mulher de Romeu)

—É que, como toda mulher, tenho uma intuição muito forte. Estou certa, meu filho superdotado, Vítor? (Filomena)

—Bem, pelo que vejo, sim. Sei que tudo correrá bem e o aprendizado será intenso. Aguardemos. (Vítor)

—Acredito também. Quero logo chegar. (Rafael)

—Como é ser um médium vidente, meu amigo Vítor? (Priscila)

—Bem, apesar das dificuldades e da falta de controle, é muito bom. Tenho possibilidades de evoluir e alcançar todos os meus sonhos além de ajudar as pessoas. Mas é ainda algo novo para mim, estou aprendendo. (Vítor)

—Interessante. Eu acredito. Alguém aí do contra? (Priscila)

—Eu. Se a vidência fosse algo sério mesmo, todos os videntes seriam ricos. Na verdade, em sua maioria são aproveitadores querendo ganhar dinheiro, usando a boa-fé das pessoas, sem querer te ofender, meu caro Vítor. Acredito mais em rezadeiras e em sábios. (Romeu)

—Eu concordo. Uma vez fui a uma cartomante, curiosa em saber meu futuro. Ela tirou as cartas, acertou em algumas coisas, errou outras, mas no geral não me deu uma orientação clara. Acabei concluindo que é melhor viver o presente e construir o futuro a partir dele. É mais seguro e menos perigoso. (Paloma)

—Respeito a opinião de vocês. Mas não é bem assim. Existem profissionais sérios e pessoas realmente iluminadas. Conheci várias delas durante minha vida, inclusive da minha própria família, que apresenta uma série de videntes poderosos. Meu pai era um deles e era excepcional. Agora, tenho meu filho que herdou este dom do sangue e estou aprendendo muito com ele. Isso continuará durante séculos. (Jilmar)

—Obrigado, pai, mas não preciso provar nada para as pessoas, quero continuar evoluindo e descobrir totalmente a força do destino. Minhas obras falarão por mim. (Vítor)

—É isto mesmo, irmão. Estou contigo sempre. (Rafael)

—Eu também. (Filomena)

A emoção toma conta do momento e os membros da família Torres dão um abraço quádruplo. A família Toledo fica um pouco constrangida e a conversa morre por aí. Depois do abraço, todos descansam mais um pouco, e quando estão completamente refeitos, decidem continuar a viagem. Então levantam, vão buscar os animais, saem da mata, entram novamente na estrada principal e montam novamente nos cavalos. Partem em frente. Assim a viagem continua transcorrendo normalmente.

Continuando seguindo com trotes regulares, as duas famílias avançam bastante com o passar do tempo considerando a distância do percurso. Logo mais adiante, completam três quartos do percurso. Com a aproximação do objetivo, as emoções anteriores tratadas ficam mais evidentes. O que os esperava? Será que permaneceriam com ânimo mesmo depois duma longa e exaustiva caminhada? Naquele momento, nada se sabia. Ficava apenas o suspense, alimentado pela curiosidade de todos. Essa força ia os mover até o fim.

Munidos desse desejo, os viajantes ultrapassam os obstáculos, revisitam paisagens calmamente, trocam informações, fazem planos e avançam.Com mais alguns minutos, já avistam a pequena Pesqueira, sede do município. Neste instante, sentem o orgulho patriota falar mais alto, por Pesqueira ser importante no cenário estadual, exportando cultura para os mais variados lugares. Faziam parte desta história apesar de pertencerem á camada mais pobre da população.

Depois disso, o trotar fica mais rápido, na descida da ladeira do alto da serra do Ororubá e logo têm acesso a primeira via que conduz a cidade. Como planejado, eles resolvem dirigir-se ao encontro dos estrangeiros, que estavam acampados num bairro próximo, quase no centro. Tratava-se dos ciganos, povo que geralmente vive em peregrinação pelo mundo espalhando um pouco de suas crenças, cultura e visão e que eram bastante admiradas. De nenhuma forma perderiam a oportunidade de conhecê-los.

Ao terminar de cumprir o trajeto, visualizaram as barracas, se aproximaram mais, chamaram na entrada, esperaram um pouco, e de dentro, surge um casal que os convidam a entrar. Eles aceitam o convite, se acomodam nos tamboretes disponíveis, se apresentam e iniciam uma conversação. Cada um fala um pouco de sua vida e no momento dos anfitriões falarem, todos ficam bem atentos. Transcreverei parte desta conversa.

—Meu nome é Safira, sou natural da Dinamarca, mas já passamos por quase toda a Europa e América. Eu e meu marido Jhones, resolvemos vir aqui por conta duma estrela que observamos há algum tempo no céu. Ela nos indica que existe uma pessoa muito especial por estas bandas e pretendemos conhecê-la apesar de não termos ideia de como encontrá-la.

—Bem, Safira já disse quase tudo. Chamo-me Jhones, sou norte-americano e a conheci numa de suas passagens pelo meu país. No momento que a encontrei, me apaixonei, e tomei uma decisão: Integrei-me a seu clã, a conheci melhor e nos casamos na lei dos ciganos. Com o tempo, aprendi sua cultura e também tenho curiosidade sobre a pessoa, que é representada por esta estrela.

—Esplêndido, se de alguma forma pudermos ajudar, estamos à disposição. (Jilmar)

—Obrigada. Conhecem alguém superdotado nesta região? (Safira)

—Eu conheço. Seu nome é Angel. Não seria ele? (Filomena)

—Pela vibração do nome dele, é uma pessoa especial sim. Mas não é quem procuramos. Queremos encontrar uma pessoa acima das duas forças existentes. (Safira)

—Não acredito muito nestas coisas, mas temos várias rezadeiras e sábios nesta região. Se quisermos, podemos apresentá-los a vocês. (Romeu)

—Ainda não é o perfil que procuramos. Precisamos de alguém que não trabalhe com as forças ocultas. (Jhones)

—Já sei. Não seria meu querido amigo Vítor, ele tem um dom não é mesmo? (Priscila)

—Quem é Vítor? (Interessou-se Safira)

—Sou eu. (Vítor)

Por um momento, que pareceu longo, a cigana o observou em todos os sentidos e ao terminar a análise deixou escapar um suspiro e pediu:

—Por favor, se aproxime.

Vítor obedeceu, ficou de frente a Safira, ela pegou seus braços, os cruzou e recitou uma oração silenciosa e ininteligível. Ao terminar, o abraçou e pediu para o marido fazer o mesmo. Ficaram por um momento, em troca de energias. Ao se separarem, ela tirou um amuleto do bolso e entregou ao jovem repassando a seguinte mensagem:

—Você é um jovem realmente espetacular, como a sua estrela. Aceite nosso presente que irá auxiliá-lo nos momentos árduos de sua vida. Lembre-se: Depende, geralmente de nós, modificar o destino e as pessoas. Tente achar esta força no tempo certo.

—Obrigado. Vou guardar com carinho.

Todos admiraram as palavras de Safira e se convenceram do potencial de Vítor. Depois disto, a conversa continuou a girar sobre os mais variados assuntos e todos participaram. Quando ficou um pouco tarde, agradeceram a hospitalidade, trocaram contato e finalmente se despediram. Saíram do barraco, montaram nos cavalos e se dirigiram para o próximo objetivo, a feira da cidade que ficava a apenas quinhentos metros dali.

No caminho, os integrantes da família Torres e Toledo trocaram algumas ideias, aproveitaram para estreitar ainda mais a amizade e fizeram planos em relação ao retorno ao sítio. Com tudo decidido, continuaram caminhando em silêncio até chegar ao objetivo. Apearam e com alguns passos tiveram então acesso a inúmeras barracas, dispostas em fileiras e começaram a procurar os produtos, observando a qualidade e anotando os preços.

Ficaram um bom tempo fazendo este exercício até se decidirem, e foram comprando um a um suas necessidades. Ao esgotar a lista de compras, se reuniram novamente, e combinaram de ir embora pois já era um pouco tarde. Alguns instantes depois, já tinham se afastado da feira, montado nos cavalos e começado a percorrer o trajeto de volta.

A viagem transcorreu normalmente sem maiores acontecimentos a não ser os obstáculos naturais, em aproximadamente o mesmo tempo de ida. Ao chegar em casa, os integrantes da família Toledo despediram-se dos demais, prometendo de ver-se mais vezes. A jornada continuou para Vítor e sua família até que chegaram também em casa. Ao chegar, trataram de descansar imediatamente e ao despertar realizaram atividades leves de lazer e se alimentaram. Recuperariam totalmente suas forças e continuariam nos outros dias, a rotina de sempre.

2.6-Forrozinho

Alguns dias se passaram e finalmente chegou o fim de semana, especificamente um sábado. Neste dia, os moradores reuniram-se e combinaram de realizar uma pequena festividade, em homenagem a eles próprios e com a finalidade de distração, numa localidade quase sem opções de lazer. Todos estavam convidados e as famílias Torres e Toledo eram algumas das organizadoras do projeto.

Durante todo o dia, fizeram os preparativos do evento, cuidando de cada detalhe, incluindo ornamentação, palco, som, comida, assentos, entre outros a se realizar num espaço comum do sítio, um tipo de clube modesto naquela época. Quando tudo ficou pronto, voltaram ás suas casas com o intuito de se arrumar e depois retornar e iniciar as atividades da noite.

Em casa, os integrantes das duas famílias em questão realizaram as atividades domésticas pendentes, tomaram banho e vestiram trajes típicos. Já prontos, esperaram um pouco até anoitecer e finalmente partiram rumo ao destino. Saíram de suas casas, pegaram a estrada de terra, driblaram os obstáculos naturais, a pouca luminosidade e foram avançando. Como o clube ficava próximo, em vinte minutos de caminhada já se encontravam no referido local.

Lá, encontraram velhos conhecidos, de distantes a próximos, inclusive os integrantes da família Magalhães do qual Angel fazia parte. Foram então reunidas as mesas, juntaram algumas delas e as três famílias em questão ficaram juntas a conversar alegremente. Esperaram um pouco mais até que chegassem todos e a festa foi então iniciada com a presença da bandinha de forró da cidade.

A música começou a tocar, os casais foram sendo formados e se puseram a dançar no pequeno e estreito salão. De jovens solteiros a casados, todos estavam se divertindo. No intervalo das músicas, alguns voltaram para as mesas e provaram dos petiscos disponíveis que incluíam carne de porco, frango, carne de sol, farinha de mandioca e cuscuz nordestino, além da cachaça habitual (Predominantemente os homens). Voltando a música, imediatamente foram xumbergar novamente com a festa continuando animada incluindo paqueras, namoros e até sexo nos matos da redondeza.

Vítor, Rafael, Angel e Priscila que eram ainda pré-adolescentes, se reuniram e aproveitaram do evento juntos, comendo, passeando, conversando. Cada um repassando conhecimentos um ao outro. Enfim, provaram de tudo, até dançar mas não deu muito certo. Depois das muitas risadas, brincadeiras e músicas, a noite avançou, o cansaço chegou e não aguentavam mais comer. Um instante depois, a banda se despediu, e alguns respiraram aliviados e contentes. Outros, nem tanto. As famílias foram se reunindo, despedindo-se e indo embora. Na saída, Angel desejou boa noite e deu um até logo a seus companheiros de festa e ambos partiram. Apesar das dificuldades, avançaram na íngreme estrada e após aproximadamente o mesmo tempo de ida, finalmente chegaram em casa. Dirigiram-se então aos seus respectivos quartos e ao entrar, deitaram em suas camas de capim ou em redes, e já descansados, finalmente dormiram. A festa ficaria marcada sempre na lembrança de todos.

2.7-A segunda etapa do tratamento

O tempo passa um pouco e completa exatamente um mês do encontro de controle que Angel ministrava aos irmãos Vítor e Rafael. Sabendo disso, eles se prepararam especialmente para este segundo episódio, fazendo uma reflexão, traçando planos e colocando uma roupa bonita. Prontos, eles se despedem dos pais, caminham em direção a porta, a ultrapassam, saem da casa e pegam a estrada. Começava aí uma nova etapa em sua busca pelo conhecimento. Vamos juntos? Continuem acompanhando, leitores.

Como era cedo, os dois ficam livres do sol escaldante desta época, o que faz a viagem ficar um pouco mais confortável e estar num ritmo mais rápido e intenso. Pouco a pouco, ultrapassam espinhos, buracos, o chão seco, a poeira e o cansaço provocado pelo esforço contínuo. Um pouco mais adiante, chegam a um quarto do percurso. O feito os instiga a continuar seguindo em frente.

No momento atual, os dois viajantes estão plenamente concentrados no próximo desafio, ainda desconhecido. O que os esperava? Teriam sucesso? Estas eram algumas das perguntas que os inquietavam. Porém, nada que atrapalhasse a motivação, a fé e a garra que os dois conjuntamente procuravam cultivar. Isto era algo positivo.

Com a continuidade da caminhada, avançavam pouco a pouco e logo chegam a cumprir a metade do percurso. A partir deste ponto, apressam ainda mais os passos pois estavam ávidos de conhecimento, de curiosidade e desesperados em evoluir, apesar da tenra idade. Muito parecido com a minha busca, a do vidente, com a diferença de que eu lutava pelo meu dom em prol do mundo enquanto eles tinham apenas intenções particulares, pelo menos no atual momento.

Um pouco mais adiante, desviam à direita em direção a mata, e param a sombra de uma árvore a fim de descansar e de recuperar forças. Neste instante, sentam e aproveitam o momento para se hidratar e se alimentar, além de traçar o planejamento referente ao restante do trajeto e ao novo encontro com o seu mestre. Era necessário para que não ocorresse surpresas desagradáveis.

Com tudo decidido, retornam a estrada principal, seguem no caminho respectivo e mesmo com dificuldades, completam os três quartos do trajeto. A proximidade do encontro os anima e abre novas perspectivas para ambos. Eu explico. Vítor se renovara com a presença de Angel e concluiu neste exato momento que tinha chances de alcançar seus intentos e Rafael se convencera da importância de conhecer os mistérios espirituais embora não tivesse um sexto sentido tão aguçado quanto o do irmão. Tudo valeria mesmo a pena na opinião dos dois e assim avançam sem maiores preocupações.

Com mais alguns minutos, os dois avistam o destino. Apressam mais os passos e ,com um esforço conjunto, finalmente chegam em frente ao destino. Aproximam-se mais, encostam na porta e batem na mesma seguidamente e com segurança. Esperam um pouco. Instantes depois, finalmente alguém vem abrir. Trata-se de Angel, que educadamente os convida a entrar. Eles aceitam, entram, e dirigem-se a sala. Ao chegar, sentam nos tamboretes e a conversação se inicia.

—Passaram bem este tempo em que não nos vimos? (Angel)

—Na rotina, trabalho e pouco lazer. E você? (Vítor)

—O mesmo de Vítor. (Rafael)

—Passei bem, pensando em nós três a todo momento. Mas foi bom ter dado um tempo, conforme o meu antigo mestre Oshikawa me ensinou. Estão preparados? (Angel)

—Acho que sim. Qual o desafio desta vez? (Vítor)

—Eu também. O que vamos fazer? (Rafael)

—Desta vez, os ensinarei a conversar mais claramente com os espíritos. Vítor, em maior grau. Para atingirmos o objetivo, é necessário que esqueçamos tudo ao nosso redor, cultivar nossa "Corrente" e atrair os mesmos. Quem domina esta parte, tem um bom direcionamento na vida. (Angel)

—Quando? (Vítor e Rafael, em coro)

—Agora mesmo. Sigam-me. (respondeu ele)

Os dois obedeceram e seguiram Angel até o lado de fora. Caminharam um pouco, adentraram na mata e em dado momento, pararam. Angel os colocou lado a lado, sentados. A orientação começou.

—Primeiro, descruzem os braços, sufoquem as intrigas e ressentimentos, esqueçam de tudo. Quando estiverem relaxados, fechem os olhos, orem interiormente para seu anjo da guarda, concentrem seus pensamentos no plano intermediário conhecido como "Cidade dos homens". Tentem entrar em sintonia e lembrem o nome de algum antepassado, o pronunciem e esperem a manifestação ocorrer naturalmente, sem medo. Lembre-se, neste momento, não pensem no inimigo, ou em qualquer palavrão, isto pode prejudicá-los.

Seguindo ao pé da letra estas orientações, Vítor e Rafael começaram a experimentar esta possibilidade nova, com muita curiosidade. O diálogo entre mundos foi iniciado apesar de não conseguirem ver seus parceiros. Vítor teve a oportunidade de matar as saudades dum conhecido que partira, fez perguntas sobre o mundo espiritual e algumas foram sanadas, ficou aberto a sugestões, e no fim conseguiu mais um protetor. Já Rafael teve dificuldades de comunicação verbal, praticamente o espírito só se manifestou fisicamente e ele teve que usar um artifício de perguntas e respostas, baseado no sim ou não. Mas também foi produtivo. Finalizado os trabalhos, os dois abriram os olhos e procuraram novamente o mestre. Retomaram a conversação.

—Por que eu não os vi? (Vítor)

—É simples, meu caro. Ainda não lhe foi ensinado. Mas cada coisa por vez. (Angel)

—Eu não consegui ouvir, apenas senti a presença e tive que usar outro instrumento. Qual o motivo? (Rafael)

—Este é o seu limite. Mas sentir já é um bom começo. (Angel)
—Mais alguma coisa a ser ensinado por hoje? (Vitor)
—Por enquanto,não. Mas aproveitemos que estamos aqui para nos divertir um pouco.(Angel)

Os três então brincaram,estudaram,fizeram um lanche,passearam na mata e quando se sentiram cansados,se despediram. Os dois irmãos voltaram para a casa, usando o mesmo caminho no sentido contrário. Demoraram o mesmo tempo de ida e ao entrar em casa, contaram as novidades para os pais. No restante do dia, descansaram e ao anoitecer, jantaram. Pouco depois, foram dormir. Deste dia a um mês voltariam a continuar o tratamento inusitado.

2.8-O circo

A família Torres continuava seguindo a rotina normal de sempre, envolvendo trabalho duro e pouco lazer, sem exceção. A única novidade da semana era que Filomena já cumprira sua promessa e matriculara os filhos no ginasial a realizar-se na cidade. As aulas começariam em breve e este fato aumentou a motivação e a felicidade de todos os integrantes do grupo. Com toda razão pois estas oportunidades eram raras naquela época e os ainda jovens Vítor e Rafael ansiavam por dias melhores.

Perto do fim de semana, correu a notícia na região de que um circo se instalara na vila de Cimbres (Distrito mais próximo)As apresentações começariam naquela noite .Todos, da vila e da região, estavam convidados a participar. Ao saberem disso, os jovens Vítor e Rafael encheram-se de curiosidade e pediram permissão aos seus pais para terem a experiência de apreciar o espetáculo. Os dois pensaram um pouco e ,além de permitir, resolveram também participar do acontecimento pois era algo inédito. Certamente,era uma opção de lazer atraente para não dizer a única disponível naquele dia.Quando chegou a noite, os quatro estavam prontos e já saíam de sua humilde casa. Montaram nos cavalos e pegaram a estrada principal num trote firme e regular. Logo a frente, pegam um desvio a esquerda e seguem em frente, rumo a vila. Que emoções o esperavam? Continue acompanhando, leitor.

Seguindo a história, os cavalos foram avançando, driblando barreiras e a baixa luminosidade . Num tempo de vinte minutos, terminaram de percorrer o trajeto. Os condutores o fizeram parar em frente à praça principal, local em que, ao lado, o circo se instalara. Apearam, guardaram os animais, se dirigiram a bilheteria, compraram os ingressos, entraram no recinto e se assentaram nas cadeiras da frente, onde teriam uma melhor visão. Esperaram um pouco.

O espetáculo começa e a cada numero, deslumbrava os visitantes. Os destaques da noite foram: as piadas, as artimanhas e o carisma dos palhaços; os incríveis feitos dos acrobatas, equilibristas e trapezistas; o rebolado das bailarinas; as silhuetas do homem bola e da mulher palito; a incrível agilidade do domador e do cospe fogo; a graciosidade do gigante e do casal de anões; os muitos truques do mágico; etc. Enfim, ficaram encantados com a pura magia que é o circo.

Findo o espetáculo, tiveram a oportunidade de conhecer os artistas, cumprimentá-los e parabenizá-los. Em seguida, se despediram. Saíram do circo, montaram nos cavalos e com tudo pronto, iniciaram o retorno, pelo mesmo caminho. Enfrentaram as mesmas dificuldades de sempre, avançaram sem maiores problemas e demoraram quinze minutos a mais do que o tempo da ida, chegando ao destino em paz. Imediatamente, entraram na casa e dirigiram-se ao quarto, deitaram em suas camas de capim e procurariam dormir. Nos próximos dias, procurariam levar a vida de sempre e aproveitar os momentos intensamente.

2.9-O acidente

A vida segue transcorrendo normal para a família Torres e todos do sítio Fundão até uma fatídica noite. Eu explico. Como já descrito, a casa que servia de morada para esta família era muito simples, de taipa, e facilitava a entrada de inúmeros insetos e animais. Um deles, o barbeiro, se alojara ali, ameaçando constantemente a vida de alguém. Esta ameaça se concretizou num dia. Saindo da toca, este inseto passeou na sala, entrou no quarto, transpôs barreiras, subiu numa cama de capim, passeou sob um corpo e ao chegar no local apropriado, pica a vítima. Neste momento, o organismo físico reage,acorda,coça o local afetado, e afasta o inseto com um tapa. Este ato assina sua sentença de morte. O que ocorreria em breve. Quem seria?

Quem quer que fosse, seria uma pena perde-lo (a) pois todo ali eram exemplos de trabalho, determinação e luta, algo importante numa época de injustiças,fome,sofrimento e desigualdades. Seria algo realmente traumatizante para quem ficasse. Mas teria que ser superado sem ser esquecido. Algo parecido com o que aconteceu comigo nos meus quinze anos, quando perdi meu pai físico. Foi uma grande dor apesar de sua habitual distância e respeito que impunha, e do lema que carregava: Não se misturar com os filhos, pois eles não eram seus parceiros. Porém, apresentava algumas qualidades e foram estas que deixaram saudades. Com o tempo, a vida continuou, eu cresci e espero que na visão apresentada, tudo fique bem na minha família, do meu avô Vítor, na respectiva visão. Torcemos para isto.

2.10-A terceira etapa do tratamento

Passa-se mais um mês e chega o exato dia de mais um encontro entre Angel e seus discípulos, os irmãos Rafael e Vítor. Sabendo disso, os dois acordam cedo, levantam, espreguiçam-se, tomam banho, comem o desjejum, conversam com os pais, se arrumam e quando ficam prontos, saem de casa, montam no cavalo, pegam a estrada principal e se dirigem ao destino. O que aprenderiam, nesta oportunidade? Continuem acompanhando, leitores.

O início de caminhada é tranquilo e sereno, na medida do possível. No momento atual, o pensamento dos dois está em sintonia, e se volta para o objetivo da evolução, sem perder o foco nas conquistas realizadas até o momento como a experiência da regressão e a conversa com os espíritos, algo muito utilizado e que já estava rendendo frutos. Para Vítor, nem mesmo o céu seria limite para suas pretensões. Isto era realmente perigoso.

A caminhada continua auxiliado pelo trotar do cavalo. Os dois ocupantes reveem as paisagens calmamente, lembram acontecimentos do passado, vitórias e derrotas.Terminam se convencendo de que a ideia proposta pela mãe fora a mais acertada, na sua vida de angústias. Auxiliados por Angel, eles se acostumariam apenas a vencer, ultrapassar barreiras do tempo e da imaginação e revolucionar sua época, tão cheia de problemas humanos, sociais, envolto de preconceitos e de máscaras. Além disso, teriam a amizade eterna duma das poucas pessoas abençoadas da terra e que dominava os segredos de seis dons do espírito santo, algo que só ensinaria no futuro.

Convencendo-se de todas as vantagens, Vítor (O condutor),espora o corpo do animal e ele começa a trotar mais rápido. Conforme vão avançando, sentem um frio na barriga, comum antes de qualquer encontro com o ex-discípulo do mestre Oshikawa. Este lendário homem japonês, usando sua magia branca, teria feito minar água duma pedra e hidratando multidões, numa época de seca brava, há uma década,aproximadamente. Este ensinara quase tudo a Angel, num ato de amor e desprendimento. Era realmente algo especial e que chamava atenção, e os dois buscavam isso.

Munidos pelo objetivo e pela curiosidade, os irmãos continuam avançado, montados no cavalo, ultrapassam barreiras e obstáculos, tomam um pouco de sol da manhã e poeira, mas continuam firmes. Um tempo depois, concluem finalmente o trajeto, aproximam-se um pouco mais, encostam na porta, batem na mesma e esperam ser atendidos. Angel surge de dentro, alguns segundos depois, os cumprimenta, os abraça e pedem para que o sigam. Os discípulos obedecem.

Angel os leva ao centro da mata. Faz um círculo com uma vara e pede que os mesmos entrem e sentem. Eles obedecem. Então a conversação é iniciada.

—Estão preparados? (Angel)

—Sim. Estamos aqui em busca do conhecimento. Já cumprimos duas etapas e queremos mais. (Vítor)

—Eu também. Quero desenvolver mais o meu sexto sentido. (Rafael)

—Esplêndido. Gosto de discípulos dispostos. Porém, devo avisá-los que se decidirem continuar, o caminho será sem volta. (Angel)

—É tão sério assim? (Vítor)

—Seríssimo. Querem arriscar ou desistem? (Angel)

—Eu quero, independente das conseqüências. Sou muito curioso em relação ás questões espirituais.(Rafael)

—Eu concordo. Além da curiosidade, preciso me desenvolver. O que devemos fazer, mestre? (Vítor)

—Espere. Preciso preparar o terreno. (Angel)

Mexendo no calção e quase ficando despido, Angel retira duas cordas e aproximando dos seus discípulos os amarra. Depois, retoma a conversa.

—Agora, repitam a oração que eu vou lhes ensinar. Vocês devem orar assim:Forças das luz,vos invoco para que me livre dessas grades que me cercam.Que tua luz quebre a prisão e me deixe em plena liberdade.Pelos méritos de Nosso Senhor Jesus Cristo,amém.

Vítor e Rafael seguem as instruções com fé e num estalo, as cordas se rompem. Sem acreditar, os mesmos abrem os olhos, levantam e se abraçam com o mestre, um pouco sem entender. Percebendo a dúvida, Angel se pronuncia:

—O que acaba de ensinar a vocês é uma magia branca potentíssima, capazes de livrá-los dos mais variados apuros. Só usem quando estritamente necessário. Sua função é livrá-los de qualquer prisão, carnal e espiritual em que se encontrem. Seus inimigos não triunfarão contra vós.

—Incrível. Nunca imaginei que a fé me livrasse a este extremo. Obrigado por existir, Angel. (Vítor)

—Me senti um super-herói agora. (Confessa Rafael)

—Não me agradeçam. O mentor disso é o mestre Oshikawa, que Deus o guarde em bom lugar. (Angel)

—Há algo mais a ser ensinado por hoje? (Vítor)

—Não. Mas quero pedir-lhe um favor: Me ajudem a preparar o almoço pois meus pais estão fora hoje e logo chegarão. (O mestre)

—Pode contar conosco. (Em coro, os dois irmãos)

Os três voltaram a residência de Angel e usando dos materiais disponíveis fazem variados pratos. Como estavam com fome e para compensar os esforços, os mesmos são os primeiros a experimentar. Tudo tinha ficado muito bom. Depois, estudaram um pouco, relembrando as lições e contaram sobre o ginasial a Angel, que iriam cursar na cidade.

O mesmo também ficou interessado e falaria com os pais a fim de matricular-se também. Saíram um pouco, participaram de brincadeiras e quando os irmãos cansaram, decidiram ir embora. Despediram-se do mestre, confirmaram o próximo encontro, montaram no cavalo e começaram a fazer o caminho de volta num trote firme e regular. Um tempo depois, chegam em casa, descansam, e ao despertar, alimentam-se novamente repassando os acontecimentos aos pais. Fazem outras atividades no dia e quando fica tarde, vão dormir em definitivo. A vida continuaria na rotina de sempre, exceto a doença de alguém que já começara a se desenvolver.

2.11-Primeiros sintomas

Alguns dias se passam e tudo parece normal na vida da família Torres.Jilmar,continua trabalhando em tempo integral a fim de conseguir o sustento da família; Filomena cuida da casa, da família e faz alguns trabalhos extras; Vítor e Rafael trabalham em meio período, e no restante do dia fazem outras atividades ,incluindo lazer. Todos estavam de parabéns pelo empenho, dedicação e garra em prol dos seus objetivos mas ainda havia muito a conquistar. As peças chaves desta história eram os jovens.

Porém, o acidente que ocorrera com um deles ocasionara o desenvolvimento duma doença comum na época e incurável: a doença de chagas, provocada pela picada do barbeiro. Mas qual deles era a vítima? Sem mais delongas, vou revelar. Naquela fatídica noite, o inseto tinha ferido nada mais nada menos do que o pai de Vítor, seu Jilmar e o mesmo estava marcado para morrer em breve só que ninguém da família desconfiava. Logo, os primeiros sintomas começaram a aparecer. Foi desta maneira:

Numa tarde fria, Jilmar volta do trabalho cedo. Repentinamente, queixando-se de mal-estar e febre. A sua esposa o ampara, o leva até o quarto, o faz deitar, e se dirige a cozinha a fim de preparar um chá feito de sementes de melancia. Em poucos minutos o mesmo está pronto e ela retorna ao quarto e serve para o marido. Ele toma o líquido em alguns goles, espera um pouco e diz sentir-se melhor. Uma hora depois, ele se levanta do leito e como não gostava de ficar parado ajuda a esposa nas tarefas domésticas e no preparo do jantar. Para os dois, aquilo tinha sido apenas um susto sem uma maior importância.

2.12-As novidades da família Magalhães

Depois do encontro com os discípulos Vítor e Rafael, Angel continuou no seu aprendizado contínuo do universo e na sua refletividade de sempre. Será que poderia confiar aos dois tudo o que aprendera com o lendário mestre Oshikawa? Bem, até o momento os dois mostravam-se prestativos, esforçados, amigos e respeitadores o que era um bom começo para que conquistasse sua total confiança. E valeria a pena arriscar por alguém ainda desorientado com seus dons, como no caso de Vítor.

Fora o trabalho como mestre espiritual, fazia parte da rotina de Angel estudar, trabalhar na bodega atendendo (Meio período), ajudar nas atividades domésticas quando sua mãe precisasse e estudar a natureza. Com ele, moravam seu pai chamado Geraldo e sua mãe Maria da conceição, jovem casal que viera da sede tentar uma sorte melhor no sítio Fundão. O primeiro, descendia duma família tradicional, mas por atritos, se separara da mesma. Seu trabalho se concentrava apenas no botequim, o mais sortido daquelas bandas. Já a mulher, de linhagem humilde, tinha como talento natural o seu carisma, conquistara o marido e sua atividade girava apenas nos trabalhos domésticos. Era muito prendada como se chamava naquela época as mulheres com este tipo de atributos. Em suma, todos se ocupavam e formavam uma grande e importante família.

Com relação ás novidades, Maria da conceição viajara a pedido do filho para a sede (Pesqueira), e sem maiores dificuldades o matriculara no ginasial. Seria colega de Vítor e Rafael. Além disso, a mesma entrou num curso de corte e costura a realizar-se em outros local e horários. Já Geraldo, fizera o primeiro balanço do negócio da família e, tirando as despesas, a inadimplência, o resultado foi positivo. A escolha por um sítio pouco explorado tinha sido a mais acertada. E os projetos dos três certamente seguiriam em frente sem maiores empecilhos.

2.13-Quarta etapa

O tempo avança,alguns acontecimentos sem muita importância se sucedem,e chega-se exatamente um mês após o terceiro encontro.Ao amanhecer,os raios de sol refletem-se no pequeno quarto da casa com a luminosidade ajudando mais uma vez o despertar dos jovens ansiosos irmãos Vítor e Rafael.Ao acordar,eles reúnem suas forças,e depois de algumas tentativas conseguem levantar-se.Vão simultaneamente a janela,e observam o bonito início do dia,sol misturado a brisa,pássaros cantando,nuvens brilhantes no céu,como se adivinhassem um próximo ano pleno de realizações.Mas ainda era muito cedo para se preocupar com isso.O importante era cuidar da própria vidinha que a mãe natureza cuidaria do resto.E é o que fazem.Espreguiçam-se,vão a cozinha,cada um pega sua tina e juntos vão para a traseira da casa tomar banho.Ao chegar lá,ajudam um ao outro como irmão a retirar as impurezas acumuladas no outro dia.E neste exercício ficam cerca de vinte minutos.

Quando ficam totalmente limpos,dão o banho por encerrado e enrolados num pano de saco se dirigem ao quarto com o objetivo de trocar de roupa.O trajeto é percorrido com apenas alguns passos pelo diminuto tamanho da casa e chegando,sem querer acordam os pais.Os mesmos se levantam,saem um pouco e deixam os dois a vontade para trocarem de roupa sossegados.Mexendo no baú,eles escolhem o vestuário mais adequado para o momento entre os cinco disponíveis (O que era muito para época) e ao decidirem,vestem-se e penteiam o cabelo.Já prontos,os dois saem do quarto e se dirigem a cozinha para verificar o andamento do café-da-manhã.

Chegando no ambiente respectivo,encontram sua mãe a se esforçar com os poucos ingredientes disponíveis e isto aumenta mais a admiração que cada um tem por ela.Neste breve período de convivência,aprenderam a sua importância,nos momentos bons e ruins.Especialmente nas ruins,quando ela deixava de comer para alimentar os filhos quando a comida era insuficiente.E em outros,orientava semelhante a sábia Abigail.Era uma mãe completa.

Sentam a mesa e esperam um pouco.Quinze minutos depois,os beijus ficam prontos e são imediatamente servidos e bem repartidos entre os dois e o pai,recém chegado.Além de Filomena,Claro.Neste momento,o clima é ameno e inicia-se uma conversação entre os presentes.Falam um pouco de tudo:Do dia a dia,fazem planos,notícias,política,fofocas,entre outros,como qualquer família normal.Ao esgotarem os assuntos,terminam em silêncio o café.Já alimentados,Vítor e Rafael despendem-se dos pais,pedem licença,se dirigem a saída,caminham um pouco mais,ultrapassam a porta estreita e baixa,e finalmente saem da casa.Fora,montam no cavalo,pegam a estrada principal e seguem na mesma direção de sempre,com destino a casa da família Magalhães.

Como de costume,enfrentam as dificuldades naturais inerente a uma estrada de terra e mal cuidada,isto os atrasa um pouco mas nada que os desanime ou os tire do foco principal.O importante era chegar.Enquanto isso não acontecia,continuariam firmes no caminho,que estava ainda apenas no início.

Logo mais adiante,driblam um grande obstáculo,uma pedra, e a proeza quase provoca um acidente:Por milímetros,não tinham caído do cavalo ao desviar.Isto os faz decidir parar um pouco com a meta de recompor forças.E assim o fazem.Desviam a direita,adentram na mata agreste c procuram a primeira árvore com sombra suficiente para abrigar os três,a encontrando pouco depois.Eles se aproximam,amarram o cavalo e sentam no chão que apesar de duro e seco traz um alívio incrível para os corpos de ambos .Durante este intervalo,trocam informações e algumas estão transcritas abaixo:

—E aí,irmão?Parece que estás mais nervoso do que o de costume,quase que caímos agora por um erro de estratégia.(Rafael)

—Um pouco.Mas isto não foi a causa do ocorrido.Só faltou um pouco de atenção mas prometo mais empenho a partir de agora.O que espera deste novo encontro?(Vítor)

—Espero que ocorra um bom aprendizado.Sou fascinado por este lado espiritual apesar do meu sexto sentido não ser tão desenvolvido quanto o seu.E você,o que quer realmente?(Rafael)

—Quero aprender tudo o que Angel ensinar e ir além,no outro lado da moeda.Meu objetivo é usar meu potencial em proveito próprio,da minha família e do mundo.Quero marcar época.(Vítor)

—E até agora?Está gostando?pessoalmente eu adoro estes encontros,fortalece os laços de amizade e nos faz sonhar.(Rafael)

—Eu concordo.Tudo o que aprendi até agora é muito valioso.Conheci a regressão,tenho um contato mais real com os espíritos e com a oração que nos foi ensinada,nenhum inimigo triunfará contra nós.Foi muito positivo e devemos guardar estes segredos pois o mundo ainda não está preparando para conhecer os mutantes,especificamente os da nossa escola.(Vítor)

—Tudo bem.Prometo.Vamos continuar a caminhada?O tempo está avançando.(Rafael)

—Sim.vamos.(Vítor)

Depois da resposta,Vítor e Rafael desamarram o cavalo,montam,e retornam a estrada principal,seguindo o mesmo caminho.Ao retornar,apressam o trote pois já haviam se atrasado bastante e não poderiam perder mais tempo.E assim fazem.Praticamente voando na estrada imperfeita,ultrapassam paisagens,animais e até pessoas,cumprimentando-as com apenas um oi.Alguns metros adiante,completam a metade do percurso.Neste momento,a sede de conhecimento é tão grande que nada mais importa.Continuam no mesmo ritmo.

A viagem continuam sem maiores percalços,até dado momento em que o cavalo freia bruscamente.Vítor,o condutor,fica estático e sem palavras.Rafael,curioso,inicia o diálogo.

—Por que paramos?Posso saber?

—Vi um fantasma e uma sombra negra ao seu redor atravessarem a estrada.O que acha?Devemos continuar a viagem?

—Como era este fantasma?Não vi nada.

—Pareceu-me uma alma penada do submundo,como se quisesse nos avisar de algo.Tinha um rosto triste e sofrido.

—Incrível.Mas não devemos dar muito ouvidos a crendices.Acredito que estamos no caminho certo e com a pessoa certa.Continuemos.Esta é a minha opinião.

—Tem razão,irmão.Não nos deixemos abalar.Vamos?

—Com certeza.

Mais tranqüilo,Vítor espora o cavalo e junto com seu irmão retomam o trotar naquela estrada agreste.Ultrapassam a linha fantasmagórica,sentindo apenas arrepios e avançam rapidamente.Um tempo depois,já avistam a residência do seu querido mestre.O que aconteceria desta feita?Continue acompanhando,leitor,o desenrolar da história.

Como eu dizia,cada vez mais próximos,o cavalo que trazia consigo os irmãos Torres não parava de avançar.Com mais alguns galopes,eles chegam finalmente em frente da casa de alvenaria,única na região,fruto de muitos esforço por parte da família Magalhães.Apeiam,amarram o cavalo num arbusto próximo,dão alguns passos,encostam na porta e batem na mesma vigorosamente algumas vezes.Esperam um pouco.Em questão de segundos,são atendidos desta feita pela dona da casa Maria da Conceição.Ela inicia a conversa.

—Oi,bem vindos.Como vão?Procuram meus filho Angel,não é mesmo?

—Oi,Obrigado.Sim.Poderia chamá-lo?(Vítor)

—Claro.Não querem entrar?(Maria)

— Não,obrigado.Esperamos aqui mesmo.(Rafael)

Maria trancou a porta e foi atender o pedido dos garotos .Não demora mais do que cinco minutos retornando com a companhia do iluminado Angel. Novamente, a porta é aberta e os três se abraçam, numa grande confraternização, matando as saudades de um mês. Este momento dura cerca de dez minutos. Ao final, Angel faz sinal que os dois o acompanhem e juntos adentram na mata próxima, numa trilha central já conhecida.

Seguindo a trilha, eles têm a oportunidade de defrontar-se com a natureza, com os companheiros de aventura e consigo mesmo, ressaltando os aspectos referentes a garra, dedicação e fé interiores, itens necessários ao sucesso. Onde ela os levaria? Logo descobririam.

Com passos firmes e seguros, vão avançando sempre em frente, até quando o mestre para e pede que façam o mesmo. Os discípulos obedecem. Já tinham percorrido cerca de um quilômetro e estavam exatamente na faixa norte da mata em derredor da residência da família Magalhães. Angel toma a palavra:

—Bem, queridos discípulos, a missão de hoje é um tanto complicada vamos dizer. Ensinarei a técnica de envultar-se. Porém, não vou exigir muito. Quero apenas que tenham ciência do que é isso.

—Do que consiste e para que serve? (Vítor)

—Serve para enganar o inimigo, e para se salvar de situações sem saída. Consiste na transmutação de corpo.

—O que devemos fazer? (Rafael)

—Fiquem de cócoras, fechem os olhos, escolham um animal para se transformar e orem assim:Espíritos de transformação,eu vos peço vosso véu.Que eu possa me transformar naquilo que eu pensar sem dificuldade.Pelos méritos dos espíritos luminosos,amém.Vítor e Rafael seguem ao pé da letra as orientações e, ao terminar de orar, entram em êxtase e se veem transformados no animal que desejam. No entanto, não conseguem atingir o clímax e o corpo de ambos não se transmuta, apenas sentem e pensam como bichos. Este momento dura cerca de cinco minutos. Ao final, eles despertam, levantam e se aproximam dos mestre cheios de dúvidas. Retomam a conversação.

—O que aconteceu? Sinto-me tão estranho. (Confessa Vítor)

—Eu também. Me senti menos humano e mais animal. (Rafael)

—Já era esperado. Como vocês não têm muita experiência, ocorreu o inverso: Em vez de transmutarem o corpo, mudaram a consciência por alguns instantes. Mas não tenham medo. Tem gente que treina muito até obter o sucesso. Se tiverem interesse, persistam usando sempre a mesma oração. (Angel)

—Não,obrigado. Para mim é o bastante. Vou me esforçar mais em outros pontos. Rafael, vai continuar insistindo neste ponto? (Vítor)

—Também não. Procuremos evoluir mais em outros aspectos—Respondeu ele.

—Muito bem. A aula terminou por hoje. Que tal se fôssemos ao rio a fim de nadar e de nos divertir um pouco? (Sugestionou Angel)

—Aprovado. Está muito quente mesmo. Vai servir mesmo para nos refrescar. Quer ir também, Rafael? (Vítor)

—Claro. Somos uma equipe e é bom sempre estarmos juntos— Respondeu ele.

—Então vamos. (Angel)

Os três se dirigiram ao pequeno e misterioso rio da localidade e passariam o restante da manhã por lá. Quando se cansam e sentem fome, se despedem, e retornam as suas respectivas casas. Como combinado, no próximo mês se encontrariam novamente e assim iam construindo uma história rica de conhecimentos. Teriam limites? Continuem acompanhando, leitores.

2.14-A volta ás aulas

Algum tempo se passa e chega no exato dia do retorno ás aulas, e consequente início do ginasial onde Vítor, Rafael e Angel estão devidamente matriculados. Os mesmos estão em suas respectivas casas se preparando para partir num ritual que incluía banho, vestuário, desjejum e conversa com os pais. Quando estão prontos, os irmãos Vítor e Rafael se despedem, vão em direção à saída da pequena casa e já fora, montam nos respectivos cavalos e iniciam a sua jornada. Enquanto isso, Angel espera os mesmos passarem em frente da sua casa a fim de pegar uma carona.

O trajeto começa a ser percorrido pelos irmãos num trote regular, constante, e até com certo entusiasmo e ansiedade. Afinal, seria o reinício de suas atividades intelectuais num mundo injusto, totalmente dominado pelas elites, e com pouca ênfase à educação. Com o alcance do conhecimento, poderiam tentar mudar esta realidade e tentar marcar seus nomes na história, algo difícil, mas não impossível pois eles eram muito esforçados e batalhadores.

Passando por lugares conhecidos, os mesmos tem a oportunidade de relembrar acontecimentos marcantes de sua breve e rica vida. Porém, era importante focar-se no presente, evoluir nos ensinamentos do mestre e encarar este novo desafio que era muito instigante.

Com mais quinze minutos, os mesmos avistam a casa de Angel,e, neste momento, apressam o trotar. O que os leva a isso é a necessidade de revê-lo e partilhar mais algumas experiências. Sem querer, o mesmo cativara bastante os dois. Caminham mais alguns metros, chegam em frente à casa de Angel, e ele está esperando. A marcha para, Angel se aproxima, e monta no cavalo conduzido por Vítor. Abraça sua cintura, para ter mais apoio e não ter risco de cair. Então a marcha é restabelecida.

A maior parte do trajeto até a sede Pesqueira ainda estava a ser cumprida e eles aproveitam este tempo juntos para conversar, trocar experiências, enfim, matar as saudades de alguns dias distantes e sem se verem. Transcreverei parte da conversa, os trechos mais importantes.

—E aí, Vítor e Rafael? Quais são suas expectativas para a volta ás aulas depois de um tempo? (Angel)

—Eu estou adorando. Minha vontade foi sempre continuar os estudos, me formar um cidadão completo, transformar minha realidade. Vivemos nesta situação política injusta e conflituosa porque o povo é desinformado. (Vítor)

—Eu concordo em gênero, número e grau com meu irmão. Acrescentando a fala dele, a educação é a peça chave para o desenvolvimento nosso e consequentemente do país. (Rafael)

—Após concluir o ginásio, pretendem o que? (Angel)

—Colocar em prática o que foi aprendido. Mas não estou pensado nisso agora. Cada dia com sua preocupação. (Vítor)

—Eu ainda não sei bem o que fazer, depois do ginásio. E você, Angel? (Rafael)

—Continuar ampliando meus conhecimentos, nas esferas espiritual e material. Espero que este grau de estudo me proporcione um bom conhecimento pois ainda não sou muito letrado. (Angel)

—Que bom. Que assim seja. Todos nós somos eternos aprendizes neste planeta, não é irmão? (Rafael)

—Verdade. Por mais que se evolua, sempre há algo novo que não conhecemos e que vale a pena aprender. Continuar é preciso sempre. (Vítor)

—Esplêndido, discípulos. Vejo que as minhas aulas estão despertando suas criatividades e sabedorias. Sinto orgulho de vocês. Bem, apressemos os animais pois ainda falta chão para chegarmos no objetivo. (Alertou Angel)

A conversação para por aí. O silêncio impera e o trotar é novamente apressado. Velozmente, passam pelos obstáculos e paisagens, sem prestar muita atenção nos detalhes. Um pouco depois, já completam a metade do percurso. No momento atual, permanecem a ansiedade, o nervosismo e a curiosidade, só que com menos ênfase. O importante era manter a motivação e é o que ocorre com os mesmos.

Trotando e avançando, os três viajantes têm a oportunidade, na viagem, de se conhecer melhor, de trocar informações valiosas sobre diversos assuntos e de partilhar suas expectativas sobre esta nova fase da vida, de aprendizado contínuo e mútuo. O que os esperava? Continuem acompanhando, leitores.

O cortejo avança chegando a três quartos do percurso. Neste exato momento, encontram uma charrete de encontro a eles levantando poeira. Resolvem parar no acostamento até o veículo passar. Quando ficam lado a lado, o veículo para e de dentro dele, desce um homem com batina branca, que se aproxima e os abençoa. Ao chegar bem próximo, diz:

—Oi, eu sou o padre Belizário Gomes e vim pregar no Sítio Fundão. Estou no caminho certo?

—Sim, padre. Pode seguir em frente que em breve o senhor chegará lá. Nós somos deste sítio. Quem o mandou? (Vítor)

—Foi Deus na pessoa do bispo. E vocês? Estão indo para onde? (Respondeu o pároco)

—Vamos à cidade para nosso primeiro dia de aula, no ginasial que está inaugurando. Eu me chamo Angel e estes são meus discípulos Vítor e Rafael.

—Muito bem. Prazer. É bom termos jovens tão dispostos, principalmente nestes tempos de turbulência. O recado que tenho a dar a vocês de Deus é que continuem assim. Que evoluam no caminho do espírito santo e que saibam reconhecer os sinais que ele nos dá para nos guiar nesta vida para o seu seio. Isto é o mais importante. Façam aos outros o que esperam receber. Esta foi uma bela lição que Jesus, o filho de Deus, nos deixou. (O apóstolo de Deus)

—Obrigado, padre. (os três em coro)

Depois destas palavras, o vigário se afastou, entrou no veículo novamente, e seguiu viagem. O mesmo fizeram Angel e seus discípulos. Continuaram avançando no caminho, chegando cada vez mais próximos ao objetivo, o que faz surgir uma tensão inesperada, por ser o dia de estréia. Em vão tentam controlar e apressam mais o trotar para resolver logo este conflito. Quinze minutos depois, já estão descendo a serra e avistando do alto a cidade, a bela e pequena Pesqueira, orgulho do agreste Pernambucano. Será que aqueles jovens e determinados mutantes a orgulhariam também? Continuemos a narrativa.

Descendo rapidamente as ladeiras da íngreme e acidentada serra, em vinte minutos os três já estão na planície que abriga a cidade. Ao sair da mata, se dirigem ao leste ,onde se localiza o bairro do prado, e exatamente no seu início se encontra a escola que abrigaria o ginasial. No caminho, encontram conhecidos, os cumprimentam e até colegas de escola, que se apresentam e batem papo, em parte do percurso, os distraindo e relaxando os nervos. No final, chegam em frente à escola, apeiam, amarram os cavalos e se dirigem a entrada da mesma. Se identificam e tem acesso ao prédio amplo e espaçoso. Por sorte, os três ficam na mesma turma junto também com os colegas de bate papo.

Esperam um pouco. Os professores chegam e ,logo depois, são feitas as apresentações. É dada a boa vinda a todos, são distribuídos os kits escolares e finalmente a aula começa. O professor se Chama Cláudio Tavares e ministra a matéria denominada aritmética que envolve várias operações matemáticas, iniciando na primeira aula, pelo básico. Como meninos comportados que eram, Angel, Vítor e Rafael, prestam atenção a todos os detalhes dos exemplos apresentados, e quando são desafiados a responder a primeira tarefa, se saem muito bem, pois eram inteligentes. Com destaque especial para o jovem Vítor que tinha facilidade com a matéria. A aula acaba. Começam outras duas novas aulas, os três permanecem atentos, continuam a assimilar novas informações até o sinal do intervalo tocar. Todos são liberados para o lanche e se dirigem ao pátio onde o mesmo é servido.

Neste momento, tem a oportunidade de se alimentar e como sobra tempo, de papear com os colegas. Uma pessoa chama a atenção dos três:

Marcela, uma jovem esperta, atenta e carismática. Ficam muito amigos e combinam de sair, ao término da aula a fim de se conhecerem melhor.

O sinal toca novamente e todos voltam comportados a sala de aula. Sentam nas respectivas cadeiras, o professor chega e a aprendizagem é retomada. Ficam mais quarenta minutos, na troca de informações. Terminada a aula, respiram um pouco, até que outra começa, com o mesmo professor. Continuam da mesma maneira de sempre, comportados, atentos e sem fazer barulho, até o término da mesma. Aí a maratona do primeiro dia termina e todos são liberados. Marcela, Angel, Vítor e Rafael saem juntos e como combinado, procuram um lugar tranquilo para almoçar e conversar.

Depois de um tempo a procura, acham um bar a três quarteirões da escola e resolvem ficar por ali. Procuram uma mesa disponível e como o bar não estava muito cheio, com facilidade encontram. Sentam, fazem um círculo, avaliam o cardápio sobre a mesa, chamam o garçom e pedem, de comum acordo, algo para comer. Enquanto esperam, a conversação é iniciada.

—Vocês são de qual sítio mesmo? (Marcela)

—Somos do sítio Fundão, fica a vinte quilômetros daqui. Somos jovens em busca da evolução e do conhecimento. (Vítor)

—Eu e Vítor somos irmãos, e Angel, nosso amigo e mestre. (Rafael)

—Isto mesmo. Nós três fazemos parte duma equipe. Somos mutantes aprimorando nossos poderes. (Angel)

—Muito interessante. Sabe, também tenho um poder e pensei que fosse a única no universo. Ele consiste em ler o pensamento das pessoas, se as mesmas pensarem forte, principalmente as mais próximas. Vocês podem me ajudar a controlar este dom? (Marcela)

—Claro. Meu antigo mestre Oshikawa me ensinou muitos segredos. Se quiser, pode participar do nosso treinamento. (Angel)

—Por mim, tudo bem também. Seja bem-vinda ao nosso grupo. (Vítor)

—Aprovado. Adoro fazer novas amizades. (Rafael)

—Obrigado. Poderiam me dizer quando descobriram o seu dom e o potencial? (Marcela)

—Eu começo. Desde quando me entendo de gente, descobri a minha tendência para o lado espiritual, minha corrente é bastante forte e me proporcionou experiências incríveis em relação ás duas forças, trevas e luz. Fui a rezadeiras, benzedeiras, sábios com o objetivo de me curar mas todas as tentativas se revelaram vãs. Então fiquei quieto por um tempo. Aí Angel mudou-se para o Sítio onde resido, descobri seu potencial e resolvi me submeter a seu tratamento procurando o controle disto, além de sua amizade, é claro. (Vítor)

—Já eu descobri meu dom a partir de um sonho. Inquietado pela revelação proporcionada por ele, procurei o famoso mestre Oshikawa, e após alguns testes descobri que era um dos seres abençoados da terra, capaz de canalizar os seis primeiros dons do espírito santo e ser um mestre na magia branca. Orientado por ele, aprendi muito e apesar da minha pouca idade, já tenho uma boa bagagem. Mas nunca ninguém está pronto completamente. Quero aprender a cada dia um pouco mais e meus discípulos estão me proporcionando isto. (Angel)

—Já eu não tenho um dom específico. Sou apenas um curioso e as experiências que tive abriram minha visão em todos os sentidos. Está valendo muito a pena. E você? Como descobriu seu dom? (Rafael)

—Foi num belo dia de sábado, ao completar meus treze anos, alguns meses atrás. Estávamos eu e minha mãe, na sala da minha casa, discutindo sobre algo que não me lembro muito bem agora e ,num impulso, recebi telepaticamente uma mensagem com os seguintes dizeres: Esta menina não devia nem ter nascido, só me faz raiva. Fiquei estática ,não sabia do que se tratava, e seguindo minha intuição, perguntei a minha mãe se ela tinha pensado isto. Ela, assustada e desconfiada,confirmou. Daí por diante, comecei a receber mensagens diariamente. (Marcela)

—Entendi. Isto se chama telepatia. Nunca experimentei, mas já ouvi falar. É um belo poder. Será muito útil ao nosso grupo. Bem-vinda. (Angel)

—Obrigada mais uma vez. Falem um pouco mais de vocês. (Marcela)

Neste instante, o alimento chega. Eles começam a se alimentar, dão uma fuga, mas logo retomam a conversa.

—Eu sou um jovem mutante, superdotado de dons, muito carinhoso, compreensivo, rígido ás vezes, experiente em alguns aspectos e que já conheceu o amor. A experiência que tive me mostrou o quanto é difícil um relacionamento a dois, a inveja que desperta, os desafios são grandiosos, mas vale a pena. É um belo sentimento que envolve a amizade, o companheirismo, a entrega, a renúncia. Quem não sabe disso nunca amou. (Vítor)

—Também tenho dons como o Vítor, como já disse, domino os seis primeiros dons do espírito santo. Mas minhas maiores qualidades são a sabedoria, a simplicidade e a humildade. Com elas, pude entender a mim mesmo, aos outros e os problemas do nosso mundo. Já com relação ao amor, por enquanto experimentei apenas o amor universal, aquele destinado a todas as criaturas, que é o mais forte de todos. Acho que já é um bom começo. (Angel)

—No meu caso, tenho apenas dez anos. Não conheço o amor, apenas a amizade, que para mim também é um sentimento muito forte. Munido por ele, já tive várias experiências nesta minha breve vida. No entanto, no tempo certo, tenho certeza que descobrirei o amor, em suas diversas formas, e espero ter mais sorte do que o meu irmão. (Rafael)

—Que lindo. Gostei. Bem, por ser mulher, tenho menos oportunidades que vocês pois vivo praticamente enclausurada dentro de casa. Só saio para casa de parentes ou, a partir de agora, para escola. Sabe, meus pais são muito tradicionais, rígidos e zeladores da minha honra e virgindade. No entanto, já li livros sobre o amor que me deram um conceito superficial do mesmo. Aprendi a força dessa palavra, as implicações dela e o quanto ela é cruel. Digo cruel porque mexe conosco, às vezes nos traz decepções e desilusões, nos confunde, e no extremo, pode virar até ódio. É aí que mora o perigo. Porém, se somos correspondidos, a brisa fica mais fria, o sol mais quente e acolhedor, o universo parece ser um lugar aprazível. Mas pelo que li, isto é muito raro de acontecer pois vivemos num mundo onde a maioria das pessoas se tornaram insensíveis e preconceituosas. (Marcela)

—Esplêndido. Você parece ter conhecimento de causa. Aprendi um pouco com você agora apesar de já ser mestre. Mas nos diga, que objetivos você persegue além da procura do amor? (Angel)

—Desenvolver meu dom e usá-lo para ajudar as pessoas e lutar contra as injustiças sociais; fazer amizades; ter novas experiências, descobrindo novos mundos, conceitos e visões; praticar o bem sempre independente de quem seja o alvo. E vocês? Poderiam dizer os seus? (Marcela)

—Eu começo. Na questão pessoal, quero descobrir todo o potencial místico que tenho, envolvendo as duas vertentes do universo: luz e trevas. A fim disso, estou disposto a aprender com quem já domina estas áreas; quero fazer amizades também, com pessoas boas e que tenham algo a repassar; transformar o mundo em que vivo e a educação é o início disto tudo. (Vítor)

—Tenho alguns objetivos comuns com vocês que é o fato de procurar amigos e conhecer novas pessoas e através dos meus dons, ensinar e aprender;. Além disso, quero viver intensamente a vida, que é breve e deve ser vivida com responsabilidade, alegria, felicidade e segurança. Temos que dar valor aos bons momentos e esquecer os fatos desagradáveis e difíceis. (Angel)

—Eu desejo ter amigos também. Conhecer a vida pouco a pouco, experimentar o que for bom e me resguardar das coisas ruins. Ser feliz acima de tudo. È isto. (Rafael)

A conversa para um pouco. Os presentes terminam de se alimentar para só depois reiniciar a conversa. Marcela toma a palavra.

—Muito bem. Obrigada pela sinceridade de vocês e pela oportunidade de conhecê-los melhor. Agora, vou ter que voltar para casa porque meus pais estão esperando. Quando será a próxima etapa do treinamento de vocês?

—Daqui a exatos quinze dias. Está convidada. Assim teremos a oportunidade de conviver mais. (Angel)

—Obrigada. Até mais. (Marcela)

—Até. (todos, em coro)

Depois desta despedida, os três pagam a conta, levantam-se da mesa e procuram a saída. Já fora, procuram os cavalos, os desamarram e montam imediatamente. Iniciam assim o caminho de volta, que dura uns vinte minutos a mais do que o normal pois não estavam com muita pressa. Angel desce no seu ponto, e os irmãos continuam o trajeto, indo mais além. Ao chegar em casa, descansam um pouco, fazem as atividades escolares e quando terminam vão ajudar o pai nas atividades rurais do sítio. No final da tardinha, voltam para casa, jantam, tomam banho, e conversam à vontade com os pais, do lado de fora da casa, contemplando ás estrelas. Ficam cerca de duas horas neste exercício e depois, resolvem de comum acordo dormir pois tinha muito que se fazer no outro dia. A família Torres e a Magalhães estavam de parabéns pelos seus jovens tão entusiastas e animados.

2.15-No hospital

O tempo passa um pouco e a situação da família Torres permanece normal, exceto em relação a doença de Jilmar que silenciosamente se agravava a cada dia. Mas ninguém desconfiava de algo mais grave até a primeira grande crise ocorrida em certo dia. Eu explico como foi.

Numa bela tarde de sol, aproximadamente ás 15:00 Hs, Jilmar retorna do trabalho reclamando do mesmo incomodo de sempre. Ele é socorrido pela esposa que prepara novamente um chá a fim de aliviar seu sofrimento. Quando fica pronto, ele bebe alguns goles, mas mesmo com o passar do tempo a situação não melhora. Então Filomena resolve levá-lo ao hospital da cidade, avisa aos filhos, e com este objetivo, saem de casa, montam no cavalo, e mesmo debilitado, ele consegue segurar na cintura da esposa.

Aos trancos e barrancos, chegam na cidade, se dirigem ao hospital e ao chegar no recinto, pegam uma ficha, e esperam na sala por um atendimento. Quando chega sua vez, é atendido, mas mesmo com os esforços médicos nada o faz melhorar. Fica então internado. Durante uma semana, faz variados exames até que é constatado o problema. Como a doença era incurável, é recomendado que volte para casa, que não se esforce muito, e que viva intensamente seus últimos meses de vida. A notícia é um choque para todos mas como são de tradição católica, decidem se conformar com a vontade divina. Porém, não deixam de sentir um pouco de revolta inicialmente.

2.16-Quinta etapa

Depois da crise, Jilmar volta para casa, e a partir daí encerra todos os seus trabalhos, esforçando-se apenas no tratamento recomendado pelos médicos. Com isso, o sustento da família que provêm da agricultura fica nas mãos dos Jovens Vítor e Rafael, de treze e dez anos cada. Além disso, tinham que conciliar com as atividades escolares que eram muitas. Mas eles, em nenhuma hipótese, pensavam em fracassar ou desistir. Estavam de parabéns por sua atitude.

Alguns dias se passam, a crise passa, mas eles sabiam que era apenas uma trégua e quando menos esperassem a vida do pai seria ceifada em definitivo. Só não sabiam exatamente quando. Enquanto esperavam, todos da família continuavam sua rotina normal. Dentro desta realidade, os dias vão se passando.

Aí chegar exatamente no dia combinada para quinta etapa do tratamento espiritual de Vítor e Rafael e o primeiro da nova integrante do grupo, Marcela.Os três começam a se preparar para ir à casa do mestre Angel.

Na sede Pesqueira, Marcela pede permissão aos pais para sair. Explica em detalhes a situação, e os mesmos ,com algum esforço, acabam aceitando .Neste momento, era cerca de 08:00 Hs da manhã. Os seus preparativos para sair incluem banho e ao terminar, vestir uma roupa caprichada e limpa, e ajeitar a mochila, contendo objetos pessoais, de higiene e alimentos para o caminho. Afinal, a caminhada seria longa, cerca de vinte quilômetros. Ainda bem que a mesma teria experiência com cavalos, e não teria dificuldades de fazer o percurso. Assim acontece. Vencendo os obstáculos naturais duma estrada de terra deficitária, a mesma, seguindo as indicações dadas pelos colegas, chega a residência de Angel, bate na porta, é atendida e bem recebida. Chega uma hora antes do previsto. Agora, era só esperar os outros também chegarem para se iniciar a aprendizagem. Enquanto isso, conversa amistosamente com os integrantes da família Magalhães.

Na residência da família Torres, Vítor e Rafael também se preparam para o encontro tão esperado. Semelhante a Marcela, tomam banho, se vestem, e preparam uma mochila com alguns apetrechos básicos. Como já sabiam dos seus planos, os pais não são consultados.

Quando tudo fica pronto, eles se dirigem a saída, passam na porta, procuram um cavalo disponível e ao achar, montam no mesmo e iniciam o trajeto curto.com vinte minutos de caminhada vigorosa, já chegam ao objetivo, se aproximam mais, batem na porta, são atendidas pela dona da casa, que pede para os mesmos esperarem, enquanto vai chamar o Filho e Marcela. Cinco minutos depois, os dois aparecem. Todos se cumprimentam, fazem um abraço coletivo e conversam rapidamente. Ao final, Angel pede para que todos os sigam.

Os discípulos obedecem e, como das outras vezes, procuram a trilha e através dela adentram na mata em derredor da casa da família Magalhães. No caminho, enfrentam espinhos, o sol batendo de frente, o chão seco, a poeira e com vinte minutos chegam na porção ao norte. Param sob uma árvore gigantesca e frondosa. Angel toma então a palavra.

—Aqui é o local mais apropriado para nosso treinamento. Vou ensiná-los a como concentrar os dons e na medida certa para conseguir voar. Se dominarem esta técnica, será importante para enfrentarmos os inimigos nas batalhas que porventura virem.

—Voar? Como isso é possível? (Vítor)

—Muito interessante. (Comentou Rafael)

—É o meu sonho. Como se faz? (Marcela)

—Calma, eu explicarei tudo em detalhes. Sigam-me novamente. (Angel)

Angel sobe nas primeiras galhas da árvore e os seus discípulos nas galhas vizinhas. Quando todos estão acomodados, ele se pronuncia novamente.

—Bem, é o seguinte: todos aqui já sonharam voando?

—Sim. (Responderam os três em coro)

—Bem, então o primeiro passo é pensar fixamente no sonho. Quando se sentirem desligados de tudo, libertem o espírito, deixem ele controlar o corpo e arrisquem. Deem o primeiro passo a favor do vento. Caso fracassem, no máximo terão alguns arranhões. (Explicou o mestre)

—Está bem. Vou tentar. (Aventurou-se Vítor)

Vítor se prepara. Concentrou-se e quando se sentiu seguro, se jogou para baixo. Como por um milagre, flutuou no ar por alguns poucos segundos e depois despencou, caindo no chão. Mas por sorte foram alguns arranhões. Subiu de volta na árvore. Angel tomou a palavra:

—Meus parabéns, companheiro. Está no caminho certo. Como toda criança que aprende a andar, há alguns tropeços. Mas você pegou o espírito da coisa. Continue.

—Está bem. (Vítor)

E lá foi ele de novo. Concentrou-se, jogou-se novamente e desta vez voou por um bom tempo. Quando sentiu-se cansado, fez um pouso seguro em terra. Subiu novamente na árvore e todos o parabenizaram. O fato encorajou os demais a tentarem também e com três tentativas finalmente conseguem o tão sonhado equilíbrio no voo. A técnica ensinada tinha sido um êxito completo. Quando ficam práticos, Angel dá por encerrado o treinamento ,retornam para casa e ficam mais um pouco, conversando e fazendo outras atividades. Almoçam, marcam o próximo encontro e finalmente se despedem. Marcela retorna à cidade e os irmãos Torres a sua casa, no mesmo sítio. Voltariam a ver-se na escola, no outro dia.

2.17-O encantamento

Amanhece. Logo que isso acontece, os integrantes da família Torres despertam, e com algum esforço levantam. Exceto Jilmar, que como dito anteriormente necessitava de descanso contínuo pelo estágio de sua doença. Pois bem. Filomena vai preparar o café enquanto que os filhos vão tomar banho de cuia, juntos para ganhar tempo e porque tinham bastante intimidade.

No banho, fazem planos para a viagem rotineira à cidade, compartilham segredos e falam sobre as expectativas de mais de um dia de aula que como sempre prometia muita aprendizagem e entretenimento. Além de banhar-se e tentar retirar todas as impurezas que se acumularam no corpo no dia anterior. Esta tarefa fica facilitada porque ambos se ajudam. Depois de se esfregarem bastante, jogam água fria no corpo, e o contato com a mesma traz uma experiência reconfortante, especialmente para Vítor, que se traduz num alívio e tranquilidade nunca dantes vistas, pelo menos desde que se descobrira mutante e sua vida se transformara numa roda gigante, junto com irmão. Aonde chegariam? Bem, neste exato momento, apesar de ter um dom, sua vida se tornara imprevisível e ele resolvera (Vítor) não se preocupar tanto. Ia viver um dia após o outro. Já Rafael era muito jovem, um menino ainda, e sua função era apenas acompanhá-lo e fazer amizades. Nada mais importava.

Os dois continuam a se limpar. Jogam mais água no corpo, tem novas experiências e quando se sentem completamente limpos, dão por encerrado o banho. Cada um veste seu pano de saco para se cobrir e se dirigem ao quarto. Não dão mais que vinte passos, já chegam, mexem no baú, e escolhem uma roupa mais adequada entre as poucas disponíveis. Não demoram mais do que cinco minutos nessa operação. Cumprida esta etapa, vestem cada um uma sandália de couro comprada com muito esforço no último verão. Após, vão a cozinha comer alguma coisa naquela manhã até certo ponto fria de inverno.

Chegando ao destino, encontram a mãe, a cumprimentam, pedem a bênção, e com alegria a mesma informa que já podem sentar, que está pronto o desjejum. Vítor e Rafael não perdem tempo. Ficam à mesa e logo são servidos. Comem beiju e tapioca. Apesar da falta de opção, não reclamam, pois, nesta época tinham famílias ainda em situação pior. Ao contrário, agradeciam muito pela oportunidade de vida e pelos pais maravilhosos e compreensivos que tinham, sendo que se separariam de um deles em breve.

Enquanto comem, sua mãe os aconselha sobre os mais variados aspectos da vida. Eles escutam atentamente e também dão sua opinião. Era assim que ocorria naquela família, todos tinham vez e voto, algo raro, numa época de carrancismo, política instável, coronelismo, cangaço, desigualdades gritantes e injustiças sociais. Era o nordeste do início do século XX.

Quando terminam de se alimentar, despedem-se da mãe, vão buscar as mochilas no quarto, e quando chegam lá, o barulho de seus passos acabam por acordar o pai. Pedem desculpas e bênção. Em resposta, o velho agarra as suas mãos e profere uma oração. Ao terminar, ergue-se um pouco e os beija no rosto. O momento é rápido mas muito especial para os irmãos. Após, finalmente se despedem e se encaminham a saída.

Ao ultrapassar a porta, eles tem acesso ao terraço.Neste ambiente, procuram os cavalos e ao encontrarem, montam imediatamente. Iniciam então, mais uma vez, a ida à cidade. Como sempre, revisitam lugares conhecidos, refrescam a memória, fixam pontos imaginários, apreciam a natureza agreste, ultrapassam barreiras e avançam. No atual momento, um misto de sentimentos como paixão, aventura,curiosidade, liberdade predominam. Isto era absolutamente normal e o esperado pois já tinham superado cinco etapas do tratamento e cada uma delas despertara um sentido novo nos dois. Continuariam até se sentirem prontos para sua verdadeira missão ainda desconhecida, incluída aí a educação neste processo. Era algo realmente importante.

Cientes disso, os dois apressam o trotar mais um pouco, caminham mais um tempo e já chegam em frente à casa do companheiro Angel. Dão um grito, esperam um pouco, a porta se abre e lá vem ele correndo. Desta feita, se atrasara um pouco, por qualquer motivo que não revelara. Aproxima-se mais, cumprimenta os colegas e monta no cavalo, guiado por Vítor. O cortejo continua na sua jornada.

O reinício de viagem é marcado pelo silêncio até dado ponto. Angel é o primeiro a se pronunciar:

—Como passaram o restante do dia de ontem?

—Na rotina. Tivemos que cuidar do roçado, cavando, plantando alguns produtos e preparando mais terra. Depois disso, cuidamos dos nossos animais e finalmente voltamos para casa. Chegando lá, ainda ajudamos nossa mãe que anda um pouco triste por causa da doença de nosso pai. (Vítor)

—E eu o ajudei em tudo. Realmente, as coisas não estão fáceis de conciliar desde que o nosso pai está doente. Como foi seu restante de dia? (Rafael)

—Lamento por vocês. Mas ás vezes o destino e a vida são cruéis e devemos nos conformar e adaptar. Sabe, diante da morte, somos impotentes mesmo possuindo tantos poderes. Ainda bem que sabemos que se trata apenas de uma passagem e mais cedo ou mais tarde reencontraremos nossos antepassados. Bem, respondendo sua pergunta, amigo Rafael, as atividades que fiz depois do nosso encontro foram: Atividades escolares e ajudar o meu pai na bodega, além de cozinhar. Foi muito proveitoso e no tempo livre ainda aproveitei para refletir sobre a nossa saga. (Angel)

—A que conclusões chegou? (Vítor)

—Que estamos no caminho certo. Todas as etapas anteriores foram bem aproveitadas e trouxeram resultados satisfatórios. Desde o primeiro passo, percebe-se a evolução de vocês e agora entraremos nas etapas finais que serão decisivas para nossa missão que se avizinha. (O mestre)

—Poderia ser mais claro,mestre? Em que consiste esta missão?(Rafael)

—Calma. Ainda não é o momento para se revelar. Mas saibam desde agora que o objetivo maior para que eu fundasse esse grupo de mutantes é verdadeiramente outro. (Revelou Angel)

—Entendi. Se é o que estou pensando, está apoiado. Acredito que o objetivo é possível se estivermos juntos e unidos. (Vítor)

—Receio que ainda não seja o suficiente, meu caro Vítor. Mas já estou pensando em algo. (Angel)

—Muito bem,mestre. Estamos com você, para o que der e vier. (Rafael)

—Isto mesmo. À disposição. (Vítor)

—Obrigado. É a primeira vez que encontro discípulos tão dedicados. Agora, preciso pensar mais um pouco. (Pediu o chefe)

O silêncio impera outra vez. Os cavalos continuam a trotar, e o cortejo avança pouco a pouco. Atualmente, apesar das dúvidas que corroem seus corações, os irmãos Vítor e Rafael depositaram toda sua confiança em seu mestre, amigo e companheiro de jornada,Angel,discípulo do lendário Oshikawa.Ainda que estivessem embarcando numa furada, iriam enfrentar o seu destino. Afinal, o que vale a vida sem um objetivo concreto? Eu mesmo respondo: Nada, a não ser para que aqueles que se acovardam. Não era o caso destes admiráveis irmãos.

A jornada continua, sem intervalo. Trotando mais um pouco, eles chegam exatamente no ponto em que cumprem metade do percurso. Agora, só restavam dez quilômetros a percorrer. Neste momento, uma brisa refrescante os envolve, os fazendo relaxar e descansar o corpo já fatigado. Que novidades traria este novo dia letivo? Continuem acompanhando, leitores.

Depois de cumprir a primeira parte do trajeto, os animais conduzidos pelos irmão Vítor e Rafael trotam por mais quinze minutos até que,repentinamente ,um gato preto, atravessa o caminho. Neste exato instante, Angel se desespera, e pede uma parada rápida. Mesmo sem entender as razões, os discípulos obedecem, param ,descem dos animais e seguindo o mestre desviam para a mata fechada. Encontram um arbusto, prendem o meio de locomoção, procuram uma sombra, e ao encontrar, sentam e descansam no chão duro e seco, rodeados por todos os lados, pela caatinga agreste misturado com alguns vestígios de mata atlântica. Angel explica:

—Meus queridos discípulos, toda vez que encontrarem um gato preto no caminho, vocês devem parar a viagem por no mínimo cinco minutos e rezar pedindo proteção aos seus guias espirituais a fim de desfazer a má sorte. Vocês devem rezar assim: Ó meus queridos protetores, eu peço encarecidamente que vocês me acompanhem o tempo inteiro, que me guiem, que me iluminem e me defendam da inveja, calúnia,difamação,magia negra, inclusive dos meus inimigos escondidos. Preencham o meu ser com sua luz divina, e onde eu estiver que Deus esteja também. Enfim, que em todos os meus eventos, incluindo esta viagem eu seja bem-sucedido e feliz. Com todo respeito, peço vossa bênção e que assim seja.

—Que lindo. Muito profundo. Enquanto você ditava a oração, eu repetia mentalmente. Depois quero por escrito. (Vítor)

—Gostei também.Com fé, tudo é possível. Obrigado,mestre. Em que outras situações devemos parar uma viagem? (Rafael)

—Bem, eu só paro neste caso quando sinto que há algo errado. Como minha intuição é muito forte, sempre faço as escolhas certas.Vítor, te darei a oração escrita em breve.Com isso, poderão rezar sempre que necessitarem. No mais, está tudo bem. E com vocês?(Angel)

—Perfeito. Os nervos estão a mil, mas está dando para suportar. (Vítor)

—Mais ou menos. Repentinamente, me deu uma dor de barriga. (Rafael)

—Então corra. Caso contrário, vai se melar todo. (Vítor)

Rafael deu uma carreira para uma moita e foi fazer suas necessidades urgentes. Enquanto isto, os outros riam. Esperam uns dez minutos até o mesmo voltar e lhe dão um remédio que em pouco tempo faz efeito lhe ajudando a controlar a evacuação. Já refeito, vão buscar os animais, montam nos mesmos, retornam a estrada principal e retomam a viagem. Agora estavam mais próximos do objetivo.

A retomada do trajeto animou os viajantes e estimulou a já acentuada curiosidade de ambos. A todo momento, perguntas e mais perguntas sobre o futuro chegavam em suas mentes cansadas e não tinham com quem falar. Sem saída, Vítor, a pessoa principal, para o seu cavalo e dá um imenso grito. Sua atitude chama a atenção dos outros e faz com o irmão pare também. Uma breve conversação é iniciada

—O que foi, irmão? Qual o motivo da nova parada? (Rafael)

—Sabe, eu estava pensando, que apesar do meu imenso potencial para as questões espirituais, ainda me sinto um pouco perdido e sem eixo, por que isto acontece? (Vítor)

—O que nos diz, mestre? (Rafael)

—É simples, meus caros. Vocês ainda não atingiram o grau de evolução necessário que os faça sentir seguros. Tenham mais paciência. Vocês são muito jovens ainda. O aprendizado é lento e construído dia após dia. Prometo que lhes continuarei dando o meu apoio em todos os sentidos. (Angel)

—Obrigado,mestre. Acalmou-me um pouco.(Vítor)

—Também me sentia assim, mas fiquei satisfeito com a explicação. (Rafael)

—Continuemos então. O tempo urge. (Angel)

Os irmão obedecem ao mestre e esporam os cavalos para continuar. Neste momento, têm a ideia de usar a técnica do voo a fim de chegar mais rápido. Porém, a ideia é rechaçada pelo superior. Ele deixa claro que não era chegado o momento dos mutantes se revelarem, que era algo mais para frente. Apesar de contrariados, os discípulos entendem as suas razões e não insistem mais. A viagem então continua normalmente.

O tempo passa um pouco. O cortejo continua avançando e logo mais adiante já estão descendo a serra do Ororubá, avistando a pequena Pesqueira. Enquanto descem, conversam sobre os inúmeros atrativos locais, incluindo a nobreza e força do seu povo. Era mesmo sensacional pertencer àquela terra.

Esta parte do trajeto demora vinte minutos e, ao terminar, se dirigem ao leste.Especificamente, ao início do bairro do prado, onde fica localizado a única escola ginasial da região. Demoram cerca de quinze minutos para chegar ao destino. Logo que chegam, tem acesso imediato ao prédio pois chegaram na hora exata de começar as aulas do dia. Inicia-se assim mais um dia letivo da turma A, correspondendo a 5ªSérie primária.

Depois de longas e exaustivas três aulas de professores diferentes, chega a hora do intervalo. Os estudantes se encaminham ao salão da escola, fazem um lanche, conversam e até namoram. É neste ponto que quero me centrar.

Vítor, Rafael e Angel estão juntos. Marcela tem a companhia de outra garota, do lado oposto aos três. Depois que lancham, A única mulher integrante do grupo se aproxima, junto com a colega e inicia uma conversação rápida.

—Oi,garotos,como vão? Eu quero apresentá-los a esta amiga especial. Ela faz parte da nossa turma, aquela que fica lá no cantinho esquerdo da sala. Já repararam?

—Oi, estou bem, Marcela. Como é o nome dela? (Angel)

—Chama-se Penelope.

—Prazer. Eu me chamo Angel e estes são meus amigos Vítor e Rafael.

A garota, que não parecia ter mais de quinze anos, rosada e bonita, se aproxima e cumprimenta a todos com um beijo no rosto. É correspondida.

—Sabe, mestre Angel, queria que ela também fizesse parte do grupo. Ela me contou que também tem um dom, de desestabilizar a força da gravidade. Com a força do pensamento, ela é capaz de mover qualquer objeto, ou fazê-lo perder o equilíbrio. No entanto, ela tem medo de usar esta virtude. (Marcela)

—Interessante. Ótimo poder e visual. (Vítor)

—Legal. Aprecio uma boa amizade. (Rafael)

—Explique-me direito. Como se sente, Penélope? (Angel)

—Oi, obrigada a todos pela atenção e elogios. Eu me sinto um pouco confusa. Tudo ainda é recente para mim. A primeira vez que movi um objeto foi quando meus pais me prenderam no meu quarto e não tinha a alcance a chave, que estava do outro lado da porta. Então pensei muito forte como seria legal eu tê-la a alcance das minhas mãos, e desenhei mentalmente toda cena. Para minha surpresa, a chave atravessou por debaixo da porta e chegou as minhas mãos. Inicialmente, fiquei assustada me sentindo que um monstro. Porém, a ideia do poder me atraia. Aí fui praticando e hoje já consigo mover objetos maiores. Mas a incerteza continua e o controle do dom ainda não está bom. Acho que preciso de ajuda. Através da amizade feita com Marcela, cheguei até vocês, podem me ajudar? (Respondeu ela)

—Claro. Por mim, tudo bem. E vocês, rapazes o que dizem? (Angel)

—Está bem. Seja bem-vinda ao grupo. (Vítor)

—Fique à vontade. (Rafael)

—Obrigada a todos. Quando vai ser primeira etapa do meu treinamento? (Penelope)

—Daqui a vinte e nove dias. Por enquanto, nos conhecemos por aqui mesmo. (Angel)

Dita esta frase, o sino toca e todos se encaminham para a sala de aula. Ao voltar, se esforçam para aprender em mais duas aulas desgastantes, mas produtivas. Ao final, se encontram novamente. Juntos, resolvem fazer uma refeição numa bodega próxima a fim de dar as boas vindas para a nova integrante do grupo.

Em poucos passos, chegam no recinto. Cumprimentam os presentes e sentam numa mesa disponível. Por alguns instantes, avaliam o cardápio e preços dispostos num caderninho, e quando chegam a um acordo fazem um pedido de comida e bebida. Esperam um pouco e logo o atendente vem servi-los. Começam a se alimentar e é aí que se inicia uma conversa amistosa e de reconhecimento entre os participantes.

—Poderiam me contar como lidam com o seu dom no dia a dia e que outras atividades o interessam? (Penelope)

—Eu começo. Bem, Penelope, desde jovem convivo com meu dom. É um sentimento forte e poderoso. Não sei explicar direito. É como se eu não tivesse limites e nada fosse impossível para mim. Por isto eu quero descobrir-me completamente e estou tendo uma ótima oportunidade com Angel.Com relação ao que gosto de fazer, tenho especial interesse pelo trabalho, sair com amigos, fazer amizades, sempre respeitando o próximo e a mim mesmo. Este é o meu lema. (Vítor)

—Vou te explicar, Penelope. Desde quando me descobri um agraciado pela luz, reagi com naturalidade e fui me desenvolvendo aos poucos com a ajuda de um renomado mestre, chamado Oshikawa.Com ele, aprendi a humildade, sabedoria, paciência, garra e fé, entre outras virtudes. Depois que fiquei pronto, quis ajudar os demais mutantes da terra. Isto me deu a oportunidade de crescer ainda mais. É isto. Se aprende e se ensina, num grande ciclo. Quanto ás minhas atividades preferidas, gosto de ajudar meu pai na bodega, fazer serviços domésticos, estudar, fazer amigos também, e me divertir nas horas de lazer pois esta vida é passageira e deve ser aproveitada da forma certa. (Angel)

—Já eu ,como todos sabem, não tenho o meu lado sensitivo desenvolvido. Mas sou um curioso por natureza desta área e meu objetivo é ter novas experiências. Falando do que gosto, tenho especial interesse por brincar, trabalhar, tenho um apreço especial pela minha família e por amigos que faço. É mais ou menos isso. Sou um menino do bem. (Rafael)

—Bom, como você sabe, amiga, me esforço ao máximo para controlar meu poder e não invadir a individualidade de ninguém. Mas ás vezes confesso que sou curiosa e me excedo um pouco. Porém, é raro acontecer. Quero chegar ao ponto zero, ou seja, o controle que Angel nos oferece. Já estamos começando. Sobre o que mais gosto, ajudar em casa, ir à escola, estudar, conviver com gente boa e ler um bom livro nas horas vagas. Mas nos conte, alguém da sua família já desconfiou do seu poder? (Marcela)

—Só uma vez, quando quebrei uma taça me exercitando. No entanto, consegui tapeá-los inventando uma história qualquer. Sabe, quero dizer que é muito difícil ser assim e daria qualquer coisa para ser normal, como os outros. (Respondeu Penelope)

Neste momento, lágrimas desesperadas escorrem pelo rosto da jovem Penelope mostrando um aspecto duma garota sofredora e desesperada. Todos tentam a consolar e entre eles, se aproxima Vítor e fica ao seu lado, a abraçando e amparando. Desde que a conhecera, ficara fascinado com sua beleza, ternura e graciosidade e este era um bom momento para tentar se aproximar.

—Calma. Todos aqui são amigos e pode contar comigo para tudo entendeu? (Vítor)

—Eu sei. Obrigada a todos—Murmurou.

Vítor continua a acalmando. Puxa a sua cadeira para o lado recebendo um olhar de agradecimento e admiração. Com mais alguns instantes, finalmente Penelope se recompõe. Então a conversa continua. Angel é o primeiro a tomar a palavra.

—Bem, é preciso esclarecer uma coisa. Não se sinta diferente por causa de seu dom, Penelope. Todos aqui são absolutamente normais. Apenas temos virtudes que Deus nos concedeu para realizarmos uma missão aqui na terra, para fazer o bem. Quem não segue este caminho, geralmente fica louco ou em completa trevas. (Angel)

—Entendi. Obrigada pelas palavras, mestre. (Penelope)

—Não tem de que. Comemorando sua entrada no grupo, proponho um brinde. Mesmo que seja apenas com refrigerante. Á nossa nova companheira de luta, saúde e sucesso! (Propôs o líder)

Todos pegaram seus copos, tocaram entre si e em seguida beberam seu conteúdo. Ao final, repuseram os copos na mesa. Terminaram de se alimentar num pleno momento de confraternização que devolveu completamente o sorriso aos lábios de Penelope. Entretanto, ela lembrou que tinha um compromisso em casa e não podia demorar mais. Tratou de despedir-se:

—Eu já vou, pessoal. Minha família me espera. Até mais.

—Eu irei acompanhá-la. (Marcela)

—Até mais. Quando podemos falar? (Vítor)

—Amanhã, depois da aula. Até. (Penelope)

—Até. (Rafael e Vítor)

Depois da saída das duas, os outros ficaram um pouco mais de tempo a conversar sobre assuntos masculinos. Ao se esgotar a conversa, resolveram também partir pois tinham afazeres em casa.

Saíram da bodega, desamarram os cavalos, montaram nos mesmos, e iniciaram o caminho de volta ao sítio Fundão. Durante a viagem, entre paradas e mudanças de velocidade, a equipe de mutantes aproveitou da natureza, do clima, viveram surpresas, aventuras e emoções inexplicáveis. Sem dúvidas, estavam mais confiantes, tranquilos e decididos. Isso os ajudava nesta trilha rumo ao sucesso. Os cerca de vinte quilômetros são percorridos em aproximadamente trinta minutos a mais do que a ida. Tudo foi gratificante apesar do perigo.

Caminham um pouco mais. Angel desce em frente à sua casa, e os irmãos Torres trotam por mais vinte minutos, chegando finalmente ao destino. Guardam os animais, lhes dá alimento, os soltam no pasto, entram em casa, cumprimentam os pais e ficam alegres por verem Jilmar em pé. Vão cuidar dos afazeres á tarde e quando anoitece, jantam e ficam trocando ideias à luz das estrelas por um bom tempo. Após, vão dormir e pensariam nos problemas no outro dia, inclusive no sentimento que surgira inesperadamente entre Vítor e Penelope. Até o próximo capítulo, leitores.

2.18-Um novo dia

Finalmente amanhece.O começo da manhã inicia-se normal para as famílias Torres e Magalhães no sítio Fundão e para as jovens Marcela e Penelope na sede,Pesqueira. Todos se prepararam para a aula pela manhã e demais atividades á tarde. Os irmãos Torres e Angel chegam como sempre à cidade enquanto que os outros integrantes do grupo de mutantes já os espera em frente ao pequeno e simples prédio onde funciona o ginasial. Ao se encontrarem, batem um papo rápido.O sino toca. Eles percorrem a pequena distância que os separa da sala de aula e ao entrarem na mesma, se acomodam nos mesmos lugares de sempre. Esperam um pouco. O primeiro professor chega e o aprendizado se inicia. Seriam duas aulas de quarenta minutos cada referente à disciplina geografia e, como sempre, todos se esforçavam para aprender alguma coisa, diferentemente dos tempos de hoje.

Na aula, aprendem sobre a vegetação natural do agreste pernambucano. Especificamente do município de Pesqueira que apresentava variadas espécimes vegetais tanto do bioma caatinga como da mata atlântica. Esta, presente mais no litoral. Decoram os nomes dos variados bichos e plantas o que é bem fácil para os irmãos Torres e o amigo Angel pois viviam em contínuo contato com os mesmos. Com isto, eles aproveitam o ensejo da situação e ajudam os demais colegas a fixar conceitos num verdadeiro trabalho em equipe.

A aula é tão prazerosa que quando acaba todos dão um suspiro de descontentamento mas o professor promete voltar ainda na mesma semana. Inicia-se então outra aula sobre a disciplina Língua Portuguesa e o entusiasmo deles continua o mesmo. Numa parte da aula é exposto as classes de palavras iniciando com substantivo. São dadas as definições, os tipos e subtipos, gênero, número e grau.Ao final,é apresentado um texto rápido para fixar o conteúdo.Todos participam lendo um trecho do mesmo. Como alguns erram e outros gaguejam, esta parte fica sendo a mais produtiva e divertida também. Estes momentos importantes passam bem rápido.

Quando a aula se finda, como de costume, todos vão ao salão.Nesse ambiente, se alimentam e conversam um pouco. Mas, desta feita,

Marcela e Penelope não se aproximam .Apenas trocam olhares de cumplicidade com os demais integrantes do grupo, especialmente entre Vítor e Penelope que parecem ter achado uma química apesar do pouco contato que tiveram. Porém, com sua experiência em um relacionamento complicado, Vítor sabia que não era o momento para se maravilhar muito pois o risco de sofrer era grande demais.

    O sino toca. A diretora encaminha todos à sala de aula para o reinício dos trabalhos. Angel, Vítor, Rafael, Marcela e Penelope se acomodam nos mesmos lugares e motivados para enfrentar mais duas horas de aula. Como o professor se mostra simpático e carinhoso, tudo se mostra mais fácil. Ao final, ficam satisfeitos com os conhecimentos adquiridos ao longo do dia. Realmente tinha valido a pena o esforço. Principalmente para os irmãos Torres e Angel, que moravam distante e tinham que enfrentar o cansaço e uma estrada deficitária.

    Todos são liberados e, na saída, Vítor e Penelope se encontram como combinado. Na mesma hora, os outros que os acompanhavam, percebem o clima e cada um dá uma desculpa esfarrapada e os deixam a sós. Vítor toma a iniciativa.

—Aonde quer ir, Penelope? Preciso falar com você.

—Que tal se fôssemos a praça do centro? É um local público e eu não sairia mal falada.

—Está bem. Permite-me? (Oferecendo o braço)

—Sim.

Depois da resposta positiva,juntinhos,os dois iniciam o caminho rumo ao centro da pequena Pesqueira. Durante o percurso, os pensamentos dos dois estão voltados para a possibilidade de entendimento, um possível "encontro entre dois mundos". Tudo seria mais fácil porque estavam a sós e poderiam expor suas opiniões sem nenhum medo ou preconceito. Daria certo? Continuem acompanhando, leitores.

    Com vinte minutos de caminhada tranquila e pausada, os dois chegam finalmente ao destino. Como já se iniciava a tarde, conseguem encontrar com facilidade um banco disponível. De uma vez, sentam e repousam seus corpos fatigados pelo exercício feito. Vítor pegas as mãos da moça, as beija e inicia a conversa.

—Penelope, desde o momento que a vi pela primeira vez, senti algo especial surgir de dentro do meu peito. Sabe, não sei exatamente o que é nem se é lícito pois somos ainda muito jovens. Mas o que eu quero é ficar sempre ao seu lado, te protegendo e te acariciando. Porém, antes de tudo, quero que você conheça um pouco mais de mim. Tem interesse?

—Por que não? Sou solteira. Além disso, você é agradável, trabalhador, e atraente. Diga-me, o que quer me contar?

—Sabe, estes meus breves treze anos de minha vida foram ao mesmo tempo fantásticos e desafiantes. Cresci numa família com uma linhagem de videntes, herdei o dom de um antepassado, e, ao mesmo tempo em que descobria meu mundo ia tirando as minhas próprias conclusões sobre o sentido da vida. A principal delas que por mais que eu extrapole meus limites e faça milagres no tempo e no espaço, nada, absolutamente de nada vale se eu estiver sozinho. Sou um ser humano e como qualquer outro preciso de carinho, de afeto, de atenção e da força poderosa a que todos chamam de amor. Creio que você pode ser uma das portas que me proporcione isso.

Dito isto, um silêncio angustiante pairou entre os dois. Com um pouco de vergonha, Vítor não ousava encarar a pessoa que estava a alguns centímetros de si. Era como se estivesse a quilômetros de distância. Até que Penelope resolveu reagir: deu-lhe um beijo no rosto e então os dois ficaram frente a frente novamente.

—Está bem. Eu aceito. Mas tem que falar com minha família primeiro. (Penelope)

—Está certo. Quando posso ir? (Vítor)

—Na próxima segunda te direi. Agora, tenho que ir. Bom fim de semana. (Penelope)

—Até. (Vítor)

Penelope se retirou e deixou o jovem sonhador Vítor a pensar a sós. E agora? Será que teria coragem de encarar os pais da moça? Bem, não teria alternativa se quisesse algo com ela. Por enquanto, pensaria na melhor estratégia para se sair bem.

Passado algum tempo, o mesmo também foi embora e sofreria um pouco ao subir a serra do Ororubá andando porque não queria chamar a atenção. Assim fez. Em quarenta minutos, galgou toda a serra atingindo a estrada principal. Por fim, envultou-se em pássaro e voou até sua casa. Pousou na parte traseira da mesma e voltou a forma humana. Ao chegar, agradeceu ao mestre Angel por tantos avanços e pelo seu esforço em particular. A partir de agora, cuidaria do restante dos compromissos e o céu não seria limite para o mesmo.

2.19-Fim de semana

Passa-se um pouco o tempo. Amanhece. O sol brilha mais forte,os pássaros gritam em alvoroço e a natureza faz o corpo físico de Vítor despertar aos poucos. Quando o mesmo abre os olhos, tem a estranha sensação de que é outro. Sente-se iluminado por uma força realmente especial, algo parecido com o que viveu com Sara, só que mais forte e mais intenso. Será que daria certo? Ou isto era apenas um sonho e logo acordaria para uma dura realidade onde os pobres não tem valor e não são importantes? Bem, não sabia e algo estranho estava acontecendo. Neste contexto, sua intuição estava parcialmente embaçada. Logo, não conseguia ver com clareza seu futuro.

Será que tudo isto se chamava amor e tinha tanto poder assim até chegar ao ponto de afetar seu dom? Era o que queria descobrir e rezava para ter a oportunidade de viver estas e outras novas experiências importantes em sua vida que supunha estar apenas iniciando. Uma vida totalmente voltada para evolução contínua.

Vítor mexe um pouco o corpo.Seus braços e pernas parecem ainda um pouco dormentes e fatigadas pelo esforço em subir a serra do Ororubá. Oh, que vida cruel! Como queria ser livre e usar tudo o que aprendera sem nenhum medo. Porém, pensa um pouco e conclui que o mestre estava certo. Era necessário dar tempo ao tempo pois o mundo ainda não estava preparado para os mutantes.

Um instante depois, faz um esforço descomunal e finalmente se levanta.Com alguns passos,aproxima-se do irmão Rafael e o acorda .O barulho feito pelo mesmo também acorda seus pais. Como já estava claro, todos resolvem por bem também levantar e iniciar os trabalhos do dia. Enquanto Filomena prepara o café, o esposo senta à mesa. Já os filhos vão tomar banho, detrás de casa como sempre, em tinas já reservadas desde o dia anterior.

O processo dos banhos dos irmãos Torres demora vinte minutos .Quando se limpam totalmente, se enrolam em seus panos de saco como de costume e retornam ao quarto com o intento de se trocarem. Ao chegar no recinto, mexem no baú e como não tem muitas opções a tarefa de se vestirem não demora muito. Após, calçam a única sandália e se dirigem a cozinha onde os pais já os esperam.

Como a casa era minúscula, rapidamente chegam, sentam à mesa, e com um sorriso no rosto sua mãe dedicada serve a todos. Imediatamente, começam a comer pois estavam com muita fome. Durante a alimentação, conversam entre si.

—Como vão o treinamento espiritual de vocês? Espero não morrer logo para ter o prazer de os verem consolidados. (Jilmar)

—Muito bem, pai. Estamos nos esforçando muito e aos poucos atingindo resultados importantes. Tenho certeza de que Deus preparará um bom caminho para nós e para o senhor. Vai dar tudo certo. (Vítor)

—Devemos tudo a vocês, é claro. Que sempre nos ensinaram os valores adequados e especialmente a nossa mãe que nos deu a ideia do treinamento. (Rafael)

—Não foi nada,filhos.Apenas usei um pouco da minha experiência e como vocês estavam meio perdidos,palpitei,e eis que deu certo. Mas, mudando de assunto, o que querem fazer neste fim de semana? (Filomena)

—Eu quero ir à missa na cidade, no domingo. (Jilmar)

—Boa idéia, pai. Eu também quero. No entanto, poderíamos parar um pouco em Cimbres e visitar nossos primos Bartolomeu e Angélica? Faz tempo que não nos vimos. (Vítor)

—Eu também quero. (Rafael)

—Por mim,tudo bem. Não demorando muito. O que acha, mulher? (Jilmar)

—Se viajarmos cedo, acho que é possível. Também estou com saudades deles. (Filomena)

—Obrigado, mãe. (Vítor)

Como agradecimento, Vítor a abraçou. A emoção tomou conta de todos. Os outros se aproximaram e o abraço tornou-se quádruplo, durando cerca de cinco minutos. Findo o abraço, o silêncio voltou a reinar e todos se concentraram em terminar o café.

Depois de alimentados, Vítor e Rafael despediram-se dos pais. Preparam uma mochila com água e alimento e encaminharam-se a saída a fim de cuidar das atividades rurais pendentes do sítio embora fosse um sábado. Era assim mesmo. Como ainda atuavam como agricultores e este era seu sustento tinham que trabalhar todos os dias, ininterruptamente, se quisessem sobreviver.

Acompanhemos os dois nesta rotina. Bem, como tinha dito, os dois andavam na direção da saída ultrapassando a pequena porta. Adentraram na mata vizinha, pegando uma trilha já conhecida em direção ao centro do Sítio em que moravam.

Inicialmente, vão num ritmo regular aumentando o ritmo dos passos ou diminuindo, de acordo com os obstáculos que vão surgindo. Entre eles, pedras pontiagudas, espinhos cortantes, animais ferozes e venenosos, mas tudo é superado com facilidade pois os mesmos já tinham conhecimento de causa. Era algo comum e rotineiro.

Ao ultrapassar a metade do percurso em quinze minutos, resolvem, de comum acordo, promover uma parada, a única que seria possível. Isto lhes dá a oportunidade de conversar um pouco e planejar a manhã especificamente na divisão de tarefas. Debatem um pouco e, no final, Vítor cuidaria da preparação do roçado enquanto seu irmão buscaria lenha e limparia o barreiro. Em breve, esperavam as trovoadas, chuvas torrenciais da região.

Decidido esta parte, se hidratam, comem cada um uma bolacha seca e retomam a caminhada com uma motivação maior. Neste momento, o sol esquenta, castigando seus corpos franzinos, mas isso era o de menos. O importante era manter a dignidade, a luta, sobreviver, numa terra seca, estéril e cheia de injustiças sociais.

Continuam avançando .Com o passar do tempo, já avistam o local de trabalho.Com tudo planejado em mente, os dois se esforçariam ao máximo com o objetivo de atingir os melhores resultados. Deles, dependiam seus pais. Esperavam, com a ajuda de Deus, não os decepcionar.

Aproximam-se mais. Caminhando cerca de duzentos metros, chegam finalmente ao objetivo. Cada qual vai fazer seu serviço. Vítor prepara o terreno que em breve receberia as primeiras sementes de milho, feijão, batata ,melancia, melão, mandioca ,eticetra. O irmão se afasta um pouco e vai limpar o barreiro a trezentos metros de distância.

Vítor limpa a relva que teimava em nascer. Anteriormente, já tinha brocado, feito aceiro, queimado e encoivarado na mesma área. Tudo isto feito à custa de muito suor seu e do irmão. Realmente, por tudo que fizeram, estavam de parabéns. Substituíram o pai à altura no controle e no sustento da casa. Quando chegasse o momento dele partir, sofreriam pela sua ausência, conselhos e experiência. Porém, o tempo ajudaria os dois a se conformar com o evento da morte que era natural, e, utilizando o seu dom, Vítor poderia ter algum contato com o mesmo, matando assim um pouco as saudades e trazendo alento para os outros familiares.

No entanto, não era o momento para se preocupar com isso. Seu pai continuava vivo. Em suma, aproveitariam ao máximo o tempo restante dando continuidade ao seu serviço. Além de tudo, estudariam as disciplinas, a vida, e o meio espiritual. Um dia, com a ajuda das forças benignas do universo, estariam completamente realizados, nos meios profissional e pessoal, algo que todos sonhavam em alcançar e que os dois realmente mereciam por todos seus esforços e dedicação. Eram exemplos para todos da região.

O trabalho continuava. Vítor limpara metade da área e parou um pouco. O seu irmão Rafael, retirara a sujeira do barreir.Deixou tudo preparado para a primeira trovoada. Agora, o mesmo iria buscar lenha na mata próxima que já estava em falta a sua casa. Apesar de pequeno, não deixaria a desejar.

Vítor vai buscar a mochila.Abre a mesma retirando uma cabaça.Na sequencia, toma alguns goles de água. Neste ínterim, pensa no passado com foco no relacionamento tido com Sara. Compara ao momento atual, em que conhecera alguém tão interessante quanto ela. Analisando bem esta situação, constata que o sentimento era diferente.Contudo, ambos atrativos e interessantes. Pena que o destino os separara e deixara um sentimento de frustração, no primeiro caso. Mesmo com o tempo, ainda sofria por isso, isto é, a ferida continuava aberta e não tinha ideia de como fazê-la sarar. Como agir num caso desses? Pensando mais um pouco, decide esperar que o sentimento e o convívio com Penelope, se tudo desse certo, pudesse resolver esta situação conflitante ou então que ocorresse um milagre improvável. Era difícil, mas não impossível.

Depois de hidratar-se, Vítor se apressa em terminar a metade restante da área não capinada. Neste momento, dedica-se somente ao trabalho e esforça-se em evitar os pensamentos indesejáveis relativos à sua vida, o destino seu e de sua família que só atrapalhavam em vez de ajudar. Que importava o futuro distante? Mesmo com a curiosidade sobre isso, por experiência própria, sabia que tudo ou quase dependia de suas ações, no presente e que o inevitável devia ser aceito. Em conclusão, faria sua parte, esperaria o desenrolar dos acontecimentos e encontraria com a mente aberta a sua linha escrita, seu Maktub.

—Maktub, eu te espero!

Depois de sua declaração, para por um momento o trabalho. Aproveita o intervalo observando a natureza em derredor. Um instante depois, uma brisa envolvente o faz relaxar. Com isso, larga seu instrumento de trabalho, a enxada, e deixa se levar pela iluminação dos entes superiores. Fecha os olhos, esquece de tudo, deita no chão, vai entrando em transe e perdendo os sentidos aos poucos. Quando chega ao êxtase, desliga-se da realidade completamente, e viaja para mundos desconhecidos. O que vê é totalmente secreto.

De leve, falarei apenas da liberdade conquistada: a paz, o reconhecimento de que ele e sua família eram importantes para o plano de Deus na sua época. É prometido ao mesmo auxílio nas horas mais aflitas e compreensão de suas limitações humanas. Em suma, uma completa integração entre os Deuses e a criatura sem limites. Através de sua experiência, lhe é revelado que Deus não é um ser específico, que está em todos os lugares e especialmente nos corações dos que o seguem. Deus é uma legião, é o todo, a essência da criação, não é um velhinho sentado num trono, no céu, como muitos acreditam. Deus são seres que não tem sexo, nem preconceito, nem religião apesar de estarem presentes em todas elas, é a luz e a força vital que nos conduz à prática de boas ações e que nos revela o amor, este sentimento poderoso e transformador, em todos os sentidos. Deus se resume a fé, a esperança, a solidariedade, a caridade, a união entre os iluminados, de todas as gerações.

Vítor, acompanhado por seu guia espiritual, retorna à realidade espiritual do planeta Terra.Com um toque, o mesmo desperta, abre os olhos, levanta, e reflete sobre o tudo que viveu há pouco. Ao final, conclui que, com o conhecimento da verdade, tudo ficava mais claro. A verdade vos libertará, como diz a bíblia.

Passado este momento, se abaixa, pega a sua enxada e volta a trabalhar. Perto de concluir a tarefa, Rafael chega e, como ainda estava disposto, o ajuda. Cinco minutos depois, já estavam livres e com bastante fome pois se aproximava das 12:00 Hs. Imediatamente, decidem fazer a viagem de retorno para casa.

A viagem de volta é realizada em cerca de vinte minutos. Dez minutos menos em relação à ida. A razão disso é que se encontravam em estado de muita fome devido a um grande esforço físico. Ocorreu tudo normal e sem novidades. Os mesmos enfrentaram as mesmas barreiras naturais de sempre.

Ao se aproximar de casa, batem com firmeza à porta. Esperam um pouco. Entram na mesma passando-se alguns instantes que naquele momento parecia uma eternidade. São atendidos pela mãe que os acompanha até a cozinha. Ao chegar no recinto, sentam à mesa, e com delicadeza, a mesma os serve. Imediatamente, começam a alimentar-se e não se importam muito com o alimento. O cardápio do dia eram apenas alguns grãos de feijão misturados com farinha de mandioca de terceira. Antes, agradecem por ter algo para comer. Eram sortudos na verdade, pois a maioria das famílias da região passavam muitas dificuldades principalmente quando o ano anterior fosse deficiente em chuvas.

Ainda comendo, Vítor inicia uma conversa com os demais.

—Como está nosso pai, mamãe?

—Deitou um pouco a fim de descansar. Mas está bem. Graças a Deus a crise não voltou a perturbá-lo.(Filomena)

—Que bom. Eu e meu irmão Rafael já cuidamos do sítio. Depois do almoço, faremos as lições pendentes da escola. Não é Rafael? (Vítor)

—É. Cada um faz a sua tarefa e se houver alguma dúvida nos ajudamos. (Rafael)

—Òtimo. Tenho orgulho de vocês. Agarrem esta oportunidade e a aproveitem pois é muito raro. Além de vocês, só Angel estuda neste sítio. (Filomena)

—Verdade. Agradeço ter nascido nesta família especial e com pais maravilhosos. Amamos vocês! (Vítor)

—Eu também amo com a mesma força! (Rafael)

Depois da declaração, a emoção toma conta do momento. A mãe se aproxima.Os três se beijam e se abraçam. Neste momento mágico, revela-se o verdadeiro espírito familiar dos Torres que era de cumplicidade, união,integração, solidariedade e amor, acima de tudo. Além disso, conseguiam superar rapidamente os momentos de tristeza, dor, perda ou desentendimento. Eram exemplo a ser imitado pelas famílias da época e pelas de hoje também.

Quando o abraço acaba, os irmãos se concentram apenas na refeição e com mais cinco minutos a concluem. Como planejado, despedem-se da mãe, vão à sala, pegam a mochila escolar, retiram o material, e fazem as tarefas em menos de uma hora. Depois, vão ao quarto, visitam o pai, conversam um pouco com o mesmo, demonstrando seu carinho e afeto. Ao final, pedem a bênção e o cumprimentam. Saem do local, se dirigem a saída, atravessam a porta, e saem um pouco, com o intuito de aproveitar a natureza agreste e exercitar os ensinamentos repassados pelo mestre Angel em sigilo. Passam cerca de duas horas nesta tarefa.

Ao alcançar os resultados satisfatórios, retornam a sua residência.Neste ambiente, se dirigem à cozinha e, como eram generosos, ajudam a sua mãe no preparo do jantar e em outras atividades domésticas. Em uma hora deixam tudo pronto. Como ainda eram 17:00 Hs, aproveitam e vão relaxar um pouco, dirigindo-se ao quarto.Com alguns passos chegam lá. Jilmar já não se encontra (Tinha saído para satisfazer suas necessidades fisiológicas). Os dois se aproximam cada qual do seu leito. Vítor em sua cama de capim e Rafael na rede.

Ao deitarem, os dois acomodam seus corpos cansados da melhor maneira que podem. Ao tentarem fechar os olhos, algo estranho e inusitado acontece diante dos dois. Naquele momento fatídico, o chão treme, as paredes parecem bailar, a luminosidade cai, e num estalo, surge um redemoinho grotesco. De dentro do mesmo, podiam ser ouvidas vozes fanhosas pronunciadas numa língua ininteligível. Durante alguns instantes, os dois jovens ficam estáticos (Sem reação nenhuma).

Mesmo ainda tomado pelo medo, Vítor usa seu dom e mentalmente pergunta em que poderia ajudar. Como resposta, ouve um grunhido perigoso e imediatamente um grito de sarcasmo. Então o mesmo percebeu que se tratava de algum espírito diabólico que tinha como único objetivo atormentá-los e que de alguma maneira conseguira alguma brecha para se aproximar.

Enquanto Rafael desmaiava de medo, Vítor resolve agir. Ele profere uma oração livre, silenciosa e secreta dirigidas aos espíritos de luz a fim de afastar em definitivo a escuridão intrometida. Tenta uma, duas vezes. Até que na terceira é ouvido. O seu arcanjo favorito se aproxima. Sua luz incandescente e azul confunde o espírito mal, o afasta e quando o mesmo sai fora da casa é preso e algemado. Em questão de segundos, a paz volta a reinar.

Vítor então levanta e se aproxima do irmão. Com palavras suaves, o acalma e pede segredo sobre tudo o que ocorrera ali. Nem mesmos seus pais poderiam saber. Ainda atordoado, Rafael concorda. No instante posterior, na brincadeira, Vítor derruba o irmão da rede e o convida a jantar. Ele aceita, pois, realmente não se tinha clima para descansar mais. Aquele dia tinha sido atípico.

Juntos, os dois saem do quarto e com alguns passos chegam na cozinha. Seus pais já estão presentes. Os cumprimentam, sentam na mesa e logo o jantar é servido. O cardápio é o mesmo do almoço. Mas isto era o que menos importava. Todos estavam vivos e já era uma grande vitória este fato.

Durante meia hora de refeição, comem, tiram brincadeiras, fazem planos, falam sobre sonhos, política, estado, elites, o sertanejo e os cangaceiros, tão atuantes nesta época no Nordeste. Na conversação, há concordâncias e discordâncias. Mas todas as opiniões são respeitadas configurando-se uma verdadeira democracia, o que não se refletia na sociedade da época. Podemos chamar isto de contradição temporal ou apenas" forças opostas", como no meu primeiro livro.

Ao terminar a refeição,se dirigem para fora. O objetivo é contemplar a lua, as estrelas, enfim, o universo inteiro visível. Além de continuar a conversar, é claro. Demoram cerca de duas horas nesta tarefa. Quando se sentem cansados, decidem ir dormir de comum acordo pois os próximos dias seriam tão corridos quanto este.

Saem de debaixo do sereno da noite adentrando na casa.Vão especificamente para o quarto. Aproximam-se dos leitos respectivos, se acomodam e tentam dormir. Não demora muito e já pegam no sono, e aproveitam da melhor forma possível este descanso tão necessário.

2.19.1-Domingo

A noite e a madrugada transcorrem normalmente no pequeno casebre da família Torres.Todos, sem exceção, mantêm a tranquilidade e a paz de espírito enquanto estão adormecidos. Era o esperado quando se tem a consciência limpa e digna.

Chegando próximo das 05:00 Hs,Filomena desperta. Mesmo sendo bastante cedo, decide acordar todo mundo pois a viagem seria longa. Fariam paradas e por incrível que pareça os homens da casa demoravam se arrumar.

Começando do marido que estava ao seu lado e chegando aos filhos, acorda todos com algumas sacudidas carinhosas. A reação dos mesmos é o aborrecimento, mas que logo passa com mais alguns carinhos.

Quando todos se levantam, rapidamente são distribuídas as tarefas em consenso. Enquanto os adultos vão acender o fogo de lenha e iniciar os preparos do desjejum, os jovens vão tomar banho juntos com o intuito de ganhar tempo. Não era problema algum para os dois pois eram irmãos, se respeitavam e tinham bastante intimidade.

Já no banho, Vítor e Rafael iniciam jogando água fria sobre si mesmo ,se esfregando e se ensaboando. Neste instante, os sentimentos que predominam entre os dois é o da curiosidade ,o da confiança, entretenimento e evolução. Tudo junto e misturado, numa grande confusão. Mas isto era absolutamente normal. Somente com o treinamento adequado e com o passar do tempo, é que eles controlariam seus instintos e saberiam usar melhor seus potenciais, algo parecido como florescer no tempo certo ou entender cada um dos pontos vitais dos seus chacras. Se conseguissem este feito, poderiam dar um grande passo para anular seu Yin e desenvolver seu yang, e os resultados poderiam ser maravilhosos. Contudo, havia um grande caminho a percorrer, uma travessia, e talvez eles não tivessem a coragem de ousar ou pagar o alto preço que isto acarreta. Avancemos então.

Retirando as impurezas dos seus corpos, os dois se conhecem melhor, se divertem um pouco e fazem comparações: Enquanto Vítor era um moreno robusto, de faces bem definidas, cabelos pretos, olhos Cor- de mel e corpo estonteante, Rafael era mais branco, meio tisgo, cabelos pretos também, e olhos pretos. Diferentes no físico e nas personalidades, mas tendo alguns conceitos e valores comuns, aprendidos na maioria com os pais. Além de tudo, cultivavam uma amizade única, inabalável em todos os sentidos.

Passam mais uma vez o sabão sobre os corpos. Um sabão caseiro cujo ingrediente principal era a gordura de porco. Não era muito confortável ou cheiroso, mas era o disponível naquela época. Esperam cinco minutos e após jogam mais água sobre o corpo. Fazem uma última revisão geral e ambos aprovam. Dão por encerrado o banho e se dirigem à cozinha.

Como tudo era perto na casa, chegam rapidamente no objetivo. Desta vez, cada um se serve e senta na mesa. Os pais aproveitam e vão tomar banho. Já tinham se alimentado. Enquanto estão lá, os filhos tentam de distrair-se da melhor forma possível desejando dar uma basta na ansiedade, principalmente no reencontro com os primos. Já não se viam a três anos, apesar de morarem relativamente perto.

Durante a alimentação, ficam fazendo planos em relação ao dia. Combinam tudo em detalhes. Com tudo decidido, concentram-se apenas no alimento e dez minutos depois já estavam livres pois tinham terminado. É neste momento que os pais retornam, e todos da família vão cuidar dos últimos detalhes da viagem.

Quando está tudo pronto, dirigem a porta de saída, a ultrapassam e já fora procuram os animais (Cavalos que iam servir de meio de locomoção e ao encontrá-los montam nos mesmos, de dois em dois). Com uma esporada de leve, os condutores dão a saída e assim se inicia o trajeto naquela manhã calmosa de domingo, uma das poucas vezes em que eles teriam direito a lazer.

Inicialmente, o trotar é calmo e lento, dando a oportunidade de todos aproveitarem os detalhes daquela região belíssima, um pedacinho do agreste Pernambucano. Passam e se deliciam com o umbuzeiro, o mandacaru, a catingueira, o cedro, angico, baraúna, limoeiro entre outros, além das típicas formações do planalto e dos animais graciosos, um bioma incrível e único no planeta. Fora isso, contavam com o ar puro e tranquilidade que não tem preços.

O comboio avança. Com mais um tempo, chegam a três quilômetros percorridos. Faltavam sete para chegar a Cimbres, distrito nobre do município de Pesqueira. Neste exato momento, o sol começa a surgir batendo de frente, e os conduzidos tentam se proteger da melhor forma. Apesar de estarem acostumados, naquele dia, ele estava especialmente quente e era natural esta reação.

Com relação ao estado de ânimo dos mesmos, em seus seres, havia um misto de ansiedade, expectativa, contentamento, felicidade, nervosismo pois era algo não corriqueiro em suas vidas. Na maioria dos dias e até fins de semana, eles estavam bastante ocupados em tentar sobreviver no meio de tanta dificuldade. Especialmente ali, que era uma região esquecida pelas altas autoridades, e desprezada pelo mundo em geral. Estávamos na segunda década do século XX, precisamente em 1913, no nordeste dos coronéis, dos cangaceiros, de padre Cícero, e da ex-canudos estraçalhada pelo sistema.

O tempo corre inexoravelmente. Um pouco mais adiante, os viajantes completam seis quilômetros percorridos. Entre o primeiro trecho e o segundo, nada de anormal aconteceu. Apenas encontraram conhecidos, os cumprimentaram por cortesia, e continuaram seguindo em frente, na estrada principal. Mais um pouco e já chegariam próximo da primeira parada obrigatória.

Inicia-se então o terceiro trecho. Jilmar queixa-se de uma dor qualquer e todos se preocupam. Mas logo ele diz que está melhor, que já passou. O susto perde o efeito e a viagem continua em paz, pelo menos.

Á medida que vão avançando, as emoções se intensificam ganhando contornos indesejáveis e incontroláveis.Com isso, as dúvidas não param de chegar. Entre elas, Como estariam os adoráveis primos de Filomena? O que esperavam alcançar e compreender na missa? Que outras situações haveriam de acontecer? Sem dúvidas, estas e outras questões seriam solucionadas no tempo certo e eles teriam que aprender a esperar, especialmente Vítor e Rafael que estavam passando por um treinamento especial com um discípulo do lendário mestre Oshikawa. Porém, não conseguiam evitar de pensar, demonstrando o grande caminho a ser atravessado em suas vidas.

De qualquer maneira, eles tinham as características necessárias para evoluir.Buscavam superar os obstáculos e tinham todo o tempo do mundo para isto. Exceto o pai deles, Jilmar,que carregavas os "estigmas" de uma doença incurável e a morte era uma realidade mais próxima. Aí se delineava seu Maktub, perverso, duro, imutável. Contudo, ele não era o único nesta situação no mundo.

Os cavalos continuam avançando na estrada principal e ao chegar no km 9,fazem o desvio à esquerda. Na nova direção, logo mais à frente, começam a surgir as primeiras casas próximas à vila. O barulho provocado pelo trotar chama a atenção de todos, curiosos de lugares pequenos. Passam por uma, duas, três e na quarta casa, alguém conhecido chama a atenção e pela primeira vez, o comboio para.

Os integrantes da família Torres apeiam amarrando os cavalos num arbusto próximo. Aproximam-se da casa, e ao chegar junto do homem grisalho e franzino (Aparentando ter cerca de cinquenta anos), Jilmar faz as apresentações:

—Família, este é meu amigo Jorge. Trabalhamos na Ribeira, região da Paraíba, durante muitos anos.Naquela época eu era solteiro. Depois, nos separamos e nunca mais nos vimos. Velho, não sabia que estava aqui. Que bom te ver!

Um abraço caloroso se seguiu entre Jorge e Jilmar. Passado este momento de emoção, os outros também o cumprimentaram.

—Prazer, meu nome é Vítor.

—E o meu, Rafael.

—E eu sou a mulher dele, Filomena.

—O prazer é todo meu. Muito feliz por revê-lo, Jilmar, e por conhecer sua família. Já eu preferi ficar sozinho. Não tive a sorte de encontrar alguém que compartilhasse dos meus mesmos ideais. (Jorge)

—Que pena! Mas você é feliz? (Jilmar)

—Sim. Tenho Deus e isto para mim me basta. Mas, mudando de assunto, não querem entrar um pouco?

—Obrigada. Não vamos incomodar? (Filomena)

—Não, nada. Acompanhem-me.(Jorge)

Todos seguem Jorge. Ultrapassam a porta de entrada entreaberta, e se dirigem a pequena sala de visitas da residência. Ao chegar no ambiente, cada um se acomoda da melhor maneira possível. Imediatamente, o silêncio inicial é quebrado pelo anfitrião.

—Jilmar, como tem passado desde que nos separamos?

—Velho, sempre trabalhando e sendo fiel ás convicções. Cinco anos depois de estar na Paraíba e ter me mudado para Pesqueira, conheci Filomena.Eu me interessei pela mesma. Com um ano de convivência, chegamos a casar.Resolvemos optar por morar no sítio.Com as economias que juntamos durante a nossa vida adquirimos um pequeno sítio em Fundão. Isto já faz quatorze anos. Atualmente, estamos felizes também apesar da minha doença—Respondeu ele.

—Ótimo, estão de parabéns! Já ouvi falar no sítio Fundão e dizem que é um lugar muito aprazível. Qualquer um dia desses apareço lá, de visita. E os jovens, gostando da viagem? (Jorge)

—Sim. Temos que aproveitar estes momentos pois são raros. (Vítor)

—Exatamente. Segunda já voltaremos a nossa rotina intensa: Trabalho, estudos, tarefas domésticas, tratamento e evolução espiritual, entre outras atividades. (Rafael)

—Entendo. É realmente difícil ter tantas responsabilidades. (Jorge)

—Você não imagina o quanto, seu Jorge. Depois que meu marido adoeceu, a situação ainda ficou mais complicada para os meninos. (Filomena)

—Muito bom. Vão crescer muito. Mudando de assunto, amigo Jilmar, que tipo de doença te assalta? (Jorge)

—Doença de chagas, transmitida pelo inseto chamado barbeiro. Não tem cura.

O impacto da notícia fez Jorge ficar estático. Em vão procura a palavra certa para pronunciar. Instantaneamente, lágrimas escorrem pelo seu rosto de comoção. Apesar de ser vergonhoso para um homem demonstrar seus sentimentos, ele não tinha como evitar. Jilmar representava um amigo querido que aprendera a respeitar e admirar e nem mesmo a distância apagara isso.

Depois de recuperar do susto, ele se aproxima do amigo e o abraça longamente.

—Amigo, sinto muito. Mas quero que saiba que pode contar comigo para tudo, está bem?

—Obrigado. Preciso de apoio neste momento. (Jilmar)

Findo o abraço, Jorge volta a seu lugar e reinicia a conversa.

—Bem, querem alguma coisa, chá ou café com bolachas?

—Não, obrigado. Temos que ir, não é amor? (Filomena)

—É. Mais uma vez, obrigado por tudo. Quando quiser nos visitar, nossa casa está de portas abertas. (Jilmar)

—Obrigado. Até mais a todos. (Jorge)

—Até. (Família Torres, em coro)

Depois de despedirem-se, os integrantes da família Torres levantam-se dos assentos e dirigem-se a saída. Como a distância é pequena, logo ultrapassam o obstáculo e já se encontram fora. Os condutores se aproximam do arbusto, desamarram os animais, montam, e os conduzidos logo após fazem o mesmo. Então é dada a saída novamente com uma esporada de leve, mas segura.

O reinício da viagem é tranqüilo, sem maiores novidades. Os dois cavalos usados como meio de transporte vão avançando rápido. Ultrapassam casas, espalhadas de um lado a outro, vegetação e locais conhecidos. Porém, um pouco esquecidos pelo tempo em que não vinham ali.com um pouco mais de tempo, já avistam a aglomeração de casas principal da antiga e famosa vila de Cimbres. O local já tivera até senado de câmara na época do Brasil colônia, tamanha sua importância. Entretanto, atualmente, o município passara ao nome definitivo de Pesqueira, sendo Cimbres mero satélite da sede.

Com a aproximação do objetivo, o nervosismo de todos é intenso e as expectativas também. Como estariam os queridos e especiais primos Bartolomeu e Angélica? Continuavam felizes e realizados ou enfrentando alguma dificuldade? Estas e outras perguntas surgiam na mente dos mesmos pois havia um tempo em que não se viam apesar de morarem próximos. Isto devia-se a contínua carga de tarefas e compromissos imposta a todos daquela família.

Ainda bem que a oportunidade de se encontrar surgira no momento certo e por pelo menos alguns momentos poderiam matar as saudades destes parentes queridos. O tempo avança e o comboio também. Eles chegam na vila. Percorrem a rua principal e desviam na direção norte, na rua de detrás. Com alguns passos, eles chegam no destino, a sexta casa. Encostam na porta e batem com firmeza, além de dar um pequeno grito. Esperam um pouco.

Cinco minutos depois da batida, Angélica abre a porta. Cumprimenta a todos com abraços e beijos e os convida a entrar. Convite aceito, eles seguem a mesma até a sala de estar, onde Bartolomeu já se encontra. Todos se acomodam e a conversação é iniciada.

—É um prazer tê-los conosco. Fico muito feliz. Como andam as coisas? (Angélica)

—Tudo bem, prima. Eu continuo no trabalho doméstico e nas minhas rendas. Além disso, cumpro minha função de mãe, tendo dois jovens a orientar. (Filomena)

—Eu estou estudando, trabalhando, desenvolvendo meu potencial. Em breve, espero resultados satisfatórios. (Vítor)

—Eu também. Além disso, procuro sempre aprender com as experiências. (Rafael)

—Eu vou levando a vida conforme Deus quer. Não trabalho mais como você deve saber e por isto me entendio demais. E vocês? Como andam? (Jilmar)

—É difícil explicar, mas em resumo sou feliz. Temos o que comer e o que vestir. Em adição, os amigos não nos abandonaram. Às vezes saímos vivendo cada momento por vez. (Angélica)

—Nos entendemos perfeitamente como irmãos. Mesmo quando não concordamos em alguma coisa, nos respeitamos e seguimos em frente. Sempre juntos. (Bartolomeu)

—Não conheceu o amor, prima? És tão bonita. (Vítor)

Obrigada. São seus olhos. Sabe, se eu disser que não conheci este sentimento, estarei mentindo. Digamos que o amor não foi feito para mim. É isto. Estou conformada. Quanto a você, seu destino já se revelou com força? (Angélica)

—Não. Estou aprendendo com as experiências e deixando esta força me levar. Sei que chegarei no ponto certo e, no momento ideal, o tempo de Deus. (Vítor)

—Muito bem. Desde que te carreguei no colo, percebi o futuro grandioso que te espera. Vai dar tudo certo. E você, Rafael? Está maior e mais bonito desde a última vez que te vi. (Angélica)

—Obrigado. Não ligo muito para estas coisas. O importante é o que temos por dentro e sei que alcançarei a felicidade. Se Deus quiser, a minha família toda também. (Rafael)

—Claro. Você é um filho de Deus também. E você, prima, como anda o seu coração? (Angélica)

—Ainda me pergunta? Sou a mulher mais feliz do mundo, ao lado de seres especiais. Um deles vai partir. Com isto, as vezes a melancolia bate forte. (Filomena)

Neste momento, lágrimas caem como cachoeiras do seus olhos. A emoção toma conta de todos. Especialmente seu parceiro, Jilmar, que se levanta, a beija e a abraça, dizendo:

—Te amo!..

O abraço, inicialmente duplo, torna-se sêxtuplo, com a aproximação dos demais. Ali estava as lutas e glórias da legendária família Torres, com integrantes cheios de dons e fora do comum. Uma linhagem antiga e que se perpetuaria enquanto durasse a espécie humana. O que prometia ser por muito tempo.

Quando o momento de emoção passa, o abraço se desfaz, e todos se recolhem aos seus lugares. Passados mais alguns instantes, a conversação é retomada.

—Como anda o trabalho, garotos? (Bartolomeu)

—Está tudo pronto para as primeiras chuvas do ano as quais devem ocorrer até o fim deste mês. Agora, só resta torcer. (Vítor)

—Este trabalho é mais específico do meu irmão. Eu só ajudo ás vezes. Eu fico com as outras atividades rurais mais leves. (Rafael)

—Não importa, Rafael. O importante é que todos se ajudam. Parabéns! Estes meninos te dão muito orgulho, não é, Jilmar? (Bartolomeu)

—Verdade. Se não fossem os dois, estaríamos morrendo de fome. Quando chegar minha hora, irei em paz pois sei que minha amada estará protegida. (Jilmar)

—Não fale nisto agora. Irá viver ainda um bom tempo. (Angélica)

—Deus queira. (Todos repetem)

—Querem comer alguma coisa? (Angélica)

—Não, já é sete e meia. Devemos ir agora pois iremos assistir à missa. (Jilmar)

—Está bem. Quando quiserem vir, a casa está de portas abertas. Qualquer dia desses, aparecemos por lá. (Angélica)

—Será bem-vinda. (Filomena)

—Até mais. (Membros da Família Torres)
—Até. (Bartolomeu e Angélica).
Depois da despedida, os Torres se dirigem a saída. Ultrapassam a porta rapidamente acessando a área externa. Aproximam-se dos animais, os montam e dão a saída. Vão em direção a estrada principal. Começava aí a o trecho correspondente a cerca de 18km até a sede e eles tinham que ser rápidos pois a hora se aproximava. Continuem acompanhando, leitores.

O comboio adentra na estrada principal. A viagem continua transcorrendo sem maiores surpresas. Apenas o sol esquenta um pouco e todos tentam se proteger da melhor maneira possível pois ainda havia um bom chão a percorrer. Mas era algo suportável.

Á medida que vão avançando, não deixam de analisar e relembrar as experiências que aconteceram no percurso. Especialmente os encontros com o amigo Jorge e os primos Bartolomeu e Angélica. Tudo o que tinham vivido tinha servido para matar as saudades, tranquilizar o coração e renovar as expectativas. Tinha sido realmente positivo.

Agora estavam preparados (Mente e sentidos) para ouvir a voz de destino e da força criadora do universo a que costumamos chamar de Deus. Estavam fazendo sua parte percorrendo um trajeto difícil e enfrentando os obstáculos até chegar no objetivo o qual ainda estava relativamente distante: sete quilômetros a percorrer. Contudo, em algum momento chegariam.

Com o passar do tempo, o ritmo aumenta. Vão ultrapassando pedras, vegetação, relevo e driblando a resistência do ar rapidamente. Mesmo assim, não deixam de aproveitar e respeitar aquele pedaço de mundo magnífico. Este era o fim do agreste pernambucano que eles tanto conheciam.

Além disto, mantinham a consciência de tudo o que podiam fazer para preservar, de construir, de desfrutar com responsabilidade, diferentemente de outras pessoas. Era um exemplo raro de família, apesar dos desafios grandiosos impostos, como o autoritarismo e domínio das elites agrárias, a corrupção, o atraso de valores, os preconceitos, as falsidades, enfim, todo o contexto ruim da época.

Mas tudo poderia mudar, caso houvesse vontade da maioria. Pelo menos este era os pensamentos dos Jovens Vítor e Rafael, que aprenderam em casa e na escola os valores da liberdade, igualdade, fraternidade, solidariedade, cooperação e amor. Seria possível? Esperemos o desenrolar da história.

Os Torres vão avançando e, logo mais adiante, passam no quilômetro sete do segundo percurso. Agora, só restavam três quilômetros e pouco mais de vinte minutos para o início da missa. Caso continuassem no mesmo ritmo, é bem provável que chegassem a tempo.

Como os animais estivessem cansados, eles fazem uma parada rápida de três minutos a fim de recompor as forças. Passado este tempo, retomam a viagem com mais intensidade. Com mais dez minutos de esforço, já estão descendo a famosa serra do Ororubá. Na descida, tem mais uma vez o prazer de ver a pequena mais importante Pesqueira. Cidade rica culturalmente pela índole e força do seu povo. Apesar de sofrido, não parava de acreditar em dias melhores.

Terminada a descida, se dirigem imediatamente ao centro.Lá estava localizada a catedral de Santa Águeda,símbolo religioso local. A obra fora concluída em 1877.Esta parte do trajeto é concluída em cerca de sete minutos.

Ao chegar no local,apeam e amarram os cavalos. Juntos,respeitosamente,entram no recinto sagrado. Verificam que o ritual de adoração estava no início. Ainda bem,pensam.Eles se dirigem aos assentos disponíveis acomodando-se confortavelmente.Cumprem um acordo de silêncio prestando atenção á mensagem repassada pelo sacerdote.Neste instante, sentem a presença do Deus vivo. Era uma experiência única em suas vidas atribuladas.Durante quarenta minutos conseguem ficar em completa sintonia consigo mesmo e isto era o mais importante.

Finda a missa,os três retiram-se da catedral ditando um ritmo normal.O tempo é bom e decidem em conjunto se dirigir a uma bodega próxima.Chegando no local,aproveitam para descontrair um pouvo além de fazerem um lanche .Com o adiantamento da manhã,decidem sair retornando ao ponto inicial. Desamarram os cavalos e os montam. Com isso,a viagem de retorno é iniciada.

Avançando num ritmo regular,conseguem aproveitar das características apresentadas.Oriundos da região,admiram as curvas,o calor constante,a brisa rara,o chão seco,o elemento agrestino,a vegetação misturada,o dom de Deus,enfim,eram gratos por tudo que tinham.semelhante a uma grande libertação,voltavam remoçados e prontos para a labuta diária.Eram felizes ao cumprirem seu papel no desenvolvimento do planeta.

Sem nenhum problema importante,gastam cerca de vinte minutos a mais do que a ida.Ao chegar em casa,Filomena vai preparar o almoço enquanto os homens vão descansar.Após alimentar-se ,fariam outras atividades leves que preencheriam o dia.Porém,nada relacionado a trabalho duro pois eles resolveram guardar este domingo especial.

2.20-Apresentação

Um novo dia surge. Auxiliados pela brisa refrescante e pela luminosidade do sol da manhã, os integrantes da família Torres finalmente despertam. O primeiro a tentar levantar é Vítor que está ansioso e expectante por voltar à rotina e encontrar a pretendente a namorada. Em três tentativas, o mesmo consegue.

Depois de ajudar os outros a fazerem o mesmo, juntamente com o irmão vão tomar banho. Enquanto isso, os pais cuidam do café como sempre. Passam cerca de vinte minutos para concluírem as atividades.

Terminada esta etapa, Vítor e Rafael vão à cozinha. Cheios de fome, excitação e disposição cumprem os poucos metros rapidamente. Chegando no objetivo, se servem e sentam à mesa. Concomitantemente a isso, os pais cuidam de seu asseio corporal. Durante a alimentação, aproveitam para planejar todos os passos do dia além de trocar informações importantes sobre o treinamento ministrado por Angel. Os dois eram realmente uma dupla de irmãos coesa, coerente, perfeita que ainda prometia muitas façanhas. Era só dar um pouco de tempo para que chegassem ao amadurecimento desejado.

Findo o desjejum, os mesmos arrumam os últimos detalhes para ir à escola.Com tudo pronto, despedem-se dos pais. Seria mais um dia de esforços visando o desenvolvimento educacional deles. Faziam isso motivados e alegres. Portanto, não demoram a ultrapassam o obstáculo de saída. Já fora, procuram os animais que iriam servir de locomoção. Ao encontrá-los, montam e pegam imediatamente a estrada principal. Que novidades teriam? Continue acompanhando, leitor.

Trotando num ritmo regular, esperavam boas aventuras e novidades no dia que nascia. Os fatos anteriores lhes faziam acreditar num futuro pleno, realizado e feliz. Por isso encantavam-se a cada instante com suas próprias atitudes. Reconheciam nisso frutos do treinamento com o parceiro Angel. É atrás dele que vão exatamente. Um pouco depois, cumprem o objetivo que os separa da casa do mestre. Chegando em frente dela, param. Angel sobe no animal conduzido por Rafael. A viagem então é imediatamente retomada.

Continuando no mesmo ritmo, vão avançando pouco a pouco naquela estrada deficitária. Ao chegar na metade do percurso, promovem uma parada rápida. Neste intervalo de tempo, aproveitam para se hidratar, comer alguma coisa, fazer suas necessidades fisiológicas, e aprender um pouco mais sobre si mesmos.

Quando se sentem preparados, retomam a viagem rotineira rumo à sede do município. Na segunda parte do trajeto, além dos obstáculos naturais, enfrentam um sentimento cada vez mais forte dentro do peito. Aonde as forças chamadas de Destino e de Deus pretendiam levá-los? Procurariam a resposta a esta pergunta a todo momento embora soubessem que não tinham controle algum sobre a situação. O mais sensato seria esperar um sinal ou pista que pudesse tornar mais claro os papéis deles naquela época tão conturbada.

Um instante depois, tranquilizam-se um pouco.Esquecem todas as preocupações o que os motiva a continuar avançando.Angel repassa as orientações necessárias.Com mais um pouco de tempo, já estão descendo a famosa serra do Ororubá. Esta última parte do trajeto é cumprida em quinze minutos de galopar vigorosos.

Chegando no centro, pegam a direção leste.Com cinco minutos já chegam à escola. Neste momento, apeiam, amarram os animais, e reencontram os seus colegas de sala. Cumprimentam-se e esperam um pouco até os portões abrirem.

Na hora certa, têm acesso à sala.Cada aluno procura os assentos respectivos. Em alguns instantes, o primeiro professor chega. Então é iniciado os trabalhos intelectuais. Seriam três aulas, depois intervalo, e em seguida mais duas aulas. Na última parte, seria aplicado um pequeno teste.

As aulas transcorrem normalmente. Os Irmãos Torres e Angel Magalhães dão um show de comportamento. Ao término, se encontram lá fora. Nesta ocasião, Angel aproveita para fazer uma reunião rápida. Com tudo combinado, eles se despedem e se afastam, exceto Vítor e Penelope que iriam conversar mais um pouco.

Como era gentil e cavalheiro, Vítor oferece o braço a pretendente. Ela aceita e juntos saem a caminhar. Ele inicia o diálogo.

—O que tem a me dizer?

—Olha, estaria mesmo disposto a ir à casa dos meus pais e me pedir em namoro?

—Sim. Por que não? Quero conhecê-la melhor.

—Tudo bem. Que tal hoje?

—Pode ser. Acho que tenho um tempinho. Mostra o caminho?

—Claro.

Os dois separam os braços e começam a caminhar juntos. O destino era uma rua mais distante, dentro do mesmo bairro. Durante o trajeto, conversam um pouco sobre tudo o que estavam vivendo e a ansiedade dos dois era gritante. O que aconteceria? Seja o que fosse, estariam prontos para enfrentar e aceitar.

Cerca de quinze minutos depois, chegam ao destino e já estavam a bater à porta. Esperam alguns instantes até alguém atendê-los. Trata-se de uma mulher loira e forte, quarenta anos no máximo, que abraça Penelope e se apresenta.

—Oi, como se chama? O que faz aqui?

—Meu nome é Vítor e quero fazer um pedido especial a você e ao seu esposo. Ele está?

—Sim. Chamo-me Julia constância. Prazer.Entre, por favor.

Imediatamente,os três ultrapassam a porta.Ao entrar na casa,têm acesso primeiramente a sala.É um ambiente bem decorado e bem mobiliado com quadros, esculturas, escrivaninha,armário além duma cortina bastante elegante. No local, encontram um homem forte e robusto aparentando ser simpático pois logo se apresenta e com um sinal oferece um assento ao visitante.

—Olá, jovem, meu nome é Roberto. Sou o pai da Penelope. Como se chama?

—Vítor.

—O que o traz aqui? (Roberto)

—Quero lhe falar. É sobre sua filha. (Vítor)

—Como é? (Roberto)

—Calma, pai. Deixa ele explicar. (Penelope)

—É o seguinte: Queria pedir permissão a vocês, pais da Penelope, para sair com a mesma com o objetivo de conhecê-la melhor. Quem sabe no futuro possamos construir um relacionamento. (Vítor)

—Como é rapaz? Tem certeza do que está dizendo? Que idade tem? (Roberto)

—Treze. Mas sou bem maduro nas ideias. (Vítor)

—Treze? O que acha, Julia? (Roberto)

—Bem, ele parece estar falando sério. Trabalha? (Julia)

—Sim. Trabalho na agricultura. Sustento a minha família junto com meu irmão menor,Rafael. Porém, sonho com dias melhores e estou estudando para isto. (Vítor)

—Bom. É um bom começo. Mas não converso com moleques. Mande seu pai vir aqui. (Roberto)

—Ele não pode. Está adoentado. (Vítor)

—Que tal se fizéssemos uma visita a eles? Aí você poderia conversar com ele à vontade. (Penelope)

—Boa ideia. Mas a senhorita fica em casa. Isto é assunto de homem para homem e de mulher para mulher. Quando podemos ir, Júlia? (Roberto)

—Acho que daqui um mês. Está bom para você? (Julia)

—Está bom. Daqui para lá nada de aproximação com a minha filha. Está ouvindo, Vítor? (Roberto)

—Tudo bem. Mais alguma coisa? (Vítor)

—Por enquanto não. Quer comer ou tomar alguma coisa? (Júlia)
—Não. Eu já tinha que ir mesmo. Até mais para todos. (Vítor)
—Até. (Roberto, Penelope e Julia)

Vítor dirigiu-se a saída cheio de dúvidas mas também de esperança.Estava orgulhoso de si mesmo pela atitude corajosa. Ultrapassando a porta, iniciou sua caminhada de volta. Iria subir a Serra do Ororubá a pé pois seus amigos já tinham partido. Durante o caminho, analisa os prós e contras do encontro e conclui que não tinha sido desastroso pois pelo menos tinham lhe dado uma chance. Agora estava nas mãos do destino e de Deus os próximos acontecimentos. Enquanto isto, continuaria sua rotina de trabalho, estudos, tratamento espiritual e convivência espiritual com amigos.

Trinta minutos após sua saída da casa de Penelope,o mesmo já se encontrava no planalto da serra. Observando que não tinha ninguém, envultou-se,ficou invisível e voou rapidamente até sua residência simples. Em vinte minutos, já pousa na parte de trás dela. Ora então novamente e volta ao normal. Faria algumas atividades á tarde, á noite jantaria e conversaria com os familiares. Após, dormiria e pensaria nos próximos passos a serem dados. O que lhe esperava na sua atribulada vida? Continuem acompanhando, leitores.

2.21-Sexta etapa de tratamento

Alguns dias se passam e chega exatamente no dia marcado para o novo encontro dos mutantes do bem. Na casa da família Torres, os irmãos Vítor e Rafael cumprem a rotina normal de preparação: Levantam, tomam banho, trocam de roupa, comem o desjejum, arrumam a mochila, despedem-se dos pais e partem em direção à residência do mestre e amigo.

Enquanto os mesmos estão a caminho, Marcela e Penelope se preparam também para ir. Quando estão prontas, se encontram seguindo em direção ao mesmo destino. Juntas, no lombo dum cavalo, que era o transporte mais comum da época. Esta ocasião seria a segunda de Marcela e a primeira de Penelope. Teriam vinte quilômetros a percorrer.

Como era esperado, os irmãos Torres chegam primeiro. Batem na porta da residência chamando o nome do mestre. Esperam um pouco e instantes depois são atendidos pelo dito cujo. São convidados a entrar. Aceitam e se encaminham a sala. Chegando na mesma, sentam nos assentos disponíveis. Aí se inicia uma conversação informal, sem maiores preocupações. Esperariam pelos outros integrantes para se iniciar a tarefa do dia.

Duas hora depois, são ouvidas batidas na porta. O anfitrião vai atender. Tratava-se das amigas Penelope e Marcela que tinham chegado. São feitos os cumprimentos e elas entram por um momento para tomar água. Ao se satisfazerem, se encaminham a sala. Cumprimentam os demais e Angel dá uma palavrinha rápida a todos.

—Devemos iniciar os trabalhos. Concordam?

—Sim. (Todos em coro)

—Então sigam-me. (Solicitou o mestre)

Os discípulos obedecem ao mestre. Dirigem-se a saída e com algumas passadas ultrapassam a porta. Do lado externo, seguem na direção sul embrenhando-se na mata. Passando por lugares conhecidos, enfrentam as adversidades com os quais já se acostumaram. Em vinte minutos de caminhada, param em frente a um pequeno despenhadeiro com uma gruta ao fundo. Angel então toma a palavra novamente.

—O desafio de hoje é passar de um lado para o outro sem pular. Aceitam?

—Como é? (Perguntou Vítor incrédulo)

—Mestre, seja razoável. São cinco metros de largura com três de fundura. Não é perigoso? (Marcela)

—Acho que não. Se cairmos, podemos usar a técnica do voo. (Rafael)

—Negativo. Esta técnica está proibida, neste caso. (Angel)

—Como vai ser então? (Penelope)

—Calma a todos. Eu ensinarei passo a passo a técnica do tele transporte. Se prestarem bem atenção, não haverá erros. Posso começar? (Angel)

—Sim. (todos)

Angel respira fundo. Concentra-se e diz:

—Pensem fixamente no lado oposto. No momento em que o espaço do outro lado se tornar claro na mente de vocês,é o momento de relaxar e desprender-se da parte material. Algo como iniciar um transe, um sonho ou até mesmo um êxtase. Apenas não se desliguem completamente e o corpo irá junto com a mente fazendo uma travessia com sucesso. Sigam o meu exemplo.

Neste momento,todas as atenções voltam-se para ele. Usando desta técnica descrita acima, em menos de cinco minutos, de um estalo, o mesmo se transporta para o outro lado do precipício. Com um sorriso amarelo no rosto, com um sinal chama a todos fazerem o mesmo. Inicialmente com medo, um a um se colocam em fila para fazerem a experiência. Caso fracassassem, a queda não representava um perigo de vida.

Os discípulos começam a tentar. Por um motivo ou outro, não conseguem. Então o mestre retorna e explica a situação com riqueza de detalhes. Já na segunda tentativa, o êxito acontece para todos. Eles resolvem treinar mais um pouco. Aperfeiçoam a técnica e no instante em que se esgotam as energias o exercício é dado por terminado. Combinam então de voltar a residência de Angel.

Em casa, realizam outras atividades.Entre elas,preparam o almoço. Os pais de Angel chegam da bodega e todos se alimentam como uma grande família. Após, fazem outras atividades. Pouco depois, os visitantes se despedem. Retornam as suas respectivas casas e descansariam deste dia corrido. A cada nova experiência, este grupo se fortalecia e em breve estaria pronto para encontrar seu destino.

2.22-Uma boa notícia

Os dias vão correndo normal como sempre até que exatamente cinco dias após o encontro entre os mutantes, algo novo acontece com integrante da família Torres. Refiro-me à Filomena que começa a ter tonturas, vômitos e enjoo freqüentes. Inicialmente, não suspeitou de nada. No entanto, com a continuação dos sintomas e a falta de regras menstruais chegou à conclusão que estava grávida novamente.

Com a certeza da notícia, comunicou o fato aos filhos e ao marido. Na ocasião, os comoveu e a partir daí a ansiedade de todos era gritante. Que nome dariam a este novo ser? Que novas emoções ele traria para aquela família batalhadora do início do século XX? A única certeza que tinham é que quando o mesmo nascesse e tivessem em condições de compreender receberia o carinho de todos e os valores para ser um jovem do bem.

No momento, estávamos no mês de agosto de 1913. Tinham que esperar cerca de oito meses aproximadamente para conhecer o novo integrante da família. Enquanto este tempo não chegava, cuidariam de suas vidas normalmente.

2.23-Anúncio

Alguns dias se passam e os integrantes do recém-formado grupo de mutantes permanecem em sua rotina normal de estudos,trabalho,atividades sociais e de lazer. Num desse encontros rotineiros, na saída da escola, Angel conversa com os discípulos .Requisita um encontro com o objetivo de conversar e lanchar num bar próximo. Como tinham tempo disponível e eram responsáveis, aceitam a proposta.

Naquele mesmo dia, exatamente no dia quinze do mês, se dirigem a um local tranquilo e próximo de onde estavam. Durante o caminho, o silêncio impera, balançado apenas por algumas risadas. O que os esperavam? Fora o mestre, ninguém sabia e mesmo cheios de curiosidade não ousavam perguntar.

Continuam então caminhando.O tempo é bom ,o nervosismo e a expectativa crescem.Logo que chegam no ambiente,sentam nas cadeiras ao redor da mesa disponível.Observando o cardápio,escolhem algo para comer.Chamam a garçonete e fazem o pedido.Ela anota e se afasta. Enquanto esperam, Angel aproveita e toma a palavra.

—Meus caros, trouxe-os aqui porque pensei um pouco sobre nós. Acredito que nosso time ainda está incompleto. Quero pelo menos a entrada de mais uma pessoa com um poder diferente que nos ajude. O que acham?

—Acho ótimo. Não sei em detalhes o objetivo disto, mas apoio. (Vítor)
—Mais um só tem a acrescentar. (Rafael)
—Isto desde que alinhe a proposta do Grupo. (Observou Marcela)
—Como encontraríamos esta nova pessoa, mestre? (Penelope)
—Eu estive pensando em colocar um anúncio em vários locais estratégicos na cidade. Que dizem? (Angel)
—Acho que é uma boa ideia. (Rafael)
—Aprovado também. (Penelope)
—Quais seriam os requisitos que ele teria que demonstrar? (Marcela)
—Faríamos uma entrevista com o mesmo. Se ele tivesse dentro de nossos padrões e linha de raciocínio poderia começar a nos ajudar em nosso caminho daqui para frente. (Angel)
—Mas, mestre, não seria nos expor demais diante de todos? (Vítor)
—Eu pensei em algo sutil. Por exemplo: Procura-se alguém especial que tenha uma capacidade de enxergar o mundo de forma diferente e que precise de aconselhamento ou ajuda. Dirigir-se à escola ginasial no período da manhã (Segunda a sexta) ou então no sítio Fundão, especificamente na casa da família Magalhães que será bem recebido. Atenciosamente, mestre Angel. (O mesmo)
—Gostei. Muito bom. Você é um gênio. (Elogiou Vítor)
—Os demais também gostaram? Tem alguma sugestão? (Angel)
—Não. Perfeito. (Rafael)
—Só uma dúvida: Tem outro motivo para a entrada de um novo membro do grupo? (Desconfia Marcela)
—Este é o ponto central da questão. Porém, ainda não é o momento para revelar. Tenham calma e paciência. (Angel)
—O mestre tem razão, Marcela. Por enquanto, não tem porque se preocupar pois ainda temos muito que evoluir e desenvolver. Confio totalmente nele. (Penelope)

Com esta declaração, Angel se levanta. Ele se aproxima da discípula dando-lhe um grande abraço e beijo. Os outros também aproveitam a situação. Integram-se ao ritual e o abraço se torna quíntuplo. Por instantes, vivem momentos de cumplicidade como nunca dantes. Juntos, este grupo poderia ir longe. Buscavam superar barreiras e entraves duma época conturbada de nossa história. O que aconteceria? Em breve saberíamos.

Enquanto este momento não chegasse, valeria a pena observá-los atentamente em sua caminhada gradativa ao longo do tempo. A cada passo dado, os laços entre os dois mundos ficavam cada vez mais estreitos e que no final poderiam produzir um "encontro interessante". Continuemos então a narrativa.

Findo o abraço, os mutantes se separam. A comida chega e cada um come o que pode com o objetivo de repor as energias. Passam cerca de vinte minutos se abastecendo. Ao término, se despedem e cada um faz seu retorno em direção as suas respectivas casas onde tinham obrigações a cumprir. Após, cada um refletiria sobre os últimos acontecimentos. Fariam planos individuais e ao cair da noite dormiriam. Nos outros dias, o processo começaria novamente.

2.24-Visita planejada

O tempo avança mais chegando exatamente no dia combinado para a visita dos pais de Penelope ao Sítio Fundão, especificamente na simples residência da valorosa família Torres. Neste momento, a imagem da visão se detém sobre os preparativos dos mesmos para a longa e angustiante viagem que talvez mudasse os destinos daqueles jovens especiais. O que aconteceria? Continuem acompanhando, leitores.

São as seguintes etapas de preparação:Banho, troca de roupa, desjejum, materiais para viagem.Com tudo pronto, despedem-se da única filha que não se contém de ansiedade. Já fora, pegam o cavalo, montam e iniciam o percurso de vinte quilômetros. Caso tivessem dúvidas, perguntariam no caminho.

Inicialmente, o sentimento que predominava entre aqueles experientes pais corujas era de resguardo e cautela. Tentariam obter o maior número de informações possíveis do futuro pretendente a genro para só então decidir entre dar a permissão ou não de aproximação entre os dois. Tudo isto se devia ao enorme amor que sentiam pela filha e tinham como objetivo evitar sofrimentos posteriores.

Munidos destes e outros sentimentos, o casal avança. Atravessa alguns bairros na cidade, sobem a serra, tomam informações e mesmo com toda a dificuldade já chegam ao planalto num tempo considerável. A partir daí a viagem se torna menos desgastante e mais tranquila.

Apesar do objetivo ser outro, diminuem o ritmo e aproveitam a oportunidade para desfrutar do ar puro, da brisa fresquinha da manhã, da vegetação estonteante e do relevo único. O deslumbramento é tão grande que param um pouco. Entreolham-se, se abraçam e se beijam como um casal de namorados. Fazem um lindo casal que em meio a todo o meio rural poderiam protagonizar um quadro interessante se tivesse algum pintor a flagrá-los.

Passados mais cinco minutos de trocas de carinhos, eles voltam a reiniciar o percurso que ainda não estava nem na metade. Para ser mais exato, tinham percorrido oito dos vinte quilômetros totais. No entanto, não se importavam muito nem estavam com pressa.

À medida que avançam, passa um filme em suas respectivas cabeças sobre o que tinham vivido e o que estavam a descobrir dentro dum mar infinito de possibilidades. Analisando um pouco a situação mentalmente, chegam a conclusão de o que quer que fosse seria um momento de aprendizado único. Era os primeiros passos da filha rumo à felicidade, algo inimaginável até pouco tempo atrás quando a mesma era uma pequena criança ingênua. Como o tempo passa rápido e para todos!

Algum tempo depois, ultrapassam os três quartos do percurso . A aproximação do destino deixa à tona o nervosismo e a ansiedade de ambos. Nada poderia mudar esta situação até que os mesmos resolvessem a pendência atual . Não tinham ideia de como seria pois a família Torres era desconhecida para a maioria das pessoas da cidade. Apenas tinham ouvido falar vagamente dela. Porém, os boatos não tinham muita credibilidade.

Em meio a toda esta confusão de sentidos, aumentam o ritmo do trotar. Com mais trinta minutos tem acesso as primeiras casas espalhadas do sítio. Tomam informação novamente. Com os dados disponíveis, seguem na direção respectiva. Em breve, tudo estaria resolvido.

Com mais dez minutos de viagem, finalmente chegam em frente ao casebre. Apeiam do cavalo, o amarram num arbusto próximo e um pouco comovidos se aproximam. Encostam na porta e batem seguidamente três vezes. Esperam um pouco.

Alguns instantes depois, uma mulher de traços bem definidos, cor morena escura e robusta os atende. As apresentações são feitas e o motivo da visita é mencionado. Tratava-se de Filomena, mãe de Vítor e Rafael. Após as apresentações, são convidados a entrar e eles aceitam agradecendo a gentileza. Eles ultrapassam a porta e tem acesso a única e pequena sala do casebre. Encontram com jilmar, o cumprimentam e se acomodam nos assentos disponíveis. Imediatamente a conversação é iniciada.

—Que ventos bons os trazem aqui? (Indaga Jilmar)

—É sobre seu filho, o Vítor. (Revela Julia constância)

—Deixa eu lhe explicar. Seu filho, O Vítor, esteve em nossa casa nos pedindo a permissão para namorar nossa filha, a Penelope. Então combinamos de vir aqui e conhecer um pouco mais dele e de vocês em geral. Só então poderemos tomar uma decisão. (Roberto)

—Entendo. Especificamente querem saber o quê? (Jilmar)

—O que ele faz, como se comporta, a índole entre outras coisas. (Roberto)

—Além disso, se ele é sério ou não. (Julia)

—Bem, ele é trabalhador. É um bom garoto. Sempre na sua individualidade. Também é respeitador e estudioso. (Jilmar)

—Brincalhão, cheio de dons, pessoa família. Pode-se dizer que é especial e o fato de ser meu filho não torna meu julgamento parcial. (Observa Filomena)

—Muito bom. Quais os planos dele? (Roberto)

—Não sei precisar com certeza. Ele ainda é muito jovem. Mas eu e minha mulher demos a nossos filhos a uma base de valores que o guiarão a vida inteira. Não é mulher? (Jilmar)

—Sim,claro. Desde o nascimento dele,nos esforçamos nesse sentido. É a nossa herança maior. (Filomena)

—Bem, estou satisfeito. O que acha, Júlia? (Roberto)

—Também. Mas onde está o moço em questão? (Julia)
—Está no trabalho com o irmão. Como hoje não teve aula, foram adiantar os trabalhos no sítio. (Jilmar)
—Sua filha, por que não veio? Estou interessada em conhecê-la. (Filomena)
—Eu e Julia preferimos que ela ficasse em casa. Foi melhor assim.(Roberto)
—Mas não faltarão oportunidades. (Prometeu Júlia)
—O que decidiram? Podemos saber? (Jilmar)
—Por mim,eles podem conhecer-se melhor. Porém, sempre no respeito. (Roberto)
—Nossa filha parece gostar dele. Aprovo também. (Júlia)
—Que bom. Por um momento, pensei que nossa condição iria atrapalhar. (Observou Filomena)
—A financeira? Não, nem um pouco. Também já passamos por dificuldades. (Roberto)
—Com trabalho se consegue tudo. (Complementou Júlia)
—Obrigado pela decisão. Meu filho merece toda esta confiança. (Jilmar)
—Querem comer alguma coisa, tomar um chá? (Filomena)
—Não, quero apenas água. Deixamos sozinha nossa filha em casa. Temos que voltar logo. E você, Júlia? (Roberto)
—Água também. Este calor desidrata logo. (Júlia)
—Está bem. Vou buscar. Fiquem à vontade. (Filomena)

A anfitriã parte em direção à cozinha enquanto os convidados continuam a conversar com o chefe da família. O pior já tinha passado e Vítor tinha tido uma sorte melhor do que a primeira vez. No entanto, as linhas do destino ainda poderiam mudar ou até estagnar porque havia muito livre arbítrio envolvido. Portanto, o momento era ainda de cautela e de conhecimento para os envolvidos.

O melhor a fazer era viver cada instante como se fosse único e último. Além disso, não ter receio de errar. Era algo a se aprender e a vida se encarregaria de proporcionar esta oportunidade para os jovens mutantes Vítor e Penelope.

Enquanto isso, continuariam a conviver, estudar, desenvolver-se em vários sentidos. Partilhariam uma felicidade única, pois, a felicidade não está no outro e sim em nós mesmos. Ser feliz está no modo de encarar a grande roda gigante que é a vida. Como esta roda gira! Podendo parar a qualquer momento e em locais imprevisíveis.

Bem, deixando esta questão do casal para depois, Filomena pega umas canecas e as enche de água na Jarra. Apesar da água não ser muito boa, era a única disponível. Leva-as então até a sala e serve aos convidados. Imediatamente, eles a tomam sem se importar muito. Após, os presentes se cumprimentam com beijos e abraços .Na sequencia, as visitas despedem-se e encaminham-se a saída. Ultrapassam a porta, e já fora, desamarram o animal. Montam-no e com uma esporada de leve iniciam o trajeto de volta. Pelo menos, não tinham perdido a viagem. Ao contrário, a visita tinha sido muito produtiva pois tinham deixado as coisas bem claras.

Enfrentando as mesmas dificuldades da ida, o casal realiza o percurso num tempo menor. Ao chegar em casa, são recebidas pela filha e lhe dão as boas notícias. Como reconhecimento, ganham um abraço caloroso.

No restante do dia, vão fazer seus afazeres. Eram fabricantes de doces caseiros. Enquanto que a filha iria estudar, rezar, exercitar seu dom e planejar os próximos passos com relação ao iniciante relacionamento com Vítor.

2.25-Sétima etapa

Após o encontro anterior, os dias foram passando na normalidade prevista: Rotina de trabalho, estudos, atividades sociais e de lazer dos personagens envolvidos. Com mais um pouco, chega exatamente do dia marcado para o sétimo passo de aprendizagem dos discípulos do mestre. Como sempre, o aprendizado aconteceria em sua residência e num fim de semana onde todos estavam livres.

Durante a preparação para ida, os discípulos seguem um ritual parecido: Banho, troca de roupa, alimentação, preparo de mochilas, concentração e planejamento mental. Com tudo pronto, dão a saída e dirigem-se ao objetivo. A diferença seria no tempo do percurso pois a dupla feminina (Marcela e Penelope) moravam consideravelmente mais longe do que os irmãos Torres.

Com vinte minutos, Vítor e Rafael já chegam à residência do Xamã. Batendo á porta, são atendidos pelo mesmo. Após os cumprimentos, são convidados a entrar. O primeiro compartimento a terem acesso é a sala agradável e com uma decoração de bom gosto. Os móveis de madeira de cedro era um atrativo do conjunto. Os visitantes se acomodam em assentos já preparados. Enquanto esperam a chegada das meninas, aproveitam para fazer outras atividades como estudar, ler, jogar e conversar bastante sobre variados assuntos. Estes encontros eram uma ótima oportunidade para estreitar laços especialmente entre aqueles três mutantes fundadores do grupo cujo objetivo ainda não se tornara claro na história.

Cerca de duas horas depois, ouvem uma batida na porta. O anfitrião se levanta e vai atender. Eram as garotas do grupo. Pouco depois o trio já adentrava na casa e se integrava ao restante da equipe. Quando todos estão acomodados, o mestre se pronuncia:

—Bem, podemos começar?

—Sim. (Todos em coro)

—Então sigam-me.(Angel)

Os discípulos obedecem. Diferentemente das outras vezes, eles saem pela porta dos fundos. Seguindo em frente, caminham cerca de dez minutos dentro da mata parando num descampado. Ao chegar no ponto certo, Angel fez sinal. Todos param e ele explica:

—Vocês tem muita sorte de me ter como mestre. Vou ensinar um segredo para vocês. Esta técnica é muito utilizada pelos arcanjos a fim de capturar as almas rebeldes. Serve também para criar um pequeno espaço de acomodação no cérebro fazendo com que nem percebam o ato praticado.

—Que legal. Como se chama? (Rafael)

—Quem te ensinou? (Marcela)

—É difícil? (Penelope)

—De que se trata exatamente? (Vítor)

—Muitas perguntas. Tentarei respondê-las. O que vou ensinar chama-se técnica de congelamento. É extremamente simples aprender e tem como objetivo passar-se despercebido ante a um inimigo ou proteger-se dependendo do caso. Quem me ensinou foi um espírito elevado cujo nome não posso revelar. Estão prontos para tentar? (Angel)
—Sim. (Todos em coro)
—Muito bem. Prestem atenção. Preciso de um voluntário. Quem se habilita? (Angel)
—Eu. (Rafael)
—Eu. (Os outros em seguida)
—Rafael foi o primeiro. Venha aqui! —Chama ele.
Com um misto de medo e curiosidade, Rafael se aproxima e fica em frente ao mestre segundo recomendação do mesmo. Eles se encaram e Angel comenta:
—Tente agora me bater.
—Como é que é? (Indagou espantado o convidado)
Por alguns instantes, Rafael fica estático sem nenhuma reação. Como poderia bater em alguém que não lhe fez mal? O seu conjunto de valores o impedia.
—Vamos. Não seja covarde. Bata-me, seu filho da puta. (Angel)
—Não chame a minha mãe assim.(Rafael)
Irado, Rafael corre rapidamente para descontar sua fúria no amado mestre. Consegue chega bem próximo, mas, ao desferir um golpe, o seu braço não se move ficando paralisado no ar. Se sentindo impotente, o mesmo esforça-se ao máximo para se livrar daquela poderosa magia mas seus esforços mostram-se inúteis. Cheio de curiosidade, os outros se aproximam e examinam o mesmo e nada parecia anormal.
—Como isto é possível? (Pergunta espantado, Vítor)
—Incrível. (Exclama Marcela)
—Poderia nos ensinar? (Penelope)
—Como eu disse anteriormente,é simples.Primeiro,deve-se desestabilizar de alguma forma o oponente e após orar assim: *"Digníssimas forças da luz,eu vos chamo e vos invoco a minha proteção pessoal.Peço-vos encarecidamente que me proteja do inimigo em todos os sentidos.Que ele*

não possa mover um braço contra mim.Pelos merecimentos das almas luminosas que o meu pedido seja atendido.Amém." Feito isto,nada poderá machucá-los.

—Entendi. Como fazê-lo voltar ao normal? (Vítor)

—Observem. (Angel)

Angel se aproxima de Rafael.Tocando no seu braço, pronuncia a palavra mágica:

—Radabra!

Imediatamente, o braço de Rafael se move e o mesmo fica totalmente livre. Angel o abraça, o beija e pede desculpas pelo palavrão anterior. Como sinal, Rafael sorri e tudo fica bem entre os mesmos.

Após, Angel chama novamente os discípulos num círculo e convida: Quem se habilita para a segunda etapa da técnica?

—Eu. (Marcela)

—Eu. (Os outros, posteriormente)

Aproximando-se de quem tinha respondido primeiro, o mestre pede que os outros se afastem no qual é prontamente obedecido. Alguns instantes depois, aproxima-se mais de Marcela e em frente a mesma concentra-se e pronuncia palavras ininteligíveis. Rapidamente, o aspecto da jovem varia de intenso a tranquilo. Parecendo um pouco abobalhada.

Ao estalar de dedos, a mesma parece dormir de tão distraída que está. O mestre então chega junto dela acariciando seus cabelos longos .Com um puxão retira um tufo de cabelos. Mesmo com esta atitude, ela não reage em nada absolutamente. Rindo, o mestre estala os dedos novamente e a mesma desperta com a mesma intensidade de sempre se pondo a chorar de dor. O restante do grupo aproveita a situação para se aproximar e verificar de perto o acontecido. Angel explica:

—Viram? É assim que uma pessoa fica quando se usa esta técnica.

—Interessante. Como se sente Marcela? (Vítor)

—Tudo parece confuso e girar. É como se o meu mundo parasse por alguns instantes. (Confessa ela)

—Incrível. Como se faz, mestre? (Interessou-se Penelope)

—Primeiramente, deve-se usar a mente espiritual para deslocar o eixo espaço-tempo. Tendo que encontrar a porta de comunicação certa para

forçar um transe e, no final, o estalo. Tudo isto sem perder o foco. (Angel)
—Traduzindo em português? (Brincou Rafael)
—Calma,discípulos. Eu vou lhes explicar melhor. Venham aqui!
O grupo juntou-se em círculo. Secretamente, o guru explicou passo a passo esta técnica maravilhosa. Ao final, cada um foi treinar mutuamente. Em três tentativas, todos chegaram ao êxito. Treinaram um pouco mais aperfeiçoando a técnica até que o cansaço tomou conta de todos. O anfitrião deu por encerrado os trabalhos.

De comum acordo,decidiram retornar á morada do mestre.Um após o outro,foram percorrendo o caminho já conhecido.Neste momento,um misto de cansaço e satisfação percorrem suas veias.Os Guerreiros do agreste eram mesmo uma trupe maravilhosa e imbatível.Cada instante de convivência entre eles era um momento ímpar de aprendizado.Seguiam o seguinte lema interno: "Não basta ter poder.O controle é mais importante".

Completamente felizes, cumprem com o tempo o objetivo. Na residência do amigo, comem um pouco e se hidratam. Após, fazem outras atividades de lazer. Quando a tarde se inicia, combinam o próximo encontro. Um a um os visitantes vão se despedindo pois tinham afazeres nas suas respectivas casas. Restavam agora apenas três passos para que o destino se revelasse.

2.26-Resultados

Alguns dias após a sétima etapa, o líder ajudado por seus discípulos colocou em prática seu plano. Espalharam o anúncio que tinha como objetivo encontrar alguém especial em pontos estratégicos da região de Pesqueira. Esperaram algum tempo por resultados.

Até que certo dia o anúncio chamou a atenção de um jovem negro chamado Romão Cardoso que passeava pela Praça Dom José Lopes localizada no centro da cidade de Pesqueira. O mesmo teve tempo suficiente e o interesse em ler o conteúdo por inteiro e decidiu-se ir ao endereço indicado. Afinal, adorava aventuras, conhecer gente nova e se achava especial e único no universo.

Antes de ir, porém, resolveu dar uma passadinha rápida na sua casa (Localizada na periferia) a fim de deixar tudo em ordem e se preparar para este encontro que prometia grandes emoções ou até mudança em sua vida. Assim fez.

Locomovendo-se do centro durante vinte minutos ao norte, em passadas rápidas, chega na sua humilde casa. Bate na porta e espera um pouco até sua mãe atender. Os dois se cumprimentam e entram no recinto. Imediatamente, Romão avisa que vai sair e vai demorar um pouco. Ele fazia isso porque não queria preocupá-la. Além de idosa, a mesma tinha problema de nervos.

Clarice Cardoso (A mãe) entende e diz que o espera pelo menos para o jantar. O filho se compromete e começa a se preparar para a saída. Passa cerca de quarenta minutos entre banho, lanche, mochila e despedida. Ao término, sai rapidamente pela porta da frente.

Já fora, encaminha-se a residência do vizinho. São apenas poucos passos até que enfim chega em frente dela. Depois dum longo suspiro, tenta bater na porta. Ouve ruído de passos. É atendido em seguida. Solicita um cavalo emprestado. Como tinha amizade, liberam um animal para o mesmo. Só tem que ir buscar detrás da casa. Ao encontrá-lo, monta e inicia o trajeto. Seriam cerca de vinte longos quilômetros cercados de expectativa. No momento, a curiosidade era grande sobre Angel e seus discípulos. O que estava por acontecer? Continuem acompanhando, leitores.

Seguindo as indicações do anúncio e, pela sua experiência, sai do eixo urbano. Pega a estrada principal e sobe a serra do Ororubá. O que o movia era a sede de aprendizagem, os seus valores internos e seu espírito de guerreiro. Mesmo diante dos obstáculos, permanecia na luta. Essa determinação fazia ele ser bem sucedido em todos os seus projetos. Exemplo disso é o galgar completo da montanha referida. No topo, decide mudar a estratégia. No ponto certo, apeia e amarra o cavalo. Depois, usa seu poder como mutante para chegar rapidamente ao objetivo. Como era desenvolvido, o mesmo voa facilmente sobre uma cúpula de energia que o tornava invisível.

Aproveita o passeio para aproveitar da linda paisagem e do ar puro apesar da velocidade. Fica tão encantado que decide pousar em cima duma árvore . Descansa um pouco e come algumas frutas pois era frutífera. Neste intervalo, pensa em todas as suas aventuras nos seus vinte anos de vida bem vividos. Tinha tido decepções, momentos de felicidades, conquistas,fracassos,e atualmente sua vida mostrava-se estagnada. Não seria o momento de mudar? Quem sabe este encontro não seria decisivo para suas pretensões? Principalmente em relação ao dom que ele esforçava em esconder, mas que fora descoberto recentemente por sua mãe.

Era principalmente por ele que decidira ir ao encontro de estranhos a uma distância considerável. Durante sua existência, já sofrera muito pela incompreensão dos outros e queria dar um basta nisso ou pelo menos entender o porquê de tudo. Seria pelo menos uma tentativa e não tinha nada a perder com isso.

Após comer e já recuperado, ele volta a voar com o item anterior em mente. Ultrapassa caminhos desconhecidos com boa velocidade chegando logo depois ao quilômetro dez. Faltava ainda a metade do percurso aproximadamente para percorrer.

Iniciando a segunda parte do trajeto, ele se sente confuso por inúmeros sentimentos que teimam em atormentá-lo. Dentre estes, os mais fortes e evidentes são: A insegurança e o medo contrastando com sua curiosidade e teimosia. Estava decidido! Mesmo arriscando quebrar a cara, iria avançar. Se fosse um erro, estava disposto assumir as consequências.

Com esta resolução, esquece por um momento as preocupações. Reúne então suas energias restantes, aumenta a velocidade e logo chega nos três quartos do percurso. A cada momento se aproximava mais de uma nova experiência que prometia ser interessante.

Quando chega no quilômetro 17,resolve pousar e continuar a viagem a pé. Afinal, todo cuidado era pouco pois já se aproximava das primeiras habitações. Enfrentando as adversidades comuns àquela região, avança cada vez mais e em cerca de quarenta e cinco minutos completa os três quilômetros. Neste momento, se encontra bem próximo do endereço indicado.

Avistando o objetivo, para um pouco. Pensa nos próximos acontecimentos planejando tudo mentalmente. Com tudo milimetricamente definido, retoma a caminhada. Em mais alguns instantes, já se encontra junto à porta. Respira um pouco, bate com firmeza, grita e aguarda.

Em alguns segundos, é atendido pela mãe de Angel (Dona Maria da Conceição) que inicia uma conversa.

—Bom dia, qual o seu nome? De onde é e o que deseja?

—Meu nome é Romão e sou de Pesqueira. Quero falar com Angel que pelas indicações reside aqui.

—Sim, é meu filho. Qual o assunto, posso saber? (Maria da Conceição)

—Desculpa, não tenho a permissão para revelar. Só com ele mesmo. (Romão)

—Tudo bem. Meu filho está no quarto. Pode entrar. (Maria da Conceição)

—Obrigado. (Romão)

Imediatamente, os dois entram na residência de alvenaria, a única na região. Maria o encaminha até o quarto e os deixa a sós. No recinto, os dois se cumprimentam e se apresentam. Daí por diante o destino falaria mais alto. Angel toma a iniciativa.

—Qual o motivo da sua vinda, Romão?

—É sobre o anúncio. Li o conteúdo dele e me interessei. O que procuram exatamente?

—É o seguinte: Fundei um grupo de mutantes junto com os companheiros Angel e Rafael com objetivo principal de nos ajudarmos no tocante a evolução e o entendimento dos nossos dons. Além disso, tenho em mente outros propósitos altruístas. Porém, necessitamos de mais apoio e por isso procuramos pessoas especiais que venham a somar e contribuir para o nosso mundo. Você acha que se enquadra na descrição? (Angel)

—Bom, me considero especial. Sou uma pessoa do bem e tenho também um dom. Preciso apenas de uma chance para mostrar minhas habilidades e serventia. (Afirmou Romão)

—Qual sua idade e que tipo de dom possui? (Angel)

—Tenho vinte. Possuo poder sobre os materiais, os atraindo e os manipulando. Depois de muito treinamento, consegui reunir as minhas energias e uso-as conforme a oportunidade. (Romão)

—Interessante. Parabéns. Como você administra este imenso poder? Já machucou alguém? (Angel)

—Rapaz, tento ser o mais discreto possível. A minha mãe é a única que me descobriu. Nunca o usei para machucar ninguém. (Romão)

—Muito bem.Gostei. Gostaria de ser comandado ou ambiciona o poder? (Angel)

—Rapaz, acho que numa equipe todos devem se ajudar e se respeitar. Ninguém é melhor do que ninguém, não importando o tipo de dom.(Romão)

—Certo. Estou satisfeito. No entanto, deixarei a decisão de sua entrada ou não no grupo para a próxima reunião. Se quiser comparecer a fim de mostrar suas credenciais, será bem-vindo. Nos reuniremos no bar Pesqueira próximo à escola ginasial no bairro do prado.Será daqui a três dias a partir das 12:00 hs. Tudo bem? (Angel)

—Está certo. Entendo. (Romão)

—Quer alguma coisa? Uma água, café, chá? (Angel)

—Uma água, por favor. Cansei da viagem. (Romão)

Como bom anfitrião, Angel se levanta e se dirige á cozinha .Com um pensamento distraído ,alcança o recinto em poucos passos.Aproxima-se da jarra e pega um caneco de água cheio .Imediatamente, faz o caminho de volta e com mais alguns passos já está novamente no quarto entregando o precioso líquido ao visitante.Ele o sorve por inteiro. Ao final, agradece, se despede e se encaminha a saída. Nos próximos dias, saberia o que o destino lhe reservara.

Enquanto este não chegava, ultrapassa a porta e começa a fazer a viagem de volta. Seguiria os mesmos passos e precauções da ida com uma diferença apenas de ânimo: Se sentia mais esperançoso com relação ao futuro no momento. Será que sua intuição estava certa? Não deixe de acompanhar, leitor.

Assim que se afasta da habitação,usa novamente a cúpula de energia voando rapidamente.Agora,só restava esperar a bendita reunião.Analisando os resultados do primeiro encontro,mostrara um pouco da personalidade de ambos.Isso fora o bastante para criar uma empatia inicial entre eles.Só não sabia se isso era o bastante para permitir sua entrada no grupo.Bem,tinha que pensar positivo.

    A viagem segue até onde está o cavalo.O mutante o resgata prosseguindo com a jornada.Enfrentaria os mesmos obstáculos da ida com uma maior preparação de sua parte.Esperava,enfim,concluir em paz.Com um esforço maior,seus desejos são atendidos.O percurso de volta é cumprido sem maiores problemas. Devolve o cavalo para o vizinho.Chega em casa aproximadamente ao 12:00 Hs.Ainda tem tempo de almoçar ao lado da querida mãe.Apesar da sua autoproteção exagerada,ele não saberia viver sem ela.

    Após o almoço,vai fazer suas tarefas no centro onde trabalhava como garçom. Apesar de duro, era o que lhe garantia o sustento. Normalmente, voltaria à noite para tomar banho e jantar. Provavelmente dormiria cedo por conta dos compromissos tão desgastantes do dia.

    Com relação ao convite de Angel, pensaria neste caso numa outra hora. O importante é que tinha dado o primeiro passo.

2.27-Reunião

    Os três dias que separavam o encontro de Romão e Angel e a data marcada para a reunião passam rapidamente. No dia combinado, Angel e seus discípulos realizam a sua rotina normal: Preparativos da saída, chegada na escola, aulas-intervalo-aulas, preenchendo toda a manhã.

    Ao término dos trabalhos, o grupo se encontra na saída. O líder chama a todos. Em poucas palavras, acertam os detalhes da reunião. Como planejado, eles se encaminham imediatamente para o bar indicado para resolver mais pendências, inclusive a do pretendente a novato Romão Cardoso.

    No caminho, o silêncio predomina em quase todos os momentos. A exceção quando surge um riso, barulho de animais e de carruagem, e advertências. Seria um bom prenúncio? Em breve, descobririam.

    Após dez minutos de caminhada vigorosa, finamente chegam ao recinto. Sem muita cerimônia, adentram nele. Para surpresa de Angel,

Romão já se achava presente e o primeiro juntamente com os demais vão fazê-lo companhia na mesa respectiva. A conversa é então iniciada.

—Meus discípulos, este é Romão Cardoso. Como lhes tinha falado, é a pessoa que quer participar do nosso grupo. (Angel)

—Prazer, Romão, meu nome é Rafael. Fique à vontade.

—Eu sou irmão de Rafael. Chamo-me Vítor.

—Sou Marcela e sou colega de classe dos demais.

—Eu sou Penelope. Também novata.

—Prazer em conhecer a todos. O que querem saber especificamente de mim? (Romão)

—Eu, particularmente, não muita coisa. Apenas saber se você tem o mesmo espírito de luta e objetivos comuns conosco. O que pretende? (Vítor)

—Bem, Angel já me explicou um pouco sobre a equipe. Quero somar e contribuir em todos os sentidos. Além disso, aprender também. (Romão)

—Como é seu temperamento? (Rafael)

—Normal. Porém, um pouco explosivo. Estou me esforçando ao máximo para melhorar neste sentido. (Romão)

—Casado? Solteiro? (Marcela)

—Solteiro, vivo com minha mãe. Cuido de casa, do meu mundo e ainda ajudo os demais. (Romão)

—Muito bem. Qual o seu poder? (Penelope)

—É relativo aos materiais. Os manipulo com facilidade, especialmente os metais. (Romão)

—Brilhante. Sou um vidente, com intuição e mentalidade desenvolvida. Quais são seus pontos fracos ou limites? (Vítor)

—Em relação aos limites, só os da imaginação. Contudo, tenho que administrá-lo melhor. Sobre os pontos fracos, melhor não saber. (Risos, Romão)

—Trabalha? Estuda? (Rafael)

—Só trabalho. Sou garçom. (Romão)

—Alguém sabe de você? (Penelope)

—Apenas minha mãe. Inicialmente, ela se assustou, mas com o passar do tempo entendeu. Mãe é mãe. (Romão)
—Entendo você. Também passei por isso. Hoje sou aceita. Contenos: você tem muitos amigos? (Marcela)
—Não. Somente colegas. Sou reservado. (Revela Romão)
—Bem,pessoal,acho que é o bastante. Por mim, ele está aprovado. E vocês, o que dizem? (Angel)
—Aprovadíssimo. (Vítor)
—Idem. (Rafael)
—Também. (Penelope)
—Bem-vindo. (Marcela)
—Obrigado a todos. Eu não sei como agradecer. (Romão)

Lágrimas insistentes começaram a escorrer sobre o rosto sofrido daquele jovem. Finalmente aceito depois de tantas recusas que sofrera na vida. A emoção toma conta de todos. Os outros se aproximam, lhe dão um abraço que se torna sêxtuplo. Ficam alguns instantes nesta demonstração de carinho.

Ao término,voltam a seus lugares.Pedem um lanche rápido ao atendente que passava por ali.Com seu afastamento,ainda esperam um pouco.Ao serem servidos,se alimentam,se hidratam,repassam a data do próximo encontro para o novato e finalmente se despedem. Voltariam então ás suas residências e realizariam seus afazeres pendentes. Agora, estava nas mãos deles e do destino o sucesso e a realização. O que aconteceria? Continuem acompanhando, leitores.

2.28-Oitava etapa

Passam-se mais alguns dias e se chega exatamente na data marcada para a oitava etapa de tratamento espiritual dos discípulos do mestre Angel. Conforme combinado, todos teriam que estar presentes pelo menos às oito horas da manhã no local de sempre.

Com o objetivo de cumprir à risca isto, os residentes em Pesqueira acordam-se ás cinco da manhã.Tomam banho,comem o desjejum e arrumam-se .Quando prontos,reúnem-se e partem logo em seguida no lombo de animais. Dentre eles, estava Cardoso, o novato, que por ser sua primeira vez mostrava-se irrequieto, ansioso e nervoso. Provavelmente sua angústia só passaria quando se integrasse melhor à equipe.

A viagem dos três mutantes ocorre dentro da normalidade em todos os trechos: Sede-serra-planalto. Chegam no destino final com quinze minutos de antecedência. Por coincidência, encontram os outros integrantes a chegar, Vítor e Rafael. Todos se cumprimentam, batem à porta, gritam e são atendidos instantes depois. Desta feita, quem os recebe é Geraldo, pai de Angel.

Com cordialidade, Geraldo os cumprimenta, escancara a porta e os convida a entrar. Todos aceitam e são encaminhados à sala. No local, o guru está a estudar. A convite dele, os visitantes se acomodam nos assentos disponíveis. O pai do anfitrião se retira (Indo a cozinha) com o objetivo de deixá-los mais à vontade.

Angel para a leitura. Guarda o livro e então fica disponível para dar atenção a seus amados discípulos. Ele mesmo inicia a conversa:

—Muito bem. Gosto de ver assim. Adiantados dez minutos. Estão prontos para mais uma lição?

—Sim. (todos)

—Devo avisá-los que a partir de agora as etapas se referem ao desenvolvimento especial dos dons. Vão ter que se esforçar mais. (Angel)

—Tudo bem. Não esperamos nada de graça mesmo. (Vítor)

—Já temos experiência. (Complementou Rafael)

—Exceto eu, amigo. (Lembrou Romão Cardoso)

—Não se preocupe, Romão. Você está um passo à frente dos outros. (Observou Angel)

—E eu, mestre? (Penelope)

—Você é poderosa. Porém, tem que se engajar muito nesta e nas outras duas etapas restantes. (Angel)

—Em que consiste o desafio de hoje? (Marcela)

—Vou ensiná-los um desmembramento importante: carne e espírito. (Angel)

—Como assim? (Indagou Rafael)

—Sigam-me e eu lhes mostrarei. (Angel)

Angel levanta-se e segue em direção ao seu quarto. Os outros, apesar de estranharem o obedecem. Ele se aproxima da cama, deita e faz sinal para que os discípulos se afastem um pouco. Quando estão a uma distância segura, ele inicia o ritual: Cruza os braços, faz o sinal da cruz, fala numa língua estranha, fica estático e adormece. Logo após, seu corpo começa a irradiar luz que de tão incandescente queima .De dentro da luz, surge a parte espiritual do mestre. Ele dá um sorriso, acena e abençoa a todos. Este momento dura cerca de cinco segundos. Após este período, a luz se apaga e a alma de Angel retorna ao corpo. Imediatamente ele acorda, levanta-se da cama e se reúne com os aprendizes que não param de lhe fazer perguntas.

—Incrível. Como se faz? (Vítor)

—Que língua era aquela? (Rafael)

—O que representa a luz? (Penelope)

—Para que serve esta técnica? (Marcela)

—Gostei. Podemos fazer também? (Romão)

—Muitas perguntas meus caros. Vou tentar saná-las. Façam um quadrado por favor.

Os discípulos obedecem e Angel se coloca no meio deles. Então, num período de quinze minutos ensina o passo a passo (Incluindo os objetivos e vantagens). Ao final, todos tem a oportunidade de praticar um pouco. Tentam uma, duas, três vezes até conseguir.

Após o êxito, Angel dá por encerrado o treinamento do dia. Marca a nova data do próximo encontro e convida todos para o almoço que seria especial. Nesta ocasião, ficam cerca de uma hora num ambiente familiar junto com os outros integrantes da Família Magalhães.

Quando terminam de se alimentar, os visitantes agradecem e se despedem pois tinham outros compromissos. Já o líder voltaria a estudar e analisar os projetos que tinha em mente para o grupo. Até o próximo capítulo, leitores.

2.29-Dor

O tempo passa um pouco .Exatamente três dias após a oitava etapa de treinamento dos mutantes, algo chato e inevitável acontece. Vamos aos fatos. Numa tarde comum, Jilmar estava a descansar sobre uma cadeira (Do lado de fora de seu casebre) quando, repentinamente, começou a sentir-se sufocado. Estava passando realmente mal. Mesmo debilitado, ainda teve forças para gritar. Por sorte, foi ouvido pelos filhos e pela mulher que estavam dentro de casa.

Rapidamente foi socorrido . Como parecia algo grave, foi colocado num lombo do cavalo sustentado por duas pessoas. Foi dado então a partida rumo a sede urgentemente com o outro filho (Rafael) os acompanhando num outro animal. Apesar de trotarem numa boa velocidade, todos temiam que o pior acontecesse mesmo antes do moribundo ter um atendimento especializado.

Cheios de expectativa, todos os envolvidos no processo se agarravam a todas as forças espirituais que conheciam com o objetivo de tudo acabar bem. A travessia até Pesqueira era longa para quem se encontrava num estado delicado de saúde. A cada segundo que se passava, a chance de sobrevida diminuía o que era angustiante para os envolvidos. Ainda bem que, pelo menos, Jilmar sobrevivera a toda a travessia de vinte quilômetros realizados em cerca de uma hora e meia. Isto é, estava consciente, mas muito debilitado por todo esforço e cansaço desprendido no percurso além de sua própria condição física.

Chegando exatamente no hospital, O doente é encaminhado urgentemente ao atendimento. Estava sempre acompanhado pela mulher. Já os filhos ficam na sala de espera, por recomendação. Ficam na torcida.

Porém, vinte minutos depois, Filomena retorna da urgência. Os encontra cheio de lágrimas, os abraça e ao término, gaguejando, consegue dizer:

—Meus filhos, os médicos se esforçaram ao máximo mas seu pai estava muito doentinho. Enfim, ele se foi!

—Não acredito! (Exclamou Vítor)

—Quer dizer que ele foi para o céu? (Rafael)

—Claro que sim, Rafael. Ele era bom. Agora, neste momento, precisamos de força e orar por ele. Venham!Vamos resolver as pendências.(Filomena)

Os três saíram do hospital .A primeira providência tomada foi alugar uma charrete para levar o corpo de volta ao Sítio.Seria enterrado em suas terras como era de sua vontade. Após, foram à casa de parentes, conhecidos e amigos a fim de avisar sobre o acontecido e convidar para o velório e enterro a se realizar no outro dia. Todos lamentaram o fato e prometeram solidariedade num momento tão difícil.

Os três então retornam ao hospital a bordo da charrete. Filomena assina um papel e o corpo é finalmente liberado. Iniciam então o retorno ao seu cantinho, localizado no famoso Sítio Fundão.

A viagem transcorre na normalidade. Ao chegar em casa, preparam o corpo.Cumprida esta etapa, o colocam sobre uma tábua de madeira. Ficaria ali o restante do dia e só seria enterrado pela manhã do dia posterior, aproximadamente ás 10:00 Hs.

Desolados, os integrantes da família Torres se sentiam totalmente confusos e perdidos por conta do choque. Será que conseguiriam superar?

2.30-Velório e enterro

Um novo dia amanhece no sítio fundão com todas as características do meio rural: O canto dos pássaros, a brisa da manhã contrastando com o nascer do sol e a tranquilidade de sempre. Conquanto, este não era um dia de felicidade para os Torres. Acabavam de acordar esgotados pelos eventos anteriores e por ser o dia de despedida definitivo (Pelo menos fisicamente) do patriarca da família: o grande e inesquecível Jilmar.

Imediatamente, cada um foi fazer uma tarefa com o objetivo de receber bem parentes, amigos, conhecidos e até estranhos que se compadeciam com a situação. Os três esforçam-se ao máximo e em cerca de uma hora deixam tudo pronto. Logo depois, se encaminham à cozinha. Ao chegar no recinto, preparam algo para comer.

Quando terminam, sentam-se à mesa e se servem. Durante a alimentação, Filomena inicia uma conversa com os filhos.

—Como dormiram meus amores? Estão se sentindo bem?

—A noite foi comprida. Pela primeira vez, me senti um pouco só. Sabe,não é a mesma coisa porque você compara o antes e depois. Da felicidade á solidão e á desgraça. Contudo, espero superar um dia. (Vítor)

—Também não foi nada fácil para mim. Mas já era o esperado. Precisamos entender. (Rafael)

—Muito bem,Rafael. Admiro sua força. Vítor, meu filho, porque se sente só? Não somos uma família? Temos que superar isto juntos. (Filomena)

—Sim, somos. No entanto, sinto a falta de um membro. Nunca vou esquecê-lo. Ele era realmente especial para mim. (Vítor)

—Para nós também. Você não tem ideia de quanto me dói separar-me de alguém que convivia comigo há mais de quinze anos. (Filomena)

Copiosas lágrimas escorrem pelo rosto da sofrida Filomena. Ali estava um exemplo duma batalhadora que muitas vezes deixara de comer para alimentar os filhos. Por eles, seria capaz de tudo.

Os filhos entendem a profundidade da questão. Eles se aproximam, a abraçam e a beijam. Este momento mágico é breve, mas dura o suficiente para fortalecê-los e estreitar ainda mais os laços que uniam. Os Torres iriam continuar seguindo em frente e de cabeça erguida.

Ao término do abraço, eles se recompõem e o diálogo é retomado.

—Desculpa, mãe, eu fui egoísta. Prometo ser mais forte. (Vítor)

—Tudo bem. Não se recrimine. É normal sua atitude. (Filomena)

—Não nos desesperemos, Irmão. Lembra da técnica de comunicação com os espíritos? Podemos usá-la para matar um pouco as saudades do nosso pai. (Rafael)

—Boa ideia. Só não sei se teria coragem suficiente para tal. Acho que o melhor é deixá-lo descansar em paz e só se intrometer se ele precisar realmente de ajuda. (Vítor)

—Tem razão, filho. Que tal se rezássemos por ele agora? (Filomena)

—Apoiado. (Vítor)

—Sim. (Rafael)

Os três fizeram um círculo. De mãos dadas, oraram por um bom acolhimento da alma de Jilmar no céu. Ao final, se abraçaram novamente. A partir de agora, seriam apenas os três, um por todos e todos por um! Semelhantemente aos mosqueteiros da história.

Um instante depois, ouvem batidas na porta. Eles se encaminham para atender. Ao fazer isso, se deparam com as presenças dos amados primos, Angélica e Bartolomeu. Eles eram os primeiros a chegar para o velório. Eles se cumprimentam, se abraçam, adentram na casa e começam a prestar sua homenagem ao morto.

A partir daí, começam a chegar mais pessoas a fim de prestar solidariedade.Com algum tempo, a casa já está cheia. Dentro dela, o movimento é intenso. Há muitas orações, pedidos de pêsames, palavras de consolo, enfim, um apoio mútuo entre os participantes.

Perto da saída, o padre finalmente chega. Recomenda o corpo e a alma numa solenidade emocionante. Todos aplaudem.

Quando chega o horário, três homens fortes são convidados a pegar o corpo, enrolá-lo numa espécie de toalha e partir para o local indicado para enterrá-lo. Os outros vão seguindo, num grande cortejo.

Como o local era perto, em dez minutos já chegam no destino. Põem o corpo no chão, e vão introduzindo o mesmo no buraco, cavado anteriormente. Quando chegam no fundo, começam a jogar terra por cima. Esta tarefa dura cerca de quinze minutos. Ao cobrir totalmente o corpo, colocam uma cruz de madeira. É o símbolo do cristianismo, crença da grande maioria presente.

Novamente, são dados aplausos para aquele que era um exemplo de luta na comunidade. Findo o enterro, todos se despedem dos familiares e voltam para suas casas. Pouco tempo depois, é o que fazem também os Torres, com um aperto no coração. O que aconteceria? Continuem acompanhando, leitores.

2.31-Recomeço

Alguns dias se passam e os integrantes da família Torres gradativamente vão retornando a sua rotina normal . A mãe cuida dos trabalhos domésticos e de artesanato. Já os filhos dedicam-se aos estudos, trabalho na roça, atividades sociais e de lazer. No entanto, ainda estava longe o dia em que poderia se dizer que a morte do patriarca da família estava superada. Talvez nunca conseguissem este feito pois Jilmar era um ser realmente fora de série.

De qualquer forma, o importante era a consciência que todos eles carregavam de que a vida continuava. Eram atores de teatro num grande palco (O mundo) e que por forças das circunstâncias alguns eram substituídos, perdiam seus papéis enquanto outros chegavam. Não havia tempo a se lamentar por mais que doesse porque era algo normal e corriqueiro, um pacto entre o planeta e o criador.

Além disso, chegaria um dia que todos teriam o mesmo destino, ou seja, realizar a grande travessia entre os planos interligados indo de encontro ao desconhecido. Provavelmente, encontrariam seus entes queridos e partiriam da mesma felicidade se fossem merecedores. Este acontecimento denomina-se "Encontro entre dois mundos" reservado para os escolhidos.

A vida seguiria num mundo cheio de injustiças, corrupção, preconceitos e intrigas. Isso era típico do início do século XX, no Nordeste pobre esquecido pelos dirigentes e grandes do país daquela época.

2.32-Manipulando energias

A roda da vida continua girando para todos os personagens em questão. Até que chega exatamente o dia marcado para a nona etapa de desenvolvimento espiritual, física e humana do grupo de mutantes liderados pelo mestre Angel, ex-discípulo do lendário mago Oshikawa.

Como sempre, todos se preparam a altura para mais este momento especial. Ao ficarem prontos, partem em direção ao destino. Os que residiam em pesqueira saem com cerca de uma hora e meia de antecedência em relação aos irmãos Torres, que moravam bem próximos.

No caminho, enfrentam as mesmas adversidades de sempre os quais tinham aprendido a superar até com certa facilidade. Isto ocorria porque a vontade de aprender e de se desenvolver além da curiosidade eram maiores do que tudo. Realmente tudo estava valendo muito a pena porque os resultados eram visíveis em todos os sentidos. Contudo, ainda algumas dúvidas pairavam no ar com relação ao destino próximo e eles ainda não tinham a coragem suficiente para exigir respostas. Preferiam esperar o desenrolar dos acontecimentos.

Com esta decisão, avançam no caminho. Vítor e Rafael chegam primeiro. Os dois batem na porta. Ao serem atendidos pelo anfitrião, adentram na casa. Se dirigem à sala onde acomodam-se nos assentos disponíveis. Enquanto esperam os outros, estudam e conversam livremente com o mestre. Eram os mais próximos do mesmo.

Trinta minutos depois, o restante dos membros da equipe se aproxima depois de revisitar paisagens, encontrar pessoas, animais, paradas, e proferir orações inspiradoras. Como os outros, batem firme na porta. Esperam um pouco. São atendidos. Adentram na casa e se juntam aos demais na sala. Instantes depois, Angel toma a palavra:

—Meus caros amigos, a lição de hoje remete ao modo como vocês exploram o seu dom. Vou ensiná-los a usar o seu poder oculto de forma correta. Espero que consigam manipular a energia. Espero ser entendido. Posso começar?

—Sim. (todos)

—Muito bem. Acompanhem-me. (Solicitou Angel)

Os mutantes se encaminharam a porta de saída. Ultrapassam-na e seguem em frente, adentrando na mata. Com trinta minutos de caminhada, dobram a esquerda e andam mais cinco minutos. Chegam em frente a uma caverna. Neste momento, Angel para e com um sinal de mãos pede que os outros façam o mesmo. Os discípulos obedecem. Então o mestre Retoma a conversa.

—Veem esta caverna? Quem entra nela com a sintonia adequada é capaz de manipular suas próprias energias espirituais. É o que eu vou lhes mostrar. Vamos!

Mesmo desconfiados e com medo, todos obedecem. Seguem em direção à entrada, e no momento que entram na mesma, sentem algo especial. Caminham cerca de dez metros no escuro total auxiliados pelo tato até que uma luz se acende instantaneamente, iluminando a todos. Ao se voltarem para luz, percebem que ela provinha do mestre o qual estava com um dos braços levantados. Vendo o espanto tomar conta de todos, ele explica:

—Viram? Vocês devem usar a própria escuridão como fonte de luz, potencializando seus chacras individuais. Os passos são os seguintes: *"Mentalizar seu poder interior de forma a ficar bem concentrado.Ao sentir-se pronto,respirar fundo e orar:Forças da luz me dê a glória que me conduz. Em seguida, levantar um dos braços. Com a fé certa, a mágica acontece."* Após a explicação, o grupo avança mais dez metros no interior da caverna. Um a um vão tentando imitar o mestre. Na segunda tentativa, conseguem o êxito e as luzinhas se acendem contrastando umas com as outras. A alegria é geral e eles aperfeiçoam a técnica até esgotar as energias.

Com mais uma etapa conquistada, O Xamã dá por encerrados os trabalhos. O grupo sai da caverna. Já fora, combinam a data do próximo encontro. Desta vez, cada um se despede pois tinham muitas tarefas a realizar durante o restante do dia. O chefe então retorna para casa. Lá, iria preparar o almoço para os pais que chegariam de viagem, se alimentaria, e após, cuidaria dos planos futuros do grupo. O que tinha em mente? Continue acompanhando, leitor.

2.33-Conhecendo-se melhor
Dois dias após o encontro do grupo, a maioria dos participantes voltam a se encontrar na escola, na segunda pela manhã. Cumprimentam-se, esperam o sino tocar e vão para a aula. Com um comportamento exemplar, participam de todas as atividades em cinco aulas desgastantes fora o intervalo. Com isto, vão aumentando cada vez mais sua bagagem cultural, espiritual e humana.

Ao término da aula, encontram-se novamente na saída. O líder faz uma reunião rápida repassando algumas orientações importantes que os discípulos se comprometem a seguir. Quando termina, os dispensa ficando apenas Marcela, Penélope e Vítor a conversar.

—Penelope e Marcela. Como passaram o domingo? (Vítor)
—Em casa. Ajudando minha mãe nas tarefas domésticas. E você? (Penelope)
—Eu também. Além disso, fui na missa. E o seu, amigo? (Marcela)

—Bem, respondendo as duas, trabalhei ,treinei um pouco as minhas habilidades e saí para casa de conhecidos. Mas foi bem rápido. Quer sair comigo,Penelope? Vou num encontro de ex-colegas que moram agora aqui na cidade. Será no clube do bairro há dois quarteirões daqui.

—Tudo bem.Mas só se Marcela puder ir. Tenho que estar acompanhada para que não falem mal de mim. Além disso, ela é minha amiga mais próxima, não é Mar? (Penelope)

—Sim. E você, não é seu Vítor, que indelicadeza. (Reclamou Marcela)

—Desculpa, nem me dei conta. Estão convidadas as duas (Remendou). Vamos?

—Sim (As duas).

Os três saíram caminhando em passos regulares em direção ao destino final. Neste momento, um sem número de informações e hipóteses passavam na mente dos mesmos criando um clima ideal para um início de romance. O que aconteceria?

A fim de descobrir, continuo acompanhando a visão que se desenha na tela da minha mente .Vejo claramente o momento em que chegam no clube, cerca de doze minutos depois da saída da escola.Com o convite em mãos, eles adentram no prédio,e se reúnem a um grupo de pessoas. Os amigos de quem Vítor falara. Imediatamente, são feitas as apresentações.

—Bem, Marcela e Penelope, estes são meus ex-colegas de primário. Alex e Izabela que há tanto tempo não encontrava.

—Muito prazer. (Marcela e Penelope)

—Prazer é todo meu. (Alex)

—Prazer também. Vocês são o que do Vítor? (Izabela)

—Sou uma amiga e a Penelope uma paquera. (Marcela)

—Isto. Estamos nos conhecendo. (Penelope)

—Parabéns para as duas. O Vítor é mesmo especial. (Observou Izabela)

—Obrigado. Você que é um doce de pessoa. (Retribuiu Vítor)

—O que temos para hoje? (Marcela)

—Comida, bebida e dança para quem quiser. Só estamos esperando o restante da nossa turma chegar. (Alex)
—Muito bom. Gosta, Penelope? (Vítor)
—Mais ou menos. Estando com você é o que importa. (Penelope)
—Lindo. Gosto de ver assim.(Marcela)

Vítor se aproxima um pouco. Como reconhecimento pelo carinho, dá um beijo no rosto da sua pretendente. Todos aplaudem. Instantes depois, Alex sai um pouco e com ajuda de um outro colega traz mesas e cadeiras e assim os presentes podem se acomodar melhor. Ficam a conversar sobre assuntos diversos e a esperar os atrasadinhos.

Exatamente vinte minutos depois, o grupo musical chega e o restante do pessoal também. Ao entrarem, o destino reserva uma surpresa especial. Dentre eles, estava nada mais nada menos do que Romão Cardoso, o novato e também mais desenvolvido do grupo de mutantes liderados por Angel (O motivo do seu comparecimento era porque conhecia Alex). Ao perceber a presença dos seus colegas, o mesmo se aproxima, cumprimenta a todos e é convidado a se juntar à eles. Convite aceito, ele se acomoda e então as festividades são iniciadas.

O coquetel é servido e uma música agradável começa a ser tocada. Vítor aproveita a situação e pede Penelope em contradança. Mesmo sendo tímida, ela aceita com a finalidade de não desagradá-lo. Os dois se dirigiram ao meio do salão juntamente com outros casais. Contentes, deixam-se pouco a pouco a levar-se pelo embalo da música.

Marcela,sozinha,tem uma ideia. Aproxima-se de Romão e mesmo sendo incomum na época o convida a também dançar. Ele, meio sem jeito, aceita. Os dois vão ao salão e se juntam aos demais. Marcela, com sua simpatia, puxa conversa com o parceiro e tenta agradá-lo de todas as formas pois secretamente o desejava. Assim foram entrando em músicas e músicas.

É dado um intervalo . Cansados, os casais de amigos retornam à mesa. Comem mais um pouco.Os homens bebem e, quando se sentem com coragem suficiente, beijam levemente suas noivas. Todos aplaudem e as mesmas se enchem de felicidade pois o que pretendiam estava dando certo. Especialmente para Marcela que não tinha planejado.

Ficam um pouco mais de tempo.Comem,bebem e dançam um pouco mais .Ao ficar um pouco tarde, as mulheres pedem para voltar para casa. Afinal, os pais poderiam estar preocupados pois não tinham sido avisados. Os homens aceitam.

Enquanto Cardoso leva Marcela, Vítor leva Penelope. Após a entrega, os mesmos também retornam aos seus lugares satisfeitos pois iniciavam uma nova fase em suas vidas que esperavam ser de muita prosperidade e felicidades mútuas.

2.34-Contato pós-morte

Um dia após o rico encontro entre a dupla de apaixonados de mutantes,os irmãos Torres realizaram seus afazeres rotineiros. No final do dia, num momento de folga, o destino preparou uma bela surpresa para os dois. Eles estavam em frente a seu casebre aproveitando a magnífica paisagem do pôr-do-sol quando, repentinamente, uma brisa suave bateu em frente com os mesmos.

Percebendo a mística espiritual, ambos se concentraram. Usaram suas técnicas com o intuito de estabelecem algum tipo de contato com a força atraída. Em pouco menos de cinco minutos, obtêm êxito e o espírito se materializa. Tratava-se da essência de Jilmar, pai material dos personagens em questão.

A emoção toma conta no momento. Gaguejando, Vítor inicia a conversação.

—Como está, meu pai?

—Na medida do possível, bem. E vocês? (Jilmar)

—Caminhando. A saudade sua é forte, dói e é difícil suportar. (Vítor)

—Estou bem também. Sempre lembrando dos momentos bons que vivemos juntos. (Rafael)

—Ótimo. O que tenho a dizer é que quero que cresçam,filhos.De mim, guardem os ensinamentos e os valores que repassei.Quero que evoluam ajudando a todos no plano em que estão. Isto é o que é importante. O resto é passageiro. Saibam que eu sempre pedirei junto às forças da luz pela vossa felicidade. É o que está ao meu alcance. (Jilmar)

—Obrigado, pai. Precisamos. Alguma recomendação? (Vítor)

—Cuide da minha velha. O nosso amor é eterno e estarei esperando do outro lado por ela. (Jilmar)

—Pai, eu queria te dizer que te amo! (Rafael)

—Idem. (Vítor)

—Eu também filhos. Se cuidem. Sorte e sucesso sempre. Quero que lembrem das minhas palavras pois esta será a única vez que nos comunicamos e estou indo. (Jilmar)

—Não vá pai. Fica mais um pouco. (Rafael)

—Fale-nos sobre a sua vida atual.(Vítor)

—Não posso. Tenho que ir mesmo. Adeus. (Jilmar)

Dita estas palavras, a alma de Jilmar desapareceu diante deles rapidamente. Com as mãos estendidas, os abençoava. A partir daí ,eles teriam que se conformar em definitivo pois o mesmo estava fora de alcance.

Lágrimas escorrem dos rostos dos jovens Torres por alguns momentos .Como medida cautelar, prometeram entre si não contar a ninguém a experiência. Afinal, quem acreditaria? O que restava agora era agradecer às forças benignas pela oportunidade rara dada.

É o que fazem.Após,voltam para casa.Á noite,jantam,conversam com a mãe e retornam ao lado externo.Passam um bom tempo observando as estrelas.Ao se sentirem sonolentos,combinam os detalhes do planejamento do dia posterior. Com tudo resolvido, vão dormir esperando que os próximos dias fossem tão importantes quanto este.

2.35-Cultivando o fogo da amizade

O restante do mês em questão (dezembro de 1913) se passou sem maiores novidades. Os personagens principais estavam engajados em suas causas sociais, profissionais e amorosas.

Chegando na data da décima e última etapa de tratamento espiritual, os participantes se preparam adequadamente . Despedem-se dos parentes iniciando a viagem até a residência da família Magalhães.Estavam à procura dos conselhos e da sabedoria do mestre Angel. O que os esperava desta vez? Continuem acompanhando, leitores.

Os que residiam em Pesqueira, saíram ainda na madrugada.Cumpriram as seguintes etapas: passaram pelo centro, pegaram a estrada principal, subiram a serra do Ororubá, e seguiram sempre em frente naquele planalto agrestino. Cerca de duas horas depois, chegaram.

Bateram e gritaram na porta insistentemente.Alguns instantes depois, foram recebidas pelo anfitrião que os conduziu até a sala . Ao chegar lá, constatam a presença dos irmãos Torres que já estavam a cerca de quinze minutos no ambiente. Com todos reunidos, Angel toma a palavra:

—Bem, discípulos, a lição de hoje vocês devem levar para o resto da vida. Trata-se dum sentimento muito forte e invencível, a nossa amizade. (Angel)

—Ah, entendi. O que especificamente vamos aprender? (Vítor)
—Temos que estar em sintonia? (Rafael)
—Pode nos dizer em detalhes? (Interessou-se Romão)
—Se depender de nós duas, vai dar tudo certo. Não é Pe? (Marcela)
—Sim.(Penelope)
—Calma. Vamos por partes. Façam um círculo por favor. (Angel)

Os discípulos obedecem mesmo sem ter ideia do que aconteceria ou do que Angel planejara.

—Agora, deem as mãos. (Angel)

Novamente, o pedido é atendido. Em consequência, a expectativa de todos aumenta.

—Pensem em todos os momentos que passamos juntos e ao final, digam: —Crisna! (Angel)

As instruções são novamente seguidas .Quando o último cumpre, o chão treme,escurece um pouco e energias saem das mãos dos integrantes se reunindo no centro pouco a pouco. Ao final, surge um foco de luz que ilumina a todos .Num impulso,este fogo se eleva ultrapassando o teto . Desaparece na imensidão do universo. Angel ri, chora e explica:

—Pronto, está feito. Isto é um sinal para lembrarmos que somos uma equipe,um todo. Enquanto existirmos, nossa luz permanecerá e seremos sempre vencedores embora percamos algumas batalhas no caminho. Porém, no fim, certamente a vitória será nossa.

Dito isto, a emoção tomou conta de todos.Um a um foram se aproximando e ,no final, terminaram se abraçando mutuamente. Ali, estavam exemplos de luta, dedicação e perseverança mesmo em condições tão difíceis numa época tão conturbada.

Quando o momento passa, O chefe retoma a palavra.

—Bem,preciso pensar um pouco. Amanhã quero uma reunião com todos. Querem mais alguma coisa?

—Não. Está bom demais. (Vítor)

—Bom também para mim. (Rafael)

—Idem. (Marcela, Romão e Penelope)

—Até amanhã então. (Angel)

—Até. (Todos)

Um a um foram se despedindo e pegando seu rumo. A sorte estava lançada.

2.36-Proposta

Um novo dia aparece. Os pássaros gritam, o sol começa a nascer e seus raios ajudam a despertar os ilustres integrantes da valorosa família Torres.Esta família carregava no sangue uma linhagem de videntes poderosos e importantes. Ao acordar, cada um vai fazer suas atividades respectivas. Especificamente os jovens se preparam para mais uma ida à cidade. Iriam completar o ciclo de aulas e saber o resultado de um ano de dedicação e esforço.

Quando estão prontos, os mesmos se despedem da mãe. Com poucos passos, ultrapassam a porta. No lado exterior, procuram o animal. Quando o encontram, montam nele e dão a partida pegando a estrada principal.

O início de caminhada revela um pouco do sentimento que domina agora os jovens mas experientes Vítor e Rafael.Era um misto de inquietação,dúvida,medo,angústia e precaução acima de tudo. Afinal, estavam indo por um caminho desconhecido. Embora Angel fosse extremamente confiável tinham que ter o maior cuidado. O próprio lhes ensinara isto em suas longas conversas corriqueiras e secretas.

Mesmo assim, se comprometiam em não desistir e avançar sempre independentemente da situação.Um valor pertencente aos mais nobres aventureiros.Estavam,logo, de parabéns.

Continuam avançando.Passando por relevos,vegetação e trilhas conhecidas vão trotando auxiliados pelo cavalo.Com isso,vão cumprindo vários quilômetros. Em cerca de trinta minutos, já chegam a um quarto do percurso. Este fato passa-se despercebido pois o foco era outro: continuar seguindo em frente sempre.

Na segunda parte do trajeto, encontram com uma charrete. Fato raro na região. Ela passa ao lado dos dois . Como estavam apressados não prestaram muita atenção. Contudo, concluíram que devia ser algum turista ou religioso interessado nas belezas naturais da região ou angariar almas. Após o encontro, a monotonia e o silêncio predominam novamente por mais trinta minutos. Nesse ponto, completam a marca de dez quilômetros.

O ritmo aumenta.Devido a alta velocidade, levantam poeira.Conseguem cumprir em tempo recorde a última parte do trajeto.Isso inclui a passagem no desvio para Cimbres,planalto,descida da serra e início da cidade até o bairro do prado.Lá, se localizava a escola ginasial. Ao chegarem, encontram os colegas. Por educação, os cumprimentam. Instantes depois, o sino toca e todos se encaminham à sala e aos lugares respectivos.

Durante a manhã inteira, o tempo se divide entre aulas –intervalo- resultado. Ao final, ficam satisfeitos. Os mutantes tinham passado. Despedem-se dos professores, funcionários da escola e por fim são liberados. Na saída, Angel reúne a equipe e juntos vão ao bar de sempre. Queriam curtir um momento de lazer e de debates que prometia ser do interesse de todos.

No caminho,alternam momentos de silencio e confidência de breves palavras.Demoram cerca de quinze minutos andando até o destino. Ao chegar, cumprimentam os presentes e assentam-se em cadeiras em torno de uma mesa. Avaliam o cardápio e combinam o que pedir entre comida e bebida.

Feito o pedido, O xamã toma a palavra:

—Meus queridos amigos, tenho algo importante a lhes falar depois de um bom tempo de convivência. Acho que chegou o momento ideal para agir e revelar o meu propósito. Têm interesse?
—Claro. Somos todos ouvidos. (Vítor)
—Pode falar, mestre. (Declarou gentilmente Rafael)
—Algo importante? (Penelope)
—Aí vem bomba! (Profetizou Marcela)
—Estamos juntos. (Apoiou Romão)
—Muito bem. Queria dizer que quando fundei o grupo de mutantes não tinha ideia a que proporções isto chegaria. Ao final de dez etapas, sinto que estamos preparados para iniciar uma grande missão. Sou fã do trabalho dos cangaceiros e inspirado neles quero voltar nosso grupo em defesa da liberdade, dos oprimidos, da justiça, da dignidade que todo ser humano merece. Proponho que formemos o grupo de justiceiros do sertão. Auxiliados por nossos poderes, podemos lutar contra as elites transformando este mundo atrasado em um mundo melhor. O que acham? (Angel)
—Apoiado. (Vítor)
—Esplêndido. (Rafael)
—Muito bem. (Romão)
—Correremos riscos? (Penelope)
—Qual o primeiro passo? (Marcela)
—Respondendo as duas, risco sempre haverá e ainda não defini o início dos trabalhos. Provavelmente, ano que vem. Mas se alguém não quiser participar tem toda liberdade para isto. (Angel)
—Nada disso. Estamos juntos e concordamos. Não é mesmo, pessoal? (Vítor)
—Sim. (Os outros em coro)
—Obrigado pela confiança. Por hora, é só. Vamos comer e aproveitar este último dia. (O mestre)

A comida e a bebida chegaram. Num clima de harmonia, todos se satisfizeram. Ao término, se despediram, voltaram às suas casas e a partir deste momento curtiriam umas férias depois de um ano de ritmo intenso de trabalho e estudos.

2.37-Recesso escolar

Terminara o ciclo de aulas de 1913.Os personagens em questão concentraram-se no trabalho, nas atividades sociais, amorosas e de lazer. Era mais do que merecido após tanto empenho durante o ano.

Em relação ás novidades, algo notável era o crescimento da barriga de Dona Filomena .Em breve ,receberia a graça dum terceiro filho.Esperava-se que fosse tão iluminado quanto seus dois primeiros. Além disso, o relacionamento entre os mutantes (Vítor e Penelope; Marcela e Romão) ficou fortalecido.

Já em relação ao grupo de justiceiros, ficaram afastados durante todo este tempo aperfeiçoando suas técnicas. No próximo ano, começariam as suas atividades. Queriam colocar os planos do audacioso Angel em Prática. Daria certo? Só o futuro poderia mostrar alguma resposta concreta sobre esta questão.

2.38-Retorno às aulas e uma surpresa

Estávamos no início de fevereiro de 1914.Era uma segunda. Exatamente neste dia, começariam as aulas referente ao segundo ano ginasial para os veteranos e entrada de novas turmas no primeiro ano. Todos estavam muito animados.

Os personagens em questão se prepararam normalmente com muita ansiedade para este importante dia. Como moravam distantes, Vítor, Rafael e Angel acordaram mais cedo. Sem muita demora partiram. Iriam encarar a dura rotina de percorrer aproximadamente vinte quilômetros por dia. Conquanto, tinham consciência de que valeriam a pena o esforço pois o conhecimento era fundamental em seus planos.

Em cerca de duas horas cumprem o trajeto total. Ao chegar no destino, reencontram os outros integrantes. Por educação, cumprimentam os outros com abraços e beijos. A novidade era Romão que incentivado por Marcela voltaria aos estudos depois de longos dez anos. Iria iniciar no primeiro ano do ginásio.

Após os cumprimentos, o sino toca.Os estudantes vão procurar suas salas. Ao encontrarem, se acomodam nos assentos respectivos esperando o primeiro professor chegar. O que não demora muito.

Na entrada da professora, uma grande surpresa para Vítor. Mesmo quase quatro anos depois, pode reconhecer a sua amada Sara, ex-paquera da infância. Inicialmente, ela se apresentou aos alunos.com uma didática clara, explicou seus métodos educacionais de trabalho. Ao reconhecer o ex-namorado, imediatamente foi cumprimentá-lo com abraços e beijos no rosto. Contudo, o seu trabalho teve continuidade. Com isso, não tiveram a oportunidade de conversar melhor. Esta atitude despertou ciúme em Penelope a qual só não se levantou porque era educada.

Mesmo abalados, Sara e Vítor cumpriram seus respectivos papéis nas duas aulas que se seguiram.apesar do aspecto formal do ambiente,ficaram visivelmente felizes com este reencontro aumentando ainda mais o ciúme da amada mutante já citada. Do lado profissional,alcançaram bons resultados gerais.Sem qualquer dúvida ela se mostrou uma ótima professora de sua disciplina.Esta era geografia,uma das preferidas dele.

Ao término,Sara despediu-se de todos .Partiu em direção a outra sala com o coração pequeno devido ao inesperado reencontro. Enquanto isso, Vítor não conseguiu prestar atenção em mais nenhuma aula. Com a chegada do intervalo, as aulas reiniciaram e nada mudou. Continuava pensativo e estático.

Um pouco depois,os trabalhos escolares foram finalizados.Em consequência,os discentes foram liberados.Na saída do colégio,O chefe mutante promoveu uma reunião rápida entre os mutantes justiceiros.Ficou pactuado um encontro em cerca de dois dias,no local de sempre.Em seguida, se despediram uns dos outros iniciando a jornada de retorno para casa.

Angel,Vítor e Rafael montaram nos cavalos .Com cerca de cinquenta metros percorridos, uma voz fininha chamou a atenção pronunciando com força o nome de Vítor. Ao se voltar, ele verificou que se tratava de Sara a qual estava correndo atrás dos mesmos. O comboio então parou.

Ao se aproximar, ela tomou a palavra:

—Podemos conversar um pouco? (Referindo-se a Vítor)

—Claro. Podem me dar licença? Estão livres para ir embora. Prometo ir mais tarde. (Vítor)

—À Vontade, irmão. (Rafael)

—Quem é ela? (Angel)

—Uma pessoa do meu passado. Depois explico. Agora tenho que ir. (Vítor)

—Está bem. Boa sorte. (Angel)

Vítor se reuniu a Sara. Juntos, decidiram ir ao centro. Começam a caminhar juntos. Neste instante, sentiam uma mistura de nervosismo, prazer e expectativa. Não havia nada melhor do que esse reencontro após um tempo de separação. Embora estivessem de lados opostos da vida, era importante ter essa reconciliação consigo mesmos.

Após quinze minutos de caminhada, chegam na praça central em frente à catedral. Procuram se acomodar num dos bancos disponíveis. Como era horário de almoço, não tinha movimento. Era, pois, um local perfeito para uma boa conversa. Lado a lado, Vítor toma a iniciativa.

—Como chegou até aqui? Por onde andou este tempo todo?

—Bem, depois da minha saída do sítio, eu e minha mãe nos mudamos para Olinda. Lá, tive a oportunidade de estudar e ter contato com pessoas aculturadas. Com treze anos, me formei professora e comecei a atuar. Seis meses depois, perdi minha mãe. Sofrendo esta dor, resolvi voltar à minha terra a qual amo tanto. E você? Como está depois de ter me descartado? (Sara)

—Quem te disse isso? Eu te prezava demais para agir desta forma. Com sua saída, sofri muito mas superei. Trabalhei, vivi novas experiências, recentemente voltei aos estudos e arranjei uma namorada. (Vítor)

—E o bilhete? Você dizia nele que não tinha mais interesse em mim. Só por isto aceitei me afastar de você. (Sara)

—Que bilhete? Não sei sobre este bilhete. (Vítor)

Sara entrou em choque ao perceber a verdade escondida dela há muito tempo. Quer dizer que tudo não passava de uma armação? Apesar do muito amor que tinha pela mãe, já falecida, neste momento, amaldiçoou sua memória por ela ter sido tão cruel com os dois. Eles eram tão inocentes na época. Copiosas lágrimas escorreram pelo seu rosto lindo e ela suplicou ajuda.

—Abrace-me por favor.

Certificando-se de que não tinha ninguém conhecido por perto, Vítor atendeu o seu pedido .Pela primeira vez, sentiu o prazer de sentir Sara novamente nos braços. Porém, ele não admitiria isto nunca. Quando ela se acalmou, ele se afastou um pouco e reiniciou o diálogo.

—Está melhor?

—Sim, obrigada. Quem é sua namorada? (Sara)

—Chama-se Penelope.È sua aluna também. É aquela que se senta na extremidade do lado esquerdo. É uma ótima pessoa. (Vítor)

—Acredito. Você teve sempre bom gosto. Como nós ficamos? (Sara)

—No mesmo.Amigos,se possível. Temos que entender que o que está feito não tem como remediar. Espero que você seja feliz.

—Obrigada, vou tentar.

—Onde você mora? (Vítor)

—Próximo à escola, a quinta casa do lado direito na mesma rua. Quando você e sua família quiserem visitar, fique à vontade. (Sara)

—Está bem. Tenho que ir agora. Foi um prazer. Até. (Vítor)

—Até. (Sara)

Os dois se cumprimentaram com beijos no rosto e finalmente se despediram. Sara dirigiu-se do centro para o bairro do prado enquanto Vítor subiu a serra em direção ao Sítio Fundão. Apesar de não ter tido contratempos na viagem, estava mais confuso do que nunca. Continue acompanhando, leitor.

2.39-Revelação inesperada

Mais um dia se passa .Agora,a visão se concentra na figura do jovem e misterioso Angel ao acordar. Ainda cansado, somente na terceira tentativa é o que mesmo consegue levantar. Ao ficar em pé, ele caminha pelo quarto sem direção. Quando se decide, sai dele mansamente direcionando-se à saída. Ao ultrapassar a porta, fica pensativo olhando para todos os lados possíveis a querer contemplar o universo inteiro intensamente. Com cinco minutos neste exercício, ele para e retorna para casa como se tivesse tomado uma decisão definitiva. Qual seria? Continuemos acompanhando os fatos.

Dentro da casa, ele vai até seu quarto. Neste ambiente, pega um pano e se dirige ao banheiro com a finalidade de tomar sua ducha matinal. No caminho, passa pela sala (Ao lado do quarto dos pais), cozinha e enfim chega ao destino. Ao entrar e fechar a porta, continua com o mesmo pensamento de antes. Este se apresentava com mais força a cada momento que se passava.

Começa a se despir sem cerimônia. Ao ficar completamente nu, se aproxima da tina reservada e com o auxílio de uma cuia joga um pouco de água fria no corpo. O contato faz o corpo tremer e a alma também. Sem querer, o medo se achava presente desde que tomara a decisão anterior. Mas estava disposto a arriscar e bem sabia que era um caminho sem volta.

Usa a cuia novamente. Começa a se esfregar, usa sabão e tenta colocar as ideias em ordem. Apesar de ser um mestre na magia branca, neste momento, se sentia pequeno, sozinho e inseguro. Só resolveria o problema enfrentando-o e o faria mesmo que a um alto preço.

Continua seu asseio corporal e mental totalmente concentrado. Esfrega-se novamente, ensaboa-se, e joga mais água fria sobre o corpo. Após, faz uma revisão geral e fica satisfeito com os resultados. Pega então o pano, enrola-se e sai do banheiro. Já fora, dirige-se ao quarto e no caminho encontra seus pais. Enquanto Geraldo se encontra de saída para bodega, a mãe, Maria da Conceição, vai preparar o desjejum para o filho.

Com mais alguns passos, O mestre chega ao objetivo. No local, tira o pano e veste uma roupa adequada para a ocasião. Em seguida, calça um par de sapatos e ajeita o cabelo. Quando se sente pronto, encaminha-se à cozinha. Como a casa era pequena, rapidamente chega. No recinto, procura uma cadeira junto à mesa. Se acomoda e espera um pouco.

Em questão de segundos, sua mãe serve algo para ele comer. Com um sinal, o mesmo agradece. Começa então a alimentar-se. Enquanto faz isso planeja mentalmente cada passo que ia dar no dia. Tem que dar tudo certo, conclui esperançoso.

Ao terminar de comer, retorna ao quarto. Pega sua mochila, despede-se da mãe e enfim vai embora. Do lado de fora, pega a estrada principal na direção oeste (Diferentemente do habitual pois não tinha aula), e começa a seguir em frente. O destino estava lançado.

No caminho curto de menos de um quilômetro, chora, ri, grita, enfim é uma explosão de sentimentos pronto para se revelar. Que a vontade de Deus fosse feita.

Ao chegar em frente ao destino, fica estático por alguns segundos como se esperasse um sinal. Como nada de milagroso acontece, resolve seguir em frente. Aproxima-se da porta, bate com firmeza na mesma e chama os anfitriões com delicadeza.

Instantes depois, é atendido pela dona da casa,dona Filomena. Ela gentilmente o convida a entrar. Sem demoras, ele aceita .Ao ter acesso á sala, pergunta por seus queridos discípulos. É informado de que Rafael saiu para pescar e que Vítor está no quarto. Perfeito, pensou com seus botões, o misterioso Angel.

Angel gentilmente pede para que Filomena chame Vítor. Seu pedido é prontamente atendido. Ela vai ao quarto e, momentos depois, os dois retornam sorridentes. A seguir, ocorrem os cumprimentos de ambas as partes. Após, Filomena vai à cozinha deixando-os a sós. Imediatamente, o visitante aproveita a deixa.

—Preciso falar com você e é sério. Tem tempo para me ouvir?
—Sobre o quê? (Vítor)
—Um pouco de tudo. Pode ser? (Angel)
—Claro. (Vítor)
—Então me acompanhe. (Angel)

Como bom discípulo, Vítor acompanhou seu mestre. Da sala dirigiram-se à saída. Ultrapassaram a porta. Do lado externo,seguiram na direção norte embrenhando-se na mata. Mesmo achando tudo muito estranho, o discípulo não quis se antecipar.

Caminharam durante trinta minutos seguindo sempre a mesma direção. Predomina o silêncio só atrapalhado pelos sons naturais da mata. O que estava para acontecer? Vamos em frente.

Neste momento, a visão se detém no momento em que a dupla para no extremo norte do Sítio. Os dois ficam frente a frente e seus olhares se cruzam rapidamente. Angel então toma a iniciativa:

—Posso te dizer uma coisa?
—Claro. À vontade. (Vítor)
—Eu.......Eu.......Te.........Te........Amo! (Angel)
—Como é? (Vítor)
—Isto. Te amo desde o primeiro momento que te vi e não aguentava mais sufocado por este sentimento. (Angel)
—Tem certeza? (Vítor)
—Sim. Se isto não for amor, não sei o que é. Sabe, descobri isto quando você começou namorar a Penelope. Eu senti ciúmes. Quando você reencontrou aquela moça, então tive uma certeza maior disto. (Angel)
—Com todo respeito, você não pensa? Não vê que tenho namorada? Nós somos dois homens. Não vê que isto é impossível? (Vítor)
—Eu sei de tudo isto. Porém, não mando no meu coração e aconteceu. Não tive nenhuma culpa. Tente me entender. Mas não se preocupe. Eu não vou te incomodar nem exigir nada. A única coisa que quero saber é o que você sente por mim. (Angel)
—Eu......Não sei como dizer isto. Gosto de você também. Contudo, quero deixar claro que nunca iria assumir um relacionamento como este pois não enfrentaria uma sociedade como a nossa. Quero casar e ter filhos. (Vítor)
—Entendo. Mas já que você também me ama, posso te pedir três coisas sem comprometimento? (Angel)
—Pode. (Assegurou Vítor)

Angel pegou a mochila, a abriu e de dentro tirou uma muda de uma árvore conhecida na região. Com um sinal, ele pediu que Vítor se aproximasse e prosseguiu:

—Primeiro, quero que me ajude a plantar esta árvore.
—Está bem. (Vítor)

Auxiliado pelas mãos, os dois cavaram um pouco. Quando o buraco se tornou suficiente, os dois plantaram juntos a muda. Após, cobriram de terra a extremidade. Angel continuou:

—Esta é nossa árvore. É o símbolo do nosso amor. Que ela cresça, se reproduza e brilhe. Mesmo quando ela morrer, nosso sentimento permanecerá.

—Maravilha. Fica sendo o nosso segredo. Qual o segundo pedido? (Vítor)

—Fica comigo. Pelo menos uma vez. (Suplicou Angel)

—Como assim? Em que sentido? (Vítor)

—Sexo. (Angel)

—Pode ser. Como faz com outro homem? Não é perigoso? (Vítor)

—Nada. Simples. (Angel)

—Onde? (Vítor)

—Aqui mesmo. Este local é deserto. Tomaremos cuidado. (Angel)

—Vamos, então. (Vítor)

Os dois se resguardaram no matagal. Ao se sentirem seguros, tiraram a roupa e trocaram carícias. Com a preparação adequada, se amaram de sua forma. Um tomando cuidado para não machucar o outro.

Neste momento, mais do que prazer, sentiram um sentimento forte, incrível e poderoso. Mesmo indo contra a moralidade e as convenções sociais da época, era lindo e verdadeiro. Afinal, o sexo é só um detalhe quando se ama de verdade.

Ao término da relação, descansaram um pouco. Um pouco depois, vestiram a roupa e retornaram ao mesmo ponto de antes. O chefe retomou a conversa:

—Meu terceiro pedido é que nunca fiques longe de mim. Permita-me ficar sempre por perto. Vou te proteger e te amar em segredo.

—Tudo bem. Desde que você nunca me coloque em ridículo. (Vítor)

—Claro. Não poderia ser de outra forma. (Angel)

—Mais alguma coisa? (Vítor)

—Não. (Angel)

—Então acho melhor voltarmos para não despertar suspeitas. (Vítor)

Angel concorda. Os dois fazem o caminho de volta em cerca de trinta e cinco minutos. Ao chegar na residência de Vítor, Angel só faz tomar água. Despede-se dos demais e sai. Começa então o caminho de volta à sua morada.

Sem maiores problemas, cumpre o percurso em paz com a consciência limpa. Estava feliz? Poderíamos dizer que sim. Ao menos em parte pois tinha tomado a decisão certa. Vivera momentos incríveis ao lado do seu amor que guardaria para sempre. Isto é a vida. Uma sequência de momentos que não podemos desperdiçar. Até o próximo capítulo, leitores.

2.40-Um novo encontro

Passa-se um pouco de tempo. Estávamos exatamente no início da semana, uma segunda. Era o final do mês de fevereiro (1914) e a situação dos personagens em questão permanece igual: O trabalho continua, a escola também e os pares amorosos são os mesmos embora tivéssemos declarações e encontros bombásticos. Esta era a situação do momento.

Iniciando o dia, os personagens se preparam para a primeira atividade do dia: Ir à escola. Em trinta minutos, ficam prontos e partem para o destino. Como era esperado, os que moravam no sítio Fundão saíram bem mais cedo.

Porém, chegam exatamente igual com os da cidade. Ao se encontrarem, cumprimentam-se rapidamente. Ao tocar do sino, adentram na instituição. Cada um dirige-se a sua sala e ao chegar se acomodam nos assentos respectivos. Esperam um pouco e com a chegado do professor as aulas se iniciam.

Durante a manhã inteira, entre aulas e intervalo, se esforçam nos estudos das disciplinas da época e o trabalho se mostra fabuloso. A cada nova descoberta, os mutantes especificamente tinham uma maior consciência do seu papel numa sociedade injusta e preconceituosa do início do século XX. Seria possível transformar esta realidade? Continuemos a narrativa.

Ao término das aulas, o grupo de justiceiros volta a se encontrar. O chefe da equipe convida os discípulos para chupar um picolé junto a um ambulante que trabalhava ao lado da escola. Todos aceitam. Se dirigem imediatamente para lá.Ao chegar, fazem os pedidos ao atendente.Pouco tempo depois,são servidos.Fazem o pagamento e se alimentam tranquilamente. Ao ficarem livres ,O Xamã aproveita para passar um recado urgente .Fala baixinho e discretamente:

—Amanhã é o dia.Estão prontos?
—Sim.Qual é a missão?(Vítor)
—Trata-se de quê? (Rafael)
—Onde e em que horário? (Marcela)
—Vão todos? (Penelope)
—Pronto sempre. (Romão)
—Bem,respondendo a todos,nossa primeira atuação será na vila de Cimbres.Como sabem,lá é o curral eleitoral do major Cléber Pereira. Amanhã é o dia de cobrança do quarto, um tipo de imposto. Nossa atuação é basicamente amedrontar os cobradores defendendo os cidadãos. Isto tem que acabar pois é injusto. Quem se habilita? (O mestre)
—Quantos podem ir? (Vítor)
—No máximo dois. Devem ir encapuzados e trajados a rigor a fim de não despertar suspeitas. (Angel)
—Escolha você, mestre. É mais justo. (Sugeriu Rafael)
—Muito bem. Escolho Marcela e Vítor. De acordo? (Angel)
—Sim. (Os dois)
—Em que horário? (Marcela)
—Uma fonte segura me informou que a partir das 16:00 Hs. Uma hora antes, vocês ficam na tocaia. Quando os cobradores aparecerem, é o momento de agir. Sejam firmes, mas não machuquem ninguém. (Angel)
—Entendido. Quanto aos outros? (Vítor)
—Ficarão na minha casa treinando um pouco mais. (Angel)
—Que desculpa daremos aos nossos pais? (Penelope)
—Estudo em grupo. Que tal? (Angel)
—Ótimo. Boa ideia. (Romão)

—Bem, era só isso. Estão liberados. Até mais. (Angel)
—Até. (os outros)
Todos se dirigem ás suas respectivas residências. O estado atual deles é comum: Muitos nervosos e inquietos. Ao chegarem, vão realizar outras atividades durante o restante do dia. O que aconteceria? Continuem acompanhando, leitores.

2.41-Início de atuação
Chega o dia D. Ao se iniciar o dia, os personagens se começam a cumprir suas obrigações normais. Levantam, espreguiçam-se, tomam banho, vestem roupas limpas, preparam e comem o desjejum, escovam os dentes e por fim se despedem. Ao ficarem prontos, partem para o destino que é a escola. Cada qual teria que cumprir um trajeto único. Faziam isso com alegria, diversão e tranquilidade diariamente. Sem maiores dificuldades, todos chegam no horário previsto e quando o sino toca eles têm acesso ás salas.

Imediatamente, as aulas se iniciam. Durante o tempo previsto para as atividades, os alunos (Em especial os mutantes) esforçam-se bastante. Em geral, o desempenho dos mesmos era satisfatório. A cada dia, novas informações são adicionadas ao rol de valores deles. A escola só tinha a acrescentar em suas vidas e era uma oportunidade raríssima frente ás dificuldades da época.

Ao término, eles têm a oportunidade de se reencontrar. O comandante aproveita a oportunidade para esclarecer algumas questões:
—Estão prontos?
—Sim. (Todos em coro)
—Já avisaram seus pais? (Angel)
—Sim e demos a desculpa sugerida. (Pronunciou-se Penelope)
—Muito bem. Então me acompanhem. Exceto Marcela e Vítor que devem partir para Cimbres imediatamente. (Angel)

Os discípulos obedecem ao mestre. Juntos, começam a fazer a viagem a cavalo montados em duplas. Do bairro do prado onde estavam passariam pelo centro, pegariam a estrada principal e subiriam a serra do

Ororubá. De lá, teriam acesso ao planalto. Só se separariam na metade do percurso, no desvio para Cimbres.

No momento da despedida, todos se cumprimentam com abraços e beijos. Esta atitude demonstrava a união do grupo que era realmente espetacular. Na separação, enquanto Marcela e Vítor se destinam à Cimbres para a primeira missão, os outros seguem em frente rumo ao Sítio Fundão. Acompanhemos os primeiros.

Os dois avançam na estrada deficitária com grande velocidade e mal se falam no caminho. Desde que se conheceram, sempre havia entre eles uma barreira muito além do respeito. Agora, o fato de estarem juntos poderia ser uma ótima oportunidade para estreitar laços e esta era a vontade íntima dos dois.

Ao completarem quinhentos metros percorridos, Vítor não se conteve iniciando timidamente uma aproximação.

—Está tudo bem, Marcela? A viagem está boa?

—Tudo ótimo. E com você? (Retribuiu ela)

—Tudo bem também. Já traçou seus planos para a ação de logo mais? (Vítor)

—Mais ou menos. Acho que só vou saber na hora. Afinal, é a minha primeira vez neste tipo de coisa. (Explicou Marcela)

—É a minha primeira vez também. Mesmo com medo, aperfeiçoei muito minhas técnicas e me sinto confiante. Se precisar de cobertura, é só avisar. (Vítor)

—Obrigada. Mas não pense que por ser mulher sou sexo frágil. (Marcela)

—E eu não sei? Tenho uma namorada que é uma fera. (Em Risos, Vítor)

—Concordo. Mas além de ser fera, também é um doce de pessoa. Cuidado para não a magoar. (Marcela)

—Claro. Terei cuidado. Seu namorado também é boa gente e muito poderoso por sinal. (Observou Vítor)

—Verdade. Estamos nos conhecendo. Espero que dê certo. (Marcela)

—Vai dar. Torço por vocês. (Vítor)

—Obrigada. O mesmo desejo para você e sua amiga Penelope. Ainda está longe a vila de Cimbres? (Marcela)

—Daqui a aproximadamente quinze minutos chegaremos. Aonde quer ir primeiro? (Vítor)

—Estou com muita fome. Tem algum botequim por lá? (Marcela)

—Tem dois. Também estou com fome. Concordo em reabastecer as energias. Depois pensamos nos outros passos. (Vítor)

—É assim que se fala. (Constata Marcela)

A conversa instantaneamente para. Os dois continuam num trotar rápido e seguindo na estrada. Como era esperado, em breve aparecem as primeiras casas. Logo depois, o aspecto de povoação. Com o conhecimento que tinha, Vítor leva a amiga para o boteco que servia uma comida barata e boa. Eles adoravam a comida típica da região.

Ao chegar no recinto, eles se assentam em cadeiras ao redor duma mesa disponível. Como já eram 13:30 Hs o movimento não era intenso. Imediatamente, eles avaliam o cardápio e os preços disponíveis num caderninho. Quando chegam a um consenso, pedem algo para comer e beber.

Enquanto esperam, retomam a conversa amigável.

—O que achou de Cimbres? (Vítor)

—Gostei. É uma vila tranquila apesar de sua grande importância histórico-cultural para nosso município. Pretendo vir mais vezes aqui com intuito de passeio. (Revelou Marcela)

—Muito bem. Também gosto daqui. Venho de vez em quando porque tenho parentes que moram aqui.(Vítor)

—Legal. Que tal se fôssemos visitá-los? (Marcela)

—Boa ideia. Não é o melhor momento, mas é sempre bom rever a família. (Vítor)

—Se der tempo, quero dar um passeio pelos lugares principais daqui a fim de aliviar a tensão. (Marcela)

—Entendo. É a nossa primeira atuação. Sinto-me inseguro também. Mas já que aceitamos este papel o honremos como deve ser.(Vítor)

—Apoiado. (Marcela)

A emoção toma conta do momento e os dois se abraçam num gesto de carinho e cumplicidade. Ali, estavam dois guerreiros que iriam tentar representar da melhor forma possível o grupo de justiceiros do sertão, na luta contra as demandas da época. Daria certo? Continuemos acompanhando a narrativa.

O abraço se desfaz.Em alguns instantes, finalmente o que pediram chega. Começam então a se alimentar e se concentram apenas nisso. Durante vinte minutos, reabastecem suas energias silenciosamente somente quebrado ás vezes por barulhos externos. Porém, nada que atrapalhasse o momento.

Ao término, se levantam, pagam a conta e finalmente vão embora. No caminho, ultrapassam a porta e já fora combinam de passear um pouco pois ainda era bastante cedo. Passando por pontos estratégicos como o Antigo senado de Câmara, o casario histórico e a famosa Igreja de Nossa senhora das Montanhas, os dois absorvem todo o aspecto imponente do lugar. Se sentem como se tivessem vivido há tempos atrás, nos tempos de glória do local. Todo este trajeto era explicado passo a passo por Vítor, que servia como guia para a estreante Marcela.

Ao final do passeio, dirigem-se para a casa dos parentes de Vítor.Lá moravam seus primos em segundo grau Bartolomeu e Angélica. Como tudo em Cimbres era perto, em menos de cinco minutos eles já se encontram à porta da residência deles batendo e chamando. A insistência dos dois faz com que em alguns instantes eles já sejam atendidos. Quem o faz é a alegre e misteriosa Angélica. Ao reconhecer o jovem Vítor, imediatamente o abraça. A emoção toma conta dos dois.

—Que bons ventos o trazem aqui, Vítor? Como está bonito e quem é esta bela jovem a acompanhá-lo? (Angélica)

—Obrigado prima. Estávamos passando por aqui e resolvemos lhe fazer uma visita. Esta é Marcela, uma amiga. Onde está o primo Bartolomeu? (Vítor)

—Está lá dentro. Prazer,Marcela,me chamo Angélica. Mas o que fazem ainda aqui fora? Vamos, entrem. (Angélica)

Os dois agradeceram e aceitaram o convite .Como a porta encontrava-se entreaberta, adentraram na residência sem muita cerimônia.

Acompanhados da anfitriã, alcançaram a sala de estar.Lá, encontram Bartolomeu. Novas apresentações e cumprimentos ocorreram. Após, acomodaram-se nos assentos respectivos. Imediatamente, uma alegre conversação se iniciou entre os quatro.

—Como está sua mãe? (Angélica)

—Na medida do possível, bem. Espero não a decepcionar. (Vítor)

—Claro. Sente muitas saudades do seu pai? (Angélica)

—Muitas. Mas pouco a pouco vamos nos conformando com a vontade divina. (Vítor)

—É assim que deve ser. Também sofri com a morte de meu pai, mas o tempo ajuda a sarar as feridas. É verdade que o nunca o esqueci, mas aprendi a não ficar lamentando o tempo todo. A morte faz parte. (Bartolomeu)

—Sábias palavras, Seu Bartolomeu. Ainda não perdi os meus pais, mas acho que agiria da mesma forma. (Marcela)

—Não fique imaginando, Marcela. Peça a Deus tempo suficiente para aproveitar da sabedoria e da presença deles, algo que não tive com o meu pai. (Aconselhou Vítor)

—De qual família você é mesmo, Marcela? (Angélica)

— Minha família é bem comum. Sou dos Silva e Santos, filha deAdemário e Joana.(Marcela)

—Nunca ouvi falar. Mas te observando percebi que se tratam de gente boa. (Angélica)

—Obrigada. Você é vidente? (Marcela)

—Pode-se dizer que sinto as coisas. Por isso, devo alertá-los que o caminho que estão iniciando é muito espinhoso e perigoso. Muito cuidado, pois, alguém pode se machucar. (Angélica)

—O que vê especificamente, prima? (Interessou-se Vítor)

—Não posso falar. Apenas tomem muito cuidado e usem o seu livre arbítrio de forma adequada. (Alertou Angélica)

—Está bem. (Vítor)

—Seja o que for meninos, ouçam a Angélica. Ela tem uma larga experiência nestes assuntos. (Orientou Bartolomeu)

—Entendido. Tomaremos cuidado. (Prometeu Marcela)

—Querem algo para comer ou beber? (Indagou Angélica)

—Não, obrigada por sua gentileza. Já temos que ir. Não é, Vítor? (Marcela)

—É sim. Obrigado primos pela sua hospitalidade. Quando quiserem nos visitar, minha casa estará sempre de portas abertas. (Vítor)

—Obrigado. As ocupações são muitas, mas qualquer dia arranjamos um tempinho. (Observou Bartolomeu)

—Dê lembranças a sua mãe, Filomena. Marcela, muito prazer em conhecê-la. (Angélica)

—Obrigado. Até mais. (Vítor)

—Obrigada também. O prazer foi meu. (Marcela)

—Até. (Angélica e Bartolomeu).

Vítor e Marcela dirigiram-se a saída. Com alguns passos já ultrapassaram a porta. Do lado externo, a uma distância segura, Vítor pegou o braço da sua companheira de aventura e a inquiriu:

—Por que esta pressa toda se ainda falta mais de uma hora para nossa missão?

—Sua prima é muito estranha e as coisas que ela falou não me agradaram em nada. (Explicou-se Marcela)

—Entendi. Porém, não tenha uma má impressão dela. Ela é uma ótima pessoa. (Vítor)

—Tudo bem. Não se preocupe. Que tal irmos à Igreja um pouco? Podemos orar e depois tocaiar nossos inimigos na frente da mesma. O que acha? (Sugeriu Marcela)

—Boa ideia. Aproveito para pedir pelos meus entes queridos já falecidos. (Vítor)

—Vamos então? (Marcela)

—Sim. (Vítor)

Os dois se dirigiram ao destino combinado extremamente ansiosos. Com dez minutos de caminhada vigorosa chegam lá. Sobem a pequena escadaria, passam pela porta larga e finalmente adentram no santuário. Humildemente, aproximam-se do altar. Num ato de reverência, ajoelham-se em frente ao Santíssimo e a padroeira local. Aproveitam para fazer seus pedidos e orações demorando um período total de quinze minutos. Ao término deste tempo, usam as máscaras, levantam-se e dirigem-se a saída. A partir de agora, o destino estava lançado e prestes a se revelar.

Fora da Igreja, os dois sentam nas escadarias. Deste ponto, observam todo o povoado à procura dos malfeitores. O que aconteceria? Continuem prestando atenção, leitores.

Após quarenta minutos de espera (Antes do previsto) finalmente aparecem os cobradores. A gangue do autoritarismo bate nas portas cobrando impostos e incomodando os moradores a mando do major local.

Imediatamente, Vítor e Marcela concentram-se. Ao ficarem invisíveis, saem voando na direção deles. Ao chegarem mais próximos, se materializam e pregam um grande susto nos rivais. Justamente no momento em que eles se preparam para mais uma cobrança.

—Parem com isto! Caso contrário, irão ver-se conosco. (Ameaçou Vítor)

—Quem são vocês? (Perguntou Orlando, um dos cobradores que eram no total de três)

—Somos Deuses do bem. Se vocês não pararem de incomodar os moradores, vão ter sérios problemas. (Argumentou Marcela)

—Deuses? Isto é uma piada? (Henrique, chefe dos cobradores)

—Vamos ver se os Deuses são a prova de chumbo. (Hélio, o terceiro cobrador)

A seguir, uma sequência de disparos é ouvida deixando os moradores em polvorosa. Seria o início de uma guerra naquele pacato lugar?

Felizmente, ninguém se machucara. Como Marcela lia mentes, avisou telepaticamente a Vítor que usando de seus poderes mentais desviou os projéteis para longe a fim de que ninguém se machucasse.

Após, Vítor ficou irado. Com intuito de dar uma lição nos insolentes, provocou uma pequena tempestade de areia. A nuvem de pó envolveu os adversários e os fez rodopiar no ar. Ao final, os deixou paralisados a uns trinta metros de altura. Tomou então a palavra:

—Digam uma só palavra de desaforo e os deixarei cair. (Ameaçou Vítor)

Os adversários, tremendo de medo, suplicaram representados pelo chefe:

—Não, por favor, deixe-nos ir. Não temos nada a ver com isto. Somos apenas paus mandados do Major. Ele é o responsável.

—É verdade, Vítor. Tenha pena deles. (Pediu Marcela)

—Está bem. Porém, fica o aviso: Digam ao Major que suspenda esta cobrança ou vai ter que se ver conosco. (Vítor)

—Nós prometemos. Vamos avisá-lo, hoje. Agora, deixe-nos ir. (Henrique)

—Tudo bem. Vão, vermes. (Vítor)

Dito isto, Vítor os transportou à terra os liberando da paralisação. Os rivais saíram correndo a pegar os cavalos. Os montaram e foram embora. Iam em direção à fazenda do Major, no oeste da Vila.

Enquanto isto, a dupla de mutantes também foram embora. Enquanto sobrevoavam a vila, receberam uma chuva de aplausos dos moradores locais. Nesta hora, sentiram orgulho do papel que tinham feito. Seria o destino transformar-se em super-heróis?

Bem, esta questão só poderia ser esclarecida no futuro. Por enquanto, eles tomariam cuidado em todos os sentidos. Afinal, era apenas o começo da missão e eles não sabiam a que proporções isto chegaria.

Pensando nisto, ainda na vila, descem e pegam os cavalos. Os montam e trotam na estrada principal em direção a saída. Ao ficarem a uma distância segura e certificar-se de que não havia ninguém, tiram as máscaras e continuam a caminhada tranquilamente.

Ao chegarem no desvio, Vítor desce e despede-se de Marcela. Ele envulta-se, fica invisível e parte em direção à residência do mestre. O restante do grupo o esperava lá. Já Marcela teria que voltar imediatamente para casa a fim de não despertar suspeitas nem ser penalizada pelos pais que eram bastante rígidos.

Até o próximo capítulo, leitores.

2.42-Reencontro

Vítor finalmente chega. Aproxima-se da porta, bate com firmeza e espera um pouco. Instantes depois, finalmente é atendido pelo anfitrião.

Juntos, adentram na casa juntando-se ao restante do grupo que se encontra na sala. Acomodam-se nos assentos disponíveis com a conversação sendo iniciada no meio de muita expectativa e nervosismo dos que esperavam notícias.

—Como foi tudo lá? Tiveram êxito na missão? (Angel)

—Sim. Enfrentamos resistências, mas vencemos e mostramos quem manda. Ao final, mandamos um recado para o Major. Agora, é só esperar. (Vítor)

—Muito bem. Porém, é necessário mantermos o foco, a precaução e ter a consciência de que isto é apenas um início e que não garantimos nada. (Alertou Angel)

—Quanto a Marcela? o que houve? Por que não veio? (Indagou Penelope)

—Ela teve que voltar para casa a fim de evitar uma preocupação maior dos pais. (Esclareceu Vítor)

—Ótimo. Qual é o próximo passo, mestre? (Interessou-se Romão)

—Esperar a reação. É provável que o major use de seus meios com o objetivo de recuperar terreno. Quando ele fizer isso, estaremos atentos para rechaçar. Começou a luta, senhores! Justiceiros sempre! (Angel)

—Um por todos e todos por um! (Completou Vítor)

—Contra a injustiça, a corrupção, os desmandos e pelo cidadão de bem! (Lembrou Romão)

—Com dignidade, clareza e transparência, amigos sempre! (Penelope)

—Pelo certo e pelo justo! (Explicitou Rafael)

—Adorei. Bem, por hora, estão liberados. Qualquer novidade, comunico na escola, certo? (Angel)

—Sim. (Todos)

Um a um foram se despedindo e partindo para as suas respectivas moradas. Ao final, Angel fica sozinho conversando com seus botões. Será que seu projeto daria mesmo certo? Conseguiriam transformar uma realidade tão consolidada? Seriam felizes ao final? Bem, só o futuro mostraria um encaminhamento certo para estas e outras questões. Por enquanto, se achava confiante pelo comprometimento e dedicação de todos. Estava orgulhoso do seu grupo que fundara juntamente com os parceiros Vítor e Rafael, os famosos irmãos Torres.

2.43-Repercussão e reação

Após a humilhação pública imposta pelos mutantes, os cobradores de impostos finalmente chegam a imponente sede da fazenda Cimbres depois de quinze minutos de trotar vigoroso. Um pouco sem graça, eles se aproximam mais e encostam no portão. Em seguida, batem no mesmo com força gritando a fim de serem notados.

Em cinco minutos, o mesmo é aberto. Aparece uma jovem negra e esbelta chamada Maria, a serviçal da sede. Após os cumprimentos, ela os encaminha a uma sala reservada onde o patrão costumava recebê-los.

Quando a serviçal se retira, a porta se fecha e então o major fica frente a frente com seus subordinados. Neste momento, os olhares deles se cruzam e o major inicia a conversa.

—Como foi a missão? Deu tudo certo?

—Nada certo. Fomos interceptados por duas pessoas mascaradas dotadas de grandes poderes que nos ameaçou destruir caso não parássemos a cobrança. (Henrique).

—Como é? Como eram estes dois sujeitos? (Cleber Pereira, o major)

—Pelo jeito, um era homem e o outro mulher. Denominaram-se a si mesmos de Deuses do bem. (Hélio)

—Isto é um problema. Sabem mais algum detalhe? (Cleber Pereira)

—Não. Apenas que são muito poderosos e estão contra nós. (Informou Orlando)

—Muito bem. Vou pensar em algo. Por enquanto, estão dispensados. (Cleber pereira)

—Está bem. Vamos? (Henrique)

—Sim. (Os outros dois)

Os três se retiraram da sala em que estavam e deixaram a sós o major muito pensativo. O que seria do seu império com a presença de adversários tão perigosos? Continuemos a narrativa.

2.44-A ideia

Após três horas analisando o caso, o major finalmente tem uma ideia de como poderia reagir. Ele chama um mensageiro e lhe dá a incumbência de avisar a seus cúmplices (Outras autoridades e uma bruxa) de uma reunião marcada urgentemente para o fim da corrente semana pois provavelmente estariam menos ocupados.

Dado o recado, o mensageiro partiu. Com isto, uma esperança se reacende no coração de Cléber. Deveria haver alguma solução para barrar a atuação dos seus imponentes e continuar praticando desordens, injustiças, mantendo suas regalias naquele sistema que dera tão certo para seus interesses.

Agora só restava esperar pelo dia da reunião que seria num domingo.

2.45-O dia

Passam-se exatos cinco dias. Conforme o pedido do Major de Cimbres (Cleber Pereira), comparecem bem cedinho à sua fazenda seus principais comparsas :O senhor Soares (Coronel de Carabais), O major Quintino, de Mimoso e a bruxa Esmeralda, também de Carabais.

Como de costume, Maria recebe os visitantes e os acompanha a espaçosa sala da sede da fazenda onde Cleber já os espera. Chegando no recinto, todos se cumprimentam e se acomodam em tamboretes de madeira dispostos em círculos. Ficando no centro, o anfitrião toma a iniciativa:

—Meus caros, que bom que vieram. O motivo pelo qual estão aqui é de extrema urgência. Trata-se da intromissão em nossos planos de dois intrusos do bem,autodenominados Deuses. Quero uma opinião de vocês: Como barrar estes seres? (Cleber)

—Sim, eu ouvi falar. Tentou matá-los? (Senhor Soares)

—Meus subordinados sim. Mas não adiantou. (Cleber)

—O que eles querem? (Major Quintino)

—Não sei bem ao certo. Nesta vez, tentaram impedir a cobrança de impostos. (Cleber)

—Então é um grave problema meu caro. Precisamos deste dinheiro para bancar nossos vis gastos. Alguma sugestão? (Major Quintino)

—Eu não tenho. Se bala não consegue atingi-los o que se pode fazer? (Senhor Soares)
—O que vê, bruxa? (Cleber)
—Eles são muitos. Possuem dons especiais e estão decididos. Querem destruir a rede de favores. Tem grande possibilidade de sucesso a não ser que.........(Esmeralda)
—Continue. Isto muito nos interessa. (Major Quintino)
—Podemos tentar combatê-los usando a força da magia negra. No entanto, precisamos de seis voluntários que comprometam sua alma. (Revelou Esmeralda)
—Isto não é problema. Eu arranjo para você. (Garantiu Cleber)
—Isto dá mesmo Resultados? (Senhor Soares)
—Depende. Iniciaremos o grande combate e que o melhor vença. (Esmeralda)
—Pronto. Então fica certo assim. Cleber arranja as pessoas e reagimos. Por curiosidade, de que forma isto será feito? (Major Quintino)
—Faremos um ritual ás 24:00 Horas dentro dum cemitério. Tem que ser noite de lua cheia como amanhã. Vocês arranjam as pessoas e eu cuido do resto. (Esmeralda)
—Feito. Se quiser, poderá ficar como minha hóspede, Esmeralda. Convencerei os escolhidos e colocaremos em prática o nosso plano. (Cléber)
—Aceito. (Esmeralda)
—Bem, como está tudo decidido, vou indo. Tenho meu próprio curral para cuidar. Espero notícias. (Major Quintino)
—Eu também. (Senhor Soares).
Os dois foram embora deixando Cleber e Esmeralda a cuidar dos detalhes. Daria certo? Continuem acompanhando, leitores.

2.46-O ritual
No mesmo dia, o major Cleber Pereira através de um mensageiro convocou seis subordinados.Dentre eles, os cobradores de impostos já mencionados e os três restantes trabalhadores braçais que eram fiéis à sua causa duas das quais eram mulheres. Quando eles chegaram, re-

uniu-se com eles como sempre na sala reservada. Explicou a situação e se caso aceitassem lutar por ele nesta grande guerra que se iniciara, teriam muitos privilégios, regalias e considerações de sua parte.

Considerando a proposta boa, aceitaram .Em sequencia,o Major os convidou para a cerimônia de consagração à causa a se realizar no cemitério local. Mesmo achando esquisito o lugar, concordaram. O que não sabiam era que o preço que iriam pagar era alto demais e de maneira nenhuma valia a pena.

Um dia se passou e outro nasce. Desde cedo, os personagens envolvidos se engajaram em suas atividades rotineiras sem nenhum fato que denotasse anormalidade. A manhã então se passou. Ao meio-dia, almoçaram. Após, inicia-se outras atividades na tarde. Na noite jantam com o tempo passando bem rápido. É chegado o momento. Finalmente, o grupo de pré-mutantes do mal se reúne na sede da fazenda Cimbres.Esta, de propriedade do major Cléber pereira.

Quando se aproxima do horário e todos estão prontos, o grupo finalmente parte. Ele é composto pelas seguintes pessoas: Henrique, Hélio e Orlando(Cobradores), Patrícia, Clementina e Romeu (Trabalhadores braçais), Esmeralda e Cléber (Chefes e acompanhantes).

O caminho é percorrido devagar pois já era bastante tarde e a única iluminação disponível era a de um candeeiro, que Esmeralda carregava. Mesmo assim, a animação era grande daqueles que pensavam que iriam tornar-se super poderosos e inatingíveis. Vez ou outra, pediam explicações a mestra Esmeralda. Ela se esforçava em não deixar nada Claro. Percebendo sua atitude, eles resolvem somente esperar. Que espera angustiante!

Dentro de vinte minutos, eles completam o percurso. Adentram clandestinamente no cemitério e se deslocam para o centro seguindo as orientações da mestra. Ao chegar no ponto certo, Esmeralda os dispõe em Círculo.Com uma vara, traça os limites os quais não poderiam ser ultrapassados. Depois, derrama um líquido estranho sobre os mesmos, pega seu colar e livro de magia começando a recitar orações negras ininteligíveis. De fora, o major só observa.

Com cinco minutos de concentração, o círculo pega fogo. Neste momento, ninguém pode se aproximar ou ultrapassá-lo.A bruxa grita e o símbolo de Satanás aparece diante de todos. O símbolo se move entre eles e ultrapassa os corpos de todos os pré-mutantes. Ao se completar o ciclo, o fogo se extingue e a feiticeira desmaia. Os agora mutantes do mal ressurgem. Cada qual recebe um poder.

Henrique se transforma num demônio com duas belas asas; Hélio recebe poder sobre o fogo; Orlando domina o material terrestre; Patrícia fica mestre em tele transporte; Clementina recebe poderes sobre o clima e Romeu fica dotado de uma força espetacular. Todos ficam satisfeitos e aproveitam para testar o limite dos seus poderes.

No instante posterior, Esmeralda acorda. Juntando-se ao Major ,dá os parabéns a todos. Passa algumas orientações as discípulos. Como já era tarde, despede a todos. Voltam então ás suas residências. No dia posterior, a bruxa retornaria a Carabais voltando a auxiliar o senhor Soares. E agora? O que aconteceria? Uma guerra sem precedentes e emocionante seria travada entre os dois grupos rivais numa época dominada pelas elites, corrupção, autoritarismo e cheia de injustiças. Continuemos acompanhando os fatos com atenção.

2.47-A segunda rodada

Com o sucesso da empreitada ao cemitério e a consequente formação do grupo de mutantes do mal, o objetivo seguinte era o treinamento adequado a fim de ficarem preparados para o confronto com o grupo de justiceiros.

Por decisão unânime, cada um seria responsável pelo seu próprio desenvolvimento. Quando estivessem preparados, responderiam à altura a humilhação sofrida. E assim fizeram. Dia após dia, fizeram atividades relativas ao trabalho e ao treinamento. Ao final de três meses, atingiram o objetivo.

Imediatamente após o fato, marcaram uma reunião junto ao chefe do grupo,O major. Seria realizada ás 14:00 Horas deste mesmo dia na sede da fazenda Cimbres.

No local e horário combinados, os integrantes dos mutantes do mal compareceram sendo bem recebidos. Foram encaminhados a sala de reuniões como sempre. Ao chegarem lá, entraram em contato com Cléber.Planejaram os próximos passos e debateram sobre vários assuntos em quase uma hora de audiência. Decidiram por uma resposta rápida, o que incluía a volta de impostos. Será que conseguiriam?

Propositadamente, foi espalhada a notícia de que a cobrança do imposto do quarto voltaria colocando os justiceiros de sobreaviso. Então os mesmos resolveram fazer uma investigação rápida que revelou alguns detalhes importantes como horário, local e participantes.

Angel juntamente com os demais do seu grupo resolveram agir novamente enviando três dos seus representantes. Desta vez, além de Marcela e Vítor, Romão também participaria. Era o trio de ferro perfeito para enfrentar os oponentes.

Trajados a rigor e usando máscaras, os dois grupos rivais se encontraram no mesmo local da outra vez, na vila de Cimbres. Desta vez, os cobradores usavam de sua força para afanar dinheiro dos moradores.

Os mutantes do bem abordaram os oponentes, e antes de usar a força, inquirem os malfeitores:

—Não avisamos que os impostos não deviam ser mais cobrados? (Vítor)

—Contatamos nosso chefe e ele não aceitou suas condições. (Explicou Henrique)

—O que têm na cabeça? Não viram nossa força? (Marcela)

—Sim. Os admiramos. No entanto, acho que agora vai ser diferente. (Hélio)

—Por quê? O que estão escondendo? (Romão)

—Nos tornarmos iguais a vocês e se tentarem nos impedir vai ter resposta. (Avisou Orlando)

—Não importa. Ainda somos os mocinhos. Justiceiros, à luta! (Vítor)

Após esta declaração, os mutantes do mal se revelam. Voam com cada um escolhendo seu adversário num embate a dois. São os seguintes pares formados: Marcela contra Henrique; Romão contra Hélio e Vítor contra Orlando.

O embate entre as duplas finalmente começa. A situação é a seguinte: a disputa se revela equilibrada. Entre Marcela e Henrique, a vantagem da primeira é saber todas as suas ações antecipadamente auxiliada pelo dom da telepatia . Já a vantagem do segundo é ter uma maior força e a agilidade por ser homem e demônio ao mesmo tempo. Entre Romão e Hélio, apesar de aquele ser bem mais desenvolvido que este tem que ficar sempre em prontidão pelo fato do outro possuir o poder o fogo, uma arma letal. Entre Vítor e Orlando, O primeiro é mais inteligente e o segundo mais precavido e rápido.

Por apresentarem características tão distintas, todos se esforçam em vencer mas ao final de trinta minutos continuavam como no começo:Empatados. Exaustos, eles descem à terra e decidem dar por finalizada a questão.

Voltam então às suas respectivas residências com a situação ainda indefinida. Tinham apenas uma certeza: Precisavam treinar mais para que alguém prevalecesse. Continuem acompanhando, leitores.

2.48-O nascimento de mais um filho

O tempo avança um pouco. A situação se apresentava da seguinte forma: os grupos rivais continuavam se enfrentando e se sucediam vitórias e derrotas de ambos os lados pois suas forças se equivaliam; os pares amorosos tinham poucas oportunidades de convivência mas seguiam firmes em seus propósitos; Em relação ao trabalho e ao estudo, os personagens em questão se destacavam cada vez mais e estavam conseguindo atingir o objetivo principal que era sobreviver numa região pobre, de solo frágil e de constantes secas, sem oportunidades, esquecida pelas autoridades e cheia de desigualdades e injustiças. Especificamente os integrantes da família Torres, já restava superado a morte do patriarca. Seguiam em frente apesar de não o esquecer completamente.

Agora, a visão se detém no exato momento do começo das dores de Filomena, prenunciando a vinda de mais um integrante na família. Por sorte, os filhos estão em casa e imediatamente vão buscar uma parteira.

Vinte minutos depois, voltam com a mesma e a auxiliam no que for necessário.

Quando chega o momento do parto, Vítor e Rafael saem deixando as mulheres a sós. Encaminham-se à sala e ficam a esperar notícias. Aproximadamente uma hora depois, ouvem um choro dum bebê e tem a certeza de que tudo ocorreu bem.

Resolvem então ir ao quarto. Ao chegar lá, presenciam uma cena maravilhosa: Filomena dando a primeira vez de mamar para o bebê recém-nascido. Tratava-se de uma menina morena clara, peso normal e de faces rosadas.

Os dois se aproximam mais observando o bebê de perto. O acariciam e iniciam uma conversa rápida:

—Como chamar-se-á? (Pergunta Vítor)
—Ainda vou pensar. (Filomena)
—Que tal colocar o nome dela de Clotilde? (Rafael)
—Não, não gosto deste nome. (Filomena)
—Posso dar uma sugestão? (Intrometeu-se Graça, a parteira)
—Claro, você já é da família. (Filomena)
—Acho o nome Clara lindo e acho que caberia bem em sua filha. (Graça)
—Clara? Gostei. (Filomena)
—O nome Clara é mesmo lindo. (Rafael)
—Pode ser.(Vítor)
—Então, se todo mundo concorda, fica assim mesmo. Ela se chamará Clara. (Decidiu Filomena)

Decidido o nome, todos aproveitam o momento para paparicar a nova integrantes dos Torres.Com um pouco mais de tempo, Graça se despede. Rafael fica cuidando da mãe e Vítor vai trabalhar.

Mais tarde, todos se reuniriam e comemorariam com mais tranquilidade este grande presente dos céus que era o nascimento duma criança. Continuemos a narrativa.

2.49-O período de dois anos e meio

A roda do tempo continua a girar . Encurtando um pouco a narrativa, descreverei alguns fatos que aconteceram na vida dos personagens principais num período de dois anos e meio após o nascimento de Clara: Relativo ás atividades escolares,os justiceiros passaram em todas as etapas de avaliação,uns com mais facilidade e outros menos. Mas todos foram vencedores e já se aproximava o final do ciclo ginasial exceto para Romão que entrara um ano após; Quanto à batalha dos dois grupos de mutantes, o grupo de justiceiros conseguiu alguns avanços a muito custo mas estavam longe ainda do objetivo principal; os pares amorosos permaneciam, e a novidade era a programação dupla de noivado entre Marcela e Romão e Vítor e Penelope; Já a nova personagem Clara crescia com saúde e a cada dia encantava mais as pessoas ao seu redor. Enfim, tudo estava transcorrendo dentro do esperado.

A linha do tempo continuaria avançando e certamente traria mais novidades. Você que me acompanha desde o início do livro, continuemos juntos nesta co-visão e prometo que descobriremos novidades fantásticas. Avancemos, pois.

2.50-Noivado

No dia, horário e local combinados (Clube da cidade) compareceram os noivos e suas respectivas famílias. Além destes, amigos, parentes e conhecidos previamente convidados. Apesar de todas as dificuldades da época, foram preparados um banquete e um acompanhamento dum pequeno grupo de forró pé-de serra custeada com a ajuda de todos os envolvidos.

Em meio ás festividades,os noivos trocaram alianças e firmaram compromisso de respeito,amor,amizade e cumplicidade. Se tudo desse certo, teríamos casamento em breve. Após, continuaram as comemorações junto com os demais.

Entre as atividades realizadas pelos presentes, incluía-se a dança, as conversas, as paqueras, além da comida e bebida. Cada um aproveitava da melhor forma a ocasião e prometia ser longa.

Após três horas do início, a bandinha encerrou os trabalhos. Então cada qual foi se despedindo. Ao final, os noivos também foram embora. No outro dia, continuariam suas atividades normais como sempre. Avancemos um pouco.

2.51-A última tentativa

Um dia após o fato anterior, ao saber que seu ex-amor Vítor se comprometera publicamente com Penelope, Sara analisou bem a situação: os prós e contras. Por fim, decidiu que não faria mal tentar uma nova aproximação.

A fim disso, após um dia normal de aula, o seguiu secretamente por um bom tempo. Na primeira oportunidade em que a noiva não estava perto, aproximou-se mais e chamou por seu nome. Voltando-se para trás, Vítor deparou-se com a mesma. Sendo gentil como era, permitiu o contato.

Os dois se cumprimentaram e Sara tomou a iniciativa do diálogo:

—Preciso falar urgentemente com você. Tem tempo para me ouvir?

—Do que se trata? (Vítor)

—É sobre nós dois. Pode ser? (Sara)

—Está bem. Podem ir, depois encontro com vocês (Referindo-se a Rafael e Angel que o acompanhava) (Vítor)

—Vamos? (Vítor)

—Sim. (Sara)

Andando lado a lado e com cuidado para não serem reconhecidos, a dupla encaminhou-se a um botequim próximo. Havia um sentimento de nostalgia, nervosismo e expectativa pairando no ar. Chegaram no local em dez minutos de caminhada vigorosa. Adentrando no recinto, procuram um lugar vazio. Ao encontrarem, descansam seus corpos nos assentos disponíveis.

Encaram-se por alguns instantes. Aproveitam para avaliar o cardápio posto em cima da mesa. De comum acordo, pedem algo para comer e beber. No momento em que ficam completamente a sós, o diálogo é retomado.

—Sim! O que queria falar, sara?

—Do meu amor. Sabe, Vítor, não queria que nosso sentimento fosse em vão. Queria que tivéssemos a oportunidade de nos conhecer melhor agora já adultos. Não queria ficar só na lembrança de momentos tão bonitos já vividos. (Declarou-se Sara)

—É mesmo uma pena. Mas queria deixar bem claro que o momento é outro. Absolutamente nada vai mudar minha decisão. Você precisa entender que estou em outra. Além disso, sou fiel. Embora sejas especial, só a quero como amiga. (Explicou Vítor)

—Como você pode ser tão insensível? Não foi culpa nossa o que aconteceu. Será que quando fica perto não sente vontade de beijar, abraçar e conversar um pouco mais? (Sara)

—Isto não importa. Não somos apenas dois, somos em três. A Penelope é gente boa demais para que eu a magoe. Melhor esquecer isto de uma vez. Procure, pois, alguém desimpedido. Entre nós, como falei, só amizade. (Vítor)

—Se é assim que você quer com grande dor prometo respeitar. Porém, se algo mudar como por exemplo você se separar de sua noiva, me procure. Estarei à espera. (Sara)

—Está bem. Mas não prometo nada.

Neste instante, o serviçal chega com a comida e a bebida pedidas .Como bons amigos, sara e Vítor se acompanham. Vinte minutos após, ao terminarem de se alimentar, se despedem finalmente iniciando o caminho de volta para suas respectivas residências. Até o próximo capítulo, leitores.

2.52-Casamento

O encontro com Sara, mesmo sem querer, mexera internamente com os sentimentos de Vítor e o mesmo tomou uma decisão drástica e definitiva a fim de não fraquejar: Viajou para a sede,especificamente para a casa da noiva. Ao entrar em contato com os pais de Penelope, pediu a mesma em casamento a se marcar imediatamente.

O resultado de sua tentativa, mesmo os sogros desconfiando da pressa repentina, foi positiva, pois, os mesmos já tinham informações suficientes sobre o seu caráter. Assim marcou-se o casamento para uma semana depois.

O tempo voou e a semana passou despercebida. No horário e local marcados (residência de Vítor), compareceram apenas os familiares dos noivos e o juiz de paz convidado para presidir a celebração.

Tudo transcorreu bem e festejaram da melhor forma possível. Conforme combinado, Penelope ficaria residindo no Sítio Fundão até tomarem uma decisão definitiva. Seriam felizes? Continuemos acompanhando com atenção.

2.53-Mudança

Passou-se mais algum tempo e o ano escolar terminou. Os integrantes da primeira turma concluíram o ginasial. Uma semana após concluir estes trabalhos, foi realizada uma reunião com os justiceiros .Ao término dela ,Angel teve uma conversa particular com Vítor. Nela, o chefe do grupo fez uma proposta para o mesmo: Com a ajuda dos pais, queria abrir uma bodega na vila de Carabais e não via pessoa mais bem qualificada do que ele para tocar o negócio em frente. Além do mais, seria uma ótima oportunidade para centralizar um pouco mais as ações do grupo. Pego de surpresa, Vítor pediu um tempo para pensar.

Três dias depois, após consultar esposa e família,decidiu por aceitar a propostaEra muito interessante do ponto de vista financeiro e em relação a questão da experiência. Também se sentia no dever por ser justiceiro. Comunicou a sua decisão ao mestre que solicitou sua imediata mudança para a pomposa Vila de Carabais.

Imediatamente, com ajuda de sua família,Vítor arrumou suas coisas.Com tudo pronto,tratou do aluguel da charrete e cuidou dos demais detalhes.Como já era tarde,esperaria o amanhecer do outro dia para iniciar a viagem que era longa.

Surgiu um outro dia. Cedinho, com a chegada da charrete,Vítor e sua recém-esposa Penelope despediram-se dos demais.Encaminharam-se a saída ultrapassaram pouco depois a porta. Já fora, embarcaram no veículo junto com suas tralhas. O condutor que se chamava Felipe Fonseca deu a partida.

Inicia-se assim um percurso de aproximadamente trinta quilômetros entre o Sítio Fundão e a vila de Carabais envolvida num ar de mistério e expectativa por parte dos envolvidos. O que aconteceria? Continuemos a narrativa.

Os primeiros metros percorridos dão uma prévia do que os ocupantes da charrete teriam que enfrentar nesta viagem: Um calor intenso, poeira, além do cansaço e medo normais.Porém, eles não reclamaram. Ao contrário, consideravam um presente de Deus esta mudança de local e de vida. Iriam agarrá-la com unhas e dentes. Além disso, teriam a oportunidade de conviver com mais privacidade, ou seja, uma verdadeira vida a dois (Conforme combinado ficariam na casa anexa ao negócio).

Avançando na estrada de ligação entre o agreste-sertão, os ocupantes da charrete procuram se distrair da melhor forma possível: Conversam, fuxicam, fazem lanches, se hidratam, namoram,eticetra.Isto faz com que o tempo passe mais rápido. Antes do que eles imaginam, já ultrapassam a metade do percurso após duas horas aproximadamente. No entanto, não percebem, pois, trancados perderam um pouco da noção de tempo e espaço.

Continuam seguindo em frente. Nada de anormal acontece na metade do percurso restante. Apenas o nervosismo, a ansiedade e a inquietação ficaram maiores. Seria um sinal? Bem, só saberiam com o desenrolar dos acontecimentos e isto exigia cautela, paciência e sabedoria.

Nos 7,5 km(Sete quilômetros e meio) restantes,encontram com uma outra charrete se movimentando na direção contrária.Fazem uma parada rápida onde cumprimentam e trocam informações com os integrantes da mesma.Em seguida,a jornada é retomada.Mais á frente, passam por pessoas desconhecidas a cavalo e têm que retirar uma pedra enorme que impede a passagem. Nesta operação, perdem quinze minutos. Retirada a pedra,retomam a caminhada .Quarenta minutos depois, finalmente avistam a vila.O destino desconhecido iria começar a se revelar.

Com mais algumas centenas de metros percorridos, finalmente a charrete tem acesso a primeira rua de Carabais. Conforme instruções de locais, se dirigem ao lado esquerdo. Ultrapassadas vinte casas, chegam ao estabelecimento pretendido. A charrete para todos desembarcam e são recebidos pelo dono do negócio (Angel, que chegara um dia antes e também iria morar na vila, numa casa vizinha).

Cumprimentam-se. O chefe faz questão de mostrar cada cantinho da sua propriedade adquirida(com ajuda dos pais, também comerciantes).Ao final, ajuda na instalação dos objetos pessoais do casal.

Com esta parte finalizada, os homens fazem uma reunião a fim de acertar os detalhes do negócio pois iria ser aberto no outro dia. Com muito debate, chegam a um consenso. Cumprida esta etapa, vão almoçar pois enquanto debatiam Penelope preparara uma comida especial.

Durante trinta minutos envoltos em tranquilidade, têm a oportunidade de relaxar, se conhecer melhor e em consequência estreitavam os laços. Terminado o almoço, vão cuidar de outras tarefas até o fim do dia. À noite, o casal ficaria a sós a curtir este momento especial. Quando cansassem, iriam dormir e geralmente era cedo. Avancemos.

2.54-Inauguração

Amanhece. Ainda cedinho, os responsáveis pelo empreendimento acordam,levantam se e preparam tudo detalhadamente a fim de evitar surpresas indesejáveis. Aproximadamente ás 08:00 Horas da manhã já estavam prontos para iniciar a árdua tarefa que era comandar um negócio sem muita experiência. Porém, o que importava era que estavam prontos para lutar por ele.

Ao abrirem as portas, se deparam com um bom número de pessoas,fruto do trabalho feito por Angel na vila uma semana antes. Alegres e com um sorriso no rosto, os dois parceiros recebem os visitantes. Na ocasião, apresentam as dependências do local, os produtos e preços em conta cativando os clientes. Esta estratégia parece dar certo pois o movimento é intenso durante toda a manhã.

Ao fecharem para o almoço, fazem uma avaliação rápida dos seus esforços e o resultado é positivo. Decidem de comum acordo continuar com a divulgação em massa não só na vila como nos sítios e povoados vizinhos pois como se diz o ditado "A propaganda é a alma do negócio".

Um instante depois, vão almoçar. Este é um momento prazeroso de intensa união familiar durando cerca de trinta minutos. Após, descansam um pouco. À tarde, reabrem a bodega. Como pela manhã, o movimento é bom e o talento dos vendedores é elogiado. Boa parte do estoque é vendida ao final do expediente.

Exatamente ás 18:00 Horas são encerrados os trabalhos. Mesmo sem fazer um balanço, Angel e Vítor ficam bem otimistas. Na verdade, tinha sido uma ideia de gênio abrir um empreendimento na próspera vila de Carabais apesar da grande concorrência.

Finalmente,pela primeira vez na vida,Vítor poderia ter uma melhor qualidade de vida após anos de intenso trabalho na precária agricultura.Tudo isto graças a confiança da família Magalhães.Especificamente, na pessoa de Angel. Apesar de o amar, não misturava negócios com sentimentos.

Era o início de uma nova era para todos.

2.55-Justiceiros em atuação

Uma semana se passou. Chegara do domingo. Era o dia acordado para o reencontro entre o grupo de justiceiros que tinha como novo centro de atuação a vila de Carabais. Ás 09:00 Horas da manhã, todos já se achavam presentes na nova morada de Angel. Espalhados em círculo pela sala, as atenções se voltaram para o chefe que tinha algo importante a dizer. Então ele se pronuncia:

—Meus amigos, está chegando uma época decisiva. A partir de agora, precisamos mantermos o foco inicial e sermos mais rígidos.Isto,na minha opinião,é extremamente necessário.(Angel)

—Entendi. Qual o próximo passo, mestre? (Rafael)

—Não nos submetermos à força oposta à nossa. Precisamos parar os desmandos do Senhor Soares que é o chefe das elites da região. (Angel)

—Qual seria o nosso primeiro alvo? (Interessou-se Vítor)

—Libertar os pobres camponeses presos há quinze dias no calabouço da fazenda por se rebelarem. (Angel)

—Quanto a resistência? Dizem que são vigiados o tempo todo. (Quis saber Penelope)

—Se formos em bom número, temos chances sim. (Angel)
—Tudo bem. Mesmo conhecendo nossa força, temos que ter cuidado. (Observou Romão)
—Vou ter que ir desta vez? (Marcela)
—Bem, escolhi para esta missão Rafael, Romão e Penelope. Alguma imposição? (Indagou Angel)
—Não. Você é quem sabe mestre. Não é pessoal? (Opinou Vítor)
—Sim. (Os outros)
—Quando vamos? (Rafael)
—Agora mesmo. Os outros ficam em treinamento comigo. (O mestre)
—Está bem. Até. Vamos Romão e Penelope? (Rafael)
—Vamos. (os dois)

Após a despedida, os três designados encaminharam-se a saída. Ansiosos, nervosos e expectantes ultrapassam a porta e acessam o lado externo. Daí por diante encaminharam-se na direção norte da vila. Nos arredores, se localizava a imponente sede da fazenda Carabais.

Como era manhã, eles trataram de envultar-se a fim de passarem despercebidos pelos obstáculos do caminho. Até a chegada à sede tem sucesso num total de vinte minutos. Porém, ao se aproximarem do calabouço, são detectados pelos oponentes que também eram três (Orlando, Patrícia e Clementina).

Começa então uma luta entre eles. Cada qual pega o seu oponente. Diferentemente das outras vezes, os mutantes do mal levam vantagem pois usam como nova arma a magia negra. Ao final, conseguem rechaçar a tentativa de libertação.

Mesmo tristes, os mutantes do bem desistem da operação pois percebem que não estavam preparados para enfrentar esta nova realidade. Batem em retirada a fim de encontrar uma solução para este novo problema.

Iniciam a viagem de retorno. No caminho, buscavam explicações para o ocorrido. Como fracassaram mesmo tendo se esforçado tanto? A sensação de decepção era muito grande. Cabisbaixos, chegam no recinto dando a má notícia.

—Não conseguimos. Acredita nisso? (Desabafa Rafael)
—É possível. Como foi que perderam? (Angel)
—Foi muito estranho. Apesar do meu desenvolvimento, parecia que meus poderes estavam bloqueados. Não sei o que aconteceu. (Informou Romão)
—Se eu estivesse lá, venceríamos. (Comentou Vítor)
—Não seja orgulhoso. Daria no mesmo. Penso que usaram magia negra da pesada desta vez. (Angel)
—É isso mesmo. Ouvi eles invocarem o nome do demônio várias vezes. (Penelope)
—Que medo! E agora, o que fazemos? (Marcela)
—Bem, estou na dúvida. Se usarmos magia branca, podemos equilibrar a disputa. Mas a vitória dependerá de detalhes. (Angel)
—Que tal se conhecêssemos o outro lado? Com a ciência de suas fraquezas, podemos usar isto a nosso favor. (Vítor)
—Uma boa ideia, mas o preço é alto. Quem se habilitaria a esse papel? (Angel)
—Eu mesmo. Sempre quis conhecer um pouco da esquerda e acho que esta era a oportunidade ideal. Alguma sugestão? (Vítor)
—Eu ouvi muito falar do curandeiro. Ele é um mestre das trevas que negou suas crenças. Será que ele não podia ajudar? (Marcela)
—O que acha, mestre? (Vítor)
—É uma possibilidade, mas se aceitar ser treinado por ele será por sua conta e risco, entendeu? (Angel)
—Eu acredito em você, irmão. (Rafael)
—Vou tentar, pelo bem de todos e pelo nosso foco maior. Onde posso encontrá-lo, Marcela? (Vítor)
—No sítio Pintada. Já fui uma vez e te levo lá se quiser. (Marcela)
—Muito bem. Domingo que vem, iremos. Alguma objeção? (Vítor)
—Não, nenhuma. Admiro sua coragem. (Angel)
—Grande Vítor! (Exclamou Romão)
—Bem, por hora, estão dispensados. Voltemos ás nossas atividades. (Angel)

Cada qual foi se despedindo e se encaminhando para seu respectivo destino. E agora? O que aconteceria? Continuemos a acompanhar os fatos.

2.56-Uma semana depois

Após a fracassada tentativa de libertação dos camponeses por parte dos mutantes do bem, iniciou-se outra semana com a mesma transcorrendo sem maiores surpresas: os trabalhos de promoção da bodega da luz (nome do empreendimento aberto por Angel) foram intensificados, os mutantes se engajaram em seus respectivos trabalhos, o par romântico Marcela-Romão continuava firme e forte, a família Torres (Filomena e Rafael) e a Magalhães (Pais de Angel) permaneciam no sítio atuando em vários sentidos.

Chegando o domingo, como prometido, Marcela chegou à Carabais. Especificamente em frente à residência de Vítor. Batendo com firmeza na porta espera ser atendida. Alguns instantes depois, o anfitrião a atende, a cumprimenta e toma a iniciativa na conversa:

—Bom dia, estava te esperando. Pronta para me revelar o que preciso? (Vítor)

—Sim. E você, preparado? (Marcela)

—Bem, na situação atual, acho que não tenho muita escolha. Vamos ver no que vai dar. (Vítor)

—Sempre há uma escolha. Mas se você quer, podemos ir sim. (Marcela)

—Está certo. Espere só um minuto enquanto vou arrumar minha mochila. (Vítor)

—Sim, claro. (Marcela)

Vítor entrou por alguns instantes em casa dirigindo-se ao seu quarto.Neste recinto, recinto pegou sua mochila. Após, foi à cozinha e a encheu de mantimentos. Quando tudo ficou pronto, dirigiu-se novamente a saída decidido. O fato da esposa estar viajando facilitava mais as coisas. Reencontrando Marcela, deu sinal positivo para que juntos começassem a percorrer o trajeto. Saíram então os dois.

Já fora, inquieto, Vítor inquire sua parceira de viagem a fim de obter mais informações.

—Onde se localiza o sítio pintada?

—Fica bem próximo daqui. No máximo vinte minutos de caminhada. (Marcela)

—Ah,entendi. Como se apresenta o curandeiro? (Vítor)

—Calma. Terá todas as respostas no momento certo. Melhor você conhecê-lo e tirar suas próprias conclusões. (Marcela)

—Está bem. Obrigado. (Vítor)

Alguns metros adiante, após percorrerem o casario da vila,tomaram a direção sul .Vítor tratou de não incomodar mais a sua amiga. A cada passo que davam se aproximavam da esperança de reação frente aos adversários que estavam engajados na destruição de seus objetivos. Valeria a pena enfrentar fogo com fogo? Continuemos a narrativa.

Conforme antecipado por Marcela, após vinte minutos de andanças entre caminhos até então desconhecidos, chegaram a um pequeno casebre feito de varas cruzadas e barro com cobertura de palha.

Neste momento, Marcela se despede explicando que tinha uma pendência a resolver com Angel. O cumprimenta com um beijo no rosto e vai embora. E agora? O jovem Vítor teria que prosseguir sozinho, cheio de dúvidas, medo e prestes a descobrir um pouco o que o destino revelava. O que fazer?

Sem pensar muito,ele avança em direção a entrada.Encostando na porta de madeira bate levemente apreensivo. Em segundos, é atendida por um jovem, mais ou menos de sua idade, raquítico, esbelto, moreno claro e de feições bem definidas. Sem aparentar surpresa, ele inicia a conversa.

—Como vai jovem? Disposto a lutar?

—Sim. Mas como sabe? (Vítor)

—Eu sei de muitas coisas. Mas não pergunte ainda como. Vítor é seu nome, não é mesmo? (Curandeiro)

—Sim e o seu? (Vítor)

—Arrependido. Adotei este nome desde que mudei de vida e suponho que você veio aqui pedir ajuda contra as trevas fazendo-me reviver esta fase da minha vida. (Curandeiro)

—Exatamente. Mas se você não quiser ajudar, eu entenderei. (Vítor)

—Calma. Não nos precipitemos. Fale-me um pouco de você. Estou interessado. (Curandeiro)

—Bem,sou natural do sítio Fundão.Pertenço a família Torres e desde jovem procuro me encontrar com o meu destino. Tenho um dom:sou um vidente. Neste caminho, encontrei várias pessoas que me auxiliaram.aprendi muito,amei,me decepcionei,voltei a encontrar o amor,casei, fixei-me no trabalho e no grupo que faço parte. Por todos que amo, estou aqui querendo reagir à opressão das trevas. E você, quem é? (Vítor)

—Sou da Bahia e vim parar aqui porque meus pais faleceram. Tinha uma tia aqui, que também faleceu. Hoje estou só. (Curandeiro)

—Exatamente o que você é? Quais são seus poderes? (Vítor)

—Muitos me consideram um bruxo.Outros, um monge. Tem até uns que suspeitam que sou extraterrestre. Na verdade, tudo não passa de boato. Sou um curandeiro. Conheço o segredo das plantas e sou uma das poucas pessoas que domino o segredo das duas forças. (Curandeiro)

—Entendi. Pode me ajudar? (Vítor)

—Depende. O que quer provocar? (Curandeiro)

—Quero saber de uma forma de ser imune à magia negra. Ou pelo menos lutar de igual para igual. (Vítor)

—Interessante. Mas não será nada fácil. Tem a intenção de se dividir? (Curandeiro)

—Como assim? (Vítor)

—Eu explico. Ao te repassar meus conhecimentos, você está implicitamente aceitando a disputa espiritual entre as duas forças por sua alma. Dependendo do momento, poderá perder sua alma para sempre. (Alertou O curandeiro)

—Eu estou ciente. Farei o que me pedir. (Vítor)

—Pedido aceito. Entre e conversemos um pouco mais. (Curandeiro)

Vítor aceitou o convite e ambos entraram na humilde residência. Observando o ambiente, Vítor constatou a grande religiosidade daquele homem demonstrado nas estátuas e quadros de santos além do bom gosto dos poucos móveis. Num vão único, tudo era muito simples. Gentilmente, o anfitrião lhe ofereceu um tamborete e sentou em outro. Ficaram em frente um ao outro e então o diálogo pode ser retomado.

—Primeiramente, parabéns pela simplicidade. Como é basicamente o seu dia a dia? (Vítor)

—Obrigado. Como curandeiro, vivo a cuidar das minhas plantas sozinho à exceção da companhia dos meus santos. Apesar dos boatos, atualmente não faço mal a ninguém. Ao contrário, procuro ajudar da melhor forma possível àqueles que me procuram. (Curandeiro)

—Por que diz atualmente? Antigamente já fez muito mal? (Vítor)

—Devo confessar que sim. Porém, me arrependi e renasci como ser humano. Este período de trevas geralmente é chamado de "Noite escura da alma" e até os santos experimentam. Mas já passou. (Curandeiro)

—Com relação ao amor, já experimentou? (Vítor)

—Não, ainda não. Nem o amor nem a amizade sinceras. Contudo, como ainda sou jovem tenho tempo para uma primeira vez. (Curandeiro)

—Quando sua tia morreu não quis retornar à Bahia? (Vítor)

—Não, gostei daqui. Identifiquei-me com as pessoas e com o lugar. Tanto que me considero um broto do sertão, região que o mundo esqueceu. Mudando de assunto, fale-me agora um pouco mais de você. Além do enfrentamento da magia negra, que outros objetivos quer alcançar com minha ajuda? (Curandeiro)

—Quero dominar a esquerda. Conhecer a fundo seus pontos fortes e fracos. Enfim, o conhecimento sem envolvimento. Quero ser um mestre como você. (Vítor)

—Muito bem. Objetivo. No entanto, é um longo caminho a ser percorrido, uma "Grande travessia". Nela, você descobrirá um pouco mais de si, do universo, de Deus, do Diabo, o destino e como usar o livre arbítrio no momento certo. Quando ele chegar, você encontrará a paz e a felicidade tão desejadas. (Curandeiro)

—Entendi. Quando começamos? (Vítor)
—Se não houver empecilho de sua parte, agora mesmo. Vou ensiná-lo a como se proteger da magia negra. (Curandeiro)
—Não, nenhum. Pode começar. (Vítor)
Neste momento, uma coruja piou próximo ao casebre e o curandeiro estremeceu-se todo. Instintivamente, bateu na madeira do tamborete em que Vítor estava sentado e encruzou os braços. Baixinho, alertou:
—Isto é um mau sinal. Algum espírito decaído deve estar a nos espreitar. Acompanhe-me.(Curandeiro)
Vítor obedeceu ao mestre. Juntos caminharam até uma cacimba próxima ao casebre. Chegando na beira, o curandeiro se ajoelhou e pediu que o discípulo fizesse o mesmo. Em seguida, orou silenciosamente enchendo as duas mãos de água e ofereceu ao parceiro. Mesmo sem estar com sede, Vítor tomou. Ao término, a conversa foi retomada.
—Pronto. Quem bebe desta água e aprende a oração que vou ensinar não tem problemas com a atuação de espíritos inferiores. Crês nisto? (Curandeiro)
—Sim, se você está falando. (Vítor)
—Não era o que queria escutar. Crês mesmo de coração? (Curandeiro)
Por um instante, Vítor pensou um pouco observando ao derredor. Contemplava o universo em todos os sentidos. Sim, tinha que concordar que tudo era possível e que havia muitos mistérios no mundo ainda que aquilo parecesse um absurdo. Então, erguendo a cabeça encarou o professor proclamando:
—Sim, eu creio! (Vítor)
—Muito bem. Parabéns. (Elogiou o curandeiro)
—Ensina-me a oração.(Vítor)
—Sim,claro.Você deve orar assim:Benditos gênios da luz, eu vos invoco em minha proteção pessoal.Guarda meus corpo e alma dos meus inimigos.Que nenhum ser maligno consiga me prejudicar nem se aproximar.Eu vos obrigo em nome de Jesus Cristo,o leão de Davi.Assim seja.
—Só isto? (Vítor)

—Sim, não é simples? No entanto, ela só serve para você e não poderás ensinar a ninguém. Entendido? (Curandeiro)

—Está bom. Qual o próximo passo? (Vítor)

—Temos mais seis a cumprir. Porém, tem que ser em dias alternados. Que tal marcar para daqui a um mês, sempre no domingo? (Curandeiro)

—Ótimo. É o único dia que não trabalho na bodega. (Vítor)

—Então fica certo assim. Daqui um mês nos encontramos e peço sua discrição quanto a tudo que viu e ouviu aqui. Por hoje, está liberado. (Curandeiro)

—Obrigado e até outra hora. (Vítor)

—Até. (Curandeiro)

Com um aperto de mãos, finalmente se despedem. Enquanto o curandeiro retorna ao casebre, Vítor dirige-se à vila de Carabais. Seriam mais vinte minutos de caminhada. Só que desta vez seria mais tranquila pois o encontro dirimira várias dúvidas suas. Avancemos então.

2.57-Encontro em família

Ao chegar e adentrar na casa, Vítor depara-se com a visita de seus familiares (Filomena, Rafael e a pequena Clara). Surpreso e encantados, eles se cumprimentam com beijos e abraços após um bom tempo de separação.

Reúnem-se na sala a fim de matarem as saudades com uma boa conversa. Exceto Penelope que está a preparar o almoço após ter retornado de viagem.

—Como está minha mãe? (Vítor)

—Na luta de sempre, fazendo atividades domésticas e de artesanato. Quanto tenho uma folga, vou passear na casa de parentes e amigos como hoje. E você, meu filho, tudo bem? (Filomena)

—Estou satisfeito. Na área profissional, estou aprendendo muito no novo negócio. Já na área pessoal, sinto-me feliz com a minha esposa e com o aprendizado inicial com o meu novo mestre. (Afirmou Vítor)

—Quer dizer que você colocou sua ideia em prática? Muita coragem a sua. (Observou Rafael)

—Quem não arrisca, não petisca, caro irmão. Além do mais, temos que pensar no bem do nosso grupo em primeiro lugar. (Vítor)
—Estava com saudades irmão. Por que sumiu? (Balbuciou Clara)
—Não se lembra, pequenina? Casei. (Explicou Vítor)
—Mas não precisava se separar da gente. Tenho raiva da Penelope! (Clara)
—Não, não sinta isso. Ela é uma ótima pessoa. (Rafael)
—Você tem a mim e a seu irmão Rafael. (Completou Filomena)
—Isto mesmo. Não se lembra do que disse um dia? Juntos sempre nem que seja em espírito. (Argumentou Vítor)
—Ah, está bem! (Clara)
—Por favor, Clara, vá brincar lá fora. Nós três agora precisamos ter uma conversa entre adultos. (Sugeriu Filomena)
—Já sei! Adultos, tão complicados......(Clara)
Meio que resmungando, Clara se afastou e se dirigiu a saída. Ao estar a uma distância segura, a conversa foi retomada.
—Bem, agora que estamos a sós, poderia explicar melhor que história é esta de doação ao grupo? (Interessou-se Filomena)
—Nada de mais, mamãe. Eu tomo todo o cuidado necessário para não me envolver demais. (Vítor)
—Acho bom. Se você ou seu irmão estiverem me escondendo alguma coisa, vão se ver comigo depois. (Alertou Filomena)
—Não é nada. Pode ficar tranqüila. Não é Rafael? (Vítor)
—Sim, claro. Pode confiar.(Rafael)
Neste instante, Penelope se aproxima anunciando que o almoço está pronto. Todos se dirigem à cozinha. Exceto Filomena que vai chamar Clara, do lado de fora da casa. Cinco minutos depois, as duas retornam e se juntam ao restante do grupo.
Inicia-se então, num clima ameno, o almoço em família. Durante vinte e cinco minutos, entre conversas, troca de gentilezas e intrigas saudáveis, os participantes tem a oportunidade de sentir o gosto de pertencer aos Torres.Aquela família simples,porém, de gente honesta,digna e trabalhadora. A alcunha de videntes estava representada na geração pelo incrível Vítor.

Terminado o almoço, realizam outras atividades sociais e de lazer durante toda a tarde. Só se separam perto de anoitecer. Na despedida, a emoção toma conta de todos e eles se comprometem a ver-se de vez em quando nas suas ocupadas e atribuladas vidas.

Quando finalmente se separam,Vítor,pela primeira vez no dia fica a sós com a esposa .Antes que algo desse errado, aproveita para ter um pouco mais de intimidade com ela. No clímax do prazer, ele pensa: Como foi bom ter Casado!. Realmente, esta era uma das vantagens de ser casado. Em contrapartida, as responsabilidades aumentavam por ser chefe de família. Contudo, até o momento, ele estava correspondendo ás expectativas.

Terminado o ato do prazer, foram jantar.Na ocasião, um compartilha com o outro as novidades do dia. Entre eles, quase não existiam segredos. Após, saem um pouco e vão contemplar a imensidão do universo ficando neste exercício cerca de duas horas. Ao final deste tempo, cansam e vão dormir.No próximo dia prosseguiriam em suas atividades normais.

2.58-Novos amigos

A semana útil iniciou-se normalmente. Desde cedinho, após um desjejum reforçado, o jovem casal formado pelos mutantes Penelope e Vítor revezavam-se nas atividades domésticas e no atendimento na bodega. Estavam se saindo muito bem, diga-se de passagem.

O almoço ficou pronto cedo.As pessoas que foram comprar no estabelecimento foram atendidas com presteza e delicadeza como mereciam. O saldo mostrou-se bastante positivo em todos os sentidos.

Ao final do dia,uma boa surpresa:Conheceram três jovens mulheres chamadas Adelina Maciel,Célia Alonso e Henriqueta Soares. Esta última, filho do Coronel. Este encontro serviu para estreitar laços e para desmistificar o conceito que tinham da família Soares. Pelo menos uma se salvava.

Depois de muito conversar,marcaram uma visita para um fim de semana na casa da Adelina em no máximo um mês. Todos prometeram estar presentes e sair um pouco não faria mal algum para o casal. Ao contrário, só acrescentaria experiência.

Despediram-se finalmente. Deram por encerrado o expediente e retornaram para casa. Jantaram, fizeram amor e outras atividades comuns a um casal daquela época. Ainda cedo, foram dormir pois o outro dia seria bastante cheio.

2.59-Nova ação dos justiceiros

Um dia se passou. Como já iniciara seu novo caminho e se sentia preparado para agir, Vítor convocou uma reunião extraordinária entre ele, Angel, Marcela e Romão. Era o quarteto mais poderoso entre os mutantes do bem.

No final da tarde, todos chegaram reunindo-se ás pressas na casa de Angel á portas fechadas. Nos assentos respectivos da sala, se acomodaram e a conversação foi iniciada por aquele que provocou o encontro.

—Bem, caso ainda não saibam, comecei a me submeter aos ensinamentos do curandeiro. Irei até o fim por mim e por todos. (Vítor)

—Tudo bem. Espero que não se arrependa depois. (Angel)

—Não se preocupe, mestre. Não esquecerei o que aprendi contigo se é isso que o faz temer.(Vítor)

—A que preço? (Romão)

—Não posso revelar. Mas pode ficar tranqüilo. Sei o que estou fazendo.(Assegurou Vítor)

—O que aprendeu? (Marcela)

—Neste primeiro contato, a ficar fora da influência de espíritos inferiores. Acredito que com minha ajuda poderemos enfim libertar os camponeses. O que acham? (Vítor)

—Boa ideia. Precisa de quantos para lhe ajudarem? (Indagou Angel)

—Acho que eu, Romão e Marcela é o suficiente. Juntos, poderemos lograr sucesso. Estamos juntos? (Vítor)

—Claro. Conte comigo. (Romão)

—Comigo também. (Marcela)

—Por mim, tudo bem também. Um por todos e todos por um! (Angel)

—Pelos injustiçados! (Romão)

—Pelo certo! (Marcela)

—E com cuidado! (Vítor)

—KKKKK. (Todos riram)

Após despedir-se do mestre,o trio imediatamente se dirigiu a sede da fazenda Carabais.No caminho,envultam-se e com vinte minutos de caminhada vigorosa já se aproximam do calabouço onde estão trancafiados os camponeses.

Após mais alguns metros são detectados pelos oponentes que são em três também. Desta feita tem que lutar contra Romeu (Dom da força), Hélio (poder sobre o fogo) e Clementina(Clima).

Inicia-se então uma nova luta. As duplas formadas são:Vítor versus Clementina,Romão versus Hélio e Marcela versus Romeu.Desde o início,Vítor, usando seu desenvolvimento,consegue bloquear a ação dos espíritos malignos o que deixa a luta de igual para vantagem dos mutantes do bem.

Entre Romão e Hélio,apesar do último ter o poder sobre o fogo,não consegue ter força ativa contra o mestre do magnetismo.Ocorre rápidamente a vitória do primeiro. Já entre Clementina e Vítor, a situação é a mesma: Todas as investidas da mutante do mal são bloqueadas. Num descuido da mesma, Vítor aplica um contragolpe Fatal que a faz cair por Terra. Porém, a situação de Marcela difere, pois como Romeu tem a força consegue machucá-la um pouco com um golpe. Rapidamente, é socorrida pelo namorado que dá o troco na mesma moeda contra Romeu.

Os guardiões do mal são derrotados nesta batalha. Como são bons, os outros mutantes poupam suas vidas e alguns instantes depois os camponeses são libertados e colocados em segurança em tempo.

Efusivamente,agradecem.Com a missão cumprida,os soldados do bem retornam á residência de Angel .Ao chegarem lá,dão a boa notícia.São parabenizados e liberados.Mais uma vitória da maioria contra as minorias elitistas!Continuem acompanhando,leitores.

2.60-Telepatia física

O tempo avança velozmente. Passam-se dias e semanas. Chega exatamente no dia marcado para o segundo encontro entre o Curandeiro e o vidente Vítor. Logo cedinho, o último, depois de comer o desjejum e arrumar os últimos detalhes, partiu em direção ao Sítio Pintada. Era onde ficava o simples barraco do seu novo mestre.

Durante o caminho, teve a oportunidade de revisitar aqueles lugares pela segunda vez desde que se mudara para a pomposa vila de Carabais. Era realmente algo extraordinário aquele pedacinho de sertão. Um local bem parecido com sua terra natal apesar de pertencerem a regiões diferentes. Sentia-se, portanto, em casa apesar de não ter ainda muitos amigos próximos, mas era algo a se conquistar com o tempo.

Em relação ás novidades, encontra dois grupos de pessoas na estrada: caçadores e lavadeiras. Os cumprimenta por cortesia e ambos seguem em frente. Alguns animais peçonhentos também parecem o que o obriga a desviar-se um pouco. Retoma a trilha logo adiante. Em dado ponto da jornada, alguns seres da floresta tentam entrar em contato. Porém, ele não tem tempo para dispensar a atenção necessária porque um misto de saudade, medo, inquietação e dúvida predominam no seu ser. No momento certo, esperava serem amenizadas. Provavelmente, após o cumprimento de uma nova etapa que ele nem sequer supunha qual seria.

O pequeno sonhador do sertão continua entregue nas mãos do destino. Um tempo depois, finalmente se aproxima do objetivo. Caminha mais alguns metros e, ao se aproximar da porta, bate firmemente a fim de ser atendido. Instantes depois, é atendido e gentilmente o anfitrião o convida a entrar. Convite aceito, os dois se acomodam no centro do casebre (em tamboretes) ficando em frente um ao outro. Após uma rápida troca de olhares, o diálogo finalmente é iniciado.

—Bom dia, Vítor. Primeiramente peço que repita uma breve oração antes de iniciarmos os trabalhos. (Curandeiro)

—Sim, claro. Sou todo ouvidos.(Vítor)

—Que os espíritos bons nos protejam dos entes malignos. Que nada nem ninguém nos atrapalhe e que possamos absorver o conhecimento derramado neste lugar. (Curandeiro)

—Que os espíritos bons nos protejam dos entes malignos. Que nada nem ninguém nos atrapalhe e que possamos absorver o conhecimento derramado neste lugar. Assim seja. (Vítor)

—Muito bem. Está preparado para o próximo passo? (Curandeiro)

—Acredito que sim. De que se trata? (Vítor)

—Trata-se de desenvolver a telepatia física. (Revelou o curandeiro)

—Bem, aprendi algumas noções de telepatia com meu antigo mestre. Atualmente consigo ter alguns contatos com espíritos. (Vítor)

—Consegue dominar a distinção entre bons e maus espíritos? (Curandeiro)

—Ainda não. Poderia ensinar-me mais sobre esta realidade? Estou um pouco confuso. (Vítor)

—Acho que é necessário. Angel é um mestre extraordinário e deve ter tido seus motivos para não confiar alguns segredos a você. Mas vamos por partes.1°) A maioria dos espíritos só se aproxima de alguém quando estão na mesma sintonia, em caso de convite ou quando a pessoa é fraca;2°) Geralmente, são espíritos que fazem parte dum plano intermediário conhecido como "Cidade dos homens" .Tome muito cuidado para não prejudicá-los pois ainda não foram julgados;3°) Não se deixe enganar por alguns que fazem falsas previsões e o único objetivo é te desestabilizar. Tudo ficará mais claro para você a partir de agora. (Curandeiro)

—Entendi. Pode começar. (Vítor)

O curandeiro levantou-se e conduziu Vítor a exatamente sete passos adiante. Pediu para que se sentasse no chão. Ao redor do mesmo, enfileirou várias estatuetas de santos. Retomou então o diálogo:

—Vou deixá-lo sozinho. Peça o conhecimento aos espíritos superiores através das suas noções de telepatia. Ao término de trinta minutos, encontre-me na cacimba.

Dito isto, o curandeiro se afastou deixando o discípulo a sós. E agora? O ainda inexperiente discípulo teria que se arranjar sozinho. Um pouco desesperado, o mesmo começou a seguir as instruções do mestre durante o tempo sugerido.Conquanto,por mais que se esforçasse, não teve retorno algum. Nada de anormal aconteceu apesar do clima bastante especial provocado pela presença das estatuetas.

Ao término do tempo, saiu do casebre e caminhou um pouco . Reencontrou-se com o seu atual mestre ás margens da Cacimba. Diferentemente da primeira vez que estivera ali, a cacimba estava preparada: coberta por um tapete de flores aromática. Seguindo as instruções do mestre,ambos se ajoelharam.Em sequencia,o curandeiro orou um pouco . Em dado momento, o mesmo mergulhou a cabeça de Vítor nas águas.

O contato fez a mente dele viajar entre mundos desconhecidos e vidas passadas em questão de segundos. Tudo corria muito bem até ele se deparar com um conjunto de portas entreaberta que interrompeu as visões. O que o fez retornar à realidade e foi necessário a saída da água. Ele então voltou a conversa.

—Deu tudo certo? (Vítor)

—Em parte sim. No entanto, percebi que suas portas estão abertas. É necessário corrigir isso a fim de que você não sofra mais. (Explicou o curandeiro)

—Você pode me ajudar então? (Vítor)

—Infelizmente, neste caso,não. Mas conheço alguém que pode. Chama-se Clotilde Matos, uma rezadeira de Carabais.Ela é muito minha amiga. Procure ela o quanto antes. Em relação à telepatia, está resolvido. (Curandeiro)

—Muito obrigado. Posso ir? (Vítor)

—Sim,pode. Nos encontramos no fim do próximo mês. Aos domingos como sempre. (Curandeiro)

—Está bem. Fechado. (Vítor)

—Até então. (Curandeiro)

—Até. (Vítor)

Dito isto, Vítor se afastou iniciando o pequeno trecho de volta satisfeito. Sem dúvidas, a cada passo dado, se sentia melhor e mais confiante para poder enfrentar o poder das trevas. Pelo certo e pelo justo! Afirmou mentalmente.

O treinamento estava surtindo efeito em todos os campos de sua vida.Era de vital importância no enfrentamento de sua missão.desde que perdera o pai,se sentia com mais responsabilidade familiar e social.com seus esforços,esperava atender as expectativas dos que mais amava.

Com este objetivo em mente, conclui o trajeto num tempo razoável. Descansaria um pouco, daria atenção à sua esposa e só pensaria nos problemas no outro dia. Afinal, domingo é para descansar.

2.61-A Rezadeira

Um novo dia surgiu. Desde cedinho, Vítor e sua esposa foram cuidar de seus afazeres que eram muitos. Entre eles, tarefas domésticas, o trabalho na bodega e compromissos sociais realizados durante todo o dia.

Á tardinha,ao término dos trabalhos,Vítor lembrou do conselho do mestre atual.Conversou então rapidamente com a mulher colocando pontos importantes sobre seu treinamento.Terminou chegando a um acordo com ela. Num momento posterior, partiu em busca deste novo encontro que prometia ser importante.

Em busca do seu objetivo,pediu informação sobre o endereço de Clotilde a um vizinho.Detalhadamente,lhe explicaram como chegar lá.Ele agradece.A residência da sábia ficava a apenas duzentos metros de onde estava dobrando-se uma esquina à direita.

A partir deste momento,com oito minutos de caminhada vigorosa,chega em frente ao destino .Por um instante, fica estático. Quem seria Clotilde? Que poderes possuía? Seria perigoso envolver-se com mais um místico? Bem,ele não tinha outra alternativa a não ser avançar e descobrir o que lhe esperava.

Tomando esta decisão inconscientemente,ele se move finalmente encostando na porta.Bate levemente na mesma com diversas pancadas. Espera um pouco. Como ninguém atende, ele bate mais uma vez com força chamando a dona da casa. Imediatamente, a estratégia dá certo pois uma pequena mulher, um pouco cheia e aparentando ter idade avançada vem atendê-lo.

—Meu jovem, o que deseja?

—Estou procurando dona Clotilde. Ela está? (Vítor)

—Sou eu mesmo. Por favor, entre. (Clotilde)

Vítor aceita o convite e segue a anfitriã. Ao adentrar na casa, percebe a grande simplicidade revelada em todos os detalhes no local. Uma simplicidade extremamente parecida com a do curandeiro. Pergunta-se então: Será que todos os místicos tinham aquele destino ou era uma opção de vida? Ou ainda talvez era um castigo imposto pelo universo? Pensa rapidamente sobre o caso e se convence de que era um preço a pagar por toda a sabedoria conquistada.

Dentro da casa, eles caminham lado a lado .Após alguns passos, têm acesso à sala acomodando-se nos tamboretes disponíveis. Ficando frente a frente seus olhares se cruzam. Com a sua experiência e ousadia, Clotilde inicia o diálogo.

—O que posso fazer por você, meu filho?

—Um amigo me aconselhou a procurá-la. Quero que feche as minhas portas espirituais pois elas parecem estar abertas. (Vítor)

—Muito bem. Este é um problema sério que faz os médiuns sofrerem muito. Acredita que posso ajudá-lo? (Clotilde)

—Sim. Como é o seu tratamento? (Vítor)

—Através da oração.Eu rezo para curar diversos males. Dentre eles, peitos abertos, triaduras, íngua, dor de cabeça, vento mau,olhado,encosto,erisipela, engasgadura e até portas espirituais abertas. Porém, a reza só tem valia se a pessoa que me procurar tiver uma fé convicta. (Clotilde)

—Entendi. Depois de tudo o que vivi nesta vida, acredito que é possível . Deus pode usá-la com a finalidade de me ajudar. Estou pronto! (Vítor)

—Perfeito. Espere só um instante, jovem. (Clotilde)

Ela retirou-se por um momento dirigindo-se á cozinha em passos curtos mas seguros.Seu olhar transmitia segurança e profissionalismo.Ao retornar, trouxe um galhinho entre as mãos. Aproximou-se mais e fez Vítor sentar no chão.Depois, desamarrou um tecido preso à sua cintura e envolveu o tórax do visitante.

A partir deste momento,baixinho e discretamente, começou a pronunciar palavras incompreensíveis como se pertencessem a outras línguas. Mesmo se esforçando, Vítor quase não entendia nada. Vagamente, apenas escutava o seguinte:.................Nosso...... ....senhor............Jesus................Cristo!

Com o passar do tempo, a mente do vidente foi relaxando .Em dado instante, aprofundou-se dentro do mais profundo do seu ser produzindo uma reação interessante e impressionante. Era como se estivesse se conhecendo verdadeiramente sem máscaras nem obstáculos, ou seja, suas fraquezas, dúvidas, inquietações, medos e mistérios ocultos se revelavam claramente para ele. Neste momento de fuga, tudo levava a crer que era possível aquilo que procurava: "o encontro entre dois mundos tão díspares".

Mais um segundo se passa. Ele entra numa espécie de transe fazendo sua essência percorrer ainda mais fundo os complexos meandros de sua personalidade.Logo adiante,observa um clarão que espargia luz através da abertura de portas e janelas.Cheio de curiosidade,avança um pouco mais.Ao chegar bem perto,algo o empurra de encontro á abertura das mesmas se fechando logo em seguida.

È neste exato instante que desperta ao lado da sua benfeitora a qual abre um largo sorriso.

—Sente-se melhor?(Pergunta Clotilde)

Ainda um pouco atordoado com a experiência,Vítor gagueja:

—BBeeemmm mmeellhhorrr!Conseguiu me curar?

—Fiz minha parte.Por hora,fechei suas portas.No entanto,tenha muito cuidado para não abri-las novamente.(Clotilde)

—Como assim?(Vítor)

—Não convide nenhum espírito a se aproximar e não terá mais este problema.(Explicou Clotilde)

—Ah,entendi.Vou me esforçar.Quanto custou o seu trabalho?(Vítor)

—Bem,eu não cobro pelo meu dom.Mas se quiser me ajudar,estou muito necessitada.(Clotilde)

—Tome.(Vítor,entregando-lhe algumas notas)

—Obrigado,filho,Deus lhe pague.(Clotilde)

—Até mais.(Vítor)

—Até.(Clotilde)

Após a despedida,Vítor encaminhou-se a saída.Ultrapassando a porta, teve acesso á rua.Quando estava a uma boa distância,algo o fez olhar para trás.Da entrada da casa,Clotilde gritou:

—Continue no seu caminho.Terá sucesso porque Deus abençoa as pessoas boas e generosas.

Vítor agradeceu com um sorriso e continuou seguindo em frente.Ultrapassou os duzentos metros e se aproximou de sua residência.Chegando lá,descansaria e curtiria momentos com sua esposa.Quando ambos estivessem cansados,dormiriam.

Mais um dia se passou e a cada passo dado ficava mais preparado para o que destino lhe reservava.Continuemos.

2.62-Decisão importante

A cada dia que se passava o relacionamento entre Marcela e Romão se consolidava sem maiores percalços.Eram noivos e diferentemente do casal formado entre Vítor e Penelope decidiram se conhecer melhor.Estavam certos.O tempo os ajudou a colocar cada coisa em seu local certo.

Passados aproximadamente sete meses do casamentos dos colegas,numa de suas atividades conjuntas de lazer,os dois conversaram longamente decidindo dar uma solução definitiva a questão.Marcaram para o mês seguinte o casamento no civil.

Faltava apenas a comunicação aos respectivos familiares .Esperavam com isso o apoio deles em todos os sentidos.

No mesmo dia,fizeram uma reunião em família e não tiveram problemas para serem aceitos e entendidos.A partir de agora,iriam começar os preparativos da festança que iriam dar para as pessoas mais próximas.

2.63-Passeio

A linha do tempo avança e chega-se exatamente no dia combinado para o encontro do casal (Vítor e Penelope)com as novas amigas que se chamavam Adelina Maciel,Célia Alonso e Henriqueta Soares.

Como qualquer outro dia,Vítor e Penelope fazem suas atividades corriqueiras durante o período da manhã e tarde.À noite,vão em casa jantar,tomam banho,vestem uma roupa bonita e saem seguindo as orientações dadas pelas mesmas no encontro rápido que tiveram.

Em menos de dez minutos, chegam na casa de Adelina localizada na rua principal.Isto não era surpresa para ninguém pois apesar de Carabais ser um centro político-agrário não era muito populoso como a maioria dos centros do interior da época.

Chegam então junto á porta.Batem na mesma e em questão de segundos são atendidos pela anfitriã.A mesma os conduz a sala central onde já se achavam seus pais e mais três amigas,num total de cinco pessoas.

São as feitas as apresentações.Todos se cumprimentam e a conversa se inicia num clima romântico á luz de candeeiros e velas que era a fonte de luz da época.

—Quer dizer que você é o famoso Vítor?(Analice,mãe de Adelina)

—Sou sim.Obrigado pelo famoso.Espero construir uma nova história junto com minha esposa aqui nesta pomposa vila.(Vítor)

—Vocês são de onde mesmo?(Itamar,pai da Adelina)

—Eu sou da sede Pesqueira enquanto meu marido é do sítio Fundão.Nos conhecemos na escola, nos apaixonamos, noivamos,casamos e graças a Deus somos felizes.(Penelope)

—Dá para perceber isto no olhar de vocês.Estão de parabéns.Mas nos digam :estão gostando da vila?(Indagou Adelina)

—Eu,em especial,estou tendo oportunidade de ter novas experiências,conhecer gente interessante e desenvolver meu potencial.Em resumo,estou gostando muito.(Revelou Vítor)

—Eu também estou gostando mas as obrigações de uma mulher casada não são nada fáceis de conciliar.(Confessou Penelope)

—Bem vinda ao time.(Caçoou Analice)

—As mulheres reclamam,reclamam mas nós homens temos que nos virar em trinta para sustentar a casa e agüentar o seu mau humor nos tempos de crise.Não é Vítor?(Itamar)

—Concordo em parte.Apesar de ser uma fera,minha esposa também é um doce ás vezes.(Elogiou Vítor)

—Obrigada.E seu pai,Henriqueta,está sabendo que está aqui?(Penelope)

—Mais ou menos.Ele tem confiança em mim.(Henriqueta)

—Tenha muito cuidado para não perder esta dádiva pois todos nós aqui sabemos o quanto ele pode ser cruel.(Aconselhou Célia Alonso)

—Os meus são um pouco mais maleáveis.(Observou Rosa Garcia,outra amiga)

—Querem algo para comer ou beber?(Ofereceu Analice)

—Para mim,se tiver,um suco.(Vítor)

—Eu quero água.(Penelope)

—Traz o bolo mamãe.(Adelina)

—Oba,de bolo gosto!(Célia)

—Estou de regime,mas como também.(Rosa)

—Eu só quero um pedaço pequeno pois já jantei muito.(Henriqueta)

Por um instante,Analice saiu em direção á cozinha. Chegando no recinto, foi preparar os pedidos.Enquanto isso, os outros continuaram a se comunicar na sala alegremente.Quinze minutos depois,tudo estava pronto. Então a senhora da casa,com um grito,chamou todos a comparecerem á mesa.Imediatamente,os presentes se dirigiram ao local. Ao chegar,se dispuseram ao redor da mesa nas respectivas cadeiras iniciando um grande clima de confraternização entre eles.O lanche foi então servido.

Após um breve intervalo de silencio,a conversa se reinicia.

—Henriqueta,como estão as coisas entre os comandados do seu pai e os mutantes do bem?(Interessou-se Analice)

—Mais ou menos.Entre vitórias e derrotas.Mas mesmo sendo filha dele,admiro a atuação dos justiceiros.(Henriqueta)

—Eu também admiro.(Comentou Penelope)

—Alguém sabe a identidade secreta deles?(Indagou Itamar)
—Ninguém.Afora as especulações,sabe-se que são quatro homens e duas mulheres.(Informou Célia)
—Bem,independentemente de quem sejam,a atuação deles já abalou a estrutura do poder dominante.Acho isto muito saudável.(Adelina)
—Concordo.Mas ainda muito a se conquistar.(Complementou Vítor)
—Que tal se formássemos nosso próprio grupo?(Sugeriu Rosa)
—Com quais objetivos?(Interessou-se Penelope)
—Pela amizade,pela dignidade e pela transparência.Fora a elite opressora!(Rosa)
—Estou dentro.(Vítor)
—Eu também.(Penelope)
—Mas não temos superpoderes.(Observou Célia)
—Não precisa.Um trabalho de conscientização dos mais próximos já era o bastante para a nossa causa.(Rosa)
—Ótima ideia.Pode contar comigo.E ,vocês,papai e mamãe?(Adelina)
—Não temos forças nem idade para isso.Não é meu velho?(Analice)
—Verdade.Mas vocês tem todo o nosso apoio.(Itamar)
—Vocês esqueceram de que sou também elite.Vão lutar contra mim?(Entristeceu Henriqueta)
—Não se preocupe.Você é a elite boa.(Rosa)
—Então contem comigo também.(Henriqueta)

Para firmar o acordo,os seis jovens levantaram-se por um momento.Se dispuseram em círculo e de mãos dadas fizeram o juramento de estarem sempre juntos,serem amigos e lutar pela causa.Ao final,ocorreu um abraço coletivo com a participação de todos.

Findo o abraço,os presentes retornaram á mesa e cuidaram de terminar de alimentar-se.Ainda ficaram alguns momentos trocando informações.Ficando um pouco mais tarde,Vítor e Penelope trataram de se despedir pois teriam no outro dia um trabalho duro e exaustivo pela frente.Os outros visitantes aproveitaram a deixa e também se despediram.Em questão de segundos,foram embora.

Saindo juntos,cada qual procurou seu destino prometendo mesmo separados atuar em conjunto.Que bom,mais aliados contra a força da corrupção e do autoritarismo daquela época.Vamos em frente.

Sem maiores percalços,o casal Vítor e Penelope chegou em casa .Trataram imediatamente de dormir pois se sentiam muito cansados.Mais uma etapa cumprida com sucesso.

2.64-Reação
Como toda ação tem uma reação,os mutantes do mal após a derrota na última batalha tentaram achar uma possível solução para a nova situação imposta.A fim disso fizeram inúmeras reuniões junto com o chefe Sr.Soares e Esmeralda,a líder espiritual.Terminaram tendo uma ideia e se organizaram para colocá-la em prática.

O dia escolhido caiu exatamente um dia depois do passeio do casal Vítor e Penelope.Em detalhes,aconteceu o seguinte:Foram escolhidos três mutantes(Henrique,Patrícia e Romeu) e foram enviados ao centro da vila com o intuito de prender qualquer cidadão inofensivo que se colocasse em seu caminho.

Assim se fez.Prenderam um menino e uma jovem e os levaram para calabouço da fazenda gritando aos quatros ventos que quem tivesse coragem fosse resgatá-los.Com isso,este boato se espalhou rápido.

Chegando aos ouvidos dos Mutantes do bem,foi organizado uma contraofensiva.O grupo era formado por Rafael,Romão e Marcela.Todos os três envultaram-se e se deslocaram sem problemas até bem próximo da fortaleza.Quando foram detectados pelos rivais,não tiveram outra alternativa a não ser enfrentar uma peleja. Os reféns foram libertados imediatamente(Eram apenas uma isca e já tinham servido a seu propósito).Os pares de combate formado foram:Rafael Versus Henrique;Patrícia Versus Marcela;Romeu Versus Romão.

Entre Rafael e Henrique,a disputa mostrou-se equilibrada pois apesar do primeiro não ter poderes era detentor de muitas técnica interessantes.Já Marcela leva ligeira vantagem sobre Patrícia pois com sua habilidade especial de ler mentes consegue prever todos os movimentos da adversária,facilitando a defesa Entre Romeu e Romão,o primeiro não tem dificuldades para dominá-lo.

Durante quinze minutos de batalha intensa,a situação não muda .Os que estão em desvantagem terminam por implorar clemência.A batalha,sem maiores percas, é dada por encerrada com vantagem de dois a um para os mutantes do bem.Pode-se dizer que de certo modo a tentativa tinha sido um fracasso.Todos retornam ás suas residências sem ainda uma definição de como terminaria esta disputa.

2.65-Hipnose

O tempo avança e chega novamente no dia marcado para o terceiro encontro de aprendizado espiritual mútuo entre o curandeiro e o seu discípulo, Vítor.Como sempre, o último chega pontualmente no casebre do mestre. Ao aproximar-se da porta bate firmemente na mesma três vezes.

Em alguns instantes é atendido e ambos adentram no casebre para mais uma experiência importante. Deslocam-se para o que seria a cozinha. Neste ambiente, sentam nos tamboretes disponíveis e se encaram de frente como das outras vezes. O mestre é o primeiro a puxar conversa.

—Como passou, Caro Vítor?

—Bem e você?

—Na paz. Seguiu meu conselho?

—Sim. Realmente o senhor estava certo. Agora estou melhor.

—Ainda bem. Mas não me chame de Senhor. Somos amigos acima de tudo e dispenso estas formalidades bestas.

—Está bem. Qual é a tarefa de hoje?

—Vou ensiná-lo sobre a hipnose. Está pronto?

—Sim, sempre.

Com a resposta positiva,o curandeiro retirou-se da presença de Vítor por um momento.Logo depois, retornou trajado a rigor: roupa branca com alguns rasgões. Dados alguns passos, chegou bem perto do servo espalmando as mãos em sua testa. Imediatamente, proferiu uma oração misteriosa durante cinco minutos. Terminado este tempo, o Curandeiro o conduziu à saída.

Já fora, começou a ensinar:

—Vê o horizonte, Vítor? Enquanto para nós ele é infinito em ambas as direções para Deus ele é finito. Sabe, quero contar uma história para você conhecida por poucos: Em tempos remotos, esta região já foi um oásis. Daqui jorrava um rio que confluía para o São Francisco e desaguava no atlântico. Por causa do rio, a terra era extremamente fértil e a população daquela época vivia tranquilamente em abundância. Era um verdadeiro paraíso.

—Verdade? E por que transformou-se nesta região seca?

—Obra da magia. No litoral, havia um mestre na magia negra que ao lançar uma praga fez secar o rio. O único vestígio dele é a cacimba. É exatamente nela que você aprenderá novamente. Vamos.

Vítor obedeceu ao mestre. Ao chegar bem próximo, foi orientado para que sentasse ás margens dela. O curandeiro então explicou:

—O que vou ensinar é extremamente eficaz para o desenvolvimento de uma pessoa. Posso começar?

—Pode.

—Preste muita atenção na água da cacimba. Descreva-a.

—É límpida, tom meio-claro e borbulhante.

—Fixe o olhar nela e imagine uma imagem que lhe cause extrema dor ou alegria. Uma lembrança do seu passado.

Vítor obedeceu. Após alguns instantes de concentração, começou a relaxar. Com mais um pouco de tempo adormeceu parcialmente, o que lhe deu a oportunidade de começar uma viagem astral. Nesta espécie de transe, reviveu alguns momentos importantes de sua vida com a companhia dos pais, dos animais e da própria natureza. Concentrando-se em cada imagem, aos poucos foi controlando seus instintos. Isto trouxe como consequências uma paz abundante e um autocontrole também. Todos os seus medos e inquietações tinham ficado para trás. Por um tempo, ficou imerso neste sentido até escutar uma voz grave e clara dizer: Desperte!

Este comando foi suficiente para despertar Vítor e o fez voltar á realidade. O mestre então retomou a conversa:

—Conte-me a sua experiência.

—Eu me senti um pouco imerso em mim mesmo.As lembranças dolorosas ainda me causam uma dor enorme.

—Era esperado. Mas a partir de agora você tem as ferramentas necessárias para seguir em frente sem traumas assim como eu fiz um dia.

—Como se chama mesmo esta técnica? Hipnose?

—Sim. Mas não a comum. Um tipo especial que só eu conheço e só deve ser usada em casos especiais, entendeu?

—Está bem. Estou liberado? Quero dar uma atenção para minha esposa.

—Está. Pode ir. Nos encontramos daqui um mês, no mesmo horário e local. Certo?

—Positivo.

Os dois se cumprimentaram e Vítor finalmente partiu. Faria o caminho de volta. Chegando em casa, cuidaria da esposa como prometera e só pensaria nas outras pendências no outro dia. Continuem acompanhando, leitores.

2.66-O roubo

Os dias vão se passando. A cada momento vão se acirrando o embate entre bem versus mal, elites versus povo, preconceito versus mente aberta. Mas graças a Deus até o momento nenhuma tragédia tinha ocorrido na vasta região de Pesqueira.

Especificamente em relação aos personagens principais, continuava os preparativos para o casamento marcado entre Romão e Marcela.Esmeralda junto com o major planejava novas ações e Angel continuava no belo trabalho a frente dos mutantes.Permanecia tranquilo, embora seu coração rasgasse por dentro pelo amor impossível.Já os outros mutantes continuavam na busca do desenvolvimento(cada um defendendo a sua posição). Com relação ao casal formado por Vítor e Penelope, estavam vivendo um momento muito bom tanto na área pessoal como profissional.

Foi exatamente este último item que despertava cada vez mais inveja em certas pessoas da vila. Este sentimento cresceu tanto que uma delas começou a planejar algo no intuito de prejudicar o andamento do negócio comandado por Vítor.

A pessoa da qual estou falando chamava-se José Pereira. Tratava-se dum antigo comerciante da vila dono de uma padaria, uma bodega e um bar. Por um motivo ou outro, ele acabou por ter que fechar os negócios e agora vivia de pequenos serviços prestados.

Sentindo-se infeliz e revoltado com a vida, José contratou um marginal para realizar um trabalho. Vejamos o que aconteceu.

Num dia normal de atendimento ao público, Vítor realizava seu trabalho na bodega quando adentrou no estabelecimento um sujeito esguio, com poucos modos e aparentemente nervoso. Junto a ele, carregava uma espingarda soca-soca e um bisaco a tiracolo. Gentilmente, Vítor se aproximou.

—O que deseja senhor?

—Quero um pacote de bolachas.

—Um instante. Já vou trazer.

Vítor se afastou um pouco indo procurar o pedido .Ao encontrá-lo, imediatamente retornou ao local inicial. Ao entregar o pedido, o homem apontou a arma em sua direção ameaçando:

—Entregue-me tudo o que tiver no caixa se não quiser levar fogo.

—Está bem. Fique calmo.

Nervosamente, Vítor dirigiu-se com o marginal até o caixa. Abrindo-o, entregou o dinheiro disponível nele. Rapidamente, o assaltante afastou-se mas sempre com a arma em punho. Estático, instantes depois, Vítor ouviu o barulho de um trotar de cavalos afastando-se. Ao ter certeza que estava salvo, observou lá fora, mas já era tarde. Já estava fora de alcance.

Tinha sido a pior experiência de sua vida e o susto fora tão grande que nem pensara em reagir. Mas analisando friamente tinha sido a melhor escolha pois apesar de ser mutante tinha sido pego de surpresa e qualquer movimento em falso seu poderia ser motivo para um disparo.

Com alguns minutos, ele se recupera do baque psicológico. Na sequencia, fecha as portas e se dirige à residência do chefe. Chegando lá, comunica o ocorrido. Numa reunião rápida, decidem duas coisas: Denunciar o caso na delegacia e contratar um vigilante.

Com a decisão tomada, vão colocá-las em prática. Enquanto Angel vai procurar o funcionário, Vítor vai a delegacia.

2.67-Na delegacia

Com dez minutos de caminhada, Vítor finalmente chega na delegacia.É um pequeno prédio, localizado no final da rua principal, à direita. Rapidamente, adentra no recinto.estava na sala de atendimento onde encontra três funcionários em serviço: Marcelo Dias(Delegado), Peixoto(escrivão) e Tobias Leve(carcereiro).No entanto, estavam em total desleixo(Cochilando) o que colocava a todos de Carabais em Perigo. Indignado, Vítor dá um grito o que é o bastante para despertá-los.

—Quem? Quando? Como? (Balbuciaram os três)

—Perdão se estou os incomodando. É que é da vossa competência o que venho denunciar. (Explicou Vítor)

—Não me diga que os cangaceiros o atacaram. Caso seja isso, perdeu o seu tempo pois não tenho tropa suficiente para enfrentá-los. Aqueles malvados botam para correr até o governo. (Marcelo)

—Eu sou apenas um escrivão. Também não lido com esta situação. (Peixoto)

—Eu também. (Acovardou-se Tobias)

—Não é nada disso. Eu suponho que seja simples de resolver. (Vítor)

—Muito bem? Do que se trata? Peixoto, anote tudo o que ele disser. (Quis saber Marcelo)

—Houve um roubo agora há pouco no estabelecimento que trabalho. Um marginal pegou todas as receitas do dia. (Vítor)

—Poderia descrever o patife? (Marcelo)

—Um sujeito alto, magro, aparentando ter cinquenta anos, olhos e pele escuros. Portava uma espingarda e um bisaco. (Vítor)

—Já viu ele em algum outro lugar? Deixou alguma pista? (Marcelo)

—Não, nunca o vi. Fiquei paralisado de medo e não o acompanhei. (Vítor)

—Entendi. Vou iniciar as investigações e caso consiga alguma coisa, aviso. (Marcelo)

—Obrigado. Estarei esperando. Até mais. (Vítor)

—Até(os outros três)

Vítor se encaminhou a saída. Ultrapassando o obstáculo, acessou o lado externo. Com isso, a jornada de volta se iniciou. Tinha feito sua parte e agora esperaria que as providências tomadas para o caso solucionassem a questão. Quando o chefe arranjasse o vigilante, novamente voltaria a abrir as portas do estabelecimento.

O dia negro passaria e continuaria firme em seus projetos enfrentando tudo e a todos.

2.68-Casamento

O tempo continua avançando e finalmente chega o dia marcado para o enlace matrimonial entre Marcela e Romão. Desde cedo, os noivos se prepararam em suas respectivas residências. Só se encontram no horário marcado para as celebrações civil e religiosa.

Num clima de harmonia e felicidade e com a presença de familiares, amigos e conhecidos, os dois prometem união e amor eternos. Finda as cerimônias, os presentes partem para um clube reservado e lá começam a comemorar.

Durante cerca de três horas, entre conversas, danças, comidas e bebidas todos se divertem bastante. Até que chega o momento em que ,conforme a tradição,o noivo seqüestra a noiva e juntos vão para lua-de-mel . A se realizar na nova casa, na sede Pesqueira. Começa aí uma nova fase na vida dos dois que prometia ser bastante interessante.

Tinham seguido o exemplo do casal de amigos Vítor e Penelope.

2.69-Choque

Voltando à disputa entre os dois grupos de mutantes, o lado do mal não estava nada satisfeito com o resultado das últimas batalhas. A fim de mudar a realidade atual, Esmeralda (a líder) promoveu vários encontros entre os seus comandados. Nestas horas, intensificava suas potencialidades.

Quando sentiu que eles estavam prontos, entregou a cada um o amuleto das trevas em forma de pentágono. Orientou que usassem em horas de aperto. Faltava agora apenas promover um novo encontro entre as "forças opostas".

A oportunidade certa surgiu quando o major intentou a ocupação de terras vizinhas à sua propriedade. Indignados, os donos pediram ajuda aos mutantes do bem ao espalhar a notícia. Ao chegarem nos ouvidos de Angel, ele resolveu enviar quatro de seus comandados com a finalidade de resgatar as terras. Os escolhidos foram Rafael, Romão, Penelope e Vítor.

Esta equipe, enfrentando todas as adversidades do caminho, aproximou-se dos adversários e então a peleja foi iniciada. Eram quatro contra quatro.

Cada um pegou o seu oponente ficando a distribuição desta forma: Henrique versus Penelope; Orlando versus Romão; Vítor versus Clementina e Rafael versus Patrícia. Inicialmente equilibrada, a disputa foi ganhando os seguintes contornos: Penelope, Romão ,Vítor e Patrícia levam vantagem em relação aos adversários. Consistindo num 3x1 para o bem. À medida que o tempo passa e a situação não muda, os adversários seguem o conselho e usam a magia do pentágono.

O placar vira para 3x1 para o mal, excetuando Vítor que é imune à magia.Não contentes com o resultado,o grupo da vilã continua massacrando o dos mocinhos,impondo humilhações. Chegaram ao ponto de matar o poderoso Romão Cardoso, de um golpe na cabeça.

Revoltado,Vítor reage.Com seus poderes desenvolvidos dá o troco em Orlando,matando-o também.Isso iguala as baixas. Logo depois, a fim de evitar maiores desastres, retira-se com seus colegas. A batalha tinha sido perdida completamente. O objetivo não fora alcançado. A vitória tinha sido da bruxa, mas a um custo alto para os dois lados. E agora? O que aconteceria?

2.70-Nova reunião

Após o fato, todos os envolvidos se engajaram na preparação dos corpos com vistas a lhe dar um enterro descente no mesmo dia. Separados,

Romão e Orlando são enterrados no cemitério da vila com a presença de familiares, amigos e conhecidos. Todas as homenagens são prestadas aos mesmos.

Ao término, os remanescentes do grupo de justiceiros comandados por Angel combinaram de imediato um encontro com a finalidade de debater questões internas do grupo. A reunião seria realizada na tarde deste mesmo dia.

No lugar de sempre e no horário combinado, todos compareceram e foram bem acolhidos pelo anfitrião que os conduziu à pequena sala. Cada qual acomodando-se no seu assento respectivo.

O primeiro a pronunciar-se foi o mestre:

—Lamento profundamente o que ocorreu mas todos nós sabíamos dos riscos que corríamos ao nos engajarmos num projeto tão grande. Por mim, continuamos. Qual a opinião de vocês?

—Estou desolada. Sabe, perdi um companheiro maravilhoso ainda na lua de mel. Contudo, sei que a vontade dele é que continuemos. Vamos em frente! (Marcela)

—Compreendo a sua dor. Também já perdi pessoas próximas e admirava o Romão pelo seu poder e caráter. Estamos juntos! (Vítor)

—Eu estou aqui para apoiar no que for necessário. (Penelope)

—Realmente foi traumático. Eu nunca tinha presenciado um assassinato. Mas se for necessário, também doarei minha vida pela causa. Pelo Romão! (Rafael)

—Então por unanimidade fica decidido que as lutas continuam. Esperem só um minuto que tenho um presente para cada um de vocês. (Angel)

Angel se afastou por um momento. Foi ao seu quarto. Cerca de cinco minutos depois, voltou trazendo cinco correntes cada uma com um crucifixo. Distribuiu quatro e ficou com uma. Ao perceber o olhar curioso de todos, explicou:

—Este símbolo nos protegerá das investidas adversárias. Isso nos coloca em igualdade até a vantagem dependendo dos nossos esforços. Caso alcancemos a sintonia necessária, poderemos conseguir o triunfo final.

—Muito bom. Admiro a história dele.(Vítor)

—Vou buscar conforto para minha dor em seu seio. (revelou Marcela)

—Achará o consolo. Tenho certeza que ele sempre nos apoiará. (Penelope)

—Com a nossa cooperação, é possível que ele faça a diferença. (Rafael)

—É isto,pessoal. Precisamos de fé para suportar as dores, driblar os obstáculos e seguir na difícil travessia que se apresenta à frente. Constato que isto vocês aprenderam divinamente. Ao sucesso! (Angel)

A exclamação de Angel contagia a todos que se aproximaram uns dos outros resultando num abraço quíntuplo. Do contato, uma pequenina luz é produzida representado a força de amizade.

Ao se afastarem, ela se dissipa fisicamente mas sempre estaria em presente em seus respectivos corações. Justiceiros para sempre!

Logo depois, Angel despede a todo mundo pois eles tinham obrigações a cumprir. Os trabalhos do grupo só seriam retomados no momento certo. Enquanto isso, ele pensaria nos próximos passos.

2.71-Abstração

Alguns dias se passaram sem grandes novidades. Chegou-se ao dia marcado para o quarto encontro entre o curandeiro e Vítor, na busca pelo aperfeiçoamento espiritual de ambos.

Como de costume, o encontro caíra no domingo. Após tomar o desjejum, Vítor encaminhou-se imediatamente ao destino planejado.

Enfrentando as adversidades já conhecidas, o mesmo cumpriu o percurso total em dezoito minutos de caminhar vigoroso. Ao se aproximar mais do objetivo, seu coração acelerou como se estivesse a ponto de vivenciar experientes inusitadas e imprevisíveis. Provavelmente aconteceria, mas não era novidade alguma pois desde que descobrira seu dom o jovem Vítor viu sua vida transformar-se numa roda gigante. E que roda!

Já aprendera sobre magia branca, entrara num grupo de mutantes que se transformaram em justiceiros, perdera seu pai, decepcionara-se no amor, Conhecera Penelope, noivara, casara, e agora estava experimentando o conhecimento além do bem e do mal. Já se convencera de que era tudo era possível. Por todos seus entes queridos, continuaria seguindo em frente. Exatamente nesta hora, caminha um pouco mais. Chegando junto a porta, bate com força seguidamente por três vezes. Espera um pouco.

O mestre o atende e o conduz inicialmente à sala de visitas. Acomodam-se nos tamboretes disponíveis e a conversa finalmente é iniciada.

—Como tem passado, Vítor? Pronto para um próximo desafio?

—Bem, obrigado. Estou disposto a aprender mais. Qual o desafio de hoje?

—Vou ensiná-lo sobre abstração e espero que você não fique traumatizado. Podemos começar?

—Sim, claro.

—Siga-me então.

Vítor obedeceu ao mestre seguindo-o até o quarto. A porta foi trancada por dentro a fim de evitar imprevistos. Ao se sentir seguro, o curandeiro aproximou-se dum quadro. Após alguns instantes de contemplação, o retira da parede.

Neste momento, o discente teve acesso a visão de um espelho. Ante a sua expressão de dúvida, o mestre esclarece:

—Este é meu espelho secreto. Ele é detentor de propriedades muito importantes. Coloque sua mão direita sobre ele.

O Servo obedeceu mais uma vez. Ao toque, algo fantástico aconteceu: Repentinamente, seu reflexo começou a mexer-se e ganhar vida. Logo depois, saiu de dentro do espelho e pôs-se ao seu lado.

Vendo a cara de espanto do discípulo, o curandeiro interveio novamente.

—Não tenha medo. Ele é parte de você, ou seja, é você. Trata-se de seu yang.

—Yang? O que é isto?

—Seu princípio masculino. Significa também a luz do seu interior. Junto com o Yin que é a parte feminina completam o seu ser.

—Ah, entendi. Meu antigo mestre tinha me falado um pouco sobre isso. Para que me serve este irmão gêmeo?

—Não sou gêmeo. Sou você! (Reclamou o sósia)

—Quando estiver muita atarefado, você pode enviá-lo para substituí-lo em missões simples. (Esclareceu o curandeiro)

—Gostei. Sou muito ocupado mesmo. (Vítor)

—Só não me use para enganar as pessoas. (Alertou o sósia)

—É verdade. A substituição tem limite. De qualquer maneira, parabéns. Você é um dos poucos mortais que pode se fazer onipresente. (Curandeiro)

—Obrigado. E agora? Como se reverte o processo?

—Toque novamente no espelho.

Vítor seguiu novamente as instruções do mestre. Ao toque, o sósia retornou para dentro do espelho. A abstração estava então concluída.

—Mais alguma coisa? (Interessou-se Vítor)

—Não. Está liberado. Nos encontramos no próximo no mês, no dia de sempre. (Curandeiro)

—Está bem. Até. (Vítor)

—Até. (curandeiro)

Vítor saiu do quarto.Atravessou a sala e ultrapassou a saída.Já fora, pegou o mesmo caminho de sempre. Tranquilamente, iria continuar suas atividades rotineiras ao chegar em casa.

Ao final do dia, descansaria e planejaria os próximos passos relativos à sua vida pessoal. Em frente sempre! Em busca do destino ainda incerto. Daria tudo certo? Continuemos acompanhando os fatos.

2.72-Resultado da investigação

Conforme prometera a Vítor, o delegado Marcelo Dias empenhou-se na investigação do roubo ocorrido na bodega. Aos poucos, foi colhendo provas,fazendo associações e entrevistando testemunhas . Após uma análise criteriosa de tudo que tinha ocorrido, chegou-se a uma conclusão sobre o que é mais importante e o responsável por tudo isso: Seu José Pereira.

Certo das suas conclusões, Marcelo reuniu seus comandados partindo para a busca e a apreensão do meliante. Como tudo em Carabaís era perto, com dez minutos de caminhada vigorosa, a diligência chega ao objetivo(residência de José pereira)e preventivamente a cerca por completo.

Como comandante da operação, Marcelo é quem toma a iniciativa. Aproximando-se da porta, bate seguidamente várias vezes nela com firmeza. Dentro da casa, José escuta e imediatamente vai atender sem ao menos suspeitar do que o espera.

No momento em que abre a porta, o delegado anuncia a sua prisão. Os subalternos o algemam e o indivíduo nem ao menos esboça uma reação tamanho o aparato que envolve a operação. Em seguida, é encaminhado à delegacia. Chegando lá, é interrogado e autuado. Mesmo sem confessar, é preso preventivamente tamanha a quantidade de provas contra si.

Os passos seguintes foram o envio de um ofício a um juiz da sede solicitando a prisão definitiva e a comunicação ás vítimas da solução do problema.

Por todo o seu empenho,o delegado estava de parabéns. Desta vez,tinha sido feito justiça. Uma raridade numa época dominada pelo autoritarismo, corrupção, desmandos e desigualdades sociais entre outros.

2.73-Pós-comunicado

Como dito anteriormente, Vítor e Angel foram comunicados sobre os resultados da investigação. Com o intuito de debater questões importantes, marcaram uma reunião ás pressas no mesmo dia.

Conforme combinado, os envolvidos(Vítor e Penelope)compareceram à residência do chefe no horário previsto. Após uma calorosa recepção dada pelo anfitrião, foram encaminhados à sala. Com as portas da casa devidamente trancadas, começaram a trocar ideias sobre o negócio até então parado por conta do macabro episódio anterior.

Durante três horas, com voto e vez para todos,foram decididos o futuro profissional dos envolvidos chegando-se a um consenso. Alguns itens principais ficaram definidos: Reabertura imediata do empreendimento, início das atividades do vigilante contratado (chamava-se Severino Falcão, ex-lavrador local), continuação da divulgação em massa e possível ampliação das atividades no futuro.

Finda a reunião, foram cuidar dos seus afazeres pessoais e dos preparativos para a reinauguração que estava programada para acontecer no outro dia. Tudo teria que estar nos conformes cujo objetivo maior era o sucesso.

2.74-Reabertura

No outro dia, desde cedo, os personagens envolvidos cuidam de todos os detalhes necessários que possibilitariam a reabertura da bodega. Em duas horas de intenso esforço, tudo fica pronto.

Eles fazem uma refeição rápida. Ao término, se propõem a iniciar o trabalho imediatamente numa verdadeira força conjunta. A equipe era composta por quatro pessoas: Angel, Vítor, Penelope e Severino Falcão.

Assim é feito. A bodega é reaberta e aos poucos os clientes e amigos vão chegando a fim de prestigiar este evento tão importante. Por outro lado, os funcionários esforçam-se a fim de prestar um bom atendimento a todos, oferecendo uma grande variedade de produtos exposta.

Durante todo o dia, o movimento continua intenso e as vendas aumentam a cada instante. É dada uma pequena pausa para o almoço e na volta os trabalhos continuam. Ao final do dia, termina-se o expediente com um grande saldo positivo. A reinauguração tinha sido um sucesso estrondoso e conforme o planejamento uma parte dos lucros seria reinvestido no próprio negócio.

A inveja não derrubara estes guerreiros.

2.75-A ação do grupo de amigos

A semana continuou transcorrendo normal. Alguns fatos importantes a destacar: os lados opostos continuavam em sua preparação tendo em vista novas batalhas; o juiz, analisando as provas, solicitou a prisão definitiva de José Pereira e marcara um julgamento; Marcela estava em pleno processo de recuperação da morte do esposo; a equipe da bodega da luz continuava com seu trabalho intenso; A família Torres e Magalhães continuavam enfrentando as adversidades com garra no Sítio Fundão; E com relação à situação política, continuava estagnada. Porém, as pressões por mudanças aumentavam a cada dia.

Com o objetivo de intensificar as cobranças, as amigas Célia, Rosa, Adelina se reuniram e combinaram de iniciar uma atividade de conscientização conforme sugerido no último encontro.

Como era domingo, elas se dirigiram à residência do casal de amigos Vítor e Penelope a fim de convidá-los a participar também. A única que ficaria de fora desta ação seria Henriqueta que por motivos óbvios não poderia se expor publicamente (Afinal, era filha do Coronel).

Chegando no destino, são bem recebidas e vão direto ao assunto. O casal concorda em participar desde que tudo seja no sigilo. Na oportunidade, é feito o planejamento dos últimos detalhes e as condições são aceitas.

Logo depois, saem da casa juntos. Conforme combinado, vão visitar as casas de pessoas confiáveis. Em cada uma delas, dão uma pequena palestra. O resultado deste esforço é que conseguem apoio da maioria contra os desmandos das elites em geral e utilizariam este trunfo no momento certo.

No final da manhã, são encerrados os trabalhos. Com intuito de comemorar, dirigem-se a um bar conhecido na região por seus pratos típicos. Ao chegarem no recinto, acomodam-se em cadeiras ao redor duma mesa bem no centro. Avaliam o cardápio e terminam por escolher "buchada com carne de bode". É feito o pedido ao atendente e enquanto esperam conversam distraidamente.

—O que acharam dos resultados? (Adelina)

—Foi ótimo. Como previsto. Ainda bem que decidimos colocar nossos planos em prática. (Rosa)

—Tem razão e obrigado por ter nos chamado. Contem sempre conosco, não é amor? (Penelope)

—Sim, claro. Demos um grande passo rumo a uma verdadeira mudança.(constatou Vítor)

—Bem, eu não acreditava muito que desse certo. Mas percebi que juntos somos fortes. Estamos de parabéns.(Célia)

—Agora é só esperar o momento certo para a rebelião explodir.(Adelina)
—Quando será isto? (Quis saber Célia)
—Ninguém sabe. Tem que ser um fato muito grave para gerar uma comoção geral. (Explicou Adelina)
—Quer fato mais grave do que a morte de duas pessoas? Acho que falta coragem de nossa parte. (Vítor)
—Não é tão simples assim,Vítor. As elites ainda têm muitos aliados. (Rosa)
—Olhando por este lado, concordo. (Vítor)
—Além do mais, precaução não faz mal a ninguém. (Penelope)
—Mas nosso dia chegará. Terá um final feliz senão para todos, mas pelo menos para uma boa parte. (Adelina)
—Tomara! (Desejou Penelope)

O atendente se aproxima, serve a comida e a conversa continua a girar sobre diversos assuntos importantes. Durante três horas, os presentes têm oportunidade de se conhecer melhor e estreitar ainda mais os laços.

Terminado este tempo, se despedem prometendo agir novamente apenas em casos graves indo terminar o descanso de domingo em suas respectivas residências. Semelhantemente ao grupo de justiceiros, e inspirados nos mosqueteiros, o lema do grupo era: Um por todos e todos por um! Pelo certo e justo!

Avancemos um pouco mais.

2.76-Justiceiros novamente em ação

Voltando à questão das batalhas entre os dois lados, a cada instante os dois grupos se fortaleciam no tocante ao desenvolvimento dos poderes dos seus integrantes. Enquanto o lado do mal tinha um amuleto em forma de pentágono como arma os do bem treinavam com suas correntes munidos de crucifixo.

Sabendo que estava em desvantagem, Angel, só intentou uma nova ação quando teve certeza de uma boa resposta de seus comandados. Isto ocorreu um mês após o último combate. Foi convocada então uma reunião ás pressas com os integrantes remanescentes do grupo de justiceiros a realizar-se-á no local de sempre (Carabais, residência de Angel).

No dia, horário e local combinados, todos compareceram mesmo os que moravam distante. Gentilmente, foram atendidos pelo anfitrião à porta e encaminhados a um local reservado dentro da casa. Com todos bem acomodados, foram trancadas as saídas e imediatamente foi iniciada a reunião.

Angel, como chefe, foi o primeiro a tomar a palavra:

—Bem, meus caros, os chamei aqui porque temos que resolver urgentemente a questão da invasão de terras pelo Coronel. Os donos não podem ficar à mercê deste corrupto.

—Concordo. Mas como podemos superar a barreira do adversário? (Vítor)

—A resposta está dentro de vocês mesmos. Entreguei a cada um de vocês o símbolo mais poderoso do universo. Ajudado por ele, numa força conjunta, podemos novamente triunfar. (Angel)

—Tudo bem. Quanto aos riscos? (Penelope)

—Sempre haverá minha cara. Mas acredito no potencial de vocês. (Disse com confiança Angel)

—Estou com você, mestre. Tenho certeza que meu amor, onde quer que esteja, aprovaria minha atitude. (Marcela)

—Obrigado,Marcela. Pode ter certeza que o sangue derramado de Romão não foi em vão. (Angel)

—Então o que esperamos? Vamos. (Rafael)

—Sim. Desta vez vamos em força máxima. Todos estão escalados. Vistam as suas máscaras e partam o quanto antes! (ordenou Angel)

—Comigo,um por todos e todos por um!(Vítor)

Todos se aproximaram,deram as mãos,e repetiram a frase de Vítor em coro. Após, se separaram, pegaram as máscaras e acertaram os últimos detalhes antes de sair.Com tudo pronto, finalmente deixaram o quartel general e dirigiram-se para o principal local do conflito. Avante,justiceiros,estamos com vocês!

Logo no início do caminho, transformaram-se de modo que ninguém notasse as suas presenças. Só foram detectados quando estavam bem próximos dos adversários e foi neste momento que um novo embate se iniciou.

Desta feita, eram todos contra todos,aleatoriamente. Como já estavam com suas técnicas bem desenvolvidas, a disputa era de igual para igual, com efeitos surpreendentes. Durante trinta minutos, não ocorreu nenhuma morte. Houve apenas alguns ferimentos leves.

Como nada se decidia, cada qual começou a usar sua força reserva e mística. Nesta última parte, os justiceiros levaram vantagem pela força e pela fé. Com isto, os adversários foram caindo um a um. Completamente vencidos, pediram clemência, e foram enxotados do local.

As terras então ocupadas foram liberadas para uso de quem era de direito. Após receber os agradecimentos, iniciaram o retorno ao local de origem. Como era próximo, rapidamente chegaram. Deram a boa notícia ao mestre, comemoram o feito e fizeram o planejamento para os próximos passos do grupo.

Ao final, foram liberados pois cada qual tinha afazeres a cumprir. Mais uma vitória do bem nesta árdua Guerra! Que continuem assim.

2.77-Os segredos da levitação

Animado por mais uma vitória do seu grupo, Vítor e sua esposa voltaram ás suas atividades rotineiras. Entre trabalho, atividades sociais, de lazer e trabalho em equipe preencheram o seu tempo até a chegada do domingo. Momento este em que se completou aproximadamente um mês do último encontro do curandeiro.

Cheio de vontade e disposição, o discípulo partiu imediatamente ao encontro do mestre após acertar alguns detalhes pertinentes. Eis que em quinze minutos de caminhada rápida, passando entre vegetação e relevos já conhecidos, o mesmo finalmente chegou ao humilde casebre do Curandeiro. Este era o detentor das técnicas de domínio do bem e do mal.

Em frente à casinha, o discípulo para um pouco congelado por um medo súbito. Mas este momento não dura muito tempo pois logo depois ele se mexe e continua seguindo em frente. Chega então junto à porta e bate seguidamente.

Em instantes, de dentro, surge a misteriosa figura conhecida do mestre. Após cumprimentá-lo, o conduz desta feita ao que na casa representava o quarto. É neste recinto onde estavam localizados a cama de capim e um baú velho.

Sentam-se na cama, os olhares se cruzam, antevendo grandes revelações. Como sempre, o curandeiro toma a iniciativa:

—Como tem passado?

—Muito bem. Nosso grupo obteve vitórias importantes e a cada dia aprendo um pouco mais. O que temos para hoje? (Vítor)

—Vou ensiná-lo a técnica da levitação. Será muito útil. (Curandeiro)

—Como? Se já sei voar? (Indagou o descrente Vítor)

—São coisas separadas. Ensinarei não só a levitação do corpo mas a do espírito também. Quem a domina, é capaz de ,caso concentre-se bastante, penetrar em outros mundos. Porém, este milagre é algo que se alcança somente com muito esforço, persistência e experiência. Não é o seu caso por enquanto. (Curandeiro)

—Entendi. Então me ensine. (Vítor)

—Muito bem. Deite-se normalmente na cama, olhando para o teto. (Curandeiro)

O servo obedeceu ao comando do mestre. Quando ficou bem confortável, indagou impaciente:

—E agora? Qual o próximo passo?

—Primeiramente, libere sua mente interior, fixando seu pensamento no ponto mais longínquo que sua imaginação alcançar. Quando atingir este ponto, pronuncie esta palavra secreta: Inkirin! A partir daí, será capaz de quebrar as correntes que o impedem de ter controle sobre seu próprio corpo e a força da gravidade. Preparado? (Curandeiro)

—Vou tentar. (Vítor)

Mesmo sem entender a profundidade das palavras do Xamã, o aprendiz começou a fase de tentativas: Tentou uma, duas, três vezes sem sucesso. Finalmente na quarta, orientado novamente, conseguiu o sucesso.

Maravilhado com a técnica, ficou mais de duas horas a praticando até esgotar suas possibilidades físicas. Foi aí que o curandeiro interveio novamente:

—Calma, Vítor, não precisa exagerar. Pode ir, se quiser.

—Tem razão. Obrigado por tudo mestre. Um dia o recompensarei. (Vítor)

—Não se preocupe. Nos vemos daqui a aproximadamente um mês, no mesmo domingo de sempre? (curandeiro)

—Sim,claro. Pode contar. Até. (Vítor)

—Até. (Curandeiro)

Vítor dirigiu-se a saída . Com alguns passos, ultrapassou a porta e finalmente alcançou o lado de fora. Seguindo o caminho de sempre, iniciou o curto trajeto de volta. Quando chegasse em casa, resolveria algumas pendências, cuidaria da mulher, descansaria, meditaria um pouco e faria alguns planos para o futuro. A cada passo que dava, se aproximava mais da verdade e do que o destino preparava para ele. Avancemos.

2.78-Visita e posterior experiência

Exatamente um dia após o recente encontro com o curandeiro, no horário de intervalo de trabalho, Vítor vai atender a um grito e uma batida forte na porta de sua residência. Ao abrir a porta, encontra com nada mais nada menos do que seu querido mano Rafael, companheiro de batalhas. Após um abraço e beijo no rosto caprichados, os dois adentram na casa, dirigindo-se à sala. Chegando no recinto, acomodam-se em cadeiras, um em frente ao outro. A conversa é então iniciada:

—Que surpresa, irmão. O que fazes por aqui? (Vítor)

—Eu vim por dois motivos. Primeiramente, matar as saudades suas e trazer lembranças da nossa mãe. Segundo pedir um conselho. (Rafael)

—Obrigado. Mas em que posso ser útil? (Vítor)

—Como disse, quero um conselho. Sabe irmão, não sou mais nenhum menino, e a cada dia que passa me sinto mais sozinho. O que faço? (Rafael)

—Se entendi bem, você está passando privação sexual. É isso? (Vítor)

—Sim. Mas vê se não espalha. KKKKKK (Risos contidos de Rafael)
—Bem, no meu caso, tive experiência com pessoas de confiança e não demorou muito para me casar. Hoje estou satisfeito. (Vítor)
—O que me aconselha então? (Rafael)
—Bem, se você quiser, posso te levar próximo a um cabaré. Acho que é a melhor saída. (Vítor)
—Cabaré? Como funciona? (Rafael)
—É um ambiente com prostitutas. Você chega, bebe alguma coisa e quando criar coragem chama uma das meninas. Simples assim.(Vítor)
—Perfeito. Vamos então? (Rafael)
—Espere só um instante que vou falar com minha esposa. (Vítor)

Vítor vai à cozinha e lá combina com a esposa alguns detalhes (Explica que vai sair com o irmão e pede que a mesma o substitua na bodega). Depois de tudo acertado, retorna ao local onde se encontra o irmão.

Os dois então finalmente partem. Ultrapassam a porta de saída, pegam a rua principal e com cinco minutos de caminhada rápida já chegam próximos ao bordel. Vítor para neste instante, repassa as últimas orientações para o irmão, lhe dá dinheiro e vai embora a fim de evitar as más línguas.

Na beira da entrada, sozinho, Rafael se encontrava. Agora era ele, a coragem e o destino que estavam a pontos de se revelar. O que aconteceria?

Munido pelo instinto, a curiosidade e a necessidade Rafael finalmente decide-se entrar após alguns instantes de reflexão rápida. Dá um, dois, três...., Dez passos e já se encontra no salão do bar que era acoplado a alguns quartos.

Aproxima-se duma mesa, senta e verifica a presença de vários homens (De todas as faixas etárias) e mulheres atraentes, despojadas, insinuantes. Uma delas dá sinal para o mesmo e se aproxima.

À sua aproximação, Rafael sente sua espinha gelar. E agora? Como agir? A garota loira, de faces bonitas e com boa envergadura, aparentando uns cinco anos a mais que o mesmo, senta ao seu lado e abraça sua cintura. Esta atitude só aumenta mais o nervosismo do rapaz e a moça, experiente, percebe sua inocência e tenta fazer uma aproximação.

—Oi, me chamo Cláudia e você?

—RRaaffaaeell.(Gagueja)

—Calma. Quer beber alguma coisa para aliviar a tensão? (Cláudia)

—O que tem para beber? (Rafael)

—Eu recomendaria para você uma boa cachaça. Porém, em dose moderada para que não se perca a consciência. (Cláudia)

—Está bem. Traga. (Rafael)

Claúdia se afasta por um instante.Ele vai à prateleira, escolhe a bebida, abre a mesma, e enche um copo pela metade. Após, retorna à mesa onde se encontra Rafael. Ao chegar, entrega imediatamente a bebida. Retoma o diálogo.

—Está aqui. Tome devagar.

Rafael, com o copo na mão, o leva em direção à boca e ao encostar começa a derramar sobre a mesma o líquido. Como era a sua primeira vez, estranha um pouco sabor e terminar por desistir de tomar o restante.

Imediatamente, há uma reação em seu organismo que o deixa mais alegre, livre, solto e sem medo. Tomando a iniciativa, ele pega Cláudia pela cintura e a convida para uma contradança, pois, uma música começa a ser tocada. Ela aceita.

Os dois se dirigem então ao centro do salão. Munidos por uma força estranha começam a se entender completamente. Trocam carícias, conversas e no fim termina por rolar um beijo açucarado na boca.

Neste momento, Claudia o convida para se conhecerem melhor num quarto .Com a força da bebida, Rafael se deixa levar. Juntos, os dois se afastam dos demais, dobram à direita, e adentram no quarto número 3.

Fecham a porta e ambos se ajudam a despir. Quando ficam completamente nus, Claudia o leva a cama. A mesma ensina ao aprendiz todos os passos dum amor bem feito: Preliminares, carícias mais ousadas, sexo oral, anal e vaginal em todas as posições possíveis até se chegar no êxtase final, o orgasmo completo e múltiplo.

Após, descansam e dormem. Três horas depois, acordam. Rafael agradece e paga a quantia cobrada. Despede-se sem compromissos e sem data de retorno certa pois só voltaria quando sentisse muita necessidade.

Dirige-se a saída. Ao alcançar a rua sente-se melhor e ao mesmo tempo péssimo. Sexo casual era bom mas não preenchia o vazio que sentia dentro do peito,a solidão do dia a dia. Esperava com fé que encontrasse um amor de verdade, uma razão forte para viver. Merecia ser feliz pois sempre fora uma boa pessoa.

Rafael chega à casa do irmão . Só entra mesmo para se despedir dele e da esposa. Bebe um gole da água e já vai embora. Inicia-se a longa viagem em direção ao Sítio fundão.

Só se veriam agora nos encontros do grupo que participavam ou em outra hora que estivessem desocupados. Embora distantes, os mesmos conservavam a mesma amizade de sempre e isto era raro pois geralmente irmãos eram rivais.

Eram os famosos "Torres". Estavam prontos para deixar sua marca na história pela sua bravura, dignidade, lealdade e valores. Justiceiros sempre!

2.79-A visita de Sara

O restante da semana passou sem grandes novidades. O ritmo de trabalho na bodega continuava intenso, os integrantes dos dois lados opostos continuavam aperfeiçoando seus poderes e o coronel continuava influente. Absolutamente nada estava decidido.

Na entrada da nova semana, dois acontecimentos: Julgamento de José pereira e com as provas colhidas, condenado a três anos de reclusão; uma vontade súbita que preencheu os sentidos da professora Sara de rever Vítor, falar com sua esposa, enfim colocar as coisas em ordem em sua vida e seu coração. Foi assim que sem pensar muito viajou com destino a Carabais.

Durante o longo caminho, feito no lombo de um cavalo, teve a oportunidade de refletir, analisar e viver uma nova experiência que a fez relembrar sua infância no sítio Fundão. Bons tempos aqueles: Era mais jovem, totalmente inocente, e livre para amar. Pelo menos era o que pensava pois na prática tivera uma decepção.

Porém, este não era o momento de se culpar ou de lamentar. Era tempo de renovação e esperava que com este novo encontro pudesse finalmente libertar seu coração sofrido, partir para outra e ser feliz. Não era a única. Noventa e nove por cento das pessoas que tinham sofrido decepções amorosas desejava isso e eram merecedoras do sucesso e da felicidade. Como eu!

Com esta vontade íntima de recomeçar, termina por cumprir o considerável trajeto num tempo normal. Logo ao adentrar na vila, informa-se sobre a localização da residência de Vítor. Ao colher estes dados, parte imediatamente para o local.

Como tudo em Carabais era perto, não demora muito e a mesma já está á beira da porta da casa gritando e batendo na mesma. Imediatamente, ouve ruído de passos que se aproxima e espera ser então atendida.

A porta então se abre. Ela tem a oportunidade mais uma vez de contemplar o rosto e os trejeitos característicos do seu amor de infância que aparenta surpresa ao vê-la exatamente ali. Vítor toma a palavra:

—O que faz aqui?

—Vim visitar você e a sua esposa. Quero conversar um pouco e matar as saudades. Posso entrar?

—Claro, à vontade. Afinal, não deixamos de ser amigos.

Os dois adentram na casa e dirigem-se á sala. Ao chegar no recinto, Vítor oferece uma das cadeiras como assento. Ela aceita e se acomoda. Após ele vai à cozinha, chama a esposa e juntos retornam ao local inicial.

Cumprimentam-se e começam a conversar como adultos que são.

—A que devo a honra da visita, professora? (Penelope)

—Eu já falei para seu marido. Queria conversar um pouco e revê-los, pois, estamos afastados há um bom tempo. (Sara)

—Verdade. Desde que nos casamos, estamos muito ocupados e ainda não tivemos tempo para rever os amigos da sede. Como vai na escola? (Penelope)

—Bem, na medida do possível, mas triste com a notícia da morte de Romão. Ele era um ótimo aluno e uma pessoa do bem. (Sara)

—Também sentimos muito. Ele era um dos nossos. (declarou Vítor)
—Como está a Marcela? (Sara)
—Bem, parece ter superado o choque inicial do acontecimento. (Penelope)
—Mas isto não quer dizer que não vai esquecer. Digo isto por experiência própria. (Vítor)
—Eu concordo. Também vivi a experiência de perder um ente querido. (Sara)
—E você? Já tem um namorado? (Penelope)
—Não, só tive uma paquera ainda pequena, mas minha estragou tudo. (Confessou Sara)
—Qual era o nome dele? (Penelope)
—Vítor, o seu atual marido. (Sara)

A revelação de Sara deixou Penelope estática por alguns segundos. Nunca desconfiara que os dois tivessem tido uma ligação tão íntima. Quando se recuperou do choque, retomou a conversa.

—Por que não me contaram? A traída é a última a saber não é mesmo? (Indignou-se Penelope)
—Espere um pouco. Eu nunca traí você. O meu caso com a Sara foi antes de te conhecer quando eu era ainda um garoto. (Vítor)
—Verdade. Entre nós não houve nada desde então. Não desconfie do seu marido. (Sara)
—Ah, está bem. Mas não tenha esperança com ele pois já é comprometido. (Esclareceu Penelope)
—Eu sei. Não se preocupe. Sei respeitar o homem dos outros. (Sara)
—Eu nunca iria te trair. Antes, conversaríamos. Mas este não é o caso. (Vítor)
—Bom, o que eu queria dizer é que desejo toda felicidade do mundo para vocês. Meu objetivo aqui é superar o passado de uma vez por todas e começar uma vida nova. Estou livre para encontrar alguém. (Sara)
—Que bom. Está certa. Busque a felicidade e a encontrará em alguém momento. (Penelope)
—Sim, todos merecem ser felizes. Apesar do que vivemos, podemos ser amigos, não é? (Vítor)

—Claro, amigos, apesar de tudo. Deem-me um abraço. (Sara)
Os três levantaram das cadeiras. Ao se encontrarem, ocorreu um abraço triplo, envolto em muita emoção. Finalmente as coisas estavam se esclarecendo e tomando seus devidos lugares.

Findo o abraço, Sara voltou a se pronunciar.
—Bom, isto era tudo. Já vou indo. Obrigado pela atenção de vocês.
—Calma. Não quer comer alguma coisa? (Ofereceu gentilmente Penelope)
—Aceito uma água. (Sara)
—Vou buscar. (Penelope)

Cinco minutos é o tempo que Penelope demora para cumprir o pedido e retornar à sala. Entrega o copo com o líquido e a visitante o toma rapidamente. Depois, despede-se finalmente dos dois, encaminhando-se à saída. Ultrapassa o obstáculo e, já fora, monta no cavalo iniciando o longo caminho de volta mais tranquila.

Quando chegasse em casa, seria uma nova Sara. Pronta para amar e ser amada. Bem longe dos fantasmas do passado. Continuem acompanhando, leitores.

2.80-Emboscada

Com a derrota na última batalha, os representantes do mal estavam engajados em recuperar-se, divididos entre treinamentos e planejamentos. Numa sequência de reuniões, terminaram tendo uma ideia magnífica para desbancar os justiceiros.

Primeiro, espalharam boatos na vila de que teriam sequestrado crianças indefesas. O segundo passo foi ficar de tocaia à espera dos adversários com o objetivo de pegá-los de surpresa.

Chegando a notícia aos ouvidos dos justiceiros, ingenuamente foi organizado uma contraofensiva composta por três membros: Rafael, Vítor e Marcela. Os três, munidos do senso de justiça, rapidamente se dirigiram para sede da fazenda Carabais onde supostamente estavam as crianças.

Após algum tempo de caminhada, aproximadamente na metade do caminho, foram interceptados pelos mutantes do mal e aí se iniciou mais uma batalha.

Mesmo com vantagem numérica para a equipe maléfica, o embate apresentou-se equilibrado do começo ao fim, num total de trinta minutos de exercício.

Ao final deste tempo, sentindo-se esgotados, deu-se por terminada a luta. Os chefes dos grupos reuniram-se e combinaram uma luta definitiva a realizar-se no máximo em um mês onde finalmente saber-se-ia o grupo vencedor. Após a reunião, todos voltaram para suas respectivas casas. E agora? O que aconteceria?

Qualquer que fosse o resultado, todos estavam de parabéns pela respectiva dedicação à causa, sendo ela justa ou não. Avancemos.

2.81-Aprendizado duplo

O tempo avança sem parar. Chega-se exatamente no dia marcado para o sexto encontro de aprendizado entre o Curandeiro e seu discípulo Vítor. Desde cedo, o último se preparou para este encontro que prometia ser revelador e bem interessante assim como os anteriores foram.

Quando estava completamente pronto, Vítor despede-se da esposa e finalmente parte em direção ao objetivo concluindo este trajeto curto no tempo previsto. Aproxima-se então do casebre e como a porta encontrava-se entreaberta toma a liberdade de entrar sem avisar pois já se considerava de casa.

Ao adentrar no recinto, encontra o mestre sentado ao chão, em posição de meditação, com olhos fechados e parecendo estar bem concentrado. Com um pouco de receio, ele toma a liberdade de chegar junto e com um toque tenta despertá-lo. A estratégia surte efeito pois imediatamente o curandeiro levanta-se e então o diálogo é iniciado.

—Ah, que bom que você chegou. Tenho algo importante a transmitir. (Curandeiro)

—O que foi? Algo grave? (Vítor)

—Muito sério. O pacto que você fez abreviou o tempo. Este será o nosso último encontro de aperfeiçoamento. Porém, não serás prejudicado. Ensinarei duplamente hoje. (Curandeiro)

—Entendi. O que me ensinarás hoje? (Vítor)

—Ensinarei a interpretar o destino, ter domínio do livre arbítrio e acima de tudo ter coragem para o que está por vir. Está pronto?(Curandeiro)

—Bem, acho que sim. Pode começar. (Vítor)

Com a resposta positiva do discípulo,o mestre ausentou-se por um momento.Foi ao quarto. Ao retornar, trouxe consigo uma bola de cristal. Com um sinal, pediu para o discípulo sentar-se e ao fazer isso entregou-lhe a bola.

A partir deste momento, começou a dar-lhe instruções.

—Fixe o olhar na bola repassando lembranças do passado, presente e possível futuro. O que vê?

—No passado, vejo lutas, incompreensões, sofrimento. Em relação ao presente, situação partida entre sucessos e fracassos. No entanto, o futuro apresenta-se totalmente embaçado. O que significa? (Vítor)

—Significa que o seu futuro e dos que o rodeiam dependerá unicamente de seu livre arbítrio. Será uma decisão muito difícil a tomar. (Curandeiro)

—O que me aconselha? (Vítor)

—Siga o bom-senso e seu coração. Lembre-se da causa. Quero também dizer que o apoiarei na sua decisão e estarei presente, ajudando nesta última batalha definitiva. Aceita? (Curandeiro)

—Tem certeza? Não sei a que proporções esta disputa chegará. (Vítor)

—Não me importa. Eu já errei muito nesta vida e quero acertar apoiando vocês, os justiceiros, contra o mal e as elites! Estamos juntos! (curandeiro)

A declaração de apoio do atual mestre emocionou Vítor.Ambos se abraçaram num momento de bastante cumplicidade. Um por todos e todos por um! A partir deste momento, O curandeiro também estava integrado ao grupo e que fosse o que Deus quisesse.

Ao término do abraço, eles se afastaram um pouco e o diálogo foi reiniciado.

—Tudo bem. Daqui uma semana será a batalha. Nos reuniremos na casa de Angel, pela manhã ás 08:00 Hs e de lá partiremos. (Vítor)

—Combinado. Estarei lá. Espero que os outros não se importem. (Curandeiro)

—Não se preocupe. Todos são gente boa. Obrigado. Mais alguma coisa? (Vítor)

—Não. Por enquanto não. Nos vemos em breve. Até mais. (Curandeiro)

—Até. (Vítor)

O discípulo afastou-se e encaminhou-se a saída. Ultrapassou o obstáculo tendo acesso ao exterior. Ao mesmo tempo em que caminhava analisava toda a situação que se apresentava. No entanto, não chegava a um consenso.

Seguiria os conselhos do mestre e ouviria sempre os desejos do seu coração e intuição e veria no que ia dar. Teria tempo suficiente para isto no decorrer da semana.

Chegando em casa, relaxou um pouco e curtiu o dia com a mulher. Ao final do mesmo, descansaria um pouco mais. Até o próximo capítulo.

2.82-A ideia

Desde que se marcara uma batalha definitiva entre os dois grupos rivais já conhecidos, todas as atenções e esforços dos personagens envolvidos estavam voltados para a obtenção da vitória a qualquer custo.

Ciente disso, Angel marcou um encontro-relâmpago secreto a realizar-se em sua casa. A três dias da luta e contando apenas com a participação dos membros fundadores: Ele, Vítor e Rafael.

O objetivo principal era reunir ideias capazes de fazê-los triunfar frente a poderosa demanda das elites.

Como eram responsáveis, Vítor e Rafael chegaram na data, local e horário combinados vestidos com trajes simples e rudes. Estavam munidos de uma vontade imensa de cooperar. Foram recebidos pelo anfitrião à porta com a simplicidade, humildade e amabilidade de sempre que eram suas características principais.

Após os cumprimentos de praxe, os três seguiram para um canto da casa,do lado direito.Lá já estavam colocados em círculos tamboretes em mesmo número não tão confortáveis. Porém, estavam acostumados com coisas até piores.

Acomodaram-se nos assentos respectivos trocando olhares de cumplicidade e simpatia. Um silêncio perturbador se instala por alguns instantes. O encanto é quebrado logo em seguida pela fala firme e grave do mestre dos mestres Angel:

—Que bom que vieram! Amigos, se aproxima o momento crucial desde que fundamos o grupo: Nossos objetivos e projetos estarão em jogo e finalmente descobriremos o que o destino nos reserva. Alguma sugestão?

—Tenho várias ideias. Penso em usar magia versus magia, luz versus trevas e envolver os dois lados completamente. Pode ser que dê certo. O que acha, mestre? (Vítor)

—É uma possibilidade. Se as coisas ficarem muito difíceis, faça o que achar melhor. Confiamos em você. (Angel)

—É isso irmão. Dentre todos, você é o mais preparado pois conhece as duas forças. (Observou Rafael)

—Obrigado. Vocês são admiráveis também. Como agir? Já pensaram nisso? (Vítor)

—Sigam o que eu ensinei :Precaução, força, garra, e fé em todos os momentos. Além disso, a união também é necessária pois temos inimigos monstruosos a enfrentar. (Angel)

—Verdade. Quero ajudar da melhor forma possível. (Rafael)

—Eu também. Precisando de ajuda, é só gritar. (Vítor)

—Bem, eu estive pensando uma coisa: Que tal pedirmos reforços? Serão necessários pois estamos em desvantagem. (Sugestionou Angel)

—Exatamente em quem pensou? (Indagou Vítor)

—O que acham dos cangaceiros? São hábeis lutadores, tem boas armas, contatos e muita raça. Seriam de grande ajuda. (Angel)

—Tem certeza? Não são muitos diferentes de nós? (Vítor)

—Pode até ser, irmão. Mas pelo menos não estão contra nós. (Posicionou-se Rafael)

—Temos um objetivo em comum: Lutar contra as elites. (Angel)

—Eu apoio! (Rafael)

—Bem, se vocês acham que é o melhor, apoio também. (Vítor)

—Perfeito. Cuidarei dos detalhes com um contato que tenho. Os encontraremos num local seguro, no sítio Fundão. De acordo? (Angel)

—Sim. (Vítor e Rafael)

—Bem, era só isso. Estão liberados por hoje. Só me façam um favor: Convoquem os restantes para estarem presentes daqui a dois dias, neste mesmo horário, na casa dos meus pais. Entendido? (Angel)

—Entendido, mestre. (Confirmou Vítor)

—Às suas ordens. (Rafael)

—Até mais. (Angel)

—Até (Vítor e Rafael)

Após a despedida, os dois irmãos se dirigem a saída. Em questão de instantes, já se encontram do lado de fora. Cada um pega seu rumo. O que aconteceria? Continuem acompanhando os próximos capítulos.

2.83-Os cangaceiros

Conforme combinado, Angel entrou em contato com um conhecido seu: um mensageiro do bando de lampião que se chamava Tobias(na sede pesqueira).Explicou a situação, entregou um bilhete a ser entregue ao chefe do bando e solicitou urgência na análise da questão. Após, voltou para casa e um dia depois recebeu a resposta. Por sorte, era positiva e isto o fez vibrar. As chances atuais de vitória se tornavam consideráveis.

Comunicou o resultado ao restante do grupo, cuidou dos seus afazeres preparando os últimos detalhes da viagem e do encontro. Tudo teria que estar perfeito. Ao final do dia, estava cansado, nervoso e angustiado por não saber o que estava por vir. Por isto, logo após o jantar cuidou em dormir. O outro dia prometia!

Logo após uma noite bem turbulenta, chegou a madrugada, amanhecendo normalmente no campo e na cidade. Desde cedinho, os personagens em questão em seus diferentes lugares se prepararam para os eventos marcados a realizar-se no Sítio Fundão cheios de ansiedade e nervosismo. Mas isto já era esperado.

Quando ficaram prontos, partiram. Para alguns deles, seria uma longa jornada. Em relação a outros, nem tanto. O importante era todo mundo chegar a tempo de conversar um pouco e acertar mais algumas pendências.

Contando com um pouco de dedicação, persistência e sorte foi o que ocorreu. A partir das oito horas, foram chegando as primeiras pessoas e até as nove horas já estavam todos. Reuniram-se como de costume na sala da residência da família Magalhães. Além da presença dos justiceiros, também contavam com a presença dos anfitriões.

Angel, como chefe, tomou a iniciativa de iniciar a conversa:

—Bem, meus caros amigos, tenho algo a lhes dizer. Primeiramente, agradeço a presença e a disposição de todos. (Angel)

—De nada. A responsabilidade também é nossa. (observou Vítor)

—Estamos no mesmo barco desde que nos juntamos para formar este grupo. (Rafael)

—Nós que agradecemos sua confiança. (Penelope)

—Sinto orgulho em fazer parte desta equipe. (Marcela)

—Nosso filho tem uma boa notícia para vocês. (Maria da conceição)

—Isto. Fale, filho. (Geraldo)

—Tudo bem. Fechei um acordo com os cangaceiros. Estão nos esperando na mata, na direção sul. Vamos?

—Por mim tudo bem. Vamos pessoal? (Vítor)

—Sim. (O restante)

Imediatamente após a resposta positiva, os visitantes despediram-se dos pais de Angel. Juntos se encaminharam à saída. Ao ultrapassarem a porta, seguem rumo ao sul, embrenhando-se na mata.

Começava aí uma trajetória curta até o local combinado do encontro com a presença de toda a equipe. Daria certo? Ninguém sabia e esta dúvida era o combustível para que todos seguissem em frente sem pensar duas vezes nos riscos que estavam correndo.

Analisando bem o caso, não tinham opção pois o grupo adversário fortalecera-se tanto nos últimos tempos que requeria uma atenção especial deles. A sorte estava lançada.

Com passos firmes e regulares, durante vinte e cinco minutos, foi o tempo suficiente para que eles tivessem acesso ao lado sul. Era um local com extensas planícies rochosas e rodeada pela vegetação natural da caatinga agreste.

Ao sinal do Xamã, pararam. Como nada acontecera, as perguntas antes escondidas explodiram:

—E agora? O que faremos? (Marcela)
—Calma, amiga. Tenho certeza que há uma explicação. (Penelope)
—Sempre há. (Angel)
—Qual é então? (Rafael)
—Calma. Deixem o mestre falar. (Vítor)

Neste instante, antes que Angel pudesse responder, de cima das árvores, desceram um a um os soldados do bando de lampião com suas vestimentas típicas de combate. Em frente ao grupo, Tobias se aproxima.

Chegando mais perto, tratou de explicar:

—Estamos prontos. Eu e mais estes soldados ajudaremos a vocês a derrubar de vez a injustiça provocadas pelas elites. Abaixo o coronelismo!

—Assim seja. Por que Virgulino não veio? (Angel)
—Como sabes, ele é um homem muito ocupado. Ele e uma parte do bando ficaram de resolver algumas pendências no Ceará. Porém, é solidário á vossa causa e por isto nos enviou. (Tobias)
—Obrigado por nós todos. Em que podemos ajudar? (Vítor)
—Queremos alimento e acomodações. Só assim estaremos preparados para o combate de amanhã. (Tobias)
—Claro. Podem ficar em minha casa até a hora do combate. Os outros também estão convidados. (Angel)
—Obrigada. Posso ficar na casa de sua mãe, amor? (Penelope)
—Pode e deve. Você, eu Rafael e Marcela ficaremos. (Vítor)
—Aceito. (Marcela)

—Então fica certo assim. Voltemos então para casa. Planejemos cada passo pois é importante. Treinemos e descansemos que amanhã é outro dia. (Angel)
—Pelo certo e pelo justo! (Vítor)
—Contra as injustiças! (Rafael)
—Pelos fracos e indigentes! (Penelope)
—Por todos! (Marcela)
—Cangaceiros e justiceiros, Juntos! (Tobias)

Ao sinal,todos se cumprimentaram iniciando o retorno para o ponto inicial. Voltariam para casa. Seguiriam os conselhos dos respectivos chefes e ao final do dia descansariam. Mal podiam esperar pelos desenrolar dos acontecimentos e pela batalha definitiva que decidiria o destino de todos. Avancemos.

2.84-O outro dia e a batalha

Finalmente amanhece. Logo cedinho, os personagens em questão levantam-se, tomam banho, comem o desjejum e acertam os últimos detalhes pré-batalha. Especificamente o grupo do bem, liderado por Angel, reúnem-se rapidamente em sua casa . Quando resolvem todas as pendências, já partem para a cartada final a se realizar na sede da fazenda do Coronel Soares,conhecida como fazenda Carabais. Este encontro prometia pois se realizaria em campo inimigo.

Fora da residência, os justiceiros e os cangaceiros envultam-se. Começam então a voar, sendo que os que não detinham esta técnica são ajudados pelos demais. Com isto, a longa distância a ser percorrida seria cumprida em um tempo mínimo (No máximo 15 minutos devido a velocidade do voo).

Durante este tempo, quebrando as correntezas do ar, o grupo sobrevoa toda a exuberante paisagem do sertão que tem como características principais: A caatinga, o predomínio do planalto, nuvens de todas as cores, céu azul e o ar seco e puro. Apesar de já conhecerem o local, não deixam de maravilhar-se com tamanho espetáculo da natureza.

No entanto, apesar de toda esta beleza, a preocupação com o futuro era grande por parte de todos. Afinal, todo um trabalho estava em jogo e a depender do resultado deste empreendimento a paz e a justiça poderiam voltar a reinar numa época de grandes desigualdades sociais, falta de oportunidades, pobreza extrema da maioria, seca de tempos em tempos, além de uma estrutura política totalmente distorcida.

Tudo estava prestes a acontecer: o grupo de Angel finalmente visualiza a fazenda. Ao sinal do chefe, todos descem e continuam o restante do trajeto a pé. Caminham com passos firmes, seguros e determinados rumo a entrada da imponente sede da fazenda que era bastante vigiada. A qualquer momento, seriam detectados.

É o que não demora a acontecer. Cem metros à frente, já na porteira da fazenda, são recepcionados pelo grupo rival que gentilmente abrem as portas para os mesmos. Ao penetrarem em território alheio, a contenda se inicia com cada um escolhendo seu adversário.

São formados os seguintes grupos de batalha: Angel versus Esmeralda, Vítor versus Clementina, Marcela versus Patrícia, Penélope versus Hélio, Rafael versus Henrique e cangaceiros versus Romeu. Em no máximo trinta minutos, teríamos que ter algum resultado positivo para uns dos lados.

A batalha começa intensa. A visão se concentra nos esforços dos envolvidos me revelando o seguinte: Angel usa sua experiência com a magia branca versus a magia negra da rival.Em geral, a disputa é equilibrada.Ora com vantagem e queda do outro. Nos momentos mais difíceis, cada qual se vale de seus símbolos e fé pessoal: Angel, com seu crucifixo e Esmeralda com o pentágono; Entre Vítor e Clementina, há uma ligeira vantagem para o primeiro pelo fato de ser imune à magia negra, donde provém os poderes da segunda. Contudo, ele tem que manter atenção redobrada pois qualquer descuido pode ser mortal frente a esta adversária perigosa; na disputa entre mulheres, Patrícia leva vantagem por mover-se rapidamente no espaço-tempo deixando Marcela indefesa frente a seus ataques; Já Penelope, através do seu desenvolvimento, consegue dominar facilmente os ímpetos do senhor do fogo; em relação à dupla Rafael versus Henrique, a luta ocorre em pé de igualdade em todos os momentos. Por fim,os cangaceiros se encontram em desvantagem gritante apesar dos seus esforços frente ao peso pesado Romeu.

O placar era de 2x2.Mesmo com o passar do tempo, a situação não muda a ponto de alguma equipe levar vantagem sobre a outra decisivamente. O tempo estipulado para a luta começava a se esvair.

Chegando próximo do final, Angel por um motivo ou outro, se distrai, e a adversária aproveita a oportunidade para feri-lo, deixando-o desacordado. Este fato afeta a todos nas lutas individuais, especialmente Vítor que mesmo com seus preconceitos, o amava discretamente. Com a força do leão, descarta sua adversária, aproximando-se de Esmeralda. Os seus outros companheiros começam a perder por nervosismo.

Antes da aproximação completa, os espíritos que o acompanham o informam de que uma grande decisão tem que ser tomada. Caso contrário, uma maldição estava prestes a ser lançada reiniciando um confronto antigo que quase destruíra o universo.

Ao longe, figuras espirituais são invocadas por Esmeralda. Sombras e luz se prepararam para se confrontar mais uma vez, com seus líderes Miguel e Lúcifer. Porém, havia ainda uma chance de evitar esta tragédia e ela estava nas mãos do jovem e poderoso Vítor.

Seguindo sua intuição e tudo o que aprendeu com seus mestres da vida, Vítor perguntou às forças benignas do universo que atitude tomar e a resposta que recebeu foi a palavra: Entrega.

Neste instante, seus olhos se abriram para realidade e percebeu a única saída que tinha, uma muita dolorosa. No entanto, se não tentasse, muitas vidas e sonhos seriam perdidos.Ele não podia deixar todos á margem das trevas.

Numa atitude heróica, pegou seu crucifixo, o lançou em direção à adversária e disse: Aceito! Imediatamente, a maldição foi quebrada, a tranquilidade voltou, os mutantes do mal perderam suas forças, caindo em desgraça. A vitória para o lado do bem começava a se consolidar.

Ele ainda teve tempo de se aproximar do seu mestre caído, tocá-lo e dizer:

—Eu te amo!

Todos o ouvem. Após, deu sete passos frente e caiu fulminado. Terminava ali a saga daquele jovem batalhador, da lendária família de videntes, os Torres.

Após o fato, Esmeralda e seu grupo retiraram-se vencidos e sem poderes. O grupo de Angel reuniu-se ao lado do morto. Encontravam-se aflitos por mais uma perda. Primeiro Romão, agora Vítor, sangue derramado em nome da liberdade.

Uns minutos mais tarde, Angel levantou-se recuperado. Ao saber da triste notícia, chorou convulsivamente junto da esposa do mesmo. Se respeitavam apesar de amarem a mesma pessoa.

Superado o choque inicial, o grupo retirou-se levando o corpo de Vítor para um enterro decente. Mas ainda a saga ainda não estava terminada.

2.85-Revolta

O enterro foi realizado dentro da normalidade com a presença de familiares, conhecidos, parentes e amigos. Ao término, foi organizado uma reunião urgente com algumas lideranças e revoltosos.De comum acordo, decidiram organizar uma passeata rumo à sede da fazenda Carabais a fim de exigir seus direitos.

Reunindo uma multidão com cerca de quinhentas pessoas, a passeata deslocou-se do centro da vila até a sede da fazenda Carabais. Completam o trajeto em cerca de quinze minutos. Na porteira, foram atendidos pelos serviçais do coronel que encaminharam o pedido até o mesmo.

Alguns momentos depois, foram informados de que ele atenderia apenas os líderes da revolta. Foram então selecionadas três pessoas que juntas iriam lutar pelo direito de todos.

Os três representantes tiveram acesso a sede principal, acompanhados dos serviçais, que os conduziram a uma sala reservada no casarão. Lá dentro, a portas trancadas, começaram a debater sobre as reivindicações da população em geral expondo seus pontos de vista.

Sentindo-se acuado e sem apoio, o coronel cedeu à pressão concedendo a maioria das reivindicações. Os representantes saíram satisfeitos com o resultado da sua manifestação. Claro que haveria ainda por muito tempo, resquícios do preconceito, da corrupção, das injustiças e do fadado coronelismo.

Mas o importante era que tinha sido dado o primeiro passo.Grande parte disso era por responsabilidade do grupo de justiceiros,heróis do agreste e sertão. Dentre eles, se destacavam os fundadores Angel e os irmãos Torres.Eram jovens batalhadores e guerreiros que tinham marcado de certa forma seu nome na história. Os dois últimos além de deixarem seu exemplo de vida tinham honrado seu sobrenome e se perpetuado como no caso de Vítor que deixara Penelope Grávida.

A linhagem de vidente dos Torres continuaria de geração e geração. A morte não era o fim. Era apenas um começo de uma nova trajetória. Neste primeiro ciclo, "O encontro entre dois mundos" envolvera amor, paixão, lutas e ação.

Avancemos.

PARTE II

1-Despertar

A co-visão se esvai. Aos poucos, eu e Renato vamos retomando a consciência. Tudo o que tínhamos vivido não passara de um lapso temporal revelador de mistérios que não durara mais que trinta minutos.

Após acordar, nos cumprimentamos comovidos com a linda história revelada. Será que teríamos a mesma disposição e coragem do lendário Vítor? Claro que as situações eram totalmente diferentes. Éramos jovens do século XXI, uma época mais adiantada do que a dele mais ainda com muitos desafios a cumprir.

Basicamente, se pudéssemos seguir o seu exemplo, certamente as vitórias aconteceriam com mais facilidade. Porém,reiterando,as situações eram incomparáveis.

Numa reunião rápida, decidimos retornar à casa do mestre. Esta seria uma boa oportunidade para explanar nossos conhecimentos e pedir uma orientação mais segura, em relação a de que forma continuar.

Certos disso, avançamos, enfrentando as mesmas dificuldades de sempre, munidos com pensamento positivo e motivador sobre o futuro do nosso empreendimento. Agora só restava seguir em frente de cabeça erguida.

O percurso total foi cumprido em aproximadamente meia hora a passos regulares e firmes. Finalmente chegamos. Em frente ao casebre, paramos um pouco. Nesta hora, nos emocionamos, pois, estávamos prestes a descobrir o que o destino nos reservava ou pelo menos um encaminhamento que seria fundamental para a nossa dupla.

Instantes depois, superamos parcialmente nossos entraves (Voltando a caminhar). Ao percebermos que a porta estava entreaberta, adentramos sem pedir licença pois já nos considerávamos de casa.

Encontramos o mestre. Ele estava de cócoras, no centro da casinha, com os olhos fechados a meditar. Um pouco receosos, nos aproximamos e o tocamos com o objetivo de despertá-lo. Em seguida, ele abre os olhos, esboça um sorriso e levanta-se. Com um sinal, pede para que sentemos e inicia uma conversa.

—E então? Deu tudo certo com a técnica da co-visão?

—Foi uma maravilha. Em questão de segundos, foi repassado um filme em nossas mentes. Muito interessante mesmo. Valeu a pena! (O vidente)

—E agora? Qual o próximo passo? (Renato)

—Etapa dois. Inspirando-se na história revelada, vocês devem também procurar alcançar o grande milagre:"O encontro de dois mundos". Isto só será possível se houver muita dedicação por parte de vocês. (Angel)

—Como será isto? (O vidente)

—A chave para a questão está no treinamento. Procurem o curandeiro em Carabais.Ele ainda vive no sítio Pintada. Com sua experiência, deve saber qual a melhor forma de atingir a meta. A minha parte já está cumprida e foi um sucesso. Agora posso descansar em paz. Foi um prazer conhecê-los. Aldivan e Renato, sucesso em sua caminhada. Continuem sempre assim. Vocês ainda vão orgulhar ainda este estado e País.

—Obrigado por tudo,mestre. Nunca o esqueceremos.(O vidente)

—Levaremos suas lições adiante. Pelo certo e pelo justo! (Renato)

—Um por todos e todos por um! (Angel)

—Pelos humildes e injustiçados! Amigos para sempre! (O vidente)

A emoção tomou conta do momento.Nos levantamos. Ao aproximarmos uns dos outros, nossa ação resultou num abraço triplo. Por um instante, sentimos a força do nosso sentimento, a amizade. Com a nossa união, uma pequena tocha de fogo desceu do céu, iluminando todo o local. Ali, estava nossa estrela guia, inapagável, que nos socorreria nos momentos mais difíceis.

Ao término do abraço, a tocha voltou para o lugar de origem.Terminamos de nos despedir.Com lágrimas nos olhos, nos afastamos finalmente do nosso benfeitor. Ultrapassamos a porta.No lado de fora, iniciamos a caminhada até a vila de Cimbres. Uma nova etapa à vista e que prometia muitas emoções e descobertas. Continuem acompanhando, leitores.

Desde o começo da nova jornada, mantínhamos a disposição, garra e coragem de sempre semelhantemente ao primeiro desafio que fora a montanha. Embora fossem situações diferentes, o sentimento era o mesmo. Além disso, a precaução, a paciência e a tranquilidade também eram cultivadas pois eram fundamentais para um possível sucesso. Lição aprendida durante a estrada da vida com o convívio com mestres excelentes. Isso incluía amigos, família, orientadores espirituais.

Tudo poderia dar certo ou não. O mais importante era o aprendizado e a evolução alcançadas a cada experiência nova. Nos tornamos eternos aprendizes. A fim disso, continuaríamos seguindo em frente com cabeça erguida, cultivando valores como dignidade, amizade, simplicidade, lealdade e transparência.Esta era a marca da dupla dinâmica da série o vidente formada pelo vidente e o jovem Renato.

A saga continuava. Passando por lugares já conhecidos, temos o prazer de reviver variadas situações. Nossa imaginação está na linha do tempo e do espaço. Quantos pés não tinham passado por ali cheios de expectativas? A resposta é inúmeros. A fim de nos destacarmos da multidão, precisávamos de uma dedicação intensa aos nossos projetos. Algo que não nos faltava, graças a Deus.

Engajados como sempre na nossa causa e nos inspirando em nossos antepassados, aumentamos o ritmo dos passos Um certo tempo depois, já avistamos o casario famoso de Cimbres. Neste momento, nos achávamos exaustos pelos esforços desprendidos. Porém, esperávamos que tudo desse certo.

Com mais quinhentos metros percorridos, finalmente temos acesso á rua principal. Ao chegarmos em frente à Igreja de Nossa senhora das Montanhas,uma autolotação passa.Damos sinal e ela para.Nós embarcamos. Como já se tinha uma quantidade de passageiros suficiente ,a partida para Pesqueira é imediata.

Durante todo o trajeto,temos a oportunidade de ter um bate papo legal com os companheiros de viagem e com o motorista chamado Baltazar que por sinal era muito simpático. Falamos um pouco de tudo incluindo notícias gerais, esportes, música, religião, política e relacionamento no total de trinta minutos de viagem.

Ao final da corrida, descemos, nos despedimos e pagamos a passagem. Ficamos a esperar uma outra autolotação sair com destino a Arcoverde. Ficaríamos no meio do caminho, na antiga Carabais, com o objetivo de conhecer um famoso mestre do passado. Era o curandeiro que já tinha mais de cem anos. O que aconteceria?

Trinta minutos depois, chegam mais cinco passageiros e então o carro finalmente sai. Desta feita, cultivamos o silêncio. Aproveitamos para meditar um pouco e curtir a natureza. Entre paradas, passamos mais trinta minutos na estrada.

O carro para na beira da Rodovia BR 232.Descemos e pagamos a passagem. Tínhamos 1,5 km (Um quilômetro e meio) de caminho a percorrer a pé até o centro da vila. Afora o percurso até o sítio pintada que não sabíamos calcular pois ainda não o conhecíamos.

Começamos a nova caminhada. A subida em curvas me fez relembrar um passado não muito distante e como era bom sentir este gosto. Compartilho das minhas lembranças com Renato, que escuta atentamente e opina.

Apesar de jovem, era muito sábio e me dá dicas valiosas e secretas. Aproveito também para elogiar a disposição em me ajudar desde que me conhecera. Com o passar do tempo, tínhamos nos tornado irmãos-amigos, cúmplices e fiéis companheiros de jornada. Isto era fundamental para o sucesso de nossa empreitada.

Avançamos. Completando exatamente vinte e cinco minutos da subida, temos acesso às primeiras casas. Quando encontramos a primeira pessoa, pedimos informações sobre o sítio Pintada e a pessoa do curandeiro.

Trata-se de uma jovem loirinha, estatura média, de faces rosadas, chamada Jackeline. Descreve em detalhes como chegar lá. Como estava desocupada, oferece sua companhia.

Aceitamos. Atravessamos toda a vila e pegamos uma estrada de terra. Logo no início, puxamos conversa com a garota com o intuito de nos conhecer melhor e passar um pouco o tempo.

—O que faz pelas bandas, Senhorita? (O vidente)

—Trabalho como agente de saúde durante três dias por semana. No tempo livre, faço tarefas domésticas. Na minha casa são quatro pessoas: Eu, minha irmã e meus pais. E você? (Jackeline)

—Sou funcionário público e nas horas vagas, escritor iniciante. Trabalho em meus projetos com meu assistente Renato. (O vidente)

—Isto. Sou peça fundamental nas histórias. (Declarou orgulhoso Renato)

—Muito bem. Escrevem que gênero? (Jackeline)

—Ficção realista. Mas desejo escrever histórias reais também. Tem alguma dica? (O vidente)

—Não. Só conheço gente simples. Mas confie que Deus proverá. (Jackeline)

—Também acredito. (Renato)

—Então que seja assim. Maktub! (O vidente)

—Deixando os livros de lado, ainda está longe a casa do tal curandeiro? (Indagou o impaciente Renato)

—Não muito. Por quê? (Jackeline)

—Estou com fome. (Renato)

—Calma. Continuemos a caminhar com tranqüilidade. Pode ficar à vontade, viu, Jackeline? (O vidente)

—Obrigada.

A conversa instantaneamente parou. Desviamos à direita na estrada e entramos numa vereda batida enfrentando o chão seco, espinhos e galhos de arbustos próximos. Porém, como éramos do sítio estávamos acostumados.

Mais à frente, o caminho alarga-se um pouco e ficamos mais confortáveis. No campo de visão, surge um casebre. Ao sinal de Jackeline, avançamos de encontro a ele. Em aproximadamente cinco minutos, já nos encontramos à porta prestes a bater. No entanto, antes que fizéssemos isso, a porta se abre misteriosamente. De dentro, surge a figura do ancião que apesar da idade conserva traços firmes e fortes além do jeito peculiar de se vestir: Calção de couro, chapéu, camisa rendada e sandálias de sola.

Com um gesto, ele inicia a conversa:

—Jack, o que faz por aqui? E estes outros? Me parecem familiares.

—Oi. Estes são meus amigos :Vidente e Renato. Querem falar com o senhor. (Jaqueline)

—Sou neto de Vítor. (O vidente)

—E sou seu auxiliar. (Renato)

—Como? Já desconfiava. Você se parece muito com seu avô. Sejam bem-vindos. (Curandeiro)

—Obrigado. Tenho orgulho disso. Podemos entrar? (O vidente)

—Sim,claro. Quer vir também, Jack? (Curandeiro)

—Não, eu já vou. Só vim acompanhá-los mesmo. Até para todos. (Jaqueline)

—Até. (os outros)

Adentramos na casa. Acompanhando o anfitrião, nos acomodamos em tamboretes dispostos em círculos no centro do casebre. Após um silêncio inicial, a conversa finalmente é retomada.

—Bem, o que os trouxe aqui, a este fim de mundo? (Curandeiro)

—Viemos duma aventura sem igual e nosso mestre orientou que o procurássemos. (O vidente)

—Ele se chama Angel e disse que com sua ajuda podemos alcançar o milagre o qual se consubstancia no "encontro entre dois mundos". É possível mesmo? (Renato)

A face do curandeiro se enrijeceu. Ele ficou por alguns instantes estático a pensar. Nestes instantes desejávamos ser telepatas poderosos para adivinhar exatamente o que se passava em sua mente.

Como não éramos, ficamos em silêncio a esperar seu pronunciamento o que ocorreu logo em seguida.

—Tudo é possível, meus caros, a depender da dedicação. Antes de tudo, porém, desejo conhecê-los um pouco mais. (Curandeiro)

—Tudo bem. Meu nome é Aldivan Teixeira, também conhecido como vidente ou filho de Deus. Sou funcionário público e escritor nas horas de folga. Venho de duas aventuras incríveis junto com meu auxiliar Renato que renderam meus dois primeiros títulos: "Forças opostas" e "A noite escura da alma". Estou num terceiro projeto e para conseguir concluí-lo preciso de vossa ajuda. (O vidente)

—Isto. Como ele disse, sou seu amigo e auxiliar. (Renato)

—Entendi. Acredito que posso ajudá-los em seus objetivos. Aceitam ser treinados? (Curandeiro)

—Claro. Sempre. (O vidente)

—Estamos prontos. (Complementou Renato)

—Muito bem. Para que consigamos atingir o êxito, devem permanecer aqui durante sete dias. Em relação às acomodações, não se preocupem. Tenho camas suficientes. (Curandeiro)

—Obrigado. É mesmo necessário? (O vidente)

—Sim. Deixe sua timidez de lado e fique à vontade. Seu Avô não era assim.(Em risos,o curandeiro)

—Acho que ele não tem jeito. (Renato)

—Bom, vou dormir agora. Se tiverem fome, podem ir à cozinha preparar alguma coisa. O treinamento começa amanhã. (Curandeiro)

—Entendido. (O vidente)

—Pode ficar à vontade, mestre. (Renato)

O curandeiro levantou-se, espreguiçou-se e com cara de cansaço aproximou-se de uma das camas. Deitou-se e imediatamente dormiu. Eu e Renato nos acomodamos, trocamos ideias e, como previsto, sentimos fome.

Nos dirigimos à cozinha e fazemos um lanche rápido. Após, saímos um pouco do casebre em passeio pelas redondezas. Três horas depois, voltamos e já encontramos o mestre desperto. Conversamos um pouco mais e nos oferecemos para ajudar nas tarefas domésticas. Ao terminar, realizamos outras atividades de estudo e lazer.

Com a chegada da noite, jantamos e saímos um pouco a contemplar as estrelas. Com a sua experiência, o curandeiro nos dá algumas lições de astronomia além de contar algumas histórias interessantes de seu passado.

Ficamos três horas neste exercício. Ao ficar um pouco tarde, o curandeiro se recolhe. Como não tínhamos nada a fazer, o seguimos. O outro dia seria o início de uma nova jornada, rumo ao desconhecido. Que destino se revelaria à nossa frente? Estávamos preparados para o que viesse? Estas e outras perguntas sem resposta estavam prestes a ser solucionadas. Continuemos a saga de número Três.

2-Temor de Deus

Amanhece. O sol surge, os pássaros cantam e uma brisa suave ultrapassa as brechas da parede inundando todo o ambiente. Em instantes, despertamos, levantamos, nos espreguiçamos e vamos tomar um banho (um por vez). Ao fim, nos dirigimos à cozinha e junto com o anfitrião preparamos o desjejum com o que tínhamos disponível na despensa.

Aproveitamos a oportunidade para estreitar os nossos laços até então recentes. Quando a comida fica pronta, sentamos à mesa e nós mesmos nos servimos num ritual de comunhão.

Nos alimentamos em silêncio e com respeito. Ao terminarmos, iniciamos uma conversa a fim de dirimir dúvidas.

—Quando se inicia o nosso treinamento? (O vidente)

—Daqui a pouco. Antes, quero saber como Angel os treinou. (Curandeiro)

—Eu explico. Passamos pelo teste de desenvolvimento dos dons do espírito santo. Foram seis etapas no total. Com elas, pudemos desenvolver uma nova técnica, a co-visão que nos proporcionou a visão da primeira etapa. (Renato)

—Entendo. Devemos então continuar nessa linha de raciocínio até atingir o ápice da segunda etapa. Qual foi o dom que restou? (Curandeiro)

—Foi o do "temor de Deus". (O vidente)

—Iniciaremos daí. Me acompanhem. (Curandeiro)

Obedecemos ao mestre nos dirigindo a saída. Ultrapassamos todos os obstáculos. Já fora, seguimos em frente percorrendo uma vereda no mesmo sentido. Dez minutos depois, caminhando vigorosamente, adentramos numa clareira. Ao sinal do mestre, sentamos no centro dela. A partir daí ele começa a explicar.

—Os trouxe aqui para um debate saudável. Uma troca de experiências pois não há ninguém nesse mundo tão sábio que não possa aprender nem alguém tão ignorante que não possa ensinar. Todos, muito ou pouco, tem uma bagagem. (Curandeiro)

—Concordo. A vida se caracteriza por um contínuo processo de ensino-aprendizagem, termo muito usado na educação. (O vidente)

—Falou o professor! Mas nos diga, mestre, o que tem a nos dizer em relação ao dom de "Temor de Deus"? (Renato)

—Por experiência própria, ao contrário do que a maioria das pessoas pensam, Deus não quer que tenhamos medo dele. Apenas exige respeito, dedicação à sua causa, seguimento às suas leis e a prática de boas obras em troca de seu amor e proteção. No entanto, mesmo aqueles que insistem em seus erros, que estão afundados em sua "Noite escura", não são abandonados pelo divino. Isto acontece porque ele, acima de tudo, é pai e é bom com todos. Nisto consiste sua perfeição. E vocês? Que conceito têm deste dom? (Curandeiro)

—Olha, mestre, no período em que estive imerso na minha noite escura da alma, pude ter a dimensão de dois opostos de Deus: Misericórdia e justiça. Nessa época, deixei-me levar totalmente pelo meu mensageiro (sem limites) chegando a pensar que era dono do mundo. Foi aí que as forças do bem agiram e impuseram-me sua força. Elas abriram-me os olhos, castigaram-me e foi então que percebi o mal que tinha feito.

No entanto, apesar dos pedidos insistentes dos meus inimigos, Em vez de me condenar, Deus me libertou e ressuscitou não só desta vez mas inúmeras vezes. Deus é pai. A única condição que nos impõe é um comprometimento em não repetir os mesmos erros. Resumindo, por tudo isso que vivi, posso concluir que devemos cultivar o temor à Deus.Não devemos acender sua ira pois sua mão é muito pesada para nós mortais e é justa. Além da justiça, se encontra a misericórdia.Esta só é alcançada caso nós conquistemos a sua confiança. Devemos ter atitude e posição firmes. (Eu, o vidente)

—Apesar da minha pouca idade, tenho também algo a contar. Desde que minha mãe faleceu, meu pai me tratava duramente. Com ele, aprendi o temor e o medo nunca dantes vistos. Esta foi minha experiência de um pai humano. Quando fugi, encontrei a guardiã da montanha(uma segunda mãe)e com ela tive uma vida mais digna.Pude então estudar, ter amigos, brincar e trabalhar também. Descobri com os ensinamentos dela e investigando nos livros,um verdadeiro pai.Um pai que não agride, que ama, que nos aceita como somos, um pai verdadeiramente humano .O temor, para mim,é uma relação pai-filho.Como qualquer relação, precisa de debate,conhecimento,cumplicidade,fidelidade e lealdade. Só assim se torna completa. Porém, nunca devemos ter medo. Isto nos afasta de Deus. (Renato)

—Esplêndido! Opiniões divergentes, mas todas com sentido. Percebi a forte influência das experiências pessoais em vossas opiniões. Isto é normal. Acredito que já podemos tentar. (Curandeiro)

—Tentar o quê? (O vidente)

—Eu também tenho a mesma dúvida. (Renato)

—Completar o primeiro ciclo, o dos sete dons. Com a iluminação adequada, podemos absorver o conhecimento e termos certeza de que forma continuar para atingir plenamente o objetivo. (Curandeiro)

—Tudo bem. Podemos tentar. (O vidente)

—Como agiremos? (Renato)

—Levantem-se e formemos um círculo. (Curandeiro)

Obedecemos ao mestre.Nos damos as mãos e fechamos o círculo. Imediatamente, ele se ajoelha, ora baixinho e pede que repassemos na memória os desafios anteriores. Em questão de segundos, relembramos os momentos mais marcantes da aventura até o momento atual. Terminada a oração, o mestre se levanta, e eleva junto com as nossas, as mãos para o céu. Repentinamente, o mundo treme, escurece, ficamos tontos e línguas como de fogo surgem baixando sobre nossas cabeças.

A partir daí, entramos em êxtase completo. Somos repletos da força de cima semelhantemente ao que aconteceu com os apóstolos de cristo. Isso aproximadamente dois mil anos atrás.

Este momento incrível dura apenas trinta segundos. Ao término, as línguas de fogo desaparecem e nos encontramos novamente só nós três. O mestre então toma a palavra.

—Consegui. Já sei o caminho a seguir. Vamos? (Curandeiro)

—Poderia nos adiantar? (O vidente)

—Não. A cada dia sua preocupação. Voltemos para casa. (Curandeiro)

—Está bem. Vamos, Renato? (O vidente)

—Claro. (Renato)

Nosso trio começou a fazer o caminho de volta e as perguntas não paravam de chegar em nossas mentes. O que aconteceria? Seja o que fosse acreditávamos estar prontos para enfrentar pois tínhamos experiência em desafios.

Por enquanto, o mestre estava certo, não havia com o que se preocupar. O primeiro passo já tinha sido dado. Agora, só restava seguir em frente com raça, coragem, sem medo e sem vergonha de ser feliz.

Com um pouco de dedicação e sorte, poderíamos chegar aos resultados desejados. Mas isto era o futuro.

Enquanto este não chegava, continuamos a caminhar. Em aproximadamente o mesmo tempo da ida, chegamos no casebre. Durante o restante do dia, nos envolveríamos em outras atividades que nada tinham a ver com o desafio.

À noite, aprenderíamos mais sobre o universo e trocaríamos experiências. O mestre planejaria os próximos passos e viveríamos a expectativa do próximo dia que prometia muitas novidades.

Quando cansássemos, iríamos descansar. Geralmente era cedo pois no sítio não havia muitas opções de entretenimento.

Continuem acompanhando, leitores.

3-*O valor da amizade*

A noite transcorre normalmemente.A madrugada passa e amanhece em seguida. Ao primeiro raiar do sol, despertamos. Imediatamente cada qual vai se ocupar em uma atividade: O mestre vai preparar o desjejum enquanto eu e meu fiel companheiro de aventuras vamos tomar banho.

Em trinta minutos, cumprimos a obrigação. Nos dirigimos ao quarto e trocamos de roupa. Já prontos, vamos á cozinha. Chegando lá, nós mesmos nos servimos e o mestre aproveita também para se banhar.

Neste ínterim, eu e Renato trocamos informações confidenciais. Porém, não temos muito tempo para isto pois em menos de dez minutos o mestre já retorna. Ele senta conosco à mesa e educadamente espera nós terminarmos para poder se pronunciar o que não demora muito.

—Dormiram bem? (Curandeiro)

—Fora alguns pesadelos, tudo bem. (Informou Renato)

—Normal. Apenas um pouco ansioso. (Confessei, o vidente)

—Muito bem. Então vamos começar. Com a iluminação que tive ontem, achei melhor continuar o treinamento da mesma forma que iniciei. Uma conversa com total liberdade, respeito e interação. De acordo? (Curandeiro)

—Não tem problema. (O vidente)

—É um método interessante. Sobre o que falaremos? (Quis saber Renato)

—O tema de hoje é amizade. Contém um pouco da trajetória de vocês e a experiência neste sentido. (Curandeiro)

—Eu começo. Amizade para mim é tudo. Aprendi isto com os espíritos superiores, minha família, amigos, conhecidos, colegas de trabalho, mestres espirituais e da vida. Neste caminho, amei, sofri, chorei, errei, acertei,conquistei,lutei e fui confundido.Mas superei e relevei. Enfim, aprendi, ensinei e quero continuar seguindo em frente apesar de tudo. (O vidente)

—Meu início de história, como sabem, é um pouco trágico. Só conheci os bons sentimentos quando conheci a guardiã.Ela é a minha benfeitora.Foi quando tive um maior contato com a sociedade. Neles, está incluído colegas de escola e meu querido companheiro de aventuras. (Renato)

—Obrigado. (O vidente)

—O que fariam por um amigo necessitado? (Curandeiro)

—Depende. Se estivesse confuso, eu o aconselharia. Se estivesse com problemas, tentaríamos juntos achar uma solução. Em suma, ajudaria no que fosse necessário. (O vidente)

—Eu me colocaria à disposição nos momentos bons e ruins. (Explicou resumidamente Renato)

—Gostei. Também ajudaria. Neste mundo, somos todos iguais. O que levamos de concreto são as boas ações. Dinheiro,orgulho,vaidade,mágoas,disputas e egoísmo não levam a nada. Porém, é ainda muito comum ouvir-se de falsos amigos quando se necessita a seguinte frase: "Não é meu problema". (Curandeiro)

—Exato. Já aconteceu várias vezes comigo. Mas não sou igual à eles. Eu não vou repetir este erro.(O vidente)

—Que bom. Mesmo sem muita experiência, já vi casos de pessoas que se revoltaram e passaram a agir da mesma forma. (Comentou Renato)

—Nunca façam isto. Mesmo que o sangue ferva, não se misturem a este tipo de gente. Precisamos agregar valores e não dividir. (Curandeiro)

—Jesus é o exemplo. (O vidente)

—Ele é o principal. Também são notáveis Madre Teresa de Calcutá, Irmã Dulce, Zilda Arns, Dorothy Stang, Madre Paulina, Francisco Xavier, Santa Rita de Cássia, Nelson Mandela, Martin Luther King, Francisco de Assis, Mahatma Gandhi, entre milhares de exemplos. (Curandeiro)

—Já ouvi falar. Foram incríveis. (Renato)

—É possível chegar no nível de evolução deles, mestre? (O vidente)

—Não se compare a ninguém. Cada qual tem sua história peculiar. O importante é cultivar bons valores, ter experiências que a vida proporciona, ter boas companhias, viver e não ter vergonha de ser feliz como diz a música. O tempo ensina. (Curandeiro)

—Entendi. Vou seguir em frente então. (O vidente)

—Com minha ajuda, poderemos continuar marcando história e encantando corações na série o vidente. (Renato)

—Isto. Sigam o destino com garra, força e fé que o sucesso virá como conseqüência. Não se esqueçam de mim e dos outros. A amizade é isto. (Curandeiro)

—Claro que não. Valorizamos nossas origens. (Eu, o vidente)

—Que tal um abraço? (Renato)

A emoção tomou conta de nós todos e aceitamos a sugestão do jovem Renato. Nos levantamos. Ao chegar bem perto, o abraço triplo acontece durante alguns instantes. Ali, estava um trio batalhador, buscando o conhecimento. Embora pertencessem a mundos diferentes, foram unidos pelo destino. A cada passo dado, o encontro revelador se aproximava.

Terminado o abraço, nos afastamos. O mestre se despede, explicando que tinha tarefas a fazer na vila. Ao sair, ficamos apenas nós dois. Temos a ideia de arrumar o casebre. Apesar de não ser muito a nossa praia, só a boa intenção era válida.

Quando o mestre retornasse, continuaríamos ajudando ele em outras atividades até do dia terminar. Mais uma etapa fora cumprida. Com a experiência do curandeiro, grandes lições tinham ficado. Avancemos.

4-Cumplicidade

Surge um novo dia com as características de sempre. Em dado momento, um vento frio bate em nossos corpos já recuperados dos esforços anteriores fazendo-nos acordar. Imediatamente, reúno a coragem e força suficientes tentando levantar. Tento uma, duas, três, quatro vezes. Alcanço o êxito da última vez.

Observo atentamente ao derredor. Verifico que apesar de acordados, meus companheiros de aventura ainda não se dispuseram ao mínimo esforço. Então decido me aproximar e com carinho os ajudo a tomar uma iniciativa. Cinco minutos depois, os dois já se encontram também em pé.

Numa conversa rápida, dividimos as tarefas e prontamente vamos cumpri-las. Desta feita, eu e Renato preparamos o desjejum exercitando nossos dotes culinários. Enquanto isto, o mestre toma seu banho rápido. Ao finalizar esta tarefa, troca de roupa e nos encontra ainda na cozinha.

Ao chegar no ambiente, ainda dá tempo para ele sugerir algumas melhorias no prato que na ocasião é composto de cuscuz com charque e macaxeira cozida com manteiga. Agradecemos a ajuda e damos o toque final no rango.

Com tudo pronto, nós mesmos nos servimos e sentamos à mesa. Enquanto comemos, iniciamos uma conversa amistosa.

—Primeiramente, quero agradecer por toda atenção e dedicação á nossa causa. Porém, ainda me restam algumas dúvidas. Poderia saná-las? (O vidente)

—Depende. Terá todas as respostas que necessita no tempo certo. O nervosismo e a ansiedade só atrapalham. (Curandeiro)

—Não é nada extraordinário. Quero saber quantas etapas temos a cumprir e como alcançar o milagre tão desejado. (O vidente)

—Como disse, serão sete dias de treinamento. Neste período, peço foco total da parte de vocês. O resto virá como consequência. (Curandeiro)

—Tudo bem. Esperarei. Alguma dúvida, Renato? (O vidente)

—Além das suas, tenho curiosidade em saber o nome verdadeiro de nosso digníssimo mestre. (Renato)

—Vocês estão querendo saber demais. Meu nome de batismo é "Secreto". Por enquanto, atenham-se ao treinamento e não a coisas bobas. (Ralhou o mestre)

—Está bem. Desculpa o atrevimento. (Renato)

—Não se preocupe. Terminem de se alimentar. (Curandeiro)

A voz do mestre soou grave e firme. Isso faz com que nós, os discípulos, tomássemos o pedido como ordem. Em silêncio, continuamos a degustar o alimento bem devagar. Comemos uma porção de cada um e como ainda estávamos sentindo fome repetimos a dose.

Doze minutos depois, finalmente ficamos satisfeitos. Ao terminar, nos dirigimos ao banheiro improvisado a fim de cuidar do nosso asseio corporal. Um por vez. Entre banho, troca de roupa e volta à cozinha gastamos mais quarenta minutos do nosso precioso tempo.

No entanto, apesar da demora, encontramos o mestre radiante e mais uma vez disposto a nos ajudar.

—Podemos começar? (Curandeiro)

—Sim. (Eu e Renato)

—Bem, o tema abordado hoje é a cumplicidade. Poderiam compartilhar suas experiências nesse sentido? (Curandeiro)

—Claro. Posso dizer ,sem sombra de dúvida, que esta é uma das minhas características principais. Em qualquer relacionamento é muito importante. Por exemplo, nas dificuldades, buscamos um apoio. Procuramos alguém em quem confiar e dividir o peso das responsabilidades. Caso não encontremos, a vida fica um pouco mais vazia e triste. Cumplicidade e confiança são dois elos importantes. (O vidente)

—Concordo. Devemos também ter o máximo cuidado a fim de que depositemos a nossa confiança nas pessoas certas. (Renato)

—Muito bem, Renato.Porém, é difícil, num primeiro momento, ter esta capacidade de discernimento. Precaução deve ser a palavra chave e o conhecimento é algo necessário. Só com ele é possível tomar uma decisão. (Alertou o mestre)

—Já teve decepções, mestre? (Renato)

—Muitas. Fazem parte do processo de evolução. O importante é não repetir os mesmos erros. (Curandeiro)

—Bem lembrado. Também vivi algo parecido inúmeras vezes. Os erros abrem o caminho para os acertos. (Reforcei)

—Exatamente, meu caro. Estão de parabéns. Acredito que em breve colherão os frutos do vosso trabalho. Persistam sempre. (Curandeiro)

—Entendi. Mais uma vez obrigado. (Renato)

—Por nada. Vamos cuidar na casa? (Curandeiro)
—Sim. (Nós dois)

Pegamos o material necessário e iniciamos a atividade sugerida. Quando terminássemos, realizaríamos outros trabalhos pertinentes. O mais importante de tudo era que estamos progredindo a olhos vistos. Rumo ao sucesso!

5-*Reflexões*

No outro dia, realizamos as atividades corriqueiras da manhã como sempre e ao terminamos de tomar o café nos reunimos no centro do casebre por indicação do mestre. Sentamos no chão, ao lado um do outro. Após um breve momento finalmente o curandeiro toma a iniciativa.

—Bem, estamos aqui novamente, no quinto dia de treinamento. Estão gostando até agora? (Curandeiro)

—Estou. Mas devo confessar que esperava algo mais espetacular: Com técnicas incríveis, mistérios a serem resolvidos e revelações extraordinárias. (O vidente)

—Está sendo um grande aprendizado para mim. Não tenho do que reclamar. (Renato)

—Entendi. Vidente, é normal que alguém como você, com larga experiência em aventuras esperasse este conceito. Mas acredite: teremos mais resultados concretos agindo desta forma. Precisamos fazer o intercâmbio de informações. Quanto a você, Renato, sinta-se à vontade. (O mestre)

—Obrigado. (Renato)

—Qual o próximo passo? (O vidente)

—Falaremos hoje de um tema complexo e universal, o amor. Quais são suas opiniões? (Curandeiro)

—Em relação ao amor, já experimentei de tudo. Senti o amor espiritual, de Deus, de entrega e renúncia completas. Além deste, senti o amor humano. É algo que envolve atração, aproximação, fé e força convictas.

No entanto, com relação a este último, minhas experiências não foram boas. (O vidente)

—Pela minha pouca idade, vivenciei o amor familiar e a paixão não muito profundas. Como sabem, minha vida não foi nada fácil. (Renato)

—Compreendemos Renato e o admiramos. No tempo certo, terá oportunidade de conhecer o verdadeiro amor. Quanto a você, vidente, não desanimes. A felicidade chegará para você no tempo certo. O mais importante é perseverar na luta para ser feliz pois na verdade é isto o que realmente importa. (Aconselhou o curandeiro)

—Tomara. E você? Quais suas experiências em relação ao amor? (O vidente)

—Bem, como qualquer ser humano que tenha vivido mais de cem anos, conheço um pouco de tudo da vida. No entanto, meus trabalhos espirituais e a relação com a natureza sempre vieram em primeiro plano. De certa forma, isso me afastou das pessoas. É isto. Vivemos de escolhas e as minhas foram bem pensadas. Não me arrependo não. (Curandeiro)

—Concordo. Fazer escolhas é o principal ato para nos tornarmos atores principais no palco da nossa vida. Ser um líder de si mesmo é a meta principal. (O vidente)

—E que venham as consequências! (Complementou Renato)

—É exatamente o que eu quero passar para vocês, discípulos. Desejo do fundo do meu coração que tenham a coragem e força suficientes para tomarem suas decisões e enfrentá-las sem medo de contrariar as maiorias que sustentam uma falsa moral em nossa sociedade. Sejam como o lendário Vítor e seu grupo de justiceiros que marcaram história numa época ainda mais difícil que a atual.(Curandeiro)

—Prometemos nos esforçar neste sentido. (O vidente)

—Juntos, poderemos conseguir o milagre, o tão aguardado "Encontro entre dois mundos "de forma plena interligando histórias, mentes e corações. (Declarou com otimismo, Renato)

—É assim que se fala. Gostei de ver. Mais alguma observação? (Curandeiro)

—Não. E você, Renato? (O vidente)

—Também não. (Renato)

—Muito bem. Os trabalhos de hoje se encerram por aqui. Vou sair um pouco, a visitar alguns amigos na vila. Cuidem de casa e reflitam sobre a nossa conversa. (Curandeiro).

—Está bem. Até. (O vidente)

—Até mais. (Renato)

—Um abraço. Até daqui a pouco. (Curandeiro)

Dito isto, o mestre se afastou, abriu a porta e saiu. Agora, estavam só eu e Renato. Seguiríamos os conselhos do mestre e quando ele voltasse ficaria orgulhoso de nós pois dedicação e empenho não faltariam de nossa parte. Continuemos então a nossa saga.

6-Mediunidade

Mais um dia se passou. Após levantar, espreguiçar, tomar banho, comer o desjejum e escovar os dentes nos reunimos novamente com o curandeiro. Desta feita, nos acomodamos na cama localizada em seu quarto. Após trancar as portas, o mestre teve a segurança necessária para iniciar a conversa.

—Bem, preparados?

—Sempre estamos. (O vidente)

—Acredito que sim. (Renato)

—Pensei um pouco .Cheguei a conclusão que se faz necessário, neste momento, o uso de duas técnicas. Hoje, ensinarei a primeira a vocês. Trata-se do aprimoramento da mediunidade. (Informou o curandeiro)

—Muito legal. Apesar das várias experiências que tive, não estou totalmente desenvolvido. (Confessei, o vidente)

—Interessante. Não tenho experiência. Mas no meu caso, é possível? Mesmo não tendo um dom específico. (Renato)

—Respondendo aos dois, nunca se está completamente preparado .Todos somos médiuns em maior ou menor grau. A questão é como preparar-se adequadamente para estes contatos além-vida que, muitas vezes, nos salvam de grandes perigos. Eu tenho uma das chaves para se alcançar isto.(Curandeiro)

—Somos todos ouvidos. (Prontifiquei-me)

—Pode começar, mestre. (Ratificou Renato)

—Estamos convivendo há seis dias e percebi a capacidade e o valor de vocês. Acima de tudo me transmitiram confiança e por isto vou revelar-lhes um dos meus segredos. Prestem atenção. (Curandeiro)

O mestre levantou-se e aproximou-se das paredes. Especificamente, de um dos quadros pregados com muito bom gosto. O retirou, deixando a mostra um espelho, aquele mesmo que tínhamos visualizado na história de Vítor.

Com um sinal, ele pede a nossa aproximação. Ao chegarmos bem perto, ele volta a nos orientar.

—Fechem os olhos e concentrem-se no infinito (Algo que não possam alcançar). Com isto em mente, toquem apenas uma vez no espelho.

Obedecemos mais uma vez. Quando nos sentimos preparados, tocamos simultaneamente o espelho. Neste instante, entramos numa espécie de transcende nossos espíritos ultrapassam as várias dimensões existentes: Passamos pelos céus, infernos, a cidade dos homens, purgatório, limbo, abismo, jardins do éden, portas dimensionais, planetas e astros do universo inteiro.

A experiência é muito boa e rápida. Com quarenta segundos, já retomamos a consciência. Ao despertar, largamos do espelho. Voltamos a nos sentar enquanto o mestre ao nosso lado parece ansioso e inquieto. Recomeçamos o diálogo.

—Que incrível! Nunca me senti tão leve e solto. É como se meus sentidos ficassem à flor da pele, sem nenhuma barreira de comunicação. (Constatei)

—Também senti algo parecido. Apesar de serem mundo diferentes do nosso, esta técnica mostra o quão é possível o encontro, mesmo sendo realidades tão díspares. (Renato)

—Que bom que compreenderam. Quanto tiverem acesso à segunda técnica, complementar a esta, terão a oportunidade de alcançar o milagre que tanto desejam. Será o momento propício para uma reavaliação da vida dando a oportunidade de estipular novas metas e consolidar as já alcançadas. Enfim, um novo começo de caminhada que será longa se Deus quiser. (Curandeiro)

—Que ótimo! Continuemos o trabalho, não é Renato? (O filho de Deus)

—Claro. Mas agora estou com fome. Podemos preparar algo? (Renato)

A ingenuidade de Renato provocou gargalhadas em mim e no mestre. Que figura! Sem ele, a série o vidente não teria o mesmo charme que tem.

Quando nos controlamos, voltamos a conversar.

—Está bem. Podemos ir, mestre? (O vidente)

—Á vontade. Por hoje, chega de treinamento. Mas não se esqueçam de arrumar a bagunça. (Curandeiro)

—Ok. (O vidente e Renato)

Imediatamente, nos levantamos da cama. Dado alguns passos, abrimos a porta e nos deslocamos em direção à cozinha. Chegando lá, começamos a preparar um mexido de arroz e feijão temperado com o que tínhamos disponível. Em dez minutos, concluímos o preparo. Mesmo estando sem muita fome, acompanho Renato na degustação desta delícia a qual era especialidade minha.

Durante a alimentação, compartilhamos experiências e expectativas. O que nos esperava a partir de agora? O nosso esforço seria recompensado? O que levaríamos de bom desta aventura para o resto da vida? Estas e outras perguntas brevemente seriam respondidas no encontro tão desejado.

Enquanto não chegava o momento, cuidamos de nos reabastecer. Ao término, começamos outras atividades cotidianas. Em frente, sempre! Pelos leitores e pelo universo tão singular que proporcionou os dons! Avante!

7-*O segredo das sete portas*

Nasce o sétimo dia de experiências e lutas internas realizadas no casebre do misterioso curandeiro, em companhia do mesmo e de Renato. Logo cedo, nos levantamos num ritmo frenético e realizamos as atividades de sempre num tempo recorde.

Terminado o desjejum, não contenho meu nervosismo e ansiedade. Inicio, pois, a conversa com os demais.

—E agora, mestre? Poderia nos orientar em definitivo?(O vidente)
—Já? Estão mesmos preparados? (Curandeiro)
—Eu acredito que sim e quanto a você, Renato? (O filho de Deus)
—Estou com você, meu amigo. Vamos em frente. (Renato)
—Corajosos vocês. Sabem, porém o que vão enfrentar? (Curandeiro)
—Não. Mas não importa muito. Do que vale a vida sem aventuras ou sem sentido? Na minha opinião, um vazio total. (O vidente)
—Explique-nos melhor mestre. (Solicitou Renato)
—Gostei. O próximo desafio é um grande segredo que nunca revelei a ninguém. Somente se o cumprirem, é que terão possibilidade de alcançarem o milagre desejado. Estão a fim? (Curandeiro)
—Do que se trata exatamente? (Renato)
—Costumo chamá-lo de segredo das sete portas. São várias dimensões sobrepostas e a cada instante a situação fica ainda mais complicada. Caso fracassem, poderão ficar presos em alguma das suas dimensões paralelas. O que me dizem? (Curandeiro)
—Licença, Renato, como líder deste empreendimento decido que você ficará de fora deste etapa. Não me entenda mal é que tenho uma experiência maior em situações extremas. Prefiro continuar só a partir de agora. Tudo bem? (O vidente)
—Não entendi muito bem, mas aceito. (Renato)
—Muito bom. o que devo fazer, mestre? (O vidente)
—Primeiramente, me siga. (Curandeiro)

Obedeci ao mestre e junto dele seguimos até o quarto. Passamos da porta e a trancamos. Ao termos certeza de estar absolutamente sós, voltamos a nos comunicar.

—Feche os olhos. (Pediu o curandeiro)

Mesmo achando estranho o pedido, obedeci novamente. Cerca de trinta segundos depois, ouço novamente sua voz e desta feita me pede para abri-los. Ao fazer isto, tenho uma visão estonteante de um portal à nossa frente e ao meu olhar de dúvida o mestre está a ponto de se pronunciar.

—Aqui está o portal do conhecimento criado por mim. Sou um dos poucos na terra capazes disto. Ele é como uma realidade ampliada. Abra a porta, reze para seu anjo da guarda e ultrapasse os obstáculos. Ao final, encontrarás a saída.

—Quando posso ir? (O vidente)

—Agora mesmo. Apresse-se, pois, tem um limite de tempo. (Informou o curandeiro)

—Está bem. (O filho de Deus)

Começo a dar os primeiros passos e mesmo lutando contra meus próprios medos continuo em frente sem parar. Encosto na porta. Paro por cinco segundos e respiro. Ao término deste tempo, pego na maçaneta, abro a porta, dou dois passos e a fecho atrás de mim. O que vejo inicialmente me deixa impressionado.

"*Estou num lugar plano,escuro,extenso e totalmente enigmático.Num instante,o céu e o chão desaparecem e meu corpo começa a flutuar no ar auxiliado por minhas técnicas secretas.Começo então a seguir sem direção definida.Com o tempo, canso-me,mentalizo pedindo auxílio ás forças superiores que me acompanham e como resposta uma voz misteriosa diz que tudo está prestes a começar.Confiando nisso,paro um pouco e descanso,suposto no ar.Logo em seguida,ouço um ribombo ecoar e pares de luzes e sombra poderosos a se aproximar.Com a experiência que tenho do plano espiritual,percebo a presença cada vez mais próxima deles,que são os sete espíritos de Deus.Mas o que os levava aquele plano?Com qual objetivo?Voando na velocidade da luz,eles rapidamente chegam e me cercam completamente:São sete guerreiros angélicos da mais alta hierarquia,com seus pares de asas incríveis,músculos definidos,espadas ,lanças e setas estelares prontas para o combate.Imediatamente,tento manter um contato telepático com os mesmos. Tenho êxito pois logo se inicia uma conversação*":

—O que querem de mim? (Eu, o vidente)

—Viemos provar sua fé. Para seguir adiante, terá que nos derrotar numa luta. (Pronunciou-se Miguel, o chefe)

—Como é? (Perguntei incrédulo)

—Isto mesmo humano. O que quer está além da possibilidade para os mortais e solicitamos de Deus esta prova. (Lúcifer, o arcanjo negro)

—Entendi. Mas vocês não deviam cuidar e ajudar os humanos? Não entendo o sentido desta luta. (O vidente)

—Somos luz e trevas, num total de sete. Juntos somos a divindade repartida. Decidimos isso porque este é um local sagrado que você ousou penetrar. (Todos, em coro)

—Mas não se preocupe.Já que você é o filho de Deus poderá nos derrotar facilmente.(Caçoou Lúcifer)

Os outros entes sagrados gargalharam e suas vozes pareciam ribombos de trovão. O que seria agora do filho de Deus? Ele resolve responder.

—No plano em que estou sou apenas um humano. Mas o que vocês não sabem é que saí de Deus, em espírito. Foram muitas reencarnações no planeta terra durante milênios e finalmente neste consegui contato com o pai. Hoje somos um só porque Deus está presente em cada criança inocente, em cada mãe e pai dedicados, nos órfãos, nos pobres e injustiçados deste mundo. Jesus é o exemplo pois foi o primeiro humano a ter coragem para dizer que Deus é pai. O que é uma grande verdade pois todos que seguem a lei dele são seus filhos independentemente de credo, opção sexual, religião ou posição social. Deus é a reunião dos bons corações e mesmo sendo apenas um pobre humano sei disso. (Afirmei)

—Blasfêmia! Acabem com ele. (Incitou Lúcifer)

A minha atitude incitou a ira dos arcanjos e eles partem para cima de mim com tudo. No entanto, eu não me importava. Tinha desabafado e respondido a acusação. E que fosse o que Deus quisesse.

No momento em que as espadas estavam prontas para me atingir ao meio, um escudo me protegeu e me livros dos ataques. Logo em seguida, os trovões ribombaram, preencheram o ambiente e o mundo estremeceu.

Ao meu lado, estava meu guia espiritual.Ao sinal dele, todos se ajoelharam. Imediatamente, sentimos a presença do Deus vivo.

Como éramos seres inferiores, não podíamos vê-lo apenas escutá-lo. O que foi dito foi bem claro: Não haveria batalha! O homem é o ponto alto da criação e os anjos apenas mensageiros. Fim da história!

Deus retirou-se parcialmente e os anjos se afastaram para ocupar seus devidos lugares nos reinos .Ficando apenas eu e meu guardião. Pegando-me no colo,ele voa rapidamente. Pessoalmente, vou ultrapassando as portas, num total de sete. Ao final, o anjo me deixa. Destrancando a última porta, tenho acesso a um novo ambiente. Para minha surpresa, estou de volta ao quarto, reencontrando o mestre.

Com cara de curioso,ele retoma a conversa imediatamente.

—Deu tudo certo, filho de Deus? (Curandeiro)

—Sim. Foi realmente uma experiência única e incrível. E agora? Qual o próximo passo?

—Agora chegou o grande momento. Espere um instante! (Curandeiro)

Ele se afastou um pouco e abriu a porta do quarto. Balançando a cabeleira, deu um grito: Renato, venha aqui! Em instantes, ele atende o chamado e adentra no quarto. A porta é novamente trancada e ficamos nós três, os três mosqueteiros.

O mestre faz sinal, nos damos as mãos e formamos um círculo. Ele começa a nos orientar.

—Estamos prontos para iniciar uma grande viagem que desafia a linha espaço-tempo. Primeiramente, devemos nos concentrar no nosso eu interior, fixando o pensamento em um fato importante de nossa vida. Ao atingirmos a plena concentração, poderemos passear criteriosamente pelo passado-presente-futuro da existência. Porém, temos que ter bastante cuidado para não alterar a ordem dos fatos.

—Entendi. Algo parecido com a viagem que fizemos no passado. (Conclui o vidente)

—Podemos começar? (Renato)

—Sim. (O curandeiro)

Seguindo as orientações do mestre, iniciamos o ritual da passagem do tempo.A cada instante deste trabalho, descobrimos um mundo novo dentro de nós mesmos. Em dado instante, nossos espíritos e corpos tremem de emoção ao termos acesso à linha de existência. Sem medo algum, dou corda no tempo para trás e meu espírito angustiado começa a penetrar num mundo totalmente novo. Eis que surge a co-visão da segunda parte.

8-Pré-vida

Um espírito repousa no sétimo céu após longas e intensas vidas materiais e imateriais. Dentre elas, participou junto com outros espíritos da criação do universo há aproximadamente catorze bilhões de anos ajudando aos seres criados na sua formação e desenvolvimento.

Mais recentemente, com a criação da Terra, foi transferido para cá. Junto com os seis arcanjos superiores, organizaram um sistema moderno de administração que tinha como objetivo implantar o reino celeste. Essa situação os colocava no comando de bilhões de seres recém-criados pela luz suprema.

Passaram-se milhões de anos em pura harmonia. Até que por puro orgulho, um dos arcanjos desviou-se das normas do pai maior. Iniciou uma revolta no plano celeste cujo objetivo maior era tomar o poder só para si.

Os anjos se dividiram em duas frentes de batalha, uma favorável ao arcanjo negro e a outra em prol da luz, do filho da luz e dos seis arcanjos restantes. O número de revoltosos foi calculado em um terço do total.

Nesta batalha, a maior de todos os tempos, muitas vidas foram sacrificadas em prol da vida e da liberdade. Deus só se intrometeu no momento em que ela ganhou uma proporção inesperada (os anjos tinham livre arbítrio), ameaçando a sustentação do universo.

Então a luz suprema ateou fogo no campo de batalha, separando as partes dissidentes. Com a ajuda de Miguel, O arcanjo negro e seus comparsas foram trancafiados no abismo (Um lugar escuro, quente, horrível) de onde só poderiam sair com permissão.

Então a paz voltou a reinar. O espírito do qual estou falando, voltou às suas atividades normais. Encarnou por diversas vezes na terra assim que a criação material se iniciou. Nestas oportunidades, teve a oportunidade de evoluir e ensinar concomitantemente.

No tempo certo, mais uma vez o ciclo reiniciou-se com o espírito chamado pela luz para mais uma missão importante no planeta terra. Sua concepção data de 17 de outubro de 1982.Avante, guerreiro!

9-*Nascimento*

Chega finalmente o dia após nove meses de expectativa para o casal de agricultores José Figueira Torres e Maria da Liberdade residentes na Vila Esperança-Pesqueira-PE. Como o atendimento médico era mais conceituado no município vizinho, Arcoverde-PE, dona Maria foi encaminhada para lá.

Durante os trinta minutos de viagem, na boleia dum carro, um jipe novo (Ano 1980), viveu os momentos finais duma gravidez de risco em companhia do marido. Mesmo receosa, fez de tudo para suportar até a chegada no hospital.

Por sorte, conseguiu. Chegaram a tempo. O carro estacionou próximo da entrada principal. Os dois desceram.Maria,com um vestido longo sem estampa,sandálias simples,unhas e cabelos por fazer. Já José vestia bermuda e camisa polo, chapéu de couro e sapato preto.

Auxiliado no caminhar pelo marido,em cinco minutos adentraram no hospital. como o caso era de urgência, Maria foi prontamente atendida e encaminhada à sala de partos. Enquanto isto, José fica acomodado na sala de espera.

José tenta distrair-se da melhor forma possível entre conversas, assistir Televisão, lembranças de fatos passados a fim de enganar o nervosismo e não pensar no pior. Aproveita também para analisar seu papel de pai desde que casara até o respectivo momento. Termina por concluir que deixara muito a desejar pois estava muito envolvido com trabalho, preconceitos, rigidez exagerada e até traições ocultas.

Será que teria como consertar, tornando-se um pai melhor para este novo filho e para os quatro já crescidos? Sim,poderia,mas por enquanto não estava nos seus planos mudar. Preferia continuar na ignorância e na intolerância, lição que aprendera quando filho na década de quarenta.

Era mesmo uma pena. Continua a se distrair. Em dado momento, observa o relógio. Três horas haviam se passado e nada de resposta. Por não aguentar mais esperar, levanta-se e vai procurar uma das enfermeiras do hospital.

Encontra uma delas saindo da sala de partos e ouve um choro de bebê. É informado que estava tudo bem com a esposa e o filho. Era um menino.

Radiante de alegria, tem a permissão de entrar na sala. Ao adentrar na mesma, ao ver a figura da esposa com o filho, sente a mesma emoção ou até maior do que das outras quatro vezes. Era rico das graças do senhor.

Aproxima-se mais, abraça a esposa, pega o filho no colo e chora. Rapidamente, enxuga as lágrimas para não passar vexame pois aprendera que um homem não pode chorar em nenhuma situação.

Passado o momento, devolve o filho à esposa e vai falar com os médicos a fim de liberá-los. É informado de que à tardinha poderia deixar o hospital.

Volta a ficar junto da esposa para cuidar do bebê. Ás 12:00 Hs, o almoço é servido para os dois. Uma hora mais tarde, finalmente são liberados. Saem do hospital, entram no carro e iniciam a viagem de volta.

Seriam mais trinta minutos. Ao chegar em casa, toda família teria a oportunidade de conhecer o garoto, que se chamaria Divinha Torres, neto do lendário Vítor Torres.

Avancemos.

10- Os cinco primeiros anos

Neste período, como qualquer criança normal, Divinha Torres foi ultrapassando os estágios iniciais da vida pouco a pouco. No começo, dependia de todos para tudo. Mas com o decorrer dos dias e meses, foi começando a ficar mais firme, a ficar sentado, a engatinhar, a pronunciar as primeiras palavras e a tomar consciência do mundo que o envolvia.

Quando completou três anos, foi matriculado na escola a fim de ter contato com as primeiras letras. Estudava pela manhã. Este fato foi importante pois a partir daí começou a se socializar mais com crianças de sua idade e com adultos de mentalidade diferentes, algo até então novo.

A partir dos quatro anos, começou a ter uma noção maior sobre os variados aspectos da vida. Como era esperado, as dúvidas começaram a surgir e ele aproveitava cada momento para perguntar aos adultos, principalmente os pais. Porém, nem sempre as respostas o satisfaziam.

Aos cinco anos, perdeu o avô que tinha por parte de mãe, restando apenas as duas avós. No entanto, não tinha dimensão do significado da morte. Compareceu ao enterro apenas por comparecer.

A partir daí, com o cérebro mais desenvolvido, as lembranças começaram a ficar mais fortes e as experiências que se seguiam iriam ficar marcadas para sempre. Continuem acompanhando com atenção, leitores.

11-O vampiro

Após um dia de intensas atividades, surgiu a noite e não demorou que a lua cheia preenchesse o céu da pacata vila de Esperança. Neste dia, Divinha Torres completava exatos cinco anos e seis meses. Por pertencer a uma linhagem antiga de videntes, o astral marcara esta data para um acontecimento assustador e espetacular para sua iniciante vida.

Ele, junto com sua família, residia numa casa simples, estilo casa, estreita (cinco metros) e comprida (quinze metros). Tinha entrada arborizada e muro alto, cuja data de construção era do final do século XIX. Era a segunda morada dos mesmos.

Conhecida como casa mal-assombrada, todos os antigos moradores ou saíram correndo de lá ou morreram tragicamente. Mas estes aspectos não assustavam a família Torres que preferia achar que era só boatos.

Nesta mesma noite, Divinha, foi colocado para dormir como sempre em seu berço simples, junto do quarto dos seus pais. Ao término das orações, a luz foi apagada. Quando o menino relaxava para dormir, num instante que durou fração de segundos, apareceu a figura de um homem aterrorizador urrando e mostrando suas garras e dentes crescidos.

Com um susto, Divinha deu um grito forte e a visão desapareceu. Era sua primeira experiência espiritual, o que demonstrava ser ele o escolhido para herdar os dons extra-sensoriais. E agora? Será que o mesmo estava preparado para enfrentar as consequências do destino? Só o tempo teria respostas para estas questões e ainda era muito cedo para se preocupar com isso. Afinal, ele não tinha nem seis anos.

12-Outros fatos deste ano (1989)
12.1-Acidentes

Divinha era um menino tranquilo, mas como toda criança quando se misturava com as outras praticava traquinagens. Em algumas dessas vezes, sem noção do perigo se envolveu em alguns acidentes. Dentre eles, cabe destacar: Queimadura com panela fervendo, cortes revolvendo lixo, marrada envolvendo brincadeira com carneiro, surra por traquinagem.

No entanto, apesar de dolorosos, cada um desses acontecimentos lhe deixava uma lição o qual ele se esforçava em evitar duma próxima vez. Como diz o ditado, o conhecimento cura e salva.

12.2-Fatos espirituais

Como dito anteriormente, a casa em que Divinha residia era mal-assombrada e os espíritos que a habitavam começaram a usar suas forças obscuras com o objetivo de expulsar os que consideravam visitantes.

A noite era o horário preferido para as manifestações. As mais comuns eram: Pisadas fortes em todo o corredor da casa, barulho de quebra de copos e pratos, pessoas assoprando o fogo de carvão e de lenha, aparição de espíritos vestidos com sua mortalha, tochas de luz iluminando a casa toda, batidas nas portas dos quartos.

Contudo, nem todos percebiam os fatos pois isto requeria um pouco de sensibilidade. Mas era provado que a casa era mal-assombrada. A cada dia, Divinha ampliava seu leque de conhecimentos mesmo ainda sem ter uma dimensão de seus infinitos poderes.

12.3-Fatos sociais

Ainda neste ano, Divinha aumentou seu círculo social e já era bem popular em toda a vila. Aprendera a ler e escrever, fazia atividades escolares em casas de amigos, participava das comemorações escolares, brincava, nadava, conhecia o matagal em redor da casa, subira a serra e fora ajudar aos pais no roçado. Dera o seu primeiro beijinho despretensioso e no final no ano concluíra o pré-escolar.

Todas estas etapas eram importantes para o autoconhecimento o auxiliando a ter um espaço na sociedade e no coração de todos. Em frente, Divinha!

13-O ano da mudança

Surge 1990.No último ano, Divinha crescera como nunca.Evoluíra nos aspectos físico, intelecto e moralmente e agora estava pronto para novas experiências construtivas, enriquecedoras e desafiantes. Aos poucos, ia entendendo melhor o seu dom e falando abertamente com a família sobre isso.

Foi aí que lhe contaram um pouco da história do seu Avô,o lendário Vítor.Isto o deixou de aliviado a contente.Agora,não se sentia um estranho no mundo. Alguém já passara por algo semelhantes embora não o tivesse conhecido.

De acordo com a necessidade,o seu pai ,José Torres,foi lhe ensinando algumas coisas sobre o lado espiritual .Pelo respeito que tinha ,Divinha o ouvia atentamente. Contudo, nem tudo conseguia ainda compreender.

Apenas uma coisa estava bem clara: Havia uma divisão no universo entre duas forças equilibradas e que por ter um dom incrível cabia a ele cumprir uma grande missão na Terra. Mas ainda não havia chegado seu tempo.

Enquanto isto, como menino que era, cabia a Divinha aproveitar esta fase da vida para aprender, ensinar e brincar. Enfim ser uma criança como qualquer outra. As responsabilidades só viriam na fase adulta.

Em relação ás interações familiares-sociais, tudo ocorreu dentro do normal. Apenas uma novidade: Sua família decidira-se mudar-se novamente. Desta feita, para a sede principal do sítio que iria ser reformada e disponibilizada energia elétrica para a mesma.

A reforma iniciou-se no mês de agosto.Como a família não tinha muitas condições financeiras, tudo ficou pronto apenas no final de outubro do mesmo ano. No exato dia dois de novembro, a mudança contendo os pequenos móveis da mesma foi realizada.

A partir daquele dia, uma nova fase se iniciava. Agora, estavam longe da influência dos mal assombros da casa anterior. Será que seriam felizes? Que novos desafios apareceriam na vida daquela abençoada família? Ninguém sabia, mas estava também no sangue dos Torres modernos batalhar e se dedicar a seus projetos seguindo o exemplo dos irmãos Rafael e Vítor.

Em frente, sempre.

14-O período de 1991-1997

A vida continuava. Divinha continuava evoluindo em todos os sentidos. Menino inteligente, dedicava-se arduamente aos estudos na escola e em casa onde passava a maior parte do seu tempo pois teve uma educação bem caseira quase que anti-social. Este tipo de educação escolhida pelos pais tinha vantagens e desvantagens. Entre as vantagens, se envolvia em menos brigas e acidentes. Com relação às desvantagens, perdia a oportunidade de conhecer mais profundamente as pessoas em sua volta com diferentes pontos de vista dificultando assim os relacionamentos e amizades. A solidão às vezes batia forte também entre as quatro paredes em que estava ambientando a viver no mínimo dez horas por dia.

No tocante à parte espiritual, periodicamente tinha novas experiências que fortaleciam o seu contato com seres de outros planos. Entre as mais marcantes, estavam a aparição de uma vampira debaixo da cama, um homem observando-o ao dormir e os sonhos premonitórios e esclarecedores.

Pode-se observar pelo texto que nada ainda estava claro ou definido em sua vida. Divinha já completara catorze anos, concluíra o ginásio e seria matriculado no ensino médio no ano seguinte. O mesmo iria estudar na sede Pesqueira.

15- A despedida (1998)

Começa o ano. Passam-se as festas de comemorações religiosas na vila e finalmente inicia-se o calendário escolar. Desde o primeiro dia, Divinha Torres mostrou-se disposto a aprender e ensinar em seu novo reduto escolar, o colégio da Agraciação, que abarcava o ensino médio e fundamental.

O colégio localizava-se quase no centro de Pesqueira. Era um prédio amplo, espaçoso e com três andares superpostos. Era o maior que Divinha já tinha conhecido em sua curta, mas misteriosa, intrigante e apaixonante vida.

Lá, teve contato com os diretores, funcionários e novos colegas de classe e de escola. Foi bem recebido por todos apesar de sua grande timidez que dificultava os relacionamentos. Contudo, por ser da área rural sentiu um pouco de preconceito. Mas não sabia se isto só era uma impressão.

Passou-se um, dois, quase três meses. Sentia-se mais entrosado com todos e se destacava continuamente nas manhãs de estudo. Numa dessas, uma das diretoras entrou na sala, o chamou para fora e quando estava longe dos colegas começou a balbuciar algo:

—Olha, Divinha, o seu pai não está nada bem e tivemos a notícia de que ele piorou.

Neste momento, o garoto percebeu algo na voz da diretora e intuiu que aquela não era toda a verdade. Com um pouco de medo e até coragem, indagou:

—Ele morreu?

—Sim. Como se sente?

—Não sei direito.

—Olha, uma pessoa veio te buscar para você acompanhar o velório. Pode ir, está dispensado por hoje das aulas. Está lá fora.

—Obrigado.

O jovem se afastou da diretora e deu alguns passos em direção a saída. Logo, já estava descendo os degraus das escadarias. A cada passo, sentia um peso no corpo e no espírito que não conseguia explicar. Por que o destino novamente se repetia? O que aconteceria com ele e sua família? Teria que aprender a conviver com esta nova realidade e se conformar pois fazia parte de seu Maktub, algo que ninguém podia evitar ou mudar.

Divinha continua descendo as escadas e ao se aproximar do final tem a leve sensação de que não está sozinho. Com isto, sente mais segurança, apressa o passo e finalmente chega ao térreo. Ultrapassa a porta e a pessoa está esperando.

Trata-se de Alberto, um dos seus vizinhos que gentilmente veio buscá-lo de carro a pedido da sua mãe, Maria da Liberdade. Após cumprimentá-lo, os dois entram no carro e Alberto dá a partida.

Percebendo a tristeza do adolescente, Alberto pouco se comunica por questão de respeito. Só o faz por compaixão, aproximadamente na metade do trecho.

—Sinto muito a perda do seu pai. Era um bom homem. Trabalhador, digno e honesto.

—Obrigado. Hoje foi ele. Outro dia seremos nós. Esta é a vida.

—Admiro a sua atitude. Se fosse outro, estaria morrendo de berrar.

—Do que adianta? Nós humanos devemos pelo menos aceitar os desígnios de Deus. É isto o que nos resta.

—Concordo. Como é doloroso isso. Falo isso por experiência própria.

—Sei. Você já perdeu a esposa. O que posso dizer é que ela está feliz onde está.

—Como sabe?

—Eu intui neste momento de grande sensibilidade.

—Obrigado pelas palavras.

Alberto acelerou e tratou de ficar quieto. Falar da esposa trazia à tona antigas feridas ainda não cicatrizadas. O melhor era não lembrar. A partir daí, o silêncio impera até a chegada na vila Esperança, especificamente na casa de Divinha.

O carro parou. O pequeno sonhador desceu, despediu-se e sem olhar para trás entrou correndo em casa. Ao entrar, cumprimentou algumas pessoas e encontrou a sua mãe desolada na cozinha. No encontro, os dois se abraçaram e gemendo baixinho sua mãe disse:

—Deus o levou, filho!

—E agora? O que será de nós? (Divinha)

—Financeiramente nada mudará, pois, ficarei com a pensão, mas isto é o que menos importa agora. (Maria)

—Pelo menos tenho ainda a senhora. (Divinha)

Lágrimas desceram dos rostos de ambos aumentando ainda mais a empatia entre eles. De agora em diante, Maria seria o esteio da casa e cabia aos filhos segui-la obedientemente.

Cinco minutos depois, o abraço cessou e eles se sentiram mais tranqüilos. Cada um foi cuidar dos seus afazeres. Enquanto Maria foi dar atenção aos visitantes, o seu filho entrou num quarto e sentou desolado numa das camas. O momento refletia a tristeza dele, da sua família e dos parentes, amigos e vizinhos.

Neste clima fúnebre, a manhã passou. Ninguém da casa provou de comida na hora do almoço fazendo-se apenas um lanche. Iniciou-se a tarde e chegaram outras pessoas para o velório aumentando o movimento na casa.

Próximo das 16:00 Hs, finalmente o comboio partiu em direção ao cemitério local. Cinco homens fortes se disponibilizaram a carregar o caixão enquanto os demais o seguiam de perto. Eles atravessaram a vila inteira, pegaram a estrada de terra enfrentando o sol, a poeira e o chão duro e seco.

Durante todo o trajeto, muitos lembraram-se dos principais feitos daquele homem pecador, mas digno e honesto. Esta atitude generosa trouxe um pouco de alívio espiritual para os familiares que tanto necessitavam de consolo.

Com mais quinze minutos de caminhada, finalmente chegam ao cemitério. As portas são abertas e o comboio tem acesso juntamente com o restante da multidão. Com delicadeza, vão descendo o caixão na cova e são prestadas as últimas homenagens a José Torres, filho do lendário Vítor Torres.

O caixão bate em terra firme e começam a jogar terra no buraco até cobri-lo completamente. Terminada esta operação, todos foram dispensados e iriam dar prosseguimento em suas próprias vidas.

Isto era um fato natural que devia ser seguido por todos, especialmente para os envolvidos em questão. Do falecido, ficariam as boas lembranças na mente dos que o amavam apesar de seus inúmeros defeitos.

Em frente sempre, vivendo a vida sem ter vergonha de ser feliz!

16-processo de transição

Após a morte, a alma de José Torres não alcançou imediatamente a paz por causa dos seus inúmeros deslizes na terra. No desencarne, foi levado por anjos seguidores de Satanás que o conduziram ao limbo, um lugar intermediário.

No entanto, não foi abandonado por Deus que lhe deu uma possibilidade de salvação: Encontrar alguém puro, próximo de Deus, que se sacrificasse por ele. Caso conseguisse, alcançaria pelo menos a purificação no purgatório.

Foi aí que começou uma grande jornada para ele. Uma vez por mês, tinha permissão de voltar à terra e tentar encontrar esta pessoa. Durante estas andanças, terminou por escolher seu filho, Divinha, pois era mais próximo, puro e bem ligado à sua religião.

Encontrou com ele cerca de sete vezes entre visões e sonhos. No último, fez o pedido do sacrifício. Pela pouca experiência que tinha, o menino não entendeu bem mas para que acreditasse que aquela experiência era real uma mão o tocou após ele acordar do sonho. Isto provocou nele um misto de medo e de ansiedade. Contudo, iria tentar ajudar.

No outro dia, cumpriu o pedido mesmo em meio a protestos de sua família. Ele não se manifestou pois tudo era um grande segredo. Ao final da tarde, encerrou os seus trabalhos. Missão cumprida.

Alguns dias após o sacrifício, teve a resposta esperada. Seu pai veio se despedir dele em definitivo pois alcançara o perdão de Deus com sua ajuda.

Este momento foi de grande emoção para os dois auxiliados por um anjo poderoso. Divinha não conseguiu enxergá-lo por causa de sua glória, mas pode ver sua luz e seu bater de asas. Instantes depois, foram embora.

José era iniciar seu ciclo de evolução no campo espiritual e raramente voltaria à terra. Era o começo de uma grande jornada, uma verdadeira travessia, e ele teria que fazê-lo longe de todos.

Já o broto do agreste continuaria sua vida junto com a sua família na Terra. Ainda havia muito a realizar.

17-O período de (1999-2000)

A vida seguiu normalmente para Divinha e sua família.Com o tempo, as lembranças do falecido ficaram menos dolorosas e chocantes. Este fato era absolutamente normal. Afinal, o que passou, passou. O que importava era o presente ainda desafiador para todos.

A família Torres era uma família pacata, humilde, renda de dois salários mínimos distribuídas para seis pessoas com valores morais e éticos bem definidos. No entanto, nem todos compartilhavam das mesmas opiniões, preferências, gostos e educação. O que os unia era o sangue sagrado dos videntes, formado por descendência judaica, portuguesa, espanhola, indígena e etnia cigana.

Todos se dedicavam á agricultura e não se esforçaram ou não tiveram a oportunidade de estudar.A exceção da Matriarca Maria da Liberdade que era aposentada e cuidava da casa e o jovem Divinha que se dedicava integralmente aos estudos. Os nomes dos outros filhos eram Absalão, Adeildo, José Amaro e Bianca.

Como se percebe, Divinha era a única esperança de melhoria financeira pois só a educação é capaz de transformar uma realidade e realizar milagres. O mesmo, apesar da tenra idade, tinha plena consciência disso.

Neste caminho, o mesmo estudou mudando de colégio umas duas vezes. Conheceu novas pessoas, interagiu, mas ainda com reservas envolto em seus próprios preconceitos. Nem sabia ele que estava perdendo um tempo precioso na vida.

O problema daquele jovem, criado numa tradição católica, era que levava a religião e as leis dela muito ao pé da letra (muitos fazem a mesma coisa ainda hoje). Para ele, qualquer coisa levava a noção de pecado como festas, passeios e até o sexo (não riam).

Ele era mesmo um excêntrico. Vivia uma vida simples, cheia de regras que só atrapalhavam em vez de ajudar. Mas não enxergava isto em momento algum. Neste quesito não puxara o avô que mesmo vivendo no início do século XX se entregara desde cedo às emoções que a vida proporcionava.

Mesmo seguindo esta linha, isto não evitou que o mesmo experimentasse emoções fortes. Viveu a experiência da paixão intensamente sem ao menos perceber pela segunda vez. Na primeira, fora rejeitado e na segunda nem tentou. Preferiu sofrer em segredo por um bom tempo. Até que em certo dia a pessoa percebeu sua intenção e lhe deu um fora bem grande. Ocorreu outra decepção. Ele começava a experimentar esta face do amor que, na minha opinião, é bem construtiva apesar de dolorosa.

Com o tempo, conseguiu superar. Continuou os estudos normalmente. Ao final do ano 2000, concluiu o ensino médio. Agora se iniciava uma nova etapa em sua vida.

18-Novo rumo(2001-2002)

Termina o ano 2000. Inicia-se 2001 com grandes novidades. Dentre elas, as mais importantes eram as duas aprovações de Divinha em processos seletivos (fruto dos seus esforços). Uma relativo a um concurso público e a outra fora a entrada num curso técnico federal (especialidade eletrotécnica) no antigo CEFET-PE.

Chegando o mês de fevereiro, iniciou-se as aulas após férias intensas em família (a única opção pois não tinha dinheiro para viajar). Desde o início, Divinha adorou o ambiente: Um espaço amplo, arborizado composto por vários blocos e os colegas de classe bem heterogêneo, com pessoas de várias faixas etárias, etnias e classes sociais.

Durante todo o tempo, o jovem dedicou-se intensamente aos estudos sem desprezar as amizades que eram importantes também para ele. Numa época de pouco dinheiro, vivia de pedir emprestado livro para os colegas, pegar caronas perigosas com outro colega de sua região e de usar sempre a farda pois não tinha opção de roupa. No entanto, continuava com o mesmo coração grande e puro de sempre e era o que realmente importava.

E assim o tempo foi se passando com a vida de Divinha centrada nos estudos. Próximo do fim do curso, em novembro de 2002, foi organizada uma reunião na escola com o objetivo de saber quem estaria interessado em concorrer ás primeiras vagas de estágio cujo prova se realizaria no início do outro mês numa cidade próxima chamada Garanhuns. Neste momento, o pequeno sonhador sentiu pela primeira vez uma força sufocante e gritante que o impulsionava a largar tudo. Mesmo se esforçando-se em resistir, a cada momento a pressão aumentava. Se o mesmo não tomasse uma decisão, explodiria. Foi aí que se aproximou do coordenador do curso e disse:

—Não vou.

A partir daí, tinha consciência que deixara todo o trabalho de dois anos para trás e nem tinha como comunicar-se com alguém que pudesse ajudar pois não tinha celular nem computador. Tudo foi de água a baixo e o sonho de ajudar a família tornava-se mais distante apesar de estar esperando a nomeação num concurso público.

Avancemos.

19-viagem de despedida

19.1-Primeiro dia

Concluídas as aulas teóricas do curso em questão, alguém deu a idéia de se organizar uma viagem onde todos pudessem aproveitar bastante e se despedir pois cada um tomaria um rumo diferente e provavelmente não se encontrariam mais.

O local escolhido fora a usina de Xingó, divisa entre alagoas e Sergipe. Desta vez, Divinha iria. Afinal, era uma oportunidade única de conhecer esta gigante do complexo hidrelétrico nacional, cidades próximas e estreitar os laços com colegas. Seria uma despedida literalmente.

No dia e horário marcados, com a mala já pronta, esperou na pista próxima à sua vila (À beira da Rodovia BR 232) pelo ônibus. Passaram-se três horas e nada. Angustiado e revoltado, decidiu voltar para a sua casa.

Chegando na mesma, dirigiu-se á sua cama e foi tentar dormir. Quando conseguiu relaxar, teve o repouso tão esperado. Próximo das 06:00 Hs, acordou sobressaltado com vozes chamando na porta seu nome.

Ao sair para verificar, constatou que eram os seus colegas de classe que o vieram chamar para a viagem e tomou um susto com isso. Pensava que tinham ido há muito tempo. Foi convencido novamente a ir, despediu-se dos familiares, entrou no ônibus e finalmente partiram rumo a Xingó.

O ônibus começou a seguir sertão adentro, passando por cidade nunca dantes vistas pelo garoto. Como o mundo era grande! Não se resumia a pequena Esperança, reduto de suas manifestações. Era um prazer descobrir pouco a pouco isto.

Num total de aproximadamente três horas e meia de viagem, com muita animação por parte dos passageiros, chegaram á cidade de Piranhas (especificamente ao alojamento). Desfizeram suas malas e descansaram um pouco. Seriam dois dias de intensas experiências para todos longe da família e de seus mundinhos particulares.

Após o almoço, a primeira atividade a se realizar: A visita a usina hidrelétrica de Xingó, um dos principais motivos da viagem. Alguns não quiseram ir, mas os que foram tiveram uma experiência única.

O local de difícil acesso, uma estrada estreita e cheia de curvas, impressionou Divinha. Nunca tinha visto igual. Apesar do medo, o gosto pela aventura era maior. Ao final da estrada, teve a visão de parte da barragem e das comportas. Que incrível! Uma obra de engenharia fantástica! Não seria o mesmo depois disto.

Logo adiante, tiveram acesso à entrada. Desceram de elevador para o subsolo. Chegando lá, puderam observar de perto os complexos aparelhos que faziam parte da usina. O barulho das turbinas era constante assim como o tremor também. A natureza que produzia aquilo era uma força que devia ser respeitada. Lição número um da viagem.

Em trinta minutos, entenderam um pouco mais a realidade energética de perto dando bases reais a parte teórica aprendida no curso. Ao término deste período, se despediram e subiram o elevador novamente. Alcançam a altitude normal. Retornaram ao ônibus.

Como já era quase noite, dirigiram-se ao centro de Piranhas a fim de procurar um local tranquilo para jantar e conversar um pouco.

Em vinte minutos, acharam um restaurante típico e a turma se dividiu em mesas. Alguns pediram a comida tradicional (Arroz, feijão, carne) enquanto outros pediram algo diferente, macaxeira com charque (Foi o caso de Divinha e os amigos de sua mesa).

Esperaram um pouco. Instantes depois, a comida foi servida. Enquanto comiam, jogavam conversa fora sobre os momentos da escola, a cidade, a viagem e sobre aspectos pessoais.

Foram quinze minutos de intensa troca de informações e de muito prazer com a degustação das especiarias locais. Terminado o jantar, retornaram ao ônibus que se dirigiu ao alojamento.

Chegando lá, foi só o tempo de tomar o banho e trocar de roupa. Divinha e seus amigos saíram novamente. Desta feita a pé, com o intuito de conhecer um pouco da noite Piranhense.

Sem muita experiência, o grupo ficou andando por um bom tempo até encontrar um lugar agradável por indicação de locais. Tratava-se de uma casa de Shows. Chegando na mesma e reuniram-se numa mesa (eram quatro no total). Em sequência, pediram algo para beber e ficaram só conversando.

Esperaram alguns instantes. A bebida chegou e tomaram alguns goles (exceto Divinha que não bebia). A música se iniciou e então tomaram coragem para convidar algumas gatinhas sentadas na mesa ao lado.

Convite aceito, os quatro junto com suas parceiras se dirigiram ao salão e começaram a dançar ao som de músicas românticas na noite alagoana.

Como era bom este momento! A combinação da música com a graciosidade das garotas despertava neles uma espécie de transe que parecia se completar a cada passo dado. Era realmente incrível!

Nada além da música ou dos passos interessava para os mesmos. Estavam experimentando uma espécie de liberdade, longe dos olhares invejosos de inimigos, despeitados e até da pressão dos familiares.

Era muito saudável isto. Passada uma hora de diversão, cansaram e convidaram as garotas para ficarem junto de sua mesa. Novamente aceitaram.

Nas duas horas seguintes, ficaram a conversar entre si e entre dois casais rolou química. Rolaram beijos e abraços na noite Piranhense. Passado este período, os visitantes se despediram e juntos iniciaram o caminho de volta ao alojamento.

Das garotas, ficaria só a lembrança pois nenhum deles pretendia ter relacionamento sério com ninguém. Afinal, eram muitos jovens para isso.

Trinta minutos depois, alcançaram o objetivo. Dirigiram-se aos seus quartos, caíram na cama e tentariam relaxar. O outro dia teria que ser aproveitado ao máximo pois era o último naquela cidade interessante e hospitaleira.

19.2-O segundo dia

Amanhece na bela e agradável Piranhas. Desde cedinho, os alunos do CEFET-PE Pesqueira estavam engajados na cozinha preparando o desjejum após uma ducha rápida. Como não tinha muita opção, o desjejum seria o básico: Pão com ovos e café.

Em doze minutos, tudo estava pronto e o lanche foi distribuído igualmente entre todos. Entre conversas e risadas, este momento passou bem rápido. Ao término, todos retornaram aos seus quartos com o objetivo de se arrumarem (Inclusive as malas) para um último passeio.

Em aproximadamente mais quinze minutos todos tinham concluído este trabalho. Reuniram-se então e como verificaram que não faltava mais ninguém se dirigiram ao ônibus. Primeiro destino: Margens do Rio são Francisco.

Com uma boa velocidade, não demoraram a chegar com muita animação por parte de todos. O ônibus parou. Tinham trinta minutos para curtir a prainha. Descendo um a um, cada um aproveitou este tempo da melhor forma possível: Tirando fotos, mergulhando, tomando sol e admirando a bela paisagem.

No caso de Divinha, só os dois últimos itens pois não tinha máquina fotográfica nem sabia nadar. Mas mesmo assim valia muito a pena participar junto dos colegas de momentos tão incríveis e inesquecíveis.

Esgotado o tempo, retornaram ao ônibus e partiram para o destino 2:Museu arqueológico na cidade vizinha de Canindé de São Francisco que distava aproximadamente seis quilômetros do local em que estavam.

Neste trajeto rápido, o jovem aproveitou para relaxar e pensar um pouco em tudo que deixara para trás: A família, sua pequena Vila Esperança, seus amigos e conhecidos. Apesar da saudade, concluiu que tudo valera muito a pena. Quando poderia sair novamente? Não tinha nem projeto. Portanto, o momento de aproveitar era agora.

Foi com esta disposição que saiu rapidamente do veículo quando o mesmo chegou e parou no local indicado. Junto com os demais, pagou a entrada e adentrou no prédio imponente do Museu Arqueológico do Xingó da Cidade de Canindé de São Francisco-SE.

Dentro dele, os visitantes tiveram a oportunidade de conhecer artefatos antigos, ossadas de nômades e de antigos habitantes dando-lhes uma visão geral da pré-história do local. Muito bom o passeio.

Após passarem em todos os setores, terem tirado muitas fotos e terem aprendido muito, finalmente o grupo se dirigiu a saída. Ultrapassando o portão, encaminharam-se novamente ao ônibus.

Com mais alguns passos, embarcam no veículo. Acomodam-se e o motorista dá a partida. Destino 3:Casa com provável parada para almoço no caminho.

Passam por algumas localidades e chegando próximo das 12:00 Horas param num posto de gasolina à beira da estrada. Todos então descem, caminham um pouco, adentram no estabelecimento e entram numa fila para se alimentar pois o restaurante atuava no modo de autosserviço.

Ao terem acesso às prateleiras, cada um vai colocando a sua comida de preferência e vão se acomodando nas mesas disponíveis. Alguns pedem algo para beber como suco ou refrigerante.

Entre refeição, bate-papo e descanso passam mais trinta minutos. Quando todos terminam, o grupo paga a refeição e retornam ao ônibus. Tinham um longo percurso a percorrer.

Nas duas horas e meia restantes, na maior parte de silêncio, Divinha e seus colegas preferem relaxar o quanto podem. À tardinha, chegam a Arcoverde, e ocorre uma parada rápida. Quinze minutos para satisfação de necessidades fisiológicas. Após, volta à estrada.

Com mais alguns minutos, finalmente chegam á Vila Esperança. Divinha se despede e desce com sua mala pesada. Em questão de minutos chegaria em sua residência. Agora, teria que trilhar o seu caminho sozinho, e não sabia o que o destino reservava.

O que sabia era que iria continuar lutando por seus objetivos e mesmo que demorasse acreditava que ia vencer. Avante, guerreiro! o que tiver de ser será, Maktub!

20-A nova realidade

Terminado o ciclo de estudos no CEFET-PE, Divinha Torres matriculou-se num curso de informática com objetivo de não ficar parado além de estudar para concursos e esperar o chamado no concurso em que estava aprovado numa boa posição.

Apesar de estar sempre na ativa, sua situação não era boa pois os objetivos que perseguia ainda não estavam ao alcance de sua mão e como esta espera era dolorosa. Sentia-se de certa forma impotente por não ajudar sua família necessitada.

No entanto, no momento não havia nada a fazer. As condições eram muito ruins e ninguém conhecido se dispunha a ajudar mostrando o quão o mundo era egoísta. Mesmo assim, não desistiria fácil.

E a vida continuava.......

21-Seis meses depois

Passou-se um largo tempo e a situação de Divinha ainda não mudara: Continuava no curso de informática e nos estudos em casa. Já com relação ao concurso em que esperava ser chamado, o prazo de validade se esgotara terminando por aí com suas esperanças.

A partir daí, a desmotivação batera forte.Como consequência, houve um desligamento da realidade fazendo a parte espiritual se fortalecer. Com isso, o seu conhecimento aumentava a partir de experiências realmente impressionantes.

A linhagem do sangue vidente gritava dentro de si fruto de herança deixada pelo avô, o lendário Vítor.

22-Experiências

22.1-Possessão

Era uma quarta feira normal. Após a obrigação normal de estudos em casa pela manhã e almoço, Divinha entrou em seu quarto com o intuito de descansar um pouco em sua cama, a famosa sesta. Depois de tirar a camiseta listrada e o calção Jeans, deitou-se confortavelmente de papo para cima.

Concentrou-se deixando a mente limpa e foi relaxando pouco a pouco. Foi que aconteceu algo fantástico! Repentinamente, desceu sobre ele um objeto redondo branco adentrando em sua cabeça.

A partir deste dia, sua vida mudou por completo. Passou a ter contatos mais reais com seres de outras dimensões, sentindo sua presença e o que é impressionante tendo lutas com os mesmos utilizando os poderes adquiridos com a possessão.

A Cada instante que se passava, os seus poderes aumentavam mais aumentando um pouco o seu orgulho. Porém, a situação não permaneceu muito tempo nestes termos.

Começou a também atrair espíritos poderosos que começaram a levar vantagem nas lutas e o que é pior o espírito que o dominava usava seu corpo como escudo. Já não era vantagem para Divinha este tipo de situação.

Foi aí que alguém o ajudou. Seu pai falecido. Ele se aproximou, cruzou seus braços e com grande esforço expulsou o espírito inconveniente. Ainda bem! Divinha agora estava livre da possessão e uma mão lava a outra. Bendito pai!

No entanto, havia muito a aprender sobre o lado espiritual.

22.2-Pós-morte:Disputa por almas

Outro fato interessante foi a revelação da luta das duas forças opostas (a dualidade existente) quando as pessoas morrem.

Foi mais ou menos o seguinte: Raquel e Romero Bastos, recém-separados da matéria estavam um pouco perdidos numa zona intermediária entre a Terra e os planos espirituais caracterizada por sem um campo vasto, sem chão, céu e um pouco escuro. Neste instante, os dois ainda não entendiam o que tinha acontecido.

Foi quando se aproximou uma grande sombra dos dois com gritos de horror e sarcasmo:

Ah!aharam!RumRum! como se fossem trovões ribombando.

Por outro lado, ao longe, se aproximou uma luz. Os dois ficaram confusos e indagaram:

—O que está acontecendo? O que é esta sombra e luz?

—Telepaticamente, alguém disse: A sombra é o chefe dos Anjos Rebeldes e a luz um anjo de Deus.

Foi aí que o Arcanjo negro se aproximou mais e revelou sua forma deixando-os ainda mais espantados.

—Nossa, como ele é grande. É um gigante diante de nós! (Exclamaram espantados Raquel e Romero)

Antes que o Anjo chegasse, Satanás se aproximou deles, os agarrou em suas mãos e disse:-Vocês são todos meus!

Neste instante, ouve um grande clamor por socorro e misericórdia por parte deles e Raquel falou:

—Você não pode mais do que Deus!

Satanás, com seu sarcasmo de sempre, retrucou:

—É verdade! Mas onde está este Deus? É necessário fé e vocês não tem.

Com esta resposta, foi a vez de Romero se manifestar:

—Não tem direito de me levar. Eu nunca roubei, matei ou pratiquei a injustiça. Eu sou bom. Nós somos filhos de Deus!

Esta reclamação foi a peça chave para a luz se manifestar. Em seguida, mais anjos apareceram, cercaram satanás e o afastaram. O diabo realmente não tinha direito de atormentar Raquel e Romero que foram pessoa boas em vida. Como prometeu Jesus, aos justos cabe a luz.

Porém, se fosse o caso de pessoas desvirtuadas Satanás teria permissão de levá-los e atormentá-los o quanto quisesse. Pois cada um colhe o que plantou no celeiro(que é este mundo)e Deus também é Justiça! Só o lembrete. Acorda, gente! Deixem de lado o rancor, o egoísmo, o orgulho, as intrigas e façam sempre o bem sem olhar a quem. Nunca sabemos quando será o nosso dia.

Obs.:(Fatos reais).

22.3-Pós-morte:O preço amargo de uma alma

A misericórdia de Deus é muito grande estando ele disposto a salvar todos os seus filhos, mesmos os mais pecadores. O meio para que este milagre se realize é através de seus discípulos na Terra, aqueles que estão dispostos a pagar um certo preço pela liberdade destas almas.

Divinha era um desse escolhidos para este tipo de trabalho tendo se sacrificado por diversas vezes por seus irmãos. Porém, na última, arrependeu-se por ser tão bom (o preço da alma era muito caro).

O preço foi ser espancado pelo arcanjo negro durante uma noite inteira. Sofreu fisicamente e moralmente com as ofensas proferidas. Dentre elas, as principais foram:

—Você tirou-me mais uma alma. Quem você pensa que é? Quer ser Deus? Não se intrometa em assuntos que não lhe dizem respeito.

Em outro momento, o arcanjo continuou:

—Olha, se você me tirar mais uma alma, eu lhe mato rapaz, eu lhe mato! Só não faço isso agora porque não estou autorizado.

E concluindo, disse:

—Você teve pena daquela alma depravada e imunda. Diga-me agora: Quem está tendo pena de você? Sacrificando-se por um Deus que nem mesmo conheces.

Nestes momentos de agonia, Divinha era consolado pelos anjos:

—Menino de ouro, Por isso Deus o ama tanto! (Gabriel)

—Receberá bênçãos sem fim e tornar-se-á um grande homem. (Miguel)

—Todo o bem que fizeres na Terra receberás como recompensa o dobro no céu. (Rafael)

O suplício demorou por mais um tempo e ao final Divinha ficou em paz. Não tinha certeza se queria repetir a experiência, mas estava feliz pelas almas que tinha ajudado a salvar.

Moral da história: Doar-se é uma atitude corajosa que só os verdadeiros amigos fazem. Prefira-os ao dinheiro, poder, vaidade e ostentação que são passageiros.

22.4-Encontro com Deus

Em dado momento, Divinha andava a esmo encontrando diversas pessoas pelo caminho. A cada boa ação sua em relação a estas pessoas, sua luz interior aumentava sufocando as trevas ao redor que o colocavam em perigo.

Chega um momento em que a luz se intensifica bastante e as trevas se afastam por completo. Ao final do caminho, uma voz misteriosa lhe falou:-Você é luz das luzes, verdadeira luz do mundo!

Dito isto, o trajeto foi concluído com êxito.

Moral da história: Faça a diferença. Escolha a luz. Transforme o mundo com suas ideias. Pratique a caridade, o amor e o desapego. Seja também filho da luz como o é Divinha!

22.5-A autoridade de Deus

O dom de Divinha se desenvolvia a olhos vistos, porém o descontrole sobre ele era total. Atraía espíritos de baixa vibração que tinham prazer em atormentá-lo deixando-o quase louco. Foi então que numa destas vezes Deus interveio:

—Espíritos obsessores, afastem-se desse jovem.

Os espíritos retrucaram:

—Não vamos nos afastar, ele é uma p...um V....

O guia espiritual de Divinha que estava sempre ao seu lado também tomou parte:

—Afastem-se dele. Obedeçam a Deus. Caso contrário, todos irão para o inferno.

—Não obedecemos a ninguém. (Espíritos obsessores)

Deus então se manifestou novamente:

—Muito bem. Irão se arrepender por terem me desafiado. Deveria destruí-los. Porém, tenho um castigo melhor. Lúcifer, venha cá!

Prontamente, uma sombra se aproximou em obediência ao criador e chegou próximo de Divinha e os obsessores. Indagou junto à luz:

—Sim, mestre, estou aqui. O que desejas?

—Leve esses espíritos com você. Não os quero mais.

—Como o senhor Desejar.

—Olhe, cuidado para não machucar o rapaz.

Lúcifer então começou a agarrá-los um a um.

Os espíritos obsessores, atemorizados e irados bradaram:

—Você nos paga, seu v....

Lúcifer interrompeu:

—Não adianta ameaçar ele. Eu, que sou um Deus, contra ele não posso nada. Quanto mais, vocês.

Quando Lúcifer apossou-se de todos, A luz suprema novamente se manifestou:

—Pronto. Pode retirar-se.

—Está bem. Quando quiser me dar mais almas, é só me chamar.

Dito isto, Lúcifer retirou-se com os espíritos e com isso Divinha ficou mais tranquilo. O mal havia sido afastado.

Moral da história: Orai e sempre vigia irmãos pois o mal está em todo lugar e nossa defesa é a nossa fé. Em caso de aflição, recorram ao Senhor dos exércitos que ele te compreenderá.

22.6-A importância do homem no plano de Deus

Somos o ápice da criação, o reflexo do criador, o sentido da vida. Fomos criados para sonhar, evoluir, viver e amar. Cada pessoa representa um pedaço da divindade. Estamos imersos no tudo, que representa a alma viva desse planeta.

Para exemplificar, contarei dois fatos marcantes na vida de Divinha:

1. O encontro com Miguel: Como sabemos, após a desistência do curso, Divinha estava vivendo um conflito espiritual muito intenso. Era como se o bem e o mal lutassem dentro de si. Foi aí que ,no desespero, ele invocou a presença de Miguel Arcanjo e por ter uma alma pura Deus concedeu o pedindo,enviando-o.Era uma noite clara, com baixa temperatura e até certo ponto calma. A aparição se deu do lado de fora de sua casa, quando Divinha saiu a contemplar as estrelas (sentiu uma luz forte, intensa, algo atemorizador pela intensidade). Logo após a sua chegada, Divinha sentiu-se melhor e instantaneamente algo lhe impeliu a dizer o seguinte:-Você já me salvou, podes ir. Em nome de Jesus! Num primeiro momento, ele não obedeceu (Afinal ele é Miguel Arcanjo, um dos sete espíritos de Deus). No entanto, com a insistência de Divinha ele acabou por obedecer e retirou-se para o seu local de origem.

2. Divinha também entrara numa crise depressiva e cada vez mais tinha dificuldades para dormir. Começou então a tomar remédios. Cansado desse subterfúgio, um dia, resolveu que não iria tomar remédio e com fé esperava dormir. Neste intuito, rezou a noite inteira e na madrugada teve a resposta que esperava. Um anjo se aproximou e o tocou. A partir daí, não precisou tomar mais remédios.

Moral da história: Somos reis e senhores até sobre os anjos e a fé consistente pode produzir milagres.

22.7-Experiência extracorpórea

Muitas pessoas do mundo já revelaram que tiveram experiência extracorpóreas, principalmente as EQM (Experiência de quase morte). Nestas oportunidades, uns foram ao céu, ao inferno, ao limbo ou até a cidade dos homens.

No caso de Divinha, foi algo espontâneo. Por obra do destino, seu espírito desprendeu-se da carne e neste instante pode observar seu corpo junto a cama. Logo depois, auxiliado pelo seu guia espiritual teve um encontro reservado com um parente seu que falecera. Neste encontro emocionante, teve a oportunidade rara de conversar, matar as saudades e passar boas energias por um curto período mas intenso.

Na despedida, deu um grande abraço e beijo em seu parente. Finalmente se afastou, voltando ao corpo com o auxílio do seu guia. No outro dia, agradeceu ao pai espiritual pela bênção rara e incrível que tinha tido.

Era mesmo um abençoado.

22.8-Experiência Além-do-tempo

Os poderes espirituais de Divinha cresciam a olhos vistos. Em dado momento, conseguiu transpassar a linha do tempo transportando-se para o passado. Voltou à década de quarenta, exatamente no local de sua residência.

Era a data de sua inauguração. Divinha aproximou-se pedindo licença aos anfitriões para entrar. Foi recebido gentilmente pelos mesmos e fizeram questão de mostrar Cômodo a cômodo a casa: o cimento era de tom avermelhado, cortinas de lado a outro, cômodos bem projetados mas pouco espaçosos, decoração com móveis de madeira e quadros religiosos, casa limpa, preparada e como era noite os lampiões foram acesos.

Durante várias horas, Divinha aproveitou este momento com pessoas muito abençoadas. Ao final, despediu-se, dirigiu-se a saída e já fora fez a viagem de volta ao seu tempo. Mais um fato incrível em sua vida!

Moral da história: Não há nada impossível para aqueles que creem em Deus, ou seja, nas forças benignas do universo.

22.9-Cura espiritual

É um processo em que o médium vidente incorpora um espírito capaz de auxiliá-lo em operações que podem acarretar na cura da doença do enfermo.

Sobre este tópico, Divinha teve a seguinte experiência: Foi convidado a observar a operação dum menino que estava com um tumor cerebral. Com grande delicadeza, o Dr. Ramei auxiliado pela enfermeira Cristina cuidou de todas as etapas deste processo. Ao final do procedimento, o tumor desmanchou. Graças e glórias a quem fez somente o bem!

Ex2: O poder da cura

Era uma vez um paraplégico de nascença que se chamava Giliard. Como era natural, a sua vida não era nada fácil e apesar de sua fé em Deus ás vezes perguntava-se que pecado teria cometido para sofrer tanto. Seu sonho era voltar a andar.

A fim de locomover-se utilizava-se de uma cadeira de rodas que ele mesmo conduzia. Usava ela a todo momento, inclusive nas ruas. Foi aí que em certo dia uma desgraça ocorreu. Ao atravessar uma avenida movimentada, foi surpreendido por um carro desgovernado que bateu de frente com o mesmo. O impacto foi brutal provocando seu desencarne.

Já morto,ele ainda permanecia com as mesmas dificuldades.Neste momento,teve a oportunidade de conhecer seu anjo que se chamava Balzak.Este enviado divino,cheio de misericórdia,decidiu ajuda-lo.

O carregou nos braços o levando junto ao Jovem Divinha.Colocou-o ao seu lado,junto da cama e disse:

—Toque-o e ficará curado.

Giliard,movido por uma força interna impressionante,repetia o seguinte em pensamento:

—Ainda que eu toque apenas na ponta do dedo dele,ficarei curado.

Com algum esforço,seus dedos tocaram no corpo de Divinha e neste instante,uma força saiu junto do jovem e o curou.Inicialmente,ficou um pouco cambaleante mas aos poucos foi firmando seus pés e ficou ereto.- Glória a Deus!(Exclamou o mesmo)

Reuniu-se junto ao seu anjo e deixou-se levar.Agora estava curado e poderia ir em paz e sem ressentimentos para o reino da luz.

Moral da história:A fé produz verdadeiros milagres.

22.10-O ataque dos demônios

O processo de evolução de Divinha continuava entre a luz e as trevas. Num dia em que estava desprevenido, ou seja, com o corpo aberto, os demônios tiveram permissão de se aproximar do mesmo. Eram cerca de dez, com suas asas brilhantes, sombras aterrorizadoras e em forma de animais. Transcreverei algumas falas desta passagem:

—Adoro atormentar pessoas como você, boazinhas. (Um falou)

—Vamos aproveitar que ele está fraco. (Outro)

Neste momento, o protetor de Divinha se aproximou e os repreendeu:

—Parem de atormentá-lo, seus infelizes.

—Parar? Quem vai nos impedir? Você? (Um deles)

—Se for preciso, sim. (Anjo de Divinha)

—Nós estamos em maior número, valentão. (Observou outro)

O anjo de Divinha se vendo de mão atadas ameaçou:

—Se não saírem, chamarei um dos príncipes supremos para lhes dar uma lição.

—Quem? Rafael? Gabriel? Miguel? Tenho péssimas lembranças da última surra que levei deles. Eles têm a mesma força de nosso Deus. (Comentou o chefe, denotando medo)

—Onde está seu chefe? (Anjo de Divinha)

—Está carregando almas na Ásia. Por isto não veio se divertir. (Informou)

Os demônios permaneciam no seu ataque a Divinha impiedosamente. Cheio de comoção, O anjo do mesmo novamente se manifestou:

—Chega. Não aguento ver mais este massacre.

—Você vai ter que agüentar. Somos uma legião de potestades enquanto você é apenas um trono. (o chefe)

Neste momento, algo misterioso e fantástico aconteceu: Uma luz misteriosa emanou do corpo de Divinha iluminando todos ao seu redor. Este fato afastou as sombras dos demônios que foram obrigados a recuar.

Mesmo contrariados, foram obrigados a se afastar em definitivo. Então o anjo de Divinha se aproximou mais, abraçou seu protegido e comentou:

—Calma. Agora vai ficar tudo bem.

—Por que me atormentam? (Quis saber Divinha)

—Você é uma pedra no sapato deles. Sua missão é aproximar às pessoas de Deus encerrando em definitivo o ciclo de trevas neste mundo. (Explicou)

—Posso contar com sua ajuda?

—Sempre. Nos momentos bons e ruins, estarei contigo. Agora descanse e durma. Amanhã é outro dia. Um boa noite.

—Boa noite.

Com o anjo ao lado, Divinha relaxou e deixou-se levar. Até quando iria sofrer? Esperava que essa fase passasse logo e enfim seu momento chegasse.

Avante, guerreiro!

22.11-O anjo e o mensageiro

Qualquer pessoa tem dois entes espirituais distintos: um anjo e um mensageiro. Com seus poderes em desenvolvimento, Divinha tinha contato com os dois. Enquanto um o encorajava o outro o desanimava formando os seus "Dois opostos".

A seguir, uma experiência interessante do mesmo com estes dois entes.

Uma bela noite escura de lua cheia, o mensageiro se aproximou perto das 24:00 Horas. Sentou-se em sua cama e começou a papear com Divinha.

—Quer dizer que você é aquele que se denomina filho de Deus?

—Sim. Todos os homens que seguem a lei divina e abrem sua mentalidade para a luz podem ser chamados "Filhos de Deus".

—Seu tolo! Você não é o filho de Deus! Vou provar isto agora.

Dito isto, apoiou-se num pé e com o outro tentou esmagar o protegido com grande ira. No entanto, o movimento do pé não se concluiu ficando suspenso no ar. Foi aí que o seu anjo Ikiriri se aproximou e chegou bradando:

—O que você quer com o meu protegido?

—Apenas baixar a crista dele.

—Monstro! Não tens este direito.

Neste instante, começou uma luta titânica entre os dois usando espadas, escudos, raios e setas estelares. Por obra do destino, o anjo levou vantagem e expulsou o mensageiro para longe.

Com a missão cumprida, se aproximou de Divinha descansando em sua cama. No momento seguinte, o cobriu com a palma de sua mão. Emocionado, exclamou:

—Se você não existisse, eu também não existiria.

—Obrigado, te amo também! (Retribuiu Divinha)

O restante da noite o pequeno sonhador tratou de descansar enquanto o seu anjo estava sempre em guarda. Divinha era realmente um ser especial pois era um dos poucos no planeta Terra que conhecia seu anjo. Podia senti-lo e escutá-lo. Era seu elo com o plano espiritual, com o divino. Esperava que continuasse assim a vida inteira.

22.12-O pesador

Em um outro dia de fraqueza espiritual, um demônio conhecido como pesador conseguiu aproximar-se de Divinha.Com sua sombra e asas escarlate, sentou na cama e foi subindo pouco a pouco no corpo de Divinha.

Como resposta a este ataque, Divinha tentou transfigurar-se a fim de sufocar suas trevas. No entanto, este método não funcionou, pois, sua auréola luminosa tinha sumido por completo por um motivo desconhecido.

Vendo o esforço de Divinha, o demônio exclamou:
—Você tem muito poder. Porém, não sabe usá-lo corretamente.

Sem mais barreiras, o pesador foi subindo mais sobre o corpo de Divinha. Quando o dominou completamente, comunicou-se:
—Vou sugar toda a sua energia vital!

Desesperado,Divinha fez uma última tentativa para se salvar: Mentalizou a imagem do cristo sendo açoitado e crucificado pedindo sua ajuda. Imediatamente, o demônio agitou-se e fugiu da sua presença.

O sangue de Cristo tem realmente poder!

23-Segredos

23.1-A pressão da terra

Além das descobertas espirituais cada vez mais fantásticas,Divinha viva um dilema corpóreo-espiritual. explico. Como Divinha já se encontrava em um estágio de evolução avançada negava-se a fazer sexo por fazer. Para ele sexo era um complemento duma relação saudável que ainda não encontrara. Com isto, seu corpo material o pressionava cada vez mais trazendo-lhe problemas físicos.

Foi aí que Deus se manifestou através da Virgem Maria. Ela estava ajoelhada nos céus pedindo por ele ao seu filho:
-—Meu filho, olhai por aquela criatura. Vós que sois tão poderoso e benéfico, curai ele.

—Não, minha mãe. Não chegou a hora de curá-lo. Além do mais, eu fiz um trato com a terra. Combinei de não interferir em processos naturais.

—Mas como você foi quem a criou poderia interferir como desejasse. Eu lhe peço: Ajudai-o.

Jesus, com barba por fazer e vestido com calça Jeans e camiseta listrada, fez uma cara séria, analisando a situação por um momento. Após, concluiu:

—Está bem. O que não faço pela senhora?

Dito isto, o criador voou em toda a sua glória do seu trono em direção à Terra. Ao chegar bem próximo, exclamou:

—Terra, porque está o atormentando?

—Estou o atormentando porque ele se recusa a realizar meus desejos: Quero que ele procrie.

—Não adianta. Ele é um espírito muito evoluído. Não vai ceder às suas tentações.

—Não quero saber. Para mim, ele é igual a qualquer um.

—Não o atormente mais. Eu estou lhe mandando. Obedeça.

—Por que iria obedecer?

—Porque eu te criei.

—Não me lembro de ter sido criada. Eu só sei que surgi a partir de uma grande explosão.

—Fui eu que provoquei ela.

—Certo. Mas deve saber pela lei natural que nenhum espírito pode interferir na matéria. Portanto, continuarei o atormentando.

—Se você continuar, eu te destruirei.

—Se me destruíres, destruirás também junto toda a sua criação.

Esta resposta da Terra fez Jesus Refletir. Realmente, isto era uma grande verdade e como ele amava infinitamente a humanidade parou de insistir. Retornou então aos céus, encontrou sua mãe e a consolou:

—Por enquanto não consegui. Mas não se preocupe. Pensarei em algo para ajudá-lo.

-—Sim, eu confio. Este jovem ainda será muito feliz. (Respondeu ela)

23.2-A proposta de Deus

Já faziam oito meses que Divinha terminara o curso de eletrotécnica e sua vida seguia monótona como sempre. De novidade, apenas a conclusão no curso básico de informática. Porém, nenhuma proposta de trabalho aparecera.

Enquanto não alcançava seus objetivos, continuava os estudos para concurso como sempre pela manhã e à tarde era o momento para o lazer. Numa dessas tardes, aproveitou para meditar sobre a vida e suas implicações: Morte,tempo,futuro,fim. Neste exercício, recebeu a visita do criador que prontamente se comunicou com o mesmo:

—Tem medo da morte, Divinha? Saiba que a morte não existe pois és um ser eterno.

—Eu sei que sou. Mas isto não é o suficiente para controlar o sentimento que me invade ao pensar nela: Saber que tudo que construí e batalhei se perderá com minha memória.

—Não se perderá. Irás viver através de seus escritos. Já pensou na quantidade de pessoas que ajudarás? Sua memória não se apagará para eles. Lembre-se: Se não houvesse a morte não existiria a vida e vice-versa.

Estas palavras mexeram muito com Divinha e ele começou a chorar compulsivamente. Deus então interveio:

—Por que estás chorando? Não chores se não vou chorar também.

—Eu não sei te explicar. É involuntário.

—O que você quer? Quer que eu faça com você o mesmo que fiz com Henoc?

—Como seria isso?

—Eu provocaria um furacão e te levaria aos céus vivo. Todos os dias, eu volto a terra para buscar alimento para ele. Ele é lindo como você.

—Não,obrigado. Não sou melhor do que meus pais. Tenho que cumprir minha missão. Além do mais, eu morreria caso eu entrasse num furacão.

—Não morreria, homem de pouca fé. Você não perderia um único fio de seu cabelo.

Algo impeliu Divinha a continuar chorando inconsolavelmente. Deus então novamente interveio:

—Pare com isso, jovem mimado. Olha, prometo que você vai ser o primeiro a ressuscitar no novo mundo. Você sabia que até agora os anjos estão chorando?

—Perdoe-me. Eu sou um bobo mesmo.Quando é que chegará o novo mundo?

—Daqui a dez mil anos. Se você revelar este segredo, não tem problema. Eu mudo meus planos.

—Não se preocupe.Eu sei guardar segredos quando é necessário.Obrigado pelas palavras.

—De nada.Bem,já vou.Quando você desencarnar,eu venho te buscar.Antes,quero te revelar um mistério:Você é uma das pequenas partículas do Cristo Ressuscitado.Na minha imensa bondade,quis que meu filho fosse eterno.Então transformei suas partículas sagradas em espíritos. Você é um deles, o mais abençoado. Em ti encontro meu agrado. Não é surpreendente?. Enquanto o mundo chorará sua perda, eu sorrirei, pois, voltarás à minha casa.

Dito isto, o espírito divino se afastou em definitivo deixando Divinha a sós. A tranquilidade voltou então a reinar.

23.3-A vinda de Gabriel

Amanhecia..................

Um novo dia começava e Divinha estava pronto(de corpo e alma)para enfrentá-lo. O seu guia espiritual o alertou: Um Deus muito poderoso se aproxima. O que será que ele quer com você?

Quando chegou mais próximo, Gabriel desceu em seu quarto com suas asas brilhantes e iniciou a conversa com o anjo de Divinha:

—Quer dizer que este é o homem que Deus escolheu para espalhar sua mensagem e aproximar as pessoas da luz? É muito lindo.

—Sim, é este. É o mais lindo dentre todos que ele escolheu ao longo do tempo (mais por dentro do que por fora). (Anjo Ikiriri)

—Tão frágil e tão desprotegido. Será que ele está preparado para arcar com as responsabilidades de sua missão?

—Claro que está. Deus não erra. Com a minha ajuda, ele terá um futuro brilhante.

—Caso precisem de ajuda, é só me chamar. Estarei atento.

—Obrigado. Chamaremos sim.

Gabriel cumprimentou o anjo da ordem Ikiriri e abençoou Divinha. Começou então a bater suas longas asas e finalmente se afastou. Tinha sido uma experiência incrível para ambas as partes.

23.4-Uma nova chance

Bar da destruição

Recife-Pe

Aproximadamente ás 01:00Hs da manhã, a festa que começara duas horas atrás seguia agitada: jovens casais namorando, inúmeros pares dançando, alguns estavam drogados e outros jaziam desmaiados no chão (Vencidos pelo efeito do álcool).

Entre estes, estavam Gilbert (Um jovem cheio de vida, sonhos e expectativas) acompanhado por alguns colegas. Eles descansavam numa mesa após uma intensa rodada de bebidas, comidas e danças.

Até que em dado momento uma garota atraiu sua atenção e como estava tocado pela bebida decidiu investir na mesma. Levantou-se da mesa, chegou junto à moça, segurou-a pelos quadris e disse:

—Que tal sair comigo, Gatinha?

—O que é isso,cara? Está louco? Sou comprometida.

—Está mentindo. Ninguém deixaria uma beldade como você sozinha.

—É melhor pararmos por aqui. Deixe-me em paz.

Alheio a todos e aos pedidos dela, Gilbert não se importou. Beijou-a forçosamente ,pegou em seu braço e começou a conduzi-la para fora do bar. Desesperada, a moça que se chamava Cristina, começou a gritar aos quatro ventos por ajuda.

Sua atitude chamou a atenção dos presentes, inclusive a do namorado chamado Eduardo que se encontrava um pouco distante. Ao perceber o que estava acontecendo com a amada, o mesmo ficou furioso e partiu para defendê-la.

Ao chegar perto dos dois, com uma agilidade incrível, livrou a moça do descarado e partiu para uma briga corpo a corpo com Gilbert. Como estava sóbrio, levou vantagem e no momento certo,puxou da cintura um punhal que sempre carregava .Sem dó, cravou no coração do adversário. Foi o suficiente para imobilizá-lo.

Neste momento, os outros se intrometeram. Apartaram a briga, mas já era tarde. O golpe tinha sido mortal e Gilbert falecera ali mesmo. Só tiveram o trabalho de carregá-lo e levá-lo para casa.

Enquanto isto, seu espírito começou a vagar.Ele encontrou seu anjo mas não tinha consciência do que acontecera. Por obra do destino, ele e seu anjo se aproximaram de Divinha. O mesmo pode ouvir e sentir o debate acalorado entre eles:

—Você já faleceu. (Guardião)

—Eu estou vivo. Não está me vendo? (Gilbert)

—Você é apenas um espírito. Seu lugar agora é o plano espiritual. Venha comigo! (Guardião)

—Eu não aceito. Eu era apenas um jovem com dezoito anos. Queria amar, passear e ter filhos.Enfim,viver.(Gilbert)

—Você tem que se conformar-se.O que está feito não está mais por fazer.(guardião)

—Eu queria uma nova chance. Voltar a viver. Prometo ser uma pessoa melhor. Quero tomar novas atitudes e dar mais valor ao milagre que é a vida.

Neste instante, a emoção tomava conta dele e de todos os presentes. Divinha então gemeu e bradou:

—Pai, dá-lhe uma nova chance. Que ele nasça de novo e que consiga realizar tudo o que não realizou nesta vida.

Logo em seguida a este pedido, uma luz brilhou forte ao redor deles deixando Gilbert impressionado:

—Que luz é aquela? (Perguntou ele)

—É o criador. Ele escutou a prece deste anjo. Suas lembranças serão quase todas apagadas e nascerás de novo. (Informou o guardião)

Comovido, aproximou-se mais de Divinha e em tom de despedida disse:

—Obrigado por existir. Eu nunca esquecerei o que fez por mim.

Dito isto, afastou-se junto com seu anjo em direção à luz. Começaria aí um novo ciclo de reencarnações proporcionado instantaneamente pela prece de Divinha.

Enquanto isto, o broto sertanejo continuaria sua saga na Terra em busca do seu próprio destino. Avancemos!

23.5-O encontro com o Diabo

A vida continuava. Mesmo sem entender, com as experiências vividas Divinha abarcava uma maior quantidade de informações sobre as dimensões existentes, preparando-o para a missão que se iniciava.

Embora não estivesse claro seu papel, entendera que fora escolhido dentre muitos para o sucesso, a realização e para o eterno descobrir. Cabia a ele repassar isso de alguma forma para o universo que o acolhia e que estava demasiadamente atrasado. Mas isto era algo para o futuro.

Por enquanto, o momento era de descobertas. Uma delas que foi um divisor de águas foi o encontro com o arcanjo negro.

Este episódio aconteceu em certo lugar secreto, espaçoso, amplo, com pouca iluminação e no momento Divinha estava completamente sozinho. Este lugar fica na divisa entre os dois mundos.

Foi aí que o tentador se aproximou e o diálogo foi iniciado:

—Quem é você? (Indagou Divinha)

—Sou conhecido como o Diabo.

—O que você quer comigo?

—Venho te fazer uma proposta. Fique do meu lado e eu te darei em troca o mundo.

—Por que você me quer? Eu sou um homem fraco e sem poderes.

—Não se deprecie. Você tem muito valor.

—Sei. Mas no momento não me interessa a proposta.

—Tem certeza? E se eu me irritar? Não tem medo de mim?

—Por que teria?

—Eu sou um monstro com sete asas e três chifres.

—Eu estou vendo. Porém, não me impressiona.

—Eu poderia te dominar.

—Se fizesses isso, morreria de tédio pois minha vida é sem graça e cheia de sofrimentos.

—Isto é só uma fase. A bonança se seguirá. Tem certeza que não quer pensar na minha proposta?

—Não. Simplesmente não sirvo para o seu reino pois sou bom.

—Entendo. Somos então inimigos. Mesmo assim, admiro o seu esforço e dedicação.

—Obrigado.Olha, tenho uma dúvida. Poderia me tirar?

—Depende. O que quer saber?

—Você é um anjo ou irmão de Deus?

—O que posso te dizer é que sou tudo o que há de ruim no mundo. Nem você nem ninguém pode saber realmente quem sou. Se soubesse,morreria. Mais alguma coisa?

—Não. Obrigado.

—Adeus. Ainda nos veremos.

Dito isto,ele finalmente se afastou sumindo do local.O filho de Deus ficou a sós. Logo após, Divinha transportou-se de volta para a sua casa. Estava de parabéns por ter resistido. Continuemos!

23.6- "A cidade dos homens"

Outro momento importante na vida de Divinha, que já tinha vinte anos, foi a partir da descoberta do segredo das sete portas. Com este novo trunfo em mãos, teve acesso por várias vezes a um plano espiritual bem próximo ao nosso conhecido por "Cidade dos homens".

Neste local iluminado e com características próximas de nosso planeta, descobriu uma humanidade evoluída, mas ainda com resquícios materiais. Todos que lá viviam tinham necessidades de alimentação, fisiológicas e até de sexo.

Este período foi bem produtivo, mas acabou abrindo mão do mesmo pois estava disposto a viver sua vida normal sem muitas absorções. Ainda não era o momento de se aprofundar nestas questões.

A questão central estava na terra e iria se concentrar somente nela. Então se despediu de uma vez por todas da "Cidade dos homens". Foi traumático, mas extremamente necessário para sua saúde mental.

Vida que segue!

23.7- "O pescador"

Cansado da monotonia e da rotina que se transformara sua vida, Divinha resolveu sair a um passeio promovido na sua comunidade. O destino era a praia e com algum esforço sua mãe aceitou pagar sua passagem.

Com tudo combinado, no dia e horário marcados, o micro-ônibus partiu da pequena Esperança. Atravessando algumas ruas, pegou a pista da BR 232 e seguiu sentido Recife. Em aproximadamente três horas de viagem teve a oportunidade única de passar por um leque de cidade que nem imaginava. Mais uma prova de que a vida não se resumia a seu reduto.

Adentraram na capital e seguiram sentido praia de boa viagem. Enfrentando um trânsito congestionado, demoraram mais uma hora até o desembarque próximo do destino. Finalmente desceram do carro.

Junto aos colegas, Divinha começou a brincar na areia. Ficou neste exercício durante algum tempo. Depois, se afastou para tomar água de coco próximo à beira da praia. Foi nesta ocasião que a presença de um velhote baixo, grosso, branco, cabelos pretos e de boa aparência chamou sua atenção. Resolveu se aproximar mais. Ao chegar bem perto, o homem percebeu e gritou:

—Filho de Deus, o que faz aqui?

—Você me conhece? Por que pede explicações de algo que não te diz respeito.

Apesar do comentário desagradável de Divinha, O homem pareceu não se importar. Tanto que caminhou um pouco mais e ao chegar de lado retomou a conversa com ar sério.

—Mil perdões, mas é que percebi o sofrimento e a angústia em seu coração. Eu posso ajudá-lo em alguma coisa?

Estranhamente Divinha sentiu total confiança naquele homem. Resolveu então falar para ele um pouco de sua vida conturbada.

—Sim, pelo menos escutando. Olha, tenho visões, sonhos, pressentimentos e intuições. Vejo nelas um pouco do presente, passado e futuro. Apesar disso, não as compreendo por que vem em forma de enigmas.

Vejo o futuro? Vejo, mas não posso evitá-lo. Vejo o passado? Vejo. Lembranças não tem valor.

—Não renegue seus dons. Eles os tornam especial. Use-os para o bem pois o seu caminho é de luz. Não se importe com que os outros pensam.

—Tenho tantas dúvidas estando no momento no fundo do poço: Sem emprego, sem amigos, sem forças para continuar lutando. Além disso, tive visões que ainda não se realizaram.

—Tudo tem seu tempo, rapaz. A tempestade em algum momento passará chegando a bonança. Tenha fé em Deus. Ele te ama infinitamente e nunca irá te abandonar. Lembre-se: Dentre todos os seres humanos, você é o único que não tem motivos para duvidar dele pois te deu inúmeras provas do esplendoroso futuro que planejou para você.

—Sim, eu sei. Eu conheço este plano. Tudo isto aumenta mais minha responsabilidade no trilhar da minha vida.

—Bem, agora preciso ir. Vou preparar estes peixes que pesquei.

—Vá em paz, meu irmão e obrigado.

—De nada.

Dito isto, começou a afastar-se. Porém, estando a uma média distância, voltou-se para trás e exclamou:

—Que você realize tudo em sua vida!

Em seguida, continuou no seu caminho de sempre, sumindo instantes depois. Divinha voltou então junto aos colegas e no restante do dia curtiu bastante o passeio sem comentários sobre o que tinha acontecido.

Ao final do dia, retornaram ao ônibus, iniciando o caminho de volta. No tempo previsto, chegaram em casa normalmente e Divinha aproveitou para descansar bastante. O que estava por acontecer? Continuem acompanhando, leitores!

24-O período de três anos (2004-2006)

Após o encontro misterioso com o pescador,Divinha voltou ás atividades de sempre sem maiores preocupações.A vida seguia normalmente.Dentro de três anos, alguns fatos relevantes aconteceram. Os principais foram: Novas aprovações em concurso público e vestibular, início do trabalho na literatura como terapia surgindo assim o seu primeiro livro, crise existencial e nervosa e Afundamento na noite escura da alma.

Neste período feliz, triste, conturbado e complicado ao mesmo tempo, teve o apoio da família e dos amigos mais próximos contando com a paciência de todos. Já completara vinte e três anos e se sentia em dívida com todos.

Agora era seguir em frente nos estudos, nas outras atividades e no trabalho pois esperava em breve ser chamado. Avante, guerreiro! Estamos com você.

25-Novo ciclo

2007 se inicia. Logo no início, uma boa notícia: Divinha recebera em carta a convocação para apresentação de documentos e exames médicos no concurso que passara. Imediatamente, o mesmo foi cuidar dos detalhes e com quinze dias já estava com tudo pronto.

E lá foi ele. Viajou cerca de 40 km (Quarenta quilômetros), tomou posse e acertou os detalhes do contrato. Começaria na outra semana e seria sua primeira experiência de trabalho ganhando um salário mínimo.

Era um primeiro passo mesmo com todas as dificuldades envolvidas: Distância, salário baixo, inexperiência, medo e a possibilidade de conciliar com a faculdade que se iniciava numa instituição federal que prometia ser exigente.

Era também algo novo e ele sentia que era o momento propício para mudar um pouco de ar, conhecer novas pessoas, distrair-se, sufocar seu dom que ainda incomodava e viver sem medo de ser feliz como diz a música.

Estava disposto a mostrar ao mundo seu potencial, orgulhar os Torres como os legendários Vítor e Rafael, ter o tão esperado "Encontro entre dois mundos" que deixaria um pouco mais claro seu destino e mais tranquilo.

Tentaria mais uma vez sem medo das consequências. Que fosse o que Deus quisesse! Boa sorte, Divinha!

26-Início do trabalho e das aulas

Uma nova vida se iniciava para Divinha com início do trabalho concomitantemente com as aulas da faculdade. Duas conquistas suas. No trabalho, foi alocado na parte financeira da prefeitura e foi muito bem recebido pelos colegas de trabalho, novatos e antigos. Em poucos dias demonstrou seu potencial e já era elogiado por ele. Como primeira experiência, era válido todo o seu esforço.

Na escola, além da oportunidade única de aprofundar os estudos e concluir o curso superior (sonho dos pais), a situação lhe proporcionou a interação com mais quarenta e nove pessoas diferentes. Eram muito ricas as construções do dia a dia e de maneira nenhuma podia dizer-se que aquela sala era comum.

A vida de Divinha caminhava aos poucos com melhorias em todos os sentidos e as perspectivas não eram das piores. Ainda bem! Divinha merecia por todo o seu esforço. Mas nada ainda estava definido.

Dois meses depois, as circunstâncias que se sucederam levaram a Divinha a tomar uma nova decisão séria: Abandonar o emprego. Não seria desta vez que ajudaria sua família. Os motivos disso oscilaram entre a falta de controle do dom, crise nervosa insistente, impossibilidade de conciliar com os estudos e o maior deles (embora não admitisse) era uma paixão avassaladora que o consumia e que não tinha esperanças de ser correspondido. Mais uma vez fugia do amor sem nem ao menos tentar. Não repitam este erro, leitores! Lutem por sua felicidade.

Agora o seu foco era somente os estudos mais uma vez e todos em casa o compreenderam e o apoiaram. Esperava ao menos controlar seus instintos e não cair novamente na cilada da noite escura do qual nem queria se lembrar. Tempos cruéis aqueles!

Uma nova "Travessia" se iniciava para os Torres modernos.

27-Fatos importantes em quatro anos(2007-2010)

27.1-O livro estigmatizado

Ainda no primeiro semestre da faculdade,Divinha teve contato com um casal, duas figuras que se destacavam entre os colegas. Certa vez, num trabalho em grupo iniciou-se um debate sobre religião e com a experiência que tinha o jovem citado foi um dos mais atuantes.

Não se sabe qual o motivo, mas eles perceberam a sua ingenuidade e numa conversa particular ofereceram ajuda. Prometeram lhe trazer algo que ia dirimir suas dúvidas. Sem perceber a maldade, Divinha aceitou.

No outro dia, cumpriram o prometido e ao final da aula lhe deram o livro. Em poucas palavras, explicaram que o mesmo era especial e que seria de grande ajuda para esclarecer certos fatos. Porém, alertaram que havia perigo em ficar com ele por mais de um dia. O portador poderia até morrer. Mesmo intrigado, Divinha o aceitou e o levou para casa.

Ao chegar, leu algumas páginas e a cada linha ficava mais espantado com os segredos por ele revelados. Realmente era incrível aquele livro! Após algumas horas, cansou e foi deitar com o livro do lado e esperava ter o sonho dos Deuses merecido. Contudo, encontrou o contrário.

Numa noite atormentada, viveu de perto os horrores duma guerra que envolveu bilhões de vidas. Quanta dor, sofrimento, ódio, por uma causa injusta, mas necessária. Era como se estivesse lá com eles, todo o tempo e não pudesse fazer nada.

Assim se passou a pior noite da sua vida envolvido em sombras,luz,gritos e sangue. Ao acordar, estava totalmente destruído. Com grande esforço, levantou-se, amaldiçoou o casal e sua atitude ao aceitar o empréstimo. Não era legal agir daquela forma.

Pela manhã e tarde, cuidou de suas atividades normais envolvendo estudos, tarefas domésticas, escutar música, ler um livro, assistir TV, passear, ir à biblioteca, papear, etc. A todo instante, não pensava em outra coisa se não fosse no livro amaldiçoado, estigmatizado e ele como médium sensitivo não poderia de maneira nenhuma ler. Estava decidido a não repetir a experiência nunca mais.

Á noite, após o banho, se dirigiu a faculdade levando consigo o livro. Não saia de sua lembrança que não poderia ficar com ele por mais de um dia. Caso contrário, a morte era provável.

Chegou em torno das 19:00 Hs, adentrou na sala 6 do segundo bloco e sentou numa das cadeiras da frente como sempre. Os outros colegas foram chegando aos poucos sendo que o casal ainda não chegara. Quinze minutos depois, iniciou-se as aulas.

O tempo foi passando e para o desespero de Divinha os ditos cujos não apareciam. Próximo do fim da aula, sua única saída foi pedir ajuda a sua grande amiga que sempre sentava ao seu lado.

Explicou em detalhes a situação e por sorte a mesma aceitou o livro para sua casa o livrando da maldição. Ganhara tempo pelo menos graças aquela menina formidável.

No outro dia, os dois compareceram e finalmente o livro foi devolvido aos donos de onde nunca deveria ter saído. Pouco tempo depois, saíram do curso e não se sabe o seu destino. O que Divinha sabia era que experimentara uma força estranha devido aos dois e que nunca esqueceria. Xô, livro estigmatizado! Nunca mais! Assim esperava.

Vida que se segue.

27.2-O sonho da literatura

Como disse anteriormente, Divinha concluíra seu primeiro livro que estava manuscrito. Pelas poucas condições que tinha, a única saída foi digitá-lo no trabalho nas horas do intervalo. Fez isso durante um mês resultando no total de 37 páginas de folha A4.

Sem muito conhecimento e orientação, registrou-o no cartório a um preço exorbitante quando o correto seria registrá-lo na biblioteca nacional no Rio de Janeiro ou no posto estadual.

O próximo passo foi enviá-lo a uma editora. E o fez. Enviou-o a uma grande editora de temática católica quando a temática do livro era um pouco ligada à parte espírita contendo sonhos, sonetos, redações e frases de sabedoria.

Três meses depois a resposta:Reprovado.Foi um choque para as pretensões dele fazendo com que se desmotivasse um pouco. Resolveu parar de escrever embora soubesse que tinha muito talento. O sonho ainda não estava a seu alcance.

Abaixo, algumas partes do seu livro:

27.2.1-Sonetos

1. As lavadeiras
   Brilhantes em seu ofício
   Marcham em fim de semana
   Carregando a trouxa insana
   São roupas encardidas, manchadas e até malefícios.
   Levam consigo as dores de uma dona de casa
   São mães, esposas, empregadas
   E muitas vezes tão pouco valorizadas
   Sentem –se usadas como escravas, mas mesmo assim metem a mão na massa.
   Lavam de tudo: Da ingratidão à traição
   Só não lavam uma coisa: A humilhação
   E assim vão lavando também as lembranças.
   O perfume feminino que teima em não sair
   Aquele batom gravado no colarinho
   Apesar de tudo, cantam em vez de bramir.
2. O vaqueiro
   Cavalgando em seu intrépido cavalo
   Vai buscando o seu rebanho
   Nas brenhas deste sertão tamanho
   Que tantas vezes teima em enganá-lo.
   Seus trajes denotam suas qualidades
   A rijeza no falar assemelha-se ao couro
   A frieza nos lembra o chicote sem piedade
   O olhar fixo e triste parece visualizar o seu tesouro.
   Ele sabe que após sua jornada
   Há alguém a esperar ansiosamente sua chegada
   É o que lhe dá forças ente espinhos e saudades.

O seu linguajar nem parece o português
É um dialeto cheio de ôos, êias e êras
Aboiando o gado nestas terras de Burguês.

3. O caçador
Desbravando estas matas
À procura da caça está o caçador
Silencioso e atento procura causar dor
À vida, à natureza, cheio de bravatas.
Por portar uma arma
Julga-se superior e dono
Arrogante, destrói aquilo que nos deixou o patrono
Insensato, só o tempo te desarma.
Não haverá mortes ou violência
Até que chegue outro e recomece o teu legado
E não pensas no direito do teu irmão ao lado?
Direito de respirar, de viver
De procriar, amar e permanecer
Nesta terra que não é tua: É de todos.

4. o mestre
Rascunhar, rabiscar, soletrar
Estava iniciando o meu buscar
Pelo saber e o prazer de encontrar
Novos mundos, novas cores, Intrincar.
Durante este caminho
Passaram em minha vida com politonidade
Muitos anjos; não podia vencer sozinho
Aplainaram, limaram minha capacidade.
Estes anjos chamam-se professores
Dedicados, pacientes e persuasivos
Conseguiram da sabedoria serem mediadores
Mas com toda modéstia
Falam que só cumprem suas obrigações
Eu, sem ingratidão, lembro com carinho de suas lições.

5. A seca

Impiedosa e perene ela chega
Destruindo sonhos e renda
Castigando o homem e a terra sôfrega
Desfolhando a vegetação inicia-se uma contenda.
Da fauna, flora e do próprio homem. Isso instiga
É a lei do mais forte, da sobrevivência
Nesse ambiente inóspito é possível a vivência?
Diante de todo o cinza que se tornou a caatinga.
Pouco a pouco as forças do Sertanejo vão se esvaindo
Onde está a água? O alimento? Diante disso, só o lamento
De quem ama o seu lugar, suas origens; umas ideias vão surgindo
De escapar deste inferno
Procurar o alento em outra terra
Ou esperar e plantar sua rocinha quando chegar o inverno.

27.2.2-Frases de Sabedoria

1. Ninguém agrada todo mundo. Portanto, viva sua vida sem importar-se com que os outros pensam de você;
2. As regras e leis foram feitas para serem cumpridas a não ser que interfiram na prática de boas ações ou prejudiquem a felicidade do indivíduo;
3. A beleza ou feiura não se revela no exterior do homem e sim em suas obras;
4. Tudo o que porventura sofremos hoje é consequência do que fizemos ontem;
5. Sonhar é uma forma de conhecer-se e de encontrar o incompreensível proporcionando a libertação de nossos medos e angústias mais interiores;
6. A verdadeira adoração consiste em espalhar o bem por todos os lugares que passares proclamando o amor de Deus junto às criaturas;
7. Não chame Deus de Senhor e sim de Pai;

8. Não temas o Diabo. Temas a Deus pois é a quem você deve prestar conta de suas ações;
9. Você diz: Deus não me ama ou Deus me abandonou. Pense e reflita:
    - Você tem agido corretamente junto a seus irmãos?
    - Tem sido honesto, sincero em suas atitudes?
    - Realmente segues o exemplo de Cristo?

    Na verdade, Deus nunca nos abandona. Ao contrário, somos nós que nos afastamos da presença dele e nem percebemos;
10. O risco de adorar imagens é grande pois elas realmente não têm nenhum poder;
11. Não há nada na Terra capaz de representar a grandeza de Deus;
12. Reze somente ao pai pois ele é ciumento;
13. Descubra Deus dentro de você;
14. Prefira agradar a Deus e ao seu coração do que agradar aos outros;
15. Seja como um barquinho de papel em alto mar. Deixe que o dedo de Deus o conduza;
16. O certo e o errado dependem da visão de cada um;
17. Sexo torna-se importante quando há sentimentos envolvidos;
18. Confiança e ingenuidade combinadas proporcionam uma decepção maior;
19. Ter relações sexuais não é pecado. O que deve ser evitado é a imoralidade, a prostituição e o adultério;
20. Somos seres livre e os únicos responsáveis por nossa felicidade;
21. Ter boa reputação à custa de tua felicidade não vale a pena;
22. Devemos olhar o mundo com os olhos de uma criança;
23. As pessoas só enxergam aquilo que querem;
24. Se alguém estirar a perna para derrubar-te, estenda sua mão na direção dele. Está precisando de ajuda;
25. Se você sempre fizer o papel de vítima nunca deixará de ser pisado;
26. Perdoar não é apenas absolver e sim começar do início com o outro;
27. O amor transforma o pior dos bandidos numa pessoa melhor;
28. Se expulsas da tua vida os seus, como ousas falar que amas a Deus?

29. Quando dois corações se encontram ocorre o Big Bang do amor;
30. A doença deve ser encarada como um período de aprendizagem interior e não como um castigo;
31. A pobreza e a miséria em todos os sentidos só acabarão um dia quando verdadeiramente amarmos uns aos outros como o mestre nos pediu;
32. O que você diria a um africano faminto que sofre com perseguições políticas, ideológicas, falta de liberdade de expressão e guerras civis quando ele pedisse ajuda? Diria a ele que fosse trabalhar? Como ele arranjaria um trabalho digno numa economia estagnada, num ambiente cheio de minas terrestres, com falta de água e onde se localiza um dos maiores desertos do mundo? Reflitamos pessoal: Bilhões e bilhões de dólares são gastos em pesquisas científicas e em gastos militares dos países desenvolvidos. Questões ínfimas comparadas com a questão da fome mundial. Façamos a nossa parte ajudando os mais próximos;
33. Riqueza atrai muitos amigos de conveniência. Saiba distingui-los, pois, o verdadeiro amigo é aquele que critica e aconselha quando se faz necessário;
34. A verdadeira pobreza é não reconhecer o valor da vida, é mergulhar no materialismo sórdido e no egoísmo que mantêm a alma no fundo do poço;
35. Dê presentes a quem não possa retribuí-los;
36. A solidariedade não se resume apenas a ajudar, é um ato de renúncia de si mesmo para cuidar dos outros;
37. Conhecer o outro poder ser frustrante;
38. Ser sábio é saber respeitar as opiniões dos outros;
39. Não desista quando os outros te desanimarem. Você é quem deve acreditar em suas potencialidades;
40. No começo era o caos. No fim será o caos. O meio cabe a nós construir um ambiente de paz, cooperação, união e ordenação;
41. A vida é um labirinto de caminhos tortuosos. Quem seguir os caminhos da justiça e da sabedoria, encontrará a verdadeira felicidade de viver;

42. Para vencer na vida são necessárias três coisas: Humildade, talento e carisma;
43. Está desiludido com a política,autoridades? Lembre-se: Foi você mesmo que os colocou lá;
44. O julgamento humano é falho e impreciso. O de Deus aplaina os erros;
45. Procure comprar ou assimilar os bons exemplos, as nobres atitudes. Procure vender ou livrar-se das más ações, das influências negativas;
46. A depressão é uma forma de fugir dos problemas;
47. Evite e rejeite tudo que leva a você desviar-se de seus princípios;
48. Verdadeiro pai é aquele que sabe perdoar e acolher os filhos quando se faz necessário;
49. Não seja ingrato: Nunca esqueça o favor e o autor;
50. Ser simples é ser autêntico, honesto e humano acima de tudo.

Reiterando, a literatura para Divinha ficaria esquecida por um tempo continuando suas outras atividades normalmente. Maktub!

27.3-Novos desafios

O ano de 2008 se inicia. Durante este período, Divinha Torres continuou com a dedicação de sempre em suas atividades diárias de estudo, de lazer e sociais. Porém, a sua realidade de pobreza e de solidão ainda persistia junto com toda a sua família e isto era algo que incomodava bastante.

No final deste mesmo ano, uma luz no fundo do túnel começou a surgir: Aprovações em dois cargos públicos com locais de trabalho próximos à sua residência. Parecia que a situação finalmente ia mudar após muita luta.

Enquanto não era chamado, aproveitou bem o seu tempo livre para se engajar na leitura, em passeios com amigos e em festas. A vida tinha que ser vivida!

27.4-2009
Desde o começo,2009 apresentou-se como um ano decisivo na vida do neto de Vítor Torres,Divinha. Dentre as conquistas, a convocação para o cargo de assistente administrativo na prefeitura vizinha e a retomada do seu sonho de literatura, começando a escrever um novo livro.

Três meses depois, em maio, já tinha se adaptado ao trabalho e terminado o livro,148 páginas no total. No entanto, resolveu guardá-lo por um tempo pois ainda não tinha dinheiro suficiente para comprar um computador para digitá-lo.

O sonho de literatura era para depois. O momento atual era de dedicação exclusiva ao trabalho e à faculdade de Matemática que era muito exigente. Já estava no quinto período sem pendência em nenhuma disciplina graças aos seus esforços.

Quanto à questão da espiritualidade, estava mais controlado e desenvolvido do que nunca. Com sua visão de futuro, já sabia que seria servidor federal e que teria o sucesso merecido na literatura. Isto alimentava seus sonhos de conquistar o mundo!

Avancemos.

27.5-O último ano de faculdade
2010 iniciou-se promissor para os Torres. Nova convocação para assumir outro cargo público(estadual) e Divinha deixou a prefeitura. Neste momento, estava iniciando o sétimo período da faculdade com muita propriedade.

A situação financeira melhoraria um pouco com ele começando ajudar nas despesas de casa e isto era muito bom. Embora não fosse o cargo ideal, custearia suas despesas mensais tranquilamente.

Na questão do coração, a situação era a mesma: Sempre sozinho. Mas não se importava. Ainda era jovem e as possibilidades eram muito grandes. O que tivesse de ser seria, no dia e na hora certa!

Próximo do final do ano, sua vida ficou mais movimentada: Viagens para Monteiro-PB, Santana do Ipanema-Al, Salvador-BA e elaboração do TCC. Tudo muito rápido e bem aproveitado.

Com sorte, tudo deu certo e ele finalmente concluíra os estudos. Era o primeiro graduado de toda família. Orgulho para sua mãe. A partir deste dia, esperava só sucesso depois de muitas lutas, privações, obstáculos superados e muita dor. Mas sobrevivera por sua fé, por ter sangue vidente e por ser descendente do lendário Vítor, um grande homem do Nordeste.

Avante, Divinha!

28-*Tempo atual*

As previsões foram se realizando pouco a pouco na vida dele nos três anos e meio posteriores. Tornara-se um escritor publicado, virara funcionário federal e amara por diversas vezes tendo interessantes experiências.

Esta nova realidade possibilitou ao mesmo um maior controle sobre o seu dom, um maior contato social, novas amizades e com dinheiro que ganhara pode ser mais solícito com os que precisam. Enfim, renascera como homem e transformara a vida de todos ao redor. Orgulhara os Torres e continuaria sempre na luta por seus sonhos. Façam isto também leitores! Não importam as dificuldades, os estereótipos, os preconceitos, nunca desanimem! Apesar de não ter ainda conquistado tudo, Divinha é um exemplo inspirador pois nunca deixou de acreditar que era possível transformar sua realidade.

"Se queres ser universal, começa por pintar a tua aldeia".(Leon Tolstoi)

Fim da visão

29-*Volta ao quarto*

A co-visão se esvai. Eu e Renato acordamos do transe e exaustos sentamos no chão. O curandeiro espera alguns segundos e após nos ajuda a levantar. Com um sinal, saímos do quarto e nos acomodamos em tamboretes no que seria a sala do casebre.

Ficamos frente a frente a nos encarar e com um ar de curiosidade o mestre inicia a conversa:

—E aí? Foi proveitosa a experiência?

—Muito boa. A história de Divinha me inspirou a continuar lutando pelos meus sonhos. (Observou Renato)

—Resgatar esta história foi importante para mim. Levou-me a uma reflexão profunda e ao final conclui que tenho um pouco de Divinha e de Vítor também em mim. Já sou um vencedor apesar de tudo.(O vidente)

—Muito bem. Este era o objetivo. Eu tenho certeza que a partir de agora continuarão suas vidas com mais garra, coragem, força e fé do que de costume. Desejo sucesso para os dois. Minha parte está cumprida. (Curandeiro)

—Queria agradecer por toda dedicação e empenho na nossa causa. Obrigado. (Renato)

—Idem. Nunca esqueceremos do Senhor! (O vidente)

Neste momento, lágrimas ressequidas de sofrimento desceram no rosto do mestre. Nunca em sua vida sentira tão amado. Se morresse neste momento, iria em paz.

—Obrigado amigos. Também não esquecerei de vocês. Boa sorte e Adeus. (Curandeiro)

Os três se aproximaram e cumprimentaram-se com um abraço triplo. Ao término do abraço, finalmente saíram .Já fora,pegaram a estrada de terra que os levaria novamente á beira da Rodovia. Agora, de volta para casa, após tanto tempo.

30-Em casa

A viagem transcorreu normalmente. Renato foi entregue à guardiã e O vidente reencontrou sua família em paz. Após matar as saudades, retornou aos seus trabalhos de sempre.

Enquanto não tivesse oportunidade de outra aventura, curtiria os momentos em família tão importantes. Terminava assim esta terceira etapa com a consciência de missão cumprida. Só estava um pouco triste com as notícias do falecimento de seus dois mestres: Angel e curandeiro.

Bem, tinha que se conformar com estes fatos. Eles já deviam ter cumprido sua missão. Agora restava continuar o caminho do vidente que prometia ser longo e desafiador junto com seu auxiliar Renato. Que venham então novas aventuras!

Conclusão

Expostos os fatos, percebemos o quão é importante acreditar nos nossos valores, ideais e na nossa fé, seja ela qual for. Direcionados por eles e tomando atitudes concretas podemos enfim a cada passo conquistar vitórias particulares. E não é só na ficção não! Temos inúmeros exemplos nesse país de pessoas e grupos vencedores que começaram praticamente do zero.

Meu conselho pessoal: Invista em suas potencialidades sem medir esforços que o destino se mostrará para você. Não é necessário ser super. herói ou vidente como os personagens do livro para se chegar exatamente onde quer. É preciso apenas planejamento e inteligência para escolher o caminho mais curto para o sucesso.

Espero sinceramente que todos que lerem este livro se sintam inspirados, partam para luta e alcancem a felicidade e o sucesso que merecem. Abraços, um beijo carinhoso e até a próxima.

O autor

FIM

www.ingramcontent.com/pod-product-compliance
Lightning Source LLC
LaVergne TN
LVHW011926070526
838202LV00054B/4513